Knaur.

Knaur.

Im Knaur Taschenbuch Verlag sind bereits folgende Bücher der Autorin erschienen:
Die englische Erbin
Tage des Monsuns
Der Orchideenpalast

Über die Autorin:
Laila El Omari, geboren in Münster als Kind eines palästinensischen Vaters und einer deutschen Mutter, studierte Orientalistik, Germanistik und Politikwissenschaften in Münster und Bonn. Sie lebt mit ihrem Mann und ihrer Tochter in Bonn.

Laila El Omari

Der Duft von Sandelholz

Roman

Knaur Taschenbuch Verlag

Besuchen Sie uns im Internet:
www.knaur.de

Vollständige Taschenbuch-Neuausgabe Oktober 2009
Knaur Taschenbuch
Ein Unternehmen der Droemerschen Verlagsanstalt
Th. Knaur Nachf. GmbH & Co. KG, München

Redaktion: Ilse Wagner
Umschlaggestaltung: boooxs.com, artists@boooxs.com
Umschlagmotiv: © boooxs.com unter Verwendung mehrerer Motive von Shutterstock.com
Satz: Adobe InDesign im Verlag
Druck und Bindung: CPI – Clausen & Bosse, Leck
Printed in Germany
ISBN 978-3-426-50630-1

2 4 5 3 1

I

Bombay, Mai 1753

»Wenn Papa dich so sieht, dann gibt es Ärger«, prophezeite May, »richtig Ärger.« Sie saß in ausreichend großem Abstand zum Seeufer im Gras und hatte die Füße unter ihr Kleid gezogen. Im Wasser stand ihre ältere Schwester Elisha, den Rock schockierend hoch über die Knie gerafft, und bückte sich nach einem Stein. Schuhe und Strümpfe lagen nachlässig hingeworfen am Seeufer, ein Strumpf halb im Wasser. Elisha besah kritisch den Stein, der von weitem so faszinierend gewirkt hatte, und fragte sich, ob sie anderen Menschen mit elf Jahren auch so penetrant auf die Nerven gegangen war wie May. Glaubte man ihrer älteren Schwester Charlotte, dann war sie weitaus schlimmer gewesen, aber Charlotte hatte ohnehin immer etwas auszusetzen, so dass ihre Aussagen mit einiger Skepsis zu betrachten waren.

Elisha ließ den Stein wieder fallen und sah über den See, der wie eine silbrige Scheibe vor ihr lag, auf der sich das Sonnenlicht funkelnd brach. Sie hatte den unbändigen Wunsch, ihr Kleid auszuziehen und sich in das Wasser sinken zu lassen. Das Verlangen wurde für einen Moment lang so stark, dass sie es kaum ertragen konnte, ihm nicht nachzugeben. Den Rock in beiden Händen haltend, stand sie unbeweglich da und schloss die Augen. Einen verstörenden Augenblick lang hielt das Gefühl an. Wasser spielte samtweich um ihre Beine und lockte unwiderstehlich. Mays Aufkeuchen riss sie aus

ihren Gedanken. Sie öffnete die Augen, und in ihrem Entsetzen, einen Reiter am Seeufer zu sehen, ließ sie instinktiv ihren hochgerafften Rock los, dessen schwerer Reifrock sofort sank, so dass das Überkleid wie ein weites Zelt um sie herum auf dem Wasser lag.
Lamont Montaury, ehemaliger Angestellter der französischen *Compagnie des Indes*, zügelte schweigend sein Pferd und sah sie an, wobei Elisha nicht sagen konnte, ob auf seinem Gesicht Verwunderung oder einfach nur Belustigung stand. Elisha widerstand dem Drang, ihrem Ärger laut Luft zu machen, und schleppte sich mit dem schweren Rock zum Ufer. Vergeblich versuchte sie, den Reifrock anzuheben, während May, das dumme Ding, mit riesigen Augen unter einem Küstenbaum mit dunkelgrünem Laub und weißen Blütenrispen stand und Lamont verängstigt anstarrte, anstatt ihr zu Hilfe zu kommen.
Lamont stieg vom Pferd und trat ans Ufer.
»Sie erlauben?« Er streckte ihr eine Hand entgegen, die sie, mit so viel Würde, wie ihr möglich war, ergriff und sich ans Ufer ziehen ließ.
»Vielen Dank.« Sie drückte mit den Händen das Wasser aus dem Stoff, wobei sie kein nennenswertes Ergebnis erzielte. Der Rock würde unter keinen Umständen trocknen, ehe sie zu Hause war – wenn es überhaupt möglich war, ihn zu retten. Vermutlich könnte sie das Kleid nur noch wegwerfen. Ihre Mutter würde außer sich sein. Etwas mühsam schleppte Elisha sich mit dem schweren Rock den Weg hoch. Kaum einen Schritt konnte sie gehen, ohne das Gefühl zu haben zu schwanken.
Lamont führte sein Pferd am Zügel hinter sich her. »Ich bringe Sie nach Hause«, bot er an. Sein Englisch war weich, so als moduliere er die Worte bewusst, um seinen Akzent zu

verdecken, der dennoch immer unterschwellig mitschwang. Er strich mit der Hand über die Nüstern des Pferdes und lächelte. »Ihnen zuliebe einigen wir uns vielleicht besser auf die Version, dass Sie ins Wasser gefallen sind und ich Sie herausgezogen habe. Das würde Ihnen einiges ersparen.«
Elisha zog ihre Unterlippe zwischen die Zähne, während sie in Gedanken überschlug, was schlimmer war – sich mit dem schweren Rock mühsam nach Hause zu schleppen oder sich von Lamont Montaury heimbringen zu lassen. Sie sah ihn an und nickte. »Wenn es Ihnen keine Umstände macht, nehme ich das Angebot gerne an.«
Mit einem Blick auf ihre Schuhe und Strümpfe fügte sie hinzu: »Wären Sie so freundlich …« Sie zögerte, plötzlich verlegen geworden, und spürte zu ihrem Ärger, dass sie errötete.
Ohne ein Wort zu sagen, drehte Lamont sich um, und Elisha beeilte sich, so gut es in dem vollgesogenen Rock ging, die Strümpfe überzustreifen, was dadurch erschwert wurde, dass einer der Strümpfe nass war.
»Einen Moment noch«, sagte sie, in der Annahme, Lamont könne ungeduldig werden und weil sie das amüsierte Zucken seiner Mundwinkel noch vor Augen hatte, mit dem er ihre Verlegenheit bedachte.
May stand schockiert schweigend neben ihnen und schien nichts anderes denken zu können, als dass ihre Schwester den Verstand verloren haben musste. Als Elisha so weit war, wandte Lamont sich wieder zu ihr um. Elisha trat neben das Pferd, und ehe Lamont ihr hinaufhelfen konnte, mischte sich May ein: »Das ist ein Herrensattel.«
»Im Damensattel hätte er wohl auch einen reichlich komischen Anblick geboten«, entgegnete Elisha gereizt. Es war schwierig, in dem Sattel Halt zu finden, wenn beide Beine an

einer Seite herunterhingen und der wasserschwere Rock sie unweigerlich nach unten zu ziehen versuchte. Sie wollte die Zügel nehmen, woran Lamont sie hinderte.

»Sie sitzen da ohnehin etwas wacklig. Es ist besser, wenn ich das Pferd führe.«

»Aber ich kann reiten«, protestierte sie.

»Das glaube ich gerne«, entgegnete Lamont und zog die Zügel über den Pferdehals nach vorn zu sich, so dass Elisha keine andere Wahl blieb, als sich an der Mähne festzuhalten. Sie hatte das Gefühl, dass sie in höchstem Maße lächerlich aussehen musste, wie sie sich leicht vornübergebeugt an dem Pferd festhielt, der Rock ihres sommerlichen Seidenkleides bis über die Knie dunkel vor Nässe, eine Spur von Tropfen auf dem Sandweg hinterlassend. Dazu kam das leise Knarren des Fischbeinkorsetts, sobald sie versuchte, sich ein wenig aufzurichten.

Sie sah hinunter auf Lamonts weizenblondes Haar, das in der Sonne glänzte und im Nacken mit einem grünen Band passend zu seiner eleganten Kleidung zusammengebunden war. Es gab Mädchen in ihrem Bekanntenkreis, die für solches Haar gemordet hätten. Ihr Blick fiel auf Mays hellbraunen Schopf, und sofort wurde sie wieder gereizter Stimmung, als sie sah, wie schüchtern diese sich am Wegrand hielt, so als fürchte sie, Lamont versehentlich zu berühren. Aber so auffallend ängstlich war May immer mit Fremden, man konnte es ihr einfach nicht abgewöhnen. Dass dieser Mann noch dazu einer der Männer war, in deren Begleitung sich anständige Mädchen englischer Familien nicht aufhalten sollten, trug nicht unbedingt dazu bei, May entspannter werden zu lassen. Dabei brauchte sie sich doch keine Sorgen zu machen, dachte Elisha. Wenn jemand den Vorfall auszubaden hatte, dann sie selbst wegen ihrer Unvorsichtigkeit. Von der kleinen May hätte niemand verlangen können, allein zurückzubleiben, während ihre Schwester von Lamont heimgebracht wurde. Ihr Vater wäre ohnehin ungehalten, wenn er wüsste, dass sie sich ein wenig weiter vom Haus entfernt hatte, als ihr erlaubt war. Sie durfte den See lediglich auf der Gartenseite des Hauses aufsuchen, nicht außerhalb.

Der Weg führte an den Häusern englischer Händler vorbei, mehrstöckige Prachtbauten inmitten üppiger Rasenflächen, die von einheimischen Dienern bewässert wurden. Veranden zogen sich um die Häuser herum, teilweise mit aufwendig geschnitzten Balustraden. Die Häuser der Engländer standen im Südteil von Bombay, während die Einheimischen den Norden bewohnten, die sogenannte *bazaar zone*, die schwarze Stadt. Tropenhitze hing wie eine Glocke über Bombay, ließ die Luft flimmern und barg die Vorboten des Monsuns. Lamont führte das Pferd auf das weiße weitläufige Haus der Legrants zu. Das Eingangstor stand tagsüber offen und wurde erst am Abend geschlossen. Der Dienstbote, dem die Wache am Tor oblag, musterte Lamont argwöhnisch, ließ ihn aber anstandslos passieren, weil Elisha in seiner Begleitung war. Über drei Stockwerke verliefen Veranden aus dunklem Holz um das Haus, die Brüstung in den oberen beiden Etagen war mit geschnitzten Ornamenten verziert, die untere Veranda war umgeben von einer Balustrade. Das Haus selbst vermittelte den Eindruck von englischer Eleganz gepaart mit indischem Baustil, der durch große Fenster mit fein ziselierten Gittern aufgelockert und weniger massiv wirkte. May lief voraus, kaum dass das Haus in Sicht war, rannte über den mit Marmorplatten bedeckten Innenhof, der gleißend hell in der Sonne lag, und verschwand durch die Eingangstür.

»Ihre kleine Schwester scheint mich für einen dem See entstiegenen Wassergeist zu halten«, bemerkte Lamont.
»Umso schlimmer, dass sie mich dann mit Ihnen allein lässt«, antwortete Elisha trocken. Sie hatten den Weg hoch zum Haus kaum zur Hälfte zurückgelegt, als sich die Haustür erneut öffnete und ihnen ein hochgewachsener Mann entgegenkam, das helle Haar im Nacken zusammengebunden, elegant gekleidet, die Mimik sichtlich schwankend zwischen Besorgnis und Erregung.
Er grüßte Lamont kurz angebunden, ehe sein Blick an seiner Tochter hängen blieb, deren nasse Kleidung er erst jetzt bemerkte.
»May sagte nichts von einem Unfall, Montaury.«
»Es ist nicht der Rede wert, Papa«, beeilte sich Elisha zu versichern.
»Wie ist das denn geschehen?«, wollte Jack Legrant wissen.
Elisha ließ sich vom Pferderücken rutschen, wobei sie Lamonts hilfreich entgegengestreckte Hand nach kurzem Zögern ergriff, den forschenden Blick ihres Vaters spürend. »Eine Unachtsamkeit«, entgegnete sie. »Ich hatte mich einfach erschrocken.«
Jack zog Elisha sanft am Arm neben sich. »Einen schönen Tag noch«, sagte er zu Lamont und drehte sich um, seine Tochter mit einer Hand am Ellbogen mit sich führend. Auch wenn sie sich sagte, dass ihr Vater sicher gute Gründe für sein Verhalten hatte, war Elisha seine Unhöflichkeit peinlich, vielleicht gerade, weil es ein Zug an ihm war, der ihr wenig vertraut war. Sie wandte sich noch einmal kurz zu Lamont um, um ihm zu danken, aber dieser war bereits wieder auf sein Pferd gestiegen und im Begriff, in die entgegengesetzte Richtung davonzureiten.

»Worauf wartest du?«, fragte Jack, der das Zögern seiner Tochter bemerkte.
»Ich dachte, ich sollte ihm noch einmal danken.«
»Schleichhändler«, sagte er verächtlich und sah aus, als würde er am liebsten auf den Boden spucken, woran ihn allein die Anwesenheit seiner Tochter hinderte.
»Er wollte mir gegenüber nur hilfsbereit sein.« Elisha ging am Arm ihres Vaters, der seine Schritte den ihren anpasste.
»Etwas anderes hätte ich ihm auch nicht raten wollen. Was hattest du überhaupt so nahe am Seeufer zu suchen, dass du hineinfallen konntest?« Jack sah zu seiner Tochter hinunter und bemerkte den leichten Anflug von Röte auf ihren Wangen.
»Ich wollte einen Stein aus dem Wasser holen.«
»Und dann bist du ausgeglitten und mit den Beinen voran in den See gefallen, ohne dabei mit dem Kleid den Boden zu berühren? Oder wie darf ich den Mangel jeglicher Schlammspuren deuten? Davon abgesehen, dass du dich offenbar nicht im Garten aufgehalten hast.« Er wartete kurz, dann meinte er: »Aber ehrlich gesagt, will ich es, glaube ich, so genau gar nicht wissen. Sorg nur in Zukunft dafür, dass kein Lamont Montaury deinen Retter spielen darf.«
Elisha senkte leicht den Kopf. »Er stand plötzlich am Seeufer, ich konnte ihn nicht einmal kommen hören. Für einen kurzen Moment war ich wirklich erschrocken.«
Jack atmete schnaubend aus. »Er ist Franzose.« Das sagte alles.
Eilig, ehe ihre Mutter ihren Aufzug bemerken konnte, lief Elisha – kaum dass sie das Haus betreten hatte – die Treppe hoch, um sich umzukleiden. May stand am obersten Absatz und drücke sich am Treppengeländer herum.

»Warum bist du einfach fortgelaufen?«, fragte Elisha. »Merkst du nicht, wie albern das wirkt?«
»Ich bin nicht gerne allein mit Fremden.«
»Er war kein Fremder«, wies Elisha ihre Schwester zurecht. »Und selbst wenn er ein Fremder wäre, warst du nicht mit ihm allein, ich hingegen schon, nachdem du einfach weggerannt bist wie ein unverständiges Kind.«
»Worum geht es?«, fragte Charlotte, die unbemerkt in den Korridor getreten war. Sie ging ans Fenster und schob einen der Holzläden auf. »Das war Lamont Montaury.« Es hörte sich an, als spreche sie mit sich selbst, während sie auf den leeren Weg vor dem Haus sah. »Ich habe euch von meinem Fenster aus gesehen.« Den Fensterladen wieder schließend, drehte sie sich um und musterte Elisha. »Und du hast dich mal wieder lächerlich gemacht, oder wie darf ich den Aufzug deuten?«
»Elisha hat ohne ihre Strümpfe im Bach gestanden, als Monsieur Montaury gekommen ist«, sagte May.
Charlotte zog die Augenbrauen hoch. »Nicht zu fassen. Woher hast du denn dieses Gespür für weibliche Taktik bekommen? Wie wunderbar zufällig. Hast du ihm wenigstens einen Blick auf deine Beine gewährt, ehe du deinen Rock eingeweicht hast?«
»Charlotte!« May blies entsetzt die Wangen auf.
Elisha versuchte, ungerührt zu wirken, was mit hochroten Wangen nicht ganz einfach war. »Ich denke, er war Gentleman genug, nicht darauf zu achten.«
»Oh, aber natürlich doch.« Charlotte raffte ihr helles Kleid und ging zur Treppe.

In Elishas Zimmer schien die Luft zu stehen. Die *Punkah*, ein an der Decke angebrachter Fächer, den ein Hindu-Junge, der

Punkahwallah, mit einem an seinem Fuß festgebundenen Band bewegte, sorgte mitnichten für Abkühlung. Fest verschlossene Fensterläden sollten die Sonne und vor allem das Ungeziefer draußen halten. Später am Nachmittag, wenn die Sonne weitergewandert war, würde man die Fensterläden öffnen und nasse Laken vor die glaslosen Fenster spannen, um für Abkühlung zu sorgen. Ungeziefer fand zu Elishas Kummer trotz aller Vorsicht stets einen Zugang zum Zimmer. Mehrmals war es vorgekommen, dass, obschon ein Baldachin ihr Bett umgab, Insekten dorthin vorgedrungen waren. Elisha erinnerte sich mit Schaudern an eine Nacht, in der ein großer Käfer auf ihre Brust gefallen war.

Manjula, ihre *Ayah*, war ihres und Charlottes ehemaliges und Mays derzeitiges Kindermädchen und fungierte nun als Zofe für die beiden älteren Schwestern. Elisha wusch sich und ließ sich in ihr Kleid helfen, ein Gebilde aus smaragdgrüner Seide mit Silberfäden.

Ihr Teint war nicht so hell, wie es der herrschenden Mode entsprach, ein Erbe ihrer spanischen Großmutter, von der es hieß, sie sei eine wahre Schönheit gewesen. Die Schönheit hatte Charlotte geerbt und sie selbst den Teint und die grauen Augen in der Farbe von Kieseln mit einem dunkleren Ring um die Iris. Irgendjemand hatte mal gesagt, dass ihre Augen irritierend hell wirkten, weil sie selbst so dunkel sei. Der Sprecher hatte nicht gewusst, dass Elisha ihn gehört hatte, war aber sichtlich befremdet gewesen, als sie ihn danach keines Wortes mehr gewürdigt hatte.

Etwas zerstreut strich Elisha über ihr Kleid und überlegte einen Augenblick, ob es nicht ein wenig zu aufwendig war für einen Nachmittagstee. Lustlos beobachtete sie im Spiegel, wie Manjula ihr Haar hochsteckte, es zu einer Frisur auf-

türmte, es kritisch betrachtete, wieder löste und auf kleine Elfenbeinnadeln rollte, um es erneut festzustecken.
Besucher hatten sich angekündigt – Ehefrauen der Freunde ihres Vaters. Elisha kam dem Wunsch ihrer Mutter, bei derartigen Teegesellschaften anwesend zu sein, meist nur widerwillig nach, ließ sich ihren Unwillen aber für gewöhnlich nicht anmerken. Ihre Mutter hing der irrigen Annahme an, darüber entscheiden zu können, wie Elisha ihre Zeit zu verbringen hatte. So schien sie der Auffassung zu sein, dass allein die ständigen Besuche von Frauen, deren Söhne im Dienst der Kompanie oder der britischen Marine standen, Elisha bestrebt sein ließen, dem Weg ihrer Mutter zu folgen.
Langsam neigte Elisha den Kopf, und ein kurzer Anflug von Traurigkeit überkam sie, wie sooft in letzter Zeit, wenn sie daran dachte, dass sie die schützende Hülle ihrer Kindheit allmählich von sich streifte und ihren Eltern die Verantwortung für ihr eigenes Leben aus der Hand nahm. Ihr Vater merkte es wohl, und manchmal sah sie in seinen Augen, dass auch er eine Art von Verlust verspürte. Aber er verstand sie und schien zu wissen, dass ihr die Veränderungen in ihrem Wesen, die neue Art, ihre Umwelt wahrzunehmen und sich für ihren eigenen Weg zu entscheiden, nicht immer leicht fiel. So fand sie neben dem Verlustgefühl in seinen Blicken immer die unverbrüchliche Zusicherung seines Beistandes.
Ihre Mutter hingegen hatte ihr gesagt, erwachsen werden sei kein Recht, sondern eine Pflicht. Das war im März gewesen, kurz vor ihrem achtzehnten Geburtstag.

Archibald Stonewall war ein kleiner Angestellter der Kompanie, der sich aber gerne mit dem Status seines Großonkels schmückte – eines Admirals der britischen Flotte, der im

letzten Seekrieg gefallen war. Mit seinen blassen Augen und seinen etwas wulstigen Lippen, ließ er Elisha immer an einen Karpfen denken. Wie jeden Montag war er zum Abendessen gekommen und gab das von sich, was er geistreiche Konversation nannte und von Charlotte stets als gepflegte Langeweile bezeichnet wurde. Elisha saß ihm gegenüber und stellte sich vor, sie könne seine Worte lautlos werden lassen und nur sehen, wie der Mund sich immer wieder öffnete und schloss wie bei einem Fisch auf dem Trockenen. Eine Zeit lang faszinierte sie diese Vorstellung.
Kerzen in Kandelabern verbreiteten warmes Licht, Teppiche lagen auf dem polierten Holzboden, indische Dienstboten standen um den Tisch herum, hielten Ungeziefer vom Essen fern, während weitere Diener auftrugen. Für jede Aufgabe im Haus gab es eigene Dienstboten. So würde der Diener, der das Essen auftrug, niemals Essen zubereiten, die Diener, die das Geschirr aufräumten, kein Essen abtragen, der Diener, der das Silber reinigte, niemals den Boden putzen. Es war eine komplizierte Struktur, auf die sorgsam geachtet werden musste. Der *Khansana* verwaltete das Haus und stand den Dienstboten vor, ein englischer Haushalt war ohne ihn außerstande, zu funktionieren.
Beeindruckt von seiner eigenen Stimme, erzählte Archibald von einer Gruppe irischer Schleichhändler, die während eines Gefechtes von ihren Nachschubplätzen abgeschnitten waren und somit nicht mehr die Möglichkeit hatten, sich mit Trinkwasser zu versorgen. Eine belustigende Vorstellung, so meinte er, wie dieses Pack mitten im Wasser verdurstete. Elisha fand diese Vorstellung nicht komisch, sondern tragisch und tieftraurig und sagte das auch. Archibald lächelte daraufhin und löste seine Blicke gerade lange genug von

Charlottes Gesicht, um sich bei Elisha zu entschuldigen, eine derartige Geschichte bei Tisch erwähnt zu haben. Während seine Blicke wieder über den Tisch zu Charlotte schwenkten, beeilte er sich, hinzuzufügen, wie hinreißend er ihr empfindsames weibliches Gemüt fand.

Elisha war an derartige Verhaltensweisen der Männer längst gewöhnt und dachte sich, wenn ihr Gemüt wirklich so empfindsam wäre, wie Archibald glaubte, hätte sie sich vermutlich längst im Garten erhängt. Weil der fischmundige Archibald aber ohnehin von vornherein nicht im Rennen um ihre Gunst war, überließ sie ihn nur zu gerne ihrer schönen Schwester. Nicht dass Charlotte an ihm interessiert gewesen wäre, aber sie nahm derartige Gunstbezeugungen als ihr naturgegebenes Recht hin und wäre zutiefst erstaunt gewesen, wenn diese ihr einmal versagt würden.

Der Aufmarsch heiratswilliger Galane im Haus von Jack Legrant beschränkte sich auf das Abendessen, der Nachmittagstee war ihren Müttern vorbehalten. Es waren beinahe immer dieselben jungen Männer, die Besuche abstatteten, und lediglich einer von ihnen, Jamie Truitt, war Elisha sympathisch. Zwar war sie nicht an ihm als Ehepartner interessiert – und er an ihr wohl ebenso wenig –, aber er war lustig und unterhaltsam und im Gegensatz zu Archibald wenigstens keine Beleidigung für Augen und Intelligenz.

Das Gespräch befasste sich mit der in Bombay herrschenden Angst vor den Marathen, die einen überwiegenden Teil der Waldgebiete an den Hängen der West-Ghats beherrschten, von wo die Schiffswerften große Bestände an Teakholz bezogen. Dann kam man auf den Schleichhandel und die oftmals komplizierten Kontakte zu den Herrschern zu sprechen.

»Wir sehen uns zwei grundlegenden Problemen gegenüber«,

sagte Archibald, wobei er sich mühelos in den Stab derjenigen, die die Kompanie vertraten, einreihte. »Zum einen die Kontrolle über den Privathandel unserer eigenen Angestellten, und zum anderen die Gefährdung unserer Beziehungen mit den indischen Herrschern, in denen ich ohnehin eine ständige Bedrohung sehe. Man müsste den Status der Kompanie ändern, ihre Einflussnahme ausweiten und notfalls gegen Drohungen militärisch vorgehen.«

Jack Legrant legte sein Besteck hin und schob den leeren Teller ein Stück weit von sich. »Wie stellen Sie sich das vor, Archibald? Es ging uns nie darum, uns territoriale Macht anzueignen.«

»Aber unter manchen Umständen ist friedlicher Handel nicht möglich«, beharrte Archibald. »Sehen Sie nur, was wir aus Bombay gemacht haben. Selbst die Inder zieht es in die Stadt, weil sie sich dort sicherer fühlen als im Hinterland. Und als Belohnung dafür sollen wir ständig möglichen Übergriffen ausgesetzt sein?«

»Die Direktoren sind bestrebt, den Frieden mit den Herrschern zu erhalten, von Übergriffen kann also nicht die Rede sein.«

»Das nützt uns aber nichts, wenn diese Herrscher selbst sich ständig uneins sind. Meines Erachtens ist es für uns am sichersten, wenn sie lernen, uns zu fürchten.«

Jack runzelte die Stirn. »Das ist nicht unser Land, Archibald.« Das Machtbestreben der Europäer in einem Land, das durch seine eigenen Landesherren ständig politischen Unruhen ausgesetzt war, empfand er als besorgniserregend. Die Kompanie war auf die Bündnisse mit den indischen Fürsten angewiesen, und es war fraglich, inwieweit sie sich an diese gebunden fühlen würden, sollte es den Engländern plötzlich einfallen,

Herrschaftsansprüche geltend zu machen. Andererseits hatten die durchschlagenden Erfolge der Franzosen während des letzten Krieges den Engländern die Augen geöffnet.
»Aber wir verhelfen dem Land zu Wohlstand«, bekräftigte Archibald seinen Standpunkt.
»Wem verhelfen wir zu Wohlstand?«, mischte sich Elisha ein. »Dem Land oder uns selbst?«
Archibald verzog seine Lippen zu einem nachsichtigen Lächeln. »Meine *liebe* Miss Legrant, ich muss mich erneut bei Ihnen entschuldigen, derartige Themen bei Tisch anzuschneiden. Ich kann verstehen, dass Sie das langweilen muss.«
»Ich habe nicht gesagt, dass ich mich langweile, sondern eine Frage gestellt.«
»Elisha«, mahnte ihre Mutter leise.
»Lassen Sie nur«, sagte Archibald lachend. Selbst sein Lachen klang blubbernd, fand Elisha. »Auf Ihre Fragen«, fuhr Archibald fort, »gibt es nur die Antwort, dass der Wohlstand, den wir uns erarbeiten, auch dem Land guttun wird. Wir erschließen Märkte, von denen die Wilden hier keine Ahnung hatten, geschweige denn überhaupt imstande wären, sie zu nutzen.«
»Die Wilden?«, fragte Elisha. »Haben Sie jemals einen der Paläste von innen gesehen oder mal verglichen, wie unsere Architektur neben ihrer wirkt?«
»Aber nur die Häuser – ich bitte Sie«, schnappte Archibald. »Dieser Rajputenfürst, den wir vor einigen Tagen zu Besuch hatten, hatte fünf Frauen.«
Elisha zuckte die Schultern. »Eine Landessitte, über die wir uns kein Urteil erlauben sollten. Vermutlich kommen wir ihnen auch ziemlich rückständig und barbarisch vor, wenn man ihren Reichtum und ihre Art zu leben betrachtet.«

»Rückständig und barbarisch«, ereiferte sich Archibald. »Inmitten ihres Reichtums und ihrer schönen Paläste leben sie nicht anders als Tiere. Essen mit den Fingern und sind promiskuitiv …«

Jack schlug mit der Hand auf den Tisch, was seinen Gast umgehend zum Schweigen brachte. »Meine unverheirateten Töchter sitzen an diesem Tisch«, sagte er ruhig.

Archibald wurde blutrot im Gesicht und sah so unglücklich aus, dass er Elisha beinahe leidtat. Sie beugte sich vor, sah ihm in die Augen und lächelte. »Erzählte ich schon«, sagte sie im freundlichen Plauderton, »dass meine beste Freundin Rajputenfürstin ist?«

Die Präsidentschaft Bombay war der wichtigste Stützpunkt der Westküste, das Handelszentrum, die einzige von England voll annektierte Niederlassung, von der aus die *East India Company* die Handelsniederlassungen an der Malabarküste und in Surat überwachte. Etwas mehr als ein Jahrzehnt zuvor war der Haupthandelssitz von Surat nach Bombay verlegt worden. In Bombay war man nicht den Willkürmaßnahmen der Beamten indischer Feudalherren ausgesetzt und konnte bessere Vorkehrungen zur Verteidigung treffen. Die Stadt erfuhr eine immer größere Zuwanderung aus dem Hinterland, parsische Schiffsbauer hatten sich nach und nach in Bombay niedergelassen, der Handel blühte.

Während Jack Legrant am Hafen stand und dem Verladen von Gewürzen zusah, dachte er, dass Archibald in Bezug auf die Probleme des Landes nicht ganz Unrecht gehabt hatte. Infolge der Ausweitung der Kompanietätigkeiten bot sich die Möglichkeit zu persönlicher Bereicherung der Kompaniebediensteten, was zwar verboten war, sich jedoch kaum unterbinden lassen würde. In stetig wachsendem Umfang wurden eigene Geschäfte unter Missachtung des Monopols getätigt. Oftmals hatten die Mitarbeiter der *East India Company*, die ihren eigenen Handel unter der Hand vollzogen, einflussreiche Freunde, und Eingriffe in ihre Tätigkeiten konnten weitreichende Konsequenzen nach sich ziehen. Ein weiteres Problem war der politische Zerfall des Mogulreichs, beschleunigt durch die von den Marathen regelmäßig durchgeführten Raubzüge. Die Gebiete entglitten langsam dem Griff der Mogulherrschaft, wodurch die politische Situation in ganz Indien aufgrund der Unübersichtlichkeit zunehmend gefährlicher wurde. Somit wurden gute Beziehungen zu einem Herrscher, ohne gleichzeitig einen anderen zu verstimmen, immer schwieriger.

Man hätte annehmen können, der Ausgang des letzten Krieges – nachdem das von den Franzosen eroberte Madras den Engländern zurückgegeben worden war – hätte beide Fronten ausreichend ermüdet, um den vereinbarten Frieden einzuhalten. Aber die Rivalität flammte immer wieder von Neuem auf, wenn auch die Mutterländer Frankreich und England offiziell im Frieden lebten und der seit 1751 im Karnatik schwelende Krieg von Truppen geführt wurde, die allein der *East India Company* und der *Compagnie des Indes* unterstanden. Hinzu kam ein Punkt, der geradezu grotesk anmutete: Der Frieden hatte dafür gesorgt, dass ganze Kriegsflotten nun unbeschäftigt waren, deren Wartung Unsummen verschlang, die man aber nicht so ohne weiteres nach Europa zurückschicken konnte. Warum also nicht nutzen, wenn sie schon mal da waren?

Als er Schritte hörte, drehte Jack sich um und musste in der Sonne blinzeln. »Ah, Damien«, grüßte er. »Wie sieht es aus? Haben Sie sich mein Angebot überlegt?«
Damien Catrall nickte. »Ja, und ich nehme es gerne an, wenn es Ihnen wirklich keine Umstände macht.«
»Nichts, was man für die eigene Familie tut, bereitet Umstände«, entgegnete Jack. Dieser junge Mann gefiel ihm außerordentlich gut, er war anständig und bestrebt, das Beste aus seinem Leben zu machen. Sie hatten sich in London bei einem von Jacks Cousins kennen gelernt. Damien war seinerzeit noch Student der Medizin gewesen. Kaum hatte Jack gehört, dass sein junger – wenn auch sehr entfernter – Anverwandter sich eine Zeit lang in Bombay niederlassen würde, hatte er ihm angeboten, das Sommerhaus im Garten hinter dem Haus der Legrants zu bewohnen. Anfangs hatte Damien abgelehnt.
»Ich sagte doch«, fuhr Jack fort, »dass Sie sich nach einer Woche in Ihrer jetzigen Unterkunft nach einem richtigen Bett und gutem Essen sehnen werden.«
»Ich muss gestehen, dass diese Dinge einen völlig neuen Klang bekommen haben«, sagte Damien lachend und sah aufs Wasser, das in kleinen Wellen an den breiten natürlichen Hafen schwappte. Die Luft war heiß und schwer, gesättigt von Feuchtigkeit. Man konnte die Handelsschiffe der Kompanie vor Anker liegen sehen, die näher gelegenen in ihrer ganzen Pracht mit den gerefften Segeln und den aufragenden Masten, die weiter entfernt liegenden als schwarze Silhouetten vor dem blauen Himmel. Einen kurzen Moment lang schloss Damien die Augen und nahm neben dem Geräusch der Wellen den Geruch des Landes in allen Facetten intensiv wahr, und das Gefühl, das er bei seiner Heimkehr verspürt hatte, erneuerte sich.

Jemand rief Jack vom Landesteg aus. »Warten Sie heute Abend am Hauptgebäude auf mich«, sagte er zu Damien, ehe er zu dem Mann eilte. Offensichtlich gab es Probleme, denn Jack war sichtlich wütend und unterstrich seine Worte mit knappen Gesten, während vereinzelt Wortfetzen so laut waren, dass sie zu Damien getragen wurden.

Sich mit einer Hand den Nacken massierend, wandte Damien sich wieder zum Meer. Ein Gemisch aus verschiedenen Dialekten ertönte vom Hafen her, einheimische Diener eilten über die Mole, am Zollhaus herrschte reger Verkehr. Damien war das erste Mal in Bombay, jener auf sieben Inseln erbauten Stadt, mit palmengesäumten Ufern, Tamarindenbäumen, üppiger Vegetation, den Malabar Hills im Westen, die aus der Ferne neblig blau erschienen. *Buon Bahia* hatten die Portugiesen die Stadt genannt, der gute Hafen, und in der Tat war der natürliche Hafen Bombays einzigartig in Indien.

Schon vom Schiff aus hatte Damien das alte portugiesische Kastell bewundert, das im Südosten der Stadt lag und noch aus der Zeit vor der englischen Übernahme der Stadt stammte. Eine Bucht östlich des Kastells bot einen guten Ankerplatz und mochte seinerzeit ausschlaggebend gewesen sein bei der Wahl des Standorts. Eine unbebaute Grünfläche, Bombay Green genannt, lag westlich des Kastells, begrenzt durch einige Gebäude, unter anderem der St. Thomas Cathedral, der ersten anglikanischen Kirche Bombays, von der aus das Church Gate aus der Stadt hinausführte. Um die Stadtmauer herum zog sich ein breiter Wassergraben.

Damien war noch nicht lange wieder in Indien. Im Alter von siebzehn Jahren war er zum Medizin-Studium nach England gegangen, hatte nach dem Studium noch eine Zeit lang in

London gelebt und war dann nach Madras zu seiner Familie zurückgekehrt. Neun Jahre war Damien insgesamt von daheim fort gewesen und hatte sich in Madras erst wieder eingewöhnen müssen, auch die Hitze war ihm fremd geworden, aber er hatte die Stadt schon wieder in Richtung Bombay verlassen, kaum dass sich Vertrautheit eingestellt hatte. In der ersten Woche seines Aufenthaltes in Bombay hatte er nicht viel mehr zu tun gehabt, als seine medizinische Ausrüstung in dem Raum, der ihm als Behandlungszimmer zugestanden wurde, zu verstauen und seinen Vorrat an Medikamenten zu überprüfen. Der Kasten aus poliertem Holz mit den neuesten medizinischen Instrumenten war das Wertvollste, das er aus London mitgebracht hatte. Er hatte die Instrumente eigens mit Hilfe seines Professors und Mentors zusammenstellen lassen. Anfangs hatte er in der unbändigen Freude, diese wunderbaren Errungenschaften der Medizin sein Eigen nennen zu dürfen, den Kasten immer wieder aufgeklappt, um über die kühlen Messinginstrumente zu streichen und jedes einzelne herauszunehmen und im Licht zu drehen.

Nachdenklich sah Damien zu den Schiffen hinaus und überlegte, dass es ihm mit Sicherheit auf Dauer nicht an Arbeit mangeln würde. Die Sterblichkeit unter den Europäern war in Indien sehr hoch, insbesondere in Städten wie Bombay, wo zu dem ungesunden tropischen Klima noch die schlechte Hygiene hinzukam. Krankheiten wie Wassersucht, Cholera, Malaria und Fleckfieber überfielen die Stadt immer wieder in Epidemien. Hinzu kam, dass bei jedem Einlaufen eines Schiffes dieses nicht nur Waren, sondern auch grassierende Krankheiten an Land brachte. Weil es oftmals so schwierig war, Schiffe trocken zu halten, häuften sich die Krankheitsfälle durch nasse Kleidung und feuchte Schlafstellen. Gerade bei schlechtem Wetter gestaltete es sich als überaus schwierig, ein Feuer lange genug in Gang zu halten, um Mahlzeiten zu kochen oder gar für etwas Wärme zu sorgen, wenn auch die neueren Schiffe in dieser Hinsicht etwas besser ausgestattet waren und oftmals über Öfen verfügten, die zwischen den Decks für Wärme sorgten. Damien hatte oft den Eindruck gehabt, dass die Menschen in den Schiffsbäuchen mit der Zeit ebenso verrotteten wie die Schiffe selbst. Krankheiten wie Malaria und Gelbfieber wüteten regelmäßig auf den Schiffen, vor allem, wenn tropische Gewässer angelaufen wurden. Die meisten Todesopfer forderte jedoch der Skorbut, und Damien hatte oft darüber nachgedacht, wodurch genau er ausgelöst wurde und was man dagegen tun konnte.

Jack kam in Damiens Begleitung nach Hause und traf seine Frau im Salon an, der zum Garten hinausführte. Er hatte ihr eine kurze Nachricht geschickt, damit sie sich auf die Ankunft des ihr noch unbekannten Verwandten einstellen konnte. Jetzt saß sie über eine Handarbeit gebeugt, und ihr hellbraunes Haar fing den Lichtschein der Lampe ein. Als sie sie kommen hörte, sah sie auf und musterte Damien aufmerksam, ohne etwas zu sagen.

»Meine Frau Claire«, machte Jack sie bekannt, »Damien Catrall, der Sohn von Elizabeth Plant.«

»Ah, Elizabeth«, sagte Claire nur, ehe sie am Klingelstrang zog, um das Abendessen servieren zu lassen. Damien wusste nicht, was er von der kurzen Erwähnung des Namens seiner Mutter halten sollte, zog es aber vor, dem keine weitere Beachtung zu schenken. Als er gemeinsam mit Jack das Speisezimmer betrat, saß außer einem Kind noch niemand am Tisch. »May«, stellte Jack sie vor, »meine jüngste Tochter.«

»Guten Abend, May«, begrüßte Damien sie. May grüßte so leise zurück, dass er ihre Worte eher erahnen als hören konnte, während sie ihn ansah, als hoffe sie, dass er sich nicht ausgerechnet neben sie setzen würde. Jack wies Damien einen Platz an seiner Seite zu, gegenüber dem Kind, was dieses sichtlich erleichtert zur Kenntnis nahm.

»Charlotte«, sagte Jack und sah zur Tür. Damien wandte sich nun ebenfalls um, und für einen Moment lang verschlug es ihm den Atem. Wenn er jemals die Bezeichnung schön auf eine Frau anwenden wollte, dann bezweifelte er, dass sie jemandem in höherem Maße gerecht werden könnte als dem Mädchen, das eben von Jack angesprochen wurde. Beherrscht wurde ihr Gesicht von dunklen Mandelaugen, die zusammen mit den dunkelbraunen Locken einen reizvollen Kontrast zu der hellen Haut bildeten. Das grüne Kleid betonte ihre schlanke Figur und ihren schönen Wuchs. Charlotte sah Damien an, und in ihrem Blick sah er das Aufblitzen von Zufriedenheit, als sie das fand, was sie in jedem Blick eines Mannes zu erwarten schien. Einen kurzen Augenblick lang flammte Mitleid in Damien auf.

Die Begrüßung fiel distanziert höflich aus, ehe Charlotte sich neben ihre Mutter setzte – auf den Platz neben dem, der Damien zugewiesen war und neben dem dieser noch stand und das letzte Mitglied der Familie begrüßte. Elisha Legrant sah recht hübsch aus, verblasste neben ihrer Schwester jedoch zur Durchschnittlichkeit. Sie grüßte lebhaft und aufrichtig freundlich, ehe sie neben May Platz nahm.

Kerzenlicht flackerte, während die *Punkah* sich über dem Tisch bewegte. Diener trugen das Essen auf. Es gab Lammfleisch in einer scharf gewürzten Soße, Reis mit Pinienkernen und Mandeln, erfrischende Milchspeisen, Gemüse in

Currysoßen und knusprig gebackenes Brot. Jack beherrschte die Unterhaltung bei Tisch und plauderte über allgemeine Themen, ehe er auf seinen Aufenthalt in London zu sprechen kam und Damien ermunterte, seinen Töchtern von England zu erzählen.

Elisha hörte den Ausführungen nur mit halbem Ohr zu. England übte keinen Reiz auf sie aus, und sie hatte sich bereits als Kind vorgenommen, Indien nie zu verlassen. In einem Albtraum, den sie vor Jahren gehabt hatte, war sie nach England gereist, und man hatte ihr den Rückweg verwehrt. Auch jetzt noch jagte ihr diese Vorstellung eine Heidenangst ein, selbst wenn sie wusste, dass ihr Vater sie niemals irgendwo zurücklassen würde, wo sie nicht sein wollte.

»Warum wollten Sie Arzt werden, Dr. Catrall?« Elisha nutzte eine Pause im Gespräch und dachte sich, wenn er jetzt sagt, um Menschen zu helfen, nimmt er mich nicht ernst.

Damien dachte kurz über die Antwort nach. »Vielleicht, weil ich nicht wusste, was ich mit meinem Leben sonst hätte anfangen sollen«, sagte er, wobei Elisha seinem Ton nicht entnehmen konnte, ob er es ernst meinte oder nur scherzte.

»Gibt es bestimmte Krankheiten, auf die Sie Ihr Augenmerk richten wollen?«, fragte Elisha interessiert.

»Ich bitte dich«, ging Charlotte dazwischen. »Wer will denn bei Tisch über Krankheiten reden?«

»Wenn du mir zugehört hättest, wüsstest du, dass ich nicht über Krankheiten im Einzelnen, sondern über die Tätigkeit als Arzt gesprochen habe.«

»Es wird wohl kaum ausbleiben, dass die Antwort Angaben zu bestimmten Krankheiten enthält«, entgegnete Charlotte, »was als Tischgespräch in höchstem Maße unpassend ist.« Sie wandte sich an Damien und lächelte bezaubernd. »Sie

müssen das Verhalten meiner Schwester entschuldigen. Was Sie über die Kultur Londons erzählten, fanden sowohl ich als auch meine Familie überaus fesselnd. Leider verschließen sich derartige Dinge oft vor Elisha, so dass sie sich als Ausgleich in die etwas … profane Welt der Männer vorwagt.«
Jack lag bereits eine Zurechtweisung auf der Zunge, als Elisha ihm zuvorkam. »Nun, Charlotte, profan oder nicht, zumindest ist ja gerade das eine Welt, in der du keine Fremde bist.«
»Ich denke, nun ist eine Entschuldigung angebracht«, mischte Claire sich ein. »Diesen Ton dulde ich nicht.«
Elisha murmelte eine Entschuldigung, während ihre Wangen brannten. Sie warf einen flüchtigen Blick auf ihren Gast und dann auf ihren Vater. Zwar hatte Jack eine Unterhaltung mit Damien begonnen, aber er sah dennoch kurz zu ihr hinüber, und Elisha ahnte, dass es mit einer Entschuldigung nicht getan sein würde.

Das Sommerhaus im Garten hinter dem Legrant-Haus war eine exakte Kopie des Haupthauses, eine Miniatur, die ursprünglich wohl für ungestörte Aufenthalte für Paare gedacht war, die dem Haus für einige Tage entfliehen wollten. Wildrosen blühten an Spalieren, säumten den Weg, der von der Veranda des Legrant-Hauses zum Gartenhaus führte. Jack trat über die Steinstufe auf die kleine Veranda und schloss die Tür auf.
Im Haus zündete er eine Lampe an und ging Damien voraus. Auch wenn das Haus gründlich gereinigt worden war, haftete ihm der Geruch eines Gebäudes an, das lange leer gestanden hatte. In dem feuchten Klima der Sommermonate musste das Haus innen zwangsläufig Schimmel ansetzen, und der

etwas erdige Geruch lag immer noch in der Luft, auch wenn Jack gesagt hatte, das Haus sei tagelang gelüftet worden. Vom Eingangsbereich aus ging es links in einen Salon mit Esszimmer und rechts in einen geräumigen Raum, den er als Arbeitszimmer nutzen konnte. Im rückwärtigen Teil lag ein weiterer Raum mit einer kleinen Kammer, deren Nutzen sich Damien nicht erschließen wollte. Als Vorratskammer war sie zu klein – abgesehen davon, dass sie in einem Gartenhaus überflüssig war –, und als Kammer für einen Dienstboten entschieden zu eng. Damien verließ den Raum und folgte Jack die Treppe hinauf. Die Stufen waren massiv und so gut gearbeitet, dass sie nicht mehr als ein leises Knarren von sich gaben, als er sie betrat. Das Treppengeländer war mit Ornamenten verziert, offenbar war hier ein wirklicher Künstler am Werk gewesen. Im Obergeschoss waren zwei Schlafzimmer und eine weitere Kammer. Damien sah sich im größeren der beiden Zimmer um, entdeckte dann, dass es einen Balkon hatte, der hinter dem Vorhang verborgen war. Das wäre durchaus ein Grund, dieses Zimmer zu seinem Schlafzimmer zu machen. Abends auf dem Balkon zu lesen und dabei eine Zigarre rauchen zu können, war eine wirklich verlockende Vorstellung. Damien öffnete die verriegelten Läden. Der Balkon führte nach Westen hinaus, das war ein weiterer Punkt für das Zimmer.

Versonnen sah Damien zu dem prachtvollen weißen Haus hinüber. Jack Legrant war ein Abkömmling jenes Zweiges der französischen Adelsfamilie Le Grand, der während der Hugenottenkriege nach England geflohen und sich dort niedergelassen hatte. Sie hatten ihren Namen anglisiert und jegliche Verbindung zu ihren in Frankreich verbliebenen Verwandten abgebrochen. Ein Teil der Familie war Anfang 1600 nach Indien ausgewandert und hatte sich am Aufbau der *East India Company* beteiligt. Seit die Einfuhr von Gütern wie Rohseide und Kattun nach England nicht mehr erlaubt war – aus Rücksicht auf die eigenen Märkte –, legten sie ihren Handelsschwerpunkt auf Tee aus China, der in England weiterverkauft wurde, sowie auf Waffenhandel mit Kanton. Mittlerweile erwies sich das Geschäft als ungemein einträglich, und die Legrants – bereits in England überaus einflussreich – weiteten ihren Ruf und Einfluss auf sämtliche Gebiete Indiens und um Indien herum aus, in denen die Engländer präsent waren. Seit einiger Zeit beteiligten sie sich an den Zuckergeschäften in Westindien, deren Absatzpreise kriegsbedingt angestiegen waren. Der Krieg hatte den Handel der zuckererzeugenden französischen Inseln geschädigt, was den Engländern überaus gelegen kam. Die Zuckerpreise blieben konstant hoch, und die Produktion wuchs. Was jedoch mitwuchs, war die Aufnahmefähigkeit des englischen Marktes, der den Gesamtertrag Britisch-Westindiens aufsog und immer noch weit davon entfernt war, gesättigt zu sein. Die Legrants hatten ihre Hände überall mit drin, wo Geld zu machen war, hatte Damiens Mutter – wenn auch selbst eine Legrant – einmal etwas verächtlich bemerkt.

»Sie sagen nichts«, sagte Jack in das Schweigen hinein. »Gefällt es Ihnen?«

»Ja.« Damien trat zurück und zog den Fensterladen wieder zu. »Ja, es gefällt mir.«

Elisha malte bedachtsam Buchstaben in Sanskrit auf einen Bogen Papier, hob den Pinsel und betrachtete ihr Werk stirnrunzelnd. Ihr war heiß, die Luft in der Bibliothek war

drückend und schwer. Zwar waren an den Fenstern nasse Tücher aufgespannt worden, und die *Punkah* bewegte sich unaufhörlich, aber das Ergebnis war nicht nennenswert. Als sich die Tür zur Bibliothek öffnete, drehte sie sich um, und in dem Moment fiel ein Tintenklecks von dem feinen Kalligrafiepinsel auf das Papier. »Ach, zum Teufel«, sagte sie leise.
»Du sollst nicht fluchen«, belehrte May sie, in der Tür stehend. »Mama fragt, warum du nicht in den Salon kommst. Der Kuchen ist schon serviert.«
»Keine Lust«, entgegnete Elisha. »Und jetzt geh und mach die Tür zu.«
»Aber Mama sagt, du sollst …«
»Sag Mama, ich soll, aber ich will nicht.« Seit dem Abendessen, an dem sie mit Charlotte aneinander geraten war, hatte Elisha Hausarrest. Ihr Vater hatte ihr eine Strafpredigt gehalten – zu ihrer großen Genugtuung auch Charlotte –, und damit wäre es gut gewesen. Aber ihre Mutter hatte ihm so lange zugesetzt, dass er Elisha zusätzlich Ausgehverbot erteilte – schließlich wog ihre Schuld schwerer als die ihrer Schwester, die Strafe musste demnach entsprechend angepasst werden. Als wäre die Demütigung in Gegenwart des unbekannten Verwandten nicht schon schlimm genug. Elisha hatte sich seither so sehr geschämt, dass sie kaum ein Wort mit ihm wechselte. Nachdem er von sich aus auch keinerlei Versuche machte, sie anzusprechen – seine Aufmerksamkeit galt vornehmlich Charlotte –, fiel es nicht weiter schwer, ihn zu meiden. Charlotte flirtete bei Tisch und auch bei jeder anderen sich bietenden Gelegenheit heftig mit ihm, was ihm zu gefallen schien. Dabei war er verlobt. Aber so waren die Männer eben.
Wieder allein, steckte Elisha den Pinsel in das Tintenfass

und widmete sich ihren Schriftzeichen. Sanskrit übte eine große Faszination auf sie aus, auch wenn ihre Mutter meinte, sie solle sich, wenn sie denn schon alte Sprachen lernte, lieber Latein und Griechisch widmen, den Sprachen der europäischen Gelehrten und Philosophen. Ihr zuliebe hatte Elisha es versucht, fand es aber so trocken, dass sie es nach wenigen Monaten wieder aufgab.
Sie lebte in Indien, was also lag näher, als die Sprache der indischen Gelehrten und Philosophen zu lernen, die ohnehin viel schöner war. Allein Worte wie *Jambudvipa*, der ursprüngliche Name Indiens, der so viel bedeutete wie »Land des Rosenapfels«, zergingen ihr förmlich auf der Zunge, und sie konnte nicht genug davon bekommen. Sie war eben im Begriff, den Pinsel wieder auf das Papier zu senken, als die Tür sich erneut öffnete. Diesmal allerdings war es ihr Vater, der in der Tür stand.
»Du hast dich ein wenig im Ton vergriffen bei der Botschaft, mit der du May zu deiner Mutter geschickt hast«, sagte er, während er die Tür hinter sich schloss.
»Wie hat sie es ihr denn ausgerichtet?«
»Wortwörtlich.« Jack kam zu dem Tisch, an dem Elisha saß, und nahm eines der beschriebenen Blätter mit Sanskritzeichen hoch. Anerkennend schnalzte er mit der Zunge, dann ließ er das Blatt sinken und sah Elisha über den Rand hinweg an. »Ich habe dich immer für intelligent genug gehalten, zu wissen, wann eine gewisse Diplomatie von Vorteil sein kann. Du bist wütend auf deine Mutter, weil sie darauf besteht, dass du Hausarrest hast. Was denkst du, folgt auf dein jetziges Benehmen?«
Elisha zuckte etwas trotzig die Schultern. Jack setzte sich auf den Tischrand, was seine Frau vermutlich entrüstet getadelt

hätte. »Dass du deine Strafe damit wohl kaum abkürzen wirst, ist dir doch bewusst?«
»Als ob Mama mir auch nur einen Tag erlassen würde.«
»Du könntest es ja mal drauf ankommen lassen. Außerdem kann sie dein Ausgehverbot ohne weiteres verlängern, wenn du dich weiterhin nicht zu benehmen weißt.«
»Du kannst es auf ihren Wunsch hin ohne weiteres verlängern, meintest du.«
»Richtig, und das werde ich auch tun, weil du genau weißt, dass ich ein solches Verhalten nicht dulden kann.« Jacks Ton blieb ruhig und freundlich, was aber nicht über die Autorität darin hinwegtäuschte. »Wenn du deinen Stolz herunterschlucken könntest und in den Salon zu unserem Besuch gehst, wäre deine Mutter vielleicht geneigt, dich heute Abend mit mir zum Hafen gehen zu lassen.«
»Zum Hafen?«
»Heute Nachmittag ist ein Schiff aus Westindien eingelaufen, und ich muss noch einige Dinge in Bezug auf die Lieferung erledigen. Du bist doch gerne im Dunkeln am Meer.«
Der Seidenrock raschelte, als Elisha ihren Stuhl zurückschob und aufstand. »Nun, in dem Fall werde ich das Opfer natürlich auf mich nehmen. Wer ist denn heute zu Besuch gekommen?«
»Eine Mrs. Sewell. Ihr Mann ist erst seit einigen Tagen in Bombay.«
»Und sie hat einen erwachsenen Sohn, will ich annehmen, so schnell, wie sie bei uns gelandet ist«, vermutete Elisha.
Jack zwinkerte ihr anstelle einer Antwort zu.

Elisha liebte die Vielfalt der Gerüche in den Lagerhäusern der Kompanie: Zimt aus Ceylon, Kaffee aus arabischen Ländern, feinere Gewürze von dem Malaiischen Archipel, Sandelholz aus Timor. Ihre Nase war bereits darin geübt, die Gerüche in allen Nuancen zu unterscheiden. Ebenso wie sie wusste, welche Rolle die einzelnen Waren im Handel spielten. Pfeffer von der Malabarküste war ein wichtiges Gut im Europa-Handel, wohingegen arabischer Kaffee und die feineren Gewürze zu den wertvollsten Gütern zählten. Faszinierend fand Elisha auch die verschiedenen Farben und Arten von gewebter Baumwolle aus allen Teilen Indiens, die in Ballen in einem weiteren Lager lag. Seide aus Bengalen und China leuchtete in allen Farbnuancen, und Elisha konnte sich nicht sattsehen daran. Eine besondere Schwäche hatte sie jedoch für Sandelholz. Sie zündete gerne Sandelholzstäbchen in ihrem Zimmer an. Von einigen indischen Freundinnen wusste sie, dass diese das weiße Holz zerstießen und damit eine Paste zubereiteten, mit der sie ihre Körper einstrichen, etwas, das von ihren Ehemännern hochgeschätzt wurde. Shalina, die Ehefrau eines Rajputenfürsten und ihre beste Freundin, hatte einmal – halb im Scherz – gesagt, dass die Frauen sich deshalb sooft mit Sandelholz einreiben sollten, damit ihnen der Geruch vertraut sei und sie nach dem Tod ihrer Ehemänner auf den mit Sandelholz aufgeschichteten Scheiterhaufen etwas rochen, an das sie gewöhnt waren. Vertraute Gerüche besänftigten die Angst, sagten die alten Frauen. Elisha zog die Hand von dem Sandelholz zurück und erschauerte.

»Wusste doch, dass ich Sie hier finde, Miss Elisha«, schreckte sie eine Männerstimme aus ihren Gedanken auf, und sie sah Mr. Shreve, den Lagerverwalter, das Lager betreten. »Als Ihr Vater mir sagte, sie hätten ihn heute begleitet, war mir klar, Sie müssten entweder am Hafen oder im Lager sein.« Er ging zu einem Tisch links der Eingangstür und nahm ein kleines Bündel weißer Späne zur Hand. »Ich habe nicht vergessen, dass Sie das mögen«, sagte er und reichte es ihr.

»Sandelholz«, sagte Elisha. »Vielen Dank. Aber kann ich das so einfach mitnehmen?«

Mr. Shreve zuckte die Schultern. »Abfallprodukte, die sich nicht verkaufen. Entweder ich gebe es Ihnen, oder die Mitarbeiter hier im Lager nehmen es sich.«

Elisha bedankte sich und verließ das Lagerhaus, um zu ihrem Vater zu gehen. Abends lichtete sich das Gedränge auf den Straßen, die im warmen Licht der Fackeln eine eigene Art der Vertrautheit hatten, mit Schatten, wo sonst keine waren, und Pfützen von Dunkelheit auf dem Boden, wo der Feuerschein nicht hinreichte. Der Zugang zur Stadt war nur durch drei Stadttore möglich, eines davon auf der Südseite, wo die Engländer lebten, und eines auf der Nordseite in der schwarzen Stadt der Inder. Der Graben um die Stadt war künstlich angelegt worden, entsprungen dem Sicherheitsbedürfnis englischer Kaufleute. Das Zollamt und die Lagerhäuser lagen in der Nähe des Kastells. Um die Grünfläche, das sogenannte Bombay Green, lagen unter anderem das Government House und das Schatzamt.

Elisha kam am Marinehaus und den Kasernen vorbei und stand schließlich vor dem Gebäude der *East India Company*, in dem sich das Büro ihres Vaters befand. Weil sie keinen Treffpunkt ausgemacht hatten, beschloss sie, nachzusehen, ob er noch im Büro war. Sie wusste, dass sie sich zu lange im Lagerhaus aufgehalten hatte und dass ihr Vater es ungern sah, wenn sie so spät noch allein unterwegs war, aber das Lagerhaus wurde abends geschlossen, so dass sie dort nicht länger hätte warten können.

Das Geschoss, in dem das Büro ihres Vaters lag, war dunkel.

Elisha betrat das Handelsgebäude, nur um festzustellen, dass die Tür zum Arbeitszimmers ihres Vaters verschlossen war. Sie ging zurück zur Treppe und überlegte, während sie durch den erleuchteten Korridor im zweiten Stock lief, wo ihr Vater wohl auf sie warten würde. Die meisten Türen waren geschlossen, wobei bei vielen noch Licht durch den Türspalt schimmerte.

Elisha verließ das Gebäude wieder und wollte zum Hafen zurückkehren, wo sie ihren Vater vermutete, als eine halb offene Tür zum Arzthaus, einige Häuser vom Gebäude der Kompanie entfernt, ihre Aufmerksamkeit erregte. Es war ein einstöckiges Haus, das noch aus der Zeit der Portugiesen stammte und in dem der Arzt der *East India Company* untergebracht wurde. Sie kannte das Behandlungszimmer noch aus der Zeit des vorhergehenden Arztes, der ein halbes Jahr zuvor an der Cholera gestorben war. Allerdings war der Raum nun anders eingerichtet.

Studierte Ärzte waren unter den reichen Mitgliedern der Gesellschaft äußerst gefragt. Man begab sich nur ungern in die Hände von Chirurgen, schlichten Wundärzten ohne universitäre Ausbildung, und wenn ein chirurgischer Eingriff unumgänglich war, zog man es vor, ihn unter Aufsicht eines Arztes vornehmen zu lassen.

Der Raum hatte große Fenster in der rückwärtigen Wand, wodurch er tagsüber lichtdurchflutet sein musste. An der Wand rechts der Tür stand eine Liege, deren weißes Baumwolllaken mit dunklem Blut befleckt war. Einige Stellen waren bereits zu einem rostigen Braun getrocknet, andere noch rot und feucht. Hinter der Liege war ein Schrank aus poliertem Nussbaumholz, dessen obere Türen Einsätze aus Glas hatten und mit einem Schlüssel verschlossen waren.

Vor dem Fenster stand ein Schreibtisch, offenbar älteren Datums, mit einer zerkratzten Platte, die zum Teil mit Papieren bedeckt war. Ein ledergebundenes Buch lag aufgeschlagen darauf, so als habe jemand vorgehabt, etwas hineinzuschreiben. Elishas Blick wanderte weiter zu dem Bücherregal links vom Fenster, das aus dem gleichen Holz war wie der Schrank und das mit Büchern vollgestopft war – viele davon so abgegriffen, dass die Lederrücken dunkle Flecken aufwiesen.
Neben dem Bücherregal stand ein weiterer Tisch mit einem verschlossenen Holzkasten und einem dreibeinigen Mikroskop. Gebannt beugte Elisha sich vor, betrachtete das Mikroskop und konnte die Gravur des Herstellers – Edmund Culpeper – lesen. Zu gerne hätte sie sich näher damit befasst, aber sie traute sich nicht, es zu berühren. Sie richtete ihre Aufmerksamkeit auf den Kasten neben dem Mikroskop, strich mit der Hand über das glänzende Holz und öffnete den Deckel einen Spalt weit, so dass sie die innen liegenden Messinginstrumente sehen konnte. Fasziniert hob sie den Deckel weiter an und betrachtete die Instrumente, die ordentlich aufgereiht in ihren samtbespannten Halterungen lagen. An den Seiten des Kastens standen kleine Flaschen mit verschiedenen Pulvern, in den Deckel war der Name Damien Catrall eingraviert. Obwohl ihr klar war, dass es sich nicht gehörte, konnte sie nicht widerstehen und nahm eines der Instrumente hinaus. Es war ein Rohr zum Abhören des Herzens, eines, wie sie es schon bei ihrem Hausarzt gesehen hatte, nur war dieses hier schöner gearbeitet und lag kühl und glatt in ihrer Hand.
»Legen Sie es wieder zurück«, sagte Damien von der Tür her. Elisha fuhr zusammen, und das Instrument fiel mit einem hellen Scheppern zu Boden. Wortlos bückte Damien sich da-

nach, besah es von allen Seiten, ehe er es mit einem Tuch abwischte und in den Kasten zurücklegte. »Sie können sich alles ansehen, wenn Sie wollen, aber fragen Sie mich vorher.«
Elishas Gesicht brannte, während sie eine Entschuldigung stammelte. »Die Tür stand offen, und Sie waren nicht da«, versuchte sie ihr Verhalten zu erklären.
»Das kann ich als Rechtfertigung nur schwerlich akzeptieren«, entgegnete Damien, »oder was würden Sie denken, wenn Sie mich in Ihrem Zimmer vorfänden, wo ich mir Ihr Eigentum ansehe mit der Begründung ›die Tür stand offen‹?«
»Vermutlich würde ich mich wundern, dass es mein Eigentum ist, das Ihr Interesse weckt, und nicht Charlottes.«
Damien schien nicht so recht zu wissen, was er von ihrer Antwort halten sollte. Er schloss langsam den Holzkasten und legte seine Hand darauf. »Ihre Schwester ist eine äußerst charmante Unterhalterin«, sagte er, »aber wie Sie wissen, bin ich verlobt, was Ihren Spekulationen die Grundlage entziehen sollte.« In seinem Ton lag ein leiser Anflug von Tadel, so als gehöre sie zu jenen Klatschtanten, die hinter jedem harmlosen Gespräch einen tieferen Sinn vermuteten und nichts Eiligeres zu tun hatten, als diesen in die Welt hinauszuschreien.
Elisha knabberte an ihrer Unterlippe. »So hatte ich das nicht gemeint, Verzeihen Sie.« Sie hatte bisher drei Sätze von sich gegeben, wovon zwei Entschuldigungen und ein Satz unbedacht dumm waren. Nun war der beste Zeitpunkt, sich elegant zurückzuziehen. Nur was war elegant? Sich verabschieden, umdrehen und gehen? Sie tat es einfach.
»Wo ist denn Ihr Vater?«, hielt Damien sie zurück
»Das weiß ich auch nicht so genau. Ich hatte gehofft, er wäre in seinem Arbeitszimmer.«

»Sie wollen doch wohl nicht wirklich jetzt noch allein am Hafen herumlaufen?«

»Ich bin hier nicht zum ersten Mal, und die Angestellten kennen mich alle.«

»Aber die betrunkenen Matrosen am Landungssteg nicht, will ich annehmen.« Damien ging zu seinem Schreibtisch und setzte sich. »Warten Sie hier, ich begleite Sie gleich. Ich hatte ohnehin vor, mit Ihrem Vater zusammen zurückzufahren.«

»Ich brauche keine Begleitung«, wehrte Elisha ab.

»Entschuldigen Sie meine Beharrlichkeit, aber das sehe ich anders. Heute ist ein Schiff eingelaufen, die Männer haben ihren ersten Landgang seit Wochen, und vorhin sind mir einige Matrosen entgegengekommen, denen Sie besser nicht allein begegnen sollten. Ich muss nur kurz etwas aufschreiben, nehmen Sie solange Platz.« Damien deutete auf einen der beiden Stühle vor dem Schreibtisch.

In Momenten wie diesen wünschte Elisha sich ein wenig mehr von ihrer Mutter oder Charlotte, die die Situation würdevoll und elegant gemeistert hätten. Elisha setzte sich hin, weil sie wusste, es würde lächerlich wirken, bestünde sie trotz allem darauf, allein zu gehen. Sie sah zu Damien, der, den Kopf gesenkt, in dem vor ihm liegenden Buch blätterte. Das Kerzenlicht verlieh seinem tiefschwarzen, im Nacken zusammengebundenen Haar einen beinahe bläulichen Schimmer. So dunkles Haar war bei Engländern ungewöhnlich, und Elisha fragte sich unweigerlich, ob sein Vater nicht eurasischer Abstammung war, wenn dafür auch Damiens Haut zu hell schien. Aber es gab ja auch Eurasier, bei denen sich das englische Erbe in vielen Merkmalen durchsetzte. Anderseits hätte man ihm als Eurasier wohl kaum eine Stelle als Arzt

der Kompanie angeboten, geschweige denn, ihm irgendeine Form von Respekt entgegengebracht.
Es bestürzte sie, den schlechten Eindruck, den er unweigerlich von ihr bekommen haben musste, noch zu vertiefen, indem sie einfach an seine Sachen gegangen war. Irgendwie gelang es ihr nicht, charmant und unterhaltsam zu sein. Immer, wenn sie über etwas reden wollte, das sie interessierte, eckte sie unweigerlich an. Sie scheiterte daran, interessante Unterhaltungen zu führen, ohne sich dabei in den Vordergrund zu stellen und dennoch im Mittelpunkt des allgemeinen Interesses zu stehen – eben jeder Zoll eine Dame. Auch wenn ihr nicht klar werden wollte, warum das auf einmal so wichtig war.
Während sie schweigend wartete, tauchte Damien die Schreibfeder in das Tintenfass. *20. Mai 1753*, schrieb er, *tiefe Fleischwunde im rechten Oberschenkel, unverheilt, beginnender Wundbrand, Amputation durch den Chirurgen.* Im Folgenden beschrieb er jede Einzelheit des Verlaufs, von der Verletzung bis zur Amputation. Er war froh, dass Elisha nicht vor einer Stunde hier vorbeigekommen war. Zu viert hatten sie den Mann – einen jungen Offizier – festhalten müssen, der geschrien und sich erbrochen hatte, während der Chirurg sein Bein abnahm und den Stumpf ausbrannte. Damien hatte lediglich ein leichtes Narkotikum, das aus Mohn gewonnen wurde, zur Verfügung gestanden, und auch das nicht in ausreichenden Mengen. Es gab demnach also keinerlei Möglichkeit, den Schmerz auf ein erträgliches Maß zu lindern. Viele Patienten betranken sich vorher, was aber nur wenig nützte, weil sie meist dennoch alles mitbekamen. Wurden sie vor Schmerzen bewusstlos, war es das Beste, aber diesem Mann war so viel Glück nicht vergönnt gewesen.

Nach der Amputation war Damien über und über mit Blut bespritzt gewesen und hatte weniger das Gefühl gehabt, ein Heilkundiger zu sein als ein Schlächter. Noch dazu war es unklar, ob der Mann überhaupt überleben würde. Das Krankenhaus, in das er den Mann gebracht hatte – es gab insgesamt drei in Bombay –, war in einem desolaten Zustand. Damiens Bitten an die überforderten Wundärzte, einen verschmutzten Verband nicht mehrmals bei verschiedenen Patienten zu verwenden und sich zumindest hin und wieder die Hände zu waschen, hatten ihm nur erstaunte Blicke und halbherzige Zusagen eingebracht. Ihm war klar, dass nichts davon eingehalten werden würde. Aber den Mann in eines der anderen Krankenhäuser zu bringen würde nicht viel nützen, die Bedingungen ähnelten sich, das kannte er bereits aus England.
Damien steckte die Feder in ihren Halter, streute Sand über die beschriebene Seite und stand auf. »Kommen Sie«, sagte er und ließ Elisha den Vortritt zur Tür. Er löschte die Kerzen und schloss die Tür ab. Morgen früh würde er sich darum kümmern müssen, seine Kleidung und den blutigen Überwurf der Liege zu der Wäscherin zu bringen. Normalerweise hätte er alles verschnürt und ihr vor die Tür gelegt, was er aber in Elishas Gegenwart nicht tun wollte.

Während sie gemeinsam am Hafen entlanggingen, hörte Elisha das Lachen der betrunkenen Matrosen, hörte laute Männerstimmen, und einmal kamen ihnen zwei Männer entgegen, die Elisha im Vorbeigehen anstarrten. Damien berührte leicht Elishas Ellbogen. »Gehen Sie auf die andere Seite«, sagte er, ehe sie an einer Gruppe Männer vorbeikamen, die an der Kaimauer saßen.

Elisha ging um Damien herum, so dass er auf der Seite der Männer lief. Wieder berührte er ihren Ellbogen und führte sie neben sich her, als die Männer ihnen anzügliche Bemerkungen nachriefen und Damien Ratschläge gaben, die Elisha das Blut ins Gesicht trieben. Damien wurde wütend, wie immer, wenn jemand in seiner Gegenwart eine Frau respektlos behandelte, schwieg in dem Fall jedoch, weil es schlichtweg dumm gewesen wäre, mit einer Gruppe betrunkener Seeleute einen Streit vom Zaun zu brechen. Noch dazu, wenn eine junge Frau in seiner Begleitung war.
Schweigend gingen sie an den Lagerhäusern vorbei, während Elisha sich fieberhaft überlegte, was sie sagen könnte, um auch nur halbwegs den schlechten Eindruck zu lindern, den Damien unweigerlich von ihr bekommen haben musste. Erst ihr unmöglicher Auftritt bei Tisch, dann ihre Neugierde bezüglich seiner Instrumente, und schlussendlich, dass sie nachts allein am Hafen hatte herumlaufen wollen – etwas, das für eine Europäerin absolut undenkbar war. Sie biss sich auf die Lippen, öffnete mehrmals den Mund, um etwas zu sagen, überlegte es sich aber jedes Mal anders. Damien selbst machte keinerlei Anstalten, eine Unterhaltung anzuknüpfen, sondern schien vielmehr völlig in seine eigenen Gedanken versunken zu sein.
»Wenn ich meinen Vater das nächste Mal begleite«, begann Elisha, »darf ich dann einmal durch Ihr Mikroskop schauen? Ich habe so etwas bisher nur auf Bildern gesehen.«
»Ja, natürlich«, entgegnete Damien abwesend, ehe er wieder in Schweigen verfiel. Vermutlich glaubte er, sie hätte das in seiner Abwesenheit ohnehin schon getan und fragte einfach aus Höflichkeit. Elisha hielt nach ihrem Vater Ausschau, in der Hoffnung, so schnell wie möglich aus dieser peinlichen

Situation befreit zu werden. Was hätte Charlotte jetzt getan? Mit den Wimpern geklimpert und etwas gesagt, das ihr Gegenüber begeistert aufgriff und woran sich eine Konversation knüpfen ließ.

»Ich dachte immer, nur Apotheker mikroskopieren«, machte sie erneut den Versuch einer Unterhaltung.

»Das ist richtig, aber mich hat es schon während meines gesamten Studiums interessiert.« Daraufhin trat wieder Schweigen ein, und Elisha wusste nicht, was sie antworten sollte, zu distanziert klang seine Stimme, so als sei er gedanklich abwesend.

Jack war in ein Gespräch mit Richard Bourchier, dem Gouverneur von Bombay, vertieft. Beide waren ernst, und Jack nickte mehrmals zu dem, was der Gouverneur sagte. Erst als Elisha und Damien bei ihm angekommen waren, bemerkte er sie. »Wo warst du denn?«, fragte er Elisha. »Ich habe Mr. Shreve gefragt, ob er dich gesehen hat, und er meinte, du wärst vor beinahe einer Stunde im Lagerhaus gewesen.«

»Ich wollte zu dir ins Büro kommen, aber du warst nicht mehr da«, entgegnete Elisha, während in ihren Augen die innige Bitte stand, sie nicht in Damiens Gegenwart zu tadeln. Jack verstand und sagte nichts weiter. Er schob ihre Hand in seine Armbeuge und fragte Damien nach seinen bisherigen Eindrücken. Schon bald waren beide in eine lebhafte Unterhaltung vertieft, die sie auch dann nicht unterbrachen, als sie in die Kutsche stiegen. Elisha nahm neben ihrem Vater gegenüber von Damien Platz und war froh, dass dieser ihr Gesicht in der Dunkelheit nicht erkennen konnte. Es war so beruhigend, nur die vertrauten Stimmen zu hören und sich dabei als unbeteiligter Beobachter zu fühlen. Den Kopf an die Schulter ihres Vaters gelehnt, lauschte sie schweigend.

»Die Konkurrenz der anderen Indien-Kompanien stellt nicht einmal unser größtes Problem dar«, schilderte Jack und bezog sich auf die 1602 gegründete holländische Ostindien-Kompanie und die französische *Compagnie des Indes*, die seit ihrer Neugründung 1719 zu einer ernst zu nehmenden Konkurrenz geworden war. »Ein weit größeres Problem ist der Schleichhandel. Man sollte es nicht für möglich halten, aber die meisten Schleichhändler sind Engländer – irgendwelche Privatleute, die unser Monopol missachten.«

»Ich war der Meinung, die Einfuhr von Schmuggelware sei erschwert worden«, meinte Damien.

»Viele Zollbeamte sind bestechlich oder inkompetent. Die einzige Möglichkeit, die sich bietet, den illegalen Handel zu unterbinden, besteht darin, die Schiffe der Schleichhändler ausfindig zu machen und hart durchzugreifen. Schwierig wird es dann, wenn das Schiff einfach unter einer anderen Flagge fährt. Das ist zwar verboten, wird aber immer wieder gemacht.« Jacks Stimme war seine Besorgnis anzuhören. »Es gibt eine Gruppe von Franzosen … wir wissen nicht, wer genau alles dahintersteckt, aber sie verschiffen Waren in unsere Monopolgebiete. Die Direktoren unserer Gesellschaft haben sich mit der *Compagnie des Indes* bereits in Verbindung gesetzt, aber die sagen, damit hätten sie nichts zu tun – obwohl einer der Männer, die wir verdächtigen, ein ehemaliger Mitarbeiter von ihnen ist.«

»Gibt es keine Möglichkeit, sie auf See zu stellen?«

»Die gäbe es schon«, entgegnete Jack, »aber irgendwie scheinen sie über jeden unserer Schritte schon im Voraus Bescheid zu wissen. Der ehemalige Angestellte der *Compagnie des Indes*, Lamont Montaury, verkehrt viel und häufig mit den Engländern und streitet jede Teilnahme an Schmuggelhan-

del ab, aber was man darauf geben kann …« Elisha hörte, wie ihr Vater mit den Fingern schnippte.
»Und wenn es jemand aus Ihren eigenen Reihen ist, der interne Informationen über geplante Operationen weitergibt?«
»Das ist mit Sicherheit so, nur weiß ich nicht, wer das sein könnte. Diese Informationen sind nur wenigen Leuten zugänglich. Ein Problem ist, dass Montaury sich trotz der Feindseligkeiten zwischen uns und den Franzosen erstaunlich gut mit den Engländern versteht, man lädt ihn sogar zu Feiern ein und führt ihn herum. Das erschwert es natürlich, härter gegen ihn vorzugehen.«
Das Gespräch wechselte zu den herrschenden Handelsbedingungen und der Sorge um die politische Stabilität in Europa. Elisha berührte mit der Hand das kleine Bündel Sandelholz, dessen Band sie in eine Spitzenrüsche ihres Kleides geknotet hatte. Sie würde aufpassen müssen, in ihr Zimmer zu kommen, ehe ihre Mutter es bemerkte und ihr einen Vortrag über den Umgang mit edler Spitze aufzwang.
Als die Kutsche vor dem Haus hielt, stieg zuerst Jack aus und half dann Elisha heraus. Die Männer unterhielten sich noch kurz, während sie ins Haus ging. Auf ihrem Zimmer half ihre *Ayah* ihr beim Umkleiden und löste ihr Haar. Auf Elisha wirkt es immer entspannend, ihre Haare zu bürsten, so dass sie es selbst tat und die *Ayah* fortschickte. Als ihr das lange Haar über den Rücken fiel, löschte sie das Licht, ging zum Fenster und sah in den Garten hinaus. In dem Gartenhaus brannte Licht in einem der oberen Fenster. Der Lichtschein wurde schwächer, so als hätte der Kerzenleuchter erst in der Nähe des Fensters gestanden und sei dann mitten in den Raum gestellt worden. Wenige Minuten später erlosch das Licht ganz.

2

Bombay, Juli 1753

Ein übler Geruch schlug Damien entgegen, als er im Krankenhaus die Krankenstation der Männer betrat. Die feuchtheiße Luft, die schon draußen kaum noch erträglich war, staute sich in dem großen Raum in einem Ausmaß, das das Atmen unmöglich zu machen schien. Es regnete beinahe ohne Unterlass, so dass es fast nicht möglich war, den Weg von einem Gebäude zum anderen zurückzulegen, ohne vollkommen durchnässt zu werden. Damien war das Klima in Madras gewöhnt, wo der November der regenreichste Monat war, und selbst dann regnete es erheblich weniger als in Bombay im Juli. Die Wände des Krankenhauses waren feucht, und es erstaunte ihn immer wieder, dass der junge Offizier, den er hier untergebracht hatte, noch lebte – was dieser keineswegs zu schätzen wusste.

»Ich habe dem Chirurgen letzte Nacht gesagt, er möge mich erschießen, aber er war nicht dazu zu bewegen«, begrüßte der junge Mann Damien mit finsterem Gesicht. »Und Sie sollte er gleich hinterherschicken, weil Sie mir in den letzten Stunden meines Lebens die schlimmsten Qualen der Hölle bereitet haben.«

Damien schlug ungerührt die Decke zurück, um sich den Beinstumpf anzusehen, dessen Heilungsprozess sehr lange dauern würde. Mit diesen Wünschen – wenn auch immer in verschiedenen Abwandlungen – begrüßte ihn der junge

Mann täglich, seitdem er wieder halbwegs bei Kräften war. Stirnrunzelnd schälte Damien den feuchten Verband von dem Stumpf. Innerlich befürchtete er immer, bereits Anzeichen von Fäulnis zu sehen, was bei diesen Temperaturen und den hygienischen Verhältnissen mehr als wahrscheinlich war. »Wie fühlen Sie sich heute?«

»Wie ein einbeiniger Krüppel.«

Damien befühlte das durchgeschwitzte Bettzeug und besah sich den jungen Offizier genauer. Das Haar war unordentlich zurückgebunden, den Bart hatte er wachsen lassen, und seine Wangen waren so hohl, dass sein Gesicht spitz und scharfkantig wirkte. Er war kaum achtzehn Jahre alt, und dies war seine erste Fahrt gewesen, seit er sein Offizierspatent erworben hatte. Die Verletzung war zunächst harmlos erschienen, die Folge einer Säbelverletzung bei einer Übung. »Ich würde es ehrlich gesagt lieber sehen, wenn ich Sie woanders unterbringen könnte«, sagte Damien.

»Na, und ich erst.«

Damien sah sich in dem Saal um. Er hatte bereits versucht, mit dem leitenden Chirurgen zu sprechen, der ihm jedoch deutlich zu verstehen gegeben hatte, dass das Krankenhaus nicht in Damiens Tätigkeitsbereich fiel. Wenn es notwendig war, konnte er zwar seine Patienten hier unterbringen, aber darüber hinaus sah man nicht gerne, wenn er versuchte, die herrschenden Regeln zu ändern. Als studierter Arzt begegneten ihm die Wundärzte mit einigem Misstrauen – was durchaus auf Gegenseitigkeit beruhte. Der gesamte Chirurgen- und Ärztestand beäugte sich argwöhnisch, beinahe feindselig.

»Haben Sie Ihre Familie schon benachrichtigt?«, nahm Damien das Gespräch wieder auf.

»Meinen Vater würde der Schlag treffen. Das hat er so nicht

für mich geplant, und er hasst es, wenn ich seine Pläne unterwandere.«

»Nun, Leutnant Fenmore …«

»Jonah.«

Damien lächelte. »Jonah, ich glaube, Ihr Vater wird erleichtert sein, dass Sie die Verletzung überlebt haben.«

Jonah zuckte leicht die Schultern und schien etwas sagen zu wollen, überlegte es sich dann jedoch anders. Stattdessen meinte er: »Die Chirurgen hier sind die reinsten Metzger. Vor zwei Tagen haben sie einem armen Burschen den Finger abgenommen. Der Chirurg hat so herumgepfuscht, dass man dem Jungen später die Hand und dann den halben Arm absägen musste. Am Ende ist er gestorben. Vergiftetes Blut, sagte der Chirurg.«

Die Lippen leicht zusammengepresst, sah Damien zu dem bezeichneten Bett, dessen schmutzige Laken bräunlich rot befleckt waren. Dann wandte er sich wieder seinem Patienten zu und begann einen neuen Verband um den Stumpf zu wickeln.

»Erstaunlich, wie viel Aufwand Sie um dieses tote Stück Fleisch betreiben«, mokierte sich Jonah.

»Vielleicht, weil noch lebendes Fleisch daran hängt«, gab Damien trocken zurück.

Jonah lachte, was sich heiser und etwas blechern anhörte. »Wissen Sie, ich wollte immer Offizier werden. Ich wünschte, mein Vater hätte es mir ausgeredet.«

Damien dachte an seinen Halbbruder Robert, der seinem Vater seit Monaten mit dem Wunsch, Offizier zu werden, in den Ohren lag, und schwieg.

Elisha lag auf einem Berg von Seidenkissen, den Kopf zurückgebogen und das Haar fächerartig auf dem Schoß ihrer Freundin Shalina ausgebreitet, die sich daranmachte, jede einzelne Strähne durch einen Kamm zu ziehen. Shalina war die Ehefrau eines Rajputenfürsten aus Jodhpur – ein Verwandter des herrschenden Maharadschas, der jedoch keine wirkliche Macht ausübte. Die Maharadschas von Jodhpur wie auch die Fürsten standen im Dienste der Herrscher von Delhi, die wiederum erbitterte Feinde der Marathen waren. Kennengelernt hatten sich Shalina und Elisha, als Jack Seidenstoffe an den Fürsten hatte liefern lassen. Damals war Elisha zwölf und Shalina dreizehn Jahre alt gewesen. Es war kurz vor Shalinas Hochzeit und ein Jahr vor der Geburt ihres ersten Kindes gewesen. Beide hatten sich auf Anhieb gemocht.

Während die Vorbereitungen zur Eheschließung im Gange waren, hatten Shalina und Elisha sich immer wieder davongestohlen und waren durch die Gänge des Palastes gelaufen, barfuß auf dem kühlen Marmor, lachend und unbeschwert. Manchmal hatten sie sich stundenlang versteckt, während Shalinas Mutter, Tanten, Dienerinnen und Sklavinnen sie suchten.

Der Handel mit dem Fürsten musste überaus diskret gehandhabt werden, um nicht das Misstrauen des herrschenden Moguls zu erregen, der argwöhnte, man könne Waffen oder Salpeter liefern und somit mögliche Aufstände unterstützen. Der Gedanke war nicht einmal ganz abwegig, denn die Herrscher mussten nicht nur Meuchelmorde von ihren eigenen Söhnen fürchten, es waren auch die Verbündeten mit Vorsicht zu betrachten. Demnach musste jede Lieferung in den Rajputenpalast zunächst genauestens von einem Beauftragten inspiziert werden, um sich zu vergewissern, dass es wirklich nur Seidenstoffe aus China, arabischer Kaffee oder Porzellan aus Japan war, das geliefert wurde.

Elisha war seither eng mit Shalina befreundet, und ihr Vater hatte ihr erlaubt – entgegen den entschiedenen Protesten ihrer Mutter –, dass sie den Palast aufsuchen könne, wann immer sie wollte. Die englische Gesellschaft war zwar im Umgang mit dem Volk eher zurückhaltend, aber ein Fürst war ein Fürst, gleichgültig, in welchem Land, und man brauchte die Herrscher und Edlen, um die eigene Macht festigen zu können. Die Stunden in dem kühlen Marmorpalast mit seinen Bädern und Brunnen, den seidenen Kissen, den fließenden bunten Stoffen und den Leckereien, die überall auf silbernen Schalen lagen, zählten zu den schönsten der Woche. Allerdings war es immer schwierig, in der Regenzeit in den Palast zu fahren, und sie durfte nur dorthin, weil die Wege dieses Jahr trotz allem recht gut passierbar waren.

Elisha trug einen Seidensari in Pfauenblau, worin sie sich wunderbar beweglich fühlte. Wenn es Fortschritt war, die Körper der Frauen bis zur Atemnot einzuschnüren und sie steif wie Holzscheite zu machen, dann war ihr die »rückständige Wildheit dieser Barbaren« – wie Archibald es erst kürzlich wieder genannt hatte – bei weitem lieber. Shalina gab ihr einen leichten Klaps, was bedeutete, dass sie aufstehen konnte. Elishas Haar fiel glatt und schwer bis auf die Hüften.

»Jetzt siehst du aus wie eine Inderin«, sagte Shalina. »Mit den hellen Augen könntest du aus den Bergen stammen.«

Mutter wäre zutiefst entsetzt, dachte Elisha. Sie tastete über ihr Haar und fragte sich, warum ihre *Ayah* es nie so hinbekam. Shalina hatte Yasminöl mit einem dunklen schweren Öl gemischt und in ihr Haar gekämmt, es dann wieder herausgewaschen, und nun fühlte Elishas Haar sich an wie Seide.

»Komm«, sagte Shalina und setzte sich auf einen Hocker.

»Ich frisiere dich noch, damit du heute Abend zu eurer Feier hübsch aussiehst.«

Elisha kniete sich vor ihre Freundin auf den Boden und zog den kleinen Vikram, Shalinas Erstgeborenen, auf ihren Schoß. Sie hatte vom ersten Tag an eine Schwäche für den pummeligen Jungen gehabt. Er war jetzt fünf Jahre alt und würde bis zu seinem siebten Lebensjahr bei seiner Mutter im *Zenana*, dem Frauenbereich, bleiben dürfen. Von ihrer dreijährigen Tochter hatte Shalina mehr, denn deren Erziehung oblag in erster Linie ihr.

Die kriegerischen Rajputen, aus deren Geschlecht Shalina stammte, gehörten den *Kshatriyas* an, der Kaste der Krieger. Vier Kasten unterschieden die Hindus in der ihnen heiligen Ordnung, es waren die Kaste der Geistesmenschen, der *Brahmanen*, die der Krieger, der *Kshatriyas*, ferner die *Vaishyas* und die unterste Kaste, die *Shudras*. War man kastenlos, galt man als *Paria*, als unrein – so wie es auch die *Angrezis*, die Engländer, in den Augen der Hindus waren. Die Kastenzugehörigkeit erfolgte aufgrund der Geburt, und innerhalb eines Lebensalters war der Eintritt von einer Kaste in eine andere ausgeschlossen. Auf Sanskrit bezeichnete man Kasten mit *Varna*, was so viel wie Farbe bedeutete. So war die Farbe der *Brahmanen* das Weiß, die der *Kshatriyas* das Rot, der *Vaishyas* das Gelb und der *Shudras* das Schwarz.

»Was ist mit dem neuen Mädchen, das dein Mann gekauft hat?«

Shalina atmete aus, und Elisha konnte förmlich sehen, wie ihre feinen Nasenflügel bebten. »Sie ist die sechste Frau, die Ashok sich hierhergeholt hat, seit ich bei ihm lebe«, sagte sie. »Und an ihr wird er ebenso wenig Freude haben wie an den anderen.«

»Sagt er nicht immer, er liebt dich?«
»Doch.« Shalina steckte eine Haarsträhne an Elishas Hinterkopf fest. »Deshalb heiratet er auch keine weiteren Frauen. Aber auf seine Sklavinnen möchte er nicht verzichten. Sie fesseln ihn eine Zeit lang, dann vergisst er sie. Es sei denn, eine von ihnen bekäme ein Kind, dann sähe die Sache natürlich anders aus.«
»Denkst du, er würde sie dann heiraten?«
»Vielleicht.«
»Dann ist es ja gut, dass keine von ihnen schwanger geworden ist.«
Shalina hielt kurz in ihrer Bewegung, Elishas Haar in eine weitere feine Strähne zu teilen, inne, dann machte sie mit derselben Ruhe wie zuvor weiter. »Ja«, sagte sie, »das ist gut.«

Jack fuhr sich mit einem Tuch über die Stirn. Das feuchtheiße Wetter dieser Jahreszeit machte ihm immer arg zu schaffen, ebenso wie die Insekten, die mit dem Monsun auffallend aggressiv wurden. Die Straßen waren schlammig und kaum begehbar, die Stadt dampfte in der tropischen Hitze. Jeden Tag schärfte er den Dienstboten ein, auf der Hut vor Schlangen zu sein, die aus ihren Verstecken krochen. Auch wenn es die indischen Bediensteten nicht zeigen wollten, war es nicht zu übersehen, dass es sie amüsierte, dass der *Firanghi* – der Europäer – sie über die Schlangenplage während des Sommermonsuns aufklärte. Aber Jack fühlte sich besser, wenn er die Warnung aussprach. So hatte er das Gefühl, sein Möglichstes für die Sicherheit seiner Familie zu tun.
Ausgerechnet an diesem Abend waren sie eingeladen. Es gab so wenig gesellschaftliche Zerstreuung, dass allein die

Andeutung, nicht hinzugehen, einen häuslichen Krieg vom Zaun brechen würde. Gegen eine Front, bestehend aus seiner Frau Claire und aus Charlotte, würde selbst ein kampferprobter Soldat nicht freiwillig antreten wollen. May würde daheim bleiben und Elisha wie immer erst im letzten Moment erscheinen, wenn alle bereits in der Kutsche saßen.

Was Letzteres anging, sollte Jack Unrecht behalten. Als er die Eingangshalle betrat, stand Elisha bereits fertig angekleidet am Treppenabsatz, das Haar zu einer komplizierten Frisur aufgesteckt.

»Sehr hübsch«, sagte er zerstreut. »Wo sind denn deine Schwester und deine Mutter?«

»Charlotte meinte, ihre Frisur würde nicht zum Kleid passen, was auch immer das heißen mag, und Mama kümmert sich um May.«

Jack sah auf seine Taschenuhr, überschlug die Zeit und beschloss, die geschenkten Minuten zu nutzen, um noch einmal in seine Unterlagen zu sehen. »Warte doch im Salon«, sagte er im Gehen. »Wer weiß, wie lange das noch dauert.«

Im Salon brannte nur ein Kerzenleuchter, dessen warmes Licht die Konturen des Raumes weicher machte. Elisha nahm sich ein Stück Gebäck aus einer Schale und biss hinein, während sie sich in einem großen Spiegel betrachtete. Die Frisur, zu der Shalina ihr Haar aufgesteckt hatte, gefiel ihr gut, und sie drehte den Kopf, so dass sie sich auch von der Seite betrachten konnte. Ihr Kleid war aus blassgoldenem, mit Spitze verziertem Brokat, der Rock teilte sich vorn und gab den darunterliegenden sattgoldenen Rock frei. Heute trug sie dieses Kleid das erste Mal. Als sie sich wieder auf die andere Seite drehte, wippte der Rock graziös, was den Anschein erweckte, er sei wesentlich leichter, als er in Wirk-

lichkeit war. Sie drehte sich noch einmal, glücklich, dass ihr Spiegelbild ihr so gefällig war. »Wunderbar«, sagte sie leise.
»Dem lässt sich nichts entgegensetzen«, ertönte Damiens Stimme von der Tür her. Elisha wandte sich so hastig zu ihm um, dass ihr Fuß in einer Teppichfalte hängen blieb und sie zwei Schritte stolperte.
»Entschuldigung«, sagte Damien und sah ehrlich zerknirscht aus. »Ich wollte dich nicht erschrecken.« Sein Umgang mit der Familie war persönlicher geworden, weil er inzwischen mehr als Verwandter behandelt wurde denn als Gast.
Elishas Gesicht wurde so heiß, dass sie das Gefühl hatte, einen Fieberschub zu bekommen. »Das ist nicht schlimm. Ich war nur in Gedanken.«
Damien grinste. »Das war nicht zu übersehen.« Er sah, wie unangenehm ihr die Situation war, dabei hatte er die Szene durchaus reizvoll gefunden. Sie hatte etwas unschuldig Verführerisches gehabt. Ihn selbst hatte es erstaunt, dass Elisha eine solche Anmut entwickeln konnte, wenn sie sich unbeobachtet glaubte. Er hätte ihr gerne etwas Nettes gesagt, fürchtete aber, jegliches Kompliment zu ihrem Kleid oder ihrer Frisur würde floskelhaft wirken. Sein Blick fiel auf ihr Perlenkollier.
»Ich mag Perlen«, sagte er. »Sie wirken um so vieles wärmer als Diamanten. Zu diesem Kleid hättest du keine bessere Wahl treffen können.«
Unweigerlich hob Elisha ihre Hand an das Kollier. »Danke«, sagte sie und senkte den Blick, um sich nicht anmerken zu lassen, wie sehr seine Worte sie freuten. Damien spürte es dennoch und war berührt davon, wie sehr ein simples Kompliment sie in Verlegenheit brachte. Er musste unwillkürlich lächeln.
Um das Schweigen zu überspielen, griff Elisha nach der

Gebäckschale und bot ihm Kuchen an. Als sie sich vorbeugte, um die Schale zurückzustellen, hörte Damien das leise Knarren ihres Korsetts. Vor seiner Abreise aus Madras hatte er bemerkt, dass seine Halbschwester Maureen diese Folterkleidung bereits morgens schnürte, wenn abends ein Fest anstand, und jede halbe Stunde verschwand, um enger geschnürt wieder zu erscheinen – eine Maßnahme, die er für gesundheitlich sehr bedenklich hielt. Aber als er versuchte, das Thema zur Sprache zu bringen, schnitt Maureen ihm das Wort ab, indem sie erklärte, sie werde auf keinen Fall mit ihrem Bruder über ihre Unterwäsche sprechen.

Elisha wollte, von einem plötzlichen Hochgefühl erfasst, eine Unterhaltung beginnen, als Charlotte durch die offene Tür in den Salon trat.

»Wie findet ihr mein Kleid?« Sie drehte sich elegant um ihre eigene Achse, um ihr Kleid aus tiefblauer Seide gebührend von allen Seiten bewundern zu lassen. Nun, dachte Elisha, als sie Damien ansah, zumindest eines Bewunderers konnte ihre Schwester sich gewiss sein. Sofort ärgerte sie sich über sich selbst, weil ihr ihre Gedanken gehässig vorkamen. Sie wusste nicht, was in letzter Zeit mit ihr los war und warum sie derartige Auftritte von Charlotte in so gereizte Stimmung versetzten, eine Gereiztheit, die sich mit Damiens Komplimenten an Charlotte noch steigerte. Das Kleid betonte Charlottes hellen Teint, und plötzlich war sich Elisha sicher, mit ihrem Kleid die falsche Wahl getroffen zu haben. Sie sah verstohlen noch einmal in den Spiegel. Die Farbe des Kleides ließ ihren Teint wie den einer Inderin aussehen. Aber dunkle Farben standen ihr auch nicht, eigentlich gab es überhaupt keine Farbe, die sie wirklich vorteilhaft aussehen ließ. Weiß vielleicht? Aber war noch genug Zeit, sich umzukleiden?

»Elisha?« Charlottes Stimme war drängend und auch eine Spur erstaunt. Elisha sah sie an und bemerkte, dass auch Damien sie musterte.
»Was ist denn?«, fragte sie.
»Ich hatte gesagt … ach, egal«, unterbrach sich Charlotte. »Warum, um alles in der Welt, hast du so verbissen vor dich hingestarrt?«
»Ich war in Gedanken.« Das Gleiche hatte sie schon zu Damien gesagt. Sie streifte ihn mit einem kurzen Blick und war sich sicher, spöttische Belustigung in seinen Augen zu bemerken. »Wo ist Papa? Ich sage ihm kurz Bescheid, dass wir fertig sind.«
»Mama ist noch oben und kümmert sich um May. Sie gibt Papa sicher Bescheid, wenn sie so weit ist.«
»Ich wollte trotzdem noch einmal kurz mit ihm reden.« Elisha ging an den beiden vorbei zur Tür und atmete erst wieder auf, als sie auf dem Korridor ihren Blicken entflohen war. Als sie eilige Schritte hinter sich hörte, drehte sie sich um.
»Wieso führst du dich so auf?«, fragte Charlotte verärgert. »Kommt dir das nicht etwas albern vor?«
»Ich …« Elisha strich sich eine nicht vorhandene Strähne aus der Stirn. »Ich denke, ich werde mich noch einmal umziehen.«
Zunächst zeichnete sich Verwirrung auf Charlottes Zügen ab, dann klärten sich diese, und sie lächelte. »Ah, so ist das. Du hast dich in unseren Arzt verliebt.«
»Was redest du da? Natürlich nicht«, entgegnete Elisha heftig.
Charlotte legte den Kopf etwas schräg und betrachtete sie eindringlich. Sie hatte es genossen, mit Damien zu flirten, er war attraktiv und charmant. Dennoch hielt sie immer aus-

reichend Distanz, um ihm zu zeigen, dass sie außer ein wenig Geplänkel kein Interesse an ihm hatte.
»Wenn du es wirklich verbergen möchtest«, sagte sie zu Elisha, »solltest du dich vielleicht etwas weniger auffällig benehmen. Außerdem weißt du ja sicher, er ist verlobt, zwar nur auf Wunsch seines Vaters, aber verlobt.«
»Woher« – Elisha zögerte – »woher weißt du das? Ich meine, dass er nur auf Wunsch seines Vaters verlobt ist?«
Charlotte sah ihre Vermutung hinsichtlich Elishas Gefühlen offenbar bestätigt, denn ihr Lächeln vertiefte sich. »Er hat es mir erzählt.«
»Darüber redet er mit dir?«
»Warum nicht? Es ist ja schließlich kein Geheimnis. Dir hätte er es sicher auch erzählt, wenn du ihm nicht so konsequent aus dem Weg gehen würdest.« Scheinbar nachdenklich zupfte Charlotte an einer Spitzenrüsche. Dann neigte sie sich vor. »Wusstest du von seiner unehelichen Geburt?«, fragte sie leise, fast flüsternd und lächelte. »Das Schiff, auf dem seine Mutter von England zurückkehrte, wurde überfallen. Damals war sie fünfzehn Jahre alt, und man fand sie erst zwei Jahre später, geschändet und mit Kind.«
»Bist du dir sicher?« Elisha war entsetzt.
»Es ist kein Geheimnis, nur redet heute niemand mehr darüber, der Skandal ist zu alt. Calbraith Plant hat Elizabeth Legrant ein Jahr später dennoch geheiratet – die beiden waren verlobt, musst du wissen. Er hat Damien zwar aufgenommen, sich aber geweigert, ihm seinen Namen zu geben.«
»Und wessen Namen trägt Damien?«
»Nun, wohl den seines Vaters, nehme ich an, der übrigens ebenfalls während der Hinrichtungswelle von Madagaskar den Tod fand.«

Elisha warf den Kopf zurück. »Und wenn schon!«
»Mach dir keine Sorgen, Liebes«, sagte Charlotte sanft. »Ich wollte ihn keineswegs verurteilen. Sein Stiefvater hat ihn aufgezogen, ihm ein Studium in England ermöglicht, und im Gegenzug dazu heiratet Damien die Tochter seines Freundes. Es geht im Grunde genommen nur um die Verbindung der Familien.« Charlotte zuckte die Schultern.
Ohne eine Antwort zu geben, sah Elisha zu Boden und verdaute das, was sie eben zu hören bekommen hatte. Als sie aufsah, bemerkte sie Charlottes taxierenden Blick.
»Er wird sich natürlich nicht dir zuliebe von seiner Verlobten trennen«, fuhr Charlotte fort. »Aber ich kann dir selbstverständlich helfen. Ich tue einfach so, als sei ich in ihn verliebt, und wenn er die Verlobung dann gelöst hat, breche ich ihm das Herz. Zu ihr zurück kann er dann natürlich nicht mehr, also wird er sich trostsuchend an dich wenden, wenn du es etwas geschickt anfängst.«
Elisha öffnete den Mund zu einer Erwiderung, rang nach den richtigen Worten und sagte: »Du abscheuliche, dämliche …«
»Elisha!« Jack Legrants Stimme hatte die Schärfe eines Armeesäbels.
Elisha drehte sich erschrocken zu ihm um. »Sie hat …«
»Was auch immer es war, ich glaube kaum, dass es eine akzeptable Entschuldigung für dein Benehmen ist«, schimpfte Jack. »Ich habe nicht Charlotte hier Beleidigungen aussprechen hören, sondern dich. Was ist? Hat es dir die Sprache verschlagen? Entschuldige dich bei deiner Schwester.«
Schweigend sah Elisha zu Boden. Jack griff nach ihrem Kinn. »Es ist mir bitterernst.«
Widerwillig murmelte Elisha eine Entschuldigung. Charlotte lächelte, und ehe ihr Vater etwas zu ihr sagen konnte,

entgegnete sie: »Auch ich muss mich bei dir entschuldigen. Meine Worte waren vielleicht etwas ungeschickt gewählt.«

»Darf ich in der Halle auf euch warten?«, bat Elisha ihren Vater. Jack nickte. Als Charlotte ebenfalls gehen wollte, hielt er sie am Arm zurück. »Wenn ich noch einmal mitbekomme, dass du deine Schwester so sehr provozierst, dass sie die Beherrschung verliert, war das heute Abend deine letzte Feier für den ganzen nächsten Monat.«

Verblüfft riss Charlotte die Augen auf. »Du sagtest doch selbst, es gäbe keine Entschuldigung dafür, ein solches Benehmen an den Tag zu legen.«

»Das ist richtig. Aber für hinterhältige Sticheleien gibt es noch weniger eine Entschuldigung.«

»Hast du irgendetwas von mir gehört, das sie dazu veranlasst haben könnte, mich so zu beleidigen?«

»Charlotte, unterschätz mich nicht. Ich kenne dich, und ich kenne Elisha. Noch ein Vorfall in dieser Art, und du kannst jegliche Zerstreuung außer Haus in nächster Zeit von vornherein vergessen.«

Charlotte befreite ihren Arm und wollte wütend weggehen, als Jack noch einmal nach ihr griff, härter diesmal.

»Wehe dir, Charlotte. Ich stehe zu meinem Wort, das weißt du.«

»Ich habe verstanden. Darf ich jetzt gehen?«

Jack ließ sie los, und sie ging in die Halle, wo sie zornbebend wartete. Sollte ihr Vater doch denken, er würde sie kennen. Was würde er wohl tun, wenn er jemals wüsste, wie wenig er sie in Wahrheit kannte?

»Im Zuckerhandel liegt die Zukunft«, sagte Jamie Truitt, und wie zum Beweis seiner Behauptung hielt er eine kleine silberne Schale mit Schokolade hoch. »Was wären schon Luxusartikel wie Schokolade oder Kaffee ohne Zucker.«

»Kaffee aus dem Jemen«, entgegnete ein junger Mann sichtlich genießerisch. »So etwas bleibt Luxus auch ohne Zucker.« Lebhafter Zuspruch von Seiten der anderen Männer erfolgte. Charlotte verdrehte die Augen. Das war ja noch schlimmer als die Tischgespräche ihres Vaters. Sie machte Anstalten zu gehen, was dazu führte, dass man augenblicklich das Thema wechselte, um sie bei Laune zu halten.

Elisha stand mit zwei gleichaltrigen Mädchen etwas abseits und sah zu den Männern hinüber, die ihre Schwester umringten. Als sie von zu Hause losgefahren war, war sie wütend gewesen, sowohl auf ihren Vater als auch auf Charlotte. Mittlerweile war ihrer Wut einer tiefen Niedergeschlagenheit gewichen. Sie entschuldigte sich bei den beiden Mädchen und ging in den anderen Salon, wo eine Frau auf einem Klavier spielte, eher bemüht als gut, was der Begeisterung der Leute offenbar keinen Abbruch tat. In dem Salon war es zum Ersticken heiß, weil wegen des stürmischen Regens die Läden geschlossen waren, so dass kein Luftzug in den Raum drang. Die Räume auf der anderen Seite des Hauses waren wesentlich günstiger gelegen und kühler, so dass Elisha sich unweigerlich fragte, warum gerade diese beiden Salons für große Gesellschaften gewählt worden waren.

Damien trat in den Salon, sah sie und kam auf sie zu. Am liebsten hätte sie sich umgedreht und wäre gegangen. Vermutlich würde er jetzt aus reiner Höflichkeit ein paar Floskeln mit ihr austauschen, weil er sah, dass sie allein war.

»Weißt du, wo dein Vater ist?«, fragte Damien.

Also nur eine Auskunft. Sie verneinte. Als Nächstes würde eine harmlose Bemerkung darüber fallen, wie schön der

Abend sei, damit er sich diskret wieder von ihr verabschieden konnte.

»Warum bist du eigentlich nie gekommen, um dir mein Mikroskop anzusehen?«, fuhr Damien fort und brachte sie damit aus ihrem Konzept. »Ich dachte, die Frage sei ernst gemeint gewesen.«

Ihre bereits zurechtgelegte Antwort verwerfend, sagte sie das Erste, das ihr einfiel: »Ich dachte nicht, dass du dich daran noch erinnerst.«

»Für gewöhnlich reicht mein Gedächtnis etwas weiter als einen Tag zurück.« Er lächelte, was sie sichtlich in Verlegenheit brachte.

»Du warst in Gedanken, als ich dich gefragt hatte, und außerdem wollte ich dich nicht stören«, entgegnete sie.

Als sie leicht den Kopf bewegte, nahm Damien den schwachen Geruch von Jasmin wahr. Ihre Haarfarbe war interessant, ein wenig erinnerte sie ihn an Herbstlaub. »Ein schöner Abend«, sagte er.

Aha, dachte sie, Höflichkeitsfloskel. Jetzt würde er sich verabschieden.

»Das heißt«, fuhr er fort, »er könnte schön werden, wenn jemand endlich das arme Klavier befreit.«

Elisha sah unwillkürlich zu der klavierspielenden Frau und musste lachen. »Das ist Louisa Moidore«, vertraute sie ihm an, »die Tochter des Gastgebers. Sie hält sich für eine talentierte Pianistin.«

»Ist das dein Ernst? Welcher kranke Geist hat ihr das bloß eingeredet?«

Elisha lachte wieder. »Ich glaube, das war Sir Jeremy Walters, ehe er sich mit ihr verlobt hat.«

»Das erklärt natürlich einiges.«

»Er steht übrigens neben dem Klavier. Der etwas korpulente rothaarige Mann.«
Damien blickte in die angezeigte Richtung. »Er wirkt aber auch etwas gequält.«
»Na ja.« Elisha hob leicht ihren Fächer, so als wolle sie ihm im Verborgenen ein Geheimnis anvertrauen. »Vielleicht wird ihm jetzt ja bewusst, was er angerichtet hat.«
Sie fühlte sich seltsam beschwipst, dabei hatte sie keinen Tropfen Alkohol getrunken. Allein ein leichtes Schwindelgefühl trübte ihre plötzliche beschwingte Stimmung. Damien bemerkte, wie heftig sie sich Luft zufächelte, und überlegte, dass die Hitze im Raum für sie unerträglicher sein musste als für ihn. Er bot ihr seinen Arm und führte sie in die Halle, von der aus man in einen weiteren Salon kam. »Wann begleitest du deinen Vater das nächste Mal?«, fragte er, um keine längere Schweigepause aufkommen zu lassen.
»Das weiß ich noch nicht.« Elisha lächelte. »Wir sind uns gerade etwas … uneins.«
»Mit Vätern kann das so eine Sache sein«, entgegnete Damien. »Mit meinem streite ich mich jetzt noch manchmal, und ich bin schon einige Jahre älter als du.«
Elisha war immer noch unerträglich heiß. Außerdem lag ihr das Essen schwer im Magen. Bevor sie gegangen waren, hatte ihre Mutter ihr und Charlotte etwas zu essen bringen lassen, damit sie den ganzen Abend über satt waren und nichts vom Büfett aßen, außer der einen oder anderen Süßigkeit. Auf Männer wirkte ein junges Mädchen, das sich beim Essen zurückhielt, überaus anziehend, und allein das war der Zweck solcher Abende.
»Möchtest du dich setzen?«, fragte Damien, dem ihre Blässe nicht entgangen war.

Elisha verneinte. Jetzt einen Schwächeanfall zu bekommen hätte ihr gerade noch gefehlt. Nichts erschien ihr alberner, als ihm ohnmächtig in die Arme zu sinken. Und irgendwo ermattet auf einer Sitzbank zu sitzen, während er pflichtschuldig daneben stand, war auch nicht das, was sie sich vorgestellt hatte. Deshalb machte sie ihn aufmerksam, als sie ihren Vater sah, verabschiedete sich von ihm und ging in den angrenzenden Salon, wo sie ihre Mutter vermutete. Sie entdeckte sie schließlich im Gespräch mit einigen ihrer Freundinnen.

»Mir ist schwindlig, Mama«, klagte Elisha. Normalerweise neigte sie nicht zum Jammern, aber sie war sich sicher, dass sie es keine halbe Stunde mehr aushielt. Ihre Mutter legte ihr die Hände an die Wangen, und hinter ihrer Besorgnis konnte Elisha sehen, dass sie entzückt war. Elisha wirkte in diesem Moment so zerbrechlich und blass, dass ihre Mutter sich sicher sein konnte, ihre Freundinnen würden es bemerken und unter Umständen in Gegenwart ihrer Söhne die eine oder andere Bemerkung fallen lassen.

Claire Legrant winkte einem indischen Diener, etwas Wasser für ihre Tochter zu holen. Sie führte Elisha zu einer Sitzbank und reichte ihr einen Becher Wasser, den der Diener ihr brachte.

»Können wir nicht nach Hause fahren?«, bat Elisha.

»Halte noch eine Stunde durch.«

»Das kann ich nicht.«

»Dann lernst du eben, es zu können.« Eine Spur Gereiztheit schwang in Claires Stimme mit. »Mir ist auch manchmal schwindlig, aber das geht vorüber. Derartige Dinge musst du ertragen lernen. Außerdem haben wir Frauen den Vorteil, Schwäche zeigen zu dürfen.«

Elisha trank das Wasser in kleinen Schlucken.
»Geht es jetzt?«, fragte Claire, nun wieder freundlich. Um sie nicht zu enttäuschen, nickte Elisha.
»Bleib so lange hier sitzen, bis es dir wieder wirklich gut geht.« Ein weiteres Mal legte Claire die Hände um das Gesicht ihrer Tochter und sah ihr prüfend in die Augen, ehe sie zu ihren Freundinnen zurückkehrte.
Elisha lehnte den Kopf an die Rückenlehne und fächelte sich Luft zu. Frauen hatten den Vorteil, Schwäche zeigen zu dürfen, dachte sie verächtlich. Welche Schwäche durfte man denn zeigen, wenn man Schwindel ertragen musste, nur um anziehend und zerbrechlich zu wirken? Oder diese entsetzlichen Schmerzen, die Elisha immer während ihres monatlichen Unwohlseins geplagt hatten und über die sie nie hatte reden oder sich anmerken lassen dürfen. Irgendwann hatte Shalina es bemerkt und Elisha einen Beutel mit Kräutern mitgegeben, die sie in heißes Wasser gelöst trinken sollte. Die Kräuter schmeckten so bitter, dass selbst viel Zucker den Geschmack nicht besser machte, aber sie hatten reine Wunder gewirkt. Hätte Elisha sich nicht so strikt an das Verbot gehalten, über all das mit irgendjemandem zu sprechen, hätte ihr Shalina diese Kräuter wahrscheinlich schon Jahre früher gegeben, und ihr wären viele Monate der Qual erspart geblieben.
An der Tür stand Lamont Montaury ins Gespräch vertieft mit Oscar Moidore, dem Gastgeber. Lamonts Blick streifte sie, kehrte zu ihr zurück, und sein flüchtiges Lächeln war ein diskreter Gruß, unbemerkt von den anderen Gästen. Elisha neigte leicht den Kopf, um den Gruß zu erwidern. Lamont hatte warme braune Augen, die in einem völligen Gegensatz zu seinem Wesen zu stehen schienen und ihm sicher schon

manch guten Dienst erwiesen hatten, wenn es darum ging, die Menschen zu seinen Gunsten zu beeinflussen. Sie wusste nicht, was genau er eigentlich in Bombay tat. Irgendwann war er einfach da gewesen, und er hatte eine Menge Freunde unter den einflussreichen Vertretern der Kompanie.
Einige der Männer in Charlottes Umgebung traten zu ihnen und beteiligten sich an der Unterhaltung, so dass Charlotte sich zu ihrer Schwester auf die Sitzbank setzte.
»Lieber sterbe ich, als mir auch nur eine Minute länger diese langweiligen Gespräche über Zucker auf Martinique anzuhören.« Sie plauderte, als sei nichts zwischen ihnen vorgefallen.
Elisha zuckte die Schultern und schwieg.
»Sag bloß, du bist immer noch beleidigt. Mich hat Papa genauso herangenommen wie dich, also kannst du dich wieder beruhigen.« Charlotte fing den Blick von Jamie Truitt auf und lächelte, ehe sie sich wieder an ihre Schwester wandte.
»Du siehst übrigens ziemlich elend aus, wenn du mir die Bemerkung erlaubst. Du bist so bleich, dass dein Teint schon beinahe hell wirkt.«
Elisha klappte ihren Fächer zusammen, so dass er gegen ihre Handfläche schlug, und stand auf.
»Jetzt lauf nicht gleich beleidigt davon«, sagte Charlotte und erhob sich ebenfalls. »Du machst nur die Leute auf uns aufmerksam, und wenige Minuten später wird Papa davon erfahren.«
»Mach dir darum nur keine Sorgen, es wird sowieso wieder an mir sein, alles auszubaden.«
»Das wird es nicht«, entgegnete Charlotte und griff nach ihrem Arm. Für einen unbeteiligten Beobachter musste es wie die freundschaftliche Geste der älteren Schwester wirken.

»Papa war auch auf mich wütend, also verschlimmern wir das Ganze doch nicht unnötig.«

Jamie Truitt kam mit Lamont auf sie zu, so dass Elisha nicht mehr dazu kam, ihrer Schwester zu antworten.

»Charlotte, Elisha«, sagte Jamie, »Monsieur Montaury ist euch bekannt?«

»Allerdings«, antwortete Charlotte und musterte Lamont kühl. »Einen etwas zweifelhaften Umgang pflegst du, Jamie.«

Lamont lächelte und erwiderte ihren Blick. »Das gilt wohl nicht nur für Mr. Truitt.«

Charlotte nahm Elisha bei der Hand und zog sie hinter sich her, als sie aus dem Saal ging.

»Was sollte das denn?«, fragte Elisha.

»Papa will nicht, dass wir mit ihm sprechen.«

»Das hätte man auch etwas höflicher zum Ausdruck bringen können.«

»Jamie hätte ihn gar nicht erst zu uns bringen dürfen. Wenn Papa davon erfährt, wird er auf Jamie wütend sein, nicht auf uns, weil wir einfach gegangen sind.« Sie blieb stehen und ließ Elishas Hand los. »Mit gewissen Leuten redet man in der Öffentlichkeit besser nicht länger als unbedingt nötig, wenn man nicht selbst ins Gerede geraten möchte.«

Elisha befremdete die heftige Reaktion ihrer Schwester ein wenig, aber weil sie wusste, dass Charlotte mit Menschen, die sie nicht leiden konnte, sehr ungnädig verfuhr, sagte sie nichts weiter dazu.

»Da vorn kommen Papa und dein Arzt«, sagte Charlotte.

Elisha wollte wütend widersprechen, besann sich aber und schwieg.

»Habt ihr eure Mutter gesehen?«, fragte Jack. »Ich denke, wir können uns langsam auf den Heimweg machen.«

»Das ist gut«, entgegnete Charlotte. »Elisha fühlte sich ohnehin nicht wohl.«
Das brachte Elisha die ungeteilte Aufmerksamkeit ihres Vaters und Damiens ein, und am liebsten hätte sie ihre Schwester geohrfeigt.
»Ich sage Mama kurz Bescheid«, sagte diese zuckersüß und verschwand im Salon, aus dem sie gekommen waren.
»Was ist denn mit dir?«, fragte Jack besorgt und hob leicht Elishas Gesicht an.
»Nichts, nur ein wenig schwindlig«, wehrte sie ab. »Es ist so heiß hier.« Als sie den forschenden Blick von Damiens dunklen Augen bemerkte, betonte sie noch ein weiteres Mal, dass es ihr gut gehe.
Der Schwindel hatte in der Tat etwas nachgelassen. Damiens Blick ausweichend, hielt sie nach ihrer Mutter und Charlotte Ausschau und war froh, endlich die Rückfahrt antreten zu können.
Der Regen prasselte so laut auf die Kutsche, dass eine Unterhaltung kaum möglich war. Claire versuchte es dennoch und erzählte allerlei unwichtige Klatschgeschichten, die von Jack einsilbig kommentiert wurden. Selbst Charlotte war für ihre Verhältnisse ungewöhnlich still. Für Elisha hatte die Vorstellung, endlich aus dem beengenden Kleid herauszukommen und sich ins Bett zu legen, nur einen geringen Reiz. Sie hatte das Gefühl, dieser Hitze, dieser feuchtheißen Nacht nicht entkommen zu können. Sie gab sich der Vorstellung hin, ihre Kleidung auszuziehen und sich in dem See hinter dem Garten auf dem Wasser treiben zu lassen, während der Regen auf sie niederging. Wieder verspürte sie dieses unbekannte, etwas beängstigende Gefühl von jenem Tag, als sie am Seeufer gestanden hatte, nur war es diesmal von einer stärkeren

Intensität, ein Verlangen, sich einfach fallen zu lassen, ohne an die Folgen zu denken. Irritiert über ihre Empfindungen, schaute sie aus dem kleinen Kutschfenster, ohne etwas erkennen zu können, während sie zum ersten Mal fühlte, was Begierde war.

3

Bombay, Oktober 1753

Damien prüfte seine Vorräte an Chinin für die Behandlung von Malariakranken, als ihn eine Bewegung an der Tür ablenkte.

»Sie sagten doch, ich solle zur Untersuchung kommen«, sagte Jonah angriffslustig. Offenbar glaubte er, Damien fühle sich gestört. Damien machte eine Handbewegung zur Liege hin, während er schnell noch eine Notiz niederschrieb, die ihn daran erinnerte, das Serum zur Behandlung von Infektionen zu erneuern.

»Glücklicherweise zahlt die Armee mir weiterhin meinen Sold«, meinte Jonah, als er seine Krücken neben sich an die Wand lehnte. »Ansonsten könnte ich Ihr Honorar kaum noch bezahlen, geschweige denn hier überleben. Irgendwie grotesk, wie viel ich ihnen gezahlt habe, dafür, dass ich Ihren Behandlungsraum mit weniger Gliedmaßen verlassen als betreten habe.«

»Hinlegen.« Damien stand neben der Liege und half Jonah, den Hosenbund über den Stumpf zu ziehen. Der Heilungsprozess zog sich in die Länge, jedoch nicht in einem Maß, das besorgniserregend war. Mehrere Monate konnte es bei dem Klima schon dauern, aber Damien kontrollierte das Bein dennoch lieber in regelmäßigen Abständen, bis wirklich alles gut vernarbt war. Er wickelte den Verband ab, sah sich den Stumpf genau an und war zufrieden.

»Ich denke«, sagte er, während Jonah sich wieder anzog, »Sie können sich als geheilt betrachten.«

»Geheilt ist nicht ganz das Wort, das ich gewählt hätte.« Jonah sah besser aus als in den Monaten zuvor. Er hatte sich den Bart abrasiert, sein Haar war ordentlich gekämmt und zurückgebunden, und sein Gesicht war nicht mehr so eingefallen, wenn auch immer noch asketenhaft schmal. Er wohnte in einer Pension in der Nähe der Wohnhäuser der kleineren Kompanieangestellten. In der Kaserne zu wohnen hatte er abgelehnt, auch wenn ihm ein Zimmer dort zugestanden hätte, denn nach wie vor war er Offizier. Jonah hatte diese Möglichkeit allerdings von vornherein ausgeschlossen, weil er mit nichts mehr in Berührung kommen wollte, »das länger ist als ein Küchenmesser«.

»Nennen Sie es, wie Sie wollen«, meinte Damien, »auf jeden Fall ist eine weitere Untersuchung nicht mehr notwendig.«

»Hm … Wird mir irgendwie fehlen.«

»Das glaube ich Ihnen aufs Wort.« Damien ging zu seinem Schreibtisch zurück, während Jonah nach seinen Krücken griff.

»Ich bin mit den Dingern schon ziemlich schnell. Noch ein paar Wochen Übung, und man kann mich für das nächste Krüppelrennen aufstellen.«

Gegen seinen Willen musste Damien lachen.

»Übrigens habe ich meinem Vater geschrieben.« Jonah stand leicht vorgebeugt auf seine Krücken gelehnt. »Ungefähr ein Jahr, bis er den Brief erhält, dann wieder ein Jahr, ehe ich seinen bekomme.«

»Kehren Sie nach England zurück?«

Jonah machte eine Bewegung, die ein Schulterzucken gewesen wäre, hätte er sich nicht mit beiden Armen aufgestützt.

»Was soll ich denn da?« Sein hageres Gesicht verdüsterte sich, und er wirkte plötzlich sehr niedergeschlagen. In solchen Augenblicken konnte man sehen, wie jung er noch war.
»Ihre Familie möchte Sie doch sicher wiedersehen.«
»Vielleicht.«
Ein Klopfen an der Tür enthob Damien der Notwendigkeit einer Antwort. Ein Sekretär betrat auf sein »Herein« hin den Raum, in der Hand einige Briefe, die er Damien reichte.
»Von Ihrer Familie?«, fragte Jonah, als der Mann den Raum wieder verlassen hatte.
Damien nickte. Irgendwie fand er es unpassend, dass der Angestellte gerade in diesem Moment mit den Briefen gekommen war, was dieser natürlich nicht hatte wissen können. Jonah humpelte zur Tür. Von einem plötzlichen schlechten Gewissen gepackt, rief Damien ihm hinterher: »Ich würde mich freuen, wenn Sie mir zum Abendessen Gesellschaft leisteten.«
Jonah drehte sich um, und Erstaunen flackerte in seinen Augen auf. »Möchten Sie mich im Auge behalten, falls ich auf das nächste Unglück zusteuere? Vielleicht bleibt mir eine Gräte im Hals stecken, dann könnten Sie mir direkt die Zunge herausschneiden.«
Damien verbiss sich die Bemerkung, dass diese Idee durchaus was für sich hätte. »Von irgendetwas muss ich ja leben«, sagte er stattdessen.
Jonah lachte und öffnete die Tür, was ihn einige Mühe kostete. »Sie wissen ja, wo Sie mich finden. Meinen geplanten Tanzabend werde ich Ihnen zuliebe natürlich absagen.«
Kopfschüttelnd sah Damien ihm nach und griff dann nach dem obersten Brief auf dem Stapel. Es war ein Brief von

seinem Halbbruder Robert, der ihn in allen möglichen Wendungen darüber informierte, dass sein Vater ihm jegliche Möglichkeit auf eine erfüllte Zukunft verwehrte. Ein langer zärtlicher Brief seiner Mutter folgte, einige kurze Zeilen von seiner Halbschwester Maureen, die wohl eher der Pflicht entsprangen, und zu guter Letzt ein Brief von seiner Verlobten, Jane Marchand. Er kannte Jane schon seit seiner Kindheit, und aus der Zehnjährigen, von der er sich bei seiner Abreise getrennt hatte, war eine hübsche junge Frau geworden. Dass sie heiraten würden, war schon vor seiner Fahrt nach England klar gewesen, es war eine Vereinbarung ihrer Väter, die beide Familien gerne vereint sehen wollten. Jane Marchand zu heiraten war die Bedingung dafür, dass sein Stiefvater ihm das Studium in England ermöglichte, und Damien hatte eingewilligt – zu groß war sein Verlangen danach gewesen, Arzt zu werden.
Glücklicherweise verzichtete Jane darauf, ihre Briefe allzu gefühlsbetont zu gestalten, und schrieb nicht seitenlang, wie sehr sie ihn vermisste und was er ihr bedeutete. Er hätte nicht gewusst, wie er ihr hätte antworten sollen, weil er derartige Gefühle nicht erwidern konnte. Janes Briefe waren unterhaltsam geschrieben. Sie hielt sich nicht lange mit Klatschgeschichten auf, sondern schrieb von Dingen, die sie beschäftigten und zu denen sie seinen Rat hören wollte, davon, wo sie sich später niederlassen würden (Madras, wenn es nach ihr ging), von weißen säulenbestandenen Häusern, die sie so wunderbar fand, und davon, dass sie seine Schwester oft besuchte. Jane nahm ihre neuen Verpflichtungen sehr ernst und war bemüht, sich von Anfang an in ihre neue Familie einzugliedern. Weil sie außer ihrem Vater und ihrem Bruder keine Familie in Indien hatte, fiel ihr das nicht weiter

schwer. Selbst Maureen hatte in ihrem kurzen Brief anklingen lassen, dass sie es durchaus genoss, eine ältere Schwester zu bekommen, die ihr in Sachen Mode hilfreich zur Seite stand.

Damien ließ den Brief sinken und hatte wie sooft in letzter Zeit das Gefühl, sein Schicksal nicht mit der nötigen Dankbarkeit zu tragen. Jane war ein gesellschaftlicher Glücksfall. Sie wusste mit jedem Menschen umzugehen und konnte interessante Unterhaltungen führen, egal, ob das Thema sie interessierte oder nicht. Zudem war sie bildhübsch, gebildet und liebenswert. Warmherzig, fügte Damien seiner Aufzählung hinzu, um sich ihre sämtlichen Vorzüge noch einmal vor Augen zu führen. Er sollte Gott jeden Tag auf Knien danken, denn es stand außer Zweifel, dass das Wort seines Stiefvaters auch dann gegolten hätte, hätte Jane die Figur eines Nashorns und das Feingefühl eines solchen gehabt.

Nachdem er die Briefe in eine Schublade gelegt hatte, zog Damien wieder die Liste heran, auf der er vermerkt hatte, welche Medikamente ihm fehlten. Erfahrungsgemäß würde man ihm wieder nur die Hälfte davon mitbringen, vorzugsweise das, was sich ohne viel Aufwand auftreiben ließ. Eigentlich hatte er vorgehabt, nach einem Mann zu sehen, dem vor einigen Tagen ein eitriger Abszess aufgestochen worden war. Aber weil er mit dem behandelnden Chirurgen aneinandergeraten war, war ihm jeglicher Zugang zu Patienten, die nicht seine eigenen waren, verboten worden. Damien hatte sich über die stümperhafte Art aufgeregt, mit der der Chirurg diesen lächerlich kleinen Eingriff durchgeführt hatte, so dass sich mittlerweile eine schwärende Wunde über den halben Rücken des Patienten zog. Er wusste, dass die Wundärzte ihn nicht mochten und seine Einmischung als überflüssig und rechthaberisch

empfanden. Jetzt – so sagten sie – kam er mit irgendwelchen neuen Ideen aus England und glaubte, alles bemängeln zu müssen. Man hatte ihm unmissverständlich zu verstehen gegeben, dass keine weitere Belehrung erwünscht war, und daran würde er sich vorerst halten müssen. Nun, wahrscheinlich würde der Patient mit der Rückenwunde sowieso sterben, wenn er nicht schon tot war.
Zu der unerklärlichen Frustration, die ihn ohnehin seit Tagen erfüllte, gesellte sich nun auch noch das Gefühl völliger Hilflosigkeit. Es gab drei Krankenhäuser, und alle waren in einem erschreckenden Zustand. Damien war davon überzeugt, dass die Ärzte aus Europa eine Menge von den Persern und Indern lernen konnten. Diese Länder waren im Bereich der Medizin und der Heilkunst Europa weit voraus. Von seinem Mentor, der lange Zeit in Persien gelebt hatte, wusste Damien, wie wichtig Sauberkeit bei der Behandlung Kranker war. Damien warf einen Blick auf seine Liste. Er konnte das verlegene Gestammel des Boten schon hören, wenn dieser ihm mitteilte, dass die Medikamente nicht zu bekommen seien. Die letzte Malariawelle während der Monsuns hatte Damiens Vorräte an Chinin weitgehend erschöpft, ebenso wie er weitere Medikamente dringend benötigte. Seufzend tunkte er die Feder ins Tintenfass, um die Liste zu ergänzen.

Oscar Moidore gesellte sich zu Jack, der am Kai stand und einen einlaufenden Ostindiensegler beobachtete. Jack beeindruckte das Erscheinungsbild der Handelsschiffe, der festungsartige Rumpf, der durch das Netz an Masten und Takelage aufgelockert wurde. Zwei Jahre Bauzeit und mehrere tausend Ladungen Holz kostete es, ein solches Schiff zu bauen. Wäre sein Weg hin zu einem leitenden Angestellten der Kompanie nicht bereits von seinem Vater und Großvater vorgezeichnet gewesen, wäre er zur See gegangen. Aber die Söhne seines Familienzweiges wurden eben keine Schiffsoffiziere oder Admiräle.

Schon wieder hatte ein Schmugglerschiff die Zölle passiert, und obwohl man vorher die Route gekannt hatte, war es aus einem unbekannten Grund ausgewichen und hatte kurzfristig den Kurs gewechselt. Natürlich führte dieses unerklärliche Gespür der Schleichhändler für die Aktivitäten der Kompanie mittlerweile dazu, dass die in die geplanten Gegenaktivitäten Eingeweihten sich misstrauisch beäugten. Jack ertappte sich selbst dabei, wie er die loyalsten Angestellten ansah und sich überlegte, mit wem sie wohl in Kontakt stehen mochten.

Als einer der ranghöchsten Angestellten der Kompanie und in erster Linie mit der Eindämmung illegaler Händler betraut, lastete der Druck des Versagens vor allem auf Oscar Moidore. In Jacks Augen vertrug sich das nicht mit dem regen Kontakt, den er zu Lamont Montaury pflegte, aber Oscar verbat sich empört jede Möglichkeit eines Zusammenhangs mit seinem häufigen Gast aus guter Familie und einem Schiff heruntergekommener Schmuggler.

»Richard kommt in einer Woche zurück«, sagte Oscar, den Blick aufs Meer gerichtet. Richard Moidore, Oscars Sohn, gehörte zu den Vertretern der Kompanie in Kalkutta. Mit der Niederlassung in Kalkutta – Fort William – hatte sich Bengalen, eine wirtschaftlich überaus bedeutende Region, erschlossen. Nun trat einer der hochrangigen Angestellten in Bombay zurück, und Oscar hatte über Beziehungen den Weg zu dessen Position geebnet, so dass Richard die Stellung ohne Verzögerung antreten konnte.

»Ich war der Meinung, Kalkutta gefalle ihm«, sagte Jack.
»Die Möglichkeit, die ich ihm hier biete«, antwortete Oscar, »wird er in Kalkutta nicht bekommen. Wenn er hier ist, werden wir die Optionen, den Schiffsverkehr sicherer zu machen und dem Schleichhandel endgültig den Riegel vorzuschieben, erneut erörtern. Es kann nicht angehen, dass wir immer wieder Überfällen von den Marathen ausgesetzt sind und uns gefallen lassen müssen, wie illegale Händler unser Monopol unterlaufen.« Oscars Stimme hatte sich verhärtet. »Wenn es nicht möglich ist, die Schiffe der Schleichhändler zu beschlagnahmen, sollten wir dazu übergehen, sie zu versenken.«
Erst einmal, dachte Jack, sollten wir sie kriegen.
»Sie auf See zu stellen«, fuhr Oscar fort, so als habe er Jack den Gedanken angesehen, »wird nur noch eine Frage der Zeit sein. Wir werden den Kreis der Eingeweihten einschränken. Wenn ich denjenigen erwische, der uns hintergeht, dann gnade ihm Gott.«
Jack sah auf die Papiere in seiner Hand, wollte etwas dazu sagen, verwarf diesen Gedanken dann aber. Stattdessen erwiderte er: »Ich denke, wir brauchen uns keine Sorgen zu machen, dass die Marathen Bombay über den Seeweg angreifen werden.« Die Stadt bot durch ihre Lage die beste Möglichkeit, wirksam verteidigt zu werden.
»Mir macht auch eher das Hinterland Sorgen.« Oscars Stirn umwölkte sich kurz, als er sich umblickte, so als sähe er bereits Horden von kriegswütigen Reitern in die Stadt einfallen.
»Wichtig ist, dass wir uns mit den Fürsten weiterhin gut stellen. Solange wir es schaffen, unserem guten Ruf gerecht zu werden, können wir uns auf den Beistand der Herrscher verlassen.«

»Herrscher«, murmelte Oscar, »nichts als kriegerische Abenteurer.«
»Meine Frau und ich würden uns freuen, Richard in unserem Haus begrüßen zu dürfen«, wechselte Jack das Thema.
»Er wird sich ebenfalls freuen, Ihnen seine Aufwartung zu machen.« Oscar räusperte sich. »Richard bat mich darum, Sie um die Erlaubnis zu ersuchen, Ihre Tochter besuchen zu dürfen. Selbstverständlich mit allem nötigen Respekt.«
Eine derartige Bitte hatte Jack bereits erwartet. Junge Frauen waren hier Mangelware, weitaus mehr als junge Männer. »Welche meiner Töchter?«, fragte er, auch wenn er die Antwort bereits kannte.
Die Frage schien Oscar erst zu irritieren, dann hatte er jedoch Anstand genug, verlegen zu werden, weil er Elisha von vornherein nicht in Erwägung zog. »Selbstverständlich denkt man immer zuerst an die älteste Tochter«, zog er sich geschickt aus der Affäre. »Ich gehe davon aus, dass erst Charlotte verheiratet wird?«
»Richard ist uns jederzeit willkommen«, gab Jack sein Einverständnis.
Oscar lächelte zufrieden. »Ihre Charlotte ist ein reizendes Mädchen. Ich würde mich geehrt fühlen, sie in unserer Familie begrüßen zu dürfen.«
Jack sagte sich, dass Oscars Art zu reden allein daher rührte, dass er sich seines hervorragenden Status nur zu sehr bewusst war und dass es keineswegs so arrogant gemeint war, wie es sich anhörte.
Charlotte war sich ihrer gesellschaftlichen Verpflichtungen ebenfalls in vollem Ausmaß bewusst, so dass Richard durchaus gut im Rennen liegen würde. Es wäre eine überaus günstige Verbindung für sie, die sie weit nach vorn, wenn nicht

sogar an die Spitze der englischen Gesellschaft in Indien stellen würde.
Je mehr Jack über diese Möglichkeit nachdachte, umso weniger behagte sie ihm. Zwar mochte er Richard und wünschte sich durchaus, dass seine Töchter angemessen heirateten, aber ein solcher Schritt musste gut überlegt werden. Immerhin wären seine Mädchen dann auf Gedeih und Verderb ihren Ehemännern ausgeliefert. Nun, für wen auch immer sich Charlotte in näherer Zukunft entscheiden würde – Elisha plante offensichtlich noch keine Ehe in der nächsten Zeit –, er würde sich den Mann genau ansehen. Und wenn dieser nicht über den kleinsten Zweifel erhaben war, würde er seine Einwilligung nicht geben.
Er war beunruhigt darüber, wie die aufstrebenden Kompaniebediensteten – zu denen er auch Richard zählte – auf ihren Anspruch auf bestimmte Gebiete pochten. Man hatte den Herrschern gegenüber immer versichert, keine territorialen Interessen zu hegen, was diese auch keineswegs geduldet hätten. Bisher war man übereingekommen, für die jährliche Abgabe von mehreren Tausend Rupien Handel treiben zu können, so dass der territoriale Status der Kompanie klar geregelt war. Die Kampffähigkeit der indischen Herrscher beschränkte sich auf die Landkämpfe, weshalb man die Häfen nicht besetzte, was ein großer Vorteil für den Handel der europäischen Kompanien war. Die Befürworter der britischen Herrschaftsansprüche wurden jedoch nicht müde zu erwähnen, dass man die Sicherheit der Kompanie nur auf diese Weise gewährleisten könne. Der Machtunterbau sei zu zerbrechlich, so sagte man, die Niederlassungen stünden andauernden Bedrohungen gegenüber. Allein Bombays Sicherheit schien weitgehend gefestigt, allerdings sah man sich hier wiederum

der Gefahr möglicher Übergriffe durch die Marathen ausgesetzt – hatte die gesamte Westküste für die Marathen doch eine weit größere Bedeutung als für die Feudalherren.
Richard würde seine Kontakte in Kalkutta behalten und auch dort die Herrschaftsansprüche der Engländer fördern, wenn es sein musste. Und es war kein Geheimnis, dass die Herrscher in Bengalen der Kompanie mit unverhüllter Feindschaft gegenüberstanden, dass private Nebenverdienste von Beamten auf Kosten der Kompanie an der Tagesordnung waren und Korruption herrschte, der man nicht Herr werden konnte.

Lamont Montaury saß an seinem Schreibtisch am Fenster und schrieb einen Brief an einen Geschäftspartner. Obwohl die Regenzeit endlich vorbei war, erschien ihm die feuchte Hitze immer noch unerträglich. Oft fragte er sich, warum er nicht einfach nach Frankreich zurückkehrte und es sich im Stadtpalais seiner Eltern in Paris gut gehen ließ. Die Wahrheit war, dass ihn das Leben dort in kürzester Zeit unendlich langweilen würde.
Als er das Rascheln der seidenen Laken hinter sich hörte, drehte er sich um und betrachtete das Mädchen, dessen dunkles Haar sich über die Kissen ausbreitete. Erst dachte er, sie wäre aufgewacht, aber offensichtlich hatte sie sich nur umgedreht. Lamont strich sich das Haar aus dem Gesicht und ließ seinen Blick über jede Linie ihres Körpers gleiten, die nicht von dem Laken bedeckt war. Für einen Moment lang überkam ihn das Gefühl, eine großartige Eroberung gemacht zu haben, und vor allem eine überaus gewinnbringende, fügte er

hinzu. Er drehte sich wieder um und schrieb den Brief zu Ende, so dass nichts zu hören war außer dem Kratzen der Feder. Sonnenlicht fiel durch die fein ziselierten Gitter vor den Fenstern, malte Muster auf den dunklen, glänzenden Holzboden, auf dem einige sichtlich teure Teppiche in gedämpften Farben lagen. Der Raum war eindeutig der eines Mannes, mit schweren Möbeln aus dunklem Holz, die verziert waren mit Schnitzereien und Einlegearbeiten aus Elfenbein.

Charlotte schlug die Augen auf und blinzelte in die Helligkeit. Sie blieb unbeweglich liegen, den Blick auf Lamonts Rücken gerichtet. Er saß nur mit seiner Hose bekleidet am Schreibtisch und schien sie offenbar völlig vergessen zu haben. Irgendwie ernüchterte es sie, dass er ihren Schlaf nutzte, um sich anderen Dingen zuzuwenden. Dass sie hier nackt im Bett lag, während er sich einer Schreibarbeit widmete und schon halb bekleidet war, war beschämend und ein wenig erniedrigend.

Auch wenn sie sich immer wieder sagte, dass sie Lamont nicht einmal übermäßig mochte, konnte sie nicht die unwiderstehliche Anziehungskraft leugnen, die er auf sie ausübte und die sie zu dieser Affäre getrieben hatte. Es hatte im Januar begonnen, einen Monat nach ihrem neunzehnten Geburtstag. Sie war zu einer Feier eingeladen gewesen, auf der auch er erschienen war. Der Abend war unerträglich langweilig gewesen, und als Charlotte in den Garten gegangen war, um etwas frische Luft zu schnappen, hatte sie bemerkt, dass er ihr gefolgt war. Obwohl sie das Verbot ihres Vaters noch im Ohr hatte, hatte sie sich mit Lamont unterhalten, und später, als er ihre Hand genommen und sie mit sich in das Gartenhaus geführt hatte, hatte sie nicht widersprochen. Ihre Neugier auf das Geheimnis, das Eheleute teilten, war zu groß, als dass sie hätte widerstehen können. Zudem war der Reiz, den dieses verbotene Abenteuer auf sie ausübte, übermächtig. Um nichts in der Welt hätte sie in diesem Moment darauf verzichten mögen. Lamont hatte sich in dem Gartenhaus alle Mühe gegeben, ihre Neugier zu stillen, und als Charlotte später in das Haus zurückgekehrt war, hatte sie dies in dem Gefühl getan, eine neue Welt entdeckt zu haben.

Dennoch fragte sich Charlotte in manchen Augenblicken, ob sie nicht einen Fehler gemacht hatte. In solchen Momenten halfen auch ihre Versuche der Rechtfertigung nicht viel – und jetzt, da sie Lamont beobachtete, der am Schreibtisch saß, den Rücken ihr zugewandt, war ein solcher Moment. Eine heiße Welle von Zorn erfasste sie, und sie richtete sich ruckartig auf und schlang das Laken um ihren Körper.

Lamont hatte sie gehört und drehte sich um. Als er ihre geröteten Wangen und zornblitzenden Augen sah, lächelte er. »Was könnte ich getan haben, das dich direkt beim Erwachen in eine solche Stimmung versetzt. Vorher schienst du mir recht zufrieden zu sein.«

Charlotte schwang auf der ihm abgewandten Seite die Beine aus dem Bett und griff nach dem ersten Kleidungsstück, das ihr in die Hände fiel. »Kümmere dich nur weiter um deine Arbeit«, fauchte sie, »ich wollte ohnehin heute früher gehen.«

Mit sichtlichem Amüsement beobachtete Lamont ihre Versuche, sich ohne fremde Hilfe anzukleiden. »Es lag nicht in meiner Absicht, dich zu vernachlässigen, mein Herz. Ich war tatsächlich der Meinung, mich äußerst hingebungsvoll um dich gekümmert zu haben.«

»Ja, richtig.« Charlotte warf den Kopf zurück, so dass die dunklen Locken um ihre Schultern flogen. »Und nachdem du die eine Sache erledigt hast, wendest du dich der nächsten zu, so lange, bis ich wach werde und du dich wieder deinem Vergnügen widmen kannst.«

»*Meinem* Vergnügen?«

Er verstand es nicht oder wollte es nicht verstehen. Dass er ihre Wut nicht einmal ernst nahm, war für Charlotte, als versetze er ihr einen Schlag in den Magen. »So kannst du mit deinen Straßendirnen umgehen«, sagte sie heftig, »aber nicht mit mir. Ich bin nicht irgendein Gegenstand, mit dem du dich amüsieren und den du danach einfach zur Seite legen kannst.«

»Was genau ist dein Problem? Dass ich einen Brief geschrieben habe, während du geschlafen hast? Wenn es dir lieber ist, dass ich währenddessen zukünftig bei dir liegen bleibe und warte, bis du wieder wach wirst, werde ich das natürlich tun.«

So wie er es sagte, hörte es sich unglaublich albern an, als würde sie einen kindischen Streit vom Zaun brechen und er ginge um des Friedens willen auf sie ein. Ihr fiel nicht einmal ein, was sie ihm entgegensetzen sollte, weil es ja genau das war, was sie von ihm verlangte. So nicht, mein Freund, dachte sie. Am liebsten wäre sie hocherhobenen Hauptes fortgegangen, ohne ihn noch einmal anzusehen. Nur war ein würdevoller Abgang nicht ganz einfach, wenn man Hilfe brauchte, um sich anzukleiden. Er wusste das, und wie sie am Zucken um seine Mundwinkel sah, gefiel ihm diese Vorstellung außerordentlich gut.

»Willst du weiter dort sitzen und mich dumm anstarren, oder würdest du gefälligst kommen, um mich zu schnüren?«, fragte Charlotte gereizt.

Lamont stand auf und trat hinter sie, aber anstatt sie zu schnüren, fasste er sie um die Taille und warf sie aufs Bett. Nach Luft schnappend, drehte Charlotte sich um, in der Erwartung, dass er sich auf sie stürzen würde, aber er stand am Fußende des Bettes, eine Hand auf dem Pfosten und sah sie an. Charlotte strich sich das wirre Haar aus dem Gesicht und zog ihr verrutschtes Mieder so weit zurecht, dass es sie wenigstens zum Teil bedeckte.

»Was fällt dir ein?«, fuhr sie ihn an.

»Du wirst mir etwas zu bestimmend, meine Liebe, also wollte ich dich daran erinnern, wer bei unserer Liaison den Ton angibt.«

Wütend richtete Charlotte sich auf. »Ich entscheide, wann ich gehe.«

»Sicher.« Lamont wies zur Tür und sah sie lächelnd an. Als sie keine Anstalten machte, aufzustehen, setzte er sich auf den Bettrand und legte eine Hand auf ihr Bein.

»Untersteh dich, Lamont.«

»Was sollte mich daran hindern?«

»Ich war immer der Meinung, für eine Vergewaltigung seiest du dir zu schade.«

Scheinbar nachdenklich runzelte Lamont die Stirn. »Eine pikante Situation«, gab er zu. »Allerdings gibt es keinen Richter, der die Bezeichnung *Vergewaltigung* gelten lassen würde, wenn ein Mann sich einer Frau bedient, die halbnackt in seinem Bett liegt.«

Charlotte legte sich in die Kissen zurück. »Dann nur zu«, sagte sie ruhig. »Aber danach wirst du mich nie wiedersehen.«

Lamont sah aus, als wäge er innerlich ab, wie ernst er ihre Androhung nehmen konnte. Er zog die Hand von ihrem

Bein und lehnte sich mit dem Rücken an den Bettpfosten. »Du hast mir noch gar nicht erzählt, wie dein Vater seinen letzten Misserfolg aufgenommen hat.«

»Er war schlecht gelaunt und sehr niedergeschlagen.«

»Und vermutlich rätselt er, wer in seiner Mitte mich in die Pläne der Kompanie einweiht.« Lamont grinste. »Aber im Grunde genommen ist er ja selbst schuld. Was lässt er seine Dokumente auch offen in seinem Arbeitszimmer liegen, so dass jedes Familienmitglied Einsicht nehmen kann?«

Ein unwillkommener Anflug von schlechtem Gewissen überfiel Charlotte, und sie biss sich auf die Lippen. Lamont griff nach ihrer Hand und küsste ihre Finger einzeln. Als seine Lippen zu der Innenseite ihres Handgelenks wanderten, entzog sie ihm ihre Hand und richtete sich auf. »Ich sollte jetzt besser gehen.«

Lamont schnürte sie, und an der Heftigkeit, mit der er an den Bändern zog, erkannte Charlotte, dass er wütend war. Das Wissen darum, dass er nicht so gleichgültig war, wie er tat, und dass er sie durchaus gerne noch etwas länger bei sich behalten hätte, tat ihr gut und besänftigte ihre eigene Wut ein wenig. Während sie ihr Haar hochsteckte, befahl Lamont einem Dienstboten, ihr Pferd aufzusatteln. Das Haus lag eine halbe Stunde außerhalb der befestigten Stadt und gehörte einem indischen Freund von Lamont, der es ihm überließ, wann immer er es benötigte. Ein Dienstbote würde sie zu dem Treffpunkt begleiten, wo der Stallbursche wartete, der Charlotte begleitet hatte. Ihr Vater hielt es für unschicklich, seine Töchter allein ausreiten zu lassen, so dass er ihnen immer den Stallburschen zur Begleitung mitgab. Es hatte Charlotte etliches an Einschüchterung und ein wenig Geld gekostet, damit der Junge sich schweigend in das Spiel fügte, von dem er nicht wusste, wer außer dem Dienstboten, den Lamont ihr schickte, noch dahintersteckte. Vor allem musste sie auch dafür Sorge tragen, dass ihr Vater nie erfuhr, wie weit sie sich in Wahrheit von daheim entfernte. Es war ihr ausdrücklich verboten, weiter als bis zur Esplanade zu reiten, die den südlichen Teil der Stadt vom nördlichen Bereich trennte, und erst recht war ihr untersagt, sich allein außerhalb der Stadtmauer zu begeben, so dass sie immer den Weg durch die schwarze Stadt nahm, wo sie unerkannt war, und die befestigte Stadt durch das nördliche Tor, das Bazaar-Gate, verließ. Das Church-Gate im Westen oder gar das Apollo-Gate im Süden zu durchqueren wäre viel zu riskant gewesen, und außer diesen drei Toren gab es keinen Weg hinaus. Allein, dass sie den Weg durch die schwarze Stadt nahm, hätte ihr, wüsste ihr Vater davon, für mindestens ein halbes Jahr Hausarrest eingebracht.

»Wann sehe ich dich wieder?«, fragte Lamont, als Charlotte sich ihren Hut aufsetzte und einen Schleier vor ihr Gesicht zog, um das Haus unerkannt verlassen zu können.

»Ich weiß noch nicht, wann ich wieder das Verlangen haben werde, dich zu treffen«, entgegnete sie.

Lamont griff nach ihrem Arm. »Spiel nicht mit mir«, warnte er leise.

»Von uns beiden bin ich diejenige, die mit dem anderen spielt?« Mit sanfter Gewalt befreite Charlotte ihren Arm. »Ich schreibe dir, wenn ich dich sehen möchte.«

»Du setzt ganz selbstverständlich voraus, dass ich dann zu deiner Verfügung stehe?«

»Wenn nicht, dann lässt du es eben«, entgegnete Charlotte mit so viel Kälte in der Stimme, wie sie aufbringen konnte. In Wahrheit fürchtete sie die Möglichkeit durchaus, dass sie um ein Treffen bat und er sie abwies. Was für eine unglaubliche Demütigung das wäre.

Jack hatte nichts dagegen, dass Elisha gerne ihre Zeit in Damiens Behandlungszimmer verbrachte, wobei es ihr vor allem das Mikroskop angetan hatte. Er hatte Damien lediglich gesagt, er wünsche nicht, dass Elisha seine Bücher über Anatomie und Chirurgie las. Vor allem aber solle er alles von ihr fernhalten, was in irgendeiner Art Aufschluss darüber geben würde, wie Geburten abliefen, was sie zutiefst ängstigen könne. Weil Damien Dinge wie Geburtszangen und Spekula ohnehin unter Verschluss hielt und Elisha keines seiner Bücher ohne seine Erlaubnis nahm, war die Bedingung nicht schwer zu erfüllen. Dass die Tür weit aufzustehen hatte, wenn Elisha bei ihm war, hatte Jack zwar nicht gesagt, verstand sich aber aus Gründen der Schicklichkeit von selbst.
An diesem Nachmittag hatte Damien Elishas Fragen zu Heilpflanzen beantwortet. Zwar hätte sie lieber etwas über das Versorgen von Wunden erfahren, was sie weitaus interessanter fand, aber Damien war der Meinung, dass sie mit den Heilpflanzen anfangen sollte. Insgeheim argwöhnte Elisha, dass er Themen, die er für ungeeignet für eine junge Frau ihres Alters hielt, vermeiden wollte – und dazu zählten seiner Meinung nach sicher auch Verletzungen. So lernte sie, dass Öle aus Kamille Verbrennungen heilten, Gewürznelken je nach Art der Verwendung krampflösend wirkten und sich das Öl auch in der Behandlung von Zahnleiden einsetzen ließ, Kardamom bei Magenbeschwerden half und Zitronenmelisse sowohl krampflösend wirkte als auch hilfreich bei Nervenleiden und Schwermütigkeit war.
Später hatte Damien ihr erlaubt, seine Instrumente ein-

zuräumen. Während Elisha die Messinggeräte in die vorgesehenen Halterungen des Holzkastens legte, bewunderte sie die Fertigung jedes einzelnen Instruments und dachte, was für ein wunderbares Gefühl es sein musste, mit ihnen umgehen zu können. Sie hielt das Rohr zum Abhören des Herzens hoch und sagte zu Damien: »Denkst du nicht, dass es für mich die Möglichkeit gäbe, es einmal auszuprobieren?«

»Es ist völlig ausgeschlossen, dass ich dich damit an meine Patienten lasse«, antwortete Damien.

»Kann ich es nicht einmal mitnehmen und an meiner kleinen Schwester ausprobieren?« Sie hatte die Frage noch nicht einmal zu Ende gestellt, als sie auf seinen Blick hin das Rohr eilig in den Kasten legte. Damien überließ ihr das Einräumen und setzte sich an seinen Bericht über den letzten Patienten. Er hatte gerade einige Sätze geschrieben, als Elisha ihn wieder ansprach.

»Wenn ich ein Mann wäre, vielleicht ein guter Freund von dir, würdest du mich dann mal das Hörrohr ausprobieren lassen?«

»Nicht an meinen Patienten.«

»Aber du würdest es mir geben?«

Damien ließ die Schreibfeder ruhen. »Mitgeben sicher nicht, aber du dürftest es an mir ausprobieren.« Er fing ihren Blick auf. »Nein«, sagte er.

»Aber …«

»Ich sagte nein. Wenn dein Vater hier hereinkommt, während ich mit offenem Hemd vor dir sitze, werde ich nicht schnell genug laufen können, wie er mir die Garde auf den Hals hetzen wird.«

»Dann darf er es eben nicht mitbekommen.« Weil ihr das, was sie sagte, mit einem Mal ungehörig und auch ein wenig schamlos vorkam – wofür der Ausdruck seines Gesichts ein beredtes Zeugnis war –, fügte sie hinzu: »Es ist ja nur aus rein … medizinischem Interesse.«

Damien musste sichtlich seine ganze Selbstbeherrschung aufbringen, um ernst zu bleiben. »Natürlich. Welches Interesse sollte dich auch sonst leiten?«

»Also erlaubst du es?«

»Wir werden sehen«, wich Damien aus. Elisha erkannte, dass sie keine andere Antwort bekommen würde, und als Damien sich wieder seinem Buch zuwandte, war zudem klar, dass das Thema für ihn erledigt war.

Von ihm unbemerkt beobachtete Elisha ihn. Sie konnte sich nicht erklären, was mit ihr los war. In der letzten Zeit hatte sie mehr und mehr das Gefühl bekommen, ihre eigenen Launen und Stimmungen nicht mehr ertragen zu können. Ebenso wie das Gefühl, Damien gegenüber etwas Falsches zu tun oder zu sagen, beinahe zu einer fixen Idee von ihr wurde. Auf jedes Wechselspiel seiner Mimik reagierte sie überempfindlich, so dass sie oft nachts im Bett Gespräche mit ihm Wort für Wort in Gedanken wiederholte. Meist tat sie das so lange, bis sie irgendwann der Meinung war, etwas Dummes gesagt zu haben. Manchmal begann sie sogar mit Gedankenspielen aus ihrer Kindheit, so dass sie, wenn sie ihn beobachtete, Dinge dachte wie: Wenn er sich jetzt zu mir umdreht, denkt er an mich, und: Wenn er jetzt die Schreibfeder hinlegt, ohne noch einmal den Kopf zu heben, ist er mit den Gedanken bei seiner Verlobten. Sofort danach schämte sie sich vor sich selbst und nahm sich vor, diese Albernheiten abzulegen.

Die untergehende Sonne schickte warme rötliche Strahlen durch das glaslose Fenster hinter ihm, so dass sein Schatten auf das Buch fiel. Als es ihm zu dunkel wurde, um weiterzuschreiben, griff er nach dem Kerzenhalter und zündete die Kerzen an, augenscheinlich immer noch mit den Gedanken bei dem, was er schrieb. Ohne dass ihre Blicke sich begegneten, senkte er wieder den Kopf und bewegte die Hand mit der Feder schnell über das Papier. Elisha seufzte leise und schloss den Holzkasten. Sie ballte kurz die Fäuste, öffnete die Hände dann wieder und strich über das polierte Holz. Dann stand sie abrupt auf und verließ den Raum.

Damien hob kurz den Kopf, um ihr nachzusehen, runzelte die Stirn, überlegte, ob er etwas Falsches gesagt hatte, und schob ihre sprunghaft wechselnde Stimmung auf eine weibliche Launenhaftigkeit, die Frauen eben von Zeit zu Zeit überfiel.

4

Bombay, Januar 1754

Elishas Blick schweifte über den Hafen, der als der beste Indiens galt – Indiens Tor zur Welt, für die Schiffe leicht zugänglich zu allen Jahreszeiten und gleichzeitig geschützt vor den Monsunstürmen, die gerade vor Surat und an der Malabarküste oft heftig tobten. Vom Hafen aus bot sich der Anblick kleiner Inselgruppen, gesäumt von den dunklen Umrissen der Palmen; die Ghats wirkten aus der Ferne neblig blau.

Archibald Stonewalls unerträglich quäkende Stimme riss Elisha aus ihren Gedanken, und stirnrunzelnd wandte sie sich um. Er kam eben von einem Besuch beim Gouverneur – vermutlich wartend im Vorraum, während sein Partner Audienz hatte, vermutete Elisha – und wusste nun nichts Besseres mit seiner Zeit anzufangen, als sich in die Verschiffungen am Hafen einzumischen. Elishas Mund verzog sich spöttisch, während sie ihn bei dem Versuch beobachtete, die Aufmerksamkeit von Hauptmann Samuel Hough, Superintendent der Bombay-Marine und seit diesem Jahr Leiter der Schifffahrtsbehörde in Indien, auf sich zu ziehen.

Gemeinsam mit ihrem Vater, Oscar Moidore, Damien und einigen Angestellten der Handelsgesellschaft stand Elisha etwas abseits – die einzige englische Frau am Hafen. Das Gespräch drehte sich, wie sooft, um die Macht der Franzosen im Dekkan. Dass es den Engländern unmöglich war, vergleichbare Erfolge zu erzielen, hatte bereits die Aktion 1749 gezeigt, als sie versucht hatten, durch die Drohung, den Aspiranten des Throns von Tanjore zu unterstützen, ihren Einfluss auf das südliche Tamilnad zu festigen. Die Direktoren hatten sie scharf zurechtgewiesen, indem sie ihnen vorwarfen, sich offenbar für eine Militärkolonie statt einer Körperschaft von Händlern zu halten.

»Die zunehmende Einflussnahme der Franzosen auf das Tamilnad wird noch dazu führen, dass Madras vom Hinterland abgeschnitten wird«, beschwerte sich Oscar Moidore. »Sie haben uns die Stadt 1748 nur widerwillig zurückgegeben, und nun versuchen sie, es uns auf diese Weise heimzuzahlen. Wir werden Fort St. George nicht halten können, wenn wir eingeschlossen sind von den Franzosen, selbst wenn diese keine Anstalten machen, die Stadt zu nehmen. Uns bliebe nur der Seeweg.«

»Der beste Weg, dem entgegenzuwirken«, antwortete Elisha, »sind nicht militärische Maßnahmen, sondern das Vertrauen der Herrscher, die …«

»Miss Legrant«, unterbrach ein junger Angestellter mit dem Namen Charles Weckworth sie, »Mr. Moidore hat ein ernstzunehmendes Thema angeschnitten, keine Salonkonversation, so reizend wir alle es auch finden, dass Sie Ihren Vater begleiten.«

»In einem Salon«, antwortete Jack scharf, »wären Sie vermutlich auch recht schnell unbeliebt, so unhöflich, wie Sie einer Dame das Wort abschneiden.«

Charles Weckworth wurde brennend rot, sah unterstützungsheischend in die Runde, ohne einen zustimmenden Blick zu ernten. So murmelte er eine Entschuldigung und presste die Lippen zusammen, sichtlich verärgert.

»Was wolltest du sagen, Elisha?«, fragte Jack.
Elisha war nun etwas verlegen, weil die Männer ihr jetzt betont höfliche Aufmerksamkeit schenkten, und sie wusste, sie taten es nur, weil ihr Vater es verlangt hatte. »Ich meine, wir genießen bei den indischen Herrschern ein sehr hohes Ansehen, aber eben als Handelsmacht, nicht als Militärmacht, denn wenn wir mit militärischer Stärke vorrücken würden, wäre das doch eine nicht zu übersehende Provokation. Solange man den Herrschern versichert, ihnen ihre Macht nicht streitig zu machen, wird man uns, was den Handel angeht, immer den Franzosen vorziehen, und das ist auch eine Art der Machtfestigung.«
Die Männer, die ihrer Meinung waren, nickten, einige lächelten mit milder Nachsicht oder Herablassung. Ihr Vater jedoch wirkte stolz. Damien sah sie an, und es war offensichtlich, dass er sie bezaubernd fand.
»Frankreich mit den eigenen Methoden bekämpfen«, widersprach Charles Weckworth, »das würde bedeuten, ihre Protegés durch unsere zu ersetzen, so, wie Clive es vor drei Jahren in Arcot vorgemacht hat.«
Elisha fächelte sich Luft zu und verdrehte die Augen. Ihr Vater bemerkte es, zwinkerte ihr zu und schmunzelte.
Als das Gespräch sich fort von der Politik und immer mehr in die Richtung von Zollformalitäten bewegte, entschuldigte Elisha sich und machte einen Spaziergang im Hafen. Bettler saßen an den Kaimauern, Parsen beobachteten die Einfuhr von Teakholz, das sie für den Schiffbau benötigten, goanische Händler überwachten die Lieferungen ihrer Waren. Elisha kam am Kastell an, ein viereckiges Gebäude, nicht sehr groß und von unregelmäßiger Bauweise, dessen landwärts gerichteter Teil höher und breiter war als jener, der zum Meer

hinaus lag. Die Wände waren sowohl außen als auch innen aus rohem Stein, die beiden seewärts gerichteten Plattformen waren zweiundvierzig Fuß breit und lagen zwanzig Fuß hoch, so dass Platz war für ausreichend Kriegsmaterial und Nachschub, sollte ein Seekrieg dies fordern.
Elisha betrat das kühle Gewölbe, niemand nahm Notiz von ihr. Als Jack Legrants Tochter konnte sie sich so frei bewegen, wie sie wollte. Ob ihr Vater damit einverstanden war, dass sie zu den Zinnen des Kastells hochstieg, wusste sie nicht, aber verboten hatte er es ihr nicht, mit einer Bestrafung war also nicht zu rechnen.
Von den Zinnen aus konnte Elisha weit über die Stadt blicken. Im Süden lag Koleo mit einigen verstreuten Häusern. Den Südteil trennte die Esplanade vom Norden der Stadt, eine unbebaute Fläche, die sich nicht großartig verändert hatte, sah man davon ab, dass ihr Palmenbestand ausgedünnt worden war. Das im Süden der Stadt gelegene Apollo-Gate führte über den Stadtgraben. Schaute man von dort aus weiter Richtung Norden, so lag rechter Hand die königliche Bastion und dahinter die *Marine Yard* und die Docks. Linker Hand lagen Geschäfte, die sich Richtung Westen bis zur Stadtmauer zogen. Ging man weiter entlang des Krankenhauses, des Arzthauses, des Hauses des Kommandeurs der Marine, des Marinehauses und des Gebäudes der Kompanie, kam man zu dem vor dem Kastell gelegenen, von Bäumen beschatteten Bombay Green. Westlich war die St.-Thomas-Kathedrale, dahinter das Church-Gate und die Brücke über den Stadtgraben. Richtung Osten lag das Fort mit seinen Bastionen und das Haus des Gouverneurs. Die Basarstraße führte bis in den Norden, die schwarze Stadt, wo sie am Bazaar-Gate endete, dem nördlichsten Ausgang der Stadt.

Die schwarze Stadt war für Elisha immer schon der interessanteste Teil Bombays gewesen, nur war es ihr selten erlaubt, hinzugehen. Meist ergaben sich Gelegenheiten bei großen Feiertagen oder wenn sie auf den Basar ging – aber auch das geschah stets in Begleitung.

»Dein Vater hat mich losgeschickt, dich zu suchen«, riss Damiens Stimme sie aus den Gedanken.

Elisha, drehte sich um. »Woher wusstest du, dass ich hier bin?«

»Man kennt dich hier, und deiner Spur zu folgen, war nicht weiter schwer«, antwortete er zwinkernd. Elisha wusste nie so recht, ob er sie für voll nahm oder sich insgeheim über sie lustig machte. Er trat zu ihr, stellte einen Fuß auf einen Steinsockel, legte den Ellbogen auf eine Zinne und sah hinunter.

»Gibt es in anderen Ländern auch Frauen, die Ärzte sein können?«, fragte Elisha.

»Es mag einige Länder geben, in denen Frauen Ärztinnen sind, aber falls du Europa meinst, dort sicher nicht.« Damien sah sie an. »Möchtest du Ärztin werden?« Belustigung schwang in seiner Stimme mit, was Elisha ärgerte.

»Und wenn es so wäre?«

»Dann würde mir bedauerlicherweise kein Weg einfallen, dir deinen Wunsch zu ermöglichen.«

»Was ist mit Chirurgie? Machen das Frauen?«

Damien runzelte die Stirn. »Wohl kaum.«

»Ich möchte keine Ärztin sein, also keine studierte, aber ich wüsste dennoch gerne alles, was ein Arzt weiß.« Es gab so vieles, was sie wissen wollte, dass sie manchmal kaum wusste, ob ihr Leben ausreichen würde, es zu lernen.

Anstatt sie auszulachen, wie sie erwartet – und befürchtet – hatte, wirkte Damien nachdenklich. »Alles zu wissen, was

ein Arzt wissen sollte, würde ich auch gerne. Das Wissen, das man bisher hat, ist sehr eng begrenzt.«
»Deshalb würde es mir nichts bringen, zu studieren«, antwortete Elisha, »ich möchte auch das wissen, was man in England nicht lernen kann. Wenn ich krank bin, vertraue ich der indischen und arabischen Medizin mehr. Ich habe von Herrschern gehört, die nur arabische und jüdische Ärzte an sich heranlassen.«
»Sie sind uns in vielem überlegen«, gestand Damien ein. »Es sind immer deren Bücher, die ich zuerst zurate ziehe.« Er richtete sich auf. »Dein Vater wird sicher schon warten.«
Auf der Straße hüllten sie Stimmen und Hitze wie ein Mantel ein. Ein alter Brahmane saß am Rande des Bombay Green und intonierte vedische Verse, während aus einer bronzenen Schale neben ihm der Geruch von Weihrauch aufstieg und der Duft von Sandelholz in der Luft lag.

In Ermangelung freier Abende, fiel Richard Moidores erster Besuch bei den Legrants auf einen Montag – Archibald Stonewalls Abend. Es galt als ausgesprochenes Privileg, zu den ersten Familien zu gehören, die den Heimkehrer aus den Kreisen der Moidores empfangen durften. Archibald erkannte denn auch recht schnell, welche Möglichkeit sich ihm hier bot, ihm dem ständigen Gast und guten Freund der Familie. Kaum saß man beim Dinner, ergriff er auch schon das Wort und begann seinen intellektuellen Balztanz.
Charlotte saß zwischen Richard und Archibald, gekleidet in bordeauxrote Seide. Bei jedem Neigen ihres Kopfes funkelten die diamantenen Ohrgehänge im Licht. Sie warf Elisha,

die ihr gegenübersaß, einen Blick zu in seltener schwesterlicher Übereinkunft. Man verstand sich.
Zwischen Elisha und May saß Damien, wobei May, auch wenn sie Damien mittlerweile als Verwandten akzeptierte, unmerklich mit ihrem Stuhl näher zu ihrem Vater gerückt war. Elisha mochte Richard, sie hatte ihn schon als Kind gemocht. In den letzten Jahren hatten sie sich immer nur flüchtig gesehen, aber die Vertrautheit einer langjährigen Bekanntschaft bestand noch. Richard hatte nicht viel von dem guten Aussehen seines Vaters abgekommen, sondern schlug eher nach seiner Mutter mit einer breiten Nase und einem etwas zu großen Mund, der erstaunlich sensibel wirkte. Beherrscht wurde sein Gesicht von intelligenten graublauen Augen. Sein dunkelblondes Haar war leicht gewellt und abgesehen von seinen Augen sein attraktivstes äußerliches Merkmal. Er war groß und wirkte durch seinen kräftigen Körperbau ein wenig stämmig.
Das Tischgespräch langweilte Elisha so sehr, dass sie Archibald am liebsten unter dem Tisch kräftig vors Bein getreten hätte, um ihn zum Schweigen zu bringen. So sehr es sie auch anstrengte, sie hielt sich mit Kommentaren zurück, um Richard gegenüber nicht vorlaut zu sein. Sie wusste, dass ihren Eltern gute Beziehungen zu den Moidores wichtig waren, und zudem war Richard der erste Heiratskandidat, den Charlotte ernsthaft in die nähere Auswahl zu ziehen gedachte. Was ihre Nerven noch weiter strapazierte, war das Quietschen der *Punkah*, die über dem Tisch bewegt wurde, um für Abkühlung zu sorgen. Lustlos schob sie das in Kokosmilch gegarte Geflügel auf ihrem Teller hin und her und zerkrümelte ihr Brot.
Es war Oscar Moidore, der sich auf Anraten Jacks dafür aus-

gesprochen hatte, Damien als Arzt der Kompanie in Bombay einzustellen. So nutzte Richard auch die erste Gesprächspause, die Archibald zum Zwecke ausgiebigen Luftholens einlegte, um Damien zu fragen, ob er vorhabe, in Bombay zu bleiben.

»Ich werde in ungefähr einem Jahr nach Madras zurückkehren, meine Verlobte heiraten und mich dann dort wohl auch niederlassen.«

»Ihre Verlobte ist die Schwester von Francis Marchand?« Richard erwartete auf die Frage keine Antwort. »Ein erstaunlicher junger Offizier«, fügte er hinzu. »Ich denke, er wird es noch weit bringen. Heiratet in die Familie von Lord Chatworth ein, habe ich gehört.«

»Bisher ist es noch nicht offiziell«, antwortete Damien.

»Dann sollte er sich beeilen«, meinte Richard. »Wenn der nächste Krieg ausbricht, wird er wohl eine Weile nicht mehr dazu kommen.«

»Sie denken, es gibt wieder Krieg?«, fragte Damien.

»Über kurz oder lang wird es zwangsläufig dazu kommen. Im Karnatik gibt es ständig Reibereien, und die Franzosen scheinen in ihrem Eroberungshunger vorerst kein Ende zu finden. Sie bekämpfen unsere Bündnispartner und entschuldigen es damit, dass wir die Friedensverträge brechen, indem wir mit Fürsten paktieren, die den Franzosen feindlich gesonnen sind.« Richard schien sich nicht für das Thema erwärmen zu können. »Und wie es in Europa aussieht, kann hier momentan auch niemand einschätzen.« Nachrichten waren von England bis Indien zwischen sieben Monaten und einem Jahr unterwegs.

»Wieso denken Sie, dass Frankreich den Kurs beibehalten wird?«, fragte Elisha.

»Weil Dupleix noch Gouverneur von Pondicherry ist«, antwortete Richard mit einem spöttischen Lächeln.
»Das ist ja furchtbar«, mischte sich Charlotte ein. »Warum müssen wir bei Tisch über Krieg reden, wo es doch so viel reizvollere Themen gibt.«
Die Männer entschuldigten sich sogleich bei ihr, und das Gespräch wandte sich allgemeinen Gesellschaftsthemen zu. Später am Abend versammelten sich alle im Salon, wo Charlotte auf dem Pianoforte spielte und begeisterten Applaus erntete. Selbst Elisha musste zugeben, dass ihre Schwester wunderbar spielte. Sie selbst hatte es nie gekonnt, obwohl sie sich ihrer Mutter zuliebe aufrichtig darum bemüht hatte. May zeigte auch kein großes Talent für das Instrument, aber sie war noch jung genug, um den Klavierlehrer nicht resignieren zu lassen. Nach Elishas Stunden war sein Gesicht manchmal rotviolett angelaufen, und irgendwann hatte er ihre Eltern davon überzeugt, dass man den Menschen einen Dienst erwies, wenn man ihnen ihr Spiel ersparte. »So etwas sollte keiner ertragen müssen«, waren seine abschließenden Worte gewesen.
Elisha wäre gern ein wenig im Garten spazieren gegangen, aber ihre Mutter erlaubte es nicht. »Ich möchte nicht, dass du um diese Zeit noch allein im Garten herumläufst«, wies sie die Bitte zurück.
»In unserem Garten ist es doch nicht gefährlich«, hielt Elisha dagegen.
»Du hast gehört, was ich gesagt habe«, entgegnete Claire in einem Ton, der keinen Widerspruch duldete.
Damien sah den enttäuschten Ausdruck in Elishas Gesicht und erbot sich, sie zu begleiten. Das wiederum stürzte Jack in ein Dilemma, weil er es einerseits nicht ganz passend fand, dass Damien und Elisha allein nachts im Garten herumliefen,

dies in Gegenwart der Gäste aber kaum sagen konnte, ohne Damien zu brüskieren. Nicht dass er ihm misstraute, nein, das keineswegs, aber niemandem konnte entgehen, dass er ein überaus gutaussehender junger Mann war, und Mädchen in Elishas Alter waren leicht zu beeindrucken und gerieten ins Schwärmen. Ein kluger Vater ließ da Vorsicht walten.
Richard erkannte das Problem und schlug vor: »Wir könnten alle ein wenig im Garten spazieren gehen. Die Luft ist angenehm, und ein Spaziergang wäre doch ein wunderbarer Abschluss für diesen Abend.« Sein Blick fiel auf Charlotte. »Oder möchten Sie lieber, dass wir im Salon bleiben?«, fragte er freundlich.
»Aber natürlich können wir nicht mit den jungen Damen nachts im Garten herumlaufen«, mischte sich Archibald ein. »Ich selbst gehe überaus ungern um diese Zeit noch irgendwo spazieren.«
Charlotte schenkte ihm ein hinreißendes Lächeln. »Dann bleiben Sie nur hier«, sagte sie und stand von ihrem Klavierhocker auf, um Richards dargebotenen Arm zu nehmen. Elisha schob ihre Hand in Damiens Armbeuge, und zu viert gingen sie in den Garten hinaus. Archibald konnte ihnen nach seinen Worten nicht mehr folgen, ohne sich lächerlich zu machen, und Jack und Claire blieben ebenfalls im Salon. Sollten die jungen Leute ruhig unter sich sein, sagten sie. Dass Archibald damit nicht mehr zu der vergnügten Jugend zählen sollte, behagte diesem gar nicht. Um seinen Unmut zu überspielen, versuchte er, ein joviales Gespräch mit May zu beginnen, wurde jedoch ungnädig zurückgewiesen.

Elisha liebte den nächtlichen Garten. Zunächst spazierten sie in einträchtigem Schweigen nebeneinander her, dann begann Charlotte damit, unheimliche Geschichten zu erzählen, die ihnen ihre *Ayah* immer erzählt hatte, um ihr und Elisha Angst zu machen und somit zu verhindern, dass sie im Dunkeln das Haus verließen. Als Kinder hatten Charlotte und Elisha diese Geschichten immer sehr gruselig gefunden, und als Charlotte jetzt damit begann, lief Elisha wieder ein Schauer über den Rücken, weil sich diese Geschichten in einem dunklen Garten eben anders ausnahmen als im sicheren Haus. Nachdem sie fertig war, gab Richard die nächste Geschichte zum Besten, und bald darauf versuchten sie sich gegenseitig mit ihren Geschichten zu übertrumpfen. Sie stritten scherzhaft darüber, wer von ihnen am meisten Angst hatte und wer die unheimlichsten Geschichten erzählte, so dass ihr Lachen durch den ganzen Garten hallte.

Der See am Ende des Gartens lag still und schwarz da wie eine Scheibe, umgeben von dichtem Baumbestand und Gebüsch. Kam man tagsüber hierher, bot er das Bild eines romantischen Idylls, schattig, mit Lichtpunkten, die durch das Blätterdach tropften, inmitten des smaragdgrünen Rasens. In der Dunkelheit wirkte er jedoch nur noch trist und farblos, und das matte Licht des abnehmenden Mondes verlieh dem Ufer einen graublauen Schimmer. Wasserlilien, deren Blüten im Sonnenlicht in den Farben Violett, Weiß und Blau leuchteten, waren nicht mehr als Schemen.

Elisha nahm ihre Hand aus Damiens Armbeuge und kniete sich am Seeufer nieder. Während Charlotte und Richard noch ein Stück weitergingen, blieb Damien abwartend stehen. Langsam tauchte Elisha die Hand in das Wasser und beobachtete, wie die glatte Fläche an dieser Stelle in Bewegung geriet. Das Wasser war dunkel und weich, und ohne zu überlegen steckte Elisha die Hand weiter hinein, bis ihr

Ärmelsaum nass wurde. »Ich mag Seen«, sagte sie, »und Bäche, Flüsse und das Meer.«
Damien hockte sich neben sie, das eine Knie am Boden nahe dem hellen Saum ihres Kleides. Außer den Geräuschen des nächtlichen Gartens waren nur Charlottes und Richards leise Stimmen zu hören, durchbrochen von Charlottes glockenhellem Lachen. Elisha bewegte ihre Hand im Wasser, tauchte sie tiefer hinein, wäre am liebsten mit dem ganzen Körper gefolgt. Ihre Mutter würde sehr ungehalten sein, wenn sie sah, dass ihr Ärmel bis über das Handgelenk nass war. Sie zog ihre Hand aus dem Wasser, bog den Kopf leicht zurück und ließ die Wassertropfen über ihren Hals laufen.
Damien hatte den Eindruck, sie habe seine Anwesenheit vergessen, und betrachtete fasziniert, was für eine unbewusste Sinnlichkeit von ihr ausging. Ihr Blick kehrte zu ihm zurück, und ohne etwas zu sagen, nahm sie seine Hand und legte seine Finger auf die kleine Mulde an ihrem Hals, die feucht war vom Wasser. Er schluckte, spürte wie das Pulsieren unter seinen Fingerspitzen zunahm, und spreizte langsam die Finger. Sein Blick wanderte von ihrem Hals zu ihren Augen, dann zog er seine Hand zurück. Etwas hastig stand Elisha auf und rief nach ihrer Schwester.
»Hier sind wir«, antwortete Charlotte und trat mit Richard aus dem Schatten der Baumgruppe. Sie hatten ganz in der Nähe gestanden. Bei dem Gedanken daran, dass sie möglicherweise etwas gesehen hatten, wurde Elisha heiß vor Scham. Sie konnte sich selbst nicht erklären, was in sie gefahren war. Es war die Nacht, sagte sie sich, die Stille und diese seltsamen Gefühlsanwandlungen, die sie in letzter Zeit sooft überkamen. Ohne ihre Hand in dem feuchten Ärmel in Damiens Armbeuge zu legen, ging sie neben ihm her. Er sei-

nerseits machte keine Anstalten, ihr den Arm zu reichen, sondern schwieg und überließ Charlotte und Richard das Reden. Ihre eigenen Schritte erschienen Elisha etwas steif, so als stakse sie durch einen Morast. Als sie kurz vor dem Lichtkegel waren, den die offene Tür zum Salon nach draußen warf, wollte sie nichts anderes, als sich ins Gras setzen und weinen.

Damien hatte schlecht geschlafen und wachte übellaunig auf. Er schnauzte den Diener an, der ihm sein Frühstück aus dem Haupthaus brachte, schlang sein Essen rasch hinunter und war eine Viertelstunde eher fertig als gewöhnlich. Der für die Pferde zuständige Dienstbote, der mit seinem verfrühten Auftauchen nicht gerechnet hatte, hatte das Pferd noch nicht aufgezäumt und gesattelt, was Damien wieder in Wut geraten ließ. Er lief im Stall auf und ab, und als sein Pferd bereit war, stieg er auf und ritt aus dem Stall. Die Zügel führte er trotz seiner schlechten Stimmung gewohnt leicht, weil er dem Pferd nicht im Maul herumreißen und somit Schmerzen bereiten wollte.
Er selbst war an allem schuld. Durch irgendeine Geste oder ein Wort musste er Elisha ermutigt haben. Dass sie keinerlei Schuld daran traf, wie sich die Dinge plötzlich entwickelt hatten, stand für Damien fest, ohne dass er weiter über ihre Rolle bei dem Ganzen nachdenken musste. Sie war neugierig, und wer wollte ihr das vorwerfen? Schließlich war sie noch sehr jung und musste geradezu danach hungern, zu erfahren, was das Leben ihr außer dem Gewohnten noch bot. Er hätte die ganze Situation mit einem Scherzwort entschärfen können, aber stattdessen hatte er dagesessen und sie angestarrt wie ein Jüngling, der noch nie zuvor eine Frau

berührt hatte. Sie war ihm so sinnlich und verführerisch vorgekommen, dass sich auch im Nachhinein Jane daneben sehr kühl ausnahm. Aber genau das war es, was er jetzt brauchte, eine kühle, vernünftig denkende Frau, die ihn schnell wieder auf den Boden der Tatsachen brachte. Sobald er etwas Zeit hatte, würde er ihr einen langen Brief schreiben, um seine Erinnerung an sie wieder zu festigen. Sie verblasste mehr und mehr zu einer Verpflichtung, die er in Zukunft zu erfüllen hatte. Vielleicht hatten sie sich nach seiner Ankunft in Madras einfach zu kurz gesehen. Das Kind Jane hatte er gekannt, die junge Frau war ihm noch fremd. Er sollte sie besuchen fahren.

Erst hatte er überlegt, sich von Elisha zu distanzieren, weniger mit ihr zu reden und ihre Besuche in seinem Behandlungszimmer zu reduzieren. Nach längerem Überlegen war ihm jedoch klar, dass er sie damit zutiefst verletzen würde. In ihrer empfindsamen Art würde sie die ganze Schuld bei sich suchen und denken, sie hätte sich schlecht benommen und ihn verschreckt. Am besten, die Sache wurde nicht weiter erwähnt und alles blieb, wie es war.

Das Klima verstärkte Damiens Gereiztheit, und er musste an sich halten, den Jungen, der die *Punkah* an der Decke seines Behandlungszimmers bewegte, nicht anzufahren, wenn diese hin und wieder leise quietschte. Es war nicht viel zu tun, und nachdem Damien einen Patienten mit einem entzündeten Zahn behandelt hatte, las er in dem ersten Band der Abhandlung von Pierre Fauchard, *Le Chirurgien Dentiste ou Traité des Dents*, das er in Paris erworben hatte. Das Werk warf ein völlig neues Licht auf diese Art der Heilkunde, die bisher oft von Jahrmarktsscharlatanen oder wenig vertrauenerweckenden »Heilern« ausgeübt wurde. Insbesondere der Arti-

kel über Skorbut fesselte Damien. Lesen und in einen Text zu versinken war für ihn immer die beste Ablenkung von Problemen gewesen.
Erst als es laut an der Tür klopfte, schreckte er hoch, und für einen Moment lang erfasste ihn die Gereiztheit, die jemanden überkommt, der sich ins Lesen vertieft und grob aus seiner Konzentration gerissen wird. An dem Scharren beim Öffnen der Tür wusste Damien bereits, dass es Jonah war, noch ehe dieser seinen Kopf in den Raum steckte. Einmal hatte Damien ihm helfen wollen, die Tür zu öffnen, und hatte dafür beinahe eine Krücke vors Schienbein bekommen, weil Jonah es hasste, wie ein Krüppel behandelt zu werden, und die Tür selbst öffnen wollte.
»Ich wollte Sie zum Mittagessen einladen«, sagte Jonah und schob sich durch den Türrahmen.
»Wie spät ist es denn?«, fragte Damien etwas erstaunt und sah auf seine Uhr. Er musste mehr als zwei Stunden gelesen haben und hatte kaum gemerkt, wie die Zeit verging.
»Ziemlich ruhig hier heute, hm?«, bemerkte Jonah. »Was muss das nur für ein Gefühl sein, einem Beruf nachzugehen, bei dem man ständig hoffen muss, dass endlich jemand krank wird?«
Damien schlug das Buch zu und stand auf. »Wollen Sie mir auf die Nerven gehen?«
Jonah hob die Brauen. »Gereizter Stimmung?«
»Nein.«
»Wenn ein Mann schon mittags so gereizt ist«, dozierte Jonah, »ist entweder die Ehefrau schuld – was in Ihrem Fall nicht sein kann –, die Geliebte oder einfach ein Mangel an beidem.« Er grinste.
Die scharfe Erwiderung, die ihm auf der Zunge lag, herunter-

schluckend, entgegnete Damien: »Ich habe einfach nicht gut geschlafen.«

»Sie sollten mal das Thai-Mädchen unten am Kai aufsuchen, danach schlafen Sie bestimmt wieder ganz wunderbar.«

»Jonah!«

Sofort wurde Jonah ernst. »Ich bin wohl etwas zu weit gegangen. Verzeihung.«

Anstelle einer Antwort nickte Damien nur, so dass Jonah fortfuhr: »Gibt es denn irgendwelche Probleme?«

Damien wollte erst antworten, dass ihn das nichts anginge, brachte das aber nach einem Blick auf Jonahs sensibles Asketengesicht nicht mehr fertig und sagte nur: »Nicht von der Art, wo eine Matrosenhure Abhilfe schaffen könnte. Ich überlege, für einige Zeit nach Madras zu fahren.«

»Wird man Sie hier denn für längere Zeit entbehren wollen? Einen Monat sollten Sie schon mindestens hinfahren, sonst lohnt die Reise kaum.«

»Wenn nicht, verkürze ich einfach meinen Aufenthalt hier und fahre früher heim als geplant.« Noch während er sprach, erschien es Damien als die bessere Alternative.

»Und wie lange würden Sie dann noch bleiben?«

Damien zuckte die Schultern. »Vielleicht noch bis zum Winter.« Innerlich überschlug er die Zeit und nahm sich vor, direkt nach Ende der Regenzeit Bombay zu verlassen.

Charlotte sah zu, wie Lamont die Unterlagen mit den für ihn wichtigen Informationen verbrannte, und wandte ihren Blick erst dann ab, als von den Bögen nicht mehr übrig war als ein Häufchen Asche. Sie bestand immer darauf, dass

Lamont sich die Informationen, die er brauchte, abschrieb und dann sofort ihre Briefe und alles andere, das von ihrer Hand stammte, verbrannte. Nie hätte sie ihm ein solches Druckmittel gegen sie in die Hand gegeben.

»Richard Moidore kommt euch also ständig besuchen und schmachtet dich mit verliebten Kalbsaugen an?«, fragte Lamont ein wenig gehässig.

»Weder schmachtet er, noch wirkt er sonderlich verliebt. Eher etwas geschäftsmäßig.«

»Unhöflich?«

»Nein, das nicht.« Charlotte raffte die Decke um sich und lehnte sich an das Kopfstück des Bettes, die Knie angezogen. »Manchmal denke ich, er hat eigentlich überhaupt kein wirkliches Interesse an mir.« In ihren dunklen Augen spiegelte sich deutlich, wie sehr diese Tatsache sie verwunderte und vielleicht auch ein wenig verwirrte.

»Das kann ich nun wirklich nicht ernsthaft glauben«, spöttelte Lamont. Er kam vom Schreibtisch zurück, wo er den Brief verbrannt hatte, und legte sich wieder zu Charlotte ins Bett. Als er ihr über die Wange streichen wollte, drehte sie etwas gereizt den Kopf weg. Lamont hatte unbewusst genau das Thema angesprochen, auf das sie am empfindlichsten reagierte. Es verstörte sie zutiefst, dass sie ausgerechnet bei dem Mann, den sie von allen am meisten ermutigte, nicht das geringste Anzeichen von hingebungsvoller Bewunderung sah. Lamont wiederum gab sich mit einer Zurückweisung nicht zufrieden und zog sie an sich, so dass sie nach kurzem Ringen neben ihm zu liegen kam. Er neigte sich über sie und strich durch ihr dunkles Haar.

»Mach dir keine Sorgen. Selbst ein Moidore wird dir nicht widerstehen können, wenn er erst einmal entdeckt hat, was

deine wahre Qualitäten sind«, sagte er. Worin diese lagen, machte sein Blick unmissverständlich deutlich.
Charlotte schloss die Augen halb, was ihrem Blick etwas Lauerndes gab. »Mir war nie bewusst, dass du mich so gut zu kennen glaubst, um beurteilen zu können, wo meine wirklichen Qualitäten liegen.«
»Du stellst mich zufrieden, mehr brauche ich von dir nicht zu kennen.«
»Mein lieber Freund, dich zufrieden zu stellen, ist wirklich sehr einfach. Dafür braucht es nicht mehr als ein wenig Hingabe. Sollte es dir allerdings eines Tages nicht mehr gelingen, mich zufrieden zu stellen, sehe ich unsere kleine Affäre als beendet an.« Sie lächelte.
»Das würdest du schon allein aus dem Grund nicht tun, weil du dich nie trauen würdest, dir einen Engländer als Liebhaber zu nehmen. Das Risiko würdest selbst du nicht tragen, nicht einmal, um dein Verlangen zu stillen, jetzt, wo du auf den Geschmack gekommen bist.« Er zog eine ihrer Locken durch die Finger und lächelte, so als wolle er das Gesagte als Scherz abtun.
Charlotte spürte, wie ihr die Zornesröte ins Gesicht stieg, aber anstatt ihrem ersten Impuls zu folgen und aufzuspringen, zwang sie sich, Lamont ruhig anzusehen, und sagte: »Sei dir deiner Sache nicht zu sicher.«
»Ich habe damit nicht sagen wollen, dass du …«
»Es ist mir gleichgültig, was du damit sagen wolltest«, fiel Charlotte ihm ins Wort. »Mach nicht den Fehler, dich für unentbehrlich oder unersetzbar zu halten.«
Anstelle einer Antwort sah Lamont ihr mit leicht zusammengekniffenen Augen ins Gesicht. Es ärgerte Charlotte, dass sie ihn nicht aus der Ruhe bringen konnte.

»Dass du glaubst, mich zu kennen«, fuhrt sie fort, »liefert lediglich ein erbärmliches Zeugnis deiner eigenen Arroganz. Vielleicht wirst ja auch du hintergangen, genauso wie mein Vater, und ahnst nicht das Geringste. Hast du nicht eine Schwester? Sagtest du nicht, dass sie dir regelmäßig schreibt? Vielleicht liegt sie jetzt auch gerade mit irgendeinem Mann im Bett und lächelt, während ihr Liebhaber sich für unentbehrlich hält.«

Zu ihrer tiefen Befriedigung bemerkte sie das Flackern in Lamonts Blick. Dass wütendes Abstreiten lediglich lächerlich gewirkt hätte, war ihm offenbar bewusst, denn er hielt sichtlich an sich, nichts zu sagen. Charlotte sah ihn in gespannter Erwartung an, spekulierte innerlich, ob er wieder zu seiner Ruhe finden und sie kalt in ihre Schranken weisen würde oder ob die Wut in ihm zu einer schwelenden Flamme wurde. Lamont griff in ihr Haar und küsste sie grob, beinahe gewalttätig. Anstatt ihn empört von sich zu stoßen, wie er es vermutlich erwartete und sie es in jedem anderen Fall auch getan hätte, schlang sie die Arme um ihn, zufrieden, weil sie in dem Ausbruch nichts anderes als seinen Zorn sah, und genau das hatte sie erreichen wollen. Das spöttische Aufblitzen in seinen Augen, über die sich langsam die Lider senkten, sah sie nicht.

Der Garten hinter dem Palast war von Säulengängen unterteilt. Im ersten schattigen Bereich war ein Wasserbecken in den marmornen Boden eingelassen. Blüten schwammen auf dem Wasser, das an der tiefsten Stelle bis zur Brust reichte. Dahinter fiel der Garten leicht ab, dehnte sich bis zu der Stelle, wo in der Ferne die Mauer sichtbar wurde, deren schmiedeeisernen Tore streng bewacht waren. Ein Bach unterteilte den Garten und konnte an mehreren Stellen über Marmorbrücken überquert werden, die in der Sonne gleißend weiß schimmerten. Pfaue liefen über den Rasen. Bäume waren in der Art gepflanzt, dass man zu jeder Tageszeit schattige Plätze finden konnte, und unter zwei Bäumen hatte man eine ausladende Schaukel aufgebaut, die an zwei Seilen leicht hin und her geschwenkt werden konnte. Die etwas anstrengende Arbeit des Schwenkens wies Shalina vorzugsweise den neuen Sklavinnen ihres Mannes zu. Der Garten war ein Teil des *Zenana*, dieses Reich gehörte ihr.

Elisha saß gemeinsam mit Shalina auf der Schaukel. Seidene Kissen in leuchtenden Farben lagen um das Wasserbecken herum verteilt, Dienerinnen gingen durch den Garten, lachend, schwatzend und immer mit Blick auf die Fürstin. Shalina lehnte sich zurück, so dass ihr Bauch sich leicht vorwölbte. Sie erwartete ihr drittes Kind, was man mittlerweile auch sehen konnte. Auch das wäre etwas gewesen, was Elishas Mutter zutiefst verurteilt hätte – wenn sie nicht gleich so weit gegangen wäre, Elisha die Besuche bis auf weiteres zu verbieten –, und diesmal hätte auch ihr Vater auf Seiten ihrer Mutter gestanden. Eine Schwangerschaft war etwas, das man so gut es ging verbarg, erst recht vor unverheirateten Mädchen.

»Da interessierst du dich endlich einmal für einen Mann«, sagte Shalina, »und dann ist es einer, der bereits gebunden ist.« Sie sah ihre Freundin ernst an. »Du darfst niemals versuchen, einen Mann dazu zu bringen, sein Wort zu brechen, das er seinem Vater gegeben hat.«

Elisha leckte sich den klebrigen Mangosaft von den Fingern. »Das habe ich doch auch gar nicht«, sagte sie unglücklich. »Ich weiß selbst nicht, was über mich gekommen ist.«

Shalina war anzusehen, dass diese das nur zu gut wusste. »Du solltest heiraten«, sagte sie pragmatisch. »Ich verstehe die seltsame Sitte der *Firanghis* nicht, ihre Töchter so lange unverheiratet zu lassen. Du wirst erwachsen und verlangst danach, dass dich ein Mann berührt.«
Elisha lief tiefrot an. »Was redest du denn da?«
»Du wolltest doch wissen, was mit dir los ist. Du hast dich in diesen Mann verliebt und wünschst dir, ohne dass du es dir eingestehen willst, dass er …«
»Hör schon auf«, unterbrach Elisha sie. Was sie empfand, hatte in ihren Augen nichts mehr mit Verliebtheit zu tun. Verliebtsein bedeutete romantische, zarte Gefühle, nicht diese schockierende Körperlichkeit, die sie empfand. Sie bemerkte das Mitleid in Shalinas Blick.
»Über so etwas redet man eben nicht«, verteidigte sie sich und zupfte verlegen an den Falten ihres Saris.
»Man erwartet von euch, dass ihr nicht darüber redet und nichts darüber wisst, aber nach der Hochzeit erwartet man von euch ebenso selbstverständlich, dass ihr diese Dinge ohne Gegenwehr ausübt«, erwiderte Shalina.
Elisha biss sich auf die Unterlippe, was Shalina jedes Mal darauf hinweisen ließ, dass sie damit ihren schönen Mund verunstalte.
»Du solltest heiraten«, meinte Shalina.
»Ich heirate doch nicht irgendeinen Mann«, begehrte Elisha auf.
»Was spricht dagegen, wenn du einen der Männer heiratest, die in das Haus deines Vaters kommen? Es werden doch auch anständige darunter sein.«
»Ich liebe aber keinen von ihnen.«
Shalinas Blick sagte deutlich, was sie von Elishas Naivität

hielt. »Den, den du momentan zu lieben glaubst, bekommst du aber nun einmal nicht.«
»Dann will ich auch keinen anderen«, entgegnete Elisha trotzig. *Ausgemachter Unsinn*, las sie in Shalinas Augen. Aufgebracht fuhr sie fort: »Du kannst doch selbst von Glück reden, dass Ashok sich als Mann entpuppt hat, der dich liebt und gut behandelt. Es hätte ja auch sein können, dass deine Eltern dich mit einem alten Mann verheiraten, der dich wie eine Sklavin hält.« Ashok erschien Elisha mit seinen dreißig Jahren zwar auch bereits zu alt, aber das behielt sie für sich. Solche Altersunterschiede waren ja auch bei den Engländern nicht ungewöhnlich.
»Das hätte mein Vater nie getan, aber das ist ja jetzt auch unwichtig. Dein Vater lässt dich doch entscheiden. Halte dich auf jeden Fall von diesem Arzt fern. Selbst wenn er sich für dich entscheidet, werdet ihr nichts als Schwierigkeiten bekommen, und irgendwann wird er es bereuen, und dann wirst du auch auf dein eigenes Glück verzichten müssen.«
»Wie auch immer«, sagte Elisha mit gespielter Leichtigkeit, »ehe ich heirate, muss sich ohnehin erst Charlotte verheiraten. Und wer weiß, wann das der Fall sein wird.«
Shalina hatte Charlotte nur ein Mal gesehen, als diese ihren Vater zu einer Einladung in den Palast begleitet hatte. »Deine Schwester erinnert mich an unsere Pfaue«, bemerkte sie unvermittelt.
Elisha nahm sich ein Stück Mango, ohne zu beachten, dass der Saft auf ihren Sari tropfte. Sie beobachtete die Pfaue mit ihrem prachtvollen Gefieder und ihrer Anmut. Von Zeit zu Zeit stießen sie ihre hässlichen Schreie aus, die nicht zu ihrer Schönheit passen wollten.

5

Bombay, Mai 1754

»Dieses Holzbein sieht albern aus«, beschwerte sich Jonah.
Mit kritischem Blick musterte Damien ihn. Der Stumpf war seit Monaten fest vernarbt und konnte problemlos belastet werden. »Das Bein ist aus Fischbein, nicht aus Holz, und mit der Zeit gewöhnen Sie sich daran.«
»Ja, reden Sie nur«, sagte Jonah aggressiv, »Sie müssen ja auch nicht damit herumlaufen.«
Herr, schenk mir Geduld, dachte Damien. Laut sagte er: »Niemand zwingt Sie dazu, es zu tragen. Legen Sie es ab und greifen Sie wieder zu Ihren Krücken.«
Jonah warf ihm einen flammenden Blick zu und ging versuchsweise einige Schritte durch den Raum. Das dumpfe Geräusch, wenn Walfischknochen auf Holz schlägt, klang durch den Raum. »Wunderbar. Man wird mich auf kilometerweite Entfernung hören.«
»Solange Sie keine Karriere als Dieb oder Spion planen, wüsste ich nicht, was daran so schlimm sein soll.«
»Es hört sich so an wie diese Geschichten, die man als Kind immer gemocht hat, mit unheimlichen Gestalten, die sich nähern und von denen immer nur ein *Klack* bei jedem zweiten Schritt zu hören ist.«
»Sie können das Ende des Beins abpolstern lassen«, schlug Damien vor. Jonahs Schritte waren unbeholfen, und er stützte sich mit einer Hand auf einem Stock ab, aber auf Dauer

würde er es auf diese Weise leichter haben. Damien hatte das Bein bei einem Inder im Hinterland anfertigen lassen. Es war makellos gearbeitet und wurde mit einer Ledermanschette befestigt.

Jonah schwieg, so als würde er die Möglichkeit überdenken, und ging ein wenig im Raum hin und her. Als er sich auf einen Stuhl setzte, stand das Bein ausgestreckt vor, eine Stolperfalle für jeden, der an ihm vorbeiging. Trübsinnig starrte er darauf. Er hatte immer gerne getanzt.

»Ich habe eine Stelle als Schreiber bekommen«, sagte er, nachdem er sich geräuspert hatte. »Mein Vater wird verrückt, wenn er das hört.«

»Sie wollen also wirklich bleiben?«, fragte Damien.

»Fürs Erste schon. Vielleicht verkaufe ich mein Offizierspatent, das Gehalt eines Schreibers reicht für eines der kleinen Häuser der Angestellten.«

»Was würden Sie tun, wenn Sie nach England zurückgingen?«

»Im Haus meines Vaters leben, und später, wenn mein Bruder sein Erbe antritt, auf dessen Barmherzigkeit angewiesen sein. Mir wird kaum mehr als eine monatliche Rente zustehen.« Er klopfte leicht mit dem glänzend-weißen starren Bein auf den Boden. »Jüngere Söhne werden im Allgemeinen Soldaten oder Geistliche. Letzteres stand nie zur Debatte,und bei Ersterem bin ich gescheitert. Nach Indien oder Amerika in die Kolonien zu gehen, ist natürlich eine weitere Alternative. Aber mein Vater würde sich dann eher etwas ... meinem Rang Entsprechendes vorstellen.«

»Haben Sie das denn versucht?«

Jonah schüttelte den Kopf. »Es ist gut so, wie es jetzt ist. Wissen Sie schon, wann Sie nach Madras zurückkehren?«, wechselte er das Thema.

»Im Oktober oder November.« Damien erinnerte sich an Elishas bestürztes Gesicht bei seiner Eröffnung im Salon der Legrants. Sie hatte sich eilig von ihm abgewandt, als er sie ansah, so als wolle sie den Ausdruck ihrer Augen verbergen. Wem würde es auch nützen, wenn er sagen würde, dass er gerne die Wahl hätte, dass er nicht an ein gegebenes Wort gebunden sein wollte? Solange er es nicht aussprach, konnte er sich selbst in dem Glauben lassen, dass sein Weg für alle Beteiligten der Beste sein würde.

Jonah stemmt sich mit Hilfe seines Gehstocks mühsam aus seiner sitzenden Position hoch. »Ich werde mich schon daran gewöhnen«, sagte er versöhnlich, Damiens Gesichtsausdruck fehldeutend. Damien vermied es, ihn darauf hinzuweisen, dass nicht er schuld an seiner schlechten Stimmung war.

Nachdem Jonah sich verabschiedet hatte, ging Damien zum Krankenhaus, in dem mehrere seiner Patienten lagen. Innerlich wappnete er sich bereits für die kommende Auseinandersetzung mit den Chirurgen. Seit er an diesem Morgen nach einer unruhigen Nacht aufgewacht war, kam ihm jemand, an dem er seine Laune auslassen konnte, gerade recht.

Der schönste Lapislazuli stammte aus Afghanistan. Elisha drehte die kleine längliche Schale, die aus einem Stein geschnitten war. Blau mit silbrigen Sprenkeln darin. Eine Schale, in die man Sandelholz legte, damit es langsam verbrannte und den Raum mit seinem Duft füllte. Damien hatte sie ihr zu ihrem Geburtstag im März geschenkt, und seitdem stand sie auf dem kleinen Tisch nahe dem Fenster, absichtlich an einen fernen Platz verbannt. Sie hatte sie nie benutzt.

Das Leben verlief in einem ermüdend eintönigen Rhythmus. Warum war ihr das nie aufgefallen? Der ewig gleiche Blick aus ihrem Fenster, vom Bachufer, von den Zinnen des Palastes. Niemand merkte, dass sie eine andere war. Sie war ein Schilfrohr, dachte sie, wenn sie sah, wie das Schilf im See sich im Wind bog, bis es beinahe auf dem Wasser lag und sich ohne die geringste Spur wieder aufrichtete, wenn der Ansturm vorüber war.
Die eintreffende Kutsche und das Reden und Lachen kündigten Charlottes und Richards Rückkehr von einer Spazierfahrt an. May war in ihrer Begleitung. Ehe sich Claire entschieden hatte, wer diesmal mitfahren sollte, hatte Elisha sich zurückgezogen und blieb unauffindbar, so dass die Wahl auf May gefallen war.
Wenn sie nur dafür sorgte, dass ihre Mutter ihr nicht über den Weg lief, standen die Möglichkeiten gut, dass May auch später im Salon die Anstandsdame zu spielen hatte. Allerdings war ihre Mutter derzeit beschäftigt, weil der *Boxwallah*, der Händler, heute kommen würde und sie mit dem *Khansana* besprach, was der Haushalt brauchte. Später würde man den nächsten Untergebenen des *Khansana*, den *Khitmutgar*, losschicken, um die Waren einzukaufen.
Charlotte hatte sich beschwert, weil ihr das Ausfahren allein mit Richard nicht gestattet wurde – war es ihr doch erlaubt, sich ab und zu von Damien fahren zu lassen. In seinem Fall wurde jedoch eine Ausnahme gemacht, weil er zur Familie gehörte und bei ihnen wohnte. Fahrten mit Damien kamen zudem selten vor, und Jack hatte Charlotte gesagt, er wünsche nicht, dass es zu Gerede kam, wenn Richard sie zu oft allein begleitete, ohne in irgendeiner Form öffentlich seine Heiratsabsichten bekannt gegeben zu haben.

Elisha stieg in der Bibliothek die Leiter hoch zu den oberen Buchreihen. Sie zog einen Band mit alter indischer Literatur hervor. Ihr Sprachlehrer hatte ihr gesagt, sie solle häufig die alten Texte lesen, aber noch reichten ihre Sprachkenntnisse nicht, so dass es sie schnell ermüdete. Ihr Vater hatte Bücher in allen möglichen Sprachen; vermutlich wusste er selbst nicht, wie sein Bestand zustande gekommen war, weil er etliches von seinem Vater übernommen hatte. Die Bibliothek ihres Onkels, des älteren Bruders ihres Vaters, war noch umfangreicher, aber dort war ihr der Zutritt verboten. Ihr Onkel war der unumstößlichen Meinung, dass zu häufiges Lesen den Verstand junger Frauen verwirre.
Es gab einige arabische Bücher, und obwohl sie keinen Buchstaben davon lesen konnte, schlug sie sie gerne auf und betrachtete die malerische Schrift. Das würde sie als Nächstes lernen, nahm sie sich vor. Sie zog ein Buch mit indischen Märchen aus dem Regal, blätterte es kurz durch und stellte es zurück. Ihr Blick fiel auf den dunklen Lederrücken eines Buches mit Geschichten über die Mogule. Sie schlug ihre Lieblingsseite in dem Buch auf, die Geschichte des *Koh-i-noor*, des sagenhaften Diamanten Indiens. Laut einer Sage erhielt er den Namen von Nadir Schah von Persien, der bei seinem Anblick gerufen haben soll: *»Koh-i-noor!«*, Berg des Lichts. 1304 befand er sich im Besitz des Rajas von Malwa, und der Besitz eines solchen Edelsteins war ein Symbol der Macht für ein ganzes Königreich. Was Elisha jedoch am meisten faszinierte, war die Prophezeiung, die dem Diamanten anhing. Zwar bedeutete sein Besitz, Herr über Indien zu sein, aber zugleich sagte die Prophezeiung, dass der Fluch, der auf dem Diamanten lasteten, stets Männern und niemals Frauen Unglück bringen würde. So trugen die jeweiligen

Herrscher Sorge dafür, dass der *Koh-i-noor* ausschließlich in den Besitz ihrer Frauen überging.

»Wie lange sollen wir dich noch suchen?« Die Stimme ihrer Mutter schreckte Elisha aus ihren Gedanken auf. Sie fuhr zusammen, und das Buch wäre ihr beinahe entglitten.

Claire sah missbilligend ihre Tochter an, die wenig damenhaft auf der obersten Sprosse der Leiter saß, Staubflecken von den Büchern auf dem hellen Kleid. »Wann wirst du endlich lernen, dich wie eine Dame zu benehmen?«, schimpfte sie. »Du bist neunzehn Jahre alt, und dein Betragen ist schlimmer als Mays.«

Schuldbewusst schob Elisha das Buch in das Regal zurück und kam die Leiter herunter.

»Du wirst dich in Zukunft ein wenig mehr deinen Pflichten widmen müssen«, setzte Claire ihre Predigt fort. »Das heißt, mehr Handarbeiten für deine Aussteuer, mehr Besuche, und du könntest dir langsam aussuchen, wer von den jungen Männern hier in Bombay als Ehemann in Frage käme.«

»Ja, Mama«, antwortete Elisha resigniert. An den Handarbeiten würde wohl kein Weg vorbeiführen, mit ein wenig Geschicklichkeit konnte sie jedoch das eine oder andere auf May abschieben. Die Besuche waren leider unumgänglich, aber das Aussuchen eines Heiratskandidaten konnte man ohne Probleme endlos aufschieben.

»Zieh dich um. Wir sind später noch eingeladen. Hast du Richard Moidore begrüßt?«

»Noch nicht.«

»Dann wird es Zeit. Kannst du dir vorstellen, was das für einen Eindruck macht? Der Mann wird deine Schwester heiraten, und du schleichst hier durchs Haus und meidest es, die beiden zu begleiten oder bei ihnen zu sitzen.«

»Hat sich Richard bereits erklärt?«, fragte Elisha unschuldig.
Claire winkte ab, als sei dieser Einwand keines Kommentars wert. »Zieh dich um, dann setz dich zu deiner Schwester, bis Richard nach Hause geht. Du solltest nicht vergessen, dass es für dich nur von Vorteil sein kann, wenn Richard seinen Freunden erzählt, wie wohlerzogen die Schwester seiner zukünftigen Frau ist.«
»Ja, Mama.« Elisha überlegte, ob es möglich war, das Umkleiden so langwierig zu gestalten, dass sie das langweilige Zusammensitzen umgehen konnte.
»Gut.« Claire schien besänftigt. »Dann geh bitte auf dein Zimmer und beeile dich.«
Offenbar war Elishas *Ayah* von ihrer Mutter instruiert worden, denn es lag bereits ein passendes Kleid ausgebreitet auf dem Bett, und Elisha war innerhalb kürzester Zeit umgekleidet. Sie ging hinunter in den Salon, wo Charlotte und Richard sich unterhielten. Es konnte nur jemandem, der mit Charlotte so vertraut war wie eine Schwester, auffallen, dass das charmante Lächeln und die heitere Ausstrahlung sie immense Kraft kosteten.
Richard gab sich freundlich und interessiert, war aber sichtlich mit den Gedanken woanders, und May war zutiefst gelangweilt und bemühte sich nicht, dies zu verbergen. Sie warf Elisha bei deren Eintreten einen Blick zu, der besagte, dass sie und niemand sonst für ihre Qualen verantwortlich sei. Kaum hatte Elisha sich auf einem Sessel niedergelassen, sprang May befreit auf und lief aus dem Salon.
Elisha setzte sich auf einen Sessel gegenüber Richard und Charlotte und drapierte ihren Rock sorgfältig um sich herum. »Ich hoffe, Sie entschuldigen mein verspätetes Auftau-

chen«, sagte sie in ausgesuchter Höflichkeit, »aber ich war noch beschäftigt.«

»Charlotte erzählte mir bereits, dass Sie sich oft mit den alten indischen Sprachen beschäftigen.«

Elisha warf Charlotte einen verwunderten Blick zu. Sie hätte nicht erwartet, dass ihre Schwester derartige Dinge in Gegenwart ihres Verlobten für erwähnenswert hielt. Die wenigsten Männer schätzten es, wenn Frauen sich mit solchen Dingen beschäftigten, und dann ging Elisha auf, dass das wohl genau der Grund war, warum Charlotte es erzählt hatte. »Ich lerne Sanskrit«, sagte Elisha.

»Das habe ich auch einmal versucht«, entgegnete Richard, »aber mir war es zu trocken, also habe ich es aufgegeben.«

Was, so vermutete Elisha, sie selbst als Langweilerin kennzeichnen sollte. Sie bemerkte das Lächeln um Charlottes Mundwinkel.

»Ich muss Sie wirklich bewundern«, fuhr Richard zu Elishas Erstaunen fort, ehe sie eine Gelegenheit fand, zu antworten. »Vermutlich öffnet sich eine völlig neue Welt, wenn man die Sprache erst einmal beherrscht und die alte Literatur lesen kann.«

»Davon bin ich leider noch weit entfernt«, antwortete Elisha. »Bisher bin ich noch dabei, die Schrift fehlerfrei zu lernen.«

»Selbst dazu hatte ich keine Geduld.« Richard lachte. »Meine Welt scheint eher die Mathematik zu sein, die höhere Literatur außerhalb französischer, englischer oder lateinischer Werke wird mir wohl leider verschlossen bleiben.«

»Gefällt es Ihnen hier eigentlich besser als in Kalkutta?«, wechselte Elisha das Thema.

»Kalkutta ist bisher nicht viel mehr als ein kleines Dorf am

Hugli, aber ich zweifle nicht daran, dass es irgendwann zu großer Bedeutung aufsteigen wird. Wenn ich ehrlich sein soll, gefiel es mir dort besser.«

»Es muss doch furchtbar langweilig gewesen sein«, mischte sich Charlotte ein.

»Nun, wenn ich ehrlich sein soll, fand ich es dort nicht langweiliger als hier«, antwortete Richard.

»Aber hier gibt es doch wenigstens Gesellschaften und Feiern.«

»Die gibt es dort auch, wenn auch in geringerem Ausmaß. Allerdings hatte ich das Gefühl, dass dort die Herausforderung, etwas aufzubauen, größer ist.«

»Ich würde auch gerne mal nach Kalkutta fahren«, sagte Elisha. »Es heißt, das Ganges-Becken sei das reichste und fruchtbarste Gebiet Indiens.«

Richard schmunzelte. »Richtig, und es heißt auch, Kalkutta könnte der Schlüssel dorthin werden.«

»Sind Sie schon weit herumgekommen?«, fragte Elisha, Charlottes wütenden Blick ignorierend.

»Ich bin eine Zeit lang herumgereist, bin am West- und Ost-Ghat gewesen, habe die Wälder gesehen, die die Inder *Jangala* nennen und wir als Dschungel verballhornt haben.« Er grinste wieder. »Ein altes Sanskrit-Wort, wenn mich nicht alles täuscht?«

»Da haben Sie Recht«, stimmte Elisha zu. »*Jangala*, auch zu finden an den Ausläufern des Himalaja«, dozierte sie scherzhaft.

»Dem Ort des Schnees, oder wie war die korrekte Bedeutung?«

»*Hima Alaya*«, sagte Elisha, vollkommen in ihrem Element. Charlottes Augen wurden schmal. Weil Richard sich zu

Elisha gewandt hatte, sah er es nicht, und ihr Blick traf allein ihre Schwester, die die Warnung geflissentlich ignorierte.
»Wollen Sie denn trotzdem in Bombay bleiben?«, fragte Elisha, »auch, wenn es Ihnen in Kalkutta besser gefiel?«
»Mein Vater hat mir hier eine leitende Position übertragen«, aufgenötigt, korrigierte Richard in Gedanken, »und deshalb wird wohl kein Weg daran vorbeiführen, hier zu bleiben.«
Mit einer unwirschen Handbewegung zog Charlotte am Klingelstrang, um einen Bediensteten zu rufen. »Erfrischungen?«, fragte sie Richard mit zauberhaftem Lächeln.
»Sehr gerne«, antwortete dieser. Charlotte nutzte die Gelegenheit und begann ein Gespräch über die bevorstehende Hochzeit einer Freundin. Elisha hörte nur mit halbem Ohr zu, und Richard, der sich offenbar seines Fauxpas bewusst war, widmete Charlotte seine ganze Aufmerksamkeit.
Nachdem Richard sich verabschiedet hatte, wartete Charlotte noch darauf, dass sich die Tür hinter ihm schloss, dann trat sie zu Elisha und griff nach ihrem Arm. »Wage es nie wieder, dich in Gegenwart von Richard derart in den Vordergrund zu stellen«, fauchte sie.
»Das habe ich doch gar nicht«, entgegnete Elisha und versuchte, ihren Arm zu befreien. »Was kann ich dafür, dass ihn interessiert, was ich sage und womit ich mich beschäftige?«
Charlottes Fingernägel drückten sich durch den Stoff in Elishas Arm. »Er hört dir aus Höflichkeit zu, im Gegensatz zu den meisten anderen Männern, die uns besuchen und noch nicht einmal das tun. Zu mehr, als Damien aus der Ferne anzuschmachten, reicht es bei dir ja leider nicht.«
»Sei still. Was weißt du schon?« Elisha machte eine zornige Bewegung, konnte ihren Arm jedoch nicht aus dem Klammergriff ihrer Schwester befreien.

»Oh, was ich weiß, ist, dass deine Versuche, dich durch deine langweiligen Gespräche in den Mittelpunkt zu stellen, von den meisten nur belächelt werden. Sei doch froh, wenn Richard mich heiratet, dann werden die Männer dir vielleicht in Zukunft auch ein gewisses Maß an Beachtung schenken. Immerhin hast du ja das Glück, den richtigen Namen zu tragen, wenn du schon sonst mit nichts aufwarten kannst.« Sie ließ Elisha los und trat einen Schritt zurück.
Elisha verschränkte beide Arme vor der Brust und bemühte sich, sich nicht anmerken zu lassen, wie sehr die Worte ihrer Schwester sie verletzt hatten. »Du hast mir gar nicht erzählt«, sagte sie langsam, »wie es war, als Richard dir den Antrag gemacht hat.« Als von Charlotte keine Antwort kam, weiteten sich ihre Augen in gespieltem Erstaunen. »Du willst doch nicht sagen, er hätte noch nicht, wo du ihm doch deine unwiderstehliche Person so unmissverständlich anträgst.« Obwohl Elisha keineswegs zum Lächeln zumute war, zwang sie sich mit Blick in Charlottes zornsprühende Augen dazu.

»Was suchst du?«
Charlotte fuhr zusammen, als sie die Stimme ihres Vaters von der Tür her hörte, und schob zwei beschriebene Bögen hastig in ihren Ausschnitt. Vermutlich würde jetzt die Tinte verschmiert sein und ihr Nachthemd ebenso. Sie zog ihren Morgenmantel vor der Brust zusammen und drehte sich um. Was tat ihr Vater denn mitten in der Nacht noch hier? »Ich …« Fieberhaft suchte sie nach einer Antwort. »Richard sagte, er hätte mir geschrieben«, log sie, »aber ich habe keinen Brief bekommen, und da dachte ich …«
»Da dachtest du, du siehst mal in den Unterlagen deines

Vaters nach«, setzte Jack ihre Ausführung fort, »vielleicht liegt er ja da, weil er ihn zuerst lesen wollte.« Er schloss die Tür. »Ich muss dich enttäuschen, hier ist kein Brief.«

»Dann wird ihn der Bote wohl verloren haben.« Charlotte klang enttäuscht.

»Du siehst Richard doch beinahe jeden Tag.«

»Ja, schon, aber ein Brief ist eben was anderes.« Warum nur musste er das Thema vertiefen? Charlotte wollte sich nicht weiter in eine Aussage verstricken, deren Wahrheitsgehalt eine Frage an Richard klären konnte.

»Ich verstehe.« Jack lächelte. Ihm waren diese romantischen Briefe noch aus seiner eigenen Verlobungszeit vertraut. Claire hatte jeden einzelnen aufgehoben. »Trotzdem«, fuhr er fort, wieder ernst geworden, »möchte ich nicht, dass du ohne Erlaubnis mein Arbeitszimmer betrittst und meine Unterlagen durcheinanderbringst. Das nächste Mal frag mich einfach, wenn du meinst, irgendwelche Briefe zu vermissen. Was bringt dich überhaupt auf den Gedanken, ich könnte ihn dir vorenthalten?«

»Es gehen doch alle Briefe, die von Männern kommen, immer erst durch deine Hände«, entgegnete Charlotte.

»Für gewöhnlich verstecke ich sie aber nicht«, entgegnete Jack streng, »und selbst wenn ich ihn dir nicht geben würde, hätte ich meine Gründe. Jetzt geh wieder ins Bett.« Für ihn war das Thema beendet.

In ihrem Zimmer drückte Charlotte beide Hände auf ihr wild klopfendes Herz, dann zog sie die beiden beschrifteten Bögen aus ihrem Ausschnitt. Die Tinte auf dem letzten Bogen war verschmiert und beinahe unleserlich geworden. Als Charlotte ihr Nachthemd auszog, bemerkte sie die dunklen Flecken auf der cremefarbenen Seide sowie auf ihrer Brust.

»Zur Hölle mit Lamont«, fluchte sie und goss Wasser in die Schale auf ihrem Waschtisch. Ihre Haut war feuerrot, als es ihr endlich gelungen war, die Tinte gänzlich abzuschrubben. Wegen des Nachthemds würde ihr schon eine Ausrede einfallen. Sie hob die beschrifteten Bögen vom Boden auf und betrachtete die verschmierte Seite kritisch. Lamonts nächste Schiffsladungen würden in erster Linie sogenannte »Grobwaren« enthalten wie Baumwolle, Zucker und vor allem große Mengen Salpeter.

Kein Schiff segelte in diesen Gewässern ohne Salpeter, insbesondere Handelsschiffe waren schwer bewaffnet, weshalb der reine Transport auch nicht das eigentliche Problem war. Kritisch wurde es, wenn man Handel mit den Marathen trieb. Kein Mogulherrscher oder *Nawab* würde stillschweigend zusehen, wie man seine Feinde mit Salpeter und Waffen ausstattete. Aber wenn Lamont sein Leben riskieren wollte, dann war das seine Sache, dachte Charlotte. Manchmal überlegte sie, dass ihre Familie erstaunt wäre, wenn sie wüsste, wie viel sie im Grunde genommen über die Kompanie und die politischen Zusammenhänge wusste. Aber sie redete nie darüber, es interessierte sie einfach nicht.

Während sie ein neues Nachthemd anzog, dachte Charlotte an ihr kommendes Treffen mit Lamont. Vermutlich würde er sich wieder über Richards auffällige Leidenschaftslosigkeit gegenüber seiner zukünftigen Braut mokieren. Insgeheim hegte Charlotte bereits die Befürchtung, dass dessen Vorlieben vielleicht eher Männern galten, und Lamont hatte sie grausame zwei Monate lang in dem Glauben gelassen, dass dem so sei. Irgendwann hatte er dann beiläufig die Bemerkung fallen lassen, dass Richard sich den Frauen gegenüber oft als ziemlicher Draufgänger verhielt. Auf ihren bissigen

Kommentar hin, dass sie davon bisher nichts gehört hätte, hatte er nur erwidert, dass es keine Frauen seien, deren Umgang sie pflegte. Manchmal hasste sie ihn geradezu und fragte sich, was sie immer wieder zu ihm hintrieb. Sie schob die beschriebenen Bögen in ein Geheimfach in ihrem Sekretär und verwarf den Gedanken, den unleserlichen Teil noch einmal abzuschreiben. Sollte Lamont doch zusehen, wie er ihn entzifferte.

»Warum hast du mich hierher geholt und mir eine leitende Position verschafft, wenn jeder Angestellte erst dich fragen muss, ehe er meine Anweisungen befolgt?«, fragte Richard Moidore seinen Vater aufgebracht.

Oscar Moidore verschränkte die Arme hinter dem Rücken. »Mäßige deinen Ton«, befahl er.

Richards Blick fiel auf den Angestellten, der mit einem Stapel Unterlagen im Arm peinlich berührt in der Tür stand. »Das Silber wird verschifft«, ordnete Richard an.

Der Angestellte sah zu Oscar. »Nein«, sagte dieser, »die gesamte Silberladung aus Spanien wird sichergestellt. Unter den Münzen waren drei Lakh Amsterdamer Dukaten, die kommen im Leben nicht aus Cadiz.«

»Selbst wenn die Dukaten aus dem Überfall auf das holländische Schiff stammen«, sagte Richard, »was willst du dann tun? Den Holländern das Silber zurückgeben?«

Oscar sah ihn an, als habe er den Verstand verloren. »Natürlich nicht. Niemand wird ernsthaft mit dem Auftauchen des Silbers rechnen, weil alle wissen, dass Dukaten in Indien immer recht schnell verschwinden.« Die formschön geprä-

ten Amsterdamer Dukaten mit ihrem reinen Silberanteil wurden meist umgemünzt oder schlicht und einfach gehortet. »Wir haben keinerlei Beweise dafür, dass die Dukaten wirklich von jenem Schiff stammen. Aber sicherheitshalber sollten wir für eine Umprägung sorgen. Anstatt das Silber zu verschiffen, zahlen wir damit unsere Abgaben an Haiderabad, Bengalen und Gujarat.«
Dank der Abkommen mit den Herrschern waren die Bombay-Rupien mittlerweile im gesamten Herrschaftsgebiet gültiges Zahlungsmittel.
»Ich glaube einfach nicht, dass du Silber unterschlagen möchtest, bei dem du der festen Überzeugung bist, es sei gestohlen.«
»Werde nicht unverschämt.« Oscar sah zu dem Angestellten, der immer noch auf eine konkrete Anweisung wartete. »Es bleibt bei dem, was ich gesagt habe.« Mit einer Handbewegung schickte er den Mann fort.
Richard lief rot an vor Wut. »Warum nur hast du mir aufgenötigt, zurück nach Bombay zu kommen? In Kalkutta hatte ich wenigstens die Entscheidungsbefugnis, die mir zugesagt wurde.«
»Du bist meines Erachtens kaum in der Lage, dich vernünftig zu entscheiden«, widersprach Oscar. »Nicht einmal, wenn es darum geht, dir eine Frau zu suchen, gehst du vernünftig vor.«
»Was ist an den Legrants auszusetzen?«, fragte Richard kalt.
»An ihnen gar nichts, aber alle machen sich schon darüber lustig, dass du als Charlottes vielversprechendster Bewerber giltst und es nicht fertig bringst, das Mädchen vernünftig zu umwerben.«
»Alle Vernunftgründe sprechen für eine Ehe mit einem

Legrant-Mädchen«, sagte Richard langsam. »Aber ich weiß nicht, ob Charlotte die richtige Wahl ist.«
»Was gäbe es denn an ihr auszusetzen? Du wirst in ganz Indien keine Engländerin finden, die schöner ist.«
Richard mochte hübsche Frauen, um schöne hatte er immer einen Bogen gemacht – zu Recht, wie sich jetzt herausstellte.
»Ich habe bisher nicht eine interessante Unterhaltung mit ihr geführt.«
»Sie kann in Gesellschaften Unterhaltungen führen, das habe ich selbst mitbekommen«, hielt Oscar dagegen, »und das ist auch das, was sie können muss. Sie muss nicht mit dir über Geschäfte oder Politik reden.«
»Leider interessiert mich die herrschende Mode so wenig.«
»Lieber Himmel, es kann doch nicht sein, dass du bisher noch nicht gelernt hast, mit Frauen umzugehen. Es reicht, wenn sie sich zu benehmen weiß und Kinder bekommen kann.«
»Also gut genug, um zu lächeln und beschlafen zu werden, meinst du?«, spottete Richard. Einen Moment später lag er am Boden, mit dem Gefühl, ein Lichtermeer sei in seinem Kopf explodiert. Sein Vater hatte ihm einen Kinnhaken verpasst.
Oscar sah auf ihn hinunter, das Gesicht unter der grauen gepuderten Perücke dunkelrot. »Vergreif dich in meiner Gegenwart nie wieder derart im Ton.«
Richard rappelte sich auf, und nur seine Erziehung hielt ihn davon ab, den Schlag zu vergelten. Er berührte mit der Hand sein schmerzendes Kinn und funkelte seinen Vater mit kaum gezügeltem Zorn an. Für Oscar hingegen war das Thema offenbar beendet.
»Wann wirst du dich dem Legrant-Mädchen erklären? Oder

können wir die Beziehung als beendet betrachten? Ich will nicht, dass es zu Gerede kommt.«
»Mir wäre ehrlich gesagt die Jüngere lieber.«
Oscar starrte ihn entgeistert an. »Elisha? Auf keinen Fall.«
»Siehst du sie als schlechte Partie an?«
»Wie könnte sie das sein? Sie ist Jacks Tochter. Zugegeben, sie hat schönes Haar und eine hübsche Figur, aber sie ist oft zu vorlaut, was sich für ein junges Mädchen nicht gehört.«
»Sie ist interessant«, fügte Richard hinzu.
»Eine Frau muss nicht interessant sein, sondern über andere Qualitäten verfügen.«
»An welche Qualitäten denkst du dabei? Wie du schon sagtest, kommt sie aus der richtigen Familie, ist gut erzogen –« Er hielt kurz inne, als sein Vater ihn mit einem Schnauben unterbrach. »Und ich denke, sie wird auch das hinbekommen, was du von einer Frau in erster Linie erwartest, und den Fortbestand unseres Namens sichern.«
»Was für eine Frau keine große Leistung ist«, entgegnete Oscar sarkastisch, »sondern eine Selbstverständlichkeit sein sollte. Was Elisha braucht, ist ein Mann, der sie daheim fest an die Kandare nimmt, solange sie noch formbar ist. Jack täte gut daran, mehr Strenge zu zeigen.«
»Aber sie ist …«
»Ich will sie nicht, und damit hat es sich«, unterbrach Oscar seinen Sohn bestimmt.
»Du meinst also, entweder Charlotte oder eine Tochter aus einer anderen Familie.«
»May ist ja leider noch etwas jung«, überlegte Oscar, »du müsstest mindestens fünf Jahre warten.«
Richard winkte ab. Er überschlug kurz die Möglichkeiten einer Verbindung mit einer anderen Familie und tat sie dann

ab. Die Dinge zwischen ihm und Charlotte waren zu weit gediehen, um jetzt einen Rückzieher zu machen. Es wäre schlichtweg dumm, und man musste ja auch die ökonomischen Interessen beider Familien im Auge behalten.

»Ich werde in den nächsten Tagen mit Jack reden«, versprach er.

6

Bombay, Oktober 1754

Gouverneur Dupleix wurde nach Frankreich abberufen«, sagte Jack. »Es heißt, er wird durch Charles-Robert Godeheu ersetzt.« Wie alle Engländer hegte auch Jack einen Hass auf Dupleix, der im Krieg von 1746 Madras erobert, geplündert und den Handel nach Pondicherry, die französische Niederlassung an der Koromandelküste, umgeleitet hatte. Zwar hatte man Madras 1748 den Engländern zurückgeben müssen, aber die Feindschaft war geblieben, daran änderte auch ein Friedensabkommen nichts. Zudem bereitete den Engländern die Golconda-Armee unter de Bussy, dem brillanten Eroberer und besten Mann Dupleix', Kopfzerbrechen.

Elisha saß bei ihrem Vater im Arbeitszimmer und sah zum Hafen hinaus. Sonnenstrahlen glitzerten auf dem Meer, und ein Dreimaster lief soeben ein. Feine Schweißperlen bedeckten Elishas Schläfen, denn sogar hier am Meer war die Hitze klebrig feucht. »Denkst du, die Franzosen handeln so, weil sie Angst vor einem Krieg haben?«

»Das kann ich mir nicht vorstellen, und selbst wenn dem so wäre, würden sie es kaum zu uns durchsickern lassen. Dupleix verschleudert das Vermögen der Kompanie und mittlerweile – wie ich gehört habe – auch sein privates. Es ist eine Sache, einem Verbündeten auf den Thron zu helfen, aber eine andere, ihn dort zu halten.« Ganz konnte Jack einen Anflug von

Schadenfreude nicht verbergen. Er hatte schon damals die Ansicht vertreten, dass die Europäer mit der Politik Indiens nichts zu schaffen haben sollten, und erst recht sollten sie sich nicht als Königsmacher aufspielen.

»Von Jamie Truitt habe ich gehört«, sagte Elisha, »Dupleix habe im Namen der französischen Kompanie Schulden gemacht. Kann er die Verschuldung nicht wieder ausgleichen? Der Handel läuft doch nach wie vor weiter.«

»Im Tamilnad herrschen ständig Auseinandersetzungen, was bedeutet, kein vernünftiger Handel ist möglich und keine Steuern werden eingezogen. Zudem versuchen die Franzosen wieder und wieder, die Felsburg von Trichinopoly zu erobern.« Das Bündnis zwischen den Engländern und Trichinopoly war den Franzosen schon immer ein Dorn im Auge gewesen, jedoch scheiterte jeder Versuch einer Eroberung. Im Tamilnad hatte Dupleix die Macht der französischen Krone weitgehend festigen können, aber der Karnatik entzog sich wieder und wieder seinem Zugriff.

»Denkst du, es gibt Krieg?« Elisha zuckte die Schultern. »Ich meine, wenn sie Dupleix abziehen, dann bedeutet das doch auch, dass sie seine Art der Politik aufgeben werden.«

Jack zuckte ebenfalls die Schultern. »Wir können nur abwarten, wie sich die Dinge entwickeln.«

»Jamie hat gesagt, er hoffe, dass es Krieg gibt, damit wir die Franzosen ein für allemal in die Schranken weisen.«

»Ich schätze Jamie, aber manchmal ist er nichts weiter als ein hirnloser Esel«, urteilte Jack. Er nahm einige Unterlagen zur Hand und zog am Klingelstrang. »Das Schlimme ist, dass nicht nur er so denkt. Die meisten jungen Männer sehen in einem Krieg ein aufregendes Abenteuer, selbst die, die die Plünderung von Madras miterlebt haben, scheinen das Schlimmste davon vergessen zu haben. Wir haben uns hier in einem Land, das uns nicht gehört, bekriegt, wir haben die Autorität des Herrschers missachtet, und als er eine Armee gegen die Franzosen ins Feld geschickt hat, wurde er überlegen geschlagen. Das müssen sich die Leute vor Augen halten, wenn sie von Krieg reden«, ereiferte sich Jack. »Man muss sich überlegen, was es für einen indischen Herrscher bedeutet, wenn seine zahlenmäßig überlegene Armee im eigenen Land von einer kleinen Streitmacht besiegt wird. Ein überaus gefährlicher Präzedenzfall.«

Dupleix war der Erste gewesen, der auf die Idee gekommen war, eine Infanterie aus indischen Söldnern auszubilden, die unter französischen Offizieren diente. Diese reglementierte Armee stand dem schlecht gerüsteten Fußvolk gegenüber, und es war keine Frage gewesen, wer den Sieg davontragen würde.

»Jamie sagt, sie wurden besiegt, weil sie nichts als ein riesiger ungeordneter Haufen Soldaten auf Elefanten waren, die auf straffe Disziplin getroffen sind.« Elisha verstummte, als Jonah zur Tür hereinkam.

»Ah, Mr. Fenmore.« Jack griff nach einem Stapel Dokumente. »Ich brauche Abschriften von sämtlichen markierten Seiten.«

Jonah nahm die Seiten schweigend entgegen. Mit einem freundlichen Lächeln grüßte er Elisha. »Wir haben Sie hier lange nicht mehr gesehen, Miss Legrant.«

»Ja«, antwortete Jack, »leider hat meine junge Dame etwas das Interesse daran verloren, ihren alten Vater zum Hafen zu begleiten.«

»Aber das stimmt doch gar nicht«, widersprach Elisha, dann sah sie das Lachen in seinen Augen und begriff, dass er nur

gescherzt hatte. An Jonah gewandt sagte sie: »Sie laufen ja mittlerweile ohne Krücken.«
»Sie sind die erste Person, die das mal ausspricht und nicht nach meinem Bein schielt, um danach krampfhaft zu vermeiden, noch einmal hinzusehen«, antwortete Jonah. »Dr. Catrall hat das Bein für mich anfertigen lassen. Es kommt mir aber irgendwie so vor, als würde ich damit noch unbeholfener laufen als vorher.«
»Überhaupt nicht«, versicherte Elisha. Sie war im Begriff, das Thema weiter auszuführen, als ihr Vater sich räusperte.
»Ich denke, Mr. Fenmore hat heute noch andere Verpflichtungen, als dir über sein Bein Rede und Antwort zu stehen«, sagte er.
Elisha wurde rot. »Ja, sicher. Verzeihung.« Während ihr Vater mit Jonah sprach, sah sie aufs Meer hinaus, bis das Flimmern auf dem Wasser ihr in den Augen wehtat.
»Ach«, sagte Jack, »ehe ich es vergesse, du wirst deinen Besuch bei Shalina verschieben müssen.«
»Warum?« Elisha drehte dem Fenster den Rücken zu und dachte im ersten Moment, sie hätte ihren Vater in irgendeiner Form verärgert, so dass er ihr den Besuch verbot.
»Ich brauche meine Kutsche heute den ganzen Tag, und deine Mutter nimmt die andere, um auszufahren.«
Elisha biss sich auf die Lippen, und tiefe Enttäuschung zeigte sich auf ihrem Gesicht. »Aber ich war so lange nicht mehr dort«, sagte sie, »und Mama hat die folgenden Tage alle für mich verplant.«
»Es tut mir leid, Liebes, aber ich kann meine Termine nicht aufschieben«, antwortete Jack bedauernd.
Obwohl sie gerne gefahren wäre, kam es Elisha kindisch vor, weiter darauf zu beharren, vor allem, weil sie wusste, dass ihr

Vater ihr ungern etwas ausschlug. Sie drehte sich wieder zum Fenster um und sah hinaus, doch das Spiel der Sonne auf dem Wasser hatte an Glanz verloren. Shalina fühlte sich seit der Geburt ihrer Tochter nicht wohl, wobei nicht ersichtlich war, ob es dafür wirklich eine gesundheitliche Ursache gab oder ob es allein nervlich bedingt war. Es war eine Enttäuschung für Shalina gewesen, eine Tochter zu bekommen, obwohl sie für das Kind durchaus eine tiefe Zuneigung hegte. Für Elisha sah es so aus, als fürchte sie, Ashok enttäuscht zu haben, doch sie bemerkte nicht, dass dieser verrückt nach seiner kleinen Tochter war. Bei ihrem letzten Besuch wäre Elisha wegen des Themas mit ihrer Freundin beinahe in Streit geraten, und sie hatten sich nicht gerade im Guten getrennt. Die ganze Woche schon hatte sie auf diesen erneuten Besuch gewartet, um sich mit Shalina aussprechen zu können.

»Ich gehe hinunter zu Damien«, sagte sie. Sie hatten in letzter Zeit selten miteinander geredet, er schien ihr aus dem Weg zu gehen.

»Ihr habt euch gut angefreundet, ja?«

Elisha errötete und nickte.

»Verrenn dich in nichts«, sagte Jack.

Elisha traf Damien, als er an dem Marmorbrunnen im Hof stand und sich Wasser ins Gesicht spritzte. Sein schwarzes Haar war glatt zurückgebunden, und seine Haut hatte durch die Sonne mittlerweile einen bronzefarbenen Ton angenommen. Bei seiner Ankunft in Bombay war er eher blass gewesen. Er sah auf, als er ihre Schritte hörte. Das Wasser tropfte von seinem Gesicht, die nassen Hände hatte er auf den Brunnenrand gestützt. Schweigend sah Elisha ihn an, bemerkte

die Wasserspritzer auf dem weißen Hemd, sah die Hemdrüschen an seinen Ärmeln, die ein Stück weit hochgeschoben waren, und die Hände, die etwas dunkler waren als seine Arme, weil er sie häufiger der Sonne aussetzte.
»Was gibt es?«, fragte Damien. Obwohl er nicht unfreundlich war, hatte Elisha das Gefühl, dass er ein Gespräch mit ihr lieber vermieden hätte. Sich jedoch einfach umzudrehen und zurückzugehen, wäre albern gewesen.
»Warum gehst du mir aus dem Weg?«, fragte sie.
»Das stimmt doch nicht, Elisha.«
Elisha biss sich auf die Unterlippe und sah auf seine Hände, die sich immer noch auf den Brunnenrand stützten.
»Ich hatte in letzter Zeit einfach viel zu tun«, machte Damien den Versuch einer Erklärung.
»Heute auch?«
»Ich …« Damien seufzte. »Du kannst in einer halben Stunde zu mir kommen. Vorher erwarte ich noch einen Patienten.«
Er nickte ihr zum Abschied zu und ging zur Straße. Auf dem Weg dorthin strich er seine Ärmel glatt, hielt den Kopf halb gesenkt und schien ihre Anwesenheit bereits aus seinen Gedanken verbannt zu haben. Elisha starrte auf den marmornen Brunnen. Die nassen Spuren von Damiens Händen verdunsteten langsam in der Hitze. Sie streckte eine Hand aus und berührte einen der beiden Abdrücke am Brunnenrand. Die Stelle fühlte sich feucht und kühl an, und sie strich leicht darüber, ehe sie die Hand wieder zurückzog. An ihren Fingern war etwas Feuchtigkeit zurückgeblieben. Sie betrachtete ihre schimmernden Fingerspitzen und war im Begriff, sie an die Lippen zu führen, aber dann kam sie sich lächerlich vor und wischte die Hand an ihrem Rock ab.

Eine halbe Stunde später stand Elisha vor Damiens Bücherregal und las die Titel der einzelnen Werke. Damien war im Nebenraum und überprüfte seine Vorräte an Medikamenten. Es wunderte Elisha ein wenig, so viele Bücher über Chirurgie in Damiens Beständen zu sehen, wusste sie doch, dass Ärzte sich, außer bei kleineren Eingriffen, von der Chirurgie fernhielten. Chirurgen waren Handwerker, auch wenn sie in den letzten Jahren etwas mehr Ansehen genossen. Wer sich einen studierten Arzt leisten konnte, zog zwar auf dessen Anweisung einen Chirurgen hinzu, aber nur wenn es um größere operative Eingriffe ging. Von Seiten der Ärzte gab es einen regen Widerstand dagegen, den Chirurgen den Zugang zur Wissenschaft zu gewähren.
Ins Lateinische übersetzte Bücher arabischer Gelehrter standen im Regal zwischen den chirurgischen Abhandlungen. Werke Rhazes' aus dem vierzehnten Jahrhundert, *Traktat über äußerliche Erkrankungen* von Albucassis aus dem sechzehnten Jahrhundert, sowie eine Reihe von Büchern Avicennas – Ibn Sinas – aus Persien. Elisha überflog die Titel einiger Werke indischer Medizin und blieb vor den Büchern über Anatomie stehen. Hätte ihr Vater nicht das Lesen dieser Bücher ausdrücklich verboten, wäre sie mit Sicherheit nicht so neugierig darauf. Ihr Blick wanderte über die *Farika* von Vesal, *Dissection des parties du corps humain* von Charles Estienne und blieb bei den *Tabulae anatonomicae* hängen.
Elisha dachte sich, dass ihr Vater streng genommen Damien verboten hatte, sie in die Bücher hineinsehen zu lassen. Ihr gegenüber hatte er kein Verbot ausgesprochen. Zwar wusste sie, dass Damien es nicht mochte, wenn sie in seiner Abwesenheit an seine Sachen ging, aber er hatte ihr vorhin erst gesagt, sie könne sich umsehen, während er beschäftigt sei.

Elisha warf einen kurzen Blick auf die angelehnte Tür zum Nebenzimmer und zog ein Buch heraus. Ihr Latein reichte nicht aus, um den Text zu verstehen, aber die Bildtafeln interessierten sie. Fasziniert betrachtete sie einen Kopf, der zur Hälfte normal aussah, und dessen andere Hälfte keine Haut zu haben schien. Elisha fand ihn unheimlich. Sie blätterte weiter, stieß auf Gliedmaßen, die ebenfalls ohne Haut waren und zum Teil im Querschnitt gezeigt wurden. In der Mitte des Buches stieß sie auf den Körper eines Mannes, dessen Rumpf vom Hals bis zum Oberschenkel dargestellt war. Wegen ihrer Besuche in Tempeln und im Fürstenpalast, wo überall sinnliche Malereien und Statuen zu sehen waren, war Elisha nicht gänzlich unbedarft, diese Zeichnung jedoch hatte nichts Sinnliches.

Wieder war eine Hälfte des Körpers ohne Haut zu sehen, und diesmal durchzogen ihn zusätzlich feine Linien. Sie überblätterte die nächsten Seiten, auf denen ausschließlich Text war, als Damien sagte: »Ich glaube, die Anweisung deines Vaters war deutlich.«

Elisha fuhr herum und schlug das Buch zu. Damien stand hinter ihr, und sie fragte sich, seit wann er ihr schon über die Schulter sah. Hochrot stellte sie das Buch zurück und fragte so beiläufig wie möglich: »Bist du schon fertig mit den Medikamenten?«

»Ja.« Damien zog nach kurzem Suchen ein Buch über Heilpflanzen hervor und drückte es ihr in die Hand. »Ich kann deine Neugierde wirklich verstehen, Elisha, aber stell dir vor, dein Vater wäre hierher gekommen und hätte dich mit dem Buch entdeckt.«

Elisha biss sich auf die Lippen und nickte. »Erklärst du mir etwas über die Wundheilung?«

»So weit bist du noch nicht. Wir machen mit den Pflanzen weiter.«

»Die kenne ich doch schon fast alle.«

Aber Damien ließ nicht mit sich diskutieren, und während Elisha das Buch aufschlug, setzte er sich an sein Mikroskop, legte etwas darunter, das sie von Weitem nicht erkennen konnte, und drehte an dem Okular. Halbherzig blätterte Elisha in dem Buch herum, dann stützte sie die Hände auf das Kinn und sah frustriert durch die geöffnete Tür nach draußen. Sie wollte mehr wissen, als man ihr erlaubte, und es erschien ihr einfach ungerecht, dass ihr verboten wurde, zu entscheiden, was sie wissen durfte und was nicht.

Ihr Blick wanderte zu Damien, und sie musste an das denken, was Charlotte ihr erzählt hatte. Im Indischen Ozean hatte Piraterie lange Zeit zur Tagesordnung gehört. Zwar wurde dagegen vorgegangen, aber so heftig man auf die Plünderungen eigener Schiffe reagierte, so sehr zeigte man sich erfreut, wenn es die Schiffe der Konkurrenz traf.

Es war nicht selten, dass Frauen und Mädchen bei solchen Überfällen geschändet und entführt wurden. Manche tauchten nach Jahren wieder auf, wenn eine der Piraten-Hochburgen von der Armee der *East India Company* entdeckt wurde, andere blieben für immer verschollen. Vor der Malabarküste war bis zu diesem Jahr noch die Dynastie der Angria-Piraten verantwortlich für zahllose Überfälle gewesen. Von über zwanzig Festungen ausgehend, hatten die Piraten Angriffe auf Schiffe der *East India Company* unternommen. In den Gewässern des Indischen Ozeans Handel zu treiben war riskant, und für den Schutz der Malabarküste war die Privatflotte der *East India Company* zuständig, die Bombay-Marine. Elisha hätte zu gerne Näheres über Damiens

Herkunft erfahren, aber sie traute sich nicht, ihn danach zu fragen.

Unvermittelt stand Damien auf, bemerkte ihren abwesenden Blick und nahm das Buch. »Was weißt du über Lavendel?«, fragte er.

Elisha war erst irritiert, dann antwortete sie: »Das Öl wird aus Blüten und Blütenkelchen gewonnen, kurz nach dem Aufblühen.«

»Wie würdest du die Pflanze beschreiben?«

»Violette Blütenblätter … aufrechter Wuchs …« Elisha stockte, eine längere Schweigepause entstand, in der sie stirnrunzelnd versuchte, sich das genaue Aussehen der Pflanze ins Gedächtnis zu rufen.

Damien schlug das Buch mit einem Knall zu. »Stark verzweigte Äste, schmale Blätter, die oberen grün mit einem Stich ins Graue, die unteren weiß mit einer Struktur ähnlich gefilzter Wolle.« Er legte das Buch auf den Tisch. »Du bist weit davon entfernt, alles zu wissen. Wenn ich mir also die Zeit nehme, dir medizinisches Wissen beizubringen, dann erwarte ich etwas mehr von dir als halbherziges Herumblättern in Büchern. Und du kannst mir vertrauen, wenn ich dir sage, dass die Kenntnis von Pflanzen und ihrer Heilsamkeit überaus wichtig ist. Die falsche Anwendung kann aus einer heilenden Pflanze ein tödliches Gift machen. Und so ist es auch, wenn man eine Pflanze sucht, sich nicht genauestens ihr Aussehen eingeprägt hat und versehentlich eine ähnliche nutzt, die im besten Fall keine Wirkung hat und im schlimmsten Fall zum Tod führt.«

Elisha zog das Buch zu sich und fuhr mit den Fingern über den Seitenschnitt. Sie sah so zerknirscht aus, dass Damien sein Ausbruch leidtat.

»Komm«, sagte er, »ich zeige dir etwas.« Er ging zum Mikroskop, und als Elisha sich auf dem Hocker davor niedergelassen hatte, zeigte er ihr, wie sie die Schärfe einstellen konnte.
»Was ist das?«, fragte Elisha.
»Silbernitrat. Man nennt es auch Höllenstein. Es gibt Ärzte, die sagen, es helfe gegen Fallsucht.« Er zog die Glasblättchen unter dem Okular hervor und legte zwei andere darunter, zwischen denen sich eine neue Probe befand. »Pottasche aus dem Toten Meer.«
Elisha drehte an dem Okular herum, fasziniert davon, wie klar das Bild wurde. Als sie sich wieder aufrichtete, fiel ihr Blick auf ein Schälchen mit Ascheflocken. »Hast du etwas verbrannt?«, fragte sie.
»Ich nutze die Asche gelegentlich zum Verbinden von Wunden, wenn nichts anderes verfügbar ist.«
Erstaunt sah Elisha ihn an. »Aber ich dachte, man müsse allen Schmutz fernhalten vom Blut. Wie kannst du dann Asche hineinstreuen?«
»Asche ist nicht einfach gewöhnlicher Schmutz. In der persischen, arabischen und indischen Medizin werden kleine Baumwollballen mit Asche in die Wunde gedrückt, ehe man sie verbindet. Es heißt, auf diese Weise beuge man dem Brandigwerden von Wunden vor.«
»Das kann ich nicht glauben«, rief Elisha skeptisch.
»Erklären kann ich es auch nicht. Manche Dinge sind über eine lange Zeit im Gebrauch und haben sich bewährt. Vielleicht wird man irgendwann dahinterkommen, warum es so ist.«
»Wenn es so einfach wäre, Wunden rein zu halten, warum tut es dann nicht jeder englische Arzt? Asche ist doch wirklich leicht zu bekommen.«

»Oft sind es die einfachen Dinge, denen sich die moderne Medizin in Europa verschließt. Die östlichen Länder sind uns in vielem voraus.«

Elisha knabberte nachdenklich an ihrer Unterlippe. »Kennst du alle Heilmethoden, die hier angewendet werden?«

»Schön wäre es«, antwortete Damien lachend. »In der Tat bin ich sehr weit davon entfernt. Manchmal weiß ich nicht, wo ich anfangen soll zu lernen. Es gibt kaum einen Tag, an dem ich nicht an die Grenzen der Medizin stoße.«

»Das Gefühl, mehr lernen zu wollen, als man kann, kenne ich nur zu gut. Ich glaube manchmal, ich werde nie alles wissen, was ich wissen möchte.«

»Du weißt jetzt schon mehr als manch andere Frau in deinem Alter«, antwortete Damien.

»Denkst du wirklich?« Elisha war skeptisch. »Ich fühle mich oft schrecklich unwissend.«

Damien lachte. »Nur ein Mensch, der seinen Verstand nicht gebraucht, denkt, er wüsste alles.«

Um ihre Verlegenheit wegen der Freude über Damiens Kompliment zu überspielen, wandte Elisha sich wieder dem Mikroskop zu.

Nachdem sie ein wenig am Okular herumgedreht hatte, fragte sie: »Stimmt es, dass du bald abreist? Hast du deine Meinung nicht geändert?«

»Ja, es stimmt.«

»Du wirst nicht doch länger bleiben?«

»Ich habe Verpflichtungen in Madras.«

Er brauchte nicht näher auszuführen, welcher Art diese Verpflichtungen waren. Elisha hielt den Blick starr auf das Mikroskop gerichtet. Ihre Augen brannten, und sie wagte nicht, Damien anzusehen.

»Elisha?« Damiens Stimme war sanft. »Du wusstest doch, dass ich nicht auf Dauer hier bleibe.«
Weil sie sich nicht wie ein unverständiges Kind aufführen wollte, atmete Elisha tief durch und sammelte sich. »Ja, natürlich.« Sie wandte sich langsam, beinahe bedächtig vom Mikroskop ab. »Ich glaube, ich sollte allmählich zu meinem Vater zurückgehen.«
Damien griff nach dem Buch mit den Heilpflanzen. »Du kannst es mitnehmen, dann frage ich dich das nächste Mal ab.«
»Danke.« Das Buch an die Brust gepresst, fragte Elisha: »Aber wenn du nicht mehr da bist, wird mich niemand mehr unterrichten. Daher ist es beinahe sinnlos, jetzt noch weiterzulernen.«
»Du könntest aber auch die Zeit nutzen, in der ich noch hier bin. Was du gelernt hast, hast du gelernt, es gehört dir. Es ist also keineswegs sinnlos.«
Ich führe mich in der Tat auf wie ein Kind, dachte Elisha und ärgerte sich über sich selbst. Sie verabschiedete sich von Damien und ging zurück ins Gebäude der Kompanie.

Ganesha Chartuthi wurde in fast ganz Indien gefeiert, verehrten doch beinahe alle Hindus den elefantenköpfigen Ganesha, zu dessen Gedenken das Fest begangen wurde. In der gesamten schwarzen Stadt Bombays wurden Statuen verschiedenster Größe aufgestellt, die bis zu zehn Tagen stehen blieben. Während jener Tage wurde von den Priestern täglich die *Puja*, die Ehrerweisung zelebriert. In Bombay war dieser Tag für die Hindus der wichtigste Feiertag des Landes.

Es war der letzte Tag des Festes, und Elisha saß mit Shalina im *Zenana*, um sich herum schwatzende Frauen – Verwandte ihres Mannes, Sklavinnen, Dienerinnen. Dennoch umgab Shalina die Ruhe der ranghöchsten Frau, die nicht behelligt wurde, wenn es sie nach Ruhe verlangte. Anfangs hatte sie gemeinsam mit Elisha zwischen den Frauen gesessen, angesteckt von der Heiterkeit und der Vorfreude, die dem abendlichen Zug in das nächste Dorf vorausging. Sie trug einen safrangelben Sari, durchwirkt mit Goldfäden, durch und durch eine Fürstin. Der Scheitel war mit rotem Puder bestäubt, goldene Ringe, Spangen und Ketten zierten Finger, Handgelenke und den Hals. Eine goldene Kette lag um ihren Kopf, ähnlich einem Diadem, von dem aus ein Rubin auf ihre Stirn hing. Der Schleier, den sie später über das Gesicht ziehen würde – eine Hindu-Fürstin zeigte sich dem Volk nicht unverschleiert –, lag auf dem blauschwarzen Haar.
Elisha hatte die Erlaubnis bekommen, den Zug zu begleiten, wenn das auch nicht in der Art geschah, wie ihre Mutter sich das vorstellte. Anstatt in einem Kleid gesittet von weitem zuzusehen, trug Elisha ebenfalls einen Sari und würde auch auf einem Elefanten reiten. Zwar würde sie das Schlusslicht des Zuges bilden – an den Feierlichkeiten selbst nahmen nur die Hindus teil –, aber es ging ihr um das Erlebnis, um die köstliche Anonymität, die damit verbunden war, und um den Reiz des Verbotenen. Sie war oft bei Festen der Inder anwesend gewesen und hatte gemeinsam mit ihrem Vater den verschiedensten religiösen Feierlichkeiten beigewohnt, einmal sogar in einem Mogulpalast, als sie zehn Jahre alt gewesen war. Diese Feier war dem Fastenmonat Ramadan gefolgt, und Elisha war sie bis heute unvergesslich geblieben.
In einen Sari aus glänzender Seide gekleidet, der die Farbe

von dunklen Orangen hatte, mit einer breiten Goldborte am Rand, bestickt in Form von Blumen und winzigen Blättern, fühlte Elisha sich wie eine Inderin. Ihr Haar fiel ihr offen und glatt auf den Rücken, ein Schleier lag darauf, und feiner Goldschmuck glänzte an ihren Handgelenken. Um den Hals lag eine breite goldene Kette, einem Collier gleich. Unter dem Sari trug sie ein weißes *Choli*, ein Leibchen. Sie war aufgeregt und freute sich auf den Ausflug.

Gemeinsam mit Shalina saß sie an einem feinen ziselierten Gitter aus schwarzem Holz, das ihr den Blick auf den Bereich von Fürst Ashok ermöglichte, ohne jedoch von einem der Männer gesehen zu werden. Hier, so sagte Shalina immer, wurde in Wahrheit Politik gemacht.

Die Männer standen beieinander, redeten, gestikulierten, bereiteten sich auf den Umzug vor. Bei Ashok standen seine engsten Berater, zudem zwei seiner Cousins, junge Männer, die sich misstrauisch beäugten. Diener trugen Elefantenstatuen für den Umzug hinaus, Schalen und Becken standen überall, aus denen weißer Dampf aufstieg, der Geruch von Weihrauch lag in der Luft. Keiner der Männer wagte einen Blick hinauf, obwohl das Gitter verhinderte, dass die Frauen zu erkennen waren. Dennoch wäre der Versuch, einen Blick auf die Frauen des Fürsten zu werfen, einem Affront gleichgekommen. Die Männer trugen die weißen Gewänder – lange Jacken über Jodhpurs – und roten Turbane der Rajputen. Ashoks Kleidung war aufwendig bestickt, golden und purpurfarben.

Verließ man den Palast vom *Zenana* aus, lief man durch eine Halle aus elfenbeinfarbenem Marmor, deren Boden mit Mosaiken besetzt war, und kam auf einer Terrasse heraus, die von einer zinnenbewehrten Mauer umgeben war. Breite

Treppen führten hinunter, alle paar Stufen standen Soldaten der Palastwache, den Blick starr geradeaus gerichtet, ohne von den Frauen Notiz zu nehmen.
Shalina wurde in einer Sänfte getragen, ihr folgten die Sänften der Frauen, die im Rang unter ihr standen, danach kam Elisha, und ihr wiederum folgten zu Fuß die Sklavinnen und Dienerinnen.
Unten warteten die Männer mit den Elefanten. Elisha war als kastenlose Engländerin die Letzte in der Reihe. Ihr selbst war es so nur recht, sie wollte beobachten und für sich sein.
Es war bereits dunkel, und die von Sklaven getragenen Fackeln erleuchteten die Wege. Normalerweise durfte Elisha nicht bis in die Nacht hinein bei Shalina bleiben, aber an *Ganesha Chartuthi* waren ihre Eltern – oder besser gesagt ihr Vater – bereit, eine Ausnahme zu machen.
Die Menschen, an denen sie vorbeikamen, tanzten und lachten und trugen ebenfalls Elefantenstatuen bei sich, um sie ins Meer zu werfen. Der Fürst ritt voraus, hinter ihm folgte in einer verschlossenen Sänfte seine Frau. Elisha wusste, dass es eine Ehre war, dem Zug ebenfalls auf einem Elefanten zu folgen und nicht in einem gewöhnlichen, von Sklaven getragenen *Palankin*.
Das Fackellicht warf bizarre Schatten, ließ die Bewegungen der Menschen am Rande des Lichtscheins eckig wirken, holzige Gerüche entströmten Schalen, die die Menschen über die Köpfe hielten, Lachen und laute Stimmen vermischten sich. Elisha konnte durch den feinen Schleier der Sänfte hinausblicken, ohne selbst gesehen zu werden.
Sie kamen in einem Dorf an, das nahe dem Palast lag. Menschen versammelten sich am Weg, um einen Blick auf das Fürstenpaar werfen zu können, wurden aber von der Palast-

wache zurückgedrängt. Der *Mahut*, der Elishas Elefant führte, ließ das Tier niederknien, dann halfen ihr mehrere Männer aus der Sänfte zu Boden. Von weitem sah sie Ashok zusammen mit der tiefverschleierten Fürstin, umgeben von Verwandten und abgeschirmt von Soldaten, an das Ufer treten. Elisha spürte die Anspannung der Menge, hörte die sich steigernde Fröhlichkeit, und obwohl sie mitten unter den Menschen war – auch sie unter den wachsamen Augen einiger Soldaten, die zwar Abstand hielten, aber bereitstanden, um einzugreifen, falls ihr jemand zu nahe trat –, fühlte sie sich auf einmal seltsam allein. Es war nicht so, dass sie bei Shalina hätte stehen wollen, auch dort wäre das Gefühl kein anderes gewesen.

Als Elisha ihren Blick wandern ließ, bemerkte sie einen halbwüchsigen Jungen, der ebenso isoliert schien wie sie. Der Junge trug die Kleidung eines Brahmanen, und Elisha war ein wenig erstaunt, dass er sich nicht den anderen anschloss. Ihre Blicke trafen sich kurz, dann wandte er sich wieder ab und sah in Richtung des Fürstenpaares. Shalina war zur Seite getreten, und die Augen des Jungen folgten ihr, sehnsüchtig, traurig. Elisha wusste, wie tief der Eindruck war, den eine Fürstin auf das Volk machte, wusste, dass es nicht wenige Männer gab, die sich danach sehnten, das in ihrer Vorstellung verklärte Antlitz einmal sehen zu dürfen. Vorsichtig sah Elisha sich um, von plötzlicher Angst ergriffen, jemand könne die Blicke des Jungen bemerken. Sie kannte Ashok, und sie ahnte, wie er derart ungenierte Blicke auf seine Gemahlin ahnden würde.

Elishas Herz pochte heftig, und sie fühlte sich diesem fremden Jungen seltsam verbunden, ahnte sie doch, was er empfand. Sie wandte sich ab und sah aufs Meer, wo die geschmückten *Ganesha*-Statuen ins Wasser geworfen wurden. Der Duft von Sandelholz umgab Elisha, ihr Blick ruhte auf den Wellen des Wassers, die immer wieder aufgewühlt wurden, wenn eine weitere Statue im Meer landete. Erneut ergriff sie jene seltsame Erregung, die sie nicht zu benennen vermochte. Plötzlich wünschte sie sich nichts mehr, als dass Damien inmitten der Menge auftauchte und sie in die Arme nahm. Bilder aus Tempeln und von den Palastwänden nahmen in ihrem Kopf Gestalt an, sie sah sich selbst in diesen Frauengestalten, und der Gedanke erschien ihr so schamlos, dass ihr Gesicht brannte.

Die Farben um sie herum verschmolzen zu einem Meer, dessen Rauschen das Lachen und dessen Schaumkronen der flimmernde Fackelschein war. Elisha zog den Schleier tiefer über ihr Gesicht, so als könne man ihr ihre Gedanken ansehen. Es lag an der Liebesdichtung, die Shalina ihr gelegentlich vorlas. Sie wollte sie nie wieder hören.

Um sich abzulenken und die Bilder zu vertreiben, sagte sie in Gedanken einen Sanksrit-Text auf, den sie für ihren Lehrer hatte übersetzen müssen. Es ging um den Himalaja. *Hima Alaya*, schneebedeckte Höhen, und sie selbst war es, die sie durchwanderte, indem sie den Worten folgte. Gebirgsmassive, Steinchen, die unter ihren Füßen wegrutschten, Schnee, der unter ihren Händen schmolz. Wort um Wort ging sie den Text durch, konzentrierte sich auf die Härte des Gesteins und auf die Kälte des Schnees. Hinter den Ausläufern des Himalajas erreichte sie ein Tal. Weite Ebenen erstreckten sich vor ihr, durchbrochen von grünen Farbtupfern und einem Bergsee. Elisha sah sich selbst vor dem Bergsee knien und in das Wasser starren, das zu klar war, um ihr ihr Spiegelbild zu zeigen. Kiesel lagen auf dem Grund, und sie streckte

die Hand aus, spürte das Wasser und konnte plötzlich freier atmen. Ihre Kleidung glitt von ihrem Körper, und der See zog sie in sich hinein. Auf dem Rücken liegend, trieb Elisha auf dem Wasser, spürte ihr eigenes Haar offen wie einen Schleier hinter sich. Sie hob die Hand und sah die Sonnenstrahlen durch ihre Finger schimmern. Tropfen perlten von ihrer Hand ihren Arm hinab. Sie breitete beide Arme aus, schmolz, wurde eins mit dem Wasser, während ihr Körper sich im Rhythmus ihres Herzschlags in weiche Wellen auflöste.
Das Ansteigen des Lärms riss Elisha aus ihren Gedanken, und ihr Blick suchte Shalina, die immer noch mit Ashok am Wasser stand. Fast alle Menschen waren nach und nach zum Ufer gelaufen, so dass Elisha am äußersten Rand der Menge stand. Sie hatte nicht bemerkt, dass sich ihr ein alter Mann genähert hatte. Er stellte sich vor sie, tunkte seinen Finger in die Schale, und ehe Elisha es sich versah, strich er ihr mit dem Finger über die Stirn. Sie wich erschrocken zurück, und noch ehe sie sich an die Stirn greifen konnte, hatten zwei Soldaten den Mann zu Boden gestoßen. Einer hielt ihn fest, der andere holte mit dem Schwert aus, als wolle er ihm den Kopf abschlagen.
»Nein!«, schrie Elisha auf Hindustani, der Sprache der Rajputen.
Der Soldat hielt inne, drehte sich um, suchte den Blick des Kommandanten. Elishas Wort hatte hier, das wusste sie, kein Gewicht. Mittlerweile waren auch die Umstehenden aufmerksam geworden, und drehten sich um.
Die Schale, die der Mann in der Hand gehalten hatte, lag vor Elishas Füßen, das rote Pulver, das sie enthalten hatte, war verstreut. Ein alter Mann, der glaubte, sie zu segnen, und dafür vermutlich Geld haben wollte. Mitleid wallte in Elisha

auf, gemischt mit Entsetzen, denn der Soldat stand immer noch mit erhobenem Schwert vor dem Mann und wartete auf Anweisungen.
Der Hauptmann der Wache kam zu ihnen, sah Elisha kurz an, sah zu Boden auf die Schale und bellte einen Befehl in einem Dialekt, den Elisha nicht verstand. Der Soldat ließ das Schwert sinken, der andere Soldat ließ den alten Mann los, versetzte ihm jedoch einen derben Tritt.
Gekrümmt vor Schmerzen, rappelte der Mann sich auf, bückte sich nach der Schale und eilte davon, so schnell es ihm möglich war. Die Leute sahen ihm kurz nach, wandten sich dann aber wieder den Feierlichkeiten zu. Die Soldaten zogen sich zurück, ohne Elisha einen weiteren Blick zu schenken, während Elisha sich elend fühlte. Sicher, sie hatte sich erschrocken, aber ihr war schnell klar gewesen, dass der Mann ihr nichts Böses gewollt hatte. Das musste wohl auch der Hauptmann erkannt haben. Dennoch fragte sie sich, ob der Soldat den Mann getötet hätte, wäre der Kommandant nicht in der Nähe gewesen.
Elisha zog den breiten Seidenschleier tiefer in die Stirn. Sie fühlte sich verloren und fremd. Das Fest rauschte an ihr vorbei, die Nacht hatte ihre Faszination verloren.

7

Madras, November 1754

Damiens erste Empfindung, als er die Augen aufschlug, war Verwirrung. Der Raum war ihm, wenn auch vertraut, seltsam fremd, und es dauerte einige Sekunden, ehe er begriff, dass er daheim war. Das leise Rauschen des Regens irritierte ihn, bis ihm wieder einfiel, dass in Madras Regenzeit war. Er hatte seine Familie am Abend zuvor mit seiner verfrühten Heimkehr überrascht.

Damien vermutete, dass es auf Mittag zugehen musste, wenn auch am bleigrauen Schimmer, der durch die Ritzen der Fensterläden fiel, der Stand der Sonne nicht auszumachen war. Er war spät schlafen gegangen, wie das eben so war, wenn man nach langer Zeit nach Hause kam und viel zu erzählen hatte. Jetzt, wo er wach war, hatte er es plötzlich eilig, zu einem verspäteten Frühstück zu erscheinen, und beeilte sich, sich anzukleiden.

»Hast du bis jetzt mit dem Frühstück auf mich gewartet?«, fragte Damien seine Mutter, als diese sich im Frühstückszimmer zu ihm gesellte.

»Ich wollte mit dir zusammen frühstücken.« Elizabeth Plant nahm die silberne Kanne und goss ihrem Sohn Tee ein.

»Warst du heute Nacht in meinem Zimmer?«, fragte Damien. »Ich meine, ich hätte die Tür gehört.«

Elizabeth errötete leicht. »Ich bin wach geworden und dachte

im ersten Moment, ich hätte nur geträumt, dass du wieder zurück bist«, sagte sie, »und da wollte ich mich einfach davon überzeugen, dass du wirklich da bist.«
In einer liebevollen Geste legte Damien seine Hand über die seiner Mutter.
»Du gehst doch nicht wieder fort?«, fragte Elizabeth.
»Geplant ist es nicht«, antwortete Damien lächelnd.
»Oliver Marchand hat sich für heute Nachmittag angemeldet. Ich bin sicher, du freust dich schon darauf, Jane zu sehen.«
Damien nickte vage. Irgendwie hatte er es sich einfach nicht richtig bewusst gemacht, was es hieß, Bombay den Rücken zu kehren. Er würde sich hier endgültig niederlassen und heiraten. In Gedanken sah er sich bereits ein weißes, säulenbestandenes Haus in Triplicane bewohnen, sah sich selbst mit Jane auf der Veranda stehen und seinen kleinen Kindern im Garten beim Spielen zusehen. Ein Anflug von Panik ergriff ihn. Seine Mutter hatte Jane offensichtlich ins Herz geschlossen und erzählte davon, wie sehr sich die junge Frau um die Familie bemühte. Zwar genoss Damien das Beisammensein mit seiner Mutter durchaus, aber er wäre dankbar gewesen, wenn der Gegenstand der Unterhaltung ein anderer gewesen wäre.
Vom Korridor her waren laute Stimmen zu hören. Elizabeth hielt inne und sah stirnrunzelnd zur Tür. »Wenn sie nur aufhören könnten, sich ständig zu streiten«, sagte sie.
Ehe Damien etwas erwidern konnte, flog die Tür auf, und seine Schwester Maureen kam in das Frühstückszimmer gestürmt. »Mama, er hat schon wieder …«
»Was ist das für ein unmögliches Benehmen?«, fiel Elizabeth ihr streng ins Wort. Ihr Sohn Robert folgte seiner Schwester in den Raum und grinste schadenfroh.

»Aber Mama, Robert hat …«
»Du wirst wieder hinausgehen, und dann trittst du ruhig ein, wie es sich für eine junge Dame gehört«, sagte Elizabeth mit einer Stimme, die keinen Widerspruch duldete.
Wütend stampfte Maureen mit dem Fuß auf, stürmte an Robert vorbei aus dem Raum und warf die Tür mit einem lauten Knall hinter sich zu. Elizabeth stand auf.
»Entschuldige mich, Damien«, sagte sie und verließ eilig das Zimmer.
»Na, an Maureens Stelle möchte ich jetzt nicht sein«, feixte Robert und setzte sich Damien gegenüber.
»Hast du sie wieder geärgert, ja?«, fragte Damien.
Robert verzog das Gesicht. »Sie ist in Ernest Latimer verliebt, und ich habe sie nur darüber aufgeklärt, dass sich eine ganze Reihe von Frauen seiner Aufmerksamkeit erfreuen.«
»Kein Thema, das man mit seiner jüngeren Schwester diskutiert.«
»Sie hat doch ohnehin nicht verstanden, was ich genau damit meine.«
Damien zog die Brauen hoch. »Hast du es denn selbst verstanden?«
Verärgert, weil er errötete, antwortete Robert: »Ich war schon mit mehreren Frauen zusammen.«
»Aha«, sagte Damien gedehnt. »Mein kleiner Bruder wird erwachsen und kann nicht widerstehen, mit seinem Wissen aufzutrumpfen«, neckte er, »selbst wenn die Zuhörerin seine Schwester ist.«
»So war es nicht.«
»Warum sonst hast du es ihr gesagt?«
Robert schwieg verstimmt. Zwischen ihnen lagen zehn Jahre Altersunterschied, und auch, wenn Robert sich gerne

erwachsen gab, war nicht zu übersehen, wie sehr er seinen älteren, weitgereisten Bruder bewunderte.

»Also doch, um sie zu ärgern«, fuhr Damien fort. »Findest du das nicht ein wenig albern?«

»Sie geht einem aber auch auf die Nerven. Allein schon diese verliebten Augen, die sie macht, wenn Latimer kommt.« Robert ahmte die schmachtenden Blicke so gekonnt nach, dass Damien nur mit Mühe ernst bleiben konnte.

»Du wirst dich an den Gedanken gewöhnen müssen, dass sie irgendwann heiratet, und dann sollte es doch jemand sein, den sie mag.«

»Ja, schon«, murmelte Robert.

»Ist Ernest mittlerweile zum Hauptmann befördert worden?«, wollte Damien wissen.

»Er ist immer noch Leutnant und dient unter Hauptmann Francis Marchand.« Das Stichwort aufgreifend, ließ Robert sich lang und breit über die Laufbahn eines Offiziers aus und das unermessliche Glück, das mit einer derartigen Zukunft verbunden war. Zu seinem Kummer hatte sein Vater ihm entschieden verboten, ein Offizierspatent zu erwerben. Die Männer der Plants wurden Händler, nicht Soldaten.

Elizabeth kam zurück ins Frühstückszimmer, das Gesicht gerötet vor Ärger. »Robert, dein Vater möchte dich sprechen.« Sie trat hinter ihn und gab ihm einen derben Klaps auf den Hinterkopf. »Sofort«, befahl sie.

»Konnte die Kleine ihren Mund nicht halten?«, schimpfte Robert und duckte sich, als seine Mutter Anstalten machte, zu einem erneuten Schlag auszuholen. »Ich gehe ja schon.« Damien lachte leise vor sich hin, als er Robert nachsah.

»Es fängt an, unerträgliche Ausmaße anzunehmen«, sagte Elizabeth, immer noch wütend.

»Er ist eben noch jung«, verteidigte Damien seinen Bruder. »In seinem Alter war ich sicher auch nicht besser.«

»So warst du nicht«, entgegnete Elizabeth im Brustton der Überzeugung. »In seinem Alter warst du ernsthaft genug, dir über deine Zukunft Gedanken zu machen, und bist nach England gegangen.«

»Die Umstände waren auch andere.«

Elizabeth seufzte entnervt. »Vielleicht wirkt sich deine Anwesenheit etwas mildernd auf seinen Übermut aus und lässt ihn gewissenhafter werden.«

Nach dem Frühstück verbrachte Damien den Vormittag damit, seinem Vater Rede und Antwort über seinen Aufenthalt in Bombay zu stehen. Das Gespräch zog sich über das Mittagessen hin, und erst danach gelang es Damien, sich zurückzuziehen und für sich zu sein. Es regnete nicht mehr.

Er verließ das Haus und ging spazieren. Nachmittags würde er Jane wiedersehen und wusste kaum, wie er ihr gegenübertreten sollte. Auf dem Rückweg zum Haus sah er Maureen im Innenhof, in ein blaues Kleid gekleidet und einen weißen Sonnenschirm in den Händen haltend. Sie hob die Hand und winkte ihm zu. Damien gesellte sich zu ihr. Sie ist so erwachsen geworden, dachte er. Nichts erinnerte mehr an das sechsjährige Mädchen, das sich damals bei seiner Abreise nach England so verzweifelt an ihn geklammert hatte. Dunkelblondes Haar, grüne Augen und zierlich, sie sah aus wie seine Mutter im selben Alter ausgesehen haben musste. Lange Zeit schien es, als würde Damien das einzige Kind in der Ehe von Calbraith und Elizabeth Plant bleiben, was bereits zu versteckter Häme und geheucheltem Mitleid Anlass bot, dann waren im Abstand von einem Jahr Robert und Maureen geboren worden.

»Hast du das Zusammentreffen mit Mama gut überstanden?«, fragte Damien seine Schwester.
Misstrauisch musterte sie ihn, dann zuckte sie die Schultern und bejahte.
»Ich habe gehört, Ernest Latimer bemühe sich um dich.«
Es war Maureen anzusehen, dass sie mit ihm nicht darüber reden wollte, aber er war ihr älterer Bruder, und sie war dazu erzogen worden, ihm zu antworten, wenn er sie etwas fragte.
»Papa hat ihm die Erlaubnis gegeben, mich zu besuchen.«
Sie runzelte die Stirn.
»Du solltest dich von Robert nicht ärgern lassen.« Damien erriet ihre Gedanken. »Papa würde keinem Mann erlauben, um dich zu werben, wenn er nicht von seiner Ehrenhaftigkeit überzeugt wäre.«
»Auch nicht, wenn er einen guten Namen trägt und reich genug ist? Robert sagt, das sei das Einzige, worauf es bei einem Mann für mich ankäme, und deshalb sei es Papa egal, wie vielen anderen Frauen er den Hof macht.«
»Das ist Unsinn.«
»Und warum sagt er es dann?«
»Du bist seine kleine Schwester, und kleine Schwestern ärgert man gerne.«
Sie drehte ihren Schirm in den Händen. »Du hast das nie gemacht.«
»Mit kleinen Brüdern verhält es sich ähnlich, und dafür habe ich ja auch Robert«, sagte er grinsend. Maureen sah ihn an und erwiderte sein Lächeln. Sie legte die Hand in seine Armbeuge und spazierte mit ihm über den Hof. Offenbar genoss sie nach ihrer ersten Zurückhaltung die Aufmerksamkeit ihres ältesten Bruders durchaus. Sie fragte ihn nach dem Gesellschaftsleben in Bombay aus, und er beantwortete ihr

geduldig alle Fragen, etwas, das sie von Robert nicht gewöhnt war. Für Damien hingegen war es eine angenehme Ablenkung, die ihn vom Grübeln abhielt.

Damien hatte Janes Verlegenheit bei ihrer Begrüßung bemerkt, auch wenn sie sich bemühte, sie zu überspielen. Ihnen beiden waren die Blicke der Umstehenden nur zu bewusst gewesen, der Ausdruck von Erwartung bis hin zu wohlwollendem Verständnis, da sich das Paar das erste Mal seit langer Zeit wiedersah. Damien war der Moment gespannter Stille zutiefst unangenehm, als er Jane begrüßte, ihre Hände nahm und küsste und die Röte sah, die ihr in die Wangen stieg, als ihr Vater dröhnend lachte. Es dauerte über eine Stunde, ehe es Damien gelang, mit Jane den Salon zu verlassen. Mittlerweile konnte er seine eigenen Berichte über Bombay nicht mehr hören. Die Familie erlaubte ihnen, auf die Veranda zu treten. Man wusste ja, dass die beiden sich sicher viel zu erzählen hatten.

War Jane anfangs spürbar befangen, so gelang es Damien doch, sie ein wenig aus der Reserve zu locken. Sie schien ebenso erleichtert wie er, den Familienkreis verlassen zu können. Damien fragte sich, warum trotz all der Briefe und trotz der Tatsache, dass er sie ihr ganzes Leben lang kannte, sie ihm nicht vertrauter wurde. Sein erstes Empfinden bei ihrem Anblick war dasselbe, das man einer fremd gewordenen Bekannten gegenüber empfand. Die erwachsene Jane war für ihn nicht dieselbe Person wie das Kind, das er damals gekannt hatte.

»Wir werden doch in Madras bleiben?«, fragte Jane hoffnungsvoll. »In der Nähe unserer Familien?«

Damien war die Frage mittlerweile leid, gab ihr aber die Antwort, die sie zu hören wünschte. Natürlich war Jane nicht schuld an seiner schlechten Laune, aber ihm war nicht bewusst gewesen, dass er Elisha so sehr vermissen würde. Wieder war ihm, als lege sich eine eiserne Klammer um seinen Hals, als er zuhörte, wie Jane über ihr zukünftiges Haus redete. Sie konnte ihre anfängliche Verlegenheit offenbar am besten überwinden, indem sie sich in vernünftige Überlegungen über ihre gemeinsame Zukunft stürzte. Ihm hingegen kam es vor, als sei die Fessel damit endgültig.

»Mein Vater hat gesagt, dass wir anfangs bei ihm wohnen können«, sagte Jane. Unsanft aus seinen Überlegungen gerissen, blinzelte Damien ungläubig.

»Wann hat er das gesagt?«

»Das ist schon eine Weile her.«

»Und wie kommt er dazu, dir einen solchen Vorschlag zu machen?«

Jane kannte Damien noch nicht gut genug, um von dem betont höflichen Tonfall alarmiert zu sein. »Wir hatten darüber gesprochen, wo wir anfangs wohnen werden, und so musst du dich nicht direkt mit dem Kauf eines Hauses belasten.«

»Wenn dein Vater einen solchen Vorschlag macht, sollte er ihn vorher mit mir besprechen.«

Erstaunt sah Jane zu ihm hoch. »Ich bin seine Tochter. Was liegt also näher, zunächst mich zu fragen?«

»Du wirst meine Frau sein, also wird die Frage, wo wir wohnen, ohnehin von mir entschieden«, sagte Damien, dem nicht gefiel, dass Oliver Marchand ohne sein Wissen mit Jane besprach, wo sie in der Anfangszeit ihrer Ehe wohnen würden. Zudem verärgerte es Damien, dass ihm Oliver offenbar nicht zutraute, selbst für ein Haus oder gar dessen Unterhalt aufzukommen.

»Wir heiraten nicht, ehe ich imstande bin, dir zumindest ein Haus zu bieten«, sagte er. Natürlich konnte sein Vater dagegenhalten, er könne mit Jane in sein Elternhaus ziehen, aber auf Dauer gesehen wäre das auch keine Lösung. Wäre Damien selbst der Haupterbe, sähe die Sache anders aus, aber das Haus würde später einmal Robert gehören.

»Ich wollte dich nicht verärgern«, sagte Jane stirnrunzelnd. »Es war auch lediglich ein Vorschlag.«

»Mir sagt der Vorschlag aber nicht zu.«

»Nun, es liegt ja auch in der Natur von Vorschlägen, dass man sie überdenken und ablehnen kann.«

»Ich weiß nicht, ob mir dein Ton gefällt«, entgegnete Damien, dem sein eigener Ton nicht gefiel, weil er sich anhörte wie jemand, der sich mangels vernünftiger Argumente auf seine Autorität berief.

»Dann entschuldige ich mich«, antwortete Jane verstimmt.

»Nein«, lenkte Damien ein, plötzlich wieder um Harmonie bemüht, »ich entschuldige mich für meine reizbare Stimmung.« Er hatte seine Laune nicht an ihr auslassen wollen. »Ich bin erst gestern angekommen, und die Reise war anstrengend.« Er wandte sich ihr zu. Jane hatte vor seiner Abreise jegliche Annäherung von seiner Seite scheu zurückgewiesen. Auch jetzt bemerkte er das leichte Zurückweichen, als er eine Hand an ihre Taille legte und mit der anderen Hand ihr Gesicht berührte. Sanft strich er mit den Fingern über ihre Wangenknochen. Er wollte sie küssen, aber sie drehte ihr Gesicht zur Seite, so dass er mit den Lippen ihre Wange streifte. Behutsam berührte er mit dem Mund ihr Ohr. »Verzeihst du mir meinen schroffen Ton?«, fragte er dicht an ihrem Haar.

»Ja«, murmelte sie.

Damien sah auf ihr blondes glänzendes Haar. Eine kleine Strähne ringelte sich neben ihrem Ohr und bewegte sich in seinem Atem. Ein vernehmliches Räuspern ließ Jane zurückzucken. Damien hob den Kopf und sah ihren Bruder Francis über den Hof schlendern. Er ging sehr aufrecht, jeder Zoll ein Soldat. Die Uniform saß tadellos, ein schmaler Degen hing an seiner Seite, und eine gepuderte Perücke mit Zopf verbarg sein kurzes hellbraunes Haar. Die Gesichtszüge waren ebenso fein geschnitten wie Janes, wobei er strenger wirkte und einen harten Zug um den Mund hatte.

»Noch seid ihr nicht verheiratet«, sagte Francis halb im Scherz und zog seine Schwester an seine Seite. »Elizabeth und Maureen warten sicher schon auf dich«, sagte er zu Jane, die der Aufforderung, die Männer allein zu lassen, ohne Widerworte nachkam. Sie wirkte beunruhigt, was Damien sich nicht erklären konnte. Vermutlich lag es an seinem unfreundlichen Benehmen. Er würde sich eine Wiedergutmachung einfallen lassen müssen.

»Warum hast du sie weggeschickt?«, fragte er.

Francis zuckte die Schultern. »Du wirst sie in Zukunft noch oft genug für dich haben.«

Damien war bekannt, dass Francis gerne seine Entscheidungsgewalt ausspielte – sei es bei den ihm unterstellten Offizieren als auch bei seiner Schwester –, also schwieg er. Er war mit Francis nie sonderlich gut ausgekommen. Francis Marchands Härte im Umgang mit seinen Soldaten und sein unbarmherziger Drill waren mittlerweile selbst außerhalb von Armeekreisen bekannt. Es gab sogar Geschichten, in denen es hieß, er habe Soldaten hinterrücks erschossen, wenn sie es wagten, vom Schlachtfeld zu fliehen, aber den Wahrheitsgehalt dieser Berichte bezweifelte Damien. Was er hingegen nicht bezweifelte, waren Geschichten, in denen Francis ungehorsamen Offizieren persönlich die Haut vom Rücken gepeitscht hatte oder nicht lange fackelte, Befehlsverweigerer aufs Härteste zu bestrafen.

»Ich habe gehört, Leutnant Latimer macht deiner Schwester den Hof?«, unterbrach Francis seine Gedanken.

»Das ist richtig.«

»Er dient unter mir«, sagte Francis. »War dir das bekannt?«

Damien nickte.

»Ich glaube nicht, dass er es weit bringen wird. Er hat nicht genügend Ehrgeiz.«

»Um das beurteilen zu können, kenne ich ihn nicht gut genug«, antwortete Damien.

Francis schnalzte mit der Zunge, so als sei der Einwand keinen Kommentar wert. »Du wirst ihn noch kennenlernen. Wie ich gehört habe, geht er hier recht oft ein und aus. Dem werde ich in nächster Zeit einen Riegel vorschieben, also sag deinem Vater, er soll ihn möglichst schnell so gründlich es geht unter die Lupe nehmen.« Als er bemerkte, dass Damien nicht vorhatte, ihn nach den Gründen für diese Entscheidung zu fragen, fügte er hinzu. »Seine Übungen mit dem Degen werden zusehends schlechter, so wie immer, wenn er einem Rock nachsteigt.«

Damien erstarrte. »Ich verbiete dir jegliche Art von respektloser Rede über meine Schwester.«

»Das lag nicht in meiner Absicht. Verzeihung«, sagte Francis mit einem feinen Lächeln. »Es ist nur leider so, dass Männer wie er ihre Pflichten vernachlässigen, wenn ihr Interesse abgelenkt wird. Sollte es zum Krieg kommen, was über kurz oder lang der Fall sein wird, kann ich Offiziere, die nicht mit vollem Herzen dabei sind, nicht gebrauchen.«

»Du rechnest also auch damit, dass es hier Krieg gibt?«
Francis sah ihn erstaunt an. »Wer tut das nicht?«
»Im Moment scheinen die Franzosen eher darauf bedacht zu sein, ihre Kolonien in Amerika zu verteidigen.«
»Das mag jetzt noch der Fall sein, aber ich denke, nicht mehr lange, und die ständigen Konflikte, die ja nicht wegzureden sind, werden auch hier wieder eskalieren.«
»Du scheinst es ja kaum erwarten zu können.«
Lächelnd neigte Francis den Kopf und schwieg.
»Meines Wissens hast du auch vor, zu heiraten. Wird sich das mit deinen hehren Grundsätzen des Lebens, das du allein der Verteidigung deines Landes zu widmen gedenkst, vereinbaren lassen?«, stichelte Damien.
Francis' Lächeln bekam einen spöttischen Zug. »*Heirate, um deinem Land zu dienen*«, deklarierte er, und Damien konnte nicht erkennen, ob er scherzte oder im Ernst sprach. Aber so wie er Francis kannte, war dieser durchaus darauf erpicht, schnellstmöglich einem Satz neuer Soldaten auf die Welt zu verhelfen. Ebenso wie Calbraith Plant seinem Sohn Robert verbot, einen anderen Lebensweg als den seinen einzuschlagen, wurden die Marchand-Söhne seit Generationen Soldaten. Oliver Marchand hatte es nie verwunden, aufgrund einer Kriegsverletzung seine Admiralität aufgeben zu müssen, und so lag die ganze Hoffnung der Familie auf Francis. Damien fand das Gespräch mit ihm nicht sonderlich unterhaltsam und wusste nicht, warum Francis ihn überhaupt hier draußen aufgesucht hatte. Vermutlich war es das Misstrauen, das er jedem Mann entgegenbrachte, der Jane mehr als einen Blick schenkte, wobei er auch ihren Verlobten nicht ausschloss.
»Ich habe gehört, ihr werdet nach eurer Hochzeit bei uns einziehen«, wechselte Francis das Thema.

Damien runzelte die Stirn. »Das hat Jane mir vorhin vorgeschlagen, aber ich habe ihr gesagt, das komme nicht in Frage.«
»Tatsächlich? Von meinem Vater hörte es sich aber so an, als sei es schon beschlossene Sache. Er hat sich mit Jane darüber unterhalten, und sie schien sich sicher zu sein, dass du die Idee begrüßen würdest – so wie es jeder andere tun würde, dem ein so großzügiges Angebot unterbreitet wird.« Francis machte sich gar nicht erst die Mühe, den leisen Tadel in seiner Stimme zu unterdrücken.
»Solange ich nicht imstande bin, selbst für Jane zu sorgen, werde ich sie nicht heiraten«, antwortete Damien, entschlossen, sich nicht provozieren zu lassen.
»Das ehrt dich. Andererseits halte ich eine zu lange Verlobungszeit nicht gerade für wünschenswert.«
»Überlass das bitte mir, Francis«, entgegnete Damien gereizt. Seit gestern war er wieder daheim, und mittlerweile hatte er das Gefühl, keine Luft mehr zu bekommen. Ihm wäre es lieber gewesen, wenn alles langsamer vonstatten ginge. Außerdem ärgerte er sich über Jane. Wie kam sie dazu, vor ihrer Familie den Eindruck zu erwecken, er würde mit ihr bei ihrem Vater leben wollen? Noch dazu, ohne ihm Bescheid gesagt zu haben. Nur ein Vorschlag, hatte sie gesagt. Dachte sie wirklich, er würde sich für die nächsten Jahre Francis' Gönnerhaftigkeit ausliefern?
»Ich bin um die Zukunft meiner Schwester ebenso besorgt, wie du es vermutlich um die deiner Schwester bist«, argumentierte Francis. »Wie gesagt, das Angebot meines Vaters gilt, und ich habe natürlich nichts dagegen, wenn ihr zu Anfang bei uns wohnt. Jane wird sich mit meiner zukünftigen Frau schon arrangieren.«

Abgesehen von seiner eigenen Ablehnung des Vorschlags, würde Damien Jane nicht zumuten, in einem Haus zu leben, dessen weiblicher Vorstand ihre Schwägerin war. »Das Mindeste, das ich ihr bieten sollte, ist doch, ihren eigenen Haushalt zu haben.«

Francis zuckte die Schultern. Er selbst hatte einen zu stark ausgeprägten Stolz, um Damien nicht verstehen zu können.

Zurück im Salon, gesellte Damien sich zu Jane und Maureen, die in eine Unterhaltung vertieft waren. Die Mädchen unterbrachen ihr Gespräch, und Maureen sah Damien gespannt an. Vorgänge zwischen Männern und Frauen fesselten seit einiger Zeit ihre Aufmerksamkeit, und sie fand es aufregend, dass sich derartige Vorgänge so unmittelbar vor ihren Augen abspielten.

Elizabeth und Calbraith unterhielten sich mit Oliver, und Robert nahm Francis bei dessen Eintreten gleich in Beschlag. Er hegte die Hoffnung, dass Francis ihm im Kampf gegen die Sturheit seines Vaters beistehen würde, und Damien unterließ es, ihm zu sagen, dass er damit von vornherein auf verlorenem Posten stand. Zwar war Francis durchaus der Meinung, dass ein Offizierspatent eine erstrebenswerte Sache sei, aber ebenso vertrat er die Ansicht, dass Söhne in die Fußstapfen ihrer Väter zu treten hatten.

Scheinbar entspannt wechselte Damien ein paar Worte mit seiner Schwester, dann wandte er sich an Jane. »Kann ich dich kurz sprechen?« Er sah zu Oliver. »Du erlaubst?«

»Sicher«, antwortete Oliver lachend. Er hatte Verständnis. Francis hingegen sah nicht so zufrieden aus, als er seiner Schwester und Damien nachblickte.

»Was ist denn mit dir, Damien?«, fragte Jane, weil sie sein finsteres Gesicht beunruhigte. Sie standen in der Halle, und sie fragte sich, warum sie nicht hinausgingen. Aber offensichtlich stand Damien nicht der Sinn nach einem Spaziergang.

»Hast du unserem Gespräch über den Vorschlag deines Vaters, bei ihm zu wohnen, noch etwas hinzuzufügen? Vielleicht, dass du es ihm gegenüber schon als beinahe beschlossene Sache dargestellt hast oder dass mein Einverständnis schon so gut wie sicher ist?«

Sie wirkte nervös. »Hat Francis dir das erzählt? Ich wollte dir das noch sagen, aber dann bin ich nicht mehr dazu gekommen.«

»Soll das eine Erklärung dafür sein, dass ich mich deinem Vater gegenüber jetzt irgendwie herauswinden muss?«

»Vielleicht musst du das gar nicht.« Jane ignorierte das wütende Aufblitzen seiner Augen. »Denk doch mal nach, wie praktisch es für uns wäre, wenn wir zumindest die ersten Jahre dort wohnen. Dann sparen wir Geld und kaufen uns später ein eigenes Haus.«

»Du hast also alles schon mit ihm durchgeplant, ja?«

»Damien, sei mir bitte nicht böse. Ich dachte nur … immerhin sagte ja auch dein Vater, es sei eine gute Idee.«

Damien starrte sie an. »Mein Vater? Ihr habt das mit meinem Vater besprochen? Wann?«

»Schon vor Monaten«, entgegnete Jane zögernd.

»Du sagtest, es handele sich nur um eine Idee, nicht dass es schon beschlossene Sache sei.« Damien war wütend auf sie und auf seine Familie, weil sie hinter seinem Rücken sein Leben verplanten und es offensichtlich nicht für nötig erachteten, ihn zu fragen. Nicht einmal geschrieben hatten sie ihm davon, so als sei seine Meinung in der Sache ohnehin nicht von Bedeutung. »Was wäre, wenn ich gar nicht vorgehabt hätte, in Madras zu bleiben?«, fragte er.

»Davon, dass diese Möglichkeit besteht, hast du nie etwas gesagt.«

»Diesen Vorwurf muss ich mir nicht gerade von dir anhören, nachdem du es ja nicht einmal für nötig erachtet hast, mir zu sagen, dass du bereits feste Vereinbarungen für unser Eheleben triffst.«

»Es war ... ich hätte meinem Vater das alles nicht gesagt, wenn ich nicht fest davon überzeugt gewesen wäre, dass du zustimmen würdest.«

»Was hat dich denn überzeugt? Du kennst mich doch gar nicht gut genug, um das beurteilen zu können, möchte ich meinen.« Aus schmalen Augen taxierte er sie.

Jane war bestürzt. »Dein Vater hat gesagt, du würdest das Angebot auf keinen Fall ablehnen.« Damiens Verärgerung erschreckte sie sichtlich. »Vielleicht hätte ich es dir schreiben sollen, aber ich dachte, wenn ich dir persönlich von dem Vorschlag meines Vaters erzähle, würdest du ihn sofort annehmen. Es lag wirklich nicht in meiner Absicht, dich vor vollendete Tatsachen zu stellen.«

»Mir ist es gleich, was in deiner Absicht lag. Vielleicht ist es langsam an der Zeit, bestimmte Regeln aufzustellen«, sagte Damien. »Zunächst einmal liegen alle – und damit meine ich wirklich *alle* – Entscheidungen bei mir. Du kannst gerne deine Meinung dazu äußern, aber in keinem Fall wirst du weder mit irgendjemandem aus deiner oder meiner Familie Dinge beschließen, die mich betreffen, ohne mich vorher gefragt zu haben. Hast du das verstanden?«

Jane sah ihn sprachlos an. Einen solchen Ton war sie von ihrem Vater nicht gewohnt, was Damien durchaus bekannt war. Er war jedoch zu wütend auf sie, um ihr Schweigen zu tolerieren.

»Ich habe dich gefragt, ob du mich verstanden hast, Jane«, wiederholte er, schärfer nun.

»Ja«, entgegnete Jane knapp. Zwar war sie sich der Tatsache bewusst, einen Fehler gemacht zu haben, aber das berechtigte ihn ihrer Meinung nach nicht, so mit ihr zu reden. Schließlich hatte sie es gut gemeint. Aber so waren die Männer eben. Francis war auch nicht besser. Wenn sie wütend waren, ließen sie keinerlei Argumente zur Verteidigung gelten und spielten ihren letzten Trumpf aus – ihre männliche Autorität. Sie kräuselte leicht die Lippen. »Ich werde mit meinem Vater reden«, sagte sie, »und ihm erklären, dass ich mich wohl geirrt habe. Würdest du mich entschuldigen?«

Damien bedeutete ihr mit einer Geste, dass sie gehen könne, wohin es ihr beliebte. Er selbst folgte ihr nicht in den Salon zurück, sondern verließ das Haus. Sollte sein Vater vor Wut toben, aber er würde sich unter keinen Umständen an diesem Tag zu ihren Gästen gesellen. Es war zu erwarten, dass er nicht an sich halten und im Salon einen Streit mit ihm vom Zaun brechen würde, und eine derart peinliche Szene wollte er sämtlichen Beteiligten – allen voran seiner Mutter – gerne ersparen.

»Allmählich könnte er aufhören zu grollen«, beschwerte sich Jane bei Maureen. »War er schon immer so unleidlich und nachtragend, wenn er sich übergangen fühlt?«

Maureen zuckte die Schultern. »Das kann ich dir nicht sagen, so gut kenne ich ihn nicht.« Auf den verständnislosen Blick ihrer Freundin hin erklärte sie: »Ich war sechs Jahre alt, als er nach England gegangen ist, und seit seiner Rückkehr habe ich ihn kaum gesehen. Vielleicht solltest du dich einfach entschuldigen.«

»Das tue ich bereits seit Tagen, und das werde ich jetzt nicht mehr tun.«

Maureen schwieg. *Dann kann ich dir auch nicht helfen*, sagte ihr Blick.

»Ich komme beinahe jeden Tag«, fuhr Jane fort. »Niemand kann sagen, dass ich meine Verpflichtungen ihm gegenüber nicht ernst nehme. Aber glaubst du, er hätte mich in den letzten Tagen auch nur ein Mal besucht?«

»Er war doch bei euch.«

»Er hat Vater ein Buch zurückgebracht und mich bei der Gelegenheit begrüßt.« Zornig warf Jane den Kopf zurück. »Und Papa nimmt mich überhaupt nicht ernst. Er lacht immer nur und erzählt etwas von der Jugend, die sich in Kleinigkeiten hineinsteigert. Es scheint ihm kaum etwas auszumachen.«

Dafür, dachte Maureen, machte es ihrem Vater umso mehr aus. Es verging kaum ein Tag, an dem er nicht mit Damien in Streit geriet, und immer ging es um Jane und sein Benehmen ihr gegenüber. Es hatte sich bereits eine gewisse Regelmäßigkeit eingeschlichen, und man konnte damit rechnen, dass es zur ersten spitzen Bemerkung von Seiten ihres Vaters kam, kaum dass Damien das Frühstückszimmer betrat. Ihre Mutter reagierte zunehmend gereizt auf die ständig angespannte Atmosphäre. Im Grunde genommen war Maureen für die Abwechslung im immer gleichen Tagesablauf nicht unempfänglich, aber Damien war bei ihren Unternehmungen mit Ernest ein wesentlich willigerer Anstandsbegleiter als Robert, so dass sie ihm Beistand zu schulden glaubte.

»Für Damien ist es auch nicht leicht«, sagte sie in dem Gefühl schwesterlicher Loyalität.

Jane wandte sich ab. Fragte vielleicht jemand, ob es für sie einfach war? Erst kam Damien von England hierher und verschwand umgehend wieder für beinahe anderthalb Jahre. Dann kam er zurück und geriet in Wut, weil sie sich erdreistet hatte, in seiner Abwesenheit Pläne zu schmieden. Sie war bereits zwanzig Jahre alt. War es da so schwer verständlich, dass sie den Akt der Eheschließung ein wenig vorantreiben wollte?

Damien öffnete die Tür zum Boudoir seiner Schwester. Beim leisen Klicken, als die Tür wieder ins Schloss fiel, drehte Jane sich um und sah ihm direkt in die Augen. Sein Gesichtsausdruck war ruhig, wie versteinert. Sie hatte sich insgeheim vorgenommen, ihm freundlich zu begegnen, fühlte sich nun jedoch erneut zurückgewiesen und war verunsichert.

Damien musterte sie forschend und wandte sich dann seiner Schwester zu. »Bleibt es dabei, dass du morgen Abend mit Ernest auf die Feier von Lord Avonlea gehen möchtest?«

»Ja«, bestätigte Maureen, »allerdings hat Robert seine Begleitung bereits abgesagt.«

»Ich weiß, Mama hat es mir mitgeteilt. Jane und ich werden euch begleiten.«

Ruckartig hob Jane den Kopf. »Davon war mir nichts bekannt.«

»Deshalb bin ich hier.«

»Ich weiß nicht, ob Papa schon Verpflichtungen für morgen zugesagt hat.«

»Das hat er nicht«, antwortete Damien. »Er hat mir bereits bestätigt, dass du mitkommst.«

Jane biss sich auf die Lippen, um eine unbeherrschte Antwort zu unterdrücken. Wenn er seine Macht ausspielen wollte und sich dafür hinter ihrem Rücken mit ihrem Vater absprach, sollte er das ruhig tun. Dass sie in der Angelegenheit nichts zu sagen hatte, wusste sie, da erübrigten sich lange Diskussionen. Sie nickte nur und fragte sich, wie lange er das Spiel so weitertreiben wollte.

Damien plauderte mit Maureen über einige belanglose Themen, dann wollte er die Mädchen sich selbst überlassen und sich zurückziehen. Mit gerunzelter Stirn nahm Jane seinen Abschiedsgruß entgegen. »Für wie lange, Damien?«, fragte sie. »Bis zu meinem nächsten Besuch? Oder wirst du dich auch irgendwann bei uns sehen lassen? Ich kann meinen Vater bitten, dich einzuladen, wenn du lieber einen offiziellen Anlass möchtest.«

»Ich besuche dich morgen«, entgegnete Damien und ging.

Jane starrte auf die geschlossene Tür und fragte sich nicht das erste Mal, wie sie eine solche Sturheit ihres Ehemanns ertragen sollte. In ihren Schläfen meldete sich bereits wieder das vertraute Pochen, das die unvermeidlich folgenden Kopfschmerzen ankündigt. Spätestens am Nachmittag würde sie es nur noch in einem abgedunkelten Zimmer aushalten. Machte Damien sich auch nur einen Moment lang darüber Gedanken, dass nicht nur er es war, der zu dieser Ehe gezwungen wurde?

8

Bombay, Januar 1755

Sehr hübsch«, sagte Lamont und betrachtete den Diamantring an Charlottes Finger. Charlotte zog ihn ab und reichte ihn ihm zur eingehenderen Betrachtung.

»Ich dachte immer, Frauen trennen sich nur ungern von ihrem Verlobungsring«, spöttelte Lamont, als er den Ring von ihr entgegennahm. Ohne eine Antwort zu geben, drehte Charlotte sich auf den Bauch und drückte ihr Gesicht in das Kissen. Im Sommer hatte Richard ihr endlich den erwünschten Heiratsantrag gemacht, aber anstatt die Verlobung gleich zu feiern, wie er sicher erwartet hatte, hatte Charlotte auf die Zeit nach dem Monsun bestanden. Als Begründung hatte sie gesagt, sie wolle nicht, dass alle Gäste nass bei ihnen ankamen, zudem waren die Straßen im Regen oftmals unpassierbar. Man würde den Schlamm von den Straßen in den Salon tragen, und der Garten wäre nicht begehbar. Also war es nicht die Atmosphäre, in der Charlotte eine Feier ihr zu Ehren geben wollte. Der andere Grund, den sie niemandem sagte, war, dass sie ihn ihrerseits ein wenig hinhalten wollte.

»Ist Richard dir gegenüber mittlerweile etwas aufmerksamer?«, fragte Lamont und drehte den Ring im Licht.

Charlotte murmelte eine Antwort in das Kissen, die er nicht verstehen konnte. Nach seinem Antrag war sie mit Richard im Garten spazieren gegangen. Es war ihr unvorstellbar, dass

er seine Distanz ihr gegenüber nicht aufgeben wollte. Sie hatte darauf spekuliert, er würde die Gelegenheit nutzen und sie küssen, aber er schien ihr Ansinnen entweder nicht verstehen zu können oder zu wollen. Irgendwann hatte die Situation angefangen, peinlich zu werden, und sie war mit ihm ins Haus zurückgekehrt. Charlotte drehte den Kopf auf dem Kissen.
»Denkst du, mit Richard ist alles in Ordnung?«, fragte sie. Ihr Blick fiel auf den Ring in Lamonts Hand, und sie ignorierte seinen fragenden Blick. »Gefällt er dir?«, wechselte sie das Thema. »Du kannst ihn behalten. Wenn ich Richard sage, ich hätte ihn verloren, bekomme ich sicher einen neuen.«
Lamont lachte. »Behandelt er dich so schlecht?« Er neigte sich zu ihr und drehte eine Locke um seinen Finger. »Soll ich ihn fordern?«
»Ja«, murmelte Charlotte, das Gesicht wieder in das Kissen gedrückt, »aber bitte erst nach unserer Heirat, dann habe ich zumindest den Namen und den Status.«
Unter schallendem Gelächter zog Lamont ihre Hand zu sich und schob ihr den Ring wieder auf den Finger. Er streichelte ihren Arm und wollte ihre Schulter küssen, als Charlotte sich unwillig wegdrehte. »Lass das, ich habe Kopfschmerzen.«
»Oh, sicher.« Lamont lehnte sich an das Kopfende des Bettes. »Ich habe mich schon gefragt, wann diese Phase anfangen wird.«
Diesmal war es Charlotte, die lachte. »Du redest, als seien wir ein Ehepaar.«
»Ein Ehepaar?« Lamont zog eine Braue hoch. »Denkst du, ich würde mir in meinem Bett deinen Liebeskummer wegen eines anderen Mannes anhören, wenn wir verheiratet wären?«
»Liebeskummer?«, brauste Charlotte auf. »Liebeskummer?«
»Die Eheschließung und den gesellschaftlichen Status be-

kommst du doch«, sagte Lamont etwas boshaft. »Was genau fehlt dir denn dann noch?«
»Wenn wir zusammensitzen, unterhält er sich mehr mit meiner jüngeren Schwester als mit mir.« Charlottes Blick war zutiefst irritiert.
»Die süße kleine Elisha«, sagte Lamont gedehnt und wich grinsend ihrem Ellbogen aus. »Lass sie doch mit ihm reden. Wenn er sie hätte heiraten wollen, hätte er das doch wohl getan. Was genau stört dich daran, wenn jemand deiner niedlichen Schwester ein wenig Aufmerksamkeit schenkt?«
»Sie scheint dich ja tief beeindruckt zu haben«, antwortete Charlotte bissig.
»Nur keine Eifersucht«, spöttelte Lamont. »Mein Herz gehört allein dir.«
»Wie ich dich manchmal verabscheue«, fuhr Charlotte auf. »Du hast für alles nur Spott und Boshaftigkeit übrig.«
»Das muss ich mir gerade von dir sagen lassen? Von uns beiden spioniere nicht ich meinen eigenen Vater aus.«
»Ich sollte es auch in Zukunft besser lassen, du undankbarer Bastard.«
»Nicht doch, mein Herz, dein Mangel an Familienloyalität hat mir schon eine Menge Geld eingebracht.«
Charlotte richtete sich auf und bedachte ihn mit den schlimmsten Schimpfworten, die sie am Hafen von den Matrosen aufgeschnappt hatte. Lamont bog sich vor Lachen. Nach Luft schnappend, zog er sie an sich und drückte ihr die Hand auf den Mund. »Das reicht jetzt, ehe du mich noch desillusionierst und den Eindruck unberührter Reinheit zerstörst.« Er keuchte auf, als Charlotte ihre Zähne in seine Hand grub.
»Männer«, fauchte sie, befreite sich aus seinem Griff und

schwang die Beine aus dem Bett, wobei sie das Laken mit sich zog, sich verhedderte und der Länge nach auf den Boden fiel. Als sie Lamonts Lachen hörte, war sie in einer Stimmung, in der sie ihn hätte ermorden können. Vor Wut und Frustration war sie zu ihrem Entsetzen den Tränen nah. Lamont sah über den Bettrand zu ihr hinunter, grinste breit, ehe er sich neben sie kniete, ihrem Tritt auswich und sie, eingewickelt in das Laken, wieder aufs Bett hob. Er strich ihr die dunklen Locken aus dem Gesicht und küsste sie. Charlotte sah ihn aus schmalen Augen argwöhnisch an. Sie traute seiner plötzlichen Sanftheit nicht.

»Was ist los?«, fragte sie, als er den Kopf hob. »Hast du Angst, dass ich nicht mehr wiederkomme, wenn du dich nicht gut benimmst?«

Lamont lächelte. »Das nicht, aber mit deiner Boshaftigkeit, Spottlust, Wut und deinen anderen liebenswerten Eigenschaften kann ich umgehen. Nur Tränen machen mich bedauerlicherweise immer schwach.«

»Da waren keine Tränen.«

»Natürlich nicht«, murmelte Lamont und küsste sie wieder. Charlotte konnte die Wut, die sie seit Wochen in sich trug, nicht abschütteln. Alles machte sie aggressiv, und sie hielt Lamonts Spott ebenso wenig aus wie seine sanfte Geduld. Allein dass er die Fähigkeit hatte, seine Stimmung ihren Launen anzupassen, vertiefte ihr Gefühl, die Unterlegene zu sein, und sie ertrug es nicht, sich unterlegen oder besiegt zu fühlen. Lamonts warme Stimme schwappte über sie hinweg wie eine Welle. Charlotte schlug die Augen auf und sah an ihm vorbei zum Fenster. Ihr Blick erschien ihr seltsam verschwommen.

»Ich weiß nicht, was du dir dabei gedacht hast.« Charlotte rümpfte die Nase, als sie an einem Mann vorbeigingen, der auf der Straße Brot röstete. »Dreckigen Fisch von der Straße essen zu wollen. Allein, wie es dort gerochen hat.«
»Da muss ich Ihrer Schwester zustimmen«, antworte Richard, an Elisha gewandt. »Wer weiß, was für Krankheiten Sie sich dabei holen können.«
Jamie sah zu dem Verkäufer zurück und beschloss, dass es besser sei, nichts dazu zu sagen. Allerdings wollte die Idee, Elisha als Braut in Erwägung zu ziehen, gründlich überdacht werden. In solchen Angelegenheiten überstürzte man besser nichts. Fisch von einem schmutzigen Straßenhändler kaufen zu wollen!
»Eine Freundin hat mir gesagt, er würde gut schmecken«, verteidigte Elisha sich.
»Das kann nur die kleine Inderin aus dem Palast gewesen sein. Diese Leute haben andere Mägen, Schwesterlein«, entgegnete Charlotte. »Und nun will ich von diesem Vorschlag nichts mehr hören.« Sie legte die Hand in Richards Armbeuge und schritt forsch mit ihm aus, so dass Elisha keine Wahl blieb, als mit Jamie zu folgen.
Jack hatte seinen Töchtern den Besuch des Basars erlaubt und Richard und Jamie eingeschärft, die Mädchen keine Sekunde aus den Augen zu lassen. Es kam selten vor, dass sich eine englische Dame auf den Basar verirrte, und so konnten sich Elisha und Charlotte der Aufmerksamkeit der Leute gewiss sein. Richard vermutete insgeheim, dass sie bei den indischen Schals, die sie erworben hatten, ebenso betrogen worden waren wie bei der smaragdgrünen Seide und den geschnitzten Holzschalen, die Elisha so gerne haben wollte – wofür auch immer sie sie brauchte.

Die Leidenschaft für die Basare in der schwarzen Stadt war eines der wenigen Dinge, die Charlotte mit Elisha teilte. Sie liebte es, durch die engen Gassen zu gehen und sich die wunderbaren Dinge anzusehen, die dort verkauft wurden. Angst, bestohlen zu werden, hatte sie nicht, weil sie wusste, dass es Richard und Jamie angelastet werden würde, sollten sie und Elisha auch nur einen Knopf vermissen.
Elisha war ein wenig verstimmt, aber nur so lange, bis sie bei einem Händler stehen blieben, der kunstvoll verarbeitete Silberschalen und Becher verkaufte. Einer der Becher war mit Ranken verziert und wog schwer in ihrer Hand. Würde er ihrem Vater gefallen, überlegte Elisha.
»Scheußlich«, sagte Charlotte in diesem Moment.
Verwirrt sah Elisha hoch, bemerkte aber, dass ihre Schwester nicht von dem Becher sprach, sondern ein Kind beobachtete, das mit einem räudigen Hund spielte. Das Kind trug einen bräunlich verfärbten Verband um den Arm, dessen Form den Schluss nahe legte, dass es keine Hand mehr darunter hatte. Elisha schluckte und ließ die Hand mit dem Becher sinken. Der Händler, der ihre Bewegungen beobachtete, sprang auf, griff nach ihrem Arm, in dessen Hand sie den Becher hielt, und redete wütend auf sie ein. Richard und Jamie sprangen gleichzeitig auf ihn zu und rissen seine Hand von Elishas Arm. Elisha war zutiefst erschrocken und konnte von dem ihr fremden Dialekt nur so viel verstehen, als dass der Mann Angst hatte, bestohlen zu werden. Als sie die Hand sinken ließ, hatte er vermutet, sie wolle den Becher in ihrer Kleidung verschwinden lassen, während alle wegen des Kindes abgelenkt waren.
Richard fürchtete, die Leute gegen sich aufzubringen, wenn es so aussah, als würden sie die Händler bestehlen wollen.

Die Umstehenden beobachteten sie bereits. Er redete schnell auf den Mann ein, bezahlte den Becher, ohne zu handeln, und kaufte ihm noch einige andere unnütze Gegenstände ab.

»Einen peinlicheren Vorfall hättest du wohl kaum auslösen können«, schimpfte Charlotte.

»Was konnte ich dafür?«, entgegnete Elisha heftig. »Als ob ich den Mann wirklich hätte bestehlen wollen!«

»Es genügt, wenn du so tust, als ob.«

»Charlotte, ich denke, es reicht jetzt«, sagte Richard.

Jamie fand zwar, dass Elisha wirklich keine Schuld traf, konnte es aber kaum ertragen, dass Charlotte allein gegen ihre Schwester und ihren Verlobten stand. »Charlotte war vermutlich nicht weniger erschrocken als Elisha.«

»Danke, Jamie«, antwortete Charlotte. »Schön, dass es wenigstens einen kümmert.« Sie war wütend auf Richard. Im Zweifelsfall stand er immer auf Elishas Seite. Tauschten sie nicht gerade wieder einen viel sagenden Blick? Als sie alle im engen Gedränge der Basare kurzzeitig nicht nebeneinander hergehen konnten, stolperte Elisha, und sofort war Richard an ihrer Seite. Das hat sie extra gemacht, dachte Charlotte. Immer dieses unschuldige Getue, und jeder fiel darauf herein. Jetzt ging Richard neben Elisha her, während Jamie nur zu gerne seinen Platz bei Charlotte einnahm. Charlotte beachtete ihn kaum, sondern folgte mit den Blicken ihrem Verlobten und ihrer Schwester. Schon wieder dieses kleine Stolpern, um sich an ihn lehnen zu können. So sollte ihr Vater sie einmal erleben, dann wäre ein für alle Mal Schluss mit seiner Nachgiebigkeit.

Sie kamen an Gold- und Silberhändlern vorbei, an Tuchhändlern, Seidenverkäufern, Frauen, die an der Straße Reisgerichte verkauften, die so herrlich dufteten, dass Elisha das Wasser im Mund zusammenlief. Bewundernd sah sie die Saris der Frauen an und wünschte sich, ebenso frei atmend durch die Straßen laufen zu können. Ihr wurde langsam die Luft knapp, vor allem, wenn die Straßen enger wurden und die Menschenmenge dichter. Frauen kamen ihnen entgegen, verschleiert, mit Augen, die so dunkel waren wie Kohlestücke, und trugen Wasserkrüge auf den Köpfen. Auf den breiteren Straßen begegneten ihnen hochkastige Frauen, deren rot gefärbter Scheitel sie als verheiratete Frauen kennzeichnete. Zwei Sikhs waren in ein Streitgespräch mit einem parsischen Schiffbauer vertieft. Es waren Menschen, die in der Menge kaum auffielen und die Elisha dennoch wegen bestimmter Gesten oder Bewegungen bemerkte. Ein kleiner Junge war eben dabei, einem offenbar wohlhabenden Mann seine schmutzige Hand in die Tasche zu schieben, und unbewusst hielt Elisha den Atem an, dann waren sie an ihnen vorbeigelaufen, und Menschen schoben sich zwischen sie.

In kaum einer anderen Stadt gab es ein so vielfältiges Sprachgemisch wie in Bombay, wo sich beinahe sechzig Dialekte mischten. Der größte Teil der Bevölkerung sprach Marathi, dann folgte Gujarathi, das von den aus Goa vor den Portugiesen geflüchteten Gujarath in die Stadt getragen worden war. Ein geringer Teil der Bevölkerung sprach Hindustani, und dann gab es innerhalb von Marathi noch weitere Dialekte, die von Kaste zu Kaste variierten. So wob sich ein bunter Sprachenteppich in die Luft, der in seiner Dichte beinahe greifbar schien.

Eine alte Frau stand etwas abseits, neben ihr ein sehr junges Mädchen, hellhäutig mit großen dunklen Augen. Die Frau sprach gelegentlich Männer an, die an ihr vorüberkamen, diese blieben stehen, musterten das Mädchen, einige gingen so weit, es anzufassen, ehe sie weitereilten.

»Abstoßend«, murmelte Jamie, konnte den Blick aber kaum von dem Mädchen wenden.

Elisha hatte tiefes Mitleid mit dem Mädchen, wusste aber nicht, was sie sagen sollte. Sie standen bei einem Händler, und Richard feilschte um einen goldenen Armreif, den Charlotte haben wollte. Elisha wandte sich an ihre Schwester. »Will die alte Frau das Mädchen wirklich verkaufen?«, fragte sie leise. Charlotte nickte nur.

»Niemand scheint sie zu wollen«, wunderte sich Elisha. »Dabei ist sie so hübsch.«

»Für ein Kind ist sie bereits zu fraulich und für eine erwachsene Frau noch zu kindlich. Männer wollen entweder das eine oder das andere und kein unfertiges Mischwerk«, murmelte Charlotte mit verhaltener Feindseligkeit in der Stimme. Ehe Elisha fragen konnte, woher sie das wusste, kam ein weiterer Mann zu der Frau. Er nahm sich mehr Zeit und begutachtete das Mädchen kritisch. Weil sie so etwas noch nie erlebt hatte, tat es Elisha in tiefster Seele weh, es mitanzusehen. Das Mädchen schien völlig ungerührt zu sein, aber Elisha war sich sicher, dass das täuschte. Eine derartige Demütigung konnte niemand einfach so wegstecken. Der Mann schien ernsthaft interessiert zu sein und redete eifrig auf die alte Frau ein. Das Mädchen sah ihn an und ließ mutlos die Schultern sinken.

Ehe Elisha bewusst wurde, was sie tat, ließ sie ihre Begleiter stehen und ging zu der alten Frau. Sie zog den silbernen Becher aus ihrer Tasche – den einzigen Wertgegenstand, den sie bei sich trug, denn das Geld verwahrten Richard und Jamie – und bot ihn der Frau an. Noch bevor diese danach greifen konnte, war Richard bereits an ihrer Seite und nahm den Becher an sich.

»Was haben Sie vor?«, fragte er. »Wollen Sie hier einen Aufstand auslösen? Eine weiße Frau, die mit einer Inderin um ein Mädchen verhandelt, und noch dazu scheinbar allein?« Diesmal war er wirklich wütend und hatte mit der Autorität des zukünftigen Schwagers eingegriffen.

»Bitte, Richard«, bat Elisha, »das arme Mädchen.«

»Davon gibt es hier etliche. Da kann man nun einmal nichts machen.«

»Aber ich könnte sie doch als Dienstmädchen kaufen, ich wollte schon immer eine eigene *Ayah* haben.«

»Doch nicht so eine von der Straße.« Richard bemühte sich um eine ruhige Stimme, weil er wusste, dass Elisha es trotz aller Unvernunft gut meinte. »Wenn Sie eine *Ayah* brauchen, soll Ihr Vater ein anständiges Mädchen einstellen, bei dem er prüfen kann, dass es sauber ist und nicht vorhat, Sie im Schlaf zu ermorden.«

Die alte Frau hatte aufgehört, mit dem Mann zu feilschen, und starrte die beiden *Firanghis* mit offenem Mund an. Da schien sich ihr ein weitaus gewinnbringenderer Handel anzubahnen. Der Mann bemerkte offenbar, dass seine Anwesenheit nicht mehr gefragt war, und zog sich mit einigen mürrischen Bemerkungen zurück. Interessiert beobachtete die alte Frau das Paar, das sich auf offener Straße in einer fremden, in ihren Ohren unangenehm klingenden Sprache stritt. Der Mann war offensichtlich verliebt in die junge Frau, und deshalb würde er ihr nicht lange Widerstand leisten. Der Blick der Frau fiel auf das andere *Firanghi*-Paar, das etwas abseits stand. Das auffallend schöne Mädchen beobachtete das streitende Paar mit sichtbarem Unwillen, während der Mann neben ihr zutiefst unangenehm berührt war. Verliebt in das schöne Mädchen, dachte die Frau, das er nicht bekommen kann, wohingegen sie einem Mann angehört, der eine andere will, die davon wiederum nicht das Geringste ahnt. Sie lächelte, als sie Richard ansah. Armer Mann, dachte sie. An seiner Stelle wollte sie nicht sein.

»Elisha, ich möchte mich hier nicht mit Ihnen streiten«, wollte Richard das Gespräch beenden. »Ihr Vater wird mir den Kopf abschlagen, wenn ich eine solche Torheit erlaube.«

Bedauernd sah Elisha das Mädchen an, dessen hoffnungsloser Blick sie tieftraurig machte. Ungewollt traten ihr Tränen in die Augen, was dazu führte, dass Richard sich herzlos und grausam vorkam. »Oh, bitte nicht, Elisha«, sagte er. »Gut, ich werde das Mädchen kaufen, und wenn Ihr Vater nicht damit einverstanden ist, werde ich sie bei uns unterbringen.«

Ein strahlendes Lächeln glitt über Elishas Züge, das Richard mit allen Folgen versöhnte, die dieser Tag unter Umständen noch nach sich ziehen konnte. Er brauchte nicht lange mit der Frau zu verhandeln und zählte einige Münzen in ihre Hand. Den silbernen Becher gab er Elisha zurück. Die alte Frau gab ihm das Band, das am Handgelenk des Mädchens befestigt war, und trotz Elishas Proteste war Richard nicht dazu zu bewegen, es abzunehmen. Als sie wieder zu Jamie und Charlotte zurückkehrten, nutzte Charlotte einen unbeobachteten Moment und kniff Elisha so heftig in den Arm, dass diese mit einem erschrockenen Aufschrei zur Seite sprang.

»Was ist passiert«, fragte Richard, der im ersten Moment fürchtete, dass das Mädchen ein Messer gegen seine Retterin einsetzte.

»Nichts«, sagte Elisha und rieb sich unbemerkt den Arm.
Charlotte schob ihre Hand in Richards Armbeuge, während Jamie neben Elisha ging und das indische Mädchen an dem Seil neben sich herführte. Den Weg zurück zum Hafen schwiegen sie und liefen an den Händlern vorbei, ohne ihnen einen weiteren Blick zu gönnen. Das Mädchen folgte ihnen mit gesenktem Blick, wobei ihm Tränen über die Wangen liefen. Sie hatte schreckliche Dinge über die *Firanghis* gehört, und der hochgewachsene Mann mit dem hellen Haar, der in dieser unmelodischen Sprache redete, machte ihr Angst, ebenso der Dunkelhaarige, der sie mit finsterem Gesicht neben sich herzog. Angstvoll fragte sie sich, ob sie ihnen beiden gleichzeitig zu Diensten sein musste.
Entgegen Richards Befürchtungen nahm Jack Elishas Rettungsaktion recht gelassen hin. Zwar verhieß sein Blick nichts Gutes für seine Tochter, aber er schimpfte nicht und warf weder Richard noch Jamie vor, die Sicherheit seiner Mädchen vernachlässigt zu haben.
»Nur damit du weißt, warum ich so handele«, erklärte er Elisha die zwei Wochen Hausarrest. »Dass du aus Mitleid ein junges Mädchen von der Straße kaufst, um ihm Leid zu ersparen, hat meine aufrichtige Hochachtung. Aber es darf nicht sein, dass du dich in einem Basar, mitten unter Dieben und sonstigem Gesindel, von den Männern entfernst, die ich mit deinem Schutz beauftragt habe.«
Elisha nahm es gelassen hin, zwei Wochen lang nicht in den Palast zu dürfen. Sie fühlte sich beschwingt und hätte selbst einen Monat Hausarrest hingenommen, wenn das der Preis für die Erlösung des Mädchens gewesen wäre. Ihr fiel der verzierte Silberbecher ein, den sie für ihren Vater erstanden hatte.

»Versöhnt dich das ein wenig?«, fragte sie.
Jack musste lachen. »Nichts versöhnt mich, wenn du in Gefahr bist. Aber dennoch vielen Dank, obwohl ich dir keinen einzigen Tag Hausarrest erlassen werde.«
»Ich habe ihn dir gekauft, noch ehe ich das Mädchen gesehen habe, also völlig ohne Hintergedanken«, beteuerte Elisha, die argwöhnte, ihr Vater unterstelle ihr, sie wolle ihn bestechen.
Mit missmutigem Gesicht erwartete Charlotte ihren Vater und Elisha auf dem Korridor. »Können wir endlich fahren?«
»Sicher«, antwortete Jack. »Warum bist du nicht mehr im Besucherraum? Da hättest du es doch wesentlich bequemer.«
Charlotte zuckte nur die Schultern. Sie hatte dort gesessen, sich mit Richard gestritten und danach beschlossen, ihn mit Missachtung zu strafen. Den ganzen Tag über hatte er sich ausschließlich um Elisha gekümmert und ihr am Ende auch noch gestattet, diese indische Kindhure zu kaufen.
Nachdem er seinen Töchtern in die Kutsche geholfen hatte, sorgte Jack dafür, dass ein Dienstbote das indische Mädchen in sein Haus brachte. Bis dahin hätte er genügend Zeit, seiner Frau alles zu erklären.

9

Madras, Mai 1755

»Sie würden anders reagieren, wenn es *Ihre* Frau wäre«, sagte der junge Offizier verbittert zu Damien.
Damien hatte vollstes Verständnis für das Leid des Mannes, und er hatte nicht gewusst, wie er ihm die schlechte Nachricht hatte beibringen sollen.
Die junge Frau des Offiziers war am Morgen zu ihm in Behandlung gekommen. Sie sei schwanger, hatte sie ihm freudestrahlend berichtet. Als sie meinte, sie sei wohl im dritten Monat, ahnte Damien angesichts des stark geschwollenen Bauches bereits Schlimmes, was sich nach seiner Untersuchung bestätigt hatte. »Es tut mir furchtbar leid, Leutnant Vaughn.«
»Es tut Ihnen leid? Wie soll ich meiner Frau sagen, dass sie nicht schwanger ist, sondern bald sterben wird?« Der Mann war verzweifelt. »Es muss doch einen Weg geben, ihr zu helfen.«
»Derartige Bauchoperationen sind nach dem heutigen Stand der Medizin nicht möglich«, erklärte Damien zum wiederholten Mal. »Es würde sie vermutlich sofort umbringen, von den Qualen ganz zu schweigen. Kein Schmerzmittel ist stark genug, um derartige Schmerzen vollständig zu betäuben, und auch nach der Operation wären ihre Überlebenschancen überaus gering.«
»Das kann ich nicht glauben. Sie ist jung und stark und …«

Die zitternde Stimme des jungen Mannes brach. »Wir sind doch erst ein halbes Jahr verheiratet.«
»Wenn es auch nur die geringste Möglichkeit gäbe, die ihr Heilung verspricht, würde ich sie ergreifen, aber auch eine Operation kann sie nicht retten, sie würde dennoch sterben, und zwar überaus qualvoll.«
»Und was soll ich jetzt tun?« Dem Mann standen Tränen in den Augen, und in solchen Momenten hasste Damien die begrenzten Möglichkeiten, die ihm zur Verfügung standen.
»Gestalten Sie ihr ihre letzten Monate so schön wie möglich«, antwortete er.
»Oh, wunderbar. Für einen derartigen Rat brauche ich keinen Arzt.« Leutnant Vaughn schob seinen Stuhl ruckartig zurück und ging ohne ein Wort des Abschieds.
Mit einem frustrierten Seufzen stand Damien auf und trat zum Fenster, das ihm den bereits vertrauten Anblick der Fortmauern bot, hinter denen sich die Koromandelküste erstreckte. Dieselbe Küste, an der auch Pondicherry lag, die Hochburg der Franzosen. Es war kein Wunder, dass ihnen die Rückgabe von Madras ein Dorn im Auge war, hätte die Stadt doch die Position an der Küste ein für alle Mal gefestigt.
Damien war niedergeschlagen und fragte sich, ob es nicht doch eine Möglichkeit gab, die Frau zu retten. Er würde später noch einmal seine Bücher zurate ziehen. Vielleicht konnte er sich mit einem einheimischen Arzt zusammentun und eine Lösung überlegen. Unter Umständen war es ja doch möglich, es wenigstens zu versuchen. Andererseits hatte er noch nie gehört, dass jemand in England gewagt hatte, einen Bauch aufzuschneiden. Wie, um alles in der Welt, sollte man eine solche Blutung stoppen?
Beide Hände auf den Fenstersims gestützt, beobachtete

Damien einige Spaziergänger auf der Esplanade. Ihn belastete die Stimmung, die er in seiner Familie ausgelöst hatte. Seine Mutter war zutiefst traurig über seine ständigen Auseinandersetzungen mit seinem Vater, und Janes anklagende Blicke zerrten langsam an seinen Nerven. Aber er musste zugeben, dass er sich ihr gegenüber unnachgiebiger verhielt, als sie verdient hatte. Andererseits konnte er einfach nicht einlenken, dafür war er mit der Gesamtsituation zu unzufrieden.

Damien hatte Menschen, die ziellos herumwanderten und sich nicht festlegen wollten, immer verachtet, und nun schien er selbst so ein Mensch zu werden. Er hatte ursprünglich in Madras bleiben wollen, doch es gefiel ihm hier überhaupt nicht. Wenn er darüber nachdachte, hatte er sich noch nie irgendwo so fremd gefühlt wie in seiner Heimatstadt. Blieb er jedoch nicht in Madras, würde die Familie zu Recht in ihm das sehen, was er nie sein wollte: ein Herumtreiber, der sich ohne Ziel fortbewegte und jegliche Verpflichtung zu meiden versuchte. Ein anständiger Mann würde seine Verlobte heiraten und sich endlich mit ihr niederlassen. Er hingegen hatte ernsthaft mit dem Gedanken gespielt, wieder nach Bombay zurückzugehen. Nach Bombay! Wo er hervorragende Möglichkeiten gehabt hatte, als Arzt tätig zu sein, sein eigenes Behandlungszimmer und drei Krankenhäuser, die ihm trotz des Ärgers auch immer eine Art von Herausforderung geboten hatten. Er musste sich sogar eingestehen, dass ihm Jonah fehlte.

Damien wandte sich vom Fenster ab und starrte auf die zerkratzte Holztür, die den kleinen Raum verschloss. Wie viele Rechtfertigungen würde er sich noch zurechtlegen, nur um sich selbst davon zu überzeugen, dass es nicht Elisha war, wegen der er zurückkehren wollte? Er schüttelte den Kopf, als wolle er den Gedanken an sie vertreiben. Vor einigen Nächten hatte er von ihr geträumt, und es war ihm so wirklich erschienen, dass er beim Aufwachen noch das Gefühl gehabt hatte, sie im Arm zu halten. Ebenso wie ihm der Traum noch präsent war, war es die tiefe Enttäuschung beim Erwachen. Auch wenn er ihr damit sicher bitteres Unrecht tat, war sich Damien sicher, dass Jane sich nie so anfühlen würde.

Was war es, das er als erwachsener Mann tat? Vor seiner Verantwortung flüchten, ziellos in der Gegend herumwandern und wie ein Heranwachsender in sinnliche Träume fliehen, von denen er wusste, dass sie sich nie verwirklichen würden.

Das heftige Öffnen der Tür riss ihn aus seinen unerfreulichen Gedanken.

»Dr. Catrall?« Der junge Matrose gestikulierte aufgeregt zum Flur hin. »Sie müssen sofort kommen. Es gab einen Unfall. Ein Mann ist unter ein Fuhrwerk geraten.«

Damien griff nach seinem Instrumentenkasten und folgte dem Matrosen hinaus. »Wie genau ist es passiert?«

»Er … er ist am Straßenrand gegangen, schien es nicht eilig zu haben, und als das Fuhrwerk kam, wollte er aus irgendeinem Grund plötzlich die Straße überqueren. Es sah fast so aus, als habe er sich absichtlich davorgeworfen.«

An der Straße hatte sich eine Menschentraube um das Fuhrwerk versammelt. Der Kutscher stand totenbleich abseits, so als wolle er so viel Platz wie möglich zwischen sich und das Geschehen bringen. Damien bahnte sich einen Weg zwischen den Menschen hindurch und kniete neben dem am Boden liegenden Mann nieder. Als er das Gesicht des Mannes sah, kroch eisige Kälte in ihm hoch. Er brauchte nicht erst nach der Halsschlagader zu tasten, um zu wissen, dass der Mann tot war. Selbst wenn er es nicht wäre, hätte er nichts

mehr tun können. Sein Körper schien bis zu den Rippen zertrümmert zu sein.
»Doktor?« Erst jetzt drang die Stimme des hinter ihm stehenden Mannes in Damiens Bewusstsein. »Was ist? Können Sie ihm helfen?«
»Nein«, antwortet Damien. »Ich kann nichts mehr tun. Er ist tot.«
Die Männer zogen ihr Hüte, und der hinter Damien stehende Mann murmelte: »War ein feiner Mann, der Leutnant. Seine arme Frau wird Hilfe brauchen. Ist in anderen Umständen, habe ich gehört. So ein Unglück. Und sie hatten sich so sehr auf das Kind gefreut.«
Sie wird nicht lange trauern, dachte Damien. Er presste sich eine Hand auf die Augen und sagte sich, dass es nicht seine Schuld war. Was hätte er denn für den Mann tun können?

»Du darfst dir nicht einreden, dass es deine Schuld ist«, sagte Elizabeth zu Damien. Aber sie hatte auch leicht reden, schließlich war nicht sie es gewesen, die dem Mann – wenn auch indirekt – den Todesstoß versetzt hatte. Mit seinen eigenen Schuldgefühlen vermischte sich Zorn auf den Mann, der seine Frau in einer solchen Situation allein gelassen und anderen aufgebürdet hatte, ihr die schlechten Nachrichten beizubringen – sowohl den Tod ihres Mannes als auch, dass sie selbst todkrank war.
»Es ist langsam an der Zeit, dass du dich wieder fängst und deiner Pflichten entsinnst«, entkräftete Calbraith den Trost seiner Frau. »Wie lange sollen wir uns dein stures Beharren auf dem Unrecht, das dir deiner Meinung nach zugefügt wur-

de, noch ansehen? Und was das andere betrifft: Wenn dich der Tod dieses Mannes so sehr aus der Bahn wirft, dass du tagelang in mürrischem Schweigen verharrst, hättest du dir ein anderes Tätigkeitsfeld aussuchen sollen.«

»Vielen Dank, Vater«, entgegnete Damien gereizt. »Man merkt, du weißt, wovon du sprichst.«

»Damien, bitte«, bat Elizabeth, und ihrer Stimme war anzuhören, dass sie bereits den Ausbruch eines weiteren Streits zwischen ihrem Sohn und ihrem Mann fürchtete.

Damien schwieg ihr zuliebe, aber Calbraith dachte nicht daran, die Sache auf sich beruhen zu lassen und noch dazu seinem Stiefsohn das letzte Wort zu gönnen. »Diese ganzen Auseinandersetzungen könnten wir uns ersparen, Elizabeth, wenn dein Sohn sich ein wenig einsichtiger und verantwortungsvoller zeigen würde, anstatt uns allen seine Launen zuzumuten.«

Damien bemerkte das leichte Zusammenzucken seiner Mutter bei den Worten *dein Sohn* und war wütend auf seinen Vater. Er wusste, dass dieser diese Bemerkung ohne Hintergedanken gemacht hatte – Männer bezeichneten Kinder oft als Kinder der Mutter, wenn sie mit ihnen nicht zufrieden waren. Aber seinem Vater war schließlich bekannt, wie empfindlich seine Mutter auf das Thema reagierte. Solch eine Gedankenlosigkeit war schlicht und einfach ärgerlich. Calbraith schien jedoch nichts zu merken, sondern schloss obendrein mit den Worten: »Ich weiß nicht, von wem er diese Sturheit hat. Bei dir in der Familie ist doch niemand so, oder?«

Elizabeth stand auf. »Mein Bruder John«, sagte sie, sehr blass im Gesicht. »Erinnerst du dich? Du hast dich über ihn oft geärgert und einmal gesagt, man könne meinen, er habe einen störrischen Esel zum Vater. Daraufhin hat Papa dir monatelang das Haus verboten.«

Offenbar erinnerte Calbraith sich, aber das flüchtig aufblitzende Lächeln schwand, als ihm bewusst wurde, wie seine Frau ihn ansah. »Elizabeth …«

»Entschuldigt mich. Ich werde mich ein wenig hinlegen.«

Damien machte Anstalten, aufzustehen, um seine Mutter in ihr Zimmer zu begleiten, aber sie bedeutete ihm, sitzen zu bleiben. »Sprich mit deinem … Vater, Damien.«

Besorgt sah Damien seiner Mutter nach. »Großartig gemacht«, murmelte er, kaum, dass sie die Tür hinter sich geschlossen hatte.

Offenbar war Calbraith auch nicht wohl zumute, denn er starrte schweigend vor sich hin, ehe er erneut das Wort ergriff. »Du wirst einsehen, dass der momentane Zustand für niemanden mehr tragbar ist, Damien.«

»Ich habe ihn nicht provoziert.«

»Geht das schon wieder los? Jane hat einen Fehler gemacht, aber sie hat es gut gemeint. Kannst du also bitte zu ihr gehen und dafür sorgen, dass zwischen euch wieder Harmonie herrscht? Wie lange willst du das arme Mädchen noch so offen mit Distanz bestrafen?«

»Sie muss lernen …«

»Ihre Lektion dürfte sie so langsam begriffen haben«, fiel Calbraith ihm ins Wort. »Du hingegen scheinst nicht zu begreifen, dass du mir dein Wort gegeben hast und dass es langsam Zeit wird, an die Einlösung zu denken.«

»Ich werde sie heiraten, aber erst, wenn ich es für richtig halte.«

»Wenn dir eine Ehe mit ihr so sehr widerstrebt, warum hast du dann eingewilligt und es mir versprochen?«

»Hatte ich denn eine Wahl, Vater? Hatte ich eine Wahl?«
»Du hättest hier bleiben und Angestellter der Kompanie werden können.«
Ein freudloses Lächeln glitt über Damiens Züge. »Oh, sicher. Ein kleiner unbedeutender Angestellter, nicht viel besser als ein Schreiber – und selbst das nur, wenn du dich für mich eingesetzt hättest. Mehr Möglichkeiten hätte man mir wohl kaum eröffnet. Man sieht Piraten-Sprösslinge eben nicht gerne in verantwortlichen Positionen. Schließlich weiß man nie, wann das Erbe sein Recht fordert.«
»Das hast du gesagt.«
»Aber es ist so.«
»Du sprichst damit nicht für mich und auch nicht für Oliver. Er hätte dir niemals Jane gegeben, wenn er dich nicht als vollwertiges Mitglied meiner Familie sehen würde. Eine Ehe mit ihr würde nicht nur mir und ihm nützen, sondern auch dich in die Position bringen, in der du sein möchtest – ein anerkanntes Mitglied der Gesellschaft, in zwei angesehenen Familien etabliert. Ich habe dir das Studium an der besten Universität ermöglicht, und – nur nebenbei bemerkt – es kostete einen recht stolzen Preis.«
Die alte Leier. Damien kannte sie auswendig. Die angestrebte Verbindung der befreundeten Familien. Robert jedoch war zu jung für Jane, und Francis war anderweitig gebunden und damit nicht frei für Maureen. Damien sah auf seine Hände.
»Vielleicht wollte ich Arzt werden, um zu beweisen, dass ich nur das sein werde, das ich sein will und anders als mein Vater …« Er brach ab und kam sich vor, als würde er in Selbstmitleid versinken. Als er aufsah, erwartete er, im Blick seines Stiefvaters einen Ausdruck von Ungeduld zu sehen. Aber Calbraith' Blick, durchdringend hell unter dem Grau

seiner gepuderten Perücke, zeigte nichts als Interesse an Damiens Worten.

»Ich werde dir gegenüber nicht wortbrüchig«, sagte Damien, »das verspreche ich dir.«

»Ich denke nicht, dass du die Absicht hast, dich aus der Verantwortung zu ziehen, aber manchmal macht man Dinge unbewusst. Oder es geschieht etwas, mit dem man nicht gerechnet hat. Deshalb ist es besser, ein gegebenes Versprechen so bald wie möglich einzulösen, ehe die Umstände es unmöglich machen. Du siehst also, nicht ich mache es dir schwer, sondern du selbst.«

»Was denkst du, werde ich Jane für ein Ehemann sein, wenn unsere Ehe unter solchen Voraussetzungen beginnt?«, wandte Damien ein. »Francis würde es mich immer spüren lassen, dass ich in seinem Haushalt wohne, und für Jane würde es sicher auch nicht leicht sein. Jetzt ist sie noch die Tochter des Hauses, aber wenn Francis die Chatworth-Tochter ins Haus bringt, dann wird diese dem Haushalt vorstehen. Wenn die Tochter nur ein wenig so ist, wie ihre Mutter, dann kannst du dir doch vorstellen, wie es um unsere häusliche Harmonie bestellt sein wird.«

Calbraith hörte schweigend zu und griff nach seiner Teetasse, nippte an dem kalten, bitteren Getränk, verzog das Gesicht und stellte die Tasse wieder zurück. Dann sah er zur Tür, durch die seine Frau gegangen war. »Deine Mutter«, wechselte er das Thema, »wird sich vermutlich vor morgen nicht sehen lassen.«

»Das dürfte dich ja nicht weiter wundern.«

»Ich hoffe, du wirst irgendwann einen Sohn haben, der dir gegenüber den gleichen Ton anschlägt, wie du mir gegenüber.« Den Blick wieder auf die Tür gerichtet, sagte Calbraith: »Mich wird sie in den nächsten Stunden vermutlich sehr ungnädig empfangen. Geh bitte zu ihr und kümmere dich um sie. Du weißt, dass sie schnell schwermütig wird, wenn sie einen ganzen Nachmittag in ihrem abgedunkelten Zimmer verbringt.«

»Du setzt ganz selbstverständlich voraus, dass sie von mir gestört werden möchte?«

»Von dir jederzeit. Meist reicht ja allein dein Anblick, um sie glücklich zu machen.« In Calbraith' Stimme lag keine Bitterkeit, aber Damien fragte sich, ob er an seinen Vater dachte, wenn er Damien ansah, daran, wie Elizabeth unter diesem Mann gelitten haben musste und ob sie ihn nicht trotz allem auf irgendeine Weise geliebt hatte.

Er ging die Treppe hinauf zum Zimmer seiner Mutter. Als er das glatte dunkle Holz des Treppengeländers unter seiner Hand fühlte, musste er an Elishas Haar denken. Einige Strähnen darin hatten dieselbe Farbe wie dieses Holz. Andere wiederum waren beinahe kupferfarben. Herbstlaub, dachte Damien, nur Herbstlaub sah so aus. Er musste immer an die rotgoldenen Herbsttage in England denken, wenn er ihr Haar sah. Es war die einzige Zeit des Jahres gewesen, in der er London gemocht hatte.

10

Bombay, Juli 1755

Claire sah auf den verdorbenen Unterrock von Elisha, auf dem sich der verbrannte Abdruck des Bügeleisens abzeichnete, und bemerkte wütend, das sei ja zu erwarten gewesen. Welches Mädchen von Stand stellte eine *Ayah* ein, die sie an irgendeiner stinkenden Ecke eines Basars eingekauft hatte? Aber bei Jack fanden die Bitten seines Lieblings ja immer ein offenes Ohr, und sie – Claire – hatte die Probleme am Ende am Hals.

Das indische Mädchen sprach kein Marathi, sondern einen Dialekt, den selbst Elisha schwer verstand. Jack hingegen, der täglich mit Menschen aus allen Gegenden Indiens zu tun hatte, verstand es weitgehend problemlos und bekam auch heraus, dass der Name des Mädchens Maja war. Dass sie Angst vor Männern hatte, war offensichtlich, und weil Jack sich vorstellen konnte, welcher Leidensweg zu dieser Angst geführt haben mochte, ging er mit entsprechender Umsicht vor. Auf seine Frage hin, wie alt sie sei, antwortete Maja, sie wisse es nicht, vermute aber, fünfzehn zu sein. Eher zwölf oder dreizehn, schätzte Jack, allerdings war das Mädchen unterernährt, so dass der Eindruck täuschen konnte.

Mittlerweile hatte Maja sich recht gut eingelebt, wenn sie auch um die Männer des Haushaltes – sowohl Dienstboten als auch Jack – einen großen Bogen machte. Sie war geschickt im Frisieren, lernte schnell, und nur das Bügeln ging ihr nicht gut von der Hand, was allerdings eher daran lag, dass das schwere kohlegefüllte Eisen einfach zu schwer war für ihr schmales Handgelenk und die zartknochigen Hände. Was das anging, war Claire jedoch unerbittlich. Wenn das Mädchen eine *Ayah* sein sollte, dann bitte im vollen Umfang. Dabei wäre das Bügeln ohnehin Aufgabe des *Dhobi* gewesen, der für die Wäsche zuständig war, aber davon wollte Claire nichts wissen. Majas Aufgabe war Elishas Garderobe, und wenn ein Rock vor dem Tragen gebügelt werden musste, dann hatte sie das zu tun.

Charlotte, die sich anfangs sehr über den Zuwachs beim Personal aufgeregt hatte, sah nun auch die Vorteile für sich selbst darin, denn jetzt musste sie sich nicht länger eine *Ayah* mit Elisha teilen. Ihre Laune hatte sich in den letzten Wochen mitnichten gebessert. Richard schien seine Fehler zwar eingesehen zu haben und widmete ihr nun viel Zeit, aber irgendwie war es dennoch nicht so, wie sie es sich vorgestellt hatte. Auch ihre Treffen mit Lamont hatten einiges von ihrer Faszination eingebüßt, denn er gab sich weitaus bestimmender, als sie zu akzeptieren bereit war. Aber er sollte nur so weitermachen, dachte sie. Noch wusste er nicht, dass sie zum Zeitpunkt ihrer Hochzeit die Verbindung zu beenden gedachte. Die Gefahr war einfach zu groß, und sollte die Verbindung ans Licht kommen, wäre sie ein für alle Mal als Ehebrecherin gezeichnet. Richard würde kaum Verständnis oder gar Erbarmen haben. Selbst jetzt war das Risiko teilweise untragbar, aber sollte das Geheimnis gelüftet werden, würde ihr Vater alles tun, um nichts an die Öffentlichkeit geraten zu lassen. Ein Vater hatte eben andere Interessen als ein Ehemann. Außerdem wäre sie nach ihrer Heirat eine Ehefrau, die Verpflichtungen hatte. Jetzt war sie lediglich eine Tochter, die sich langweilte.

Etwas schadenfroh lauschte Charlotte der Standpauke, die ihre Mutter Elisha hielt.
»Ich habe doch genug andere Unterröcke«, argumentierte Elisha.
»Nicht mehr lange, wenn das so weitergeht.«
»Sie wird es sicher schnell lernen«, antwortete Elisha, die die Streitereien leid war.
»Hoffentlich, ehe sie deine Kleider in Angriff nimmt«, mischte sich Charlotte ein. Elisha schnitt ihr eine Grimasse, was ihr einen erneuten Tadel von ihrer Mutter einbrachte.
May saß am Fenster und lauschte dem Streit mit halbem Ohr, während sie an einer Tischdecke stickte. Mehrmals ließ sie die Nadel sinken und starrte auf den Stoff. Die Handarbeiten, die ihr früher so leicht von der Hand gingen, begannen sie zu langweilen. Es war eher so, dass sie sich nur damit beschäftigte, weil sie nicht wusste, was sie sonst mit ihrer Zeit hätte anfangen sollen. Sie fühlte sich ihrem Kinderzimmer entwachsen, aber andererseits schien sie im Salon auch fehl am Platz zu sein. Irgendwie gab es keinen Ort, zu dem sie sich wirklich zugehörig fühlte. Zudem war sie zurzeit zutiefst besorgt, und bei dem Gedanken an den Kummer, der sie quälte, zitterte ihre Hand leicht.
Claire gab die Diskussion mit Elisha auf und widmete sich wieder der Aufstellung des wöchentlichen Menüs, das sie später mit dem *Khansana* besprechen würde. Die Hitze bereitete ihr Kopfschmerzen. Ihr Blick wanderte über ihre Töchter, hing wohlgefällig an Charlotte, streifte unwillig über Elisha und blieb stirnrunzelnd an May hängen. Sie war schon immer ein stilles Kind gewesen, aber diese völlige Zurückgezogenheit war neu. Vor einigen Tagen erst hatte sie mit Jack darüber geredet. Ihre Sorge war, dass sie werden würde wie

Elisha, woraufhin er geantwortet hatte, er wisse nicht, was daran so schlimm sein solle. Mit Jack konnte man über derartige Dinge nicht sprechen. Er sah offenbar kein Problem darin, dass Elisha noch keinen ernsthaften Bewerber hatte – sah man einmal von den halbherzigen Besuchen einiger junger Männer ab. Dabei war sie bereits zwanzig geworden.

In eben diesem Moment beobachtete Claire, wie Elisha einen verlorenen Faden erneut einfädeln wollte, was ihr nicht beim ersten Versuch gelang. Nicht einmal die einfachsten Stickarbeiten bekam sie mühelos hin. »Zeig mir, wie weit du bisher mit der Decke gekommen bist, Elisha«, herrschte sie ihre Tochter an.

Irritiert sah Elisha auf.

»Hast du mich nicht verstanden?«

Elisha steckte die Nadel in das Nadelkissen und reichte ihrer Mutter die Stickarbeit.

»Soll das die Decke sein, an der du seit mehr als einem Monat arbeitest?«, fragte Claire. »Du denkst doch nicht ernsthaft, dass ich so etwas auf einen unserer kleinen Tische lege.«

»Nein«, entgegnete Elisha, »das denke ich wirklich nicht.«

Claire hob die Decke hoch. »May? Ich denke doch, das könntest selbst du in deinem Alter besser.« Wieder an Elisha gewandt, fuhr sie fort: »Diese Decke kannst du in den nächsten Ofen stecken. Schade um den teuren Batist. Ich werde deinen Vater bitten, mir neuen mitzubringen, und dann fängst du noch einmal von vorn an.«

»Du weißt doch genau, dass sie ebenso werden wird wie diese Decke. Handarbeiten liegen mir einfach nicht.«

»Nun«, entgegnete Claire, »dann solltest du dir Mühe geben. Du wirst nicht eher wieder in den Palast fahren, bis du eine

Decke abgegeben hast, die meinen Anforderungen entspricht.«
Elisha fuhr auf. »Das kann nur Papa mir verbieten.«
»Nicht in diesem Ton, Elisha«, tadelte Claire. »Dein Vater wird mir zustimmen, dass es so nicht mit dir weitergehen kann.«
»Aber ich habe doch gar nichts getan.« Aufgebracht stand Elisha auf. »Und ich werde nächste Woche wieder zu Shalina fahren. Papa hat es mir erlaubt, wenn das Wetter es zulässt.«
»Du wirst fahren, wenn du deine Pflichten erfüllt hast.« Claire gab Elisha die Decke zurück. »Bring sie in die Küche, damit man sie in den Ofen steckt.«
»Ich werde nicht noch einmal von vorn damit anfangen. Ich hasse Handarbeiten, und du könntest mich ein Jahr lang einsperren, und ich würde es nicht besser machen.«
»Das wird sich zeigen«, entgegnete Claire ungerührt.
Elisha hielt die Decke in der Hand und warf sie zornig zu Boden. Ehe ihre Mutter sie zurückhalten konnte, drehte sie sich auf dem Absatz um und verließ den Salon.
»Elisha!« Claire lief ihrer Tochter nach.
Im Salon musste Charlotte an sich halten, nicht aufzuspringen und beiden zu folgen. Sie legte ihre Handarbeit zur Seite und ging zur Tür, in der Hoffnung, etwas von der unvermeidlichen Szene mitzubekommen.
Elisha warf ihre Zimmertür hinter sich ins Schloss und verriegelte sie eilig, ehe ihre Mutter ihr folgen konnte. Sie ignorierte das Rütteln am Knauf und die aufgebrachten Rufe ihrer Mutter. Unruhig lief sie im Zimmer umher und fragte sich, warum ihre Mutter sie im Salon so grundlos angegriffen hatte. Es konnte kaum wegen des verdorbenen Unterrocks ge-

wesen sein. In Gedanken ging sie die Situation immer wieder durch, ohne zu erkennen, wo sie sich ein Fehlverhalten hatte zuschulden kommen lassen.
Die Rufe ihrer Mutter waren verstummt, und Elisha wusste nicht, ob sie erleichtert oder beunruhigt sein sollte. Nur wenige Minuten später klopfte es erneut an der Tür, und diesmal war es ihr Vater, der Einlass verlangte – ruhig, aber in einem Ton, die keinen Widerspruch duldete.
»Kannst du mir erklären, was dein Verhalten zu bedeuten hat?«, fragte er, kaum dass sie die Tür geöffnet hatte.
Elisha biss sich auf die Unterlippe. »Mama wollte meine Decke, an der ich einen Monat lang gearbeitet habe, in den Ofen stecken und mir meine Ausfahrten verbieten.«
»Was dich dazu veranlasst hat, ihr trotzige Widerreden zu geben und ihr deine Decke vor die Füße zu werfen«, schloss Jack. »Und anstatt dich danach zu entschuldigen, bist du davongelaufen, hast ihr die Tür vor der Nase zugeschlagen und ihre Rufe missachtet. Was würdest du sagen, wäre nun die angemessene Vorgehensweise?«
»Sie hat mich im Salon ohne jeden Grund angegriffen.«
»Das soll doch wohl hoffentlich keine Entschuldigung für deinen Auftritt sein?«
Trotzig warf Elisha den Kopf zurück. »Keine Entschuldigung, aber eine Erklärung.«
»Eine, die ich schwerlich akzeptieren kann.« Jack runzelte die Stirn. »Sieh mal, Elisha, selbst wenn deine Mutter deine Arbeit in den Ofen gesteckt hätte, wäre es immer noch an mir gewesen, dir deine Ausfahrten zu erlauben. Du kennst meine Einstellung, und wenn dir Handarbeiten nicht liegen, dann ist das eben so. Jetzt jedoch lässt du mir kaum eine andere Wahl, als ihrem Wunsch zu entsprechen.«

»Für wie lange?«, fragte Elisha vorsichtig.
»Bis du eine neue Decke zur Zufriedenheit deiner Mutter bestickt hast.«
Elishas Augen weiteten sich ungläubig. »Das … Du weißt, dass ich das nie zu ihrer Zufriedenheit schaffen würde. Und außerdem brauche ich dafür mindestens einen weiteren Monat.«
»Dann solltest du dich beeilen. Du hast es dir selbst zuzuschreiben, Elisha. Meinetwegen bräuchtest du diese Handarbeiten nicht zu machen, ich weiß ohnehin nicht, wo ihr eure vielen bestickten Decken immer lasst. Aber deine Mutter verlangt diese Dinge von dir, was bedeutet, du solltest dich wenigstens darum bemühen.« In Wahrheit war Jack nicht so ruhig, wie er tat. Er war wütend auf seine Frau, weil er genau wusste, dass diese ganze Szene überflüssig war. Warum war sie nie damit zufrieden, was Elisha tat? Allein schon ihre Arbeit in Gegenwart ihrer Schwestern abzuwerten, musste eine Demütigung für sie gewesen sein. Aber darüber würde er später mit Claire allein reden.
»Reicht es nicht, wenn ich mich entschuldige?«, fragte Elisha.
»Nein, diesmal nicht. Ein derartiges Verhalten kann ich nicht dulden.«
Tränen traten Elisha in die Augen. »Ich war schon beinahe bis Februar nicht mehr allein aus und auch danach nur selten. Ich hatte mich so gefreut, dass ich endlich wieder in den Palast darf. Shalina hatte mich doch für nächste Woche eingeladen, weil sie eine Feier gibt zum Geburtstag von ihrem Sohn.«
»Du wirst ihr schreiben müssen, dass du nicht kommst«, antwortete Jack. »So wie es aussieht, hättest du ohnehin nicht fahren können. Die Straßen werden unpassierbar sein.«

»Lass mich wenigstens das eine Mal noch fahren, danach bleibe ich dann zu Hause«, bat Elisha. »Bitte.«

Jack umfasste das Kinn seiner Tochter und sah ihr in die Augen. »Mittlerweile kennst du mich doch gut genug, nicht wahr? Du bleibst ab heute so lange zu Hause, bis du die Decke bestickt hast, und keinen Tag länger, darauf gebe ich dir mein Wort.«

Mit einer knappen Bewegung befreite Elisha ihr Kinn aus der Hand ihres Vaters und drehte ihm den Rücken zu.

»Du machst es dir nicht leichter«, sagte Jack.

»Ich werde diese Decke nicht noch einmal besticken«, antwortete Elisha heftig.

»Das liegt ganz bei dir.«

Elisha lauschte dem leisen Schließen ihrer Zimmertür, dann nahm sie ein Kissen vom Bett und warf es gegen die Wand. Kurz darauf klopfte es erneut, diesmal zaghafter.

»Was denn noch?«, rief sie grimmig.

May öffnete die Tür. »Störe ich dich?«

»Allerdings. Was willst du?«

»Mama hat mir und Charlotte unten alles erzählt.«

»Wie unterhaltsam für dich und Charlotte.« Auf Mays Schweigen hin drehte Elisha sich um und sah ihre Schwester genauer an. May wirkte verstört. »Stimmt etwas nicht?«, fragte Elisha mit veränderter Stimme.

May setzte sich vorsichtig auf das Bett und presste die Hände aneinander. »Ich kann dir bei der Decke helfen.«

»Das ist lieb.« Elisha musterte sie aufmerksam und merkte, dass die Sache mit der Decke nur vorgeschoben wurde, um über etwas anderes zu reden. »Was ist denn mit dir?«

»Es ist …« May zögerte, dann brach es aus ihr hervor: »Charlotte sagte mir, ich sei sehr krank.«

»Charlotte? Seit wann ist sie unter die Ärzte gegangen.«

»Sie sagte, es sei ein seltenes Frauenleiden. Immer diese Schmerzen, und dann … ich wollte es ihr eigentlich nicht sagen, ich wollte es niemandem sagen, aber sie hat es durch Zufall erfahren. Ich habe mich nicht getraut, mit Mama zu sprechen, weil Charlotte meinte, es würde ihr nur Kummer bereiten.«

»Wovon, um alles in der Welt, redest du?«

»Ich muss irgendwie innerlich verletzt sein. Hier tut es weh«, May legte die Hand auf ihren Bauch. »Es hat vor einem Monat angefangen. Erst hatte es aufgehört, aber jetzt fängt es wieder an.«

Elisha begriff. »Oh, May«, sagte sie. »Ich hatte mir einen Moment lang wirklich Sorgen gemacht.« Sie erinnerte sich plötzlich wieder an eine Geschichte, die Charlotte ihr Jahre zuvor aufgetischt und die verblüffende Ähnlichkeit mit der Mays hatte. Die Sache mit dem Hausarrest rückte in den Hintergrund. Elisha betrachtete ihre kleine Schwester, als sähe sie sie zum ersten Mal – keine Nervensäge mehr, sondern eine angehende junge Frau, die ihre Hilfe suchte und dies über den Umweg tat, indem sie ihr zuerst ihre Hilfe anbot. Wir sind uns ähnlich, dachte sie plötzlich. Und obwohl die Situation alles andere als komisch war, musste sie lachen.

»Wie wirst du dich herausreden, wenn Mama erfährt, dass May beinahe die ganze Decke für dich bestickt hat?«, fragte Charlotte nach dem Frühstück, als sie gemeinsam mit Elisha im Boudoir ihrer Mutter saß.

Elisha sah zur Tür, als fürchte sie, ihre Mutter dort stehen zu sehen. »Sie wird es nicht erfahren, wenn du es ihr nicht sagst. Woher weißt du es überhaupt?«

Nachlässig zuckte Charlotte die Schultern. »Du bist so oft mit der Kleinen zusammen, und wir alle wissen ja, dass sie besser sticken kann als du. Also …« Weitere Erklärungen erübrigten sich. »Wie hast du sie überhaupt dazu überreden können, dir die ganze Arbeit abzunehmen?«, fragte sie interessiert.

»Sie hat es mir angeboten.«

Fragend zog Charlotte die Augenbrauen hoch.

»Im Gegenzug«, erklärte Elisha nun ein wenig feindselig, »habe ich sie darüber aufgeklärt, dass sie nicht sterben muss.«

»Sterben?« Charlotte runzelte die Stirn, dann erhellte sich ihr Gesicht. »Ach, *diese* Geschichte. Das hat sie mir geglaubt?« Sie schien entzückt.

Elisha lag eine bissige Antwort auf der Zunge, aber das Eintreten ihrer Mutter ließ sie ihre Bemerkung herunterschlucken.

»Charlotte, die Schneiderin ist bereits da. Ich hoffe, das Kleid entspricht diesmal deinen Vorstellungen.« Das Hochzeitskleid ihrer ältesten Tochter brachte Claire an den Rand der Verzweiflung. Bei jeder Anprobe hatte Charlotte etwas auszusetzen, und langsam verlor Claire die Geduld. Als reiche es nicht, dass Elisha ihre Nerven so arg strapazierte.

»Eines sage ich dir, Charlotte. Du wirst das Kleid so nehmen, wie es geliefert wird. Keine weiteren Änderungen.«

Charlotte befand sich bereits auf dem Weg zur Tür. »Es ist meine *Hochzeit*, Mama. Ich habe doch wohl das Recht, ein Kleid zu tragen, das mir gefällt.«

»Das Recht spricht dir auch niemand ab.« Das Kleid hatte

Charlotte so lange gut gefallen, bis sie erfahren hatte, dass Louisa – Richards Schwester – eine zehn Zentimeter längere Schleppe gehabt hatte. Also musste das Kleid für viel Geld geändert werden. Alles schien daraufhin bestens, bis Charlotte auf den Gedanken verfallen war, dass es nicht reichte, den Rock zu besticken, sondern dass erst kleine Perlen ihn perfekt machten.

»Wenn es mir nicht gefällt, werde ich es nicht anziehen«, begehrte Charlotte auf.

»Dir wird kaum etwas anderes übrig bleiben«, widersprach Claire. »Dein Vater hat heute die vorläufige Schneiderrechnung erhalten. Ich habe ihm noch nicht gesagt, dass die Perlen darin nicht enthalten sind.« Wegen Jacks Wutausbruch (dachte Charlotte vielleicht, *ihm* gehöre die Handelsmehrheit der Seidenhersteller?) hatte Claire es im Interesse des Familienfriedens für das Beste gehalten, die etwas pikanteren Details für sich zu behalten. Die Schneiderin hatte sich bereit erklärt, die andere Rechnung nach der Hochzeit zu schicken. Bis dahin würde Jack sich wahrscheinlich wieder beruhigt haben. Es waren noch vier Monate bis zur Hochzeit, und Charlottes Garderobe war noch nicht einmal zur Hälfte fertiggestellt.

Charlottes Gesichtsausdruck besagte eindeutig, dass sie nicht kampflos zur Kapitulation bereit war. Sie drehte sich auf dem Absatz um und rauschte zur Tür hinaus.

Kopfschüttelnd sah Claire ihr nach, dann setzte sie sich zu Elisha und streckte die Hand aus. »Zeig her. Wie weit bist du?«

Elisha reichte ihr die Tischdecke.

»Sehr schön.« Claire lächelte wohlwollend. »Siehst du, wie

wunderbar du das hinbekommst, wenn du dir nur Mühe gibst?«

Ein Anflug schlechten Gewissens ließ Elishas Wangen brennen.

»Was denkst du, wie viel unnötige Aufregung du dir und mir ersparen könntest, wenn du dich ohne lange Ermahnungen auf deine Aufgaben besinnen würdest«, fuhr Claire fort.

»Ich werde mir Mühe geben, Mama.« Elisha hoffte, dass ihre Stimme salbungsvoll klang. Dennoch schien der zu erwartende Vortrag über die Pflichten und Tugenden einer jungen Dame unausweichlich. Kaum hatte Elisha den Gedanken zu Ende gedacht, begann ihre Mutter auch schon zu sprechen. Elisha sah auf die Stickarbeit in ihren Händen und merkte, wie ihre Augen glasig wurden.

Nachmittags kündigte sich Jamie an, verbrachte die erste halbe Stunde jedoch bei Jack im Arbeitszimmer, um – wie er sagte – eine wichtige Angelegenheit zu besprechen. Elisha saß lesend im Salon und sagte sich, dass Jamie noch genau fünfzehn Minuten hatte, um zu erscheinen, danach würde sie sich von ihren Pflichten entbunden fühlen und einen kleinen Spaziergang machen. Die letzten fünf Minuten betrachtete sie gespannt die Uhr, und sie wollte bereits erleichtert aufstehen, als das Stubenmädchen Jamie meldete.

»Entschuldige meine Verspätung.« Jamie setzte sich auf den Sessel Elisha gegenüber und lächelte sie herzlich an. Claire nickte wohlwollend. Ihr hatten Jamies Manieren schon immer gefallen. Aber er war ja auch ein Truitt, und seine Familie war mit dem Herzog von Wales bekannt.

Elisha hatte für Jamie ebenfalls viel übrig, allerdings weniger wegen seiner Manieren, sondern weil er immer zu spüren schien, wann sie ihre Ruhe haben wollte und er zu gehen hatte. Allerdings wollte ihre Art der Kommunikation an diesem Tag nicht funktionieren. Immer wieder sah sie zum Fenster. Zwar waren die Läden verschlossen und verhinderten somit einen Blick in den Garten, aber die Geste war eindeutig. Jamie hingegen redete weiter, schlimmer noch, anstatt wie sonst über Dinge zu reden, die sie interessierten, redete er von einem Besuch von London vor unzähligen Jahren, ließ sich über die Blumengärten aus (Blumen!) und erzählte begeistert von der Romantik der Parks. Elisha taxierte ihn und überlegte, ob er vielleicht getrunken hatte. Sie wollte raus. Es regnete nicht und ein Jamie Truitt, der von Blumen schwärmte, bereitete ihr Unbehagen.

»Machst du nicht um diese Zeit immer deinen Spaziergang?«, erinnerte sich Jamie plötzlich.

Das Gefühl der Erlösung war so köstlich, dass Elisha flau im Magen wurde. »Richtig«, sagte sie und richtete sich erwartungsvoll auf.

»Ich würde dich gerne begleiten«, sagte Jamie. »Wenn es dir recht ist.«

Elisha starrte ihn an, während ihr vorher so freundliches Lächeln nun vermutlich einem Zähnefletschen ähnelte. »Das ist …«

»Eine wunderbare Idee«, ergänzte Claire schnell.

Das war *ihr* Spaziergang, dachte Elisha, es war *ihre* halbe Stunde, die sie für sich hatte. Sie unterdrückte ein Seufzen und gab Jamie die einzig mögliche Antwort. »Es würde mich freuen.«

Während sie am See im Garten entlangspazierten, bekam Elisha ein ungutes Gefühl im Magen. Etwas stimmte mit Jamies Besuch an diesem Tag nicht, und als er nach einer längeren Schweigepause das Wort ergriff, wurde ihr auch blitzartig klar, was es war. Sie bemerkte, dass er nach den richtigen Worten suchte, und dachte verzweifelt, *Tu das nicht, Jamie.* Aber er tat es, und als er seinen Heiratsantrag ausgesprochen hatte, war es für Elisha, als täte sich ein schwarzer Abgrund vor ihr auf. »Jamie«, begann sie zögernd und sah zu Boden. »Ach, Jamie. Ich schätze dich so sehr als Freund.«

»Eine Freundschaft ist doch eine wunderbare Basis für eine Ehe«, entgegnete Jamie und streckte die Hand aus, um ihre Wange zu berühren.

Traurig sah Elisha ihn an. »Ich … verzeih mir, Jamie, aber ich kann dich nicht heiraten.«

Vollkommen perplex starrte Jamie sie an, und seine Hand verharrte in der Luft neben ihrem Gesicht. Er war sich, und das war sein Fehler, seiner Sache zu sicher gewesen. Unter keinen Umständen hatte er mit einer Absage gerechnet. »Du meinst, du kannst dich nicht sofort entscheiden?«

»Nein, ich meine, ich kann dich nicht heiraten.«

»Ich habe dich überrumpelt. Du brauchst Zeit, um über alles nachzudenken«, suggerierte Jamie.

Elisha schüttelte den Kopf. »Darüber muss ich nicht nachdenken. Ich möchte dich nicht heiraten, Jamie.«

Jamie war sichtlich vor den Kopf gestoßen. »Gibt es einen anderen?«

Warum dachten Männer immer zuerst an Konkurrenz, wenn man sie zurückwies? »Es gibt sonst niemanden. Von allen Männern hier in Bombay wärst du derjenige, den ich am ehesten heiraten würde«, versuchte Elisha, ihre Gefühle zu erklären, »aber ich kann nur einen Mann heiraten, den ich liebe.«

»Das ist romantisches Geschwätz«, antwortete Jamie und

sah darin offenbar die Erklärung für Elishas Ablehnung einer Ehe mit ihm. Sie hing einem typisch weiblichen Ideal an, das im wirklichen Leben keinen Platz hatte. Die Erleichterung war ihm förmlich ins Gesicht geschrieben.

»Für mich ist es eine notwendige Voraussetzung«, beharrte Elisha.

»Aber du kannst nicht …«

»Jamie, bitte. Mach es mir nicht noch schwerer, als es ohnehin schon ist. Meine Antwort bleibt nein.«

Jamies Stirn umwölkte sich. »Du weißt offenbar nicht, was du da redest«, antwortete er, nun merklich kühler. »Sonst hättest du es dir zehnmal überlegt, den ersten und bisher einzigen Antrag abzulehnen.«

»Ich soll dich heiraten, nur weil mich vor dir niemand gefragt hat?«, fragte Elisha verblüfft und auch ein wenig verärgert.

»Seien wir doch mal ehrlich, Elisha. Deine vorlaute Art ist wohl kaum dazu angetan, hier einen geeigneten Bewerber an Land zu ziehen.«

»Ach ja«, fauchte Elisha, »dann hast du dir ja selbst soeben ein ziemliches Armutszeugnis ausgestellt.«

»Du bist eine Legrant, und ich bin durchaus imstande, über gewisse Mängel in deinem Charakter hinwegzusehen, wenn es um eine für meine Familie lohnenswerte Verbindung geht.«

»Ehe du hier weiterhin den verletzten Verehrer spielst und Dinge sagst, die dir später leidtun könnten, solltest du vielleicht bedenken, dass ich für dich ohnehin nur die zweite Wahl bin. Vielleicht habe ich einfach keine Lust, einen Mann zu heiraten, der in Wahrheit Charlotte will.«

»Wenn das dein Auswahlkriterium ist, dann wirst du wohl

keinen Mann aus deiner Bekanntschaft heiraten können«, entgegnete Jamie bissig.
Elisha konnte nicht glauben, das es wirklich Jamie war, der hier mit ihr sprach. Er war doch immer ihr Freund gewesen. Sie biss sich auf die Lippen und blinzelte ein paarmal. Mit einer abrupten Bewegung drehte sie sich auf dem Absatz um und lief, rannte beinahe, den Weg hoch zurück zum Haus.
»Elisha!«, rief Jamie ihr nach, wieder in seinem gewohnten Tonfall. Vielleicht ging ihm gerade auf, wie unmöglich er sich verhalten hatte, aber das war ihr egal. Sie wollte ihn nie mehr wiedersehen.
Unglücklicherweise lief sie in der Halle zuerst Charlotte in die Arme. »Was ist passiert?«, fragte Charlotte verblüfft. »Ich dachte, du wärst bei Jamie.«
»Er ist noch draußen.« Elisha atmete zitternd ein. Hoffentlich würde er gehen, ohne sich hier im Haus noch zu verabschieden.
Ein undeutbarer Ausdruck schlich sich in Charlottes Augen. »Hat er dich belästigt?«, fragte sie.
»Nein, aber er hat mich beleidigt, nur weil ich ihn nicht heiraten möchte.«
Ungläubig riss Charlotte die Augen auf. »Jamie hat dir einen Antrag gemacht, und du hast abgelehnt?«
»Warum siehst du mich so entsetzt an? Das hast du doch davor auch schon getan.«
»Aber ich hatte Richard in Aussicht.« Und mindestens zwei Dutzend weitere Männer, hing unausgesprochen in der Luft.
»Und deshalb soll ich einfach den Erstbesten heiraten?«
Claire betrat den Salon, hörte nur das Wort »heiraten« und starrte von Elisha zu Charlotte. »Was ist hier los?«
»Jamie hat Elisha einen Antrag gemacht, und sie hat abge-

lehnt«, kam Charlotte einer Erklärung von Elisha hilfreich zuvor.
Claire lief rot an und schnappte nach Luft. Einen Moment lang fürchtete Elisha, ihre Mutter könne einen Herzanfall bekommen.
»Mama«, sagte sie nachdrücklich, »bitte reg dich nicht auf. Ich kann Jamie nicht heiraten.«
»Du *kannst* nicht?«, schrie Claire außer sich. »Was soll das heißen, du kannst nicht?«
»Ich liebe Jamie nicht. Es würde nie gut gehen.«
»Das kann nicht dein Ernst sein!« Claire nahm Elisha an den Schultern und schüttelte sie. »Kannst du dir nicht wenigstens in den wichtigen Situationen Gedanken darüber machen, was du deiner Familie mit deinem Verhalten antust?«
Elisha riss sich aus dem Griff ihrer Mutter los und brachte zwei Schritte Abstand zwischen sie. »Hast du das auch Charlotte gesagt, als sie ihn zurückgewiesen hat?«
»Du weißt genau, dass die Dinge bei dir anders stehen. Wir können froh sein, dass sich überhaupt ein Bewerber für dich gefunden hat.« Claire rang sichtlich um Ruhe. »Vielleicht ist noch nicht alles verloren. Dein Vater soll Jamie aufsuchen und sehen, ob der Schaden noch reparabel ist.«
»Mama, ich will Jamie nicht.«
»Er wird ihm sagen«, fuhr Claire fort, als hätte sie Elisha nicht gehört, »du seiest verwirrt gewesen. Der Antrag kam ja auch sehr plötzlich. Mittlerweile bist du zur Vernunft gekommen und hast deinen Vater gebeten, die Sache für dich zu regeln. Das ist plausibel und einleuchtend.«
»Mama? Hörst du mir überhaupt zu?«, rief Elisha.
Claire sah ihre Tochter kaum an. »Wenn man es richtig an-

stellt, könnte man dem Ganzen durchaus noch den Anstrich wohlerzogener Zurückhaltung geben. Ein Mädchen, das einen Antrag zunächst aus Schüchternheit ablehnt …«

»Ich war alles andere als schüchtern.«

»… und dann ihren Vater schickt, weil sie sich schämt, das Thema selbst noch einmal zur Sprache zu bringen.«

Mit einer wütenden Handbewegung warf Elisha eine Schale von dem Beistelltischchen unter der Treppe. Das Klirren des zerbrechenden Porzellans auf dem weißen Marmor hallte durch die ganze Halle. Endlich hatte Elisha die Aufmerksamkeit ihrer Mutter. »Jamie hat mich beschimpft und beleidigt«, rief sie erbittert. »Er könnte mir einen Palast schenken, ich würde ihn dennoch nicht heiraten. Ein Mann, der mir keinen Respekt …«

»Respekt«, ereiferte sich Claire. »Welchen Respekt verdient ein solches Benehmen?«

»Du solltest Papa nicht zu Jamie schicken. Ihr würdet euch nur blamieren, denn meine Antwort bleibt dieselbe.«

Claires Augen wurden schmal. »Geh auf dein Zimmer. Verschwinde und komm mir die nächsten Tage nicht unter die Augen. Ich kann mir beim besten Willen nicht erklären, was ich verbrochen habe, dass ich mit dir gestraft wurde.«

Charlottes sensationslüsternem Blick ausweichend, eilte Elisha die Treppe hoch. Sie hielt den Kopf hoch erhoben, um zu verbergen, wie tief verletzt sie war.

11

Madras, September 1755

Robert wusste, dass sein Vater ihn bestrafen würde, wenn er herausbekam, dass er sich die Degenübungen der Offiziere ansah, anstatt zu seinem Unterricht zu gehen. Aber er hatte Mathematik schon immer gehasst und nie die so viel gerühmte Logik darin erkennen können. Er war kein Händler und würde nie einer werden, und einzig sein Vater wollte das nicht begreifen.

Es hatte seit drei Tagen aufgehört zu regnen, aber die grauen Wolkenmassen, die sich drohend über dem Meer erhoben und auf die Koromandelküste zuwälzten, sagten deutlich, dass es sich nur um eine kurze Unterbrechung handelte. Das Schlimmste stand noch bevor.

Am Rande des Übungsplatzes stand Francis Marchand, die Hände hinter dem Rücken verschränkt und mit finsterem Blick den Fechtenden folgend.

»Das«, sagte er, »war eine ganz miserable Vorstellung.« Mit einer geschmeidig-fließenden Bewegung zog er seinen Degen. Erst jetzt erkannte Robert, dass einer der beiden fechtenden Offiziere – der, der mit dem Rücken zu ihm gestanden hatte – Ernest Latimer war.

»Leutnant Wakefield«, schnarrte Francis.

»Sir?«, antwortete Ernests Partner.

»Einen Monat Sonderdrill. Abtreten.« Francis schenkte dem Offizier daraufhin keinen weiteren Blick.

Fasziniert starrte Robert auf die Szene. In Ernests Haltung glaubte er, eine Spur von Resignation zu sehen. Lag es an dem leichten Absacken der Schulter, die den Degen hielt?
Francis hob seinen Degen. »Leutnant Latimer. Wenn Sie auf dem Schlachtfeld ebenso hilflos mit dem Degen herumfuchteln, wird Ihr Gegner in brüllendes Gelächter ausbrechen, ehe er Ihnen den Schwertarm abschlägt. Was Ihnen in dem Fall zu Recht geschähe – aber das nur nebenbei.«
»Ja, Sir.« Röte stieg Ernest in die Wangen, aber er hielt dem Blick seines Vorgesetzten stand.
»Nachdem Sie offenbar die Schwächen Ihrer Kampftechnik nicht sehen, denn anders kann ich mir nicht erklären, dass es seit Wochen keine Verbesserung gibt, wollen wir doch einmal sehen, wie wir diesem Zustand abhelfen können. Vielleicht hilft es Ihnen ja, mal einen wirklichen Gegner zu haben.« Er ging in Position.
Ernest hatte gerade genügend Zeit, den Degen zu heben, als Francis ihn bereits attackierte. Francis' Fechttechnik war aggressiv und präzise. Er ließ dem Gegner keinerlei Ausweichmöglichkeit, und alles, was Ernest tun konnte, war, sich, so gut es ging, zu verteidigen. Eine wirkliche Chance hatte er nicht, das konnte selbst Robert erkennen.
Francis griff an, wich jedem Gegenschlag geschickt aus, tat kurz, als gerate er in die Defensive, nutzte dann die Überraschung seines Gegners, um zu einem unerwarteten Schlag anzusetzen. Er hätte Ernest bereits nach wenigen Sekunden entwaffnen können, aber er genoss das Spiel. Ernest traten Schweißperlen auf die Stirn. Schweiß lief ihm in die Augen, während Francis keinerlei Anzeichen von Erschöpfung zeigte. Als Francis endlich der Meinung war, es sei genug, schlug er Ernest den Degen aus der Hand und versetzte ihm

einen Stoß, dass dieser zurücktaumelte und zu Boden fiel. Um ihn am Aufstehen zu hindern, setzte Francis ihm den Fuß auf die Brust.

»Bis heute Abend werden Sie mir in einem Bericht jeden einzelnen Ihrer Fehler schriftlich aufgezählt haben. Sie absolvieren drei Monate Sonderdrill und eine Woche Nachtwache.« Er lächelte maliziös. »Nur keine Sorge. Ich mache einen wirklichen Soldaten aus Ihnen, ganz so, wie ich Ihrem Vater versprochen habe.« Er senkte den Degen und strich mit der Spitze über Ernests Wange, gerade mit genügend Druck, um einen Kratzer zurückzulassen, der kurz darauf anfing, heftig zu bluten. Dann nahm er den Fuß von seiner Brust und bedeutete ihm, aufzustehen. Er ließ die Offiziere abtreten und wollte selbst in Richtung Kaserne zurückgehen, als er Robert bemerkte.

»Ich war der Meinung, dein Vater habe dir verboten, hierher zu kommen«, sagte er.

»Er denkt, ich sei in meinem Unterricht.«

»Du belügst ihn also?«, tadelte Francis.

Robert zog unbehaglich die Schultern hoch. »Belügen nicht direkt. Ich habe ihm nicht gesagt, dass ich zu meinem Unterricht gehe, sondern bin einfach losgegangen. Er nimmt ganz selbstverständlich an, dass ich hingehe.«

In Francis' Augen war zu lesen, dass er ein solches Verhalten nicht guthieß. »Sei froh, dass du nicht mein Sohn bist«, sagte er.

Wäre er der Sohn von Francis, überlegte Robert, wäre es nicht nötig, sich heimlich zum Übungsplatz zu schleichen, denn dann wäre seine Laufbahn als Offizier bereits vorgezeichnet. So beschloss er, das Gesagte unkommentiert zu lassen.

»Dass du deinen Unterricht vernachlässigst und stattdessen mich besuchst«, fuhr Francis fort, »gefällt mir nicht. Dein Vater wird am Ende noch annehmen, ich würde dich zum Ungehorsam anstiften.«

»Er wird nichts dergleichen denken«, widersprach Robert, »dafür kennt er mich mittlerweile zu gut.«

Francis' Gesichtsausdruck besagte, dass das nicht unbedingt für ihn sprach.

»Kann ich nicht noch ein wenig bleiben?«, bat Robert. »Für meinen Unterricht bin ich ohnehin zu spät. Außerdem kann es nicht schaden, wenn ich mir die Fechtübungen ansehe. Schließlich sollte jeder Gentleman fechten können.« Wie zur Bestätigung klopfte er an den Degen an seiner Seite.

»Du glaubst also, du könntest dich allein vom Zusehen verbessern? Wirklich brillant, Robert. Das wird meinen Offizieren ein Beispiel sein.«

Robert vertrug Spott nicht gut, vor allem, wenn er von jemandem kam, den er bewunderte. »Ich meinte nur …«

»Schon verstanden«, schnitt Francis ihm das Wort ab. »Dann bleib in Gottes Namen. Aber das nächste Mal wirst du dich vorher ankündigen und nur mit der ausdrücklichen Erlaubnis deines Vaters kommen.« Er drehte sich um und bekam Roberts eifrige Zustimmung nicht mit.

Auf dem Übungsplatz formierten sich die Offiziere erneut. Gebannt beobachtete Robert ihre Übungen und fragte sich sehnsüchtig, wann sein Vater endlich ein Einsehen zeigen würde. Er blinzelte, weil sich eine Haarlocke gelöst hatte und ihm in die Augen hing. Ärgerlich strich Robert sie zurück. Locken hielt er für weibisch, und seine eigenen bereiteten ihm großen Kummer. Jeden Tag verwendete er viel Mühe darauf, die Haarsträhnen, die sich nicht in seinen Zopf bannen ließen, mit viel Wasser glatt an seinen Kopf zu pressen. Maureen hatte morgens noch zu ihm gesagt, er habe Haare, um die ihn jede *Frau* beneiden würde. Sie betonte zwar, es sei als Kompliment gemeint gewesen, aber Robert war sich sicher, dass sie ihn provozieren wollte. Nun, sie würde seine Antwort darauf in den nächsten Tagen bekommen.

»Maureen, beruhige dich«, sagte Calbraith. »Die Schlange ist tot.« Er sah weniger erschrocken als ärgerlich aus, im Gegensatz zu Elizabeth, die so bleich war, dass ein Ohnmachtsanfall zu befürchten stand. »Damien«, sagte Calbraith scharf, aber dieser hatte die Situation bereits erfasst und führte seine Mutter aus dem Zimmer. Als er zurückkam, um sich um seine noch immer hysterisch schreiende Schwester zu kümmern, sah er, dass sein Vater dem Umstand mit einer kräftigen Ohrfeige Abhilfe verschaffte.

Calbraith hob die Schlange mit einem Taschentuch am Schwanzende hoch und schleuderte sie aus dem Fenster. »Das gesamte Personal soll sich in der Halle versammeln«, sagte er zu Maureens *Ayah*, die neben ihrem Schützling stand und sie mütterlich an sich drückte. Mit entschlossenem Gesicht löste sie sich von Maureen und ging die Treppe hinunter. Jemand hatte ihrem geliebten kleinen Mädchen Todesangst eingejagt, und sie nahm die Haltung eines Soldaten an, der sich in die Schlacht stürzt. Mit ihrem Erbarmen brauchte niemand zu rechnen.

Das Personal war vom *Khansana* komplett in der Halle versammelt worden. Alle waren verschlafen und wirkten ver-

stört. Das Spülmädchen, das morgens als Erste aufzustehen hatte, war bleich und blinzelte schläfrig ins Licht.
Calbraith' Miene verhieß nichts Gutes für denjenigen, der sich den Scherz mit Maureen erlaubt hatte. Er baute sich vor den Dienstboten auf und sah sie so lange schweigend an, bis die ersten Zeichen von Verunsicherung zu erkennen waren.
»Wer«, sagte er drohend leise, »hat meiner Tochter eine tote Königskobra ins Bett gelegt?«
Erschrockenes Luftholen war zu hören, *Hamadryad*, murmelten einige, dann herrschte einhelliges Schweigen.
»Es ist besser«, mahnte Calbraith, »derjenige meldet sich freiwillig, dann wird sich das mildernd auf die Strafe auswirken.«
Damien stand an der Treppe neben Robert. Maureen hatte er ins Zimmer ihrer Mutter gebracht und ihr einen Tee zur Beruhigung bringen lassen. Stirnrunzelnd betrachtete er die Ansammlung von Domestiken in der Halle, deren Schweigen von seinem Vater nur als verstockt gewertet werden konnte. Für ihn jedoch war es schwer vorstellbar, dass die Küchenmagd, das Spülmädchen oder sonst einer der Dienstboten sich einen derart geschmacklosen Scherz ausgedacht haben könnte. Viele waren in den Augen der indischen Gesellschaft nicht viel mehr wert als Parias, auf die die Hindus mit Verachtung herabblickten. Kein Mensch, der einer Kaste angehörte, würde für Unreine – und nichts anderes waren die kastenlosen Engländer in ihren Augen – arbeiten.
»Der Schuldige hat noch genau eine Minute Zeit, sich zu melden«, sagte Calbraith, »danach wird jede Aussicht auf Milderung der Strafe hinfällig sein.«
Damien konnte die Angst der Leute beinahe fühlen. Unruhig sahen sie sich um, in den Augen die Hoffnung, dass sich endlich jemand melden und damit alle anderen frei-

sprechen würde. Als es jedoch ruhig blieb, wandte Calbraith sich an Maureens *Ayah*.

»Annah, wer war der Letzte, der Miss Maureens Zimmer betreten hat, ehe du ihr beim Auskleiden geholfen hast?«

Die Frau verzog nachdenklich das Gesicht.

»Das Bett wurde neu bezogen und das Zimmer aufgeräumt. Miss Maureen« – sie vermied als Halbengländerin die Anrede Missee Sahib – »hat nachmittags in ihrem Studierzimmer gelernt, dann den Nachmittag mit ihrer Mutter verbracht. Am späten Nachmittag hat sie sich eine Stunde hingelegt, und dann wurde das Zimmer erneut aufgeräumt.«

»Wer räumt das Zimmer für gewöhnlich auf?« Calbraith' Nasenflügel bebten leicht, ein Zeichen für seinen schwelenden Zorn, der kurz davor war, sich zu entladen.

Annah sah sich ohne zu zögern um und deutete auf ein bengalisches Mädchen am Rande der Gruppe. »Laata war die Letzte im Zimmer, Sir. Das Bett wurde zuvor von Lakshmi bezogen.«

Damien, der an das Treppengeländer gelehnt stand, richtete sich mit einem Ruck auf und sah zu der jungen Bengalin, die schreckensbleich geworden war.

»Hast du etwas mit dem Vorfall zu tun, Laata?«, fragte Calbraith ruhig.

Hastig schüttelte die junge Frau den Kopf. »Nein, Sahib.«

Für Calbraith' Begriffe kam die Antwort zu schnell. »Wer außer dir kann das Zimmer noch betreten haben?«

»Ich« – die Bengalin verschluckte sich und hustete – »ich weiß es nicht, Sahib.«

»Mir ist nicht bekannt, dass die Zimmer von jedem beliebigen Diener betreten werden dürfen«, fuhr Calbraith fort. »Räumt jemand außer dir Miss Maureens Zimmer auf?«

Laata schüttelte den Kopf.

»Würde es auffallen, wenn jemand dort oben herumlaufen würde, der dort nichts zu suchen hat?«
Laata zögerte, dann nickte sie.
»Gibst du also zu, dass du es warst?«
»Nein.« Laatas Augen weiteten sich entsetzt. Angespannt beugte Damien sich ein Stück weit vor und folgte der Szene. Er bemerkte, dass Robert neben ihm unruhig wurde, kümmerte sich aber nicht weiter darum.
Einer der Hausdiener meldete sich zu Wort, ein Störenfried, den Damien nie hatte ausstehen können. »Laata hat sich noch vor einigen Tagen beklagt, dass die Missee Sahib ihr Zimmer immer so in Unordnung bringt, dass sie dort mehr zu tun hätte als irgendwo sonst.«
Calbraith sah ihn forschend an, dann wanderte sein Blick zu Laata, die verzweifelt die Hände rang. »Ich gebe dir jetzt eine letzte Möglichkeit, alles zuzugeben und dich zu entschuldigen. Das würde dir deine Strafe erleichtern.«
Für Denunzianten hatte Damien von jeher wenig übrig gehabt, und Laatas verzweifeltes Stottern, dass sie unschuldig war, vergrößerte seine Wut auf den Hausdiener. Calbraith hatte keinerlei Geduld mehr und winkte nach dem *Khitmutgar*, mit der Anweisung, ihr zwanzig Hiebe zu verabreichen und sie danach in den Keller zu sperren.
»Vielleicht«, meldete sich Robert zögernd zu Wort, ehe man die junge Frau wegbrachte, »hat die Schlange ja noch gelebt, als sie ins Haus kam.«
»Sicher«, antwortete Calbraith sarkastisch, »und dann hat sie sich in Maureens Bett zusammengerollt und ist gestorben. Deine Versuche, das Mädchen zu retten, sprechen für dich, aber ich habe für lügnerisches Personal nichts übrig. Sie kann froh sein, so glimpflich davonzukommen.«

Damien hingegen gab sich mit dem Ausgang nicht so leicht zufrieden. Laatas verzweifeltes Weinen im Ohr, sagte er zu seinem Vater: »Du hast gar keine Beweise dafür, dass sie es war.«

»Ich denke, es ist wohl offensichtlich«, antwortete Calbraith, der es gar nicht schätzte, dass sein Sohn ihm in Gegenwart der Dienstboten in den Rücken fiel, scharf.

Damien folgte seinem Vater in dessen Zimmer, während das Personal die Halle verließ, und wiederholte: »Du kannst sie nicht einfach ungerechtfertigt schlagen und einsperren lassen.«

»Dein Mitgefühl in Ehren, Damien, aber deine Loyalität sollte deiner Schwester gelten, der man gerade große Angst eingejagt hat, und nicht einer aufsässigen Dienerin.«

»Das hat mit Loyalität überhaupt nichts zu tun.«

»Damien hat Recht«, mischte sich Robert ein, der ihnen gefolgt war. »Ich meine, du weißt doch gar nicht, ob die Schlange nicht wirklich selbst hineingekommen ist.«

Calbraith musterte ihn stirnrunzelnd. Dass sein leiblicher Sohn ebenso bleich und verschreckt aussah wie seine Schwester und noch dazu nervös war, gefiel ihm nicht. Wo blieb die Standhaftigkeit der Männer seiner Generation? »Verschone mich endlich mit dieser seltsamen Theorie. Die Schlange ist nicht selbständig in das Bett gekrochen, sondern jemand hat sie hineingelegt.«

Robert wollte widersprechen, wurde jedoch mit einer unwirschen Handbewegung seines Vaters zum Schweigen gebracht. »Geht schlafen, alle beide«, befahl er seinen Söhnen. »Ich habe eure Meinung zur Kenntnis genommen.«

»Verdammt«, murmelte Robert, als er die Treppe hinunterging.

»Was ist denn los mit dir?«, fragte Damien, den das Verhalten seines Bruders befremdete.

»Vater ist so … uneinsichtig.«

»Seit wann interessiert es dich, wie er mit dem Personal verfährt?«

»Das interessiert mich nicht, aber …« Robert zögerte. »Ist ja auch egal. Mich stört allein seine Ungerechtigkeit.«

»Robert?«

»Ich gehe schlafen.«

»Dann läufst du in die falsche Richtung«, entgegnete Damien.

Robert drehte sich auf der Treppe um und wollte hochgehen, als Damien ihn zurückhielt. »Kannst du mir vielleicht sagen, was dein närrisches Verhalten zu bedeuten hat?«

Unruhig blieb Robert stehen, den Rücken seinem Bruder zugewandt.

»Du hast nicht zufällig etwas mit dem Vorfall zu tun?«, argwöhnte Damien, dem nicht entging, wie krampfhaft sein Bruder das Geländer umklammerte.

Robert schwieg, drehte sich aber auch nicht um.

»Ich rede mit dir«, herrschte Damien ihn an. »Würdest du dich also gefälligst umdrehen und mich ansehen?«

»Sie tut seit Tagen nichts anderes, als mich zu provozieren«, verteidigte sich Robert und drehte sich hastig zu Damien. »Das war doch nur ein dummer Scherz.«

»Ich kann nicht glauben, dass du zusiehst, wie Vater ein unschuldiges Dienstmädchen bestrafen lässt.«

»Das wollte ich ja auch nicht, aber Vater hat nicht auf mich gehört.«

»Hältst du mich für einen Idioten?«

»Nein, ich …« Robert hob die Arme. »Himmel, das ist eine Einheimische. Die sind so etwas gewöhnt.«

Damien versetzte seinem Bruder einen Stoß, dass dieser gegen das Treppengeländer fiel. »Du gehst nach oben und erzählst es Vater, du nichtsnutziger, hirnloser Mistkerl.«

»Vater wird …«

»Mir ist gleich, was er tun wird. Was immer es ist, es wird meinen Beifall bekommen«, entgegnete Damien laut. »Und so etwas wie du will Soldat sein und Ehrgefühl besitzen.«

Robert lief rot an, widersprach aber nicht.

»Na los doch«, fuhr Damien ihn an. »Oder soll ich es Vater erzählen?«

»Er wollte schlafen.«

»Ich denke nicht, dass er innerhalb von zehn Minuten umgezogen und in Tiefschlaf verfallen sein wird.«

»Ich … es tut mir leid, Damien.« Robert konnte die Verachtung in den Augen seines Bruders kaum ertragen. »Ich rede mit ihm.«

»Dann tu das endlich.« Wütend drehte Damien sich auf dem Absatz um und lief die letzten Stufen der Treppe hinunter. Aus dem Zimmer, das Laata bewohnte, ertönte leises Weinen, und Damien stieß die Tür auf. »Es reicht«, sagte er zu dem *Khitmutgar*, der mit erhobenem Bambusrohr hinter dem Dienstmädchen stand. Verblüfft ließ der Mann das Rohr sinken, und Laata drehte sich zu Damien um. Ihre Wangen waren tränenfeucht, und in ihrem Blick lag die stumme Bitte, ihr den Rest der Strafe zu erlassen.

Damien schickte den *Khitmutgar* fort und zog die junge Frau in seine Arme. »Schsch, *Larla*«, murmelte er tröstend, den alten Kosenamen nutzend, den er ihr vor Jahren gegeben hatte, ehe er nach England gegangen war. Er wiegte sie in seinen Armen und war erstaunt über das Gefühl der Vertrautheit, das sich augenblicklich wieder einstellte, obwohl

er ihr seit seiner Rückkehr kaum einen Blick gegönnt und sie nur gesehen hatte, wenn sie ihm im Flur über den Weg lief.
»Ich war es wirklich nicht, Sahib«, beteuerte Laata leise.
»Das weiß ich, und mein Vater weiß es mittlerweile wohl auch.«
»Wer war es denn?«
»Jemand, der es eben zugegeben hat«, antwortete Damien ausweichend und nahm ihren Arm, um sie über die hintere Treppe in sein Zimmer zu bringen. In seinem Zimmer verriegelte er sorgsam die Tür.
»Tut es sehr weh?«, fragte er und deutete auf ihren Rücken.
»Es … ich durfte ja meine Kleidung anbehalten.«
»Lass mal sehen.«
Laata zögerte. »Du brauchst dir nicht so viel Mühe um mich zu machen, Sahib«, wandte sie ein. »Es ist spät, und du musst müde sein.«
»Überlass es mir, wie viel Mühe ich mir machen möchte«, antwortete Damien, milderte seine Worte aber durch ein Lächeln.
Ohne zu zögern wickelte Laata ihren Sari von den Schultern und löste das *Choli*, das sie darunter trug. Sie hatte bereits im Alter von vierzehn Jahren in Damiens Gegenwart jede Scham verloren. Zu jener Zeit war er sechzehn gewesen, und sie war wenige Monate zuvor in den Haushalt gekommen. Als sie auf seinen Wunsch hin sein Bett mit ihm geteilt hatte, hatte sie große Angst gehabt – er jedoch kaum weniger, wie sich herausstellte. Für beide war es das erste Mal gewesen. In den kommenden zwei Jahren war vielleicht kein Mensch vertrauter mit ihm gewesen als sie.
Damien berührte sanft die Striemen, die sich über ihren Rücken zogen. Er war noch rechtzeitig gekommen. Nach

zwanzig Hieben hätte ihr Rücken anders ausgesehen, selbst wenn sie den Sari anbehalten konnte. »Ich hole eine Salbe«, sagte er.

Auf dem Weg durch den Korridor, der in die Küche führte, kam Damien am Arbeitszimmer seines Vaters vorbei. Er blieb kurz stehen, als er Licht durch den Türspalt schimmern sah, dann hörte er den Schlag eines Bambusrohrs auf bloße Haut und Roberts Aufstöhnen. Ein flüchtiges Gefühl von Mitleid stieg in ihm auf. Er wusste, wie unbarmherzig sein Vater zuschlug. Einmal hatte er es erleben müssen und würde es vermutlich nie vergessen. Die blau-violetten Striemen auf dem Rücken waren noch lange danach zu sehen gewesen. Andererseits hatte Robert keinerlei Skrupel gehabt, jemand anderem diese Bestrafung zuzumuten, so dass sich Damiens Mitgefühl in Grenzen hielt. Sein Vater würde Robert nicht nur für den dummen Scherz mit der Königskobra bestrafen – in dem Fall wäre er sicher milder davongekommen als Laata –, sondern vor allem dafür, dass er ihn in Gegenwart sämtlicher Dienstboten als ungerechten Hauspatriarchen hatte dastehen lassen.

Als er mit der Salbe in der Hand in sein Zimmer zurückkehrte, stand Laata immer noch so neben seinem Schreibtisch, wie er sie zurückgelassen hatte. Das Kerzenlicht schimmerte auf ihrem bloßen Rücken, und der Sari fiel in weichen Falten um ihre Hüften. Im Alter von sechzehn war er sehr verliebt in sie gewesen. Er verteilte die Salbe behutsam auf ihrem Rücken, um ihr nicht wehzutun.

»Ist es jetzt besser?«, fragte er und sah auf ihren Rücken, der leicht glänzte von der Salbe und den Geruch nach Kräutern verströmte.

»Es hat sowieso nicht sehr wehgetan. Danke, Sahib.« Sie

blieb unbeweglich stehen, weil Damiens Hände noch auf ihrem Rücken ruhten. Ihr Teint war nur wenig dunkler als der einer Europäerin, und Damien fragte sich einen Augenblick lang, ob Elishas bloße Schultern so aussehen mochten und sich ebenso samtweich anfühlten. Sofort schämte er sich für diesen Gedanken und drehte Laata zu sich um, um ihr Gesicht zu sehen und Elishas zu verdrängen. Er betrachtete ihre fein gemeißelten Gesichtszüge, die leicht schräg stehenden dunklen Augen. Sanft berührte er ihre Wange, und sie neigte den Kopf leicht zu seiner Hand hin.

»Möchtest du heute bei mir bleiben?«, fragte er aus einem Impuls heraus. Sie sah unglücklich aus, so leer, wie er sich in letzter Zeit fühlte, und er dachte, dass sie beide ein wenig Trost gebrauchen könnten. Er wartete ihr Nicken ab, dann senkte er den Kopf und küsste sie. Sein die ganze Zeit über mühsam gezügeltes Verlangen brach sich Bahn mit einer Gewalt, die ihn schwindeln ließ. Ein kurz aufflackerndes schlechtes Gewissen Jane gegenüber schob er so rasch beiseite, dass er es wenige Sekunden später wieder vergessen hatte.

Es war Morgengrauen, als sie endlich einschliefen, und Damien hielt Laata eng umschlungen und drückte sein Gesicht in ihr Haar, so wie er es damals immer getan hatte.

»Was denkt sich dieser unverschämte Bengel eigentlich?«, schimpfte Calbraith im selben Moment, in dem Damien das Frühstückszimmer betrat. Er warf seinem Sohn einen unwirschen Blick zu. »Ah, der Herr geruht aufzustehen?«

»Entschuldige, Vater. Es war eine lange Nacht.«

Calbraith sah ihn aus schmalen Augen an, dann griff er zu den Brotfladen. »Du siehst erholt aus. Offenbar hat sie dir gut getan.«

»Wie bitte?«, fragte Damien irritiert. Sein Vater konnte von Laatas Anwesenheit in seinem Zimmer nichts bemerkt haben, die Zimmer lagen nicht im selben Stockwerk.
»Die lange Nacht. Sie scheint dir gut getan zu haben«, wiederholte Calbraith langsam, als habe er einen Schwachsinnigen vor sich. »Wir hatten gerade von deinem Bruder gesprochen.«
»Wo ist er?«
»In seinem Zimmer. Er wird wohl auch vor morgen nicht herunterkommen. Seine Lektion dürfte er gelernt haben, ein für alle Mal.«
Damien nahm sich vor, nach dem Frühstück einen Abstecher in das Zimmer seines Bruders zu machen. Er aß nichts, sondern trank nur eine Tasse starken arabischen Kaffee. »Was hast du heute für Pläne, Maureen?«, fragte er.
Maureen sah ihn überrascht an, so als traue sie seiner guten Laune nicht. »Ich treffe mich nachher mit einigen Freundinnen, und heute Abend kommt Ernest. Damien, du musst dir den Schnitt in seinem Gesicht ansehen. Er blutet immer wieder.« In ihrer Besorgnis ließ sie vollkommen außer Acht, dass es sich nicht gehörte, derartige Themen beim Essen zu erörtern, was Damien Aufschluss über den Ernst von Ernests Verletzung gab. Ihm war die verbundene Wange bereits aufgefallen, aber Ernest hatte seine Hilfe abgelehnt und gesagt, es sei nur ein Kratzer.
»Hat er den Verband etwa in deiner Gegenwart abgenommen?«, fragte Damien erstaunt.
»Nein.« Maureen schüttelte den Kopf. »Aber das Blut ist durch den Stoff gesickert. Ernest war das furchtbar unangenehm.«
Verständlich, dachte Damien. »Ich werde mit ihm reden.

Zwingen kann ich ihn natürlich nicht. Wie ist das überhaupt passiert?«

»Er sagte mir, ein Unfall, aber Robert hat gesagt, Francis hätte ihn absichtlich mit dem Degen verletzt, weil er ihn bestrafen wollte.«

»Wann will Robert das denn gesehen haben«, mischte sich Calbraith beiläufig ein.

»Vor einer Woche, am Dienstag, als er …« Maureen hielt inne und errötete.

»Als er seinen Unterricht hatte, meinst du?«, beendete ihr Vater den Satz.

»Dann muss es an einem anderen Tag gewesen sein, ich habe mich wohl vertan.«

Auch wenn Maureen wütend war wegen der Sache mit der Schlange, wollte sie dennoch nicht diejenige sein, die Robert an ihren Vater verriet. Sie verrieten einander bei wirklichen Vergehen nie an ihre Eltern, gleichgültig, wie oft sie sich stritten.

»Robert hat letzte Woche doch nur zu seinen Unterrichtsstunden das Haus verlassen«, überlegte Calbraith. »Das bedeutet, er hat gelogen.«

»Ich … ich habe mich sicher geirrt«, beteuerte Maureen eilig. Damien warf ihr einen kurzen Blick zu.

»Dann sollte ich ihn persönlich fragen.« Calbraith schob seinen Stuhl zurück.

»Nein.« Elizabeth wollte ihn am Aufstehen hindern. »Deine Schläge gestern haben doch wohl gereicht.«

»Ihm ist scheinbar nicht anders beizukommen. Erst hat er seiner Schwester einen geschmacklosen Streich gespielt, dann hat er zugelassen, dass ich ein Mädchen zu Unrecht bestrafen ließ – wie geht es ihr überhaupt?«, fragte er. »Der

Diener – wie war noch gleich sein Name? – sagte, du hättest dich der Sache angenommen.«
»Das ist richtig. Es geht ihr gut«, antwortete Damien. »Sie …«
»Und jetzt erfahre ich«, fiel Calbraith ihm ins Wort und stand auf, »dass Robert mich noch dazu angelogen hat.«
»Calbraith«, rief Elizabeth ihrem Mann nach, als er das Frühstückszimmer verließ. Entnervt griff sie mit der Hand an ihre Stirn. »Himmel, ich halte das nicht mehr aus. Kann hier nicht einen Tag lang Ruhe herrschen?«
»Es tut mir leid, Mama«, sagte Maureen zerknirscht.
»Das ist nicht deine Schuld«, antwortete Elizabeth. »Damien … oder nein, ich werde selbst hinaufgehen und dafür sorgen, dass er mit Robert ein wenig Nachsicht übt.«
Vor Roberts Zimmer hörte sie bereits das gequälte Aufstöhnen ihres Sohnes und öffnete entschlossen die Tür. Robert stand mit bloßem Rücken vor seinem Bett, die Hände um den Bettpfosten geklammert, während sein Vater mit dem schmalen Bambusrohr zu einem weiteren Schlag ausholte. Elizabeths Blick fiel auf die bläulichen Striemen quer über Rücken und Schultern, die er in der Nacht davongetragen hatte und über die sich nun rote zogen.
Erleichtert über die Unterbrechung drehte Robert sich zur Tür. Tränen standen in seinen dunklen Augen, und Elizabeth trat zu ihm. »Ich denke, das reicht«, sagte sie.
»Wann es reicht, entscheide ich«, entgegnete Calbraith. »Nun geh bitte ins Frühstückszimmer zurück. Ich werde gleich nachkommen. Erst bringe ich das hier zu Ende.«
»Calbraith, bitte.«
»Nein! Das ist mein letztes Wort. Geh zur Seite, Elizabeth.«
Elizabeth blieb stehen, wo sie war, und hob entschlossen das Kinn, eine Art des Widerspruchs, den sie höchst selten

wagte. Aber niemand stand das durch, was sie als Mädchen hatte ertragen müssen, ohne dabei an Stärke zu gewinnen und zu wissen, wann diese einzusetzen war. »Ich bitte dich darum, es gut sein zu lassen«, sagte sie sehr ruhig und eindringlich. »Wenn er noch einmal lügt, dann magst du mit ihm verfahren, wie du möchtest, aber diesmal bitte ich dich um Nachsicht. Denkst du, dass du das mir zuliebe tun könntest?«

Calbraith schwieg mehrere Sekunden, dann senkte er das Rohr. »Dir zuliebe«, sagte er und fügte an Robert gewandt hinzu: »Danke deiner Mutter. Wenn mir noch einmal ein derartiges Vergehen von dir zu Ohren kommt, dann gnade dir Gott.«

Robert murmelte einen Dank, wobei er das demütigende Gefühl hatte, dass seine Stimme brach. Sein Rücken brannte wie Feuer. Warum konnte Maureen auch nicht den Mund halten? Aber das würde ihr noch leidtun, spätestens dann, wenn ihm ihr nächstes Vergehen zu Ohren kam. Als hätte ihm die Strafe seines Vaters letzte Nacht nicht gereicht, musste Maureen es auf die Spitze treiben und sich für die Sache mit der Schlange rächen, indem sie ihn verriet. Robert legte sich bäuchlings auf sein Bett und kam sich allein gelassen vor.

12

Bombay, November 1755

Charlotte spürte Lamonts Fingerspitzen an ihrem Nacken, als er den letzten Knopf ihres Kleides schloss. Langsam zog sie ihre Handschuhe über, und obwohl sie sich bemühte, ruhig zu bleiben, konnte sie nicht verhindern, dass ihre Hände zitterten.
»Hast du es genossen?«, fragte sie gespielt beiläufig. Lamont schwieg, und sie konnte sein Erstaunen beinahe körperlich fühlen.
»Was denkst du?«, fragte er dann, die Hände immer noch auf ihren Schultern.
Charlotte zupfte an ihren Handschuhen herum, um ihre Hände zu beschäftigen.
»Ich denke«, begann sie zögernd und verwünschte ihre eigene Unsicherheit, »dass du es unendlich viel mehr ausgekostet hättest, wenn ich dir vorher gesagt hätte, dass es das letzte Mal war.«
Schweigen. Allein dass Lamonts Hände ihre Schultern für einige Sekunden etwas fester umspannten, bewies, dass er sie gehört hatte. »Worauf willst du hinaus?«, fragte er.
»War das schwer zu verstehen? Wir werden uns nicht mehr sehen, zumindest nicht mehr in dieser Art.«
»So?« Lamont lachte. »Was du nicht sagst.«
Mit einer ruckartigen Bewegung drehte Charlotte sich zu ihm herum. »Du nimmst mich nicht ernst?«

»Aber nicht doch«, mokierte sich Lamont. »Mich verwundert dieser plötzliche Wandel zur Tugend nur ein wenig.«

»Ich werde bald heiraten.«

»Das ist mir bekannt. Vielleicht hast du da etwas missverstanden, Liebes, aber deine Unschuld bekommst du auch dann nicht zurück, wenn du die Tage vor deiner Ehe in strenger Enthaltsamkeit lebst.«

»Mach dich nur lustig«, antwortete Charlotte, entschlossen, sich nicht provozieren zu lassen. »Du weißt, dass ich nicht nur so daherrede. Glaub es oder nicht. Du wirst es schon bald merken.«

»Du denkst also, du kannst mich einfach so fallen lassen?«

»Sei nicht so dramatisch, Lamont.«

»Dramatisch?« In Lamonts Augen blitzte es erbost auf, so kurz, dass Charlotte glaubte, es sich nur eingebildet zu haben. »Du denkst also, dass ich mich stillschweigend deinen Wünschen füge, nur weil du meinst, plötzlich konventionell und tugendsam sein zu müssen?«

»Dir wird nichts anderes übrig bleiben.« Charlotte hatte ihre Ruhe wiedergefunden. »Ich habe nicht vor, mir das Stigma einer Ehebrecherin aufdrücken zu lassen, wenn unsere Liaison durch irgendeinen dummen Zufall ans Licht kommt. Und seien wir doch ehrlich: Um mich geht es dir gar nicht, schließlich hattest du nebenher immer eine Reihe von Gespielinnen. Du möchtest einfach nicht auf deine Informationsquelle verzichten.«

Lamont sah sie aus halb zusammengekniffenen Augen an. Sein weizenblondes Haar hing offen auf seine Schultern, und eine Strähne fiel ihm in ansprechender Art ins Gesicht. Er machte sich nicht die Mühe, sie beiseitezustreichen, sondern fixierte Charlotte unverwandt. »Was glaubst du, würde

Richard Moidore machen, wenn er erführe, dass er nur einen Körper aus zweiter Hand bekommt?«

Wut flammte in Charlotte auf und trieb ihr die Röte in die Wangen. »Wer sollte ihm das wohl sagen?«, fragte sie hitzig. »Du hättest doch viel zu viel zu verlieren. Das ist dein verletzter Stolz wohl kaum wert, abgesehen davon, dass dir kein Mensch glauben würde. Du und ich – das ist vollkommen absurd.«

»Ich könnte einem Freund einige Details deines Körpers nennen, und der könnte sie in Umlauf bringen, so als spreche er aus eigener Erfahrung.«

Charlottes Herz fing heftig an zu schlagen. Sie senkte kurz die Lider, dann hob sie den Blick wieder und sagte: »Du kannst wirklich unerträglich vulgär sein. Nun, derartige Informationen kann dein *Freund* auch von meiner *Ayah* haben. Ihr eine Affäre mit ihm anzuhängen, ist nicht weiter schwer, glaub mir. Ich würde sie wegen Unmoral und Verleumdung auf die Straße setzen, und sowohl mein Vater als auch die Moidores würden dafür sorgen, dass dein bedauernswerter Freund nie wieder ein falsches Wort verliert.« Sie zwang sich zu einem amüsierten Lächeln, das nicht recht zu dem ernsten Ausdruck in ihren Augen passen wollte. »Du siehst also, du kannst nichts weiter tun, als dich in meine Entscheidung zu fügen.«

»Ich habe dir schon einige Male gesagt, du sollst nicht mit mir spielen«, drohte Lamont.

Charlotte zuckte die Schultern. Finde dich damit ab, besagte ihr Blick. Ein unerwartetes Hochgefühl erfasste sie. Letzten Endes war sie doch die Stärkere von ihnen. Triumphierend sah sie Lamont in die Augen, und diesmal war ihr Lächeln nicht gespielt.

Lamont hielt ihrem Blick einen Moment lang stand, dann drehte er sich um und ging zu seinem Schreibtisch. Er zog eine Schublade auf und kramte kurz darin herum. Als er zurückkam, hielt er etwas in der Hand verborgen, das Charlotte nicht erkennen konnte.

»Dann bleibt mir wohl nur noch, dir viel Glück zu wünschen.« Er griff nach ihrer rechten Hand, öffnete sie und legte einen Beutel hinein.

Irritiert starrte Charlotte auf den Beutel, der schwer in ihrer Hand wog. »Was …«

»Silberdukaten. Feinste Amsterdamer Prägung, ein kleines Vermögen. Es sollte ausreichen, deine Dienste der letzten drei Jahre zu honorieren.«

Charlotte hatte das Gefühl, als zöge ihr jemand den Boden unter den Füßen weg. Sie öffnete den Mund und rang nach Worten, während alles vor ihren Augen verschwamm und ihre Brust sich in erregten Atemzügen hob und senkte. Mit der Heftigkeit eines Geschosses schleuderte sie Lamont den Beutel an die Brust und schlug ihn mit ihrer ganzen Kraft ins Gesicht. Lamont fuhr zurück, und im ersten Augenblick schien er zurückschlagen zu wollen. Er tat jedoch nichts weiter, als kurz den feuerroten Abdruck ihrer Hand auf seiner Wange zu berühren und zu sagen: »Ich lasse dein Pferd satteln.«

Als Lamont das Zimmer wieder betrat, hatte Charlotte bereits ihren Hut aufgesetzt und sich verschleiert. Den Blick auf seine Unterlagen gesenkt, sagte er: »Du weißt ja, wo es hinausgeht.«

Charlotte schaffte es, unbeobachtet ins Haus zu kommen, und eilte die Treppe hinauf in ihr Zimmer. Sie hatte das

Gefühl zu ersticken. Nie konnte jemand mit mehr Anstrengung Tränen zurückgehalten haben, als sie in der letzten halben Stunde. Beide Hände auf das Gesicht gedrückt, brach sie in krampfhaftes Weinen aus. Unfähig, sich von der Stelle zu rühren, stand sie mitten im Zimmer, und ihr Körper bebte vor Schluchzen.
Nachdem sie sich wieder beruhigt hatte, suchte sie ihr Kleid nach einem Taschentuch ab und tupfte sich Augen und Wangen trocken. Sie ging zu ihrem Waschtisch und goss Wasser in eine Schüssel. Im Spiegel konnte sie ihr Gesicht sehen: geschwollene rotgeweinte Augen, rotfleckige Wangen, eine wunde Unterlippe, weil sie die Zähne auf dem ganzen Weg nach Hause hineingegraben hatte, um nicht zu weinen. Eine Hure. Er hatte sie behandelt, als sei sie eine Hure, nichts weiter als eine der billigen Dirnen, mit denen er sich in den Etablissements vergnügte. Bei dem Gedanken daran stiegen ihr erneut die Tränen in die Augen. Mit einer trotzigen Bewegung wischte sie sich mit dem Handrücken über die Lider und blinzelte hastig. Lamont hatte genau gewusst, dass es außer ihm nie einen anderen Mann gegeben hatte. Er hatte sie beleidigen wollen, sagte sie sich, aber er hatte in ihr nicht wirklich eine Hure gesehen. Das hätte er doch nicht ausgerechnet in dem Moment zugegeben, in dem sie um des Anstands willen die Affäre mit ihm beendet hatte.
Der Gedanke an die Hochzeit legte sich wie ein Stein auf ihr Gemüt. Charlotte wollte ein leinenes Tuch ins Wasser tauchen, hielt aber in der Bewegung inne und dachte an die bevorstehende Feier. Noch eine Woche. Plötzlich wünschte sie, sie könne Richard gestehen, dass er nicht der erste Mann für sie sein würde – ein Wunsch, der so absurd war, dass

Charlotte bei dem Gedanken daran beinahe gelacht hätte. Aber es würde ihr das Theater in der ersten Nacht ersparen. Eine Inderin aus der schwarzen Stadt, die auch als Hebamme fungierte, hatte ihr Tricks verraten, mit denen sie in der Hochzeitsnacht für das nötige Jungfrauenblut sorgen konnte. Missmutig warf sie das Leinentuch ins Wasser, das aufspritzte und Tropfen an der Wand und auf ihrem Kleid hinterließ.
In weniger als einer Stunde würde Richard zu Besuch kommen. Charlotte nahm das Leinentuch aus dem Wasser und wusch sich das Gesicht, dann sah sie in den Spiegel und übte einige Male ein strahlendes Lächeln. Energisch zog sie an dem Klingelstrang, um ihre *Ayah* zu rufen. Sie würde ein cremeweißes Kleid anziehen, cremeweiß und golddurchwirkt, so dass ihre dunklen Haare und Augen vorteilhaft zur Geltung kamen. Erneut lächelte sie ihr Spiegelbild an, und diesmal sah das Lächeln schon wesentlich besser aus. Richard würde denken, sie sei noch dieselbe wie am Vortag.

»Es tut mir leid, dass Ihre Tochter krank ist, Sir«, sprach Jonah Jack gegenüber sein Bedauern aus. »Ich hoffe, es geht ihr mittlerweile besser.«
Zerstreut sah Jack von seinen Unterlagen auf. »Nicht nennenswert.« Besorgnis umschattete seine Augen. Er hatte schlecht geschlafen. Wenige Tage vor ihrer Hochzeit war Charlotte krank geworden, und niemand kannte die Ursache. Alles hatte auf einen verdorbenen Magen hingedeutet, aber die ständige Übelkeit nahm kein Ende. Zu ihrer Hochzeit war es besser geworden, aber mittlerweile schien es ihr wieder schlechter zu gehen. Richard hatte es ihm am Morgen

mitgeteilt, und auch, dass Charlotte sich weigerte, einen Arzt zu konsultieren.
Jonah räusperte sich verlegen. Er stand mit einem Brief in der Hand neben der Tür und wartete darauf, dass Jack ihm weitere Anweisungen gab. Wie ein Laufbursche kam er sich vor – ein Laufbursche mit einem Bein. Eine Ironie, für die er nicht unempfänglich war.
»Was amüsiert Sie so?«, fragte Jack, dem das belustigte Zucken um Jonahs Mundwinkel nicht entgangen war.
Ertappt fuhr Jonah zusammen. »Nichts von Bedeutung, Sir. Nur so ein Gedanke«, redete er sich heraus. »Gibt es noch etwas für mich zu tun, Sir?«
»Nein.« Jack nahm wieder hinter seinem Schreibtisch Platz, und Jonah war damit entlassen. Zerstreut blickte Jack auf die letzte Schneiderrechnung von Charlotte. Seine Frau hatte es ausgenutzt, dass er zu besorgt um die Gesundheit seiner Ältesten war, um sich über banale Dinge wie eine zu hohe Rechnung zu ärgern. Der Zeitpunkt war kalkuliert gewählt, auch wenn Claire noch so unschuldig tat.
Zudem belastete ihn die Sache mit Elisha und Jamie. Er wusste nicht, was genau Jamie ihr gesagt hatte, weil sie sich weigerte, darüber zu sprechen, aber Jamies betretenes Gesicht einen Tag später hatte Bände gesprochen. Jack war wütend auf ihn. Dass Elisha ihn zurückgewiesen hatte, mochte ihn gekränkt haben, aber das war noch lange kein Grund, sich so aufzuführen. Zwar hatte Jamie ihm einen Brief mitgegeben, in dem er Elisha lang und breit um Verzeihung bat, aber solange Elisha nicht bereit war, die Sache zu begraben, solange würde Jamie kein gern gesehener Gast mehr im Hause Legrant sein. Niemand, der seine Mädchen beleidigte, war in Jacks Haus willkommen.

Bei dem Gedanken an May breitete sich ein warmes Gefühl in Jacks Brust aus. Seine schüchterne kleine May, die langsam anfing, erwachsen zu werden. Wenigstens eine Tochter, bei der es keinerlei Probleme hinsichtlich Eheschließung und Wahl des Ehemanns geben würde. Zwar hatte Jack das Fehlen von Widerspruchsgeist immer für langweilig gehalten – zumindest, was seine Töchter betraf, aber keinesfalls bei Claire –, doch der Gedanke an eine Verlobung und Heirat in vollkommener Harmonie legte sich wie Balsam auf seine Seele.

Charlotte lag im Bett, das Gesicht von einem leichten Schweißfilm überzogen, und rang mit ihrer Übelkeit. Obwohl sie sich fühlte, als habe sie mittlerweile sämtliche Eingeweide erbrochen, war sie guter Stimmung – soweit das in ihrem Zustand möglich war. Morgens hatte ein Ziehen im Unterleib endlich die gewünschte Bestätigung angekündigt, dass Lamont ihr kein Andenken an ihn hinterlassen hatte. Vor Erleichterung hatte sie sich prompt ein weiteres Mal übergeben. Dass sich zu ihrem elenden Zustand nun auch noch Unterbauchschmerzen hinzugesellten, war ihr so willkommen, dass es schon beinahe abartig war. Dabei sollte sich ihre Freude trotz allem in Grenzen halten, denn dass keine Schwangerschaft bestand, konnte nur bedeuten, sie war ernsthaft krank. Am liebsten hätte sie Lamont die Schuld daran gegeben, denn krank geworden war sie genau einen Tag nach diesem letzten unseligen Treffen mit ihm.

Richard hatte sich seit ihrer Heirat sehr rücksichtsvoll gezeigt, selbst als sie in der Hochzeitsnacht mit dem Kopf über dem Nachttopf hing und ihr gesamtes Hochzeitsmenü erbrach. Nie zuvor war ihr etwas so peinlich gewesen, aber

Richard hatte nicht angeekelt weggesehen, sondern neben ihr am Boden gekniet und ihre Schultern gehalten. Später hatte er ihr mit einem feuchten Tuch das Gesicht abgewischt, und noch später, als es ihr wieder besser ging, hatte er mit ihr geschlafen. Zwar hatte er ihr angeboten, den Ehevollzug zu verschieben, was sie ihm hoch anrechnete, aber Charlotte war einfach zu neugierig auf ihn gewesen, um darauf einzugehen. Richard hatte sich als geduldiger und überraschend guter Liebhaber erwiesen. Alles in allem hatte sie also keinen so üblen Schnitt gemacht.

Elisha betrat mit einem Buch in der Hand Charlottes Zimmer. Ihre Mutter nötigte sie jeden Tag, ihre Schwester zu besuchen und ihr vorzulesen, um ihr die Bettlägerigkeit zu erleichtern.

Nach ihrem Fiasko mit Jamie konnte Elisha nur daran gelegen sein, betonte Claire, dass Oscar und Richard in ihrem Freundeskreis erzählten, wie aufopfernd Elisha sich um ihre kranke Schwester bemühte.

»Wie geht es dir?«, fragte Elisha desinteressiert und zog einen Stuhl heran. Sich aufs Bett zu setzen, hatte sie nach dem ersten Versuch aufgegeben, als ein für eine Kranke erstaunlich kräftiger Tritt sie unsanft darauf aufmerksam machte, dass Erschütterungen des Bettes bei Charlotte Übelkeit erzeugten.

»Sei so gut und bring mir etwas zu trinken. Ich möchte wissen, was sich dieses unfähige Dienstmädchen dabei denkt, die Karaffe ans andere Ende des Zimmers zu stellen.«

Mit einer unbeherrschten Bewegung goss Elisha gesüßte Zitronenlimonade in einen silbernen Becher und reichte ihn Charlotte so abrupt, dass die klebrige Flüssigkeit über das Laken und Charlottes Hand schwappte.

»Du bist und bleibst ein tollpatschiger Trampel«, schimpfte Charlotte. »Bring mir einen Lappen, und dann läute nach dem Mädchen, damit sie die Laken wechselt.«

»Läute selbst«, antwortete Elisha und knallte ihr einen nassen Waschlappen aufs Bett. »Direkt neben dir hängt der Klingelstrang.«

»Merk dir endlich, wie du dich zu verhalten hast.«

»Und du merk dir endlich, dass ich nicht dein Lakai bin.«

Zornig schlug Charlotte das Laken zurück, was eine erneute Welle der Übelkeit auslöste. Würgend griff sie nach dem Klingelstrang, riss daran und sank auf das Bett zurück.

Elisha wartete, bis das Zimmermädchen erschienen und die Laken gewechselt hatte, dann schlug sie das Buch auf und begann zu lesen.

»Was, um alles in der Welt, soll das sein?«, unterbrach Charlotte sie.

»Eine Geschichte zwischen zwei Liebenden, die …«

»Ich meine, warum du liest wie eine Sechsjährige.«

»Ach so.« Elisha klappte das Buch zu und sah auf den Einband, als müsse sie sich auf eine Antwort besinnen. »Die Geschichte ist auf Sanskrit, und ich übersetze beim Lesen.«

»Wie reizend. Und darf man auch fragen, warum du denkst, es könnte mich interessieren?«

»Ich musste schon dreimal deinetwegen meine Übungen absagen«, entgegnete Elisha aggressiv. »Also habe ich Mama gesagt, ich lese dir vor, möchte aber dabei üben. Papa war von der Idee begeistert.«

»Papa ist von allem begeistert, was du tust.« Verstimmt starrte Charlotte an die Decke. »Dann lies schon weiter.«

Wort für Wort hangelte sich Elisha durch den Text, stockte, las dann weiter.

»Das ergibt überhaupt keinen Sinn, was du da liest«, beschwerte sich Charlotte.

»Du meinst den letzten Satz?« Elisha runzelte die Stirn. »Das dachte ich mir auch schon. Ich muss ein Wort überlesen oder falsch übersetzt haben.« Konzentriert ging sie den Satz noch ein weiteres Mal durch. Als sie ihn das vierte Mal vorlas, schnitt Charlotte ihr mit einer wütenden Handbewegung das Wort ab.

»Das reicht. Schick mir morgen May.«

Elisha bemühte sich um ein bekümmertes Gesicht. »Ich gebe mir wirklich alle Mühe.«

»Hm, meinetwegen. Du kannst jetzt gehen, ich bin müde.« Charlotte drehte ihr den Rücken zu und zog ihre Decke bis zum Kinn.

Auf dem Korridor gestattete Elisha sich ein breites Lächeln. Sie hatte nicht zu hoffen gewagt, dass es schon beim ersten Mal klappte.

Shalina presste sich ein Taschentuch an die Augen und war untröstlich, weil ihr Sohn Vikram einen Tag zuvor abgeholt und in den Palastbereich seines Vaters gebracht worden war. Es war an der Zeit, einen Mann aus ihm zu machen. Etwas hilflos saß Elisha neben ihrer weinenden Freundin und wusste nicht, was sie sagen sollte. Die fünfjährige Tara ging zu ihrer Mutter, um sie zu umarmen, wurde aber grob zurückgewiesen.

»Also weißt du, Shalina«, sagte Elisha und zog die Kleine an sich. »Bei allem Kummer, aber …«

»Du kannst überhaupt nicht mitreden«, fuhr Shalina sie an. »Dir hat keiner dein Kind weggenommen.«

»Ich glaube dir gern, dass es schwer ist, aber du hast Tara und Menakshi.«

»Menakshi!« Shalina hatte sich immer noch nicht damit abgefunden, dass ihr drittes Kind ein Mädchen war.

Elisha tat es weh, sie so reden zu hören, und sie hatten sich deswegen schon oft gestritten. Dabei war Menakshi wirklich ein süßes Baby. Allein an den pummeligen Armen und Beinen sowie den runden Händen mit den Grübchen konnte Elisha sich stundenlang ergötzen. Auch wenn sie derzeit den Gedanken an eine Ehe lieber verdrängte, konnte sie nicht leugnen, dass sie gerne ein solches Baby hätte. Sie hatte diesen Gedanken einmal beiläufig vor ihrer Mutter geäußert, die vor Schreck erstarrt war und sie angesehen hatte, als liefen die grauenhaftesten Bilder von öffentlicher Schande vor ihren Augen ab. Es hatte Elisha den halben Tag gekostet, sie davon zu überzeugen, dass es nur ihre Liebe zu Kindern war, die sie sprechen ließ, und nicht das Vorhaben, selbigen ohne Ehemann auf die Welt zu verhelfen.

»Wirst du Vikram denn nicht ab und zu sehen?«, fragte sie. »Ich dachte, dein Mann hätte dir zugesagt, ihn dir bringen zu lassen, wenn du den Wunsch danach hast.«

»Das ist doch überhaupt nicht dasselbe.«

Elisha seufzte und widmete sich Tara, die in ihren Armen langsam ungeduldig wurde. »Meine Schwester ist sehr krank«, sagte sie, um das Thema zu wechseln.

Shalina machte sich nicht einmal die Mühe, so zu tun, als interessiere es sie. »Welche?«, fragte sie dennoch.

»Charlotte.«

Nachlässig zuckte Shalina die Schultern und ging nicht weiter darauf ein. Mit einem erneuten Weinkrampf sank sie auf die Kissen.

Ein hellhäutiges junges Mädchen trat durch den Vorhang und brachte kalte Getränke. Sie kniete vor Shalina, während sie ihr das erfrischende Getränk einschenkte. Shalina nahm das Getränk entgegen, wartete, bis Elisha ebenfalls bedient worden war, und schickte das Mädchen unwirsch wieder fort.
»Sein neues Spielzeug«, sagte sie verächtlich. »Perserin.«
Ein Anflug von Mitleid mit der Sklavin beschlich Elisha. Vermutlich würde es ihr gehen wie ihren Vorgängerinnen. Sie würde der Zerstreuung des Fürsten dienen und dann aufgrund ihrer Unfähigkeit, ihm Kinder zu schenken, rasch wieder vergessen sein. Dann war sie Shalina ausgeliefert, die sehr ungnädig mit ihr verfahren würde. Die Kinderlosigkeit der Sklavinnen war ihr einfach unbegreiflich. Shalina hatte in ihren sechs Ehejahren bereits drei Kinder geboren, und dennoch schien sie überaus zuversichtlich, dass es keiner anderen Frau vergönnt sein würde, ihr in dieser Hinsicht Konkurrenz zu machen.
Auch wenn sie wusste, dass es unumgänglich war, dass Vikram bei seinem Vater erzogen wurde, grollte Shalina ihm. Zudem war da das persische Mädchen, dem er mehr Aufmerksamkeit schenkte als den Sklavinnen zuvor – selbst mehr als seiner Ehefrau zurzeit. Es verging kaum ein Tag, an dem er das Mädchen nicht rufen ließ.
»Er wird bald das Interesse an ihr verlieren«, sagte Elisha, um ihre Freundin zu trösten. Sie herzte Tara, die noch immer auf ihrem Schoß saß.
»Wann auch immer das sein wird«, antwortete Shalina, »es wird nicht schnell genug sein.«
Elisha stand auf und schlug vor, ins Badehaus zu gehen. Das Badehaus war aus hellem Marmor und in mehrere Räume

unterteilt. Am liebsten mochte Elisha das Dampfbad und das große Schwimmbecken, das im zentralen Raum in den Boden eingelassen war. Um das große Becken herum lagen Ruhekissen aus Seide in leuchtenden Farben und mit wertvollen Garnen bestickt. Spiegelnde Wände und Mosaike, Wandbemalungen, die Geschichten erzählten, beherrschten den Raum, in dem der Duft nach Rosen hing. Eine ältere Frau war im angrenzenden kleinen Raum dabei, verschiedene duftende Öle zusammenzumischen, und blickte nur kurz auf, als Elisha und Shalina an ihr vorbeikamen. Sie war eine der persönlichen Dienerinnen der Fürstin und kannte diese schon seit deren Kindheit.
Im Dampfbad lehnte Elisha den Kopf an den Marmorrand des Beckens und beobachtete Shalina durch die Dampfschwaden. Ihre Freundin saß ihr gegenüber, die Augen geschlossen, und einige schwarze Strähnen klebten feucht an ihrer Wange. Elisha wurde bewusst, dass Shalina einiges von ihrer Unbeschwertheit eingebüßt hatte, nur wann genau das angefangen hatte, konnte sie nicht sagen. Sie sah sich und Shalina vor sich, wie sie als Kinder gewesen waren, hörte das Lachen, das Tappen von Füßen auf dem Marmorboden, sah das fliegende Haar. Das Leben im Palast war ihr auf manche Weise vollkommener erschienen als ihr eigenes, aber in Momenten wie diesen dachte sie, dass sie nicht tauschen wollte. Sie hätte nicht mit dreizehn Jahren verheiratet und in eine fremde Gegend geschickt werden wollen, wissend, dass sie ihre eigene Familie vielleicht nie wiedersah. Das musste das Schwerste sein, dachte Elisha. Dass Ashok immer wieder andere Frauen zu sich holte – was nach Landessitte sein gutes Recht war –, war für Shalina ebenfalls ein ständiges Ärgernis, auch wenn sie dazu erzogen worden war, es zu

akzeptieren. Jetzt hatte sie ihren Sohn nicht mehr bei sich, und Elisha war sich sicher, dass sie ihre Töchter nur als mangelhaften Ersatz für ihr geliebtes erstgeborenes Kind sah. Elisha schloss die Augen und fühlte sich ein wenig desillusioniert. Sie fragte sich, wie viel von beiden Kulturen sie brauchte, um glücklich zu sein.

Die leisen Schritte der Sklavinnen, die sich vergewisserten, ob ihre Dienste gebraucht wurden, waren das einzige Geräusch, das die Stille durchbrach. Erst das Plätschern des Wassers sagte ihr, dass Shalina das Dampfbad zu verlassen gedachte. Augenblicklich war ein Mädchen zur Stelle und wickelte sie in ein Tuch, in dem sie in den großen zentralen Raum ging. Elisha tat es ihr nach, und die Kühle des Wasserbeckens, in das sie stieg, war so köstlich, dass eine Welle des Wohlbehagens sie erfasste.

»Du kannst den Besuch bei mir heute nicht besonders genossen haben«, sagte Shalina. »Ich hätte dir schreiben sollen, dass es ein ungünstiger Zeitpunkt ist, wegen Vikram, aber ich war der Meinung, deine Anwesenheit würde mich ein wenig trösten.«

Elisha fühlte sich geschmeichelt und war verlegen, so dass ihr keine passende Antwort darauf einfiel. Sie saß neben ihrer Freundin auf der untersten Stufe des Beckens und sah auf die Wasseroberfläche, die das Licht der Kerzen auffing. Es gab keinerlei Fenster nach draußen, und so waren die Kerzen die einzige Lichtquelle.

13

Madras, Januar 1756

In Damiens Beziehung zu Laata hatten sich wieder die früheren Gewohnheiten eingestellt, was bedeutete, dass er sie diskret darauf aufmerksam machte, wenn er ihre Besuche wünschte, und sie ihn wieder verließ, kurz bevor das Haus zum Leben erwachte.

Von Zeit zu Zeit bekam er ein schlechtes Gewissen, sowohl Jane als auch Laata gegenüber. Ihm war klar, dass Laata sich in die Rolle, die sie spielte, niemals hätte hineinfinden müssen, wäre sie eine englische Dame und kein Dienstmädchen, deren Rang kaum über dem einer Sklavin lag. Zwar sorgte Damien dafür, dass sie in ihrer Beziehung auch auf ihre Kosten kam, aber dennoch ließ sich der bittere Nachgeschmack, der so manchen Nächten mit ihr folgte, nicht fortspülen. Er hatte seit er in England gewesen war, keine Frau mehr gehabt, rechtfertigte er sich, konnte jedoch die Stimme, die ihm sagte, dass diesem Umstand mit einer Eheschließung abgeholfen werden konnte, nicht zum Verstummen bringen.

Es war jedoch nicht die Befürchtung, ihr Verlobter könne ihr untreu sein, die Jane umtrieb, sondern dessen Andeutungen, nach Bombay zurückzukehren. Eines Nachmittags, als sie zusammen im Salon im Haus ihres Vaters saßen, sprach sie ihn darauf an.

»Ich wollte ohnehin mit dir darüber sprechen«, sagte Damien,

»allerdings war ich mir noch nicht sicher, ob ich mich wirklich dauerhaft dort niederlassen werde.«

»Und nun bist du dir sicher?«

»Ja.«

»Darf ich auch erfahren, warum du das nicht vorher mit mir besprochen hast?«

»Ich werde zunächst allein hinfahren und dich später holen.«

»Das war wohl kaum eine Antwort auf meine Frage«, ereiferte sich Jane. »Es ist deine Pflicht, mit mir vorher darüber zu sprechen.«

»Falsch, Jane, es ist meine Pflicht, für dich zu sorgen, wenn wir verheiratet sind, und dir einen gewissen Wohlstand zu verschaffen. Deine Pflicht ist es, mir anstandslos zu folgen.«

Auch wenn ihm klar war, dass er sich wie sein Vater anhörte, wenn dieser etwas befahl – eine Art, die ihm zutiefst missfiel –, mäßigte Damien seinen Ton nicht. Er wollte Jane nicht verletzen, und er wusste, dass sie nichts für die Situation, in der er sich befand, konnte, aber allein ihre Art, mit ihm zu sprechen und Forderungen an ihn zu stellen, war ihm zuwider, was ihr gegenüber zutiefst ungerecht war. Am liebsten hätte er ihr gesagt, dass er nichts weiter wollte, als zu fliehen, aus der Stadt, vor ihr, vor seiner Pflicht seiner und ihrer Familie gegenüber.

Jane sah ihn erschüttert an. »Wenn du immer noch wütend bist wegen der Sache mit dem Haus …«

»Nein, das ist es nicht«, beruhigte Damien sie. »Ich möchte einfach nicht in Madras bleiben.«

»Warum denn nicht?«

»Ich kann mich hier einfach nicht mehr einleben, und Bombay … es wird dir dort gefallen«, versprach er.

Zweifelnd zog Jane die Stirn kraus. »Ich kenne dort doch niemanden.«
»Das sollte ja nun nicht gerade ein Problem darstellen, oder?«
»Findest du nicht, dass du dich mir gegenüber sehr rücksichtslos aufführst?«
»Jane, ich werde nicht in Madras bleiben, und je eher du dich damit abfindest, umso besser für dich.«
»Und wenn ich mich damit nicht abfinden möchte?«
»Dann ist es dein Problem.«
Damien war kurz darauf gegangen. Abends machte ihm sein Vater bittere Vorhaltungen.
»Oliver hat mir erzählt, du hättest Jane aufgeregt und vollkommen aufgelöst zurückgelassen.«
»Wir waren uns uneinig darüber, wo wir fortan leben werden«, antwortete Damien.
»Darf ich fragen, wo das sein wird?«
»Ich wollte eigentlich in Ruhe mit dir darüber sprechen, aber jetzt, wo du es schon ansprichst: Ich werde bald wieder nach Bombay gehen.«
»Allein?«
»Zunächst ja.«
»Auf gar keinen Fall«, tat Calbraith die Idee ab. »Was ist nur los mit dir? Bis zu deinem sechsundzwanzigsten Lebensjahr hast du dich strebsam und zielgerichtet verhalten, und nun treibst du durchs Leben, ruhelos und von einem Ort zum anderen ziehend.«
Ausgesprochen zu hören, was er schon seit längerem dachte, bestärkte Damien in dem Entschluss, sich unwiderruflich dort niederzulassen, wo es ihn hinzog. »Ich weiß, dass es so aussehen muss, Vater, und wenn ich nun gehe, dann endgültig.«

»Dann heirate vorher.«
»Nein.«
Calbraith sah ihn fassungslos an. »Wie war das?«
»Ich möchte jetzt noch nicht heiraten.«
»Was heißt hier *noch nicht?* Das Mädchen wird dieses Jahr zweiundzwanzig. Willst du dich wieder damit herausreden, noch nicht für sie sorgen zu können? Das kannst du dir von vornherein sparen, Damien, ich weiß, dass du hervorragend verdienst.«
»Vater, dräng mich nicht, denn ich werde ja doch tun, was ich für richtig halte.«
»Warum, verdammt?«, fuhr Calbraith auf. »Gibt es in Bombay vielleicht eine Frau, der du nachstellst?«
Damien hielt dem Blick seines Vaters stand. »Ich stelle keiner Frau nach«, entgegnete er – wie er hoffte – wahrheitsgemäß.
»Ich will versuchen, dich zu verstehen«, sagte Calbraith, »aber du machst es mir wirklich nicht leicht. Jane ist hübsch, gut erzogen und wird eine hervorragende Ehefrau sein.«
»Das weiß ich.«
Calbraith goss sich etwas zu trinken ein und starrte eine Zeit lang schweigend in seinen Becher. »Und es gibt außer der Bengalin wirklich keine andere Frau in deinem Leben?«, fragte er erneut. »Sieh mich nicht so verblüfft an, denkst du, ich wäre blind? Du weißt doch, wie hier im Haus bei den Dienstboten getratscht wird. Robert denkt ebenso wie du, dass ich nichts merken würde, und solange ihr nicht anfangt, das Haus mit Bastarden zu bevölkern, soll es mir egal sein. Tut, was ihr tun müsst, aber ich werde nicht erlauben, dass einer von euch seine Pflichten seiner Familie gegenüber verletzt.«

»Was Ersteres anbelangt: Nein, es gibt keine andere Frau. Und was die Ehe mit Jane betrifft, war ich nie an ein Datum gebunden. Ich habe mich mit ihr verlobt, wie ich sollte, und wann ich heirate, entscheide ich selbst.«

Es war eine Diskussion, die Calbraith mit seinem Sohn seit dessen Ankunft schon etliche Male geführt hatte, und die Fruchtlosigkeit der Bemühungen ermüdete ihn. Einen kurzen Moment lang spielte er mit dem Gedanken, die ganze Sache in Absprache mit Oliver fallen zu lassen. Tat man Jane einen Gefallen damit, sie noch länger warten zu lassen? Aber dann schob er den Gedanken energisch beiseite. Er selbst hatte seinen Teil der Abmachung gehalten und Damien das teuerste Studium ermöglicht, das in England möglich war, und nun würde er nicht stillschweigend mitansehen, wie dieser sich weiterhin vor seinen Pflichten drückte. Eine Verbindung der Marchands, Plants und indirekt auch der Legrants wäre in jeder Hinsicht lohnenswert, sowohl gesellschaftlich als auch finanziell – ganz abgesehen vom Aspekt der jahrelangen Freundschaft.

»Wenn du wirklich gehst, Damien, dann ausdrücklich ohne meine Einwilligung. Aber du bist erwachsen und kannst tun, was du willst.«

Es dauerte nicht lange, die Formalitäten zu erledigen. Damien hielt einen Brief in der Hand, der ihn in seiner Absicht bestärkte, dass die Abreise das Richtige sein würde. Es war noch kein neuer Arzt eingetroffen, der seinen Platz eingenommen hatte. Einer war kurzfristig dort gewesen, hatte das Land aber nach mehreren Ruhranfällen wieder verlassen, mit der Begründung, das Klima bekomme ihm nicht. Ein weiterer Arzt war erwartet worden, hatte jedoch die Überfahrt nicht überlebt, als auf dem Schiff die Pocken ausbrachen. Wie man nicht hatte merken können, dass ein infizierter Patient an Bord war, hatte niemand verstanden. Das gesamte Schiff war in sicherer Entfernung zur Küste verbrannt und Besatzung und Passagiere waren genauestens untersucht worden, ehe sie an Land gehen durften.

»Werde ich dich wiedersehen?«, fragte Laata eines Nachts.

»Ich komme sicher hin und wieder nach Hause zu Besuch«, wich Damien aus. Laata verstand, dass ihre Beziehung damit beendet war, und schwieg. Sie war die letzten Monate so glücklich gewesen, wie seit Jahren nicht mehr, und weil ihr die Erfahrung gezeigt hatte, dass ihr Glück nie von Dauer war, war sie nicht traurig darüber, dass es irgendwann ein Ende fand. Damit hatte sie gerechnet. Aber sie war traurig darüber, dass es nicht noch ein wenig länger hatte dauern können.

Elizabeth war ebenfalls traurig über die Abreise ihres Sohns, versuchte jedoch, sich nichts anmerken zu lassen. Sie wusste, wie angespannt die Situation zwischen ihm und seinem Vater war, so dass sie ihn nicht auch noch belasten wollte. Niemand sprach mehr darüber, es war alles gesagt worden. Ihr war schon vor einiger Zeit klar geworden, dass es ein Fehler gewesen war, ihn in ein fest verplantes Leben pressen zu wollen. Warum nur, fragte sie sich, hatte Calbraith ihn nicht seinen Lebensweg gehen lassen, ohne dass daran nun Streit und ein ständiges schlechtes Gewissen gebunden waren? Damien war zu sehr darin bestrebt, ihm zu gefallen und zu zeigen, dass er ein anderer Mensch war als sein Vater. Aber dennoch war er nicht jemand, dem man eine Frau aufzwang und von dem man dann auch noch erwarten durfte, dass er eine glückliche Ehe mit ihr führen würde. Das widersprach seinem Charakter und seinem Freiheitsdrang. Er selbst ahnte nicht, dass er von seinem leiblichen Vater nicht nur das Aussehen, sondern auch die prägnantesten Wesenszüge geerbt hatte, und sie würde es ihm nie sagen. Wie sollte sie ihm auch begreiflich machen, dass daran nichts Verwerfliches war?

14

Bombay, Juni 1756

Jonah ließ den Brief seines Vaters sinken und starrte aus dem Fenster, dann blickte er wieder auf das Schreiben. *Pflicht*, las er, es folgten zwei Zeilen ermahnender Text und erneut *Pflicht*. Drei, zählte er, als ihm das Wort wieder ins Auge sprang und überflog die Zeilen. Zählte *Pflichtbewusstsein* auch? Einen Moment lang grübelte er über die Frage nach und entschied sich dagegen. Das Wort tauchte öfter auf als das Wort *dienstunfähig* (anstelle von verkrüppelt) im letzten Brief, überlegte er.

Jonah hielt den Brief an eine brennende Kerze und ließ ihm das gleiche Schicksal zuteil werden wie seinen Vorgängern. Im ersten Brief war sein Vater sehr vage geblieben, so als hege er die Befürchtung, Jonahs Bein werde erst in dem Moment abfallen, wenn er es aussprach. Im zweiten Brief war die Rede davon, dass er daheim immer willkommen sei. Die Betonung von einem Angebot, das selbstverständlich sein sollte, zusammen mit der häufigen Erwähnung von seiner Dienstunfähigkeit als Soldat, gaben Jonah nicht das Gefühl, wirklich erwünscht zu sein. Wegen seines letzten Briefes schien sein Vater jedoch außer sich geraten zu sein. Jonah war trotz allem ein Fenmore, und ein solcher wurde kein Schreiber in der Kompanie. Wenn Jonah schon nicht nach Hause kommen wollte, was niemand ernsthaft zu bedauern schien, dann sollte er sich doch wenigstens seiner Pflichten

gegenüber der Familie besinnen und etwas tun, das seinem Rang entsprach.
Nicht eine persönliche Zeile im ganzen Brief, dachte Jonah, als er das traurige Häuflein Asche ansah. Nicht einmal seine Mutter hatte diesmal etwas dazugeschrieben, obwohl sie sonst immer noch eine Zeile anfügte. Er biss sich auf die Lippen, sah wieder zum Fenster hinaus und sagte sich, dass es ihm ohnehin egal war. Er hatte sich mit seinen Eltern nie besonders gut verstanden.
Seufzend nahm Jonah einige Dokumente, die er geschrieben hatte, vom Schreibtisch, um sie Jack Legrant zu bringen. Während er über den Weg durch den Flur ging, fiel ihm auf, dass er stärker hinkte als gewöhnlich. Daran war das Wetter schuld, das feuchtheiße Klima des bevorstehenden Sommermonsuns, das seinen Stumpf schmerzen ließ. Zudem juckte sein Beinstumpf unter der Ledermanschette, die das künstliche Bein hielt, beinahe unerträglich. Leise vor sich hinfluchend, klopfte er an Jacks Tür und trat ein, kaum dass Jack ihm antworten konnte.
»Mr. Legrant, ihre …« Er hielt inne, als er Damien neben Jack stehen sah, und ein erfreutes Lächeln nahm seinem schmalen Gesicht einen flüchtigen Moment etwas von seiner Ernsthaftigkeit. »Dr. Catrall. Ich wusste nicht, dass Sie schon angekommen sind.«
»Vor wenigen Minuten erst, Jonah«, sagte Damien und begrüßte ihn herzlich. Es entstand eine Pause, und ehe dieses Schweigen anfing, peinlich zu werden, beschloss Jonah den Rückzug.
Jack und Damien wechselten einige höfliche Worte, dann ging Damien zum Hafen, um sich um sein restliches Gepäck zu kümmern. Die Brise vom Meer schaffte kaum Abkühlung,

und die Luft legte sich wie ein feuchtes Tuch auf Damiens Gesicht. Er veranlasste, dass sein Gepäck in das Gebäude der Kompanie gebracht wurde.

Als er das bunte Treiben am Hafen beobachtete, war Damien sich sicher, dass er Bombay nicht wieder würde verlassen können. Früher war er sich immer sicher gewesen, kein Ort könne ihn so sehr fesseln wie Madras, aber Bombay hatte seinen eigenen Zauber. Er schaute eine Zeit lang dem Beladen der Schiffe zu.

Es war ungewöhnlich trocken für Juni, und die Regenzeit schien dieses Jahr spät einzusetzen. Den Blick zum wolkenlosen Himmel gerichtet, überlegte Damien, welche verheerenden Folgen es hatte, wenn der Regen lange Zeit zu spät einsetzte. Im schlimmsten Fall konnte es zu Hungerkatastrophen führen, weil die Ernte vertrocknete.

Das Behandlungszimmer war seit Damiens Abreise kaum genutzt worden. Damien strich über die Holzplatte des Schreibtisches, der ihm in der Zeit seines Aufenthaltes so vertraut geworden war. Er hatte in London ein neues Mikroskop bestellt, das erst wenige Tage vor seiner Abreise aus Madras angekommen war. Es war ein neueres Modell als das von Culpeper. John Cuff hatte ein Mikroskop mit senkrechtem Tubusträger und einem Beleuchtungsspiegel, der unter der Stelle war, an der das Präparat liegen würde, entworfen. Bisher hatte Damien noch nicht damit gearbeitet und freute sich schon darauf, es auszuprobieren.

Auch wenn Damien sich sicher war, diesmal endgültig den richtigen Weg gewählt zu haben, wusste er nicht, warum das Gefühl von Unzufriedenheit nicht von ihm weichen wollte. Lag es daran, dass er in den letzten anderthalb Jahren nichts weiter getan hatte, als mit seiner Lebenssituation zu hadern?

Er hatte sich in Madras so unwohl gefühlt, dass es ihm schien, als würde er sogar seine Arbeit nur halbherzig erledigen.

Elisha tupfte sich Stirn und Schläfen mit einem Taschentuch ab. Sie stand in ihrem Zimmer und legte beide Hände an den Bettpfosten, um Halt zu finden, als Maja anfing, sie zu schnüren. Maja hatte sich mittlerweile recht gut in ihre Rolle eingefügt, und manchmal erschien sogar ein flüchtiges Lächeln auf ihrem sonst so verschlossenen Gesicht.
Sie stellte sich hinter Elisha und zog heftig an den Schnüren, so wie Claire es ihr eingeschärft hatte. Elisha japste und umklammerte den Pfosten. Ein weiterer heftiger Ruck ließ sie die Augen schließen. Über den Reifrock aus Fischbein wurde der Überrock drapiert, dann folgte das Hemdchen, das über das mit einer Stahlfeder verstärkte Fischbeinkorsett gezogen wurde, und zu guter Letzt das Abendkleid.
Aber Damien würde kommen, und allein dafür lohnte sich der Aufwand. Seit sie wusste, wann er eintraf, zählte sie die Tage und lag nachts stundenlang wach, um mit offenen Augen zu träumen. Dass er immer noch verlobt war, verdrängte sie dabei erfolgreich, zumindest so lange, bis sie einschlief. Manchmal wachte sie dann in den frühen Morgenstunden wieder auf, und der Gedanke an seine Verlobte raubte ihr den Schlaf, bis es an der Zeit war, aufzustehen.
Elisha fühlte sich, als sei sie selbst einer geheimnisvollen indischen Nacht entstiegen, als sie in ihrem dunkelblauen Kleid vor den Spiegel trat. Sie strich über die schimmernde Seide und drehte sich zur Seite, um zu sehen, wie sie aussah. War das Kleid vielleicht nicht doch ein wenig zu aufwendig für ein Abendessen? Aber andererseits wünschte ihre Mutter, dass sie elegant gekleidet war, und außer Damien, Charlotte

und Richard, die ja zur Familie gehörten, würde ein Mann kommen, den Elisha noch nicht kannte. Er war erst seit kurzem in Bombay, und ihre Mutter hatte bereits betont, dass er aus bester Familie stammte – was ein eindeutiger Hinweis auf das Ziel war, dem dieses Essen diente. Auch ihr Vater hatte sich bereits lobend über den Mann geäußert, was besonders alarmierend war. Elisha hatte sich sofort vorgenommen, ihn nicht leiden zu können. Außerdem hieß er mit Vornamen Ambrose. Sie konnte unmöglich einen Mann für eine Ehe in Erwägung ziehen, der Ambrose hieß. Wenn ihr Vater von seinen Töchtern sprach, würde er sagen: Charlotte und Richard, Elisha und Ambrose. Da nützte es wenig, dass der Mann ein Lord war. Sie hatte bereits eine recht klare Vorstellung von ihm. Abgesehen davon, dass er ziemlich alt war – Ende dreißig –, konnte ein Mann mit diesem Namen nur mager und verknöchert sein. Ihr Vater würde verstehen müssen, dass eine solche Verbindung indiskutabel war.

Durch ihre Krankheit hatte Charlotte gerade genug abgenommen, damit ihre ohnehin schon schmale Taille so zart wirkte, als könne ein kräftiger Mann sie mit beiden Händen umspannen. Es verschaffte ihr eine gewisse Befriedigung, dass ihr Leiden wenigstens diesen angenehmen Nebeneffekt hatte. Sie war erst seit wenigen Monaten wieder gesund, und wäre sie abergläubisch, würde sie sagen, dass Lamont schuld an ihrer Krankheit war. Sie war erst krank geworden, nachdem sie sich auf so unglückliche Art von ihm getrennt hatte, und bei jedem Gedanken an ihre letzte Begegnung hatte sich die Übelkeit verstärkt. Auch als es ihr endlich besser ging, reichte die Erinnerung, und sie fühlte sich elend. Erst als sie anfing, sich mit dem Ende ihrer Beziehung abzufinden und sich nicht mehr den Kopf darüber zu zerbrechen, ging es ihr gesundheitlich besser. Sie hatte ihn seitdem nicht wiedergesehen. Zwar war er immer noch Gast im Hause der Moidores, aber anfangs war Charlotte zu krank gewesen, um ihn zu begrüßen, und nun war er geschäftlich verreist. Die Art von Geschäften war ihr nur zu gut bekannt, und sie konnte ihr spöttisches Lächeln nur mit Mühe verbergen, als Richard ihr davon erzählt hatte.

Charlotte warf noch einen prüfenden Blick in den Spiegel, dann schickte sie ihre *Ayah* fort und griff nach einem Elfenbeinfächer. Wenn es doch nur nicht mehr so heiß wäre.

»Da bist du ja«, begrüßte Richard sie, als sie die Eingangshalle betrat. Sein Blick streifte das smaragdgrüne Kleid, das ihre Augen und ihr dunkles Haar so wunderbar zu Geltung brachte. Aber immer noch suchte Charlotte vergeblich etwas davon, das sie in den Blicken der anderen Männer sah.

»Wie heißt noch gleich der Graf, den mein Vater eingeladen hat?«, fragte sie, als sie an seinem Arm das Haus verließ.

»Ambrose Mason.«

»Woher genau kommt er?«

»Landadel aus Kent. Die letzten Jahre hat er im Großen und Ganzen damit verbracht, in der Gegend herumzureisen. Ich höre zum ersten Mal von ihm, was nur bedeuten kann, dass er in keinen nennenswerten Skandal verwickelt war.«

Oder aber er war so langweilig, dass er kein Gespräch wert war, fügte Charlotte im Stillen hinzu. Ihre Mutter hatte ihr anvertraut, dass sie Lord Mason ernsthaft als Anwärter für Elisha in Erwägung zog. Offenbar hatte er sogar ihren Vater beeindruckt. Elisha würde also den Abend in Damiens und Lord Masons Gegenwart verbringen. Ein Mann, in den sie verliebt war und den sie nie würde heiraten können, und einen, den zu heiraten sie vielleicht ernsthaft genötigt werden würde und den sie – wie Charlotte ihre Schwester kannte – nicht wollte. Aber viel länger konnte ihr Vater schließlich nicht warten, immerhin war sie bereits einundzwanzig Jahre alt. Charlotte lächelte. Der Abend versprach, unterhaltsam zu werden.

Damien traf die Familie im Salon an, und sein Blick suchte zuerst Elisha. Obwohl sie es sichtlich vermied, zu große Freude zu zeigen, ging ein Strahlen über ihr Gesicht. »Schön, dass du wieder da bist«, sagte sie.

»Ich freue mich auch.« Weniger als zwei Jahre hatten sie sich nicht gesehen, und doch kam sie ihm um vieles erwachsener vor, anziehender, obwohl sich ihr Aussehen kaum geändert hatte. Ihr Lächeln hatte immer noch die gleiche Offenheit, wirkte aber charmanter und reifer.

Ihm wurde bewusst, dass er sie anstarrte, und so wandte er sich an May. Sie war gewachsen und würde im August – er überlegte – fünfzehn Jahre alt werden. Er hatte kaum an sie gedacht und war deshalb im ersten Moment überrascht, nicht das Kind zu sehen, das er erwartet hatte. Ihre Wangen waren nicht mehr kindlich rund, sondern sie wies bereits die feinen Gesichtszüge ihrer Mutter auf, und auch ihr Körper war weiblicher geworden. Sie würde nie eine Schönheit wie Charlotte werden, aber sie war auf eine konventionelle Art hübsch, was die Lieblichkeit ihres Gesichtes unterstrich. Selbst ihre Schüchternheit ihm gegenüber hatte sie abgelegt, stellt er amüsiert fest, als sie ihn begrüßte.

Claire Legrant war immer noch dieselbe wie früher, ebenso wie Charlotte, deren Schönheit ihn erneut in Erstaunen versetzte. Es war ungewohnt, sie an Richards Seite als seine Ehefrau zu sehen, noch dazu, weil er in Richards Augen nicht die geringste Ergebenheit bemerkte, die sie von Männern gewohnt sein musste. Während Damien noch über diese Tatsache nachdachte, bemerkte er, wie Richard Elisha ansah, als er sie grüßte, und ein kurzes, bitteres Gefühl der Eifersucht wallte in ihm auf, das er eilig wieder verdrängte.

Elisha hatte seine Blicke bemerkt, ebenso, dass er sich plötzlich abwandte und sie danach nicht weiter beachtete. Zwar unterhielt er sich mit ihr wie mit allen anderen, aber es war nichts mehr zu spüren von der Zuneigung, die sie bei der Begrüßung bemerkt hatte. Sie war unruhig, einerseits wegen Damien, andererseits, weil die Ankunft von Lord Mason bevorstand.

Ambrose Mason traf ein, kurz bevor es an der Zeit war, das Essen aufzutragen. Zu ihrer Bestürzung musste Elisha sich eingestehen, dass er mit dem Bild, das sie sich bereits innerlich von ihm gemacht hatte, absolut nichts gemein hatte. Er hatte dunkles Haar, das halb von einer Perücke bedeckt wurde und an den Schläfen bereits ergraute. Intelligente blaue Augen beherrschten sein Gesicht, das zwar nicht gut aussehend, aber in seiner Eigenwilligkeit attraktiv wirkte. Selbst seine hochgewachsene schlanke Figur entsprach nicht dem, was Elisha erwartet hatte. Irritiert musste sie ihr Phantasiebild verwerfen und somit auch die kalte Ablehnung, die sie ihm entgegenbringen wollte und die seine Ausstrahlung und die tiefe, angenehme Stimme nicht zulassen würden. Weit davon entfernt, sich in ihn zu verlieben – denn ein alter Mann war er dennoch –, musste sie sich eingestehen, dass sie ihn anziehend fand.

Bei Tisch beherrschte er das Gespräch, was daran lag, dass er viel Neues zu erzählen hatte. Eben kam er aus England – ein

kurzer Abstecher nach Hause, denn sein Leben hatte er seit seinem Eintritt ins Erwachsenenalter auf Reisen verbracht. »Die meiste Zeit in Indien«, sagte er. »Vor meiner Reise nach England war ich in Goa zu Gast bei einem portugiesischen Arzt, der auch einige Monate in Surat verbracht hat.«
Es stellte sich heraus, dass der Arzt auch Damien bekannt war. »Ich habe ihn kennen gelernt, ehe ich zum Studieren nach England gegangen bin. Wir haben eine Zeit lang in Surat gelebt, während Madras von den Franzosen besetzt war.«
»Ah, Sie haben in England studiert? Dann ist Ihnen das neue Prinzip der Pockenimpfung bekannt?«, fragte Lord Mason.
»Ich habe davon gehört«, erwiderte Damien, »aber bisher habe ich noch niemanden kennen gelernt, der es ausprobiert oder sich für einen Versuch zur Verfügung gestellt hätte.«
»Handelt es sich nicht um das Verfahren, den Keim zu injizieren und darauf zu hoffen, dass der Körper dadurch die Pocken bekämpft und dauerhaft vor der Krankheit geschützt ist?«, fragte Richard. »Ich halte das für extrem bedenklich.«
»Es ist durchaus wirkungsvoll«, widersprach Damien, den das Prinzip der Immunisierung schon seit längerem beschäftigte. »Hier in Indien findet es bereits vereinzelt Anwendung.«
»In England sind es meines Wissens nach zwei oder drei Ärzte, die es praktizieren«, sagte Lord Mason.
»Ich halte es für den reinen Selbstmord«, sagte Charlotte, »sich freiwillig mit dieser Krankheit zu infizieren. Eine derartige Torheit kann kein Mensch zulassen, der klar bei Verstand ist.«
Lord Mason neigte sich vor, sichtlich angetan von ihrer Schönheit, jedoch ohne das geringste Interesse an ihr. »Ich

bedaure, Ihnen widersprechen zu müssen, aber es ist alles andere als selbstmörderisch. Ich selbst habe das Verfahren ausprobiert und es überstanden.«
»Sie haben sich freiwillig eine Pockenerkrankung zugezogen?«, fragte Richard entsetzt. Damien war fasziniert und hätte am liebsten genauer nach den Folgen der Impfung gefragt und sich die Stelle angesehen, wo der Keim injiziert worden war, hielt sich aber zurück, weil derartige Ausführungen bei Tisch wohl gänzlich unpassend waren. Charlotte sah auch so bereits aus, als fürchte sie, sich bei dem unbekannten Gast anzustecken.
»Es verlief vollkommen unproblematisch«, sagte Lord Mason, »und« – er lächelte Charlotte an – »es besteht keinerlei Gefahr eines Ausbruchs oder einer Ansteckung.«
»Er hat Recht«, fügte Damien hinzu, »das bestätigt auch, was ich über das Verfahren gehört habe. Ich würde mich freuen, Mylord, wenn Sie in den nächsten Tagen die Zeit finden würden, mich zu besuchen und mir mehr darüber zu erzählen.«
»Es ist mir ein Vergnügen«, entgegnete Lord Mason lächelnd.
»Was trägt man bei Hofe?«, fragte Charlotte, um von dem grauenhaften Gespräch über Pocken abzulenken. Allein bei dem Gedanken daran schüttelte sie sich vor Abscheu.
Lord Mason lachte und erzählte bereitwillig von seinen Besuchen bei Hofe und der neuesten Mode, wobei er seine Erzählungen mit Anekdoten würzte, die die gesamte Tischgesellschaft mehrmals in schallendes Gelächter ausbrechen ließen.
Elisha wurde von der allgemeinen Heiterkeit angesteckt, konnte ihre Gedanken aber weder von Damien lösen noch von dem wunderbaren Verfahren, das einer Krankheit wie

den Pocken ihren Schrecken nahm. Ob Damien es an ihr ausprobieren würde? Wie gerne würde sie die Erste in der Gesellschaft von Bombay sein, die den Mut bewies, eine solche Methode auszuprobieren. Eine Vorreiterin der modernen Medizin, dachte sie. Ihr Vorhaben erschien ihr so nobel, dass sie sich nicht vorstellen konnte, dass jemand Einwände erheben könnte.

»Das kommt überhaupt nicht in Frage«, schimpfte Jack. »Musst du dich in jede dumme Idee verrennen, die jemand äußert?«

»Du hast doch mitbekommen, dass selbst Damien die Richtigkeit der Methode vertritt.«

»Damien hat gesagt, er habe davon gehört, mehr nicht.«

»Lord Mason hat es ausprobiert.«

»Das interessiert mich nicht, Elisha. Du wirst dir nicht den Keim einer tödlichen Krankheit verabreichen lassen.«

»Aber ich …«

»Ende der Diskussion.«

Frustriert biss sich Elisha auf die Lippen. »Dann hältst du von Lord Mason wohl jetzt nicht mehr viel?«

»Das habe ich nicht gesagt. Sich der Medizin auf diese Art zur Verfügung zu stellen hat durchaus meine Hochachtung. Dennoch wirst du es nicht tun.«

»Du widersprichst dir doch damit.«

Jack seufzte gereizt. »Das tue ich nicht. Lord Mason ist ein erwachsener Mann, und er kann tun, was er will.«

»Das möchte ich auch können«, erwiderte Elisha.

»Es tut mir leid, dich enttäuschen zu müssen«, entgegnete Jack ohne eine Spur von Bedauern in der Stimme.

Elisha musste sich mit der Antwort zufrieden geben. In den

folgenden Tagen suchte sie Damien mehrmals in seinem Behandlungszimmer auf, stellte aber fest, dass er seine Distanziertheit ihr gegenüber nicht ablegte, so dass es ihr vorkam, als hätte sie sich die Zuneigung, die sie bei ihrer Begrüßung bemerkt hatte, nur eingebildet.
Lord Mason kam oft zu Besuch, und Elisha stellte fest, dass sie sich auf die Gespräche mit ihm freute. Er war ein hervorragender Unterhalter und erzählte mit einer Lebhaftigkeit, dass Elisha das Gefühl hatte, ihn auf seinen Reisen zu begleiten. Bereitwillig beantwortete er jede Frage, die sie ihm stellte, und wich nie auf langweilige Konversation aus, auch dann nicht, wenn sie ihn wieder und wieder bat, von Bengalen oder seinen Reisen in den Himalaja zu erzählen.
Ihre Begeisterung hielt bis zu genau dem Tag an, an dem ihr Vater ihr eröffnete, Lord Mason habe um ihre Hand angehalten.
»Jamie hatte wenigstens den Anstand, mich zu fragen«, brauste sie auf.
»Nachdem er vorher mit mir darüber gesprochen hat«, erinnerte Jack sie. »Lord Mason wird davon ausgehen, dass die Entscheidung letzten Endes bei mir liegt.«
Elisha zuckte die Schultern und wollte das Thema mit einer Handbewegung beiseite schieben. »Ich bin nicht interessiert, sag ihm das.«
Als Lord Mason das nächste Mal kam, ließ sie sich entschuldigen und blieb in ihrem Zimmer. Auch in den folgenden Tagen war sie nicht dazu zu bewegen, bei Tisch oder im Salon zu erscheinen, wenn der Graf anwesend war. Die wütenden Ausbrüche ihrer Mutter ignorierte sie, und die plötzliche Schweigsamkeit und Nachdenklichkeit ihres Vaters nahm sie kaum zur Kenntnis. Sie kam nicht auf die Idee, sich zu

wundern, warum er ihr Benehmen tolerierte, oder gar daran zu denken, dass er ihr möglicherweise nur einen kurzen Aufschub gewährte.

»Du wirst nicht abstreiten wollen, dass er die beste Partie ist, die wir uns für Elisha wünschen können«, brachte Claire ihr Anliegen zur Sprache, kaum dass sie das Arbeitszimmer ihres Mannes betreten hatte.

»Mir gefällt der Gedanke nicht, Elisha in eine Ehe zu drängen, die sie nicht will«, entgegnete Jack, der wusste, dass er dem Thema nicht mehr lange würde ausweichen können.

»Wenn wir noch länger warten, wird es irgendwann zu spät sein. Denk doch nur, Jack« – Claire neigte sich vor und sah ihn über seinen Schreibtisch hinweg eindringlich an –, »denk doch nur, was sie tun wird, wenn sie uns eines Tages nicht mehr hat. Sie wird hier nicht allein leben können, und dass sie bei ihren Schwestern und deren Ehemännern lebt, wäre mehr als unschicklich. Ihr würde nur der Ausweg bleiben, irgendwo Gesellschafterin zu werden oder zu einer unserer unverheirateten oder verwitweten Verwandten in England zu ziehen. Oder aber – was Gott verhüten möge – sie könnte von irgendeinem Mann verführt und entehrt werden, der sie mit Versprechen auf ewige Liebe lockt und sie zu seiner Mätresse macht. Würdest du dir ein solches Schicksal für sie wünschen?«

»Ich halte es dennoch für das Beste, in dieser Sache nichts zu überstürzen.«

Claire musste an sich halten, um bei so viel Sturheit und väterlicher Verblendung nicht die Beherrschung zu verlieren.

Aber mit Wutausbrüchen wäre nichts gewonnen. »Sie ist einundzwanzig, Jack, einundzwanzig! In dem Alter war ich bereits seit sechs Jahren verheiratet. Unsere Ehe wurde auch arrangiert, und hatten wir jemals Anlass, es zu bereuen?«
Jacks Blick wurde unvermittelt zärtlicher. »Natürlich nicht. Aber bei der eigenen Tochter sieht so etwas immer anders aus als bei sich selbst.«
»Ich weiß, wie sehr du sie liebst, und ich will nicht verhehlen, dass mir Charlotte immer die Liebere der beiden war, aber das bedeutet nicht, dass Elisha mir gleichgültig ist. Du musst mir glauben, wenn ich dir sage, dass ich die Folgen, die eine arrangierte Eheschließung für sie haben würde, genau überdacht habe.«
Jack stand auf und trat zu ihr. »Hast du mit ihr bereits über deine Pläne gesprochen?«
»Ich habe es gestern Abend versucht, aber sie hat mich angesehen, als ginge das alles sie nichts an, und ist schlafen gegangen.« Claire presste die Lippen kurz zusammen. »Ihren starken Willen wird sie wohl beibehalten, und ich habe langsam aufgegeben, etwas daran ändern zu wollen, aber sie tritt mir gegenüber so selbstsicher auf, weil sie weiß, dass sie deine Unterstützung gegen meine Pläne haben wird.«
Stirnrunzelnd sah Jack sie an. »Ich werde mit ihr über ihr Verhalten reden.«
»Darum geht es doch nicht.« Dass er dem eigentlichen Thema auch immer ausweichen musste. »Du bestrafst sie jedes Mal dafür, aber das ändert nichts daran, dass das Problem existiert. Möchtest du verantwortlich dafür sein, wenn sie später allein ist oder nur noch einen Witwer heiraten kann, dessen Kinder in ihrem Alter sind?«
Jack musterte seine Frau und verwünschte die Zwickmühle,

in der er steckte. Natürlich konnte er nicht leugnen, dass ihre Sorge um Elisha begründet war.

Sie wies einen möglichen Ehekandidaten nach dem anderen ab, was mit fünfzehn oder sechzehn Jahren durchaus reizvoll sein konnte, mit der Zeit aber nur noch abschreckend wirkte. Er selbst hatte sich in letzter Zeit öfter mit dem Thema beschäftigt, ohne es jedoch über sich gebracht zu haben, Elisha deswegen ernsthaft ins Gewissen zu reden. Allerdings konnte er nicht leugnen, dass Lord Mason in der Tat eine glänzende Partie war. Er tat Elisha mit Sicherheit keinen Gefallen, wenn er die Sache noch viel länger auf sich beruhen ließ.

Den Sieg vor Augen, beschloss Claire, nicht weiter zu insistieren. Sie wusste, dass Männer gern das Gefühl hatten, die Entscheidung letztendlich selbst getroffen zu haben. Sie verließ ihn mit der Begründung, noch einige Dinge mit dem *Khansana* besprechen zu müssen.

Es ging bereits auf den späten Nachmittag zu, als Jack Gelegenheit fand, mit Elisha zu sprechen. Er setzte sich zu ihr auf den Balkon, der von einem der oberen Salons in den Garten führte.

Ein wenig erstaunt darüber, dass er sich zu ihr gesellte, unterbrach Elisha ihre Arbeit, Schriftzeichen auf Pergament zu schreiben, und sah hoch. Der etwas finstere Gesichtsausdruck ihres Vaters, den auch das Lächeln nicht milderte, beunruhigte sie.

»Ich habe heute Morgen mit deiner Mutter gesprochen«, sagte Jack, ohne sich lange mit Vorreden aufzuhalten.

Alarmiert richtete Elisha sich auf. »Ich habe nichts falsch gemacht«, verteidigte sie sich sofort.

»Das war es nicht, worüber wir gesprochen haben«, beruhigte er sie. »Sag mir, Elisha, gibt es unter den jungen Männern niemanden, der dir gefällt?«

Elisha entspannte sich. Es ging also ums Heiraten, und ihr Vater machte sich Sorgen. Da das Thema sie nie lange beschäftigte, antwortete sie sorglos: »Du weißt doch, dass es da niemanden gibt.«

»Es wird langsam an der Zeit, über eine Ehe nachzudenken, findest du nicht?«

»Wenn mir nun einmal aber niemand hier gefällt?«

Jack räusperte sich. »Was ist mit Lord Mason? Mit ihm verstehst du dich doch recht gut.«

»Aber Papa«, widersprach Elisha, »deswegen muss ich ihn doch nicht gleich heiraten.«

»Du schließt den Gedanken daran aber auch von vornherein aus, nicht wahr?«

Irritiert von seinem ernsten Tonfall, verblasste Elishas Lächeln. »Ja, das tue ich.«

»Ich halte sehr viel von ihm.«

»Ich weiß.« Elisha warf den Kopf zurück. »Es steht dir ja auch frei, dich so oft mit ihm zu treffen, wie du möchtest, aber damit habe ich ja nichts zu tun«, sagte sie schroff.

»Du vergreifst dich entschieden im Ton, Elisha«, entgegnete Jack erbost.

»Dann entschuldige ich mich. Aber du weißt, dass mir das Thema nicht gefällt«, erwiderte Elisha erregt. Eine plötzliche Vorahnung ließ ihr Herz angstvoll schneller schlagen.

»Dann solltest du langsam anfangen, Gefallen daran zu finden«, sagte Jack. »Wie ich bereits sagte, halte ich ausgesprochen viel von Lord Mason. Er ist an dir interessiert, und er teilt deine Interessen. Ich bitte dich also, zukünftig seine

Einladungen nicht auszuschlagen und dich etwas mehr darum zu bemühen, ihn besser kennen zu lernen.«
Aufgebracht sprang Elisha auf. »Darum kannst du mich lange bitten, ich werde es nicht tun.«
»Du solltest dir deine Antwort besser überlegen, Elisha. Und nun setz dich hin, ich bin noch nicht fertig.«
»Ich habe dazu nichts mehr zu sagen.«
Wütend – sowohl auf die Rolle, die er zu spielen hatte, als auch über die Respektlosigkeit seiner Tochter – erhob Jack sich ebenfalls. »Nun gut, dann bitte ich dich nicht darum, sondern sage dir, du wirst es tun.«
Tränen traten Elisha in die Augen. »Du hast gesagt, du würdest mich nie zu einer Ehe zwingen.«
»Ich habe nicht die Absicht, dir etwas aufzuzwingen, aber ich muss auch an deine Zukunft denken. Wenn dir kein Bewerber gut genug ist, dann wird es an mir sein, denjenigen auszuwählen, der meines Erachtens der Beste für dich ist.«
»Und was ist, wenn ich nun jemand anderen heiraten möchte?«
»Eben noch habe ich dich danach gefragt.«
»Vielleicht lerne ich ja jemanden kennen.«
»Hör zu«, sagte Jack, »wenn du einen Mann kennen lernst, den du liebst und der für eine Ehe mit dir in Frage kommt, werde ich der Letzte sein, der dir eine Eheschließung verbietet. Im Moment verlange ich von dir, Lord Mason kennen zu lernen. Nur kennenlernen, Elisha, dafür sind Verlobungen ja da.«
Elisha war zu verzweifelt, um das Zugeständnis ihres Vaters zu würdigen. Sie sah sich plötzlich ihres einzigen Verbündeten in ihrer Familie beraubt und fühlte sich allein gelassen. Ihr Blick fiel auf die Kalligraphien, an denen sie gearbeitet hatte.

Vor einer halben Stunde noch war ihre Welt vollkommen intakt gewesen.
»Wirst du tun, was ich sage?«, fragte Jack.
»Habe ich eine Wahl?«

In den Hungerstreik zu treten, hatte Elisha bereits nach wenigen Tagen wieder aufgegeben. Was sich so romantisch-dramatisch anhörte, war in Wahrheit ein Schwächegefühl mit unerträglichen Kopfschmerzen. Natürlich hatte sie nicht völlig aufs Essen verzichtet, sondern sich von Maja heimlich immer winzige Portionen – so klein, dass es keiner merken konnte – bringen lassen. Aber niemand schien sonderlich beeindruckt zu sein, vielmehr stand ihr Vater dem so gelassen gegenüber, dass der Schluss nahe lag, er wisse von ihren heimlichen Essrationen.
Ihre Mutter steckte hinter all dem, dafür gab es für Elisha nicht den geringsten Zweifel. Und diesmal war es ihr endgültig gelungen, ihren Vater gegen sie aufzubringen.
Nach einer Woche beendete Elisha ihre freiwillige Isolation im Schlafzimmer und erschien wieder zu den Mahlzeiten am Tisch. Die Stimmung war beklemmend. Geradezu unerträglich wurde es, wenn Charlotte sich dazu entschloss, den Mittagessen beizuwohnen.
Sie verhehlte zwar nie, dass sie Lord Mason für eine ausgezeichnete Wahl hielt – ein Schwager aus Adelskreisen –, brachte aber auch ihre Schadenfreude stets sehr subtil zum Ausdruck. Zudem kam es auch noch oft vor, dass Damien und Ambrose Mason gleichzeitig zum Abendessen anwesend waren, was für Elisha Momente unerträglicher Qual bedeu-

tete, wenn das Essen in ihrem Mund sich in sandig-trockene Klumpen verwandelte.
Damien war nach wie vor distanziert und hatte auf ihre Klage hin, zu einer Verlobung gedrängt zu werden, nur bemerkt, das sei eben das Vorrecht des Vaters. So hatte sie sich nur einmal vor einigen Jahren gefühlt, als sie durch die halboffene Tür in das Arbeitszimmer ihres Vaters gesehen und beobachtet hatte, wie dieser über die Wange ihrer Mutter strich. Es war kurz nach einem Streit gewesen, den sie mit ihrer Mutter gehabt hatte und den sie ihrem Vater hatte klagen wollen. Lange Zeit konnte sie das Gefühl plötzlichen Alleinseins nicht verdrängen, ebenso wenig den absurden Eindruck, verraten worden zu sein.
In Selbstmitleid versunken, widmete sich Elisha ihren Sprachstudien und dachte, dass sie ebenso gut tot sein könnte, anstatt einsam und ungeliebt weiterzuleben. Weil sie keine Möglichkeit sah, den Forderungen ihres Vaters zu entkommen, verbrachte sie die Nachmittage mit Ambrose Mason, meist in Begleitung von May, und gab sich betont gelangweilt. Vielleicht würde er auf diese Weise Abstand von dem Vorhaben nehmen, sie heiraten zu wollen. Er hatte ihre vorherige Begeisterung für seine Geschichten überbewertet, und sie musste ihn wissen lassen, dass sie an seinem Leben nicht interessiert war. Aber sie unterschätzte seine Intelligenz.
»Der Monsun lässt auf sich warten«, bemerkte er, als er sich eines Spätnachmittags zu Elisha in die Gartenlaube gesellte. Die Laube war zu allen Seiten hin einsehbar, so dass die Anwesenheit einer weiteren Person nicht nötig war.
Elisha ließ höflich ihre Handarbeit sinken, an der zu arbeiten sie vorgab. Es war so heiß, dass ihr Haar an den Schläfen

feucht wurde. Aber in der Laube hatte sie ihre Ruhe und hoffte, dass es Lord Mason bald zu unangenehm sein würde, sich länger hier aufzuhalten.

Er setzte sich ihr gegenüber und belächelte ihre höfliche Aufmerksamkeit an seiner Konversation. »Während meiner Zeit in Surat gab es auch einmal eine so verspätete Regenzeit. Sie hatte verheerende Folgen.« Er bemerkte einen Funken von Interesse in ihren Augen, den sie jedoch verbarg, indem sie eilig den Blick senkte. »Es gab eine furchtbare Dürre, die Menschen verhungerten und verdursteten auf den Straßen, vor allem die Armen.«

Elisha sah ihn an und nickte freundlich, um ihn aufzufordern, fortzufahren, so wie sie es bei jeder Salonkonversation tat.

»Wir verteilten Wasser und Nahrungsmittel, aber es reichte kaum, um auch nur einen Bruchteil der Kinder zu retten. Natürlich gab es auch reiche Händler, die Vorräte gehortet und in den Zeiten größter Not zu völlig überhöhten Preisen verkauft haben. Eines Nachts jedoch machten wir uns auf den Weg zu den Nahrungsmittelspeichern, um diesem unmenschlichen Treiben ein Ende zu setzen. Ein Mann brach die Tür auf. Verstehen Sie mich nicht falsch«, fügte er hinzu, Elishas betont gleichgültigen Blick ignorierend, »wir wollten nichts stehlen, sondern den Männern einen Betrag zurücklassen, den ein ehrlicher Händler für seine Waren verlangt hätte. Wie dem auch sei, wir standen mitten im Kornspeicher, als eine Gruppe Männer in der Tür auftauchte, Männer, die seit Wochen nichts gegessen hatten und deren Blicke nichts Gutes verhießen. Und ich bin immer wieder überrascht«, fuhr er fort, »wie sehr ein Heiratsantrag zu plötzlichen Veränderungen der Interessen führen kann.«

Irritiert blickte Elisha ihn an und runzelte die Stirn. Sie war verärgert und gab vor, nicht zu verstehen, dass er ihre Spannung bemerkt und sie absichtlich so abrupt aus der Erzählung gerissen hatte. Dachte er vielleicht, sie bat um eine Fortsetzung? »Mir war nicht bewusst, dass Sie im Kornspeicher auf eine mögliche Braut zu treffen hofften«, sagte sie bissig.

Lord Mason bog den Kopf zurück und lachte schallend. »Der Gedanke hat einen gewissen Reiz«, gestand er. »Aber ich ziehe den konventionellen Weg vor.«

Wütend, weil er sie nicht ernst nahm, entgegnete sie: »Das dürfte wohl momentan niemandem besser bekannt sein als mir.«

»Und was Sie davon halten, hoffen Sie mir durch dieses plötzliche, angebliche Desinteresse verständlich zu machen.« Er lächelte. »Eine Naivität, die durchaus charmant ist.«

»Sie stört es wohl gar nicht, eine Frau zu heiraten, die Sie nicht heiraten möchte.«

»Ehrlich gesagt … nein, es stört mich nicht im Geringsten.«

»Wohl auch nur deshalb, weil Sie ebenso wie jeder andere das Ideal von einer Liebesheirat als unsinnig ansehen.«

»Keineswegs«, widersprach er. »Die Liebe hat durchaus einen Stellenwert, der nicht zu vernachlässigen ist. Was ist mit der gemeinsamen Liebe zu Reisen, zu fernen Ländern, zu Bildung und Dingen, die es zusammen zu erkunden gibt?«

Elisha öffnete den Mund, aber ihr fiel einfach keine plausible Antwort ein, die das Gesagte entkräftete.

»Ich werde Sie an Orte mitnehmen, von denen Sie bisher nur gehört haben. Sie werden andere Menschen kennenlernen, neue Sprachen lernen, und nie werde ich von Ihnen verlangen, Ihr Glück allein im häuslichen Bereich zu finden.«

»Das hört sich immer schön an, wenn man es sagt«, sagte Elisha skeptisch. »Nur wenn man erst verheiratet ist, sehen die Dinge meist anders aus.«
»Ich war immer ein Mann, der zu seinem Wort steht. Was genau erwartet Sie, wenn Sie bleiben? Das Leben als alte Jungfer, wenn Sie weiterhin jeden Mann konsequent ablehnen, weil er nicht dem entspricht, was Sie wollen? Sehen Sie mich nicht so wütend an, ich höre schließlich, was in der Stadt geredet wird. Ist es Ihnen vielleicht lieber, Ihr Vater verheiratet Sie irgendwann mit einem der Männer der Kompanie, bei dem Sie Ihre jetzigen Freiheiten mit Sicherheit aufgeben müssen? Die wenigsten Männer wollen eine Frau, die sich in Bibliotheken vergräbt und Schriften übt, die sie nicht verstehen.« Lord Mason beugte sich leicht vor. »Ich werde Sie weder einsperren, noch werde ich Sie in irgendeiner anderen Form ans Haus binden. Sie können tun, was Sie wollen, sofern es meinem Namen keinen Schaden zufügt und nicht den guten Sitten widerspricht. Ebenso werde ich nicht von Ihnen erwarten, jedes Jahr ein Kind zu bekommen.«
Belustigt bemerkte er, dass sie errötete.
Elisha dachte an Damien und an die wundervolle Vertrautheit, die sein Anblick bedeutete. Sie wusste nicht, was Lord Mason für sie sein würde. Ehemann? Vater? Liebhaber? Oder alles auf einmal? Eine derartige Intimität mit ihm war ihr vollkommen unvorstellbar und erschreckte sie sogar ein wenig. Würde ihr Vater wirklich darauf bestehen, dass sie sich offiziell mit Lord Mason verlobte? Zutiefst unglücklich sah sie auf die Stickarbeit auf ihrem Schoß.
»Denken Sie«, fuhr Lord Mason fort, »wir könnten uns arrangieren?«

»Natürlich, Mylord«, sagte Elisha, ohne aufzusehen. Was bleibt mir übrig, hing unausgesprochen in der Luft.

Ambrose Mason legte die Hand unter ihr Kinn und hob ihr Gesicht an, so dass sie ihn ansehen musste. »Dann sollten wir zunächst die Förmlichkeiten ablegen, Elisha.«

Zögernd antwortete sie: »Ganz wie Sie wünschen, Ambrose.« Und sie fragte sich, wie sie jemals hatte vermuten können, hinter seinem Namen verberge sich eine lächerliche Figur.

15

Bombay, August 1756

Charlotte lief erregt im Salon auf und ab. »Schwanger!«, rief sie außer sich, »ich bin schwanger!« Mitten in der unerträglich heißen Zeit des Jahres war sie schwanger geworden, und sie, die sich immer für so erfahren gehalten hatte, merkte es erst, als sie bereits im dritten Monat war. Sie hatte bei den Anfällen von Übelkeit zunächst geglaubt, einen Rückfall zu erleiden, aber das war ja beinahe noch schlimmer.

»Ich habe es zur Kenntnis genommen«, sagte Richard, der Charlottes Zornausbruch bereits seit einer Viertelstunde über sich ergehen ließ, kaum dass Damien seine Diagnose mitgeteilt und das Haus verlassen hatte.

Mit einer heftigen Bewegung stieß Charlotte eine Vase von einer Kommode, aber das laute Scheppern verschaffte ihr keinerlei Befreiung. Sie fühlte sich erschöpft und litt unter der Hitze. Und ausgerechnet jetzt würde sie auch noch eine Schwangerschaft ertragen müssen. »Das ist alles deine Schuld«, schrie sie Richard an.

»Das will ich hoffen«, entgegnete dieser trocken.

Seine Ungerührtheit machte sie rasend. »Schwanger, Richard. Ich erwarte ein Kind.«

»Die Bedeutung des Wortes ist mir geläufig.« Richard beherrschte sich nur mit Mühe und auch nur aus dem Grund, weil seine Schwester Louisa in ihrer Schwangerschaft auch unter gelegentlichen Anfällen von schlechter Laune gelitten hatte. Ob sie sich allerdings in ihrem Salon ebenfalls wie ein wildgewordenes, keifendes Fischerweib aufgeführt hatte, war ihm nicht bekannt. Er musste seinen Schwager bei Gelegenheit mal danach fragen.

»Warum konntest du nicht aufpassen?« Charlotte brach in Tränen aus.

»Charlotte, wie du sicher weißt, sind derartige Nebenerscheinungen in einer Ehe nicht gerade ungewöhnlich.«

»Aber du hättest Rücksicht nehmen können«, sagte Charlotte, nun eher hilflos als wütend. »Es ist so unerträglich heiß, ich kann kaum atmen, geschweige denn schlafen, und dann diese schrecklichen Kopfschmerzen.«

Richards schwelender Ärger angesichts ihres Verhaltens schlug um in Mitgefühl, als er sie weinen sah. Er trat zu ihr und umfasste sanft ihre Schultern. »Es wird nur noch kurze Zeit dauern, ehe es wieder kühler wird«, sagte er beruhigend.

»Das kannst du doch gar nicht wissen.« So leicht war Charlotte nicht zu trösten.

»Liebes, es liegt in der Natur der Dinge, dass sich das Wetter früher oder später abkühlen muss. Das tut es jedes Jahr, und dieses Jahr eben etwas später.«

Charlotte tupfte sich die Augen trocken, und nun, wo sie sich abreagiert hatte und wieder ruhiger wurde, war ihr ihr Ausbruch plötzlich peinlich. Was hatte sie sich nur dabei gedacht, so die Beherrschung zu verlieren? Richard zog sie an sich und legte die Arme um sie, und sie ließ es geschehen. Zärtlichkeiten oder Zuwendungen waren von seiner Seite außerhalb des Ehebettes so selten, dass Charlotte sich fragte, warum er sich immer nur dann dazu durchrang, wenn er sie trösten oder beruhigen wollte.

»Richard, ich … oh, Verzeihung«, sagte Oscar Moidore, der den Salon betrat. Verständnislos sah er auf die Scherben am Boden und dann zu Richard und Charlotte.
»Ein Missgeschick«, sagte Richard, den Arm immer noch um seine Frau gelegt.
Oscar Moidore musterte ihn skeptisch, sagte dann aber lediglich, dass er die Vase ohnehin noch nie hatte leiden können. »Wenn ihr eure … Unterredung beendet habt, Richard, komm bitte in mein Arbeitszimmer. Ich muss etwas mit dir besprechen.«
»Ich bin sofort bei dir«, antwortete Richard.
Charlotte sah ihrem Schwiegervater nach, ehe sie sich wieder an Richard wandte. »Erzähl es ihm bitte noch nicht.«
»Warum nicht?«
»Weil ich …« Wie sollte sie sagen, dass sie die wohlwollenden Blicke und das verständnisvolle Lächeln der Leute bei Tisch und zu jeder anderen Gelegenheit noch nicht ertragen wollte. *So eine Freude, mein Kind, darauf haben wir ja die ganze Zeit schon gewartet.* Charlotte bekam allein bei dem Gedanken daran Kopfschmerzen. »Mir zuliebe, Richard. Ich möchte es noch ein wenig für mich behalten.«
Richard nickte, dann lächelte er. »Du darfst mich nicht für schadenfroh halten, meine Liebe, aber ich freue mich trotz allem.« Er gab ihr einen Kuss auf die Stirn und verließ den Salon.
Langsam und mit beinahe schwerfälligen Bewegungen setzte sich Charlotte in einen Sessel und sah auf die Scherben am Boden. Nach dem Monsun würden wieder Bälle und Feierlichkeiten stattfinden, und sie hätte das erste Mal in ihrem Leben die Freiheiten einer verheirateten Frau. Aber jetzt würde sie genau im Winter einen dicken Bauch vor sich her-

tragen und jene Art Mütterlichkeit zur Schau stellen müssen, die ihrem Wesen zutiefst fremd war.

»Bengalen, wieder einmal dieses verwünschte Bengalen«, sagte Oscar Moidore und hielt seinem Sohn einen Brief hin. Richard nahm ihn entgegen, las ihn und ließ ihn dann langsam wieder sinken. Am neunzehnten Juni war Siraj ud-Dawlah, der *Nawab* von Bengalen, in Kalkutta einmarschiert und hatte die Stadt und das Fort eingenommen. Beinahe hundertfünfzig Personen waren gefangen genommen und eingesperrt worden in einen Raum, der kaum zwanzig Fuß maß, so dass am folgenden Morgen nur noch dreiundzwanzig Menschen am Leben waren.

»Die Beziehungen zu den *Nawabs* waren immer schon gespannt«, sagte Richard. Die Kompanie hatte das Privileg gehabt, in Bengalen gebührenfrei Handel zu treiben, was jedoch von Bediensteten der Kompanie zu privaten Zwecken missbraucht worden war. Sie betrieben einen gebührenfreien Inlandhandel, der die einheimischen Händler benachteiligte, so dass die *Nawabs* die Steuern auf jedem nur möglichen Weg einzutreiben versuchten. Zwar bemühte sich die Kompanie, dem Schleichhandel der eigenen Angestellten durch Verbote entgegenzuwirken, aber diese wurden weitgehend missachtet. Das wiederum legte in den Augen der *Nawabs* den Verdacht nahe, die Kompanie dulde stillschweigend die schleichhändlerischen Aktivitäten.

»Ich vermute, Siraj ud-Dawlah hat sich die Wirren im Tamilnad zunutze gemacht«, sagte Oscar Moidore. »Wer kann jetzt wissen, wie lange es noch dauert, ehe die Herrscher nach und nach auf die Idee kommen, mit unseren anderen Niederlassungen ähnlich zu verfahren?«

»Vielleicht hatte er die Befürchtung, dass die Konflikte zwischen uns und den Franzosen vom Tamilnad auf Bengalen übergreifen«, gab Richard zu bedenken. »Das würde zumindest erklären, warum er sich zu diesem Schlag veranlasst gesehen hat. Es ist gut möglich, dass er befürchtet, man könne sich gegen ihn verbünden und einem seiner Gegner auf den Thron verhelfen. Frankreich hat oft genug bewiesen, dass es durchaus nützlich sein kann, sich als Königsmacher zu betätigen.«

»Seine Beweggründe sind vollkommen irrelevant«, entgegnete Oscar. »Wo wird das enden, wenn der Eindruck entsteht, man könne unsere Niederlassungen ungestraft angreifen? Aber was soll man auch schon erwarten, wenn eine Stadt hauptsächlich von portugiesischen Söldnern bewacht wird?«, rief Oscar Moidore aufgebracht. Die Befestigungsanlagen waren vernachlässigt, und offenbar war die Stadt innerhalb weniger Tage eingenommen worden.

»Warum hat man Fort William nicht besser bewacht?«, fragte Richard.

»Weil man die Gefahr verkannt hat, die von den hiesigen Herrschern ausgeht. Ich war immer schon der Meinung, dass wir mit unserer Vorgehensweise einen Fehler machen. Wir sollten stärker auf eine Eroberungspolitik setzen. Das Land gibt mehr her als nur Handel. Und gerade dieses Verhalten hat uns in diese prekäre Lage gebracht – nur Handel zu betreiben. Gesetze wurden missachtet, und das haben sich die Herrscher zunutze gemacht.«

»Wie reagiert die Kompanie auf die Nachricht?«

»Ich habe noch nichts darüber gehört, aber man wird wohl zu einem Gegenschlag ausholen.« Oscar Moidore runzelte die Stirn. »Vielleicht gelingt uns ja ebenfalls ein Präventivschlag, und es ist gut möglich, dass England allmählich begreift, dass wir unseren Kurs ändern sollten.«

Dunkle Wolken ballten sich über dem Meer zusammen, aber von gelegentlichen Regenschauern abgesehen, die von der ausgetrockneten Erde sofort aufgesogen wurden, blieb es heiß und trocken. Die Einheimischen nahmen mit dem bei ihnen üblichen Fatalismus ihr *Karma* auf sich.

Auf einem ihrer Spaziergänge die Esplanade entlang war Elisha in Begleitung ihres Vaters auf die Leiche eines kleinen Kindes gestoßen, das am Straßenrand lag und um das sich Paria-Hunde stritten – jene abstoßenden Geschöpfe, denen die Räude den größten Teil ihres Felles weggefressen hatte und unter deren schuppiger Haut sich die Knochen abzeichneten. Elisha war außer sich vor Abscheu in Tränen ausgebrochen, und Jack hatte die Hunde verscheucht. Er brachte Elisha zum Kompaniegebäude zurück und versprach ihr, sich darum zu kümmern, dass das Kind begraben würde, obwohl beide wussten, dass sich die Hunde erneut darauf stürzen würden, kaum dass sie fort waren.

Das Verhältnis zwischen Elisha und ihrem Vater, das sich seit seiner Anweisung, in eine mögliche Verlobung einzuwilligen, merklich abgekühlt hatte, wurde in dem kurzen Moment wieder vertrauter. Sie schmiegte sich in seine Arme und weinte um das tote Kind. Zwar war sie nicht so naiv, zu glauben, derartige Dinge wiederholten sich nicht täglich mehrfach, aber es war etwas anderes, es mit eigenen Augen ansehen zu müssen.

Einige Male fuhr sie in den Palast, aber die Stimmung war

gedrückt, und Shalina – ermattet von der Hitze – gereizt und schlecht gelaunt. Sie hatte die Trennung von ihrem Sohn immer noch nicht verkraftet. Zudem hatte sich der Maharadscha von Jodhpur angekündigt, und sie hatte die Maharani noch nie leiden können. Ein Triumph war ihr jedoch vergönnt: Sie hatte dafür gesorgt, dass ihr Mann die persische Sklavin aus dem *Zenana* verstoßen hatte. Durch eine List hatte sie es geschafft, sie mit einem Rajputensoldaten der Palastwache zusammenzubringen, der hatte sie verführt, und Ashok, der Betrug in keiner Form tolerierte, hatte umgehend reagiert. Er war außer sich gewesen vor Zorn und hatte das Mädchen an den ersten fahrenden Händler verschenkt, der an seinem Palast vorbeigekommen war. Angesichts des Schicksals, das ihr drohte, wäre sie lieber gestorben, und Ashok wusste das. Der Soldat hatte angeboten, das Mädchen zu nehmen und seiner Familie als Dienerin zu schicken. Er selbst wollte den Verrat an seinem Herrn mit dem Leben bezahlen. Was Ersteres anging, machte ihm Ashok klar, dass er keinerlei Kompromisse zu schließen gedachte für die Schändung seines Eigentums und den unerlaubten Kontakt mit Frauen des *Zenana*. Letzteres, schloss er, war kein Zugeständnis, sondern etwas, das dem Soldaten ohnehin zugedacht gewesen sei. Und so kam es auch.

Elisha war entsetzt, als sie bei ihrem Besuch davon hörte, und machte ihrer Freundin die größten Vorwürfe, aber Shalina winkte nur ab. Der Soldat, so sagte sie, sei sich im Klaren darüber gewesen, worauf er sich einließ und was als Strafe dafür drohte.

»Aber es ist unsinnig«, rief Elisha, »dein Mann wird bald ohnehin wieder ein neues Mädchen kaufen.«

»Das mag sein«, brauste Shalina auf, »und im Interesse des

Mädchens hoffe ich, dass diese ihre Reize sparsam genug einzusetzen weiß, um Ashoks dauerhaftes Interesse von vornherein zu verhindern.«

Zutiefst erschüttert war Elisha heimgefahren. In letzter Zeit hatte sie das Gefühl, die Menschen um sich herum nicht mehr verstehen zu können. Dabei hatte sie geglaubt, alles zu kennen, die Art ihres Vaters, den Einfluss ihrer Mutter, die Mentalität der Inder, die sich so sehr von der der Europäer unterschied. Wegen des zu erwartenden Sturmes und der sich in letzter Zeit häufenden Überfälle, war ihr Vater nur sehr widerwillig dazu bereit gewesen, sie in den Palast fahren zu lassen. Zwei bewaffnete Reiter begleiteten sie auf jedem Weg, der sie aus den Stadtmauern hinausführte.

Abends gab Claire Legrant eine Gesellschaft, und Elisha, die nichts lieber getan hätte, als zu schlafen, schleppte sich nach ihrer Rückkehr aus dem Palast in ihr Zimmer, um sich für den Abend umzukleiden. Sie stand in ihrem Unterkleid neben dem Bett, das Haar zu einer komplizierten Frisur aufgesteckt, als ihre Mutter den Raum betrat, in der Hand eine Schatulle.

»Du bist noch nicht fertig?«, fragte sie, war jedoch nicht wütend angesichts des Desinteresses ihrer Tochter.

Im selben Moment kam Maja aus dem Ankleidezimmer, ein Kleid aus pfauenblauer Seide über dem Arm. Beinahe ehrfürchtig legte sie es hin und strich sanft den schimmernden Stoff glatt. Das also bedeutete der geheimnisvolle Blick, mit dem ihre *Ayah* sie bereits seit ihrer Rückkehr bis zur Weißglut reizte.

»Gibt es etwas zu feiern?«, fragte Elisha. Sie traute der guten Laune ihrer Mutter nicht.

»Lord Mason hat dir dieses Geschenk zukommen lassen.«

Lächelnd öffnete Claire die Schatulle und gab den Blick frei auf ein Saphircollier.
»Wie reizend.« Elisha verspürte nicht den leisesten Anklang von Freude über das Geschenk. Wie kam er dazu, ihr etwas so Wertvolles zu schenken und sie damit noch weiter in eine Rolle zu drängen, die sie nicht spielen wollte? Sie respektierte Ambrose – etwas anderes ließ sein Auftreten einfach nicht zu –, aber sie wollte ihm gegenüber nicht dankbar sein müssen. »Allerdings ist mir nicht klar, warum ich deshalb extra ein neues Kleid bekomme.«
Claire unterdrückte ihre aufkommende Ungeduld. »Dieses Kleid habe ich als Geschenk für dich in Auftrag gegeben, und Lord Mason hat dir eine Freude machen wollen und mich gefragt, welches Kleid du tragen wirst, damit er dir den passenden Schmuck schenken kann. Wir haben einflussreiche Gäste heute Abend, und ich möchte, dass sich meine Tochter in jeder Hinsicht vorbildlich präsentiert.«
Das Kleid hatte ein weit ausgeschnittenes Dekolleté, wie es Elisha so noch nie getragen hatte. Sie fühlte sich zur Schau gestellt und zutiefst unwohl. Verschlimmert wurde das Gefühl noch, als ihre Mutter ihr das Collier umlegte. Es lag kühl auf ihrer Haut, und Elisha kamen die Edelsteine auf ihrer halb entblößten Brust beinahe vulgär vor, obwohl sie vorher durchaus dezent und geschmackvoll gewirkt hatten.
»Sei mir nicht böse, Mutter, aber ich werde das Kleid nicht tragen.«
»Rede keinen Unsinn, du siehst hinreißend aus.«
»Ich fühle mich, als wäre ich nackt.«
»Das Kleid ist nicht weiter ausgeschnitten, als es der herrschenden Mode entspricht.«
Elisha sah sich erneut im Spiegel an und wurde blutrot. Es

war ausgeschlossen, dass sie sich so unter die Leute wagte. Sie öffnete den Mund zu einem weiteren Widerspruch, aber ihre Mutter schob sie bereits zur Tür hinaus.
Beim Eintreten in den Festsaal gesellte sich Ambrose zu ihr, musterte sie und versicherte ihr lächelnd, sie sehe überaus reizend aus. Er streifte den Saphirschmuck mit einem kurzen Blick, und sein Lächeln vertiefte sich.
Louisa, Richard Moidores Schwester, kam am Arm ihres Mannes zu ihr, um sie zu begrüßen, und blieb eine Weile, spöttisch über den neuesten Tratsch plaudernd, bei ihr stehen. Seit Charlottes Hochzeit ging Elisha im Haus der Moidores häufiger ein und aus, so dass sie auch Louisa bei deren Besuchen des Öfteren sah. Sie hatten festgestellt, dass sie einige gemeinsame Interessen hatten, und besuchten sich seitdem gelegentlich.
»Irgendetwas geht hier vor«, vertraute Louisa Elisha im Flüsterton an, als sie ihren Arm genommen hatte und die beiden langsam durch die Menge schlenderten.
»Wie kommst du darauf?«
Louisa zuckte die Schultern. »Nur ein Gefühl. Deine Mutter wirkt so, als stünde ein großes Ereignis bevor, und Charlotte hat ebenfalls etwas angedeutet, wenn auch nur, um mich neugierig zu machen.« Sie verzog das Gesicht. Die Antipathie, die zwischen ihr und ihrer Schwägerin herrschte, war allgemein bekannt. Elisha glaubte, dass Charlotte in ihr vielleicht eine Konkurrentin sah. Zwar war Louisa nicht so schön wie sie, aber sie hatte die Attraktivität ihres Vaters geerbt, und nur ihr breiter Mund ähnelte dem ihrer Mutter. Im Gegensatz zu dieser wirkte er in Louisas schmalem ebenmäßigem, von dunklem Haar umrahmten Gesicht jedoch ungewöhnlich sinnlich. Was Louisa am meisten auszeichnete, war ihre

Fröhlichkeit, das Lachen, das förmlich aus ihr hervorzusprudeln schien, und ihre Gewohnheit, jede Art von Klatsch spöttisch zu kommentieren. Charlotte war es nicht gewöhnt, im eigenen Haus Konkurrenz zu haben.

»Es kann sein«, fuhr Louisa vertraulich fort, »dass Charlotte unseren Familien eröffnen möchte, dass sie schwanger ist.«

»Sie ist ...« Elisha riss die Augen auf und starrte die junge Frau an. »Bist du sicher?«

»Ganz sicher. Sie und Richard haben es zwar noch nicht erzählt, aber ich denke, meine Vermutung ist richtig. Schließlich habe ich das Ganze selbst erst seit einem Jahr hinter mir.«

»Aber glaubst du, meine Mutter weiß es?«

»Vielleicht vermutet sie es ebenso wie ich. Das würde zumindest erklären, warum sie so aufgeregt ist.«

Elisha entspannte sich. Das war einleuchtend. Ihre Mutter hatte Charlottes Zustand erraten, und als diese ihr gesagt hatte, sie hätte an diesem Abend eine Eröffnung zu machen, ahnte sie bereits, was es sein würde.

Weil es eine unverzeihliche Unhöflichkeit gewesen wäre, Jamie Truitt nicht einzuladen, hatte Jack seinen Groll auf ihn begraben und ihm ebenfalls eine Einladung zukommen lassen, was diesen sehr gefreut hatte. Als Elisha ihn kommen sah, war es bereits zu spät, um so zu tun, als habe sie ihn nicht bemerkt.

»Was für eine Freude, dich zu sehen«, sagte er freundlich, ehe er den Kopf neigte und Louisa begrüßte. Louisa, die schon seit längerem der Meinung war, dass Elisha ihrem alten Freund sein Benehmen verzeihen sollte, zog sich diskret zurück und ließ die beiden allein. Jamie ergriff die Gelegenheit und bot Elisha seinen Arm. Abzulehnen kam nicht in Frage,

und so biss Elisha die Zähne zusammen und ging an seiner Seite durch den Saal.
»Ich hatte auf eine Gelegenheit gehofft, dich endlich wieder sprechen zu können«, sage Jamie.
Elisha nickte unbestimmt. Aus dem Augenwinkel nahm sie wahr, wie Alicia Bellwood, die Tochter eines Oberoffiziers der Armee und Freundin von Charlotte, sie neugierig anstarrte.
»Was ich damals zu dir gesagt habe, war absolut unentschuldbar. Ich habe nicht ein Wort davon so gemeint. Es war einfach so, dass ich nicht mit einer Zurückweisung gerechnet habe und mein Stolz verletzt war.«
»Du hast abscheuliche Dinge gesagt, Jamie, und ich weiß nicht, ob ich das so ohne weiteres vergessen kann.«
»Ich habe mich doch umgehend dafür entschuldigt. Hast du niemals etwas aus Zorn Unbedachtes gesagt?« Sie waren an einer Säule am Büfett stehen geblieben, und Jamie drehte sich zu ihr, um sie anzusehen. »Bitte, Elisha.«
Elisha senkte den Blick. Sie hatte das Gespräch mit ihm vermieden, weil sie genau gewusst hatte, dass sie weich werden würde. Einen Brief zu verbrennen war um etliches leichter. Aber angesichts der Probleme, denen sie sich zurzeit zu stellen hatte, erschien ihr ihr Zorn auf Jamie zweitrangig. »Schon gut«, sagte sie nur.
Er forschte in ihrem Gesicht nach einem Zeichen dafür, dass sie ihm wirklich verzieh, aber ehe er etwas sagen konnte, war Claire Legrant an Elishas Seite und bat ihn, sie zu entschuldigen.
»Wie ich sehe, sprichst du wieder mit ihm«, sagte sie erfreut.
»Er stand plötzlich vor mir. Ich hatte keine andere Wahl.«

Elisha war nicht gewillt, diesen Punkt, über den sie mit ihrer Mutter nie einer Meinung war, erneut zu erörtern. Auf dem Weg durch den Saal wechselten sie mit den Gästen immer wieder einen Gruß oder ein Lächeln, und Elisha bemerkte, dass ihr von Seiten der Männer mehr Aufmerksamkeit zuteil wurde, als sie gewöhnt war. Einige junge Offiziere waren darunter, die erst seit zwei Tagen in Indien waren. Das Einlaufen ihres Schiffes war *das* Ereignis gewesen, und unter den jungen Mädchen gab es kaum ein anderes Thema als die Ankunft der Offiziere.
Zu ihrer grenzenlosen Verlegenheit bemerkte Elisha die Blicke der Männer, die ihre Brust betrachteten, wenn sie sie grüßten. Sie errötete und fächelte sich heftig Luft zu. Verärgert biss sie sich auf die Lippe, während sie mit ihrer Mutter weiterging. Sie winkte Jonah Fenmore zu, der ebenfalls gekommen war und in der Menge etwas verloren wirkte. Er sah genauso unbehaglich drein, wie sie sich fühlte.
Elisha schwindelte. Die Hitze, die vielen Menschen im Saal, die lüsternen Blicke der Männer, die ihr Gesicht glühen ließen, all dem wäre sie nur zu gern entkommen. Sie spürte, wie ihr Schweißperlen zwischen den Schulterblättern hinabrannen. Ihr Fächer bewegte sich schneller.
Claire führte ihre Tochter zu Jack und Ambrose, die sich mit Charlotte unterhielten. Kurz darauf gesellte sich Richard zu ihnen, und Elisha, die bereits zu ahnen glaubte, dass die beiden ihnen nun die Neuigkeit mitteilen würden, nahm sich vor, angemessen erstaunt zu tun, um ihnen nicht die Freude zu verderben. Richard freute sich sichtlich, sie zu sehen, und er war der Einzige, dessen Blicke Elisha nicht unangenehm waren, weil er lediglich Bewunderung zum Ausdruck brachte. Sie hätte einen leiblichen Bruder nicht mehr mögen

können und hoffte aus ganzem Herzen, dass Charlotte ihr Glück zu würdigen wusste.
So gerne sie sich hingesetzt hätte, blieb Elisha dennoch nichts anderes übrig, als bei der Familie zu bleiben und die hoffentlich bald folgende Eröffnung hinter sich zu bringen. Während Jack sich mit Ambrose und Richard unterhielt, sah sie sich nach Damien um, den sie den ganzen Abend noch nicht gesehen hatte. Sie wusste, dass er manchmal spät noch Patienten empfing. Den Blick auf die Tür gerichtet, hörte sie den Gesprächen um sich herum kaum zu und schrak zusammen, als seine Stimme hinter ihr ertönte. Er wechselte einige Worte mit den Männern, grüßte die Frauen und tauschte einen kurzen Blick mit Elisha. In seinen Augen glaubte sie einen Anflug von Erstaunen und auch Kühle zu entdecken. Befremdet suchte sie seinen Blick erneut, aber er hatte sich abgewandt und verließ die Gruppe kurz danach wieder. Elisha widerstand dem Impuls, ihm nachzulaufen.
Jack trat zur Treppe, die zur Balustrade hinaufführte, und die Familie folgte ihm. Elisha ging an Ambrose' Arm und fing einen Blick von Charlotte auf, den sie nicht recht deuten konnte. Als ihr Vater die ersten drei Stufen der Treppe hochging und sich den Gästen zuwandte, runzelte sie die Stirn.
Mit klarer Stimme verschaffte Jack sich Gehör, und die Menschen, die für jede Neuigkeit und Abwechslung dankbar waren, sahen ihn erwartungsvoll an. Nach einigen kurzen Worten, die zum Ausdruck brachten, wie sehr er sich freue, sie als seine Gäste empfangen zu dürfen, fuhr er fort: »Ich möchte den Augenblick nutzen, ein Ereignis bekannt zu geben, über das ich und meine Familie uns besonders freuen.«
Elisha runzelte die Stirn. Er konnte wohl kaum Charlottes

Schwangerschaft hier öffentlich verkünden wollen, das wäre mehr als unschicklich.

»An diesem Abend«, sagte Jack, »möchte ich offiziell die Verlobung meiner Tochter Elisha mit Lord Ambrose Mason bekannt geben.« Er drehte sich zu Elisha und Ambrose um und ging zur Seite, damit sie neben ihn treten konnten.

Elisha glaubte, die Besinnung zu verlieren. Sie spürte Ambroses Hand an ihrem Arm und sah zu ihm hoch, vollkommene Verständnislosigkeit im Blick. Das Lächeln aus Ambroses Augen schwand, und er sah zu Claire, konnte jedoch nichts sagen, weil alle das Paar gespannt beobachteten. An seiner Seite trat Elisha die Treppenstufen hoch, stellte sich zu ihrem Vater, an ihrer anderen Seite Ambrose und neben ihm ihre Mutter. Ihr Gesicht war bleich, und die roten Flecken, die die Hitze darauf malte, hoben sich beinahe grotesk ab. Schweigend nahm sie die Glückwünsche der Leute entgegen, wich den Blicken ihrer Eltern aus und sah nur ein einziges Mal in die Augen ihres Vaters. Zu ihrer Verwunderung erkannte sie darin jedoch nicht die Genugtuung, die sie erwartet hätte, sondern ebenfalls Befremden, und ebenso wie Ambrose, sah auch er ihre Mutter an.

Elisha fächelte sich heftig Luft zu, und ihre Brust hob und senkte sich in erregten Atemzügen. Es wurde unerträglich heiß, und mit jedem Luftholen verschlimmerte sich die Hitze. Sie sah die lächelnden Gesichter der Menschen, die zu einer Masse verschwammen, während gleichzeitig die Stimmen zu einem Rauschen wurden. Das Meer, dachte sie, wie das Meer. Es rauschte lauter, umspülte sie, schlug über ihrem Kopf zusammen. Es nahm ihr die Luft zum Atmen, und ähnlich einer Ertrinkenden rang sie um jeden Atemzug.

Jack war es, der die röchelnden Geräusche hörte und im

selben Moment sah, wie der Fächer langsam aus Elishas Hand zu Boden fiel. Er trat gerade rechtzeitig vor sie, um ihren Sturz die Treppe hinunter zu verhindern.

»Die Nerven«, hörte er seine Frau zu den Leuten sagen. »Die ganze Aufregung …« Der Rest ging im aufgeregten Plappern der Gäste unter. Er trug Elisha zu einem Diwan neben der Treppe. Sein Herz schlug so heftig vor Sorge, dass es beinahe jedes andere Geräusch übertönte. Damien trat zu ihnen, aber Charlotte hatte Elisha bereits ihr Riechsalz unter die Nase gehalten, und diese kam sofort wieder zu Bewusstsein. Im ersten Moment wunderte sie sich darüber, dass sie auf dem Diwan lag, aber dann erinnerte sie sich, und eine Welle von Übelkeit rollte über sie hinweg. Sich der Blicke der Umstehenden bewusst, stand sie langsam auf und straffte sich.

»Entschuldigen Sie bitte«, sagte sie leise. »Die Hitze …«

Die Leute lächelten verständnisvoll. Was gab es Entzückenderes, als ein unschuldiges Mädchen, das in der Aufregung der Verlobungsverkündigung in Ohnmacht fiel. Ambrose Mason erhielt den Beifall der Gäste, als er eine kleine Schachtel hervorzog, in der auf einem roten Samtbett ein Diamantring lag. Elisha glaubte, in einer Farce gelandet zu sein, einem bösen Albtraum, aus dem es kein Erwachen gab. Sie gestattete Ambrose, ihr den Ring über den feinen, seidenen Handschuh auf den Finger zu schieben und dankte ihm kaum hörbar.

Jack, dem nur Elisha ansah, wie gezwungen seine Freude plötzlich wirkte, gab dem Kapellmeister das Zeichen, zum Tanz aufzuspielen. An Ambrose' Arm ging Elisha zur Tanzfläche. Der Kapellmeister spielte einen schnellen Tanz, der ihr kaum Zeit ließ, nachzudenken, aber plötzlich wollte sie ohnehin nichts anderes mehr, als fliehen, und so bewegten sich ihre Füße schneller und immer schneller, sie folgte den Melodien, an Ambrose' Arm, an Richards und an dem Arm anderer Männer – nur nicht an Damiens. Ihr Gesicht rötete sich in der Hitze und Erregung, sie konnte zeitweise bei dem schnellen Rhythmus kaum Luft holen, aber diesmal blieb eine erlösende Ohnmacht aus. Hin und wieder sah sie Damien, wirbelte an ihm vorbei, aber er machte keine Anstalten, zu ihr zu kommen.

Es ging bereits auf Mitternacht zu, als er zu ihr trat. Sie stand abseits der Leute und nippte an einem kühlen Getränk. Lächelnd sah sie ihn an.

»Mir war gar nicht bekannt, dass du so gerne tanzt«, sagte Damien. »Es hatte ja beinahe jeder hier einmal das Vergnügen.«

»Nur du nicht«, entgegnete Elisha, verunsichert von seinem etwas schroffen Tonfall und der Art, wie er sie musterte. Sie hob ihren Fächer leicht an, aber Damien nahm ihren Arm und drückte ihn sanft herunter.

»Bitte bedeck dich nicht. Vielleicht hat noch nicht jeder hier deine reizvolle Erscheinung bewundern dürfen.«

Elisha stieg das Blut in die Wangen. »Was stört dich daran? Du interessierst dich doch auch sonst nicht für das, was ich tue.«

»Nun ja, sagen wir, es enthüllt eine Seite von dir, die zu sehen wir noch nicht das Vergnügen gehabt haben.« Sein Blick fiel erneut auf ihr Dekolleté. »Nach dieser überraschenden Verlobung wird Lord Mason es bis zur Hochzeit ja kaum noch erwarten können, vor allem, wenn ihm so freigebig in Aussicht gestellt wird, was er zu erwarten hat.«

Hastig klappte Elisha ihren Fächer zusammen. Sie schüttelte fassungslos den Kopf, suchte nach den richtigen Worten,

ohne auch nur eines hervorbringen zu können und drehte sich ruckartig um, um aus dem Saal zu fliehen.
»Ich weiß nicht, was du zu ihr gesagt hast«, sagte Charlotte, die unbemerkt zu Damien getreten war, »aber es war mit Sicherheit das Falsche.«
»Sei so freundlich und halte dich aus meinen Angelegenheiten heraus«, entgegnete Damien unfreundlich.
Charlotte fächelte sich anmutig Luft zu. »Gerade hat man sie ohne ihr Wissen offiziell für verlobt erklärt, da wäre doch ein wenig Rücksichtnahme angebracht, denkst du nicht?« Sie lächelte spöttisch.
»Ohne ihr Wissen?«, fragte Damien.
Charlotte zuckte die Schultern. »Auf diese Weise war jedenfalls gewährleistet, dass sie keinen Einspruch erhebt.«
Damien drehte sich um und ließ sie stehen.

Elisha saß im Garten, weit außerhalb der Lichtinseln der Lampions, so weit entfernt, wie sie sich in der Dunkelheit normalerweise nicht mehr aufhalten durfte. Das Collier hatte sie sich vom Hals gerissen und fortgeworfen. Ein letzter Rest von Vernunft hatte sie davon abgehalten, es in den See – oder was die Trockenheit davon übrig gelassen hatte – zu werfen.
Ihr tränendurchweichtes Taschentuch an die Augen pressend, rief sie sich immer wieder Damiens Worte ins Gedächtnis, sah das Gesicht ihres Vaters vor sich, als er den größten Verrat ihres Lebens an ihr beging. Welches Recht nahm Damien sich heraus, sie so zu behandeln? Er schien sich doch sonst nicht für sie zu interessieren. Was ihren Vater anging, so wollte sie nie wieder mit ihm reden. Trotz seiner Worte hatte sie gehofft, eine Verlobung vermeiden zu können.

Damit, derart hintergangen zu werden, hatte sie nicht gerechnet.
Der See war aufgrund der Trockenheit beinahe ausgetrocknet, und Elisha kam der Garten dürr und leer vor. Das harte, braune Gras raschelte unter ihren Füßen, wenn sie sich bewegte. In Zeiten wie diesen war Wasser ein zu kostbares Gut, um es zum Gießen der Pflanzen zu verschwenden.
Damien hatte den ganzen Garten abgesucht, als er Elisha unter einem Baum sitzen sah. Ein metallisches Knirschen ertönte unter seinem Fuß, als er neben sie trat. Unwillkürlich bückte er sich und hob das Collier auf, das zu seinen Füßen lag.
»Kannst du mir mein schlechtes Benehmen verzeihen?«, fragte er und setzte sich neben sie.
Gleichgültig zuckte Elisha die Schultern, um zu verbergen, wie verletzt sie war. »Ich weiß nicht, warum du so mit mir geredet hast. Vielleicht solltest du es mir erklären, ehe du um Verzeihung bittest.«
»Das kann ich mir selbst nicht erklären.« Damien wollte ihr nicht sagen, dass Eifersucht wegen der Blicke der Männer und ein erneut angefachtes Verlangen nach ihr in ihm tobten.
»Es war grauenvoll«, sagte Elisha, und im ersten Moment dachte Damien, sie spreche von seinen Worten, aber dann fuhr sie schon fort: »Das hätte ich von Papa nie erwartet.«
»Hast du das wirklich nicht kommen sehen?« Er konnte sich ein solches Verhalten von Jack einfach nicht vorstellen. »Keine Andeutung oder etwas in der Art?«
Elisha schüttelte den Kopf. »Niemand hat etwas gesagt. Meine Mutter brachte mir dieses abscheuliche Kleid und den Schmuck, den Ambrose mir geschickt hat. Aber sie hat mich nicht im Geringsten darauf vorbereitet, was mich erwartet.«

Nachdenklich drehte Damien das Collier in seiner Hand. »Was sagt dein Ver… Lord Mason dazu?«
»Ich habe nicht mehr mit ihm darüber gesprochen. Die Situation war nicht geeignet für private Gespräche, und nach dem Tanzen bin ich ihm aus dem Weg gegangen.« Sie sah ihn verzweifelt an. »Was soll ich denn jetzt tun, Damien?« Um nicht in seiner Gegenwart zu weinen, drückte sie die Hand an den Mund und erstickte das Aufschluchzen.
»Sprich morgen mit deinem Vater, und …«
»Was soll das bringen?«, fiel sie ihm ins Wort. »Er kann es doch schlecht wieder rückgängig machen.« Sie schlang die Arme um ihren Körper. »Wenn Papa zu so etwas imstande ist, dann ist er auch dazu imstande, mich einfach zu verheiraten.«
Damien rückte näher zu ihr und legte den Arm um sie. Tröstend strich er über ihre Schulter, ehe er sie – ermutigt davon, wie sie ihren Kopf an ihn lehnte – ganz an sich zog und mit beiden Armen umschlang.
Elishas Herz klopfte schnell und aufgeregt, als sie seine sanften Hände an ihrem Rücken und ihren Schultern spürte. Seine Lippen berührten ihr Haar, und einem plötzlichen Impuls folgend drehte sie den Kopf, so dass sein Mund nur eine Handbreit von ihrem entfernt war.
Nichts hätte Damien in diesem Moment lieber getan, als sie zu küssen, aber er wusste, dass ihm die Kontrolle über die Situation entgleiten würde, wenn er seinem Wunsch nachgab. In ihm brannte die unerträgliche Sehnsucht, seine Hand noch ein kleines Stück tiefer rutschen zu lassen, ihre weiche Haut zu spüren, ihre Brust, und unter das Kleid zu gleiten, das ihm so verlockende Einblicke gewährte. Er zog sie enger an sich und streifte mit dem Mund ihre Wange in einer brüderlich-tröstenden Geste, dann stand er auf und zog sie mit sich

hoch. Ihren verstörten Blick bemerkend, sagte er: »Verkomplizieren wir die Situation nicht noch.«
Elisha raffte ihr Kleid und floh ein weiteres Mal an diesem Abend. Anstatt jedoch in den Festsaal zurückzugehen, lief sie außen um das Haus herum und ließ sich unter dem erstaunten Blick des *Chuprassi* die Haupttür öffnen. Erst nachdem die Tür zu ihrem Schlafzimmer verriegelt war, atmete sie auf und ließ sich in einen Sessel fallen. Sie war plötzlich unglaublich müde und erschöpft. War es wirklich erst wenige Stunden her, dass sie bei Shalina gewesen war?
Schwerfällig stand sie auf und ging zu ihrem Frisiertisch. Der Spiegel zeigte ihr ein Gesicht, das jeder Beschreibung zu spotten schien: Die Augen waren gerötet, mit dunklen Schatten darunter, und als sie die Hand an die brennende Haut an ihrem Nacken hob, ertastete sie eine lange, angeschwollene Schramme. Sie musste sich verletzt haben, als sie das Collier abgerissen hatte. Das Collier. Elisha sah auf ihre Hände, obwohl sie wusste, dass sie das Collier nicht bei sich hatte. Sie musste es am See vergessen haben. Eine bittere Genugtuung erfasste sie, und sie versuchte, sich darauf zu konzentrieren, um zu verdrängen, dass ihr Vater sie hintergangen und Damien sie zurückgewiesen hatte.
»Elisha?« Claire Legrant klopfte an die Tür. »Bist du jetzt endlich in deinem Zimmer? Wo warst du? Mach die Tür auf.«
Auf Elishas stoisches Schweigen hin klopfte sie wiederholt an die Tür und verlangte nach Einlass, ehe sie sich wieder zurückzog.
Wenige Minuten später klopfte es erneut, diesmal war es ihr Vater. »Elisha? Machst du mir auf?« Seine Stimme war leise und ein wenig rau. Elisha starrte auf ihr Spiegelbild und weigerte sich, zu antworten.

»Du musst heute Nacht nicht mehr mit mir reden, wenn du lieber allein sein möchtest«, fuhr ihr Vater fort, »wir verschieben das auf morgen.« Nach kurzem Zögern fügte er hinzu: »Gute Nacht.«
Nachdem sie sicher war, dass er gegangen war, stand Elisha auf und läutete nach Maja. Sie schob den Riegel zurück, und das Mädchen betrat das Zimmer. Ihre Augen glänzten aufgeregt. »Ihre Mutter hat Sie überall gesucht, Missee Sahib. Sie war sehr …« Sie suchte nach dem richtigen Wort im Englischen und verdrehte die Augen, um zu verdeutlichen, was sie meinte. »Sehr dämonisch.«
»Wütend«, verbesserte Elisha sie, »du meinst wütend.«
»Sie sagt, der hohe Herr hat Sie überall gesucht, Missy.«
»Lord Mason?« Elisha atmete auf, als Maja sie aufschnürte. »Er wird mich früh genug wiedersehen. Hast du gewusst, was heute Abend passieren würde?«
»Die Verlobung?« Majas Augen wurden vor Erstaunen rund. »Aber die Memsahib würde mir das nie erzählen.«
Elisha wusste, dass das Personal mehr mitbekam, als man annehmen sollte, aber ihr war klar, dass Maja ihr derartige Tratschgeschichten erzählt hätte. Seit sie sie bei sich aufgenommen hatte, hatte das Mädchen eine tiefe Ergebenheit zu ihr entwickelt.
»Es war grauenvoll, und mir tut der Kopf weh.« Elisha schloss die Schleife am Ausschnitt ihres Nachthemdes und setzte sich hin, damit Maja ihr Haar lösen konnte. Auf die Haarpflege verwendete das Mädchen immer viel Zeit, aber Elisha war müde und wollte nur noch schlafen, so dass sie ihr Haar eilig kämmen und einflechten ließ. Ehe sie sich ins Bett legte, schob sie den Riegel wieder vor die Tür. Sie wusste, dass ihr Vater sein Wort halten und sie in Ruhe lassen würde. Ihre

Mutter hingegen würde eine solche Rücksicht nicht kennen. Das erneute Drehen am Türknauf bestätigte ihre Vermutung.

Es war bereits später Vormittag, als Elisha mit betäubenden Kopfschmerzen erwachte. Sie schloss die Augen und war wenige Minute später wieder in einen tiefen Schlaf gefallen, aus dem sie erst das penetrante Klopfen an der Tür riss. »Elisha.« May klopfte wiederholt an. »Elisha?«
Mit bleiernen Gliedern schleppte Elisha sich zur Tür, schob den Riegel zur Seite und fiel dann wieder ins Bett.
»Was ist denn mit dir, Elisha?«, fragte May von der Tür her. »Bist du krank?« Zögernd betrat sie das Zimmer. »Mama sagt, du sollst nachher zum Essen hinunterkommen.«
Elisha murmelte eine Antwort in ihr Kissen.
»Charlotte hat mir heute Morgen alles erzählt.« Sie setzte sich an den Bettrand und berührte das Haar ihrer Schwester. »Ich würde das auch schlimm finden.«
Elisha drehte sich zu ihr um und bemühte sich um ein Lächeln. »Du bist die Erste, die das sagt. Geh ruhig hinunter und sag Bescheid, dass ich gleich komme.« Sie stand auf und läutete nach Maja.
Nachdem sie gebadet und etwas gegen die Kopfschmerzen genommen hatte, ging sie hinunter in das Esszimmer, wo ihrer düstersten Erwartung entsprechend schon alle versammelt waren. Charlotte und Richard waren gekommen, Damien saß auf seinem gewohnten Platz, und Ambrose saß an der Seite ihres Vaters. Jack Legrant sah ihr entgegen, und der Blick, mit dem er sie ansah, bestätigte den Eindruck, den ihr Spiegelbild auf sie gemacht hatte. Sie sah kaum besser aus als

letzte Nacht, eher hatte der schwere Schlaf die Schatten unter ihren Augen vertieft.
Ohne den anderen einen Blick zu gönnen, ließ sie sich an ihrem Platz nieder. Sie bekam das Auftragen der verschiedenen Gänge kaum mit, noch hörte sie, worum es in den Gesprächen ging. Einige Male drang Damiens Stimme an ihr Ohr, wenn er etwas zur Konversation beitrug. Ambrose unterhielt sich mit ihrem Vater und vermied taktvoll, das Wort an sie zu richten. Vermutlich weil er ahnte, dass sie nicht bei der Sache war und es lediglich zu peinlichem Schweigen führen würde.
Warum nur, dachte Elisha, warum nur hatte Damien sie letzte Nacht im Garten zurückgewiesen. Was war es nur, das ihn zurückhielt? Liebte er seine Verlobte doch? Oder aber war er einfach vorausschauender als sie?
»Komm bitte in mein Arbeitszimmer«, sagte ihr Vater zu Elisha, als die Tafel aufgehoben war. Er schloss die Tür hinter sich und bat sie, sich hinzusetzen.
»Was gestern passiert ist, war von mir so nicht gewollt«, begann er.
Schweigend starrte Elisha auf ihre Hände, und ein bitterer Zug trat um ihren Mund.
»Ich wusste nicht, dass du vollkommen ahnungslos warst. Wir hatten überlegt, dass die Gesellschaft abends eine gute Gelegenheit wäre, deine Verlobung zu verkünden. Ich wollte mit dir reden, aber deine Mutter meinte, sie würde das übernehmen, und so bin ich einfach nicht mehr darauf eingegangen. Lord Mason war ebenso erstaunt wie ich. Er wäre wohl nicht im Traum auf die Idee gekommen, dass wir dich so überrumpeln würden.« Jack setzte sich seiner Tochter gegenüber. »Bitte, meine Kleine, sei mir nicht böse deswegen.«

»Aber die Verlobung … ich wollte mich nicht verloben.«
»Elisha, verloben musstest du dich, damit deine Zusammenkünfte mit Lord Mason nicht zu Gerede führen. Du kennst die Leute. Aber ich stehe nach wie vor zu meinem Versprechen, dass du dich von ihm trennen kannst, wenn du jemanden kennen lernst, den du liebst und der für eine Ehe mit dir in Frage kommt oder wenn Lord Mason sich als unzumutbar für dich entpuppt.«
»Mama hat mich dazu gezwungen, dieses schreckliche Kleid zu tragen, nur damit ihr mich präsentieren könnt wie eine Zuchtstute auf dem Pferdemarkt«, rief Elisha, ohne auf die Reaktion ihres Vaters angesichts ihrer Wortwahl zu achten. »Lord Mason sollte ja schließlich sehen, was er kauft.«
»Elisha!« Jack machte sich zwar Vorwürfe und hatte sie in der letzten Nacht auch seiner Frau nicht erspart, aber er war mitnichten dazu bereit, hinzunehmen, dass seine Tochter Worte eines Marktweibes im Mund führte. »Solche Ausdrücke will ich von dir nie wieder hören. Abgesehen davon hat dich niemand an Lord Mason verkauft. Die Sache ist passiert, und ich habe dir gesagt, es tut mir aufrichtig leid, ich habe fest damit gerechnet, dass deine Mutter dich über alles aufgeklärt hat. Aber ich lasse mir von dir keine Motive unterstellen, die vollkommen absurd sind.«
»Ich … also gut.« Elisha spürte, wie ihr Groll auf ihren Vater schwand – wenn auch nicht auf ihre Mutter, aber das war eine Sache, die sie hier nicht zu Sprache bringen wollte.
»Ach ja«, sagte Jack, »Damien hat übrigens dein Collier gefunden. Ich habe es deiner Mutter gegeben.«
»Meinetwegen kann sie es verschenken.«
»Elisha, bitte.«
»Dir zuliebe, Vater. Aber ich will es nicht wieder tragen, die

Erinnerung an den schlimmsten Abend meines Lebens hängt daran.« Elisha wandte sich abrupt ab und ging zum Fenster, um in den seitlichen Hof zu sehen. Es war windig, und schwere Tropfen fielen in den Staub. Der Monsun brach über die Stadt herein.

16

Bombay, Oktober 1756

Die Masten der Schiffe wankten bedenklich im Wind, und Jack beobachtete das Treiben an den Lagerhäusern von seinem Fenster aus. Am nächsten Tag würden zwei Schiffe nach England auslaufen und eines nach Kanton. Erst heute Morgen war ein Schiff aus England angekommen, und die Nachrichten aus Europa waren mehr als beunruhigend gewesen. Der Krieg war am siebzehnten Mai 1756 ausgerufen worden, und an diesem Tag, dem sechsten Oktober, war die Nachricht in Bombay angekommen – außergewöhnlich schnell, bedachte man, dass ein Schiff von England nach Indien für gewöhnlich ungefähr acht Monate unterwegs war.
Jack überlegte, was wäre, wenn es hier erneut zu kriegerischen Auseinandersetzungen kam. Die Franzosen hatten unter Dupleix große Anstrengungen unternommen, das Land unter französische Herrschaft zu bringen.
Gescheitert war der französische Gouverneur von Pondicherry letztendlich am Karnatik. Allerdings beherrschten die Franzosen nach wie vor den Dekkan, was nicht gerade beruhigend war, wenn man sich überlegte, was das für Bombay bedeuten konnte.
Das Gedränge am Hafen, das am frühen Morgen unüberschaubar gewesen war, hatte sich langsam gelichtet. Ein einlaufendes Schiff aus England war immer eine Attraktion, brachte es doch Nachrichten und jede Menge Waren aus der

Heimat mit sich. Jacks Blick fiel auf eine schlanke Gestalt in der Nähe der Warenlager.

»Was macht Montaury hier?«, fragte er Richard, der in diesem Augenblick eintrat.

»Er ist mit Vater gekommen.«

»Mir gefällt der Gedanke nicht, dass er hier herumstreunt und Dinge sieht, die er nicht wissen sollte.«

»Vater vertraut ihm«, erwiderte Richard.

»Aber ich nicht.« Beunruhigt blickte Jack wieder hinunter und sah Lamont immer noch unbeweglich dastehen und aufs Meer starren. Worauf er nur wartete? Auf eine geheime Seeinvasion der Franzosen?

»Wir haben im Augenblick andere Sorgen als deine Antipathie gegen Lamont Montaury«, sagte Richard. »Einer der neuen Direktoren behauptet, es fehlen drei Lakh Silbermünzen, die auf dem letzten Schiff hätten sein müssen. Beim Verladen wurden sie auch verzeichnet, aber nun sind sie spurlos verschwunden.«

Jack runzelte die Stirn. »Auf dem Schiff dürfte es doch nicht weiter schwer sein, sie zu finden.«

»Den Matrosen und Schiffsoffizieren wurde bereits Ausgangssperre erteilt, bis wir alles durchsucht haben, aber du kannst dir denken, dass so etwas nach einer langen Schiffsreise nicht unbedingt die Stimmung hebt. Es sind nicht viele Leute gewesen, die Zugang zu dem Silber hatten, und die sind längst von Bord gegangen. Ich halte die Methode also für zweifelhaft.«

»Ich werde mich darum kümmern«, versprach Jack. Er mochte den neuen Direktor, Andrew Armstrong, nicht besonders und war sich sicher, dass das auf Gegenseitigkeit beruhte. Mr. Armstrong war mit seiner Frau und seiner Tochter vor dem

Monsun angekommen und hatte bereits erreicht, dass sich die englische Gesellschaft in zwei Parteien teilte, die eine, die auf Seiten der momentanen Indien-Politik stand, und die andere, die für Expansionspolitik war und die Meinung vertrat, dass man sich am aggressiven Vorgehen Frankreichs orientieren solle. Diese Ansichten hatten zwar auch vorher bestanden, aber selten war die Expansionspolitik so vehement vertreten worden wie von Andrew Armstrong. Problematisch wurde es, wenn sich Männer wie die Moidores auf keine Seite stellen wollten, jedoch zu wichtig und einflussreich waren, um von einer der beiden Parteien ausgeschlossen zu werden. Und nun fehlten drei Lakh Silbermünzen, und das bei einer Ladung, die Jack zu beaufsichtigen hatte.

»Wie geht es Charlotte?«, fragte er, um auf ein erfreulicheres Thema – sein erstes Enkelkind – zu kommen.

»Den Umständen entsprechend gut«, entgegnete Richard, dem eine ermüdende Auseinandersetzung des Vorabends noch lebhaft vor Augen stand. Charlotte vertrug zwar die Hitze nicht, aber das Regenwetter offenbar auch nicht. Sie konnte nicht ohne Kissen im Rücken sitzen, wobei es nur eines gab, das ihr wirklich half, was sie auch lautstark zum Ausdruck brachte, wenn man es wagte, ihr ein anderes zu bringen. Und dann die Nächte. Kam er zu ihr ins Zimmer, um ihr eine gute Nacht zu wünschen, fuhr sie ihn an, dass er sie aus dem Schlaf gerissen habe, kam er nicht, beschwerte sie sich über seine mangelnde Aufmerksamkeit.

»Wo ist sie eigentlich?«, fragte Jack.

»In einem der Lager, um zu sehen, welche Seidenstoffe sie neben den bestellten noch haben möchte.«

Jack lachte. »Dabei solltest du sie nicht allein lassen, wenn du nicht willst, dass das halbe Lager in dein Haus transpor-

tiert wird. Glaub mir, ich weiß wovon ich rede. Ich hätte ihr die erlaubten Mengen vorgegeben.«
Richard stimmte in das Lachen ein. Aber er würde sich hüten, wegen der Seide einen weiteren Streit vom Zaun zu brechen. Er hatte den Lagermeister angewiesen, ab einer bestimmten Menge zu sagen, dass alles weitere bereits verkauft sei. Zwar behagten ihm solche Methoden nicht sonderlich, aber Charlottes tränenumflorter Blick, der jeden Streit krönte, und die Andeutung, er verwehre ihr selbst in ihrem Zustand jede Freude und Zerstreuung, war die unangenehmere Alternative.

»Was soll das heißen, sie sind verkauft?«, fuhr Charlotte den Lagermeister an. »Wie sollen sie in dieser kurzen Zeit verkauft sein?«
»Ich bedaure es sehr, Mrs. Moidore.«
Charlotte schürzte die Lippen und sah auf die Stoffe vor sich. Im Grunde genommen war es auch egal. Die Seide interessierte sie bereits nicht mehr. Ein flüchtiger Blick auf die anderen Ballen sagte ihr, dass sie ohnehin schon die schönsten Dinge ihr Eigen nennen konnte. Bis auf den Ballen cremegelber Seide, der weiter hinten versteckt lag. Sie trat darauf zu und strich mit der Hand darüber. Wie das Sonnenlicht selbst, dachte sie. Was für ein wunderbares Kleid sich daraus schneidern ließ. Wenn man es mit etwas sattgelber Seide kombinierte, wäre das Ergebnis traumhaft.
»Was ist hiermit?«, fragte sie.
»Oh, der ist direkt verkauft worden, als alle anderen noch mit ihren eigenen Warensendungen beschäftigt waren«, erwiderte der Lagermeister. »Ein Herr hat ihn gekauft.«
»Ein Herr?« Charlotte hob die Brauen. »Wer war es?«

»Lord Mason, Ma'am.«
Charlotte zog die Hand von dem Ballen zurück und presste die Lippen zusammen. Es war ihr gleichgültig, was Elisha trug, aber warum musste es genau das sein, was sie haben wollte?
»Weinrot steht dir ohnehin besser«, sagte eine vertraute Stimme hinter ihr, die ihr einen Schauer über den Rücken jagte. Sie drehte sich hastig um und sah in Lamonts spöttische braune Augen. Der Lagermeister hatte sich bereits wieder zurückgezogen und widmete sich einer Kiste, während er nebenher etwas aufschrieb.
Lamont sah auf die Wölbung von Charlottes Bauch, die auch das Korsett nicht mehr länger verbergen konnte. Er lächelte. »Wie ich sehe, hat Richard Moidore ja letzten Endes doch noch deine Fähigkeiten zu würdigen gewusst.«
»Sie schlagen mir gegenüber einen Ton an, den ich nicht akzeptieren kann, Monsieur«, sagte sie auf Französisch, um zu verdeutlichen, was er in der englischen Gesellschaft war – ein Außenseiter. Da sah sie ihn monatelang nicht, und nun traf sie auf ihn, als sie aussah wie ein gestrandeter Wal.
»Ich muss gestehen, dass du mir durchaus gefehlt hast.«
»Nicht ich habe Ihnen gefehlt, Monsieur, sondern nur das, wofür Sie mich brauchten, und das Sie, wie Sie mir ja zu verstehen gegeben haben, bei jeder Bajadere finden werden.«
Lamont lachte leise. »Du spielst auf mein flegelhaftes Verhalten bei unserem letzten Treffen an? Ach komm schon, Charlotte, ein wenig verletzten Stolz musst du mir auch zugestehen.«
»Dann stehen Sie mir nun auch verletzten Stolz zu und vermeiden Sie es, mich weiterhin zu belästigen.« Sie sah über seine Schulter und rief aus: »Ah, Vater.«

Jack hatte Lamont und seine Tochter gesehen und war mit zwei Schritten bei ihnen. Dass Charlotte durch ihre Rolle als Richards Frau zu gesellschaftlichem Umgang mit diesem Schleichhändler und Frauenheld gezwungen war, behagte ihm überhaupt nicht. »Sie entschuldigen uns, Montaury«, sagte er und nahm Charlottes Arm.

Lamont neigte höflich den Kopf und sah Charlotte nach, die am Arm ihres Vaters das Lager verließ.

»Ich sehe nicht gerne, dass er mit dir spricht«, sagte Jack.

»Er verkehrt mit Richard, es lässt sich also nicht umgehen.«

»Fühlst du dich denn wohl, mein Liebes?«, fragte Jack fürsorglich. Nicht dass dieser Mensch sie am Ende noch aufgeregt hatte.

»Mir geht es gut, Papa. Allerdings habe ich mich über den Lagermeister geärgert. Er behauptet, alles, was ich haben möchte, sei bereits verkauft.«

Jack sah in das blasse Gesicht seiner Tochter und hatte plötzlich ein schlechtes Gewissen, weil er Richard in der Absicht bestärkt hatte, Charlotte nicht so viel einkaufen zu lassen. In ihrem Zustand musste man sich bemühen, ihr jeden Wunsch zu erfüllen. »Ich habe mehrere Ballen Seide und Baumwolle gekauft«, sagte er. »Komm heute Abend zu uns und such dir aus, was dir am besten gefällt.«

Eine ungewohnte Wärme durchfloss Charlotte, und sie drückte den Arm ihres Vaters.

Weil das Wetter Ausflüge nicht erlaubte, verbrachte Elisha die meiste Zeit daheim. Ambrose besucht sie oft, und gemeinsam verbrachten sie ganze Nachmittage im Salon oder in der Bibliothek ihres Vaters. Als er erfahren hatte, dass Elisha zwar Persisch sprach – die Hofsprache Indiens –, es aber weder lesen noch schreiben konnte, hatte er ihr angeboten, es ihr beizubringen. Auf ihre erfreute Zusage hin, hatte er ihr am nächsten Tag Bücher mitgebracht, und nun übte Elisha fleißig die arabischen Schriftzeichen. Es machte ihr Spaß, Wörter in verzierter Schrift zu schreiben, Blätter nur mit Buchstaben zu füllen, die wie gemalt aussahen. Manchmal war ihr etwas unbehaglich zumute, wenn sie daran dachte, wie sehr sie sich Ambrose verpflichtete, aber andererseits war auch nicht einzusehen, dass sie alle Pflichten auf sich nahm, ohne auch ein wenig selbst davon zu profitieren.

Das Collier hatte ihre Mutter ihr mit einem Ausdruck tiefster Missbilligung zurückgegeben. Die feine Schließe war durch Elishas unsanftes Herunterreißen zerbrochen, und Elishas Weigerung, sie reparieren zu lassen, löste eine unerfreuliche Diskussion aus. Elisha konnte ihrer Mutter den Abend ihrer offiziellen Verlobung nur schwer verzeihen, wenn diese auch das Zugeständnis machte, offenbar einen Fehler begangen zu haben. Allerdings beruhte diese Einsicht wohl eher auf den Vorwürfen ihres Vaters und dem Unverständnis von Ambrose, als auf wirkliches Bedauern.

Es war vier Uhr, die übliche Besuchszeit von Ambrose, und er kam pünktlich. Elisha saß bereits in der Bibliothek, um ihn zu empfangen. Bei offener Tür war es ihnen auch erlaubt, sich allein dort aufzuhalten, sehr zur Erleichterung von May, die sich weder für die Gespräche der beiden interessierte, noch eine der gesprochenen Fremdsprachen verstand.

Ambrose hatte sich für den Abend ihrer Verlobung nicht bei Elisha entschuldigt, ihr wohl aber sein Bedauern ausgesprochen, weil die Situation so unangenehm für sie gewesen war.

Schließlich trug er keine Schuld daran, dass ihre Mutter sie nicht vorbereitet hatte, und so sah er offenbar nicht ein, sie dafür um Verzeihung bitten zu müssen.
»Ich habe dir etwas mitgebracht«, sagte er beim Eintreten und hielt ihr ein Buch hin, dessen lederner Einband so abgegriffen aussah, dass er an einigen Stellen glänzte, und dessen Goldgravur bereits verblasst war.
»Arabische Kalligraphie«, rief Elisha begeistert. Sie schlug das Buch auf und blätterte die leicht vergilbten Seiten um. »Woher hast du es?«
»Keine sehr taktvolle Frage bei einem Geschenk«, scherzte Ambrose. »Ich habe es bei einem Buchhändler auf dem Basar entdeckt.«
Elisha schlug das Buch wieder zu. »Ich danke dir.« Sie zog einen Bogen Papier hervor und begann unter Ambroses Anleitung zu schreiben.
»Die Buchstaben gelingen dir immer besser«, sagte Ambrose. Er umfasste ihre Hand, um ihr bei dem Schwung eines Zeichens zu helfen, was Elisha aufspringen ließ. Stirnrunzelnd sah er sie an, und Elisha, der ihr Verhalten peinlich war, murmelte eine Entschuldigung und setzte sich wieder.
»Man könnte beinahe annehmen, du befürchtetest eine Zudringlichkeit von meiner Seite«, spöttelte Ambrose.
»Und wenn schon.« Elishas Wangen brannten.
»Keine Sorge, meine Liebe, ich werde dich nicht eher anrühren, als bis du dazu bereit bist.«
»Ich … entschuldige bitte, ich benehme mich wohl albern.«
»Mach dir keine Sorgen, ich habe für so viel jungfräuliche Zurückhaltung durchaus eine Schwäche.«
Elisha argwöhnte, dass er sich über sie lustig machte, aber sein Gesicht zeigte keine Spur von Belustigung. »Das hat

damit überhaupt nichts zu tun«, sagte sie mit einem Anflug von Verärgerung.
»Meine Liebe, ich weiß wirklich nicht, wie ich das verstehen soll«, erwiderte Ambrose und zog die Brauen hoch.
Zutiefst verlegen wusste Elisha nicht, was sie antworten sollte. Er dachte doch nicht am Ende, sie meine damit, sie sei nicht mehr unschuldig? Aber das konnte sie ihn ja schlecht fragen. Also schwieg sie.
Anstatt erbost oder misstrauisch zu sein, schien Ambrose amüsiert – so zumindest deutete sie das Lächeln, das in seinen Mundwinkeln spielte. »Du scheinst dich in einer recht düsteren Stimmung zu befinden«, bemerkte er.
Elisha sah ihn an und fragte sich, warum sie keine Zuneigung zu ihm empfinden konnte. Er war doch so freundlich zu ihr. Warum nur war es nicht Damien, der hier an ihrer Seite saß? Ihm hätte sie mit Freude jeden Beweis von Zuneigung gegeben, dessen sie fähig war. »Mir geht es heute nicht so gut. Verzeih mir bitte.«
»Wenn du dich krank fühlst, werde ich dich natürlich allein lassen.«
»Krank bin ich nicht«, widersprach Elisha.
»Oh.« Jetzt schien selbst er nicht die richtigen Worte zu finden, und entsetzt wurde ihr klar, was er jetzt vermutlich dachte. Und sie konnte es nicht einmal richtigstellen, weil man über derartige Dinge selbst vor einem Ehemann schwieg.
»Ich besuche dich in den nächsten Tagen wieder«, sagte Ambrose taktvoll und stand auf.
Hastig erhob sich Elisha ebenfalls und läutete nach einem Dienstboten, der ihn zur Tür brachte. »Vielen Dank noch einmal für das Buch«, sagte sie.

Als er fort war, starrte sie niedergeschlagen auf das Blatt mit den Schriftzeichen. Die Feder, die sie beim Aufspringen hatte fallen lassen, hatte einen großen Tintenfleck mitten auf dem Blatt hinterlassen. Ohne dass sie wusste, warum, machte der Anblick sie traurig. Ein verschwendetes Blatt, verschwendete Zeit, ein verschwendetes Leben.

Auf ihrem Zimmer kleidete Elisha sich um und legte sich ins Bett. Sie ärgerte sich über ihr Benehmen, vor allem, weil Ambrose ihr nicht den geringsten Anlass dazu gegeben hatte. Vielmehr war er überaus aufmerksam gewesen. Aber sie konnte doch nichts dafür, dass ihr die Pläne ihres Vaters so sehr widerstrebten. Ebenso wenig konnte sie etwas dagegen tun, dass sie Damien immer noch liebte, gleichgültig, wie wenig Notiz er von ihr nahm. Wenn sie allein war, holte sie jenen Augenblick, den sie in seinen Armen verbracht hatte, aus ihrer Erinnerung hervor und durchlebte ihn erneut.

Um auf andere Gedanken zu kommen, griff sie nach einem Buch, das sie vor ihrer Mutter unter ihrem Bett versteckt hatte. Es war ein medizinisches Buch über die Behandlung verschiedener Verletzungen, und sie hatte Damien lange überreden müssen, es ihr zu leihen. Zwar faszinierte sie beinahe nichts anderes mehr, als fremde Sprachen zu lernen, aber die Medizin hatte ihren eigenen Reiz. Manchmal wünschte sie, sie könnte herumreisen und eine berühmte Heilerin werden, die sich in allen Sprachen der Welt ausdrücken konnte. Über diesen Gedanken schlief sie ein.

Die Luft war schwer und rauchgeschwängert, und Jonah hatte, während er den Tänzerinnen zusah, das Gefühl, sein Blut rausche ebenso schwer durch seine Adern. Er war von einer Art Betäubung ergriffen, die der Genuss von opiumhaltigem Tabak und die Moschusgerüche mit sich brachten. Zusammen mit anderen Mitgliedern der Kompanie, kleineren Angestellten, Direktoren, Offizieren und reichen Müßiggängern verbrachte er den Abend im teuersten Etablissement der Stadt. Von seinem Gehalt hätte er sich diese Besuche nicht leisten können, aber sein Vater ließ es sich nicht nehmen, ihm immer wieder Geld zu schicken, das er nicht haben wollte. Also machte er sich den Spaß, es für derartige Vergnügen auszugeben, und wenn es für Etablissements nicht mehr reichte, ging er in die schwarze Stadt, wo sein Weg ihn zu den Bajaderen führte. Das war immer noch besser, als einsame Abende daheim. Zu seinem Erstaunen hatte sich Damien ihm diesmal angeschlossen.

Damien hatte zwar auch Opium in geringem Maß genossen, allerdings nicht genug, um seine Sinne zu betäuben. Er folgte mit halbem Ohr den Unterhaltungen neben sich und richtete seine Aufmerksamkeit in erster Linie auf die Tänzerinnen, die ihre Körper sinnlich bewegten und jede Bewegung anmutig mit den Händen untermalten. Am Morgen hatte er einen Brief von seinem Vater erhalten, der ihn wieder einmal an seine Pflicht erinnerte.

Elishas Verlobung ließ ihm keine Ruhe und raubte ihm den Schlaf. Aber was hatte er denn erwartet? Welcher Vater ließ zu, dass seine Tochter unverheiratet blieb? Dass Elisha ihren Bräutigam nicht wollte und gegen ihren Willen in diese Verbindung gedrängt worden war, tat ihm zwar einerseits leid für sie, aber andererseits dachte er recht egoistisch, dass es für ihn schwerer wäre, wenn sie den Mann auch noch liebte. Er selbst hatte Lord Mason recht sympathisch gefunden und sich gern mit ihm unterhalten, aber mittlerweile war er kaum imstande, ihn anzusehen, ohne darüber nachzudenken, was ihm Elisha gewährte. Ließ er sich von ihr zurückweisen? Oder tat sie das gar nicht, sondern ließ ihn in den Genuss dessen kommen, was Damien nicht hatte annehmen dürfen? Aber andererseits waren die beiden ja nie unbeobachtet. Oder vielleicht doch?

»Eine gute Wahl«, sagte Hauptmann Brooke, »aber ich war der Meinung, der Adel bevorzuge Ehen unter Blaublütigen.«

Ambrose Mason lag auf seidene Kissen zurückgelehnt und hielt die Augen halb geschlossen, was den trügerischen Anschein vermittelte, er sei mit seinen Gedanken überall, nur nicht bei den Gesprächen um sich herum. »Im Allgemeinen wird es vom Adel so gehalten«, gab er Hauptmann Brooke Recht.

»Von Ihnen nicht, wie es aussieht«, fiel Ralph Bellwood ein, ein junger Leutnant.

»Wollen Sie damit andeuten, dass meine Wahl unter Umständen meinem Status nicht genügen könnte?« Ambrose grinste und sog an seiner Wasserpfeife. »Nicht sehr taktvoll, denke ich, vor allem in Gegenwart ihres Verwandten.«

Die Blicke wanderten zu Damien, der sie finster erwiderte, jedoch keinen Kommentaren abgab.

»Aber das meinte ich doch keineswegs, Mylord«, berichtigte Ralph. Seine Zunge war bereits vom Alkohol schwer, wodurch er die Endsilben seiner Worte teilweise verschluckte. »Sie ist entzückend, zwar keine Charlotte Le…, ach, Moidore heißt sie ja jetzt, aber immerhin.«

»Wie darf ich einen so wenig schmeichelhaften Kommentar über meine Verlobte verstehen?«, fragte Ambrose stirnrunzelnd.

»Fragen Sie Mr. Truitt«, entgegnete Ralph in Anspielung auf Jamies Verliebtheit in Charlotte und vergeblicher Werbung um Elisha. Jamie Truitt warf ihm nur einen Blick zu und widmete sich wieder den Tänzerinnen. Er sah die Angelegenheit ähnlich wie Damien, und er würde sich nicht einmischen, solange die Gespräche nicht gegen jeden Anstand verstießen.

»Es gibt wenig junge Frauen hier«, fuhr Ralph fort, »und da ist es natürlich verständlich, dass wir nicht sonderlich glücklich darüber sind, wenn Fremde auftauchen und uns die aus den besten Familien vor der Nase wegheiraten.«

Ambrose lächelte breit, enthielt sich aber einer Antwort.

»Was halten Sie von der politischen Lage in Europa, Lord Mason?«, mischte sich ein junger Offizier in das Gespräch ein. Er war erst seit kurzem in Indien und brannte darauf, sich zu bewähren und ein Vermögen zu machen.

»Meine Informationen sind vermutlich auch nicht neuer als die, die mit dem letzten Schiff eingetroffen sind. Englands Bündnis mit Preußen ist Ihnen ja bekannt, nehme ich an. Die Lage zwischen England und Frankreich wird wohl keinen anderen Schluss zulassen als einen Kriegsausbruch«, sagte Ambrose. Er hatte für Politik nicht viel übrig, und so belustigte ihn die Lage lediglich. »England paktiert natürlich mit Preußen gemäß dem Grundsatz, ein Feind Frankreichs muss ein Freund Englands sein. Wie sich die Lage hier entwickelt, kann ich nicht einschätzen, meines Wissens sind von Frankreich aus aber keine Aktionen in Indien geplant. Ihnen sind die Kolonien in Amerika wichtiger.«

»Die Franzosen brauchen für militärische Aktivitäten hier nicht die Erlaubnis der Krone«, erwiderte Hauptmann Brooke, wobei er seine ganze Verachtung für die Franzosen in seine Worte legte.

»Wir sollten eine ähnliche Politik wie Frankreich verfolgen«, sagte Andrew Armstrong. »Das Land bietet uns mehr Möglichkeiten als nur den Handel. »Wir sitzen hier und schließen Bündnisse mit diesen barbarischen Herrschern und überlassen anderen die Eroberungen.«

»Die Kompanie ist an Eroberungen nicht interessiert«, sagte Hauptmann Brooke, »und bis jetzt sind wir recht gut damit gefahren.«

»Nur wie lange noch?« Ralph Bellwood versetzte der zunehmende Alkoholgenuss in aggressive Stimmung. »Außerdem vergessen Sie Kalkutta, mein Freund.«

»Und Sie vergessen offenbar Dupleix' Schicksal«, spielte Hauptmann Brooke auf den einst so ruhmreichen Generalgouverneur an, dem von seinem einstigen Vermögen nichts mehr geblieben war und der nun in bitterster Armut in Frankreich lebte. »Von dem damaligen Glanz Pondicherrys ist nicht mehr viel übrig, und wer würde jetzt noch aus Frankreich hierherkommen in der Hoffnung auf Reichtum?« Nach Godeheus Abreise hatte Monsieur Duval de Leyrit im Februar 1755 den Gouverneurspalast bezogen, und die Engländer beherrschten das Hinterland. Die Ruhmesträume der Franzosen schienen ein Ende gefunden zu haben, und mit der Rückkehr von Dupleix rechneten wohl nicht einmal mehr die Franzosen selbst.

»Es werden ja auch keine Gelder mehr hier in den Handel gesteckt«, sagte Jamie, »weil Frankreich nicht weiß, wie sich die politische Lage entwickelt. Um was wetten wir, dass selbst Dupleix' frühere Feinde sich insgeheim wünschen, er käme zurück?«

Damien bemerkte Jonahs bedrückte Miene und sprach ihn darauf an.

»Ich denke darüber nach«, antwortete Jonah, »dass ich nie

mehr sein wollte, als Soldat. Jetzt wird es vermutlich bald Gelegenheit geben, Ruhm zu ernten, und ich sitze als einbeiniger Krüppel in einem Büro und fertige Kopien von Schriftstücken an.«
Seine Augen waren glasig vom Opiumkonsum. »Hätten Sie damals nicht einfach die vergiftete Stelle herausschneiden können? Mussten Sie gleich das ganze Bein abschneiden lassen?«
»Ihnen ist klar, dass Sie mich gerade in meiner Ehre als Arzt beleidigen?«
»Fordern Sie mich ruhig, wenn Sie Genugtuung wünschen, ich gebe sie Ihnen von Herzen gern. Sind Sie geschickt mit dem Degen? Geschickt genug, um meinem Elend in einem ehrbaren Kampf ein Ende zu bereiten?«
»Morgen werden Sie so tun, als hätte es diese Phase weinerlichen Selbstmitleids nie gegeben, während es Ihnen unvorstellbar peinlich sein wird«, entgegnete Damien trocken.
»Für wen lohnt sich mein Leben denn noch?«, fuhr Jonah fort, als hätte er nichts gehört. »Meine Familie will mich nicht mehr …«
»Ihr Vater beordert Sie doch mit jedem Brief nach Hause.«
»Unterbrechen Sie mich nicht immer! Gönnen Sie einem ständig schweigsamen Krüppel auch mal das Wort.«
Damien schwieg ergeben, während Jonah sich aus vollstem Herzen seinem Selbstmitleid hingab.
»Aber ich habe Recht daran getan, hier zu bleiben«, schloss Jonah, »hier, an der Stätte meines Unglücks. So muss ich wenigstens nicht mitansehen, wie meine Kameraden in England einer nach dem anderen heiraten, während mir ein Leben in Einsamkeit beschieden ist.«
Damien wollte einwenden, dass die Menschen auch in diesen

fernen Gefilden heirateten, schwieg aber dann, um den Redeschwall nicht noch weiter zu schüren.

»Aber wofür braucht man schon eine Ehefrau?« Jonah erhob sich mühsam. »Das, wofür Frauen am besten taugen, bekomme ich auch hier.« Er winkte der Tänzerin zu, die er den ganzen Abend schon beobachtet gehabt hatte, und zog sich mit ihr zurück.

Damien sah sich um und bemerkte, dass auch etliche Männer um ihn herum bereits Frauen in den Armen hatten. Einige hatten den Anstand, sich zurückzuziehen, andere blieben gleich an Ort und Stelle, um sich ihrem Vergnügen hinzugeben.

Damien stand auf, streckte sich und ging zum Ausgang. Auf dem Weg durch den Vorraum entdeckte er Ambrose, der sich mit einer jungen Frau im Arm in ein Hinterzimmer zurückzog. Es reichte ihm also nicht, sich mit Elisha gegen ihren Willen zu verloben, er musste sie auch noch betrügen, dachte Damien verärgert. Aber dann fiel ihm Laata ein, und er dachte, dass er sich im Grunde genommen kein Urteil über Untreue in der Verlobungszeit erlauben durfte. Er erinnerte sich an die Paare im Tanzraum und war froh, dass Lord Mason sich wenigstens nicht an den Dingen beteiligte, die sich dort abspielten. Er fand es immer schwierig, Männer ernst zu nehmen, wenn er vorher hatte sehen müssen, wie sie vor den Augen aller mit Frauen verkehrten und sich womöglich eine Frau mit mehreren Männern teilten. Es waren ausnahmslos achtbare Männer, die er beinahe täglich in Gesellschaft ihrer Frauen, Verlobten oder Töchter antraf.

Damien sah auf seine Uhr und stellte fest, dass es schon auf den Morgen zuging. Seine Augen brannten ein wenig, und er brauchte einige Minuten, um einen klaren Kopf zu bekommen. Der letzte Brief mit den Ermahnungen seines Vaters kam ihm in den Sinn und vertrieb auch die letzte Schläfrigkeit.

Elisha verließ das Warenlager, wo sie sich einen Bund Sandelholz geholt hatte, und mühte sich damit ab, die Tür zu schließen, so stark drückte der Wind dagegen. Schwarzgraue Wolken verdichteten sich über der Stadt, und vom Meer her rollten Wellen ans Ufer und in den Hafen, so dass man gut beraten war, sich nicht allzu nah am Kai aufzuhalten.
Wie hatte sie nicht merken können, dass ein Sturm im Anzug war, dachte Elisha, obwohl sie das Land seit ihrer Geburt kannte. Zwar war das Lager durch das schwere Tor abgesichert, aber sie hatte seit ihrer Kindheit panische Angst vor Stürmen und Gewittern, und unter keinen Umständen wollte sie im dunklen Lager sitzen. Noch dazu, wo man nie wissen konnte, wie lange der Sturm dauern würde. Der Lagermeister riet ihr, nicht hinauszugehen, aber Elisha versicherte ihm, dass sie sich beeilen würde, zu ihrem Vater zu kommen.
Der Wind zerrte an ihrem Kleid, riss an ihrem Haar und machte ihr das Gehen beinahe unmöglich. Schon schlugen die ersten Tropfen auf, und binnen weniger Sekunden rauschte ein wahrer Sturzbach vom Himmel. Sie drückte sich an den Wänden entlang, bis sie an die nächste Häuserecke kam, wo sie einen freien Platz überqueren musste. Niemand war mehr auf den Straßen. Elisha raffte ihr Kleid und ging über den Platz, wobei sie Mühe hatte, gegen den Wind anzukommen. Sie war durchnässt und außer Atem, als sie am Gebäude der Kompanie ankam. Hastig wollte sie die Tür öffnen,

bemerkte aber zu ihrem Entsetzen, dass diese verriegelt war. Die Dienstboten hatten von innen die Türen und Fenster verbarrikadiert, so wie sie es bei schlimmen Stürmen immer taten. Dachte ihr Vater denn nicht an sie? Oder aber setzte er genügend Verstand von ihrer Seite voraus, im Lager in Sicherheit zu bleiben?

Elisha tastete sich an der Häuserwand entlang zur nächsten Tür und zur übernächsten. Panik erfasste sie angesichts des lauten Rauschens und des beinahe schwarzen Himmels. Der Regen nahm ihr die Sicht und der Sturm den Atem. Elisha lief orientierungslos an der Wand entlang, tastete sich zur nächsten Tür. Sie hätte vor Erleichterung, diese unverschlossen vorzufinden, beinahe geweint. Mühsam drückte die die Tür hinter sich zu und schob den Riegel vor. Sie blickte sich in Damiens Behandlungszimmer um und fragte sich, warum gerade dieser Raum nicht verriegelt war. Nur wenige Sekunden später wurde heftig an der Tür gerüttelt. Elisha schob den Riegel hastig wieder zurück, und die Tür flog gegen die Wand, knapp an ihr vorbei. Im Türrahmen stand Damien, triefnass, mit schwarzen Haarsträhnen, die sich aus seinem Zopf gelöst hatten und an seinem Gesicht klebten, und starrte sie erstaunt an. Nachdem er den Raum betreten und die Tür mit einiger Anstrengung geschlossen hatte, drehte er sich zu ihr, und nun war sein Gesichtsausdruck grimmig geworden.

»Was tust du hier?«

»Alle Türen waren verschlossen, nur diese nicht. Ich war im Warenlager und habe zu spät den heraufziehenden Sturm bemerkt.«

»Und anstatt im Lager zu bleiben, wie es vernünftiger gewesen wäre, hattest du nichts Besseres zu tun, als draußen herumzulaufen«, schimpfte Damien.

»Ich wollte zurück zum Lagerhaus gehen.«
»Wäre das Beste, aber ich bezweifle, dass das Gebäude jetzt noch zugänglich ist, abgesehen davon ist es draußen zu gefährlich.«
Der Sturm heulte immer lauter und schlug gegen die Läden, aber Elisha wusste, dass er noch nicht einmal richtig angefangen hatte. Sie folgte Damien in das Nebenzimmer, wo die Medikamente gelagert wurden. Der Raum roch nach Kräutern und nach etwas, das Elisha nicht genau benennen konnte. Auf Regalen standen aufgereiht Flaschen in allen Größen, kleine Schalen und Porzellanmörser.
Vorsichtig zog Elisha die verbliebenen Haarnadeln aus dem Haar, kämmte die Strähnen mit den Fingern, ehe sie sie am Hinterkopf zusammenfasste und bis zur Hälfte einflocht. Sie sah auf den schlammbespritzten Rocksaum ihres hellen Kleides, das durchnässt war und in der feuchten Luft nur langsam trocknen würde.
Der Regen peitschte gegen die Fensterläden, und Elisha dachte, dass ihr Vater sich Sorgen um sie machen musste. Aber vielleicht wähnte er sie noch sicher im Warenlager. Es gab keine Sitzgelegenheit in dem Raum, so dass sie sich auf den Boden setzte und mit dem Rücken an die Wand lehnte.
»Rührst du auch Medikamente selber an?«, fragte sie, weil das Schweigen ihr unbehaglich war.
»Nein, dafür haben wir Apotheker.«
Das erneute Krachen des Donners ließ Elisha zusammenzucken, und Damien sah sie mit hochgezogenen Brauen an.
»Angst vor Gewittern?«
»Ja«, antwortete Elisha kurz angebunden, weil sie meinte, Spott aus seinen Worten herauszuhören.
»Mach dir keine Sorgen, die Fensterläden sind recht stabil.«

Damien wandte sich seinen Medikamenten zu und füllte Silbernitrat um. Er stand der Anwendung nach wie vor skeptisch gegenüber, und allein die dunkle blaugraue Färbung der Haut, die das Mittel hervorrief, warf in ihm die Frage auf, ob es das wert sei, noch dazu, weil der Erfolg bei Fallsucht nicht nennenswert war.

Da ihr langweilig wurde, stand Elisha auf und ging zu Damien, um ihm bei seiner Tätigkeit zuzusehen. Sie beobachtete, wie er Medikamente umfüllte und immer wieder etwas notierte, lateinische Begriffe und Zahlen, denen sie keinen Sinn zu geben vermochte.

»Ich hatte gehofft, du würdest mich wieder unterrichten«, sagte sie.

»Das wäre angesichts der Umstände vermutlich mehr als unpassend, denkst du nicht? Ich glaube nicht, dass Lord Mason es gerne sehen würde, wenn wir hier stundenlang zusammensäßen.«

Unwirsch schüttelte Elisha den Kopf. »Mir ist es vollkommen gleich, was er gern sieht. Er wollte sich unbedingt mit mir verloben, also muss er auch in Kauf nehmen, dass ich weiterhin das tue, was mir passt.«

»Ich bezweifle, dass er oder auch dein Vater das ebenso sehen«, antwortete Damien, ohne von seiner Tätigkeit aufzusehen.

Elisha lehnte sich an den Tisch, an dem er arbeitete. Ihr Blick war auf seine Hände gerichtet, die mit sandfarbenem Pulver hantierten und danach etwas aufschrieben, schlanke Hände, beinahe dunkel gegen die weißen gerüschten Aufschläge seiner Hemdsärmel. Für einen Moment lang überkam Elisha der Wunsch, sich an seine Hände zu klammern. Als habe er ihre Gedanken gelesen, legte Damien die

Schreibfeder weg und sah auf, die Augen beinahe schwarz im matten Licht der Kerzen. Diesmal war das Schweigen nicht unbehaglich, sondern angespannt.
Nur zu deutlich bemerkte Elisha den Kampf, den Damien innerlich ausfocht, beobachtete die Veränderungen in seiner Mimik, die wie Wetterleuchten über sein Gesicht flogen. Im nächsten Moment schlossen sich seine Hände um ihre Oberarme, und er zog sie an sich, presste seine Lippen auf ihren Mund, ließ ihre Arme los, um ihren Körper zu umfangen und an sich zu drücken. Elisha wollte im ersten Moment erschrocken zurückweichen, was Damien jedoch nicht erlaubte. Er zog sie enger an sich, küsste sie fordernd, dann wieder zurückhaltender, brachte sie mit sanftem Drängen dazu, die Lippen zu öffnen, und küsste sie, bis ihr schwindelig wurde und sie nach Atem rang. Damiens Hände nestelten an ihrem Rücken, und mit einem Mal wurde ihr das Luftholen leichter. Fiebrig glitten seine Hände über sie, während ihre Münder sich in immer atemloser werdenden Küssen trafen.

Weder das Rauschen des Regens noch der Sturm hatte nachgelassen, aber es donnerte und blitzte nicht mehr. Elisha lag an Damiens Brust. Längst hatten sich ihre Augen an die Dunkelheit gewöhnt, und sie konnte die Umrisse im Raum ausmachen. Ihr Herz klopfte wieder ruhig und gleichmäßig, so wie sie Damiens Herz klopfen hörte. Sie lagen auf dem Boden, halb bedeckt von Elishas Rock.
Allein einem letzten Rest Vernunft war es zu verdanken, dass Damien nicht mehr getan hatte, als sie mit Küssen und Zärtlichkeiten zu lieben, auch wenn es ihn beinahe unerträgliche Zurückhaltung gekostet hatte.
Behutsam richtete er sich auf, immer noch den Arm um sie

gelegt. Im Dämmerlicht konnte er die Umrisse ihres bis zur Taille entblößten Körpers sehen. Ihre Röcke bauschten sich um sie, und sie hob eine Hand, um ihr Haar zurückzustreichen, während sie mit der anderen Hand, als würde sie sich ihrer Blöße plötzlich bewusst, das Oberteil ihres Kleides hochzog.

Damien half ihr, sich wieder richtig anzuziehen, ehe er aufstand, sein Hemd zuknöpfte und seine Kleidung in Ordnung brachte. Elisha stand ebenfalls auf, schüttelte ihre Röcke aus und zupfte an ihrem Mieder. Sie standen nur wenige Schritte voneinander entfernt, wichen sich mit Blicken aus und schwiegen. Schließlich gab Damien sich einen Ruck, ging zu Elisha, umfasste ihr Gesicht und presste seine Stirn an ihre. Zögernd legte Elisha ihre Hände um seine Mitte und verharrte mit geschlossenen Augen. Sie wusste, zwischen ihnen würde sich nichts ändern, sonst hätte er nicht so hartnäckig geschwiegen. Unter ihren Händen spürte sie seine Anspannung, und ihr war klar, er rang mit sich, wie er ihr beibringen sollte, dass auch Momente wie der, den sie soeben erlebt hatten, keine Lösung herbeiführen würden.

Sie ließ die Hände sinken und trat einen Schritt zurück. »Du sagtest ja selbst einmal: Verkomplizieren wir es nicht unnötig.«

»Elisha …«

»Ich kenne die Geschichte, Damien. Die Leute reden, wie du weißt. Mir ist bekannt, warum du in die Verlobung eingewilligt hast, wer dein wirklicher Vater war, und ich kann mir denken, warum du dich so beharrlich weigerst, deinem Stiefvater gegenüber auch nur anzudeuten, du könntest deine Meinung im Laufe der Jahre geändert haben.« Elisha verschränkte die Arme vor der Brust, eine Geste, die ihr das nötige Gefühl von Distanz gab. »Aber weißt du, nicht du warst deinem Vater die Verlobung als Gegenleistung schuldig, sondern er war dir die Befähigung schuldig, für dein Leben aufkommen zu können, in deinem Fall das Medizinstudium.«

»Er hätte überhaupt nichts für mich tun müssen.«

»O doch, das musste er. Wie alt warst du, als er deine Mutter geheiratet hat? Drei? Vier? Von allen betroffenen Personen bist du doch nun wirklich die, die an allem die geringste Schuld trägt.«

»Es geht nicht darum, dass ich mich an dem, was meiner Mutter widerfahren ist, schuldig fühle, aber die Menschen sehen mich an und vergessen meine Abstammung nicht. Wenn ich meine Verlobte verlasse und mein Wort meinem Vater gegenüber breche, der mich trotz allem wie einen Sohn aufgezogen hat, was denkst du, wie es aussehen wird? Ich habe auf seine Kosten gelebt, mir genommen, was ich kriegen konnte, und am Ende lasse ich alle Verpflichtungen fahren und werde wortbrüchig.«

Elisha seufzte. »Es ist sinnlos, solange du selbst es nicht einsiehst. Ich weiß, du befindest dich in einem Zwiespalt und hast mir gegenüber nun auch noch ein schlechtes Gewissen, aber daran kann ich leider nichts ändern. Es steht weder in meiner Macht, noch ist es meine Aufgabe, dir Absolution zu erteilen.«

Ohne eine Antwort zu geben, wandte Damien sich ab und ging zu dem verriegelten Fenster, hinter dem immer noch Wind und Regen rauschten.

»Deine Verlobte ist vermutlich sehr zufrieden mit allem, nicht wahr?« Völlig konnte Elisha die Bitterkeit nicht aus ihrer Stimme heraushalten.

»Nein, das glaube ich nicht. Sie ist ebenso in die Situation hineingerutscht wie du in deine Verlobung mit Lord Mason – nein, schlimmer, sie wusste seit ihrem zehnten Lebensjahr, dass sie mich heiraten muss. Und ich bin nicht gerade das, was man den perfekten Verlobten nennt. Ich habe mich bei meinem letzten Besuch ihr gegenüber abscheulich benommen.«

Obwohl Elisha die Frage auf der Zunge lag, was vorgefallen war, schwieg sie. Es war offensichtlich, dass er nichts weiter dazu sagen wollte. Sie ging zur Wand, an der sie – wie lange war es her? – gesessen hatte, und ließ sich wie zuvor auf dem Boden nieder. Den Kopf zurückgelehnt, lauschte sie dem Rauschen des Sturms, der sich in ihr Schweigen wob.

»Hallo!« Der Stimme folgte ein lautes Klopfen. »Ist hier jemand?« Erneut wurde mit der Faust gegen die Tür geschlagen. »Dr. Catrall?«

Damien richtete sich auf. Er war in seinem Behandlungszimmer über einem Buch eingeschlafen. Die Kerzen waren heruntergebrannt, und Damien hatte nicht die geringste Ahnung, wie lange er geschlafen hatte. Sich mit einer Hand die Augen reibend, ging er zur Tür und schob den Riegel beiseite.

Jonah stieß die Tür auf, und Damien kniff die Augen zusammen, weil ihn das Licht blendete. Der Sturm hatte aufgehört, aber der Himmel war immer noch düster und verhangen.

»Ich habe mich nie mehr gefreut, Sie zu sehen.«

»Miss Legrant ist nirgendwo zu finden. Ihr Vater ist außer sich vor Sorge und glaubt, sie sei ertrunken.«

»Sie ist hier.«

Jonahs Augen weiteten sich. »Allein?«

»In der Tat.«
»Ohne mich in Ihre persönlichen Angelegenheiten einmischen zu wollen, Dr. Catrall, aber ich bin gespannt, wie Sie sich da herausreden wollen.«
Damien quittierte die Bemerkung mit einem unwirschen Blick und sah zum Nebenzimmer, wo Elisha schlief. Irgendwann hatte sie die Müdigkeit übermannt, und sie war auf dem Boden eingeschlafen. Lange Zeit hatte er sie beobachtet, wie sie, mit dem Gesicht auf den Armen, vor ihm lag.
»Ich hole Mr. Legrant«, brach Jonah das Schweigen. Das war jedoch nicht nötig, denn er hatte sich kaum umgedreht, als Jack aus der Richtung des Kastells kommend auf ihn und Damien zueilte.
»Sie ist hier, Jack«, rief Damien, noch ehe er bei ihnen angelangt war.
Jack war kreidebleich. »Großer Gott, ich dachte, sie sei während des Sturms ertrunken. Sie hat trotz der Gefahr das Lager verlassen.« Er sah aus, als wisse er nicht, ob er erleichtert oder zornig sein sollte. »Wo ist sie?«
Mit einer Hand deutete Damien auf das Nebenzimmer. »Sie hat versucht, zu dir zu gelangen, aber alle Türen waren versperrt, also kam sie zu mir, fand meine Tür offen und sperrte mich aus, während ich draußen die Fensterläden zusätzlich gesichert habe.« Er lächelte, um der Situation ihre Brisanz zu nehmen. So gesehen klang es harmlos, eine Verkettung von Umständen.
»Du lieber Himmel«, rief Jack.
Elisha trat aus dem Nebenzimmer, das Haar gelöst, die Augenlider schwer vom Schlaf. »Oh, Papa«, sagte sie.
Die Worte hingen in der Luft, die Männer sahen sie an, schweigend, so als habe Elisha ihnen erst die Peinlichkeit der

Situation vor Augen geführt. Jack räusperte sich und ging zu seiner Tochter, hob ihr Kinn vorsichtig an, forschte in ihrem Gesicht

»Geht es dir gut?«, fragte er, nur für sie hörbar.

Elisha nickte.

Nach kurzem Zögern wandte Jack sich an Damien und Jonah.

»Mir wäre es lieb, wenn unter uns bliebe, wo meine Tochter die Nacht verbracht hat. Es würde nur zu Gerede und Spekulationen führen.«

»Natürlich«, entgegnete Damien, und Jonah nickte bestätigend.

Am Arm ihres Vaters verließ Elisha das Behandlungszimmer, warf Damien an der Tür einen kurzen Blick zu und wandte sich ab. Sie hätte kaum deutlicher machen können, dass es zwischen ihnen nichts mehr zu sagen gab.

17

Bombay, April 1757

Im Januar war Kalkutta von Robert Clive ohne große Schwierigkeiten zurückerobert worden, gerade im rechten Moment, denn die Faktoreien waren in arge Bedrängnis geraten. Es hatte sich im Vorfeld die Frage ergeben, ob man sich lieber darauf beschränkte, die Sicherheit im Tamilnad zu stabilisieren, oder ob man sich um die Rückeroberung von Kalkutta kümmern sollte und somit die Lage in Bengalen wieder in den Griff bekäme. Das Ergebnis fiel knapp zugunsten von Bengalen aus, wobei man aber zunächst wieder auf Schwierigkeiten stieß, weil der kommandierende Offizier das Kommando nicht übernehmen wollte. Allgemein herrschte Einigkeit über die Tatsache, dass ein Krieg mit Frankreich unmittelbar bevorstand – es waren bereits Truppen aus Europa losgeschickt worden –, so dass man das Kommando Robert Clive übertrug, der anfangs Schwierigkeiten gehabt hatte, sich gegenüber den Amtsinhabern der *East India Company* in Kalkutta durchzusetzen, sich schließlich jedoch als Befehlshaber etablierte. Clive kam es zugute, dass Siraj ud-Dawlah durch die Eroberungszüge aus Afghanistan abgelenkt wurde. So stimmte der *Nawab* eilig den bereits 1717 festgehaltenen Privilegien zu, die den Briten den gebührenfreien Handel erneut zusicherten, und kehrte in seine Hauptstadt Murschidabad zurück.

Der mittlerweile ausgebrochene Krieg mit Frankreich erhitzte die Gemüter, und Jack Legrant verbrachte unzählige schlaflose Nächte, weil er die vorherrschende Euphorie nicht teilen konnte. Abwechslung und eine erfreuliche Ablenkung verschaffte ihm ausgerechnet Charlotte, deren Kind Anfang März zur Welt gekommen war.

Dafür, dass sie ihr Kind während der Schwangerschaft immer Charles William genannt hatte, in der festen Überzeugung, ihr Erstgeborenes würde ein Junge, trug Charlotte die Tatsache, dass es ein Mädchen war, erstaunlich gefasst. Die Geburt war das Schlimmste, das sie je zu ertragen gehabt hatte, und sie konnte sich kaum vorstellen, dass sie etwas Derartiges in ihrem Leben mehr als ein Mal würde durchmachen wollen. Sie ließ es sich auch nicht nehmen, Elisha in allen Einzelheiten über diese grauenvolle Prozedur aufzuklären. »Nur damit du weißt, was dich erwartet«, fügte sie erklärend hinzu.

In ihrer Gewissheit, einen Jungen zu bekommen, hatte Charlotte sich nicht die geringsten Gedanken um einen Mädchennamen gemacht. Sie ging mit Richard alle möglichen Namen durch, ohne dass sie zu einer Einigung gelangten. Richard war hingerissen von seiner kleinen Tochter, und kein Name schien ihm gut genug, um der Zauberhaftigkeit des Babys – dem man seiner Meinung nach bereits ansah, dass es eine wahre Schönheit werden würde – gerecht zu werden. Charlotte hätte nie gedacht, dass Männer so außer sich geraten konnten beim Anblick eines Babys. Er gab ihr die absonderlichsten Bezeichnungen, wobei die häufigste »Mein Juwel, meine Gemme« war, so dass man sich auf den Namen Gemma einigte.

Als Charlotte sich vom Wochenbett erholt hatte, beschloss man, einen Ausflug zum Felsentempel auf Elephanta zu machen, jene bewaldete Insel in der Bucht von Bombay, der die

Portugiesen ihren Namen nach einem steinernen Elefanten, der im Hafen gefunden worden war, gegeben hatten.
Richard und Charlotte organisierten den Ausflug, wobei die Einladungen sowohl an die Familienmitglieder als auch an Ambrose gingen, sowie an Oberst Bellwood mit seinem Sohn Ralph und seiner Tochter Alicia, Jamie Truitt, Archibald Stonewall, Hauptmann Munroe, ein Freund von Richard, und Jonah. Letzterer hatte jedoch umgehend abgesagt, weil er den Aufstieg mit seinem Bein nicht bewältigen konnte. Richards Vorschlag, mit einem *Palankin* zu reisen, wies er rundheraus zurück. Entweder er würde wie die übrigen Männer reiten, oder aber er würde nicht mitkommen. Sein Stolz verbot ihm entschieden, sich in einer Sänfte durch die Gegend tragen zu lassen.
Elephanta hatte nicht viele Einwohner, und diese lebten zum Teil in Fischersiedlungen. Neugierig sahen sie der Gruppe entgegen, als diese das Ufer der Insel betrat. Mit dem Boot überzusetzen hatte mehr als zwei Stunden gedauert. May wäre am liebsten auch nicht mitgekommen, aber ihre Mutter verbot ihr, abzusagen. Die Frauen wurden in *Palankins* von je vier Dienern getragen, während die Männer ihnen zu Pferd folgten. Elisha schob den Vorhang beiseite und sah sich die Landschaft an. Mango- und Banyanbäume säumten große Teile des Weges, Frauen kamen ihnen entgegen, die Köpfe mit Stoff umwickelt, auf denen sie Wasserkrüge und geschnürte Bündel trugen. Als sie durch eine kleine Siedlung kamen, liefen ihnen Kinder nach, und die Männer warfen ihnen vereinzelt Münzen zu. Vor den Häusern saßen alte Männer mit wettergegerbten Gesichtern, und Frauen standen an einem Brunnen an, mit Saris, die in allen Farben schimmerten.

Die Insel war nur wenige Quadratmeilen groß, und so war der Weg zum Tempel schnell zurückgelegt. Weil weniger Frauen als Männer mitgekommen waren, wurden erstere besonders hofiert. Ralph Bellwood reichte May zuvorkommend die Hand, um ihr aus dem *Palankin* zu helfen, musste aber bereits nach wenigen Minuten feststellen, dass sie auf seine Bemühungen, Konversation zu betreiben, nur zögernd einging.
Ambrose schlenderte den Weg entlang und betrachtete aufmerksam die Vegetation. Er besah sich die verschiedensten Blätter und Blüten, von denen er die meisten von seinen Reisen her kannte und benennen konnte. Alicia Bellwood hatte sich ihm angeschlossen. Zwar war ihr bekannt, dass er bereits mit Elisha verbunden war, aber es kamen so wenig akzeptable Männer von Stand – und er war immerhin adlig! – nach Bombay, dass sie nicht einsehen konnte, einen derartigen Fang kampflos den Legrants zu überlassen. Reichte es nicht, dass Charlotte ihnen Richard weggeschnappt hatte, kaum dass dieser angekommen war?
Während alle beieinander standen und sich unterhielten, setzte sich Elisha mit Louisas einjährigem Sohn Thomas unter einen Banyanbaum und betrachtete die Landschaft. Sie mochte den kleinen Jungen, der wie sein Vater rothaarig war und blaue Augen hatte.
Die Nacht in der Krankenstation war zwischen ihr und Damien nicht wieder zur Sprache gekommen. Glücklicherweise hatte ihr Vater sie nicht weiter nach ihrem Aufenthalt dort gefragt, was wohl auch dem Umstand zu verdanken war, dass sie eine starke Erkältung davongetragen hatte, die sie für beinahe vier Wochen ans Bett fesselte. In der Zeit ihrer Bettlägerigkeit hatte sie genug Muße, sich über das Geschehene und die Folgen Gedanken zu machen.

Sie hob Thomas auf ihren Schoß, erklärte ihm, wo ihr Ausflug sie hinführen würde, und lauschte entzückt seinen Kommentaren in einer Sprache, die außer ihm niemand verstehen konnte.

»Wie ich sehe, unterhältst du dich gut«, sagte Ambrose und setzte sich neben sie.

Sie lächelte ihn an. »Kennst du Thomas schon?«

»Ich hatte leider noch nicht das Vergnügen«, erwiderte Ambrose ernst.

Elisha stellte Thomas auf die Füße und hielt ihn fest. »Darf ich vorstellen: Thomas Walters, Sohn von Sir Jeremy Walters und Richard Moidores Schwester Lady Louisa.« Sie sah ihn verschmitzt an. »Der andere Mann in meinem Leben.«

Ambrose kniff die Augen halb zu. »Muss ich ihn fordern?«

»Er hat bereits Richard Moidore, seinen Vater und seine Großväter fest in der Hand, du solltest es dir also gut überlegen.«

Thomas machte einen wackligen Schritt auf Ambrose zu und wurde von ihm aufgefangen. Von weitem beobachtete Damien zusammen mit Jack die Szene.

»Wie ein Ehepaar mit dem ersten Kind«, sprach Jack ihren gemeinsamen Gedanken aus. Er war erleichtert, dass Elisha sich offenbar langsam mit Ambrose anfreundete. Damien nickte nur und sah, wie Elisha den Kleinen in die Arme nahm und dieser seine Arme um ihren Hals schlang. Er beneidete ihn.

Elisha interessierte der Tempel, den sie bereits gut kannte, nicht besonders. Sie wollte sich lieber draußen aufhalten. Alle anderen schlossen sich Richard an, der ihre Ankunft bereits angekündigt hatte.

Ehe die Portugiesen der Insel ihren Namen gaben, war sie

unter dem Namen *Gharapuri* bekannt gewesen. Der Höhlentempel stand bereits seit tausend Jahren, ein außergewöhnliches Beispiel hinduistischer Baukunst. Mehr als hundert Stufen führten den Berg hinauf und mündeten in der Höhle. Vom Plateau aus hatte man einen beeindruckenden Blick auf das Meer. Bei jedem Ausflug hatte Elisha dort gestanden und die Aussicht bewundert. Rechts und links vom Eingang waren Tafeln, auf einer war Shiva als Tänzer abgebildet, die gegenüberliegende Tafel zeigte Shiva mit einem Knüppel. Säulen waren aus dem Fels herausgehauen worden, und der Schrein im Tempel war durch vier Eingänge erreichbar, jeder Eingang bewacht von zwei Dvarpala-Wächtern mit aufgesperrten Rachen. Eine Tafel im Innern des Tempels stellte Shiva dar, wie er einen Dämon tötete, eine weitere die Hochzeit von Shiva und Parvati, auf einer Tafel wurde gezeigt, wie Shiva seine Geliebte Ganga empfängt, während seine Frau zuschaut. Eine hohe Büste stellte den dreigesichtigen Shiva dar, eine weitere Shiva halb männlich, halb weiblich. Von allen Besuchern war Ambrose der Einzige, der den Tempel noch nicht kannte, und so hatte Elisha ihn ermutigt, sich den anderen anzuschließen und nicht aus Höflichkeit bei ihr zu bleiben.

Elisha ging zu einer Baumgruppe und setzte sich in den Schatten. Sie beobachtete die Einheimischen, die die Gruppe zunächst neugierig gemustert hatte und sich dann wieder ihrer Arbeit widmete. Das Leben in Indien floss träge dahin, niemand schien es eilig zu haben, was für Europäer sehr gewöhnungsbedürftig war.

Zehn Minuten später gesellte sich Louisa mit Thomas zu ihr. »Die Figuren machen ihm Angst«, sagte sie, »und seine *Ayah* war so fasziniert von allem, dass ich es nicht übers Herz ge-

bracht habe, sie mit ihm hinauszuschicken.« Sie strich über den roten Schopf ihres Sohnes. »Woran denkst du?«
»An alles, was sich in den letzten Monaten geändert hat«, antwortete Elisha.
»Deine Verbindung mit Lord Mason? Gut, es kam wirklich etwas überraschend, aber insgesamt hast du es doch gut mit ihm getroffen.«
»Ich wurde nicht einmal gefragt.«
»Das wurde ich auch nicht, aber das schließt doch nicht aus, dass man glücklich wird. Was gefällt dir an Lord Mason nicht? Er ist charmant, weltgewandt, und er mag dich sichtlich.« Sie lachte. »Er lässt dir ja sogar deine Launen durchgehen.«
»Das ist es ja gerade«, sagte Elisha, »er ist mir beinahe zu weltgewandt. Mir kommt es manchmal vor, als sei er mein Vater. Jede Idee, die ich habe, hört er sich geduldig an, aber mit einer Nachsicht für meine Jugend, die mir immer vor Augen hält, um wie viel er älter ist.«
»Ich denke, das ist immer noch besser als die Alternative. Es gibt nicht viele Männer, die gerne sehen, wenn sich ihre Frauen den ganzen Tag in Bibliotheken aufhalten. Jeremy sieht es auch nicht gerne. Er verbietet mir zwar nicht direkt, viel zu lesen, aber ich sollte es trotzdem nicht gerade tun, wenn er daheim ist.«
Elisha zupfte einige Grashalme aus dem Boden. So sehr sie das Land liebte, wünschte sie sich, fortgehen zu können, und das beunruhigte sie, weil sie nicht wusste, wohin sie sollte. Sie hatte nicht die geringste Vorstellung von dem, was sie wollte, außer der, dass ihre eigene Welt ihr zu klein geworden war. Das, was jedes Mädchen und jede Frau konnte, nämlich eine gut durchdachte Entscheidung ihres Vaters hinzuneh-

men, war ihr unmöglich. Warum fiel es ihr so schwer, sich mit dem Gedanken an eine Ehe anzufreunden, wenn es an dem Mann, der für sie ausgesucht worden war, nichts auszusetzen gab? Was stimmte mit ihr nicht?

Mittags breiteten weiß gekleidete Bedienstete Decken unter den Bäumen aus und reichten Speisen und Getränke herum. Damien setzte sich zu May, die sich in Ralph Bellwoods Gesellschaft sichtlich unwohl fühlte, und steckte ihr eine Wildrose ins Haar. Der Besuch im Tempel wurde von allen ausgiebig kommentiert. Pilger saßen in der Nähe, umgeben von einer Schar Menschen, und junge Mädchen verteilten Blumenkränze.

Hauptmann Munroe gesellte sich am späten Nachmittag zu May, die sich gerade von ihrer Mutter gelöst hatte, um sich die Umgebung anzusehen. In seiner feinfühligen Art erkannte er Mays Schüchternheit, und anstatt davon gelangweilt oder abgeschreckt zu sein, schaffte er es nach einiger Zeit, sie so weit aus der Reserve zu locken, dass sie sogar ein wenig von sich erzählte. Charlotte spazierte mit Richard und – zu ihrem Kummer – Louisa durch das Dorf und sah sich die Handelsstände an. Ihnen folgten in einigem Abstand Claire und Mrs. Moidore, beide vertieft in eine Unterhaltung mit Sir Jeremy Walters. Archibald Stonewall schloss sich Alicia Bellwood an und ließ sich auch von ihrer offensichtlichen Abneigung nicht abschrecken, bis ihr Bruder Ralph einschritt.

»Was hältst du davon?«, fragte Ambrose und hielt einen kleinen Haarkamm aus Jade in Form einer sich öffnenden Orchidee hoch. Sie standen vor der Auslage eines Jadehändlers und besahen sich einige Stücke. Die meisten gefielen Elisha nicht sonderlich, aber der Kamm war recht hübsch.

Sie streckte die Hand danach aus und drehte ihn im Licht. Ambrose kaufte ihn ihr und schob ihn in ihr Haar.

Langsam schlenderten sie weiter, sahen sich das eine oder andere an, immer in Sichtweite der restlichen Gruppe. Elisha hielt unauffällig Ausschau nach Damien und sah ihn in eine Unterhaltung mit ihrem Vater, Oscar Moidore und Oberst Bellwood vertieft. Die Bellwood-Geschwister gesellten sich zu ihr und Ambrose, gefolgt von Archibald, der trübsinnig hinter ihnen herging. Irgendwie tat er Elisha leid, so dass sie ihren Platz neben Ambrose freiwillig Alicia überließ und sich mit Archibald unterhielt, den ihre Aufmerksamkeit sichtlich freute.

»Sieh nur«, sagte Claire Legrant zu Elisha, als alle sich nach und nach für die Rückfahrt einfanden. »Es sieht beinahe so aus, als habe Hauptmann Munroe Interesse an May. Wäre es nicht wunderbar, wenn eine solche Verbindung zustande käme?«

»Sicher, Mutter«, entgegnete Elisha gleichgültig, »und vielleicht wird sie dabei sogar genauso glücklich, wie ich es bin.«

»Deine Undankbarkeit ist kaum mehr zu übertreffen, Elisha.« Ohne sie weiter zu beachten, ging Claire zu ihrem *Palankin*.

Auf dem Rückweg ritt Richard eine Weile neben Elisha her und unterhielt sich mit ihr, bis sie Müdigkeit vorschützte und den Vorhang zuschob. Sie zog den Jadekamm aus ihrem Haar und schenkte ihn dem ersten Mädchen, das ihr begegnete.

Lilienknollen linderten Verbrennungen, Extrakte aus Mohn betäubten Schmerzen. Elisha fragte sich, warum sie gerade jetzt daran denken musste. Sie wusste nicht einmal, woher sie das Wissen hatte. Aus einem von Damiens Lehrbüchern?

Hatte nichts über Pflanzen darin gestanden, die Seelenqualen auf ein erträgliches Maß reduzierten?

Immer wieder dachte Elisha an die Nacht mit Damien, und sie wünschte, jemand hätte ihr beantworten können, warum Dinge, die falsch waren, sich dennoch so wundervoll anfühlten. Sie war in jenen Augenblicken von Liebe überwältigt gewesen, und doch blieb das Gefühl, kaum dass es vorbei war, schal und beschämend. Was für ein Irrsinn war das? Sie fühlte sich nicht mehr unschuldig. Vielleicht war die Sache körperlich noch nicht bis zur Vollendung vollzogen worden, aber moralisch?

»Versteckst du dich vor uns?«, fragte Jack, als er den Pavillon betrat.

»Ich wusste nicht, dass du schon zurück bist«, antwortete Elisha.

»Deine Mutter hat dich beim Mittagessen vermisst.«

»Ich weiß.« Elisha hielt eine Orchidee in der Hand, die sie gepflückt hatte. Mittlerweile waren die Blätter welk geworden, und die Blüte hing schlaff herunter. Der Anblick der verdursteten Pflanze machte Elisha plötzlich sehr traurig, und sie fragte sich, warum sie sie überhaupt gepflückt hatte.

»Aber Elisha«, sagte Jack, als er eine Träne in ihrem Augenwinkel bemerkte »du weinst ja.«

Die liebevolle Stimme ihres Vaters brachte Elisha endgültig dazu, in Tränen auszubrechen. Schluchzend drückte sie eine Hand an ihre Augen.

»Bitte nicht, Liebes.« Jack fühlte sich immer vollkommen hilflos, wenn eines seiner Mädchen weinte. Etwas ungeschickt zog er Elisha an sich und ließ sie an seiner Schulter weinen. »Was ist denn, meine Kleine?«, fragte er bestürzt, als sie nicht ruhiger wurde.

»Ich ...«, Elisha richtete sich auf und suchte nach ihrem Taschentuch. »Ich bin so unruhig, und manchmal halte ich es hier einfach nicht mehr aus. Die Ereignisse in den letzten Monaten ... und dann der ständige Zwang, zu Gesellschaften zu gehen und immer und immer zu lächeln, egal, wie ich mich fühle.« Sie tupfte ihre Augen ab. »Und Mama kennt überhaupt kein Erbarmen.«
Jack wusste, dass er eine solche Äußerung nicht dulden durfte, aber Elisha sah so unglücklich aus, dass er eine Zurechtweisung nicht über sich brachte. »Du brauchst vielleicht einfach ein wenig Ruhe. Möchtest du für ein paar Tage zu Shalina?«
Überrascht sah Elisha ihn an. »Du meinst, ich dürfte bei ihr übernachten? Nicht, dass ich mehrmals hintereinander zu ihr fahren darf?«
»Es spricht meines Erachtens nichts dagegen, dass du einige Tage bei ihr wohnst. Angeboten hat sie es ja oft genug.«
»O Papa.« Elisha schlang ihre Arme um seinen Hals und gab ihm einen Kuss auf die Wange. »Das wäre einfach wunderbar. Danke, Papa, danke.« Dann hielt sie einen Moment inne. »Wird Mama das denn erlauben?«
»Ich erlaube es.« Damit war alles gesagt.
Einige Tage später wurde ein kleiner Reisekoffer mit Elishas Kleidern von zwei Dienern die Treppe hinuntergetragen, an deren unterstem Absatz Claire stand. Mit zusammengepressten Lippen sah sie den beiden entgegen. Sie war außer sich vor Zorn. Was hatte Jack sich nur dabei gedacht, seine Tochter tagelang in einen heidnischen Fürstenpalast zu schicken? Wer konnte schon wissen, was dieser Hindufürst nachts in den Frauengemächern trieb? Hatte ihr Mann vollends den Verstand verloren? Sein Argument, dass der Fürst die

Gemächer bei Nacht nicht betrat, wenn ein weiblicher Gast anwesend war, hatte sie mit einer wütenden Handbewegung abgetan.
Ihre ganze Hoffnung hatte danach auf Ambrose geruht, aber dieser hatte ins selbe Horn gestoßen wie Jack. Seiner Meinung nach tat Elisha ein wenig Abwechslung gut, ihm sei auch schon aufgefallen, wie bleich und abgespannt sie in letzter Zeit gewesen war. Überhaupt, argumentierte er abschließend, wo sei eine junge Dame schon sicherer als in den Frauengemächern eines Fürstenpalastes? Der Einzige, der skeptisch war, war Richard, aber selbst er hatte sich nur verhalten geäußert. Und Damien? Der hatte nur mit unergründlichem Blick ihren in Gegenwart der Familie geäußerten Unmut zur Kenntnis genommen und keinen Kommentar dazu abgegeben. Das waren die Männer! Da sollte man als Mutter nicht verzweifeln!
Elisha hingegen war überglücklich. In ihrem Überschwang schenkte sie selbst Damien bei ihrem Abschied ein strahlendes Lächeln. Ihr Vater begleitete sie zum Palast, weil es zum guten Ton gehörte, dem Fürsten persönlich für seine Gastfreundschaft zu danken. Die Kutsche wurde von zwei Reitern begleitet, die für die Sicherheit verantwortlich waren, und auf halbem Weg würden sie von den Rajputenkriegern der Palastwache in Empfang genommen werden. Seit es zu einem Überfall auf einen Mitarbeiter der Kompanie gekommen war, hatte Jack auf Sicherheitsmaßnahmen bestanden, wenn Elisha in den Palast fuhr.
Ein Teil des Weges war gesäumt von Zypressen, Zedern und Banyanbäumen. Sie waren auf Höhe eines Weges, der zu einem halb verfallenen Tempel führte, als ihnen die Palastwache entgegenkam und sie den restlichen Weg begleitete.

Im Palast trennte sich Elisha von ihrem Vater, um dem Diener zu folgen, der sie zum *Zenana* begleitete. Jack drückte sie an sich. »Pass auf dich auf«, sagte er.
»Es sind doch nur fünf Tage«, rief Elisha lachend.
»Die ersten fünf Tage deines Lebens, die du allein außer Haus bist«, ergänzte Jack. Jetzt würde er einen Vorgeschmack darauf bekommen, wie es war, wenn auch Elisha nicht mehr zu Hause lebte. Der Gedanke daran machte ihm das Herz schwer.
Am Eingang zum *Zenana* übergab der junge Diener Elisha einer Dienerin, die sie in den Frauentrakt führte. Shalina erwartete sie im Garten. In Gegenwart der Dienerinnen grüßte Elisha die Fürstin in traditioneller Weise, die Hände zusammengelegt, ehe sie in die gewohnte Vertrautheit verfielen. Shalina ließ Süßigkeiten und Getränke kommen. Entzückt nahm Elisha Tara auf den Arm und versicherte ihr, dass sie mit jedem Besuch schöner wurde. Menakshi kam auf dicken Beinchen zu ihrer Mutter gestolpert, die sie beiläufig auf den Schoß zog, wobei ihr dicker Bauch sie ein wenig behinderte. »Danach«, sagte sie und strich über die Rundung, »wird erst einmal Schluss sein.«
Elisha streckte die Hand nach Menakshi aus, aber die Kleine drückte sich an ihre Mutter. »Sie kennt mich nicht mehr«, sagte Elisha betrübt.
»Sie ist noch klein, und du warst lange nicht hier. Was denkst du?« Shalina sah ihre Freundin amüsiert an. »Außerdem wirst du bald ja eigene Kinder haben.«
»So bald nicht«, widersprach Elisha.
»Möchte dein Verlobter keine Kinder?«
»Ich habe mit ihm nicht darüber gesprochen.«
Shalinas Lippen verzogen sich zu einem spöttischen Lächeln.

»Wenn ihr erst verheiratet seid, wird er vermutlich keine Worte brauchen, um dir seine Wünsche verständlich zu machen.«

Elisha errötete und senkte ihren Blick wieder auf Tara. Sie strich über das glänzende schwarze Haar des Kindes und steckte ihm eine kandierte Limone in den Mund. Um sie herum blühten Orchideen, die schönsten, die sie je gesehen hatte.

»Hat deine Mutter dir erklärt, was nach deiner Hochzeit auf dich zukommt?«, fragte Shalina, wusste aber schon, noch ehe ihre Freundin den Kopf schüttelte, dass das nicht geschehen war.

Die *Firanghis*, dachte sie erneut, waren seltsame Menschen. Sie konnte keinen Sinn darin sehen, einem Mädchen das Wissen über Dinge vorzuenthalten, die es irgendwann praktizieren musste – nach Möglichkeit in größtmöglicher Vollendung.

»Ich habe …« Elisha zögerte, weil sie einerseits den Wunsch hatte, das Erlebnis mit Damien jemandem mitzuteilen und um Rat zu fragen, sie sich andererseits aber schämte, davon zu reden. Auf Shalinas auffordernden Blick hin fuhr sie fort: »Ich denke, ich weiß auch so, was mich erwartet.«

»Du und dein Verlobter habt …«

»Nein«, unterbrach Elisha sie hastig, »nicht ich und Ambrose.«

Shalina sah sie entgeistert an. »Du hast ihn betrogen? Und dabei auch noch deine Jungfräulichkeit geopfert.«

»Ich habe ihn nicht betrogen«, widersprach Elisha heftig. »Schließlich habe ich *ihm* keine Treue geschworen.«

»Ihm nicht? Wem dann?«

»Damien … in meinem Inneren.«

»Du hast einen Mann, der verlobt und durch das Wort seines Vaters gebunden ist, dazu gebracht, dich zu entehren? Sein Wort zu brechen?«

»Ich habe ihn zu gar nichts gebracht. Er hat damit angefangen. Außerdem ist überhaupt nichts passiert.«

»Ha!« Shalina warf den Kopf zurück, sichtlich erregt. »Hat er gesagt, ja? Er wird nicht gewollt haben, dass du ihn zu einer Ehe zwingst.«

»So ist er nicht. Außerdem sagte ich bereits, so weit ist es nicht gekommen.«

Shalina lehnte sich in ihre seidenen Kissen zurück. »Wie konntet ihr überhaupt allein und unbeobachtet sein?«

Elisha erzählte ihr von dem Sturm und dem Behandlungszimmer. Nur zu deutlich sah Shalina das Bild der schmutzigen Kammer – sie konnte nicht anders als schmutzig sein – vor sich, neben dem Raum, in dem Kranke behandelt wurden. Dunkelheit, der Geruch nach getrocknetem Blut, die stickige Luft. Und dort hatte ihre Freundin beinahe ihre Unschuld verloren? »Ist er wirklich ein Mann deiner Familie?« Galt Ehre unter den *Angrezis* nichts?

»Du darfst nicht schlecht von ihm denken.«

»Er hat ein gegebenes Wort an seinen Vater und seine Verlobte gebrochen, und das mit der Tochter eines Verwandten, dessen Gastfreundschaft er genießt.«

»Es lag an der Situation«, verteidigte Elisha ihn, obwohl sie sich einen Moment lang fragte, ob er das überhaupt verdient hatte.

»Nun ja, immerhin muss man ihm zugute halten, dass er die Situation offenbar nicht ausgenutzt hat, um das zu tun, was er vermutlich am liebsten getan hätte.«

»Woher willst du wissen, was er tun wollte.«

»Ich bin seit sieben Jahren verheiratet.«
»Außer deinem Ehemann kennst du doch keine anderen Männer.«
Shalinas Blick verhärtete sich. »Dir ist klar, dass es als Beleidigung gilt, diesen Gedanken überhaupt auszusprechen?«
»Du weißt genau, was ich meine. Welchen Umgang hast du denn außerhalb des *Zenana?*«
»Meine Liebe, ich kenne das Denken der Männer. Ich höre tagtäglich von ihnen, ich habe Brüder, und du kannst dir nicht vorstellen, was die anderen Frauen erzählen. Ebenso wenig, wie du dir vorstellen kannst, dass ein großer Teil der Politik im *Zenana* gemacht wird. Wer hat schon größeren Einfluss auf einen Mann als eine Frau? Also sprich nicht mit mir, als wärst du welterfahrener als ich. Ich hatte bereits die Erfahrung einer verheirateten Frau, als du an der Seite deines Vaters das dritte Mal unseren Palast betreten hast.«
»Ich habe es nicht böse gemeint.« Elisha war bestürzt. »Es tut mir leid.«
Shalina nickte nur kühl und setzte Menakshi etwas unsanft auf den Boden. Sie rief nach der *Ayah* und gab ihr beide Mädchen mit, dann stand sie auf. »Komm«, sagte sie.
Es war kühl in dem Marmorgewölbe, in das Shalina sie führte. Ein Wasserbecken war in den Boden gelassen, und aus dem Wasser stieg Dampf auf. Eine Sklavin fügte auf Shalinas Anweisung hin duftende Öle und einige Essenzen hinzu und goss in zwei Schalen mit heißen Steinen eine Flüssigkeit, die einen fremdartigen Geruch verströmte.
»Das wird dir sicher guttun«, sagte Shalina. »Es wirkt beruhigend, und man überlegt sich seine Worte genauer, wenn man entspannt ist.«
Elisha streckte eine Hand in das Wasser. Es fühlte sich sei-

denweich an. Der reine Genuss, wenn nicht die Verstimmung ihrer Freundin wäre.

»Läute, wenn du fertig bist«, sagte Shalina. »Du wirst dann zu mir geführt.«

Nachdem die Sklavin ihr aus dem Kleid geholfen hatte, schickte Elisha sie fort, kleidete sich vollständig aus und ging langsam die Stufen hinab in das Becken. Sie setzte sich auf einen in den Marmor eingelassenen Sitz und lehnte den Kopf in die dafür vorgesehene Mulde. Es war sehr still in dem Gewölbe. Kerzenlicht überzog den weißen Marmor mit einem goldenen Schimmer, und das Wasser umschloss ihren Körper. Elisha seufzte vor Wohlbehagen und atmete tief die ätherischen Düfte ein. Ihre Augen schlossen sich langsam, und ihr Körper kam ihr leicht vor, so als schwebe sie, während sie gleichzeitig das Wasser spürte, in dem sie lag. Es war wie so häufig, wenn in ihren Träumen ihr Körper zu fließen schien, nur war es diesmal intensiver. Ein Gesicht blitzte flüchtig vor ihr auf. Wasser verwandelte sich in sanfte Hände, und Elisha verlor sich in der ersten sinnlichen Umarmung ihres Lebens. Schön war es, unerträglich schön. Lichter blitzten in einer Dunkelheit auf, die nichts Bedrohliches hatte, und ihr Körper wurde in einem Wirbel davongetragen.

Als Elisha die Augen wieder aufschlug, war ihr schwindlig, und sie fragte sich verwirrt, wo sie war, bis es ihr wieder einfiel. Das Wasser war nicht kühler geworden, und sie überlegte, wie lange sie darin gelegen haben mochte. Ihr Blick fiel auf die Schalen mit den Steinen. Keine Dämpfe mehr, vielleicht war sie deshalb erwacht. Sie stand auf und war im ersten Moment noch etwas unsicher auf den Beinen. Wie hatte sie nur einschlafen können? Und wie hatte ein Traum so realistisch sein können? Sie spürte noch die Nach-

wirkungen und hatte das Gefühl, ihr Blut pulsiere schneller durch ihren Körper.
Was hatte Shalina da nur auf die Steine und ins Wasser gießen lassen? Ein nervöses Kichern stieg in ihr auf, als Elisha sich vorstellte, was ihre Mutter dazu sagen würde. Sie setzte sich in ein Becken mit warmem klarem Wasser – was nur bedeuten konnte, jemand hatte regelmäßig heiße Steine nachgelegt – und schöpfte mit einem Silberbecher Wasser über ihren Körper. Sie fühlte sich entspannt, und auch die leichte Mattigkeit, die vom Schlaf herrührte, war verschwunden. Elisha stieg aus dem Becken und griff nach einem Leinentuch.
Verschiedene Tiegel enthielten duftende Salben, und sie wählte eine aus, um sich damit einzureiben. Sie zog die Hose und das Leibchen an, das in der Art war, die die Mogulfrauen trugen, schlüpfte in die kleinen Pantoffeln und tappte leichtfüßig zur Tür, um nach einem Dienstmädchen zu läuten.
»Dir scheint es besser zu gehen«, begrüßte Shalina sie, als sie die geröteten Wangen und glänzenden Augen ihrer Freundin bemerkte. »Hat es dir gefallen?«
»Wie lange habe ich denn geschlafen?«
»Nicht lange, vielleicht eine halbe Stunde. Ich habe dafür gesorgt, dass das Wasser immer wieder erhitzt wird, bis ich der Meinung war, es sei genug. Es kann reine Wunder wirken.«
»Was war das, was über die Steine gegossen wurde?«
Shalinas Lippen verzogen sich zu einem Lächeln. »Es hat verschiedene Bestandteile. Ein wahres Wundermittel, ohne die unangenehmen Begleitumstände eines Rausches.«
»Du hättest mich jedenfalls vorher fragen können.«
»Hättest du eingewilligt?«

Elisha runzelte die Stirn. »Vielleicht … ich weiß es nicht.«
»Manchmal müssen eben andere entscheiden, was gut für einen ist«, schloss Shalina. »Außerdem hat es dir offenbar wirklich gut getan.«
Sie klatschte in die Hände, und zwei Sklavinnen erschienen mit Tabletts voller Speisen. Elisha stieg der Duft von Essen in die Nase, und erst jetzt bemerkte sie, wie hungrig sie war. Auf einen niedrigen Tisch waren Tomatenchutney, Gemüse-Curry, cremige Dhal-Suppen, Reis mit Kokosöl, Linsen in Joghurt, gefüllte Chapatis und knuspriges Fladenbrot angerichtet.
»Ich weiß immer noch nicht, was ich tun soll«, sagte Elisha beim Essen.
»Manchmal kommt die Lösung schneller, als man denkt. Vielleicht erfüllt dein Wunsch sich wirklich, und du merkst, dass es überhaupt nicht das ist, was du dir erhofft hast.«
»Mir ist gleich, was es mich kostet, wenn ich Damien heiraten darf.«
Shalina warf ihr einen kurzen Blick zu. »Du solltest nicht so voreilig mit deinen Wünschen sein.«

Die Tage bei Shalina waren viel zu schnell vergangen, dachte Elisha, als sie in ihrem Zimmer saß und sich frisieren ließ. Ihre Mutter hatte ihr für den Abend ein Diamanthalsband herausgelegt, aber Elisha entschied sich für Perlschmuck. Sie mochte den warmen Schimmer von Perlen. Einer spontanen Idee folgend, legte sie den Schal, der zu dem cremegelben Kleid – einem Geschenk von Ambrose – gehörte, beiseite und legte stattdessen einen roten um. Sah das nicht zu verwegen aus? Aber andererseits hatte der Kontrast durchaus seinen Reiz, und Charlotte probierte auch ständig Neues aus, das jeden begeisterte. Warum sollte sie es dann nicht auch einmal versuchen?

»Wie findest du das?«, fragte sie Maja.

Maja legte den Kopf schief. »Vielleicht sollten Sie dazu rote Steine tragen, Missy.«

»Du meinst Rubine? Nein, das wäre dann wirklich zu auffällig.«

Elisha drapierte den Schal ein wenig anders, drehte sich vor dem Spiegel und ging dann hinunter in den Salon, wo der Empfang stattfinden würde. Es waren nur wenige Gäste geladen. Die Dachterrasse war beleuchtet und der Salon mit Blumenkübeln geschmückt. An den Wänden reihten sich Büfetts, hinter denen weiß gekleidete Diener standen, deren Aufgabe es sein würde, dafür Sorge zu tragen, dass immer genug zu essen und zu trinken da war.

Es war noch niemand im Salon, und Elisha wunderte sich ein wenig, denn normalerweise erschien sie als eine der Letzten der Familie. Die Musiker, die ihr Vater bestellt hatte, standen am hinteren Ende das Salons und unterhielten sich. Elisha trat auf die Dachterrasse hinaus und sah in den Garten, der in tiefe Dunkelheit getaucht vor ihr lag. Ein Fenster im Gartenhaus war beleuchtet, aber es war zu weit entfernt, als dass sie Damiens Silhouette hätte ausmachen können.

May trat zu ihr auf die Terrasse, in einem zartrosa Kleid, das aufwendig mit Spitze verziert war. Sie verlor sich beinahe ein wenig darin. Es war für Elisha noch ungewohnt, ihre kleine Schwester in Abendkleidern zu sehen. Seit ihrem letzten Geburtstag erließ ihre Mutter ihr keine Empfänge und Veranstaltungen – sehr zu Mays Kummer.

»Hübsch sieht das aus«, sagte May, »seit wann trägst du Rot?«
»Seit heute.«
»Es steht dir.« May schürzte die Lippen und betrachtete ihre Schwester. »Es steht dir wirklich gut. Du solltest es öfter tragen.«
»Ach, hier seid ihr«, rief Claire Legrant aus und trat zu ihren Töchtern auf die Dachterrasse. Beifällig musterte sie ihre ältere Tochter. »Sehr schön, Elisha. Ambrose wird begeistert sein.« Sie wandte sich an May. »Steh gerade, Liebling. Die Leute werden sonst noch denken, du habest ein Rückenproblem.«
Nachdem sie noch ein wenig an Mays Kleid herumgezupft hatte, ging sie wieder hinein. Elisha dachte an die Köstlichkeiten auf dem Büfett. Es gab Mango-Julep, kalte Limonade aus Zitronen und Pfefferminz, Mandel-Cremespeisen, Zitronen-Sorbet und, was das Herrlichste war, flüssige Schokolade. Auch wenn sie noch satt war vom Essen, das ihre Mutter ihr vorgesetzt hatte, damit sie sich beim abendlichen Büfett zurückhielt, würde sie zumindest davon kosten.
Die ersten Gäste kamen wenig später, und Elisha nahm zusammen mit May Aufstellung, um die Gäste zu grüßen, nachdem diese von ihren Eltern willkommen geheißen worden waren. Diesen Teil des Abends hasste Elisha besonders. Während sie freundlich lächelnd grüßte, hielt sie immer wieder nach Damien Ausschau.
Alicia Bellwood betrat den Saal. Seit dem Ausflug zum Tempel wurde Elisha das Gefühl nicht los, dass diese es eindeutig auf Ambrose abgesehen hatte. Vor allem schien es so, als sei sie – Elisha – eine der Letzten, die es merkte. Halb Bombay amüsierte sich schon darüber, weil die Namen Alicia und

Elisha vom Klang her so ähnlich waren, dass man sagte, Lord Mason müsse sich nicht einmal entschuldigen, wenn er sie verwechselte, weil seine Gedanken zufällig gerade bei der anderen weilten.

Die Familie hatte sich bereits unter die Gäste gemischt, als Damien eintraf. Elisha, die die Tür die ganze Zeit im Auge behielt, sah ihn als Erste und wäre am liebsten auf ihn zugelaufen. Sie war enttäuscht gewesen, als er nicht da war, so dass sie das Büfett, auf das sie sich so gefreut hatte, nur halbherzig hatte genießen können. Sie zupfte an ihrem Schal herum, den Ambrose mit leichtem Erstaunen (»sehr hübsch, meine Liebe, aber vielleicht ein wenig gewagt?«) zur Kenntnis genommen hatte.

Damiens Blick schweifte durch die Menge und blieb an ihr hängen. Sie lächelte ihm zu, und für einen kurzen Moment war ihr, als würde es außer ihnen keinen anderen Menschen im Raum geben, als sei alles, was zwischen ihnen stand, vergessen. Selbst die Nacht in seinem Behandlungszimmer – sie konnte kaum daran denken, ohne vor Scham brennend rot zu werden – konnte sie plötzlich verdrängen.

Ambrose trat zu ihr und hielt ihr einen kleinen Teller hin. Aus ihren Träumereien gerissen, starrte sie verständnislos darauf.

»Deine Mandeln in Blätterteig. Du wolltest, dass ich sie dir bringe.«

»Oh … Entschuldigung.« Elisha lächelte und nahm den Teller mit dem klebrigen Gebäck entgegen. Sie sah noch einmal kurz zu Damien, aber er hatte sich bereits abgewandt und unterhielt sich mit mehreren Männern, darunter Hauptmann Munroe, den ihre Mutter offenbar als Kandidaten für May favorisierte.

Charlotte unterhielt sich mit Clarissa Thompson, einer jungen Frau, die mittlerweile über zwanzig Jahre alt war und nicht einen einzigen Ehekandidaten in Aussicht hatte. Das mochte daran liegen, dass sie sehr groß war, dazu beinahe mager und etwas linkisch, aber auch an ihrer Zunge, die einfach nicht still stehen wollte. Dabei plagten Charlotte momentan ganz andere Sorgen als der Verlobte von Alexandra Fistler («So vulgär, so gewöhnlich«). Seit Gemmas Geburt hatte sie das Gefühl, einfach nicht mehr in ihre alte Form zurückzufinden. Sie hatte den Eindruck, dass sie – es gab kein anderes Wort dafür – mütterlich aussah. Nicht einmal ihre eigene Mutter sah mütterlich aus.
Als ihr Blick auf Elisha fiel, wurde ihre Laune keinen Deut besser. Sie hatte gleich gewusst, dass die cremegelbe Seide ein wundervolles Kleid ergeben würde, aber es kam noch viel schlimmer. Sie selbst hatte sich in weinrote Seide gekleidet, teuer und auffällig, und musste nun feststellen, um wie viel hübscher die Kombination ihrer jüngeren Schwester wirkte. Sie hätte Grün anziehen sollen, ihre Lieblingsfarbe, *ihre* Farbe. Und ihr war langweilig. Kein Mensch sollte sich so langweilen müssen. Was war nur mit Richard los, diesem brillanten Unterhalter, der jeden in den Genuss seines Charmes kommen ließ, nur sie nicht?
»Bist du immer noch so gut mit Alicia Bellwood befreundet?«, fragte Clarissa.
Charlotte nickte.
»Ihr Bruder war beim Gouverneursball so charmant. Ich glaube, wenn ich ihn nicht in die Schranken gewiesen hätte, wäre er zudringlich geworden. Er hat versucht, mich zu küssen.«
»Ach ja?«, antworte Charlotte. Alicia hatte ihr von dem

Vorfall erzählt. Ralph war so betrunken gewesen, dass er vermutlich selbst ein Pferd geküsst hätte.
»Er ist eine gute Partie. Man sagt, er möchte nach England. Ich wollte schon immer nach England.«
»Sein Vater schickt ihn nach England, weil seine Eskapaden hier überhandnehmen«, stellte Charlotte richtig. »Davon, dass Ralph es möchte, kann also keine Rede sein.«
Sie hielt nach Richard Ausschau, während Clarissa weiterplapperte. Er hatte sich zu Ambrose und Elisha gesellt, und in eben diesem Moment sagte Elisha etwas, das ihn schallend lachen ließ. Ihr Magen krampfte sich beinahe schmerzhaft zusammen, und für wenige Sekunden war ihr, als kehre ihre Krankheit zurück.

Damien sah in die gleiche Richtung wie Charlotte, und mit wachsendem Unmut beobachtete er, wie Lord Mason Elisha immer wieder berührte. Er legte die Hand an ihren Arm, wenn er sie auf etwas hinwies, er zog ihren Schal zurecht, strich ihr eine Haarsträhne aus dem Gesicht, beinahe ununterbrochen waren seine Hände auf ihr. Wusste er nicht, was sich gehörte? Immerhin hatte Elisha einen Ruf zu verlieren.
Als Richard zu ihnen trat, entspannte Damien sich etwas. In Gegenwart ihres Schwagers würde der Graf sich etwas mehr Zurückhaltung auferlegen, hoffte er. Allerdings musste man sagen, dass Richard nicht viel besser war, wenn man beobachtete, wie er an Elishas Lippen hing. Sie sagte etwas, und er lachte, gelöst, wie befreit. Unwillkürlich wanderte Damiens Blick zu Charlotte. Sie war totenblass, die Hand mit dem aufgeklappten Fächer verharrte vollkommen reglos.
Auch wenn er für Charlotte nie viel übrig gehabt hatte, tat sie ihm leid. Wie verdreht musste ihr eine Welt vorkommen,

in der ihre Schwester ihr den Rang bei ihrem Ehemann ablief. Wieder sah er zu Elisha. Merkte sie wirklich nichts?
»Ein großartiger Mann«, sagte Hauptmann Munroe, der Damiens Blick gefolgt war. »Ist etwas Wahres daran, dass er sich freiwillig eine Pockenerkrankung zugezogen hat?«
»Das ist richtig.« Jetzt wusste Damien wenigstens, wer gemeint war. »Aber die Erkrankung ist nicht ausgebrochen. Man nennt es Immunisierung. Er hat mir den Einschnitt gezeigt, über den der Keim in den Arm gesetzt wurde.«
Auch die anderen Männer, die um sie herumstanden, waren neugierig geworden, und Damien war von einer Minute auf die Nächste in eine Diskussion verwickelt über das Für und Wider des Einsetzens eines Keims, der zu einer tödlichen Krankheit führte.

Während getanzt wurde, verließ Elisha den Salon. Zwar war es in der Halle auch nicht kühl, aber im Saal war die Luft zum Ersticken. Obwohl sie wusste, dass das Öffnen der Türen nichts weiter bringen würde, als einen Schwall feuchtheißer Luft, schob sie die Riegel beiseite und trat auf eine der oberen Veranden, die zum vorderen Teil des Hauses hinausgingen. Kein Stern war am dunstigen Himmel zu sehen, und der Garten lag wie ein dunkles Tuch vor ihr, durchwebt von den grauen Konturen der Bäume. Laute erfüllten die Nacht, die so vertraut waren, dass man sie nicht bewusst wahrnahm, sondern nur die Stille spürte. Fackeln erleuchteten den Weg bis zum Tor, wo üppiger Farn blühte. Elisha strich sich mit dem Handrücken über die Stirn, was wenig damenhaft war, aber hier sah sie ja niemand. Sie war erschöpft, in jeder Hinsicht. Die paar Tage bei Shalina hatten ihr eine Atempause verschafft, mehr nicht.

Elisha strich über ihr Kleid, zog den seidenen Schal zurecht und ging wieder ins Haus zurück. Es half alles nichts, und sie konnte nicht die ganze Zeit hier draußen stehen, denn für einen Streit mit ihrer Mutter war sie derzeit nicht gewappnet. Seufzend stieß sie die Tür auf und betrat den kleinen Salon, von dem aus sie auf die obere Veranda getreten war.
Als sie auf den Flur ging, wäre sie beinahe über die zusammengekauerte Gestalt, die neben der Tür hockte, gestolpert. Es gab kaum einen Platz im Haus, wo man nicht auf Dienstboten stieß, weshalb einige Leute scherzten, die Augen des tratschenden Personals sei bei jungfräulichen Mädchen wirksamer als ein Keuschheitsgürtel. Elisha wollte weitergehen, stutzte dann aber.
»Ajala?« Elisha ging in die Hocke. »Ajala, was ist denn?«
Die Angesprochene blinzelte und sah auf. Elisha erschrak für einen Moment, fing sich aber schnell. »Deine Augen«, sagte sie. »Ist es schlimmer geworden?«
Das Mädchen nickte und senkte den Blick wieder. Die dunklen Augen waren trüb und von einem gräulichen Schleier bedeckt.
Anfangs war es nur ein Auge gewesen, nun griff es auch auf das andere Auge über. Das Mädchen schien immer schlechter zu sehen, und während es offensichtlich auf einem Auge beinahe blind war, war auch das andere mittlerweile kaum noch zu gebrauchen. Elisha brach es das Herz. Das Mädchen war erst zehn Jahre alt.
»Haben deine Eltern keinen Arzt geholt?«
Ajala erklärte ihr, ein Heiler sei zwar gekommen, habe auch Gebete über ihre Augen gesprochen und ihr eine Salbe gegeben, aber geholfen habe es nichts.
»Du brauchst einen richtigen Arzt.« Elisha wusste, dass die

Inder nur ihren eigenen Ärzten und Heilern trauten, was ihr absolut verständlich war.
Ajala legte einen Finger an die Lippen. »Meine Eltern sagen, wenn der Sahib weiß, dass ich blind bin, wird er uns fortschicken.«
»Unsinn«, widersprach Elisha. »Wir können einen Arzt aus der schwarzen Stadt kommen lassen.«
Das Mädchen schüttelte heftig den Kopf, zu groß war die Angst. »Mein Vater wird es nicht erlauben.«
Vermutlich befürchtete der Vater eine ansteckende Krankheit, was ein Arzt ans Licht bringen könnte. In dem Fall würde ihr Vater die Familie tatsächlich nicht länger in seinem Haus dulden. Neue Dienstboten waren leicht zu bekommen.
Elisha legte spontan die Hand auf die zarte Schulter des Mädchens. »Geh in den Salon«, sagte sie, »und warte dort. Ich versuche, dir zu helfen.«
»Aber Missee Sahib …«, rief das Mädchen erschrocken.
»Keine Angst, ich sage meinem Vater nichts, und ich hole keinen Arzt aus der schwarzen Stadt.« Elisha stand auf, wartete, bis Ajala die Tür hinter sich geschlossen hatte, und eilte die Treppe hinunter zurück in den Tanzsaal. Ihr Herz schlug heftig vor Aufregung.
Es dauerte nicht lange, bis sie Damien ausfindig machte. Er lächelte, als er sie sah, war aber dann sichtlich erstaunt, als sie ihn etwas atemlos bat, ihr zu folgen, damit sie besser reden konnten. Alles musste so unauffällig wie möglich vonstatten gehen, denn nichts erregte mehr Aufmerksamkeit als eine junge Frau, die einige Schritte in Begleitung eines jungen Mannes ging, offensichtlich in der Absicht, ungestört zu sein.
»Was gibt es?«, fragte Damien besorgt.

Elisha erzählte ihm in kurzen Sätzen von dem Mädchen. »Kannst du es dir ansehen?«, schloss sie.
»Wo ist das Mädchen?«
»Oben in dem kleinen Salon, links neben der Treppe. Ich sage kurz ihren Eltern Bescheid.«
Es kostete Elisha nicht viel, die Eltern davon zu überzeugen, Damien die Augen ihrer Tochter ansehen zu lassen. Zwar wollte der Vater sich weigern, aber Elisha drohte damit, alles ihrem Vater zu erzählen – wozu sie in Wahrheit nie imstande gewesen wäre, aber es funktionierte. Die Mutter folgte ihr in den Salon, wo Damien bereits alle verfügbaren Kerzenleuchter angezündet hatte. Die Tür stand weit offen, um Gerede von vornherein auszuschließen.
Das Mädchen lag auf einem Diwan, und Damien hatte einen Kerzenleuchter daneben gestellt, um besser sehen zu können. Als Elisha mit Ajalas Mutter den Raum betrat, neigte Damien sich über das Mädchen und hob die Lider der Augen nacheinander an. »Elisha«, sagte er, ohne aufzusehen, »ich brauche einen Leuchter mit einer Kerze.«
Elisha beeilte sich, einen aus dem Nebenzimmer zu holen, zündete die Kerze an und reichte ihn ihm. Behutsam schob Damien mit Daumen und Zeigefinger erst beim einen Auge, dann beim anderen die Lider auseinander und leuchtete mit der Kerze hinein. Aufmerksam beobachtete Elisha hinter ihm stehend den Vorgang. Schließlich richtete er sich auf.
»Grauer Star«, diagnostizierte Damien.
»Kannst du da etwas machen?«
»Ich kann es versuchen, aber dafür bräuchte ich mein Augenbesteck, und das ist im Behandlungsraum. Ich schicke einen Dienstboten hin, das dauert allerdings. Du gehst besser wieder hinunter, ehe man dich vermisst.«

Aber Elisha weigerte sich, zu gehen. »Ich möchte sehen, wie du das machst.«
»Ich weiß nicht, ob es ein angenehmer Anblick für dich sein wird.«
»Das ist mir gleichgültig.«
Damien runzelte die Stirn, sah dann jedoch zu dem Mädchen, ohne weiter zu insistieren. »Ich brauche Hanf oder Opium, genug, um sie so benommen zu machen, dass sie nicht zuckt. Mohnextrakt wäre optimal, aber da die richtige Dosierung zu finden, ist nicht leicht, und ich möchte sie schließlich nicht umbringen. Es wird in der europäischen Medizin so gut wie nicht verwendet, ich habe kaum Erfahrung damit.«
Er wies das Mädchen und die Mutter an, zu warten, dann verließ er den Raum, um den Dienstboten, der ihm in seinem Behandlungszimmer gelegentlich zur Hand ging, zu suchen, damit dieser seine Instrumente holte. Zu Elisha, die ihm folgte, sagte er: »Das wird ungefähr eine halbe Stunde dauern. Geh solange zurück in den Saal. Ich warte auf dich.« Als er sah, dass Elisha Einwände erheben wollte, fügte er hinzu: »Versprochen.«
Damien hatte das 1753 erschienene Werk von Jacques Daviel gelesen, dessen Methode der Extraktion durch einen Linsenschnitt in Europa zu einigen Erfolgen geführt hatte und auf Dauer sicher den Starstich überflüssig machen würde. Beim Stechen des Stars wurde die trübe Linse mit einer speziellen Nadel durch die Pupille in das Auge hineingeschoben, ein Eingriff, den meist Wundärzte durchführten. Am meisten hatte ihn die Abhandlung des Ägypters Ammar Ben Ali Al-Mausli beeindruckt, der den Star nicht gestochen hatte, sondern die Linse durch Absaugen entfernte.

Diese Methode erschien Damien wesentlich wirkungsvoller, denn bei einem gestochenen Star war das Risiko einer Erblindung nach kurzzeitiger Heilung recht groß – nicht umsonst flohen sogenannte Starstecher, meist Jahrmarktsscharlatane, nach getaner Arbeit so schnell wie möglich. Damien musste lächeln, als ihm einfiel, dass einer der ersten Spezialisten auf dem Gebiet der Augenheilkunde eine Frau gewesen war, eine Araberin mit Namen – er überlegte kurz – Zainab, die im siebten Jahrhundert gelebt hatte. Er durfte nicht vergessen, Elisha davon zu erzählen.

Kaum hatte der Dienstbote Damien die gewünschten Dinge gebracht, erschien auch schon Elisha, was den Schluss nahe legte, dass sie auf ihn gewartet hatte. Sie wirkte nun doch etwas angespannt.

Die Mutter des Mädchens hatte das Kind mit Hilfe von Cannabis in einen Dämmerzustand versetzt und Weihrauch in den Raum gestellt sowie ein kleines Schälchen mit Zinnoberpuder. Damien konnte nur hoffen, dass die Betäubung ausreichte. Er wies den Dienstboten an, sich neben ihn zu setzen, und sagte der Mutter, sie solle den Kopf des Mädchens halten. Die Extraktion wurde mit Hilfe einer Hohlnadel durchgeführt. Der Dienstbote besorgte das Absaugen der Linse, während Damien die Bewegungen der Nadel auf dem Auge überwachte, bis er mit dem Ergebnis zufrieden war. Dann wandten sie sich dem anderen Auge zu. Es war ein Vorgang, der mit größter Vorsicht durchgeführt werden musste, um das Auge nicht zu verletzen.

Elisha war beinahe erleichtert, weil es so unspektakulär und wenig erschreckend aussah, wenn es sich auch sehr in die Länge zog. Sie atmete auf, als Damien ein Medikament in die

Augen träufelte und sie verband. Er untersagte der Mutter ausdrücklich, den Verband zu entfernen.
»Das mache ich selbst. Tageslicht kann sie erblinden lassen, und dann kann kein Arzt ihr mehr helfen.«
Der Assistent räumte die Instrumente zusammen und wurde angewiesen, sie zurückzubringen. Elisha zitterte ein wenig, als die Anspannung von ihr abfiel.
Ajalas Mutter dankte Damien überschwänglich. Sie tauchte ihren Finger in eine Schale mit Zinnoberpuder und strich Damien über die Stirn. Dann half sie ihrer Tochter auf und führte das benommene Mädchen aus dem Raum. In weniger als einer Stunde, darüber machte Elisha sich keine Illusionen, würde jeder von den Vorgängen in dem Raum wissen. Sie sah zu dem kleinen Schälchen mit dem Weihrauch und zu dem mit dem roten Puder.
»Danke, dass du mich hast zusehen lassen«, sagte sie. »Es sah so leicht aus, was du gemacht hast.«
»Das kommt dir nur so vor. Eingriffe am Auge sind nie leicht.«
Damien war nach jedem medizinischen Erfolg immer von einem Hochgefühl erfüllt, durch das sich die Anspannung löste. Er trat zu Elisha, umfasste ihr Gesicht und presste seine Stirn an ihre. Einige Sekunden blieb er so stehen, dann küsste er sie, drückte sie an sich, strich über ihren Rücken und ließ sie erst los, als sie beide nach Atem rangen.
Elisha wich zurück, fuhr mit der Hand über die Stirn, auf der nun, ohne dass sie es wusste, ebenfalls roter Puder war, strich mit roten Fingerspitzen über ihr Haar. Abrupt drehte sie sich um und verließ den Salon.
Erst in ihrem Zimmer kam Elisha zur Ruhe. Sie schloss die Tür hinter sich und lehnte sich dagegen. Es war stockdunkel

im Raum. Notgedrungen musste sie noch einmal hinaus und eine Kerze an einer der Kerzen im Flur anzünden. Als sie in ihrem Zimmer vor den Spiegel trat, bemerkte sie den Zinnoberpuder auf ihrer Stirn und in ihrem Haaransatz. Ein rot gepuderter Scheitel, dachte sie, wie bei einer verheirateten Hindufrau.

18

Bombay, Juli 1757

Der Krieg begünstigte Robert Clives Vormarsch gegen Chandernagore, das Hauptquartier der Franzosen in Bengalen, anstatt, wie es vorgesehen war, nach Madras zurückzukehren und das Kommando zurückzugeben – wozu er keineswegs gewillt war.
Er trug gemeinsam mit Admiral Watson, dem ehemaligen Gouverneur von Neufundland, einen bedeutenden Sieg davon. Siraj ud-Daula – alarmiert und beunruhigt – fühlte sich nicht mehr an die Verträge mit den Engländern gebunden, fürchtete er doch ein Bestreben, ganz Bengalen zu unterwerfen. Hilfesuchend wandte er sich an die Franzosen – vergebens.
Clive war geschickt vorgegangen und hatte sich die wachsende Opposition im Volk zunutze gemacht – genau das, was der *Nawab* befürchtet hatte. Das englische Heer zog unter Clives Kommando in Richtung Murschidabad, was ein überaus riskantes Spiel war, aber obwohl Clives Heer wesentlich kleiner war als das des Regenten, zeichnete es sich durch eine bessere Bewaffnung und eine straffere Disziplin aus. Mir Ja'afar, Onkel des Siraj ud-Daula, der einen Großteil der Armee des *Nawab* von Bengalen befehligt hatte, war zu Clive übergelaufen, was dazu geführt hatte, dass der *Nawab* von seinen besten Leuten im Stich gelassen worden war und gezwungen wurde, sich zu ergeben. Der Ausgang der Schlacht

wurde bei Plassey entschieden, einem kleinen Dorf zwischen Kalkutta und Murschidabad.
»Wir hatten Glück, dass Charles de Bussy in Haiderabad festsaß und dem *Nawab* nicht beistehen konnte«, kommentierte Jack die Angelegenheit.
»Clive hätte es auch geschafft, wenn es Siraj ud-Daula gelungen wäre, die Franzosen zu mobilisieren«, widersprach Oscar Moidore.
Jack zweifelte daran. Auch wenn die Blütezeit der Franzosen in Indien vorbei zu sein schien, durfte man sie nicht unterschätzen. Wegen mangelnder Geldmittel hatte de Bussy das Ersuchen des *Nawab*, dessen Vormachtstellung nun ernsthaft bedroht gewesen war, abgelehnt, ansonsten wäre die Golconda-Armee durchaus ein ernstzunehmender Gegner gewesen.
»Clive hat vollkommen korrekt gehandelt«, war Oscar Moidores Meinung zum Schicksal des *Nawab*, und die Direktoren stimmten ihm einhellig zu. »Er hatte nichts Eiligeres zu tun, als uns unsere zugesprochenen Privilegien wieder abzuerkennen.«
»Was wohl kein Grund ist, ihn erschlagen zu lassen.«
»Wo leben Sie, Jack? So läuft es in der Eroberungspolitik. Außerdem war es kein Engländer, der ihn ermordet hat«, bekräftigte Oscar Moidore.
»Da haben Sie allerdings Recht. Es war lediglich ein Engländer, der in das Land marschierte und sich als Königsmacher betätigte.«
Aber auch Jack konnte nicht in Abrede stellen, dass die Konzessionen für die *East India Company* verlockend waren und durchaus den Einsatz wert schienen. Kommerzielle Privilegien wurden erweitert, die Kompanie erhielt das Monopol

im Salpeterhandel, das gerade in der momentanen Situation militärisch eminent wichtig war. Zudem wurden die Kriegskosten erstattet.
Es war Clives Triumph, in dessen Folge er zum ersten Gouverneur in Bengalen gewählt worden war und zudem von Mir Ja'afar, dem neuen *Nawab*, zur Belohnung ein reiches Lehen erhielt, was ihn, der aus einer alteingesessenen, aber armen Familie stammte, zu einem reichen Mann machte.
Jack musste einsehen, dass sich die Indien-Politik gewandelt hatte. Von dem alleinigen Handelsrecht konnte keine Rede mehr sein, man wurde zu Eroberern. Die Franzosen haben damit angefangen, konnte man dagegen argumentieren, und die Beteiligung der Engländer diente auch dem Land und dessen Herrschern.
Zu Ehren dieses am dreiundzwanzigsten Juni errungenen Sieges bei Plassey gab Oberst Bellwood eine Woche später in seinem Haus einen rauschenden Ball. Elisha hatte langsam genug von den Feiern aber gerade bei einem solchen Anlass stand außer Frage, dass man ihr die Teilnahme erlassen würde. Es galt, den Sieg der Engländer über die Franzosen zu feiern, da war Patriotismus in seiner glühendsten Form gefragt.
May gewöhnte sich nur sehr widerwillig an die gesellschaftlichen Ereignisse, zu denen sie ihre Eltern begleiten musste. Die vielen Menschen verunsicherten sie, und auch die ungewohnte Aufmerksamkeit der Männer war ihr unangenehm. Sie tanzte überaus ungern, weil sie sich linkisch und ungeschickt dabei vorkam. Einmal war sie an diesem Abend bereits gestolpert, was glücklicherweise außer ihrem Tanzpartner niemand mitbekommen hatte.
Jonah fühlte sich ebenfalls unwohl, aber er war immer ein hervorragender Tänzer gewesen, und er spürte die Musik in

beiden Beinen, selbst in dem nicht mehr vorhandenen, was ihm unheimlich war. Er stand abseits der Tanzenden und dachte an Robert Clives Eroberungszüge. Clive, der bewunderte Held. Was hätte er darum gegeben, an seiner Seite kämpfen zu dürfen. Er hielt Ausschau nach den Spieltischen und überlegte, ob er sein restliches Geld lieber dort verschwenden oder ob er sich einige Abende mehr in teuren Etablissements leisten sollte. Eine schwere Entscheidung, die gut durchdacht sein wollte.

Er bemerkte Leutnant Bellwood, der mal wieder einem jungen Mädchen nachstellte. Jonah überlegte einen Moment, woher er sie kannte. Ihr war die Aufmerksamkeit des Leutnants sichtlich unangenehm, und als er sich kurz abwandte, um mit jemandem zu reden, ergriff sie die Flucht. Jonah lächelte. Er freute sich jedes Mal, wenn er beobachten konnte, wie Ralph Bellwood eine Abfuhr bekam oder sich unpassend benahm – was bei seinem Alkoholkonsum nicht selten vorkam. Da nützte auch sein gutes Aussehen nichts. Jonah war für gewöhnlich nicht schadenfroh, aber Ralph Bellwood behandelte ihn seit seiner Ankunft mit einer geradezu beleidigenden Herablassung. Als Soldat gescheitert, im Leben gescheitert. Zwar sprach er es nicht aus, aber seine Meinung war ihm anzusehen.

Das Mädchen war wenige Schritte von Jonah entfernt stehen geblieben, und Ralph, der seine Beute bereits wieder gewittert hatte, war auf dem Weg zu ihr. Ich sollte mich nicht einmischen, dachte Jonah, aber das Mädchen tat ihm leid, und es war ein erhebendes Gefühl, einmal nicht in der Rolle dessen zu sein, dem Mitleid entgegengebracht wurde. Er hinkte auf das Mädchen zu. Jonah, der Retter weiblicher Tugend vor den Zugriffen blendend aussehender Offiziere.

Ein Gedanke, der so absurd war, dass er am liebsten gelacht hätte. Gut, dass er sich selbst nicht sah, wie er diesem schneidigen Soldaten entgegenhinkte.
»Entschuldigen Sie bitte, Miss …« Jonah hielt inne und sah das Mädchen erwartungsvoll an.
Irritiert erwiderte sie den Blick und antwortete: »Legrant, May Legrant.«
Inzwischen war Ralph bei den beiden angelangt. »Miss Legrant, verzeihen Sie mir meine ungalante Unaufmerksamkeit.« May nickte zum Zeichen, dass die Verzeihung gewährt sei. Mit strahlendem Siegerlächeln fuhr Ralph fort: »Dann darf ich um den nächsten Tanz bitten?«
»Ich bedaure«, mischte sich Jonah ein, »aber den nächsten Tanz hat Miss Legrant bereits mir versprochen.«
Ralph sah ihn erstaunt an, dann auf sein Bein, hatte aber genügend Anstand, keinen Kommentar abzugeben. Ein wenig verwirrt nickte er und entschuldigte sich.
Erleichterung zeigte sich auf Mays Zügen, als sie ihm nachsah, dann wandte sie sich Jonah zu, und ebenso wie Ralphs Blick fiel auch ihrer kurz auf Jonahs Bein. Sie errötete, so als sei sie bei einer verbotenen Neugier ertappt worden, und sah wieder auf. »Ich danke Ihnen«, sagte sie.
»Jonah Fenmore«, stellte Jonah sich vor. Er fand ihr zögerndes Lächeln entzückend und überlegte, was er sagen konnte, um sie noch ein wenig bei sich zu behalten. »Möchten Sie eine Erfrischung?« Das war nicht sehr geistreich, aber eigentlich immer genau das Richtige. Aber dann fiel ihm siedend heiß ein, dass er bis zum Büfett ein ziemliches Stück zu laufen hatte, und bei dem Gedanken daran, was sie denken mochte, wenn er mit den Getränken auf sie zugehinkt kam, stieg ihm das Blut ins Gesicht.

»Sehr gern«, erwiderte May.
Dann sieht sie es eben, dachte Jonah und ging zum Büfett. Und? Sollte sie doch lachen. Sein Verhalten war ja auch lächerlich. Vielleicht, weil sie das erste Mädchen der Gesellschaft war, mit dem er sich auf einer Feier richtig unterhielt, denn meist verzog er sich an die Spieltische, weit fort von den Frauen.
Was brachte man einem Mädchen, das kaum älter sein konnte als fünfzehn oder sechzehn? Jonah entschied sich für kalten Malventee und machte sich auf den Weg zurück. Noch ehe er bei ihr angekommen war, bemerkte er, dass Hauptmann Munroe sie mit Beschlag belegt hatte. Jonah blieb stehen und starrte die beiden an. Sollte er umkehren, ehe er sich zum Gespött machte?
»Warum stehen Sie hier wie angewurzelt?«, fragte Damien, der gerade auf dem Weg zum Büfett war.
»Ich« – Jonah sah auf die beiden Gläser in seiner Hand, als müsse er sich entsinnen –, »ich wollte Miss Legrant eine Erfrischung bringen.«
Damien blickte zu May und Hauptmann Munroe. »Dann tun Sie das. Oder erwarten Sie, dass sie hierher kommt und Ihnen den Becher abnimmt?«
Jonah fand, dass das keine Antwort wert sei, und um sich nicht auch noch vor Damien zum Narren zu machen, trat er zu May und reichte ihr eines der Gläser. May lächelte strahlend. »Sie entschuldigen, Hauptmann«, sagte sie.
Hauptmann Munroe neigte leicht den Kopf. »Miss Legrant, Leutnant Fenmore«, verabschiedete er sich. Er war einer der wenigen Personen, die sich daran erinnerten, dass Jonah sein Offizierspatent immer noch innehatte, weil dieser unter seinem Kommando nach Indien gekommen war.

»Sie haben mich schon zum zweiten Mal an diesem Abend gerettet«, sagte May und errötete erneut, weil sie glaubte, ihre Gefühle zu offen zu äußern.
Die verkörperte Unschuld, dachte Jonah. Dieses liebliche Gesicht und die sanften Augen, die um wenige Nuancen dunkler waren als das hellbraune Haar. Er schluckte und nippte an seinem Getränk, um sie nicht anzustarren.
»Eine schöne Feier«, sagte er. May bestätigte das, dann schwiegen sie wieder. Sag etwas Geistreiches, befahl Jonah sich selbst. Los doch.
»Ich wäre gerne an der Seite von Robert Clive nach Bengalen gezogen.« Ja, richtig, lenk ihr Augenmerk auf deine Behinderung, du Idiot. Er sah ihr an, dass sie nicht wusste, was sie darauf antworten sollte.
Die Frage, warum er es nicht getan hatte, erübrigte sich, und die Alternative wäre Mitleid gewesen. O nein, dachte Jonah entsetzt. Glaubte sie am Ende noch, er wolle von ihr bedauert werden?
»Ich habe unter Leutnant Munroe gedient«, ergänzte er schnell. »Meine Familie ist seit vielen Jahren mit ihm bekannt.«
»Mein Vater schätzt ihn ebenfalls sehr.«
»Jetzt bin ich für die Kompanie tätig.«
»Sie sind Händler?«
»Nein, momentan arbeite ich als Schreiber.« Der Niedrigste der Niedrigen.
»Ah, Fenmore«, mischte sich Ralph Bellwood ein, »Tanz beendet? Sie erlauben?« Er bot May seinen Arm und entführte sie auf die Tanzfläche. May warf Jonah einen entschuldigenden und etwas hilflosen Blick zu, dann verschwand sie in der Menge. Jonah sah ihr niedergeschlagen nach, stellte sein

halbleeres Glas auf den Tisch neben Mays und betrachtete beide Gläser nachdenklich.

Wer war es gewesen, der Elisha gesagt hatte, bei Männern käme man am weitesten, wenn man sie nicht bedrängte, sondern mit Verständnis behandelte. Es hörte sich nach Shalina an. Elisha hatte es damals abgetan, aber jetzt erinnerte sie sich wieder. Also drang sie nicht weiter in Damien, sondern bemühte sich, ihm wieder eine Freundin zu sein. *Es gibt keine Freundschaften zwischen Männern und Frauen, wobei nicht wenigstens einer von beiden mehr möchte.* Wieder Shalina. »Ja, schon recht«, murmelte Elisha. »Ich will es ja auch gar nicht leugnen.« Eine Frau, die an ihr vorbeiging, warf ihr einen irritierten Blick zu.
Sie wusste nicht, woran es lag, aber seit dem Besuch bei Shalina kam sie sich älter vor, reifer. War es, weil sie das erste Mal für mehrere Tage allein verreist war? Oder hatte ihr lediglich die Ruhe gut getan, die Möglichkeit, über alles nachzudenken?
Ein wenig wunderte es sie, dass Ambrose sich nicht zu ihr gesellte – nicht, dass sie ihn vermisst hätte. Er hatte sich wohl in eines der für Frauen nicht zugänglichen Zimmer an die Spieltische zurückgezogen. Sie tanzte einige Male, dann zog sie sich mit einigen anderen Mädchen in den Garten zurück. Alicia Bellwood erzählte eine amüsante und recht peinliche Geschichte, die sich in den letzten Tagen ereignet hatte und deren Hauptfigur der pummeligen Minella Holt ähnelte, wenn sie sich auch hütete, einen Namen zu nennen. Die Mädchen lachten, und Minella rannte weinend in den Saal zurück. Elisha war gelangweilt.
Es gab einen weitläufigen Teil des Gartens, in dem Mrs. Bellwood Wildrosen gepflanzt hatte. Zerstreut ließ Elisha einige

der schönen Blüten durch die Finger gleiten. Sie musste an sich halten, nicht nach Damien zu suchen. Zu gerne hätte sie ihn gesehen und mit ihm geredet.
»Sie erlauben?«, fragte eine Stimme mit kultiviertem französischem Akzent.
Überrascht drehte Elisha sich um, und Lamont Montaury reichte ihr eine Wildrosenknospe. Einen Moment lang überlegte Elisha, ob die Knospe eine Metapher für etwas sein sollte, das sie nicht verstand. »Vielen Dank«, murmelte sie. »Ich weiß allerdings nicht, was Mrs. Bellwood davon hält, wenn ihr Rosengarten für galante Geschenke herhalten muss.« Allerdings hatte sie eine recht klare Vorstellung davon, was ihr Vater davon halten würde, wenn er sie hier draußen mit Lamont Montaury sähe.
»Versuchen Sie auch, ein wenig Ruhe zu finden?«, fragte er.
»Trifft das auf Sie zu?«, stellte sie eine Gegenfrage. »Bisher hatte ich nie den Eindruck, dass Sie derartige Feierlichkeiten scheuen.«
»Bei einer Siegesfeier von England über Frankreich lege ich mir dennoch einige Zurückhaltung auf, wenn ich auch Patriotismus für einigermaßen hinderlich in der Geschäftswelt erachte.«
Elisha legte den Kopf schief, so als wolle sie in Erfahrung bringen, warum er überhaupt hier war. Es erschien ihr angesichts der politischen Lage mehr als unpassend.
»Oberst Bellwood hat mich eingeladen«, beantwortete Lamont bereitwillig die stumme Frage, »und eine Absage kam einfach nicht in Frage.« Er lächelte. »Immerhin entbehrt es ja nicht einer gewissen Ironie.«
Elisha zuckte die Schultern. »Es ist einfach eine Art von Spaß, die ihm ähnlich sieht.«

Von einem Sikh-Tempel in der Nähe des Hauses wehten leise Klänge zu ihnen herüber. Elisha spähte durch die Bäume und sah die Lichter des Tempels in der Dunkelheit schimmern.
»Ein seltsames Land, nicht wahr?«, bemerkte Lamont. »So facettenreich, so viel Schönheit und Grausamkeit.«
»Mögen Sie es?«
Ein feines Lächeln umspielte Lamonts Mundwinkel. »Ich bin weit davon entfernt, übersättigt zu sein.«
Elisha sah ihn an, in ihren Augen stand die Frage, was er damit meinte. Doch er ging nicht darauf ein.
»Meine liebe Miss Legrant«, sagte er nach einer Pause, »entschuldigen Sie mich nun bitte. Dort treten gerade einige Freunde von mir auf die Veranda.« Er neigte höflich den Kopf und ging zum Haus zurück, vorbei an Charlotte, die ihm wutentbrannt entgegenkam und, ohne ihn eines Wortes zu würdigen, an ihm vorbei zu Elisha lief.
»Hast du den Verstand verloren, dich hier allein mit Lamont Montaury im Garten zu treffen?«, fauchte Charlotte so leise, wie es ihr in ihrem Zorn möglich war.
»Wir haben uns nicht getroffen, wir …«
»Sprich nicht mit ihm. Sprich nie wieder mit ihm.«
»Ich …«
Charlotte riss ihr die Rosenknospe aus der Hand, warf sie zu Boden und trat mit dem Absatz darauf. »Und Geschenke nimmst du auch nicht von ihm an.«
»Hast du den Verstand verloren?«, fuhr Elisha ihre Schwester an.
»Sei leiser, oder sollen uns die Leute hören? Du kannst froh sein, dass Papa dein schamloses Benehmen nicht bemerkt hat.« Sie ergriff Elishas Arm und wollte sie hinter sich her

zum Haus zurückzerren, aber dann wurde es Elisha endgültig zu viel. Sie riss sich los und brachte zwei Schritte Abstand zwischen sich und ihre Schwester.

»Ich habe nichts falsch gemacht. Und was die Rose betrifft, woher willst du wissen, dass sie von ihm ist?«

»Wenn du dich noch einmal mit ihm unterhältst, werde ich es Papa sagen«, antwortete Charlotte, ohne die Frage zu beantworten. »Immerhin hat die Familie einen Ruf zu verlieren.« Sie drehte sich abrupt um und lief zum Haus zurück. Rosenknospen, dachte sie, Lamont hatte ihr vor ihrer ersten Nacht im Gartenhaus eine Rosenknospe geschenkt, später nur noch erblühte Rosen. Eine ziemlich plumpe Metapher, hatte sie ihm damals gesagt, woraufhin er nur gelacht hatte. Ob er wirklich Interesse an Elisha als nächste Bettgespielin aus gutem Haus hatte? Und natürlich als nächste Informantin? Ihr war klar, dass Elisha sich darauf nicht einlassen würde, dafür liebte ihre Schwester Damien immer noch zu sehr, und zudem war sie der erklärte Liebling ihres Vaters. Es würde ihr im Traum nicht einfallen, ihn zu hintergehen. Aber vielleicht würde sie auf diese Weise von ihrer – Charlottes – Rolle in Lamonts Leben erfahren, und das durfte nie geschehen. Sie lehnte sich einen Moment lang tief atmend an eine Säule. Wie sie ihn hasste. Wäre er doch nur nie in ihr Leben getreten.

»Was ist los mit Ihnen?«, fragte Damien Jonah, während sie in seinem Behandlungszimmer arabischen Kaffee tranken. »Fühlen Sie sich krank?«

»Das würde Ihnen gefallen, ja?«, erwiderte Jonah mürrisch.

Ohne auf die Bemerkung einzugehen, fuhr Damien fort. »Sie amüsieren sich überhaupt nicht mehr. Keine Etablissements, kein Verschleudern von Geld an Spieltischen …«
»Und?«, fragte Jonah aggressiv. »Sie predigen mir doch schon seit wir uns kennen, dass dieser Lebenswandel auf Dauer nicht haltbar ist.«
»Schon gut, Jonah. Mich hat lediglich interessiert, was den plötzlichen Sinneswandel hervorgerufen hat, mehr nicht. Wenn Sie sich nicht wohl fühlen, kann ich Ihnen ein Medikament verschreiben.«
»Sie und Ihre Medikamente«, erwiderte Jonah unwillig. »Die helfen auch nicht gegen alles.«
»Ah ja«, sagte Damien, »eine Frau?«
Jonah errötete, was selten vorkam und Damiens Verdacht augenblicklich bestätigte, ihn aber auch ein wenig erstaunte. Ihm war es fremd, dass Jonah zu zarten Gefühlen imstande war, vor allem, wenn er sich dessen zynische Bemerkungen über den Nutzen von Frauen ins Gedächtnis rief.
»Ich habe sie bei Hauptmann Bellwood kennen gelernt«, sagte Jonah, so als habe er nur auf ein Stichwort gewartet, um sich endlich jemandem anvertrauen zu dürfen, jemandem, der seine Gefühle nicht als albern abtun würde. »Ich kann sie seitdem nicht mehr vergessen. Glauben Sie, ein Vater würde mich als Ehemann für seine Tochter akzeptieren?«, fragte er unglücklich.
»Sie haben die Frau nur ein Mal getroffen und wollen sie heiraten?«
»Es ist klar, dass Ihre profane Wissenschaftlerseele dafür kein Verständnis hat.«
Damien ersparte sich eine Antwort darauf. »Ich würde sagen, wenn Sie sich wirklich so sicher sind, dann suchen Sie den

Vater der jungen Frau auf und bitten Sie ihn, seine Tochter besuchen zu dürfen.«

»So weit war ich selbst schon, aber ich …« Jonah hob hilflos die Hände.

»Sie denken, er würde Sie zurückweisen? Ihr Vater ist immerhin Baron, Jonah. Sie sagten doch selbst, dass Ihre Familie in England hinter keinen Moidores, Bellwoods oder Legrants zurückstehen würde. Wessen Tochter auch immer Sie hofieren möchten, Ihre Abstammung wird Ihnen eher von Nutzen sein.«

»Ja aber … sehen Sie mich doch an. Schreiber, ein Niemand, ein verkrüppelter Soldat.«

»Für die Verkrüppelung können Sie nichts, aber den Weg des Schreibers haben Sie sich ausgesucht.«

»Ja, ich weiß.«

»Wessen Tochter ist es eigentlich, auf die Sie Ihr Auge geworfen haben?« Damien konnte sich nicht daran erinnern, Jonah längere Zeit in Gesellschaft einer jungen Frau gesehen zu haben.

Jonah seufzte tief und rang einige Sekunden mit sich. »Es ist Jack Legrants Tochter May.«

Damien verschluckte sich an seinem Kaffee und hustete. »May? Das Kind?«

»Sie ist eine heiratsfähige junge Dame«, verteidigte Jonah seine Wahl. Leiser fügte er hinzu: »Sie ist das Schönste, was ich je gesehen habe, erst recht, seit ich in diesem grauenvollen Land bin.«

Damien konnte sich May einfach nicht als Frau vorstellen. Allerdings hatte auch er bereits von Gerüchten gehört, die besagten, dass Hauptmann Munroe Interesse an einer Verbindung hatte. Er sah Jonah an und las in dessen sensiblem

Gesicht, wie sehr er sich in das Mädchen verliebt hatte. Großer Gott, dachte Damien, das tut mir leid. Er glaubte, May gut genug zu kennen, um Jonahs Chancen ausrechnen zu können. Die schüchterne May, die sogar die Männer ihrer Verwandtschaft lieber aus sicherer Entfernung betrachtete und die auf jeder Feier Qualen ausstand. Sie würde sich, so weit es ging, von diesem Zyniker fernhalten.
»Sprechen Sie mit Jack Legrant«, sagte er. »Etwas anderes kann ich Ihnen nicht raten.«

Der viele Regen würde sie eines Tages noch schwermütig werden lassen. Charlotte wandte sich mit einem Ruck vom Fenster ab und schaute sich wieder im Kinderzimmer um. Man erwartete von ihr, sich wenigstens einmal am Tag hier sehen zu lassen, und so neigte sie sich denn auch pflichtschuldigst über das Kinderbett, um ihr Baby zu betrachten. Gemma beobachtete fasziniert, wie sich ihre kleine Faust öffnete und schloss, dann sah sie ihre Mutter an und lächelte.
Na ja, dachte Charlotte, eigentlich ist sie ja doch ganz süß. Zumindest kam sie äußerlich allem Anschein nach ihr und nicht nach Richard. Sollte ein Sohn nach Richard kommen, war ihr das egal, aber unter keinen Umständen wollte sie, dass ihre Tochter eines dieser stämmigen und reizlosen Mädchen wurde, die nie einen Mann bekamen. Es war in ihren Augen ein reines Wunder, wie sich ihre Schwiegermutter einen Oscar Moidore hatte angeln können. Aber vielleicht hatte ihre Mitgift das unscheinbare Äußere und den massigen Körper ausgleichen können.
Charlotte verließ das Kinderzimmer und ging in den Salon, wo sie Richard im Aufbruch antraf.
»Wohin gehst du?«, wollte sie wissen.

»Ich muss noch einmal mit einem der Direktoren sprechen, und vielleicht gehe ich später noch in den Gouverneurspalast.«
Charlotte zog die Brauen hoch. »In den Gouverneurspalast?«
»Es wird ein rein geschäftliches Gespräch sein, ohne unsere Ehefrauen.«
»Ich verstehe.«
Richard gab ihr einen flüchtigen Kuss. »Warte nicht auf mich.«
»Werde ich nicht.«
Um ihr den Nachmittag endgültig zu verderben, kam wenig später Louisa zusammen mir ihrem Sohn und dessen *Ayah*. Elisha war ja ganz verrückt nach diesem rothaarigen Zwerg, der eine so absurde Ähnlichkeit mit seinem Vater hatte. Aber Elisha war ja ohnehin von jedem Kind begeistert, warum also nicht auch von diesem pummeligen kleinen Tollpatsch? Sie konnte kaum an Gemma vorbeigehen, ohne diese hochzuheben und zu küssen. Charlotte empfand in solchen Momenten immer den Stolz der Besitzenden.
»Ich hätte nicht erwartet, dich allein daheim anzutreffen«, begrüßte Louisa sie.
»Richard musste geschäftlich fort.«
»Seit wann hält dich das zu Hause fest?«
»Seit wann geht dich das etwas an?«
Louisa zuckte die Schultern. »Wo ist meine Mutter?«
»Dort, wo sie immer ist.« Mrs. Moidore verließ beinahe nie ihr Boudoir und schien sich in der Abgeschiedenheit wohl zu fühlen.
Nachdem Louisa gegangen war, griff Charlotte zu einer Handarbeit, beschäftigte sich ein wenig damit und warf sie

dann ungeduldig beiseite. Kurz überlegte sie, Besuche zu machen, verwarf den Gedanken aber dann wieder. Ihre Freunde langweilten sie. Das Leben langweilte sie.

Als ein Bote diesen denkbar ungünstigen Augenblick wählte, um ihr die Nachricht zu bringen, dass Richard damit rechne, die ganze Nacht fortzubleiben, hätte sie dem bedauernswerten Botenjungen am liebsten eine Ohrfeige verpasst. Unwirsch schickte sie ihn fort und zerriss die Botschaft.

Es war eben erst dunkel geworden, als Charlotte sich zurückzog. Ihre *Ayah* half ihr beim Umkleiden und verließ sie wieder.

Versonnen bürstete Charlotte beinahe eine Viertelstunde ihr Haar und sah dann noch einmal genauso lange ihr Spiegelbild an. Bis auf einen Kerzenleuchter waren die Lichter bereits gelöscht, und ihr dunkles Haar wirkte beinahe schwarz im warmen Licht. Erst das Öffnen der Tür riss sie aus ihrer Betrachtung, und in der Erwartung, Richard zu sehen, drehte sie sich um. Freude und Vorwurf – Ersteres wegen seines sofortigen Kommens, Letzteres wegen des langen Wegbleibens – wich namenlosem Erschrecken, als sie Lamont den Raum betreten sah. Er schloss die Tür und drehte den Schlüssel im Schloss.

»Was …?« Charlotte sprang auf. »Wie kommst du hier herein?«

Lamont lehnte mit dem Rücken an der Tür und lächelte. »Es war ganz einfach, ich hatte eine kleine Affäre mit einem eurer Dienstmädchen.«

»Verschwinde! Bist du jetzt vollends verrückt geworden? Jeden Moment kann Richard zurückkommen.«

»Wohl kaum. Er amüsiert sich prächtig im Gouverneurspalast, ebenso wie dein Schwiegervater.«

Lamont kam auf sie zu, und Charlotte wich zurück, bis sie die Wand im Rücken hatte. »Geh!«, fauchte sie, »mach, dass du aus meinem Zimmer kommst!«
»Weißt du, dass du ein hinreißender Anblick bist in deinem Nachthemd? Dein Mann muss ein ausgemachter Idiot sein, auch nur eine Nacht außerhalb deines Bettes zu verbringen.«
»Er wird dich umbringen, wenn er erfährt, dass du hier warst.«
»Und wer, Liebste, sollte es ihm wohl sagen?«
Ehe Charlotte antworten konnte, hatte er sie an den Oberarmen gefasst und an sich gezogen. Mit aller Kraft wehrte sich Charlotte gegen ihn, trat ihn mit bloßen Füßen gegen die Schienbeine, wand sich, als er sie hochhob und aufs Bett warf.
»Das wagst du nicht!«, schrie sie.
»Wette lieber nicht darauf.« Um sie am Schreien zu hindern, presste er seinen Mund auf ihren und zerrte an ihrem Nachthemd. Charlotte schlug ihn, wand sich unter ihm, merkte, wie sie trotz allem auf ihn reagierte. Zuerst war es nur ein Funke, der jedoch immer stärker aufglomm, je mehr sie sich unter ihm bewegte, und sie wusste selbst nicht, wann ihre heftige Gegenwehr sich in Hingabe verwandelte. Hände glitten über sie und entdeckten die alte Vertrautheit von neuem. Lamont küsste sie atemlos und erstickte mit dem Mund ihr immer lauter werdendes Keuchen.
Als es vorbei war und Charlotte wieder imstande war, klar zu denken, wurde ihr so übel, dass sie ein Würgen nur schwer unterdrücken konnte. Zitternd richtete sie sich auf und zog ihr Nachthemd über die Hüften.
»Das«, sagte sie, »wird nie wieder geschehen.«

»Es hat dir doch recht gut gefallen, möchte ich meinen«, antwortete Lamont, der entspannt in ihren Kissen lehnte.

»Warum, um alles in der Welt, bist du hierher gekommen?«

»Ich wollte dir beweisen, dass du dich irrst, wenn du denkst, du bist es, die unsere Beziehung beendet.«

Charlotte starrte ihn an. »Das ist alles?«

Er lächelte wieder. »Ganz recht.«

»Nun gut, dann hattest du deinen Willen, und jetzt mach, dass du verschwindest.«

Anstelle einer Antwort zog Lamont sie wieder zu sich, und ebenso wie beim ersten Mal wehrte Charlotte sich gegen ihn.

»Lass doch die Spielereien«, sagte er, »wir wissen schließlich beide, wie das ausgeht.« Und noch während er das sagte, wusste sie, dass er Recht hatte.

Es war weit nach Mitternacht, als Charlotte allein an ihrem Frisiertisch saß, so wie sie es getan hatte, ehe Lamont gekommen war. Ihr Bett war frisch bezogen, sie hatte gebadet und war nun wieder damit beschäftigt, ihr Haar zu bürsten. Aufmerksam hatte sie in den Gesichtern ihrer *Ayah* und des Zimmermädchens geforscht, aber keines hatte Wissen über die Vorgänge der Nacht preisgegeben.

Ehebrecherin, schien ihr Spiegelbild ihr zu sagen. Charlotte wusste, dass es meist verheiratete Frauen waren, die sich auf Affären einließen, und seltener jungfräuliche Mädchen. Aber ihr war der Gedanke daran, öffentlich gebrandmarkt zu sein, ein Albtraum, und Richard würde zweifellos dafür sorgen, dass sie sein Haus verließ. In derartigen Fällen war es möglich, eine Scheidung zu erwirken, und sie machte sich keinerlei Illusionen darüber, was das für sie bedeuten konnte.

Zudem fühlte sie sich elend, so elend wie sie sich in der gesamten Zeit ihrer vorehelichen Beziehung mit Lamont nicht gefühlt hatte. Zu schwer wog der Betrug an Richard, mehr als sie je für möglich gehalten hätte.
Ihre erste Überlegung war gewesen, in ihrem Zimmer alles so zu belassen, wie es war, ihr Nachthemd zu zerreißen und Richard zu sagen, sie sei vergewaltigt worden. Zwar waren auf ihrem Körper keine Spuren von Gewaltanwendung zu sehen – Lamont hatte vermutlich mehr körperliche Verletzungen davongetragen als sie –, aber da hätte sie sich schon herausgeredet. Dann aber hatte sie den Gedanken verworfen. Im schlimmsten Fall hätte Richard ihr nicht geglaubt, und dann wäre die Geschichte bekannt geworden. So konnte sie darauf hoffen, dass er es nie erfuhr.
Als sich die Tür erneut öffnete, fuhr sie erschrocken herum, dann erkannte sie Richard. »Du bist es«, sagte sie erleichtert.
»Jemand anders hat hier um diese Zeit ja wohl auch nichts zu suchen.«
Charlottes Finger krampften sich um ihre Bürste, dann drehte sie sich wieder um und wandte ihm den Rücken zu.
»Du bist spät«, bemerkte sie.
»Wir hatten viel zu bereden.«
Er amüsiert sich prächtig im Gouverneurspalast, ebenso wie dein Schwiegervater. »Ah ja?«
»Hast du bis jetzt gewartet?«
»Nicht gewartet, ich bin einfach noch nicht müde.«
Richard kam näher und legte die Hände auf ihre Schultern. Charlotte kannte seinen Blick, wenn er mit ihr schlafen wollte, und genau das konnte sie jetzt nicht. Warum war er nicht daheim gewesen, als Lamont gekommen war? Warum war es Lamont überhaupt möglich gewesen, in das Haus zu

kommen? Hatte sie nicht das Recht darauf, innerhalb dieser Mauern beschützt zu werden?

»Nicht«, wehrte sie ab, als seine Hände ihren Nacken liebkosten.

Er schien erstaunt, weil sie das sonst besonders gern hatte und sie ihn zudem höchst selten zurückwies. »Fehlt dir etwas?«

»Ich … bin müde«, schloss sie lahm.

»Du sagtest doch eben, du seiest …«

»Ich weiß, was ich gesagt habe.« Charlotte stand auf, um sich ihm ebenbürtig zu fühlen, wobei sie sich in dem weit ausgeschnittenen Nachthemd nicht wirklich ernstzunehmend fühlte. »Geh bitte. Ich bin nicht in Stimmung.«

»Wenn du wütend bist, weil ich dich nicht mitgenommen habe …«

»Nein, geh einfach.« Charlotte bemerkte entsetzt, dass ihr vor Wut Tränen in die Augen traten.

»Was ist denn mit dir?«, fragte Richard, in dessen Stimme nun ein besorgter Unterton mitschwang.

»Warum bist du nie hier, wenn ich dich hier haben möchte?«, fuhr sie ihn an.

Diese Frage war die Letzte, mit der er gerechnet hatte. »Charlotte, ich musste dorthin gehen.«

Anstelle einer Antwort verschränkte sie die Arme vor der Brust und sah zu Boden. Richard seufzte. Zwar hätte er seine Rechte auf sie auch so geltend machen können – und ein Teil seines männlichen Stolzes war durchaus nicht abgeneigt, es zu tun –, aber er wollte sie zu nichts zwingen. Zudem war ihm ihre Stimmung unerklärlich. Sicher, er war lange fort gewesen, aber er hatte ihr ja schließlich nicht untersagt, ebenfalls auszugehen.

Nachdem er ihr eine Gute Nacht gewünscht hatte und gegangen war, setzte Charlotte sich an ihren Schminktisch und sah erneut in den Spiegel. Sie berührte die glatte Haut oberhalb ihres Ausschnitts, ihren Hals, ihr Gesicht. Das war ihr Körper, ihre Schönheit – das zumindest hatte sie immer geglaubt. Im Grunde genommen gehörte all das demjenigen, der es genießen wollte und die Macht hatte, es sich zu nehmen. Was wirklich ihr allein gehörte, war ihr tiefstes Inneres, und das, erkannte sie, hatte ohnehin nie jemand haben wollen.

Jack steckte in einer Zwickmühle. Er hatte prinzipiell nichts gegen Jonah Fenmore, aber als Bewerber um May sah die Sache schon wieder ganz anders aus. Zudem ging ihm das alles ein wenig zu schnell. Die beiden kannten sich nicht, sah man von dem kurzen Treffen auf dem Ball ab. Der junge Fenmore schien es jedoch durchaus ernst zu meinen mit seiner Absicht, May den Hof machen zu wollen. Weil Jack es ihm nicht gut abschlagen konnte, hatte er ihn an diesem Abend zum Essen eingeladen. Man würde ja sehen, was May davon hielt.

Claire saß im Salon, als Jack heimkehrte. Er hatte ihr eine Nachricht zukommen lassen, dass sie an diesem Abend einen Gast haben würden.

»Wer ist es denn?«, wollte seine Frau wissen, nachdem er sie begrüßt hatte.

»Einer der Schreiber, Jonah Fenmore.«

Claire nickte unbestimmt. Ihr sagte der Name nichts. »Was gibt es, dass du gerade jemanden wie ihn einlädst?«

»Er hat darum gebeten, May besuchen zu dürfen.«
»Ein Schreiber? Das kann nicht dein Ernst sein.«
»Sein Vater ist Baron.«
Claire war mitnichten beruhigt. »Dann muss es einen Grund dafür geben, dass er hier nichts anderes als Schreiber werden konnte. Hat sein Vater ihn hierher geschickt, weil er sich einen Skandal geleistet hat?«
»Er war Soldat und ist aufgrund einer Verletzung dienstunfähig.«
»Taugt er zu nichts anderem?«
»Das habe ich noch nicht feststellen können. Vielleicht interessiert es dich, dass er unter Hauptmann Munroe gedient hat.«
»Der Hauptmann ist in meinen Augen die passendere Wahl.«
»In meinen auch«, bestätigte Jack, »aber wir können ja nicht von vornherein jeden Bewerber abweisen.«
»Wessen Bewerber?«, fragte Elisha von der Tür her.
»Die Bewerber deiner Schwester«, antwortete ihre Mutter und schloss mit dem Tadel: »Zukünftig redest du nicht einfach dazwischen, wenn dein Vater und ich uns unterhalten.«
»Verzeihung.« Elisha bemühte sich aufrichtig um einen zerknirschten Eindruck, konnte sich jedoch nicht zurückhalten, hinzuzufügen: »May ist noch zu jung, um an eine Heirat zu denken.«
»Überlass die Entscheidung bitte uns«, wies Claire ihre Tochter zurecht. »Und jetzt bitte ich dich, uns wieder allein zu lassen.«
»Aber ich finde …«
»Elisha!«, mischte sich Jack nun ein.

Ergeben zuckte Elisha die Schultern und ging in die Bibliothek, wo Damien sein altes Mikroskop auf ihre Bitte hin untergebracht hatte. Sie war begeistert gewesen von der Idee und hatte in den ersten Wochen alles, was ihr an Blüten in die Finger gekommen war, mitgebracht, um sie unter dem Mikroskop zu betrachten.

Elisha blieb so lange in der Bibliothek, bis ein Hausdiener ihr Bescheid gab, dass ihre Eltern sie im Salon erwarteten. Jonah traf wenig später ein und wurde von Elisha und Damien freudig begrüßt. Jack hieß ihn freundlich willkommen, und Claire legte eine deutliche Zurückhaltung an den Tag. Jonahs Hinken hatte sich verstärkt, und Damien überlegte, ob es die Nervosität war, die er nicht offen zum Ausdruck bringen konnte, oder ob er Schmerzen hatte.

Als Letzte betrat May den Salon. Sie hatte von der Ankunft eines Gastes gehört und mit Grauen an den bevorstehenden Abend gedacht. Mittlerweile war ihr klar, dass jeder junge Mann ihretwegen kam, und ihr war die Aufmerksamkeit von Hauptmann Munroe bereits zu viel, obwohl dieser wirklich freundlich war. Archibald Stonewall wähnte sich selbst ebenfalls noch im Rennen um die Gunst der jüngsten Legrant-Tochter, aber seine Aufmerksamkeit tat May als belanglos ab.

Nach kurzem Zaudern drückte sie die Tür zum Salon auf, ließ ihren Blick durch den Raum wandern und atmete erleichtert auf. »Leutnant Fenmore«, grüßte sie ihn, »wie nett, Sie wiederzusehen«, was ihr erstaunte Blicke von Seiten der Familie und ein entzücktes Lächeln von Jonah eintrug. Beinahe augenblicklich errötete sie. War sie zu forsch?

Claire überbrückte das eingetretene Schweigen damit, dass sie die Aufforderung aussprach, in das Speisezimmer zu gehen. Beim Essen musste Damien feststellen, dass sein Bild von Jonah in den Grundfesten erschüttert wurde. Von dem wortkargen Zyniker war keine Spur mehr zu erkennen, sondern Jonah wusste durchaus, Tischkonversation zu führen. Seine Manieren waren die eines in höheren Kreisen erzogenen Mannes, und er unterhielt sich entweder mit Damien und Jack oder mit den Frauen, wobei er – vielleicht um sie nicht in Verlegenheit zu bringen – nie ausschließlich das Wort an May richtete.

Das Essen verlief in einer entspannten Atmosphäre, und nachdem Claire die Tafel aufgehoben hatte, zogen sich die Männer zurück.

»Leutnant Fenmore«, sagte Jack nachdenklich. »Sie haben nie gesagt, dass Sie Ihr Patent noch haben.«

»Ich habe es nicht über mich gebracht, es zu verkaufen.«

»Hängen Sie der Vergangenheit noch so sehr nach?«, fragte Jack.

Jonah wusste nicht, ob die Frage anders ausgedrückt lauten würde: Sind Sie nicht imstande, sich eine neue Zukunft aufzubauen? So überlegte er einen Augenblick, ehe er antwortete. »Ich hatte immer den Wunsch, Offizier zu sein, und manchmal braucht man etwas länger, um sich von einem Traum zu verabschieden, noch dazu, wenn man ihn nur so kurze Zeit hat träumen dürfen und ohne eigenes Verschulden herausgerissen wurde.«

Aha, dachte Damien, Jonah, der Poet. Für Jack war es vermutlich nicht ganz einfach, vor allem, weil May keineswegs so reagiert hatte wie erwartet. Was, wenn sie alle überrascht würden? Claire mochte Jonah nicht, aber etwas anderes hatte Damien auch nicht erwartet.

Eine halbe Stunde später gesellten sie sich wieder zu Claire und den Mädchen, und wenig später verabschiedete Jonah sich. Obwohl niemand sie in Verlegenheit bringen wollte, richteten sich alle Augen auf May. Dieser stieg erneut das Blut ins Gesicht, und um sich aus der peinlichen Situation zu retten, sagte sie: »Was ihr nur immer habt«, und verließ den Salon.

19

Bombay, Oktober 1757

Das sollte für heute reichen.« Ambrose schlug das Buch zu und legte die Schreibfeder beiseite. Weil ihr ohnehin in den letzten Tagen nicht der Sinn nach Lernen stand, fügte Elisha sich ohne lange Diskussionen.

Ihre Mutter war zu Besuch bei Freunden, ihr Vater hielt sich in seinem Arbeitszimmer auf, May war irgendwo im Haus und unauffindbar – so wie beinahe jedes Mal, wenn es darum ging, Anstandsdame zu spielen. So war es schließlich an Maja, diese Rolle zu übernehmen, was diese mit demselben Ernst tat, wie sie Elisha ankleidete und frisierte.

An Ambrose' Seite ging Elisha in den Salon, dessen offene Verandatüren die milde Luft hereinließen. Der Monsunregen hatte bereits im September nachgelassen. Ein zehnjähriger indischer Junge saß auf der Veranda und achtete darauf, dass keine Schlangen ins Haus gelangten. Er war der Sohn des *Mali*, des Gärtners, das jüngste von zwölf Kindern. Sein dunkler Oberkörper war nackt, und er hatte ein schmutziges Tuch um den Kopf gebunden. Als er Elisha erblickte, lächelte er und entblößte zwei Reihen makelloser Zähne. Er war einer von ihren Lieblingsdienstboten, was sie durch gelegentliche Naschereien immer wieder zum Ausdruck brachte.

Elisha ordnete ihre Röcke, nachdem sie sich auf der Sitzbank niedergelassen hatte, und versuchte, ihren Reifrock in Form zu bringen. Ihr blassrosa Kleid wirkte so leicht und luftig, dass niemand ahnen konnte, wie schwer sie daran trug. Als sie endlich bequem saß, konnte sie Ambroses Erzählungen mit der nötigen Aufmerksamkeit lauschen. Ein Dienstmädchen trug Tee auf, und in der Stille des Salons war das leise Knarren von Elishas Fischbeinkorsett zu hören, als diese sich vorbeugte und Tee einschenkte. Während Elisha sich, ihre Tasse in der Hand, wieder zurücklehnte, dachte sie, dass es ihr doch eigentlich sehr peinlich sein musste, dass man Unterwäsche hören konnte. Sie überlegte, ob Ambrose es zur Kenntnis nahm. Hörten Männer es jedes Mal, so wie man es selbst hörte? Redeten sie untereinander darüber oder malten es sich bildlich aus?

Das Wort »Tigerjagd« riss sie aus ihren Gedanken, und Ambrose hatte wieder ihre volle Aufmerksamkeit. »Ich freue mich schon darauf, einmal eine mitzuerleben«, sagte sie.

»Eine Tigerjagd im Dschungel?« Ambrose runzelte die Stirn. »Du beliebst zu scherzen.«

»Keineswegs. Du selbst hast gesagt, ich würde dich auf deinen Reisen begleiten.«

»Damit meinte ich auf Reisen, die sich für eine Frau gehören, und Tigerjagden oder Wanderungen im Dschungel zählen sicher nicht dazu.«

»Das hast du so nicht gesagt«, widersprach Elisha.

»Es hätte dir wohl klar sein müssen, dass ich dich nicht auf gefährliche Expeditionen mitnehme. Reisen in den Dschungel, meine Liebe, ich bitte dich. Immerhin habe ich eine Familie, die dich akzeptieren muss.«

Elisha verschlug es für einen Moment die Sprache. »Warum hast du dann gesagt, ich würde kein langweiliges Gesellschaftsleben führen müssen?«

»Das wirst du auch nicht.«

Es kam ihr vor, als sei sie soeben erneut verraten worden. Konnte sie keinem der Männer um sie herum glauben, was er ihr versprach? Aber dann rief sie sich innerlich zur Ordnung. Sie wollte Ambrose doch ohnehin nicht heiraten, warum sollte es sie dann stören, dass er die wirklich aufregenden Dinge ohne sie erleben wollte? Weil sie eine Ehe mit ihm nicht gänzlich ausschließen konnte, beantwortete sie ihre Frage selbst.

»Elisha«, drang Ambrose' Stimme in ihre Gedanken, »es tut mir leid, wenn du mich missverstanden hast. Aber der Gedanke an deine Sicherheit muss mir wichtiger sein, als der, dich etwas Neues erleben zu lassen.«

Trotzig warf Elisha den Kopf zurück. »Du wirst mich ebenso in die Gesellschaft zwingen, wie jeder andere Mann es tun würde. Vor der Ehe machen alle große Versprechungen.«

»Vor der Ehe, meine Liebe, befinden wir uns immer noch«, stellte Ambrose richtig, »und *vor der Ehe* sage ich dir, dass ich jedes meiner Worte ernst gemeint habe, aber dass ich ausdrücklich ausschließe, dich auf irgendeine Expedition mitzunehmen, die deine Sicherheit gefährdet.«

»Die indischen Herrscher nehmen ihre Frauen mit auf Tigerjagden und auf Reisen in den Dschungel.«

»Ich bin Engländer und nicht ganz so unkonventionell, wie du es dir vielleicht ausgemalt hast.«

Elisha beugte sich vor und stellte ihre Teetasse mit einem leisen Klirren auf den Tisch zurück. »Nun, Euer Lordschaft, dann haben wir uns heute wohl nichts mehr zu sagen.« Als sie das amüsierte Zucken um seine Mundwinkel bemerkte, geriet sie vollends in Rage. Sie stand auf und wollte den Salon verlassen – eine unverzeihliche Unhöflichkeit –, aber er war bei ihr, ehe sie an der Tür angekommen war, und hielt sie fest.

»Es tut mir leid, wenn ich dich verärgert habe«, sagte er.
»Spar dir deine Höflichkeiten, und jetzt lass mich los.«
Ambrose hob die Hand, um ihr Haar zu berühren, aber sie wandte unwillig den Kopf ab. Vorsichtig zog er sie näher, so dass sie beide Hände gegen seine Brust stemmen musste, um ihn auf Abstand zu halten. Weil er merkte, dass selbst ein kurzer Abschiedskuss, der nicht mehr sein würde, als ein flüchtiges Berühren ihrer Wange, in einem unwürdigen Gerangel enden würde, ließ Ambrose sie los und trat zurück.
»Wir sehen uns morgen«, sagte er. »Ich hoffe, bis dahin hast du dich wieder ein wenig beruhigt.« Er nahm ihre Hand und küsste ihre Fingerspitzen.
An der Tür stieß er beinahe mit Damien zusammen. Die Männer grüßten sich kurz, dann entfernte sich Ambrose, und Damien trat in den Salon. Er wirkte niedergeschlagen. Elisha holte bereits Luft, um eine diesbezügliche Frage zu stellen, aber er kam ihr zuvor, indem er bemerkte: »Ihr habt euch gestritten?«
»Nicht direkt. Er hat gesagt, dass das Reisen in den Dschungel nicht das Richtige für Frauen sei.«
Damien fuhr sich müde über die Augen. »Beneidenswert, dass du sonst keine Sorgen hast«, sagte er und trat durch die Terrassentür in den Garten, um zu seinem Häuschen zu gehen. Perplex starrte Elisha ihm nach. Ihr Blick flog ratsuchend zu Maja, die immer noch in ihr Gespräch mit dem Sohn des *Mali* vertieft war und entweder nichts bemerkte oder so tat als ob.
Erst war sie verärgert über Damiens Bemerkung, dann machte sie sich Sorgen. Er wirkte bedrückt. Hatte er schlechte Nachrichten von daheim erhalten? Oder aber hatte sein

Vater ihm geschrieben und – Elisha hielt erschrocken die Luft an – einen Heiratstermin festgesetzt? War dann wirklich alles vorbei? Unvermittelt traten ihr Bilder von Damien an der Seite seiner Ehefrau vor die Augen, während sie Ambrose heiratete und endgültig und unwiderruflich an ihn gekettet war. Das durfte nicht sein.

Entschlossen raffte Elisha ihre Röcke und wollte ebenfalls in den Garten gehen, als ihr noch rechtzeitig einfiel, dass der Sohn des *Mali* eine solche Beobachtung nicht für sich behalten würde. Innerhalb weniger Stunden würde das ganze Haus wissen, dass Elisha Legrant Damien Catrall in das Sommerhaus gefolgt war.

Sie verließ den Salon, trat durch die Vordertür hinaus und eilte um das Haus herum in den Garten. Ihre Füße flogen beinahe über den Rasen, und von der Angst getrieben, jemand könne sie sehen, drehte Elisha sich immer wieder um. Schließlich war sie am Haus angelangt und stieß die Tür auf. Ihre Seiten stachen, und sie musste in dem kleinen Eingangsbereich kurz innehalten, um wieder richtig Luft holen zu können.

Seit Damien hier lebte, hatte sie das Haus nicht mehr betreten, und als ihre Augen sich nach dem Sonnenschein an das Dämmerlicht gewöhnt hatten, sah sie sich neugierig um, ob bereits hier etwas stand, das auf ihn schließen ließ. Aber der kleine Eingangsbereich war ordentlich aufgeräumt, und keinerlei Gegenstände bewiesen, dass jemand hier lebte. Vorsichtig schaute sie zuerst in das Wohnzimmer, und als sie Damien dort nicht entdeckte, warf sie einen Blick in das Arbeitszimmer. Hier sah es schon eher nach Damien aus. Zwei breite Regale, gefüllt mit Büchern, standen an den Wänden, sein altes Mikroskop war auf einem kleinen Tisch aufgebaut

– er musste es aus der Bibliothek geholt haben –, und ein Schreibtisch stand vor dem Fenster.
Elisha zog die Tür wieder zu, warf noch einen kurzen Blick in das kleine Speisezimmer und ging die Treppe hinauf in das obere Stockwerk. Sie sah Damien auf seinem Balkon stehen, die Hände auf die Brüstung gestemmt und den Kopf gesenkt.
»Was stimmt nicht mit dir?«, fragte sie leise. Damien fuhr herum und starrte sie entsetzt an.
»Bist du verrückt geworden? Was tust du hier?« Er sah an ihr vorbei zur Tür, in der Erwartung, dass jemand mit ihr gekommen war. So töricht konnte sie doch nicht sein. »Geh sofort ins Haus zurück. Wenn dein Vater dich gesehen hat, ist hier wirklich der Teufel los!« Er warf einen Blick in den Garten, als erwarte er, Jack wutschnaubend mit einem Gewehr im Anschlag über den Rasen laufen zu sehen.
»Ich habe bemerkt, dass du dich wegen etwas sorgst«, antwortete Elisha, ohne sich vom Fleck zu rühren.
»Dank deiner Hilfe werde ich gleich vermutlich allen Grund haben, mich zu sorgen.«
Elisha legte eine Hand auf seinen Arm. »Niemand hat mich gesehen, ich bin mir sicher.«
Seufzend führte Damien sie von der offenen Balkontür weg und schloss die Holztüren, dann zündete er vier Kerzen an, die in Leuchtern an der Wand befestigt waren. »Du bist also gekommen, um zu erfahren, was los ist? Ein Patient von mir ist heute gestorben, als ich nicht da war und der behandelnde Chirurg ihn mit einem verdreckten Messer aufgeschnitten hat.«
Im ersten Moment empfand Elisha Erleichterung, aber dann erschrak sie vor sich selbst, den Tod eines Menschen für so

gering zu achten. »Das …« Sie hielt inne. Wollte sie wirklich sagen, dass es ihr leidtat?
Damien schien nicht zu erwarten, dass sie etwas dazu sagte. Er verschränkte die Arme vor der Brust und starrte an die Wand.
»Ich hätte wissen müssen, dass der Zustand des Mannes sich verschlimmert, ebenso hätte mir klar sein müssen, dass ich ihn nicht in der Obhut der Wundärzte lassen durfte.«
»Mit *hätte* und *würde* änderst du nun auch nichts mehr, Damien«, versuchte Elisha ihn zu trösten, aber er sah sie nur stirnrunzelnd an.
»Das sagt sich leicht, wenn man selbst nicht in der Situation ist.«
»Vielleicht, weil man es besser beurteilen kann, wenn man nicht selbst betroffen ist«, wandte Elisha ein. »Du kannst es doch jetzt ohnehin nicht mehr ändern«, fügte sie schnell hinzu, als sich sein Gesicht verfinsterte. »In Zukunft wird dir ein ähnlicher Fehler sicher nicht wieder unterlaufen.«
»Besten Dank für deine Versuche, mich zu trösten, Elisha«, erwiderte Damien gereizt, »aber das nützt dem Mann nun auch nichts mehr.«
»Aber dass du dir Vorwürfe machst und darüber nachdenkst, was du hättest tun sollen, nützt ihm?«
»Du kannst wohl kaum von mir erwarten, dass ich den Tod eines Menschen, der sich in meiner Obhut befand, einfach so hinnehme.«
»Das tue ich doch auch nicht, Damien, aber du bist Arzt. Es passiert nun einmal, dass Patienten sterben.«
»Ich würde vorschlagen, du kümmerst dich um deine eigenen Probleme, anstatt von Dingen zu reden, von denen du keine Ahnung hast. Das kannst du offenbar beinahe ebenso gut wie mein Vater«, entgegnete er.

Elisha biss sich auf die Lippen, um ihn nicht merken zu lassen, wie verletzt sie war. Unschlüssig stand sie im Raum und knetete ihre Hände. Damien war bewusst, dass er sie nicht so hätte anfahren dürfen. Sie hatte ihn trösten wollen, und im Grunde genommen war es ja nicht einmal falsch, was sie gesagt hatte.

»Es war falsch von mir, so grob mit dir zu reden«, sagte er und zog sie an sich, um sich bei ihr zu entschuldigen und auch, weil er Trost brauchte. Er drückte sein Gesicht in ihr Haar und streichelte mit einer Hand ihren Nacken. Sie seufzte leise, und ihre Arme schlossen sich um seine Mitte. Damien atmete den Jasminduft ihres Haares ein, ließ eine kleine Strähne, die sich gelöst hatte, durch seine Finger gleiten.

Elisha schmiegte sich enger an ihn. Er begann, ihre Schläfe zu küssen, ihre Wange, und als sie den Kopf leicht drehte, schlossen sich seine Lippen über ihren. Zögernd erwiderte Elisha seinen Kuss und spürte, wie sich ihr Herzschlag beschleunigte. Wärme breitete sich in ihrem Bauch aus und wurde zu einem beinahe schmerzhaften Ziehen. Sie wurde hochgehoben und behutsam hingelegt, sanfte Hände liebkosten sie durch ihr Kleid hindurch, lösten Knöpfe und Verschnürungen, schoben sich zwischen die Seide und ihre Haut. Korsettstangen lockerten sich, fielen von ihr ab, und Damiens Hände und Lippen lagen dort, wo vorher die Enge ihres Mieders gewesen war. Aufkeimende, halbherzige Proteste wurden erstickt, als Damien zärtliche Worte an ihrem Mund flüsterte.

Mit weit geöffneten Augen starrte Elisha an den Betthimmel. Ihr Unterkleid war beinahe bis an die Hüften hochgeschoben, und mit plötzlich aufwallendem Schamgefühl zog sie das verrutschte Oberteil über ihre Brust. Vorsichtig

berührte sie ihren Bauch, wo sie den Nachklang eines eigenartigen Schmerzes verspürte, der immer noch in ihr pochte.
»Tut es weh?«, fragte Damien, der auf einen Ellbogen gestützt neben ihr lag und sich leicht zu ihr vorbeugte.
»Nicht mehr.« Elisha strich mit zitternden Händen ihr Haar zurück, in das Damien noch vor einer halben Stunde seine Hände gegraben hatte. Es war anders, als sie es sich vorgestellt hatte, überhaupt nicht romantisch, auch dann nicht, als es aufgehört hatte wehzutun. Sie verdrängte ihr schlechtes Gewissen, aber ähnlich dem Morgendunst über den Seen stieg es immer wieder in ihr hoch, hinterließ Schlieren und ließ sich nicht greifen.
Sie wollte mit einem Mal nichts weiter, als den Tag rückgängig machen, noch einmal im Salon sitzen und Damien nicht in sein Gartenhaus folgen, nicht in seinem Bett liegen mit nichts außer ihrem Unterkleid bekleidet. Sie wollte sich nicht schämen müssen, ihrem Vater beim Abendessen unter die Augen zu treten und sich dabei vorzukommen wie eine Dirne. Damals im Krankenzimmer war ihr die Situation nicht so schlimm vorgekommen, aber vielleicht lag das allein daran, dass außer Zärtlichkeiten wirklich nichts geschehen war und es eher mit ihren romantischen Vorstellungen vereinbar gewesen war. Sie tat einen zitternden Atemzug, der in einem Schluchzen endete, und presste die Hände auf ihr Gesicht.
Damien legte die Arme um sie und zog sie an sich. Leise tröstende Worte murmelnd, ließ er sie an seiner Brust weinen und strich ihr wieder und wieder über das Haar, bis sie sich langsam beruhigte. Behutsam glitten seine Fingerspitzen an den Linien ihrer Wangenknochen entlang, über ihre Lippen, ihr Kinn und ihren Hals. Sein Schweigen beunruhigte Elisha.

»Woran denkst du?«, fragte sie leise.
»Daran, wie ich meinem Vater und Jane die Änderung meiner Pläne beibringe.«
Elisha drehte den Kopf, so dass ihr Gesicht an der Wölbung seines Halses lag. »Wann hast du das beschlossen? Vor oder nachdem das hier geschehen ist?«
»Ich weiß es nicht. Vielleicht schon, als ich nach Bombay zurückgekehrt bin, und ich habe es mir nur nicht eingestehen wollen.« Damiens Arme schlossen sich enger um sie. »Verzeih mir«, murmelte er in ihr Haar. »Du hast mehr verdient als das.«
Mehrere Atemzüge lang schwieg Elisha, dann sagte sie: »Was tust du, wenn dein Vater dich unter Druck setzt? Er kann an dein Ehrgefühl appellieren, dir ein schlechtes Gewissen machen, wegen deiner Verlobten und wegen deines …« Sie verstummte.
»Wegen meines richtigen Vaters? Nun, ich denke, schlimmstenfalls kann er mich verstoßen, aber ich bin zur Hälfte ein Legrant, und deren Wort wiegt mehr als das eines Plant. Zudem wäre ich durch eine Hochzeit mit dir mit einem weiteren Zweig der Legrants verschwägert.« Er zögerte. »Du siehst, ich habe in der letzten Zeit oft darüber nachgedacht. Du hattest Recht mit dem, was du gesagt hast, ich hätte schon viel früher mit meinem Vater reden müssen.«
Damiens Hand glitt erneut über ihren Körper, quälend langsam. Elisha konnte kaum atmen und wand sich unter seinen Berührungen.
Damien richtete sich auf und beugte den Kopf vor, um sie zu küssen. Vorsichtig, weil ihr die Vertrautheit noch fremd war, schob Elisha ihre Hand unter sein Hemd, ließ sie über seine Schulter gleiten und legte den anderen Arm um seinen Hals.

Die Lippen halb geöffnet, erwiderte sie seine Küsse und zog ihn an sich.

»Ich werde mit meinem Vater sprechen«, sagte Damien, nachdem er sich von ihr gelöst hatte, »aber das tue ich persönlich, nicht per Brief.«

»Du darfst deinem Vater nicht erzählen, was zwischen uns geschehen ist, auch nicht, wenn du ein … Druckmittel benötigst.«

»Niemand wird davon erfahren«, beruhigte er sie. »Du solltest jetzt ins Haus zurückgehen. Wenn dein Vater uns hier ertappt, wird mein Kopf nicht mehr lange genug auf meinen Schultern sitzen, damit ich um deine Hand bitten kann.«

Sanft ließ er sie aufs Bett gleiten und stand auf, um sich anzukleiden und ihre Kleidung vom Boden aufzusammeln.

Elisha blieb mit geschlossenen Augen liegen, nur wenige Minuten noch wollte sie für sich haben, ehe sie darüber nachdenken würde, was sich geändert hatte und ändern würde. Eine seltsame Furcht überkam sie, mischte sich in ihr schlechtes Gewissen und löste ein tiefes Unbehagen aus.

Damien band sein Haar mit einem Samtband zurück und zog seinen Rock über das Hemd. Seufzend richtete Elisha sich auf, rieb sich die Augen und strich sich das Haar zurück. Als sie nach ihrer Kleidung griff, bemerkte sie Damiens Blicke. Sich in seiner Gegenwart anzuziehen ging zu weit. »Dreh dich um«, forderte sie.

»Nicht einmal für hundert Lakh Goldmünzen.«

Elisha zog ihre Wäsche und das Mieder unter dem Schutz des Lakens an, was Damien mit offensichtlicher Erheiterung beobachtete. Erst als es daran ging, sich schnüren zu lassen, stand Elisha auf und bat ihn um Hilfe.

Wenig später schaffte sie es, ungesehen ins Haus zurückzukehren – oder zumindest hoffte sie, ungesehen geblieben zu sein. In ihrem Zimmer läutete sie nach Maja, die augenblicklich erschien.

»Ihr Vater hat Sie gesucht, Missee Sahib«, sagte sie und sah Elisha besorgt an. Als sie ihr half, sich zu entkleiden und das befleckte Unterkleid bemerkte, trat ein Ausdruck von Entsetzen in ihr Gesicht. »Hat man Ihnen Gewalt angetan, Missee Sahib?«, fragte sie leise.

»Nein.«

Aber Maja kannte sich aus, und sie wusste derartige Flecke in Verbindung mit ausweichenden Blicken zu deuten. »Ich bereite Ihnen ein Bad, Missy«, sagte sie. Sie reichte Elisha ihren seidenen Morgenmantel und wollte gehen, um Wasser zu erhitzen.

»Erzähl es niemandem, Maja«, bat Elisha.

Maja schüttelte den Kopf und sah Elisha mit dem unverbrüchlichen Versprechen lebenslanger Ergebenheit an.

Ambrose erschien weiterhin beinahe jeden Tag, und Elisha widerstand dem Impuls, sich tagelang in ihrem Zimmer einzuschließen. Das hätte nur zu Fragen und Spekulationen geführt. Damien bemühte sich um freie Tage, um nach Madras zu reisen, was ihm jedoch ausdrücklich untersagt wurde. Es herrschte Kriegszustand, und auch wenn Bombay nicht direkt betroffen war, wurden immer wieder verwundete Offiziere hier an Land gebracht, die beste ärztliche Versorgung benötigten. So verschob Damien das Gespräch mit seinem Vater auf den Zeitpunkt der Hochzeit seiner Schwester, wenn die gesamte Familie nach Madras fahren würde. In Kürze

würde sich ein weiterer englischer Arzt in Bombay niederlassen, der bisher in Goa gelebt hatte.
Elisha war der Zustand, in dem sie sich befand, unerträglich. Sie musste weiterhin so tun, als sei nichts passiert, und kam sich vor wie eine Lügnerin und Heuchlerin. Meist wachte sie bereits mit Kopfschmerzen auf, weil sie bis spät in die Nacht wach in ihrem Bett lag und nur unruhig schlief. Ihr schlechtes Gewissen, das sich nicht mehr zurückdrängen ließ, kaum dass sie allein war, ließ ihr keine Ruhe. Wieder und wieder ging sie den Nachmittag in Damiens Haus durch und fragte sich, was anders gewesen war als sonst. Warum war es gerade an diesem Tag geschehen? Hatte sie es vielleicht unbewusst doch provoziert? War ihr Erscheinen in seinem Haus eine Art Aufforderung gewesen?
So schwer es ihr fiel, sie schaffte es dennoch, sich nichts von ihrem inneren Aufruhr anmerken zu lassen. Sie wich Damien aus, weil sie fürchtete, sich zu verraten. Gelegentlich bemerkte sie, wie er sie musterte, wusste aber nicht, ob sein Blick Befremden oder Verständnis ausdrückte. Ihre Eltern waren derzeit mit anderen Dingen beschäftigt, so dass sie Elishas Gemütszustand keine Aufmerksamkeit schenkten. Konnte ihr Vater an kaum etwas anderes als den Krieg mit Frankreich und die Folgen für den Handel denken, so beschäftigte ihre Mutter sich zurzeit ausschließlich mit möglichen Anwärtern für May. Zu Elishas Erstaunen schien Jonah Fenmore ernsthafte Absichten bei ihrer kleinen Schwester zu haben, und May war seine Aufmerksamkeit offenbar nicht unangenehm. Sie war zwar immer noch der Meinung, ihre Schwester sei zu jung für eine Ehe, aber es war ihr ganz recht, dass das Augenmerk ihrer Mutter derzeit auf May ruhte und nicht auf ihr.

May hingegen war es nicht geheuer, was in ihr vorging. Sie freute sich auf Jonahs Besuche, war er doch der einzige Mann, in dessen Gegenwart sie sich unbefangen fühlte.
»Er ist beinahe jede Woche hier«, beschwerte sich Claire, als May in einem hellgrünen Kleid die Treppe herunterkam, um ihn im Salon zu erwarten.
»Archibald Stonewall ist ebenfalls jeden Montag zum Essen hier, und darüber beschwerst du dich auch nicht«, konterte May.
»Das kannst du wohl kaum miteinander vergleichen. Immerhin ist Mr. Stonewall ein Geschäftsmann.«
»Leutnant Fenmore ist der Sohn eines Barons.«
Claire schnaubte. »Ich bitte dich, May. Deine Höflichkeit in Ehren, aber du redest ja beinahe schon so, als käme er wirklich als Anwärter in Frage.«
Mit einem Schulterzucken ging May darüber hinweg. Sie freute sich auf Jonahs Kommen und hatte nicht vor, sich von ihrer Mutter die Laune verderben zu lassen. Letztes Mal hatte er eine halbe Stunde mit ihr verbracht und mit ihr zusammen eine Geschichte der Artus-Sage gelesen, was sie bei seinem nächsten Besuch fortsetzen wollten.
Auch an diesem Nachmittag wurde ihnen von Claire eine halbe Stunde zugestanden, die sie – in Anwesenheit eines Dienstmädchens und bei weit geöffneten Türen – miteinander im Salon zubringen durften. Jonah saß auf einem Sessel, der einen Schritt von Mays entfernt stand, und las ihr aus der Sage von König Artus vor.
Als er eine Seite beendet hatte, reichte er ihr das Buch, damit sie weiterlesen konnte, wobei es ihm gelang, ihre Finger einen flüchtigen Augenblick mit den seinen zu berühren. Röte stieg ihr in die Wangen, aber sie zuckte nicht zurück,

sondern verharrte den Bruchteil einer Sekunde, ehe sie das Buch in ihren Schoß legte.
An diesem Tag wagte er es sogar, zum Abschied ihre Fingerspitzen zu küssen und ihr für wenige Sekunden tief in die Augen zu sehen, lange genug, um nicht als unschicklich zu gelten. So war er denn auch in Hochstimmung, als er zum Hafen zurückkehrte und ihn sein erster Weg zu Damien führte.

»Denken Sie, ich kann es bald wagen, ihren Vater um ihre Hand zu bitten?«, schloss Jonah seinen Bericht von den Ereignissen des Nachmittags.
»Überstürzen Sie die ganze Sache nicht ein wenig?«
»Warum?«, fragte Jonah alarmiert. »Hat ihr Vater etwas in der Richtung verlauten lassen?«
»Das war meine eigene Einschätzung.« Damien war müde und gereizt, was es ihm schwer machte, sich auf Jonahs Problem – das in seinen Augen nicht nennenswert war – zu konzentrieren.
»Aber jetzt, wo Sie es anklingen lassen, fällt mir ein, dass Mr. Legrant in der Tat in letzter Zeit ein wenig distanziert war.«
»Ich habe nichts dergleichen anklingen lassen.«
Jonah runzelte nachdenklich die Stirn, dann schlug er mit der Hand auf den Tisch, was Damien wütend hochfahren ließ.
»Jonah …«
»Ich weiß, was es ist. Vor einigen Tagen bin ich abends spazieren gegangen und habe vor meinem früheren Lieblingsetablissement Ralph Bellwood getroffen. Wahrscheinlich hat er Mr. Legrant erzählt, ich würde dort immer noch verkehren.«

»Das dürfte für Jack Legrant momentan kaum von Interesse sein.«
»Aber ich war nicht dort«, beharrte Jonah. »Können Sie nicht mit ihm reden? Sie müssen ihm klarmachen, dass ich nicht dort gewesen bin.«
»Lieber Himmel, Jonah, ich habe im Moment ganz andere Sorgen.«
»Es wird schon alles gut werden«, machte Jonah den Versuch einer mitfühlenden Bemerkung, obwohl ihm derzeit offensichtlich seine eigenen Probleme wichtiger waren.
»Wenn ich etwas wirklich hasse, Jonah, dann sind es Worte wie *alles wird gut*. Vor allem, wenn ich ziemlich genau weiß, dass es nicht so einfach *gut* wird. Und erst recht wird nicht *alles* gut, weil ich, wenn ich ein Problem löse, ein weitaus größeres am Hals haben werde.«
»Was genau ist es denn, was Sie nicht zu lösen wissen, wenn ich fragen darf?«
»Dinge, die sich immer weiter verkomplizieren, je mehr ich sie zu entwirren versuche.«
»Hm … interessante Ausführung. So genau wollte ich es gar nicht wissen.«
»Ich habe jetzt ehrlich gesagt keine Lust auf längere Erklärungen.«
»Da wäre ich nun wirklich nicht drauf gekommen.«
»Sie können mir nicht helfen.« Er sah wieder auf ein Schriftstück hinunter, das vor ihm lag, und gab Jonah damit zu verstehen, dass dieser entlassen war.
Er zerbrach sich den Kopf darüber, wie er die Geschichte mit Elisha seinem Vater und Jane erklären sollte. Einerseits war er erleichtert, dass er sich endlich endgültig für sie entschieden hatte, andererseits war sein Weg, der zu der Entschei-

dung geführt hatte, moralisch mehr als fragwürdig. Zudem hatte Elisha mehr verdient, als heimlich im Gartenhaus ihre Unschuld zu verlieren. Seit Tagen sprachen sie kaum ein Wort miteinander, und in Elishas Augen las Damien bei jeder Begegnung ihr schlechtes Gewissen, das sein eigenes widerspiegelte.

Was tue ich hier, dachte Charlotte, als sie ihr Pferd Lamonts Diener übergab und den vertrauten Weg durch das Haus in sein Zimmer eilte. Sie sollte umdrehen und heimreiten, aber ihr Körper schien einen eigenen Willen zu haben, und sie streckte die Hand aus, um die Tür zu öffnen.

Lamont saß auf seinem Stuhl am Schreibtisch und stand mit einer geschmeidigen Bewegung auf, als sie den Raum betrat. »Ich wusste, du kommst.«

Die Selbstverständlichkeit, mit der er ihr Erscheinen kommentierte, brachte Charlotte wieder zur Vernunft, und sie drehte sich hastig um, in der Absicht, das Zimmer zu verlassen. Aber Lamont war schneller. Er stemmte seine Hand links neben ihrem Kopf an die Tür, drehte Charlotte zu sich herum, dann presste er sich an sie und küsste sie. Anfangs wehrte Charlotte sich gegen ihn, schlug an seine Brust und versuchte, sich seinem Griff zu entwinden, aber dann spürte sie die vertraute Begierde, und sie schlang die Arme um seinen Hals.

Später, als sie an seiner Schulter lag und wieder zu Atem kam, fragte sie: »Was willst du eigentlich von mir?«

Sein Lachen grollte leise in seiner Brust. »Ich dachte, das sei offensichtlich.«

»Nein, du weißt selbst, dass es das nicht ist. Was willst du von mir, das du von deinen Dirnen nicht kriegen kannst?« Sie stützte sich auf ihre Ellbogen und sah ihm ins Gesicht. »Ich werde dir keinerlei Dokumente von Richard kopieren.«
»Wirst du nicht?«, fragte er lächelnd.
»Allerdings. Unter keinen Umständen werde ich ihn so hintergehen.«
Lamont lachte schallend. »Es ist reizend, wie du von Treue zu deinem Ehemann sprichst, während du in meinem Bett liegst.«
Wütend fuhr Charlotte hoch. »Spotte, so viel du willst. Das hier wird sich nicht wiederholen.«
»Ach, was du nicht sagst? Habe ich das nicht schon einmal gehört?«
»Diesmal ist es mir ernst. Ich will keine Ehebrecherin sein.«
»Du bist es bereits.«
Charlotte drehte den Kopf zur Seite und schloss die Augen, um den vertrauten Anblick seines Zimmers zu verbannen. Nachdem er sie in ihrem Schlafzimmer überrascht hatte, war sie fest entschlossen gewesen, ihn nie wieder näher als auf einen Fuß Entfernung an sich heranzulassen, und nun war sie dennoch seinem Wunsch nachgekommen, ihn zu besuchen.
»Als du bei mir warst«, sagte sie, »hast du gesagt, es wäre, weil du nicht möchtest, dass ich die Beziehung beende. Wenn das der einzige Grund war, warum hast du dann so lange gewartet?«
Lamont küsste ihre Schulter, aber sie drehte sich unwillig weg. »Zu Beginn einer Ehe widmet ein Ehemann seiner Frau besonders viel nächtliche Aufmerksamkeit, und ich nehme nicht an, dass Richard Moidore da anders war, gleichgültig, wie sehr er sich in deine Schwester verguckt hat.« Er lachte,

als er die plötzliche Steifheit ihres Rückens bemerkte. »Zudem warst du krank und danach schwanger. Dann kam das Wochenbett, und ich musste ja auch noch sicherstellen, dass wirklich in der entsprechenden Nacht kein Mann des Hauses früh erwartet wird.«

Charlotte drehte sich wieder auf den Rücken. »Was sollte das mit meiner Schwester im Garten der Bellwoods werden?«

»Eine kleine Aufmerksamkeit, mehr nicht. Mir tun unglücklich verliebte Mädchen nun einmal leid.«

»Wie kommst du darauf, dass sie unglücklich verliebt ist?«

»Was tut ein junges Mädchen fernab der Gäste allein in einem Rosengarten? Sie hat offenbar auf niemanden gewartet, sondern stand einfach nur da und hat in die Nacht gestarrt, während sich ihr aufgezwungener Verlobter an den Spieltischen vergnügt. Du hättest nicht so eifersüchtig auf sie losgehen sollen.«

»Eifersüchtig?«, fuhr Charlotte auf. »Das hatte mit Eifersucht überhaupt nichts zu tun.«

»Dabei brauchst du dir überhaupt keine Sorgen zu machen«, sagte Lamont, so als habe sie nicht geantwortet. »Deine kleine Schwester interessiert mich nicht im Geringsten. Sie hätte viel zu viele Skrupel, ihre Familie so zu hintergehen, wie du das tust.«

Charlotte schlug das Laken zur Seite und wollte aufspringen, aber Lamont hielt sie am Arm fest und zog sie zurück. Nach kurzem Kampf, den sie nur verlieren konnte, lag sie wieder neben ihm. Hatte Richard sie je so grob angefasst? Er ging als Liebhaber immer sanft und zärtlich mit ihr um. Das hätte sie sich vor Augen halten müssen, ehe sie hierhergekommen war.

Lamont strich mit dem Finger über eine feine silbrige Linie an ihrem Bauch, das Einzige, was an die Schwangerschaft erinnerte. Er wusste nicht, warum, aber aus irgendeinem Grund rührte ihn dieser kleine Makel. Seine Hand war immer noch um ihr Handgelenk geschlossen, und er lockerte seinen Griff so weit, dass sie ihm ihren Arm entziehen konnte. Mit Blick auf ihr von ihm abgewandtes Gesicht, sagte er: »Du kannst gehen, wenn du möchtest.«

»Wenn es mir aber gerade jetzt nicht mehr passt, was dann?«

Lamont streckte sich lachend neben ihr aus und berührte ihren Bauch. »Dann kann ich von mir sagen, ich bin ein glücklicher Mann.«

Wütend schlug sie seine Hand weg und stand, in das Laken gewickelt, auf. Ihre Kleidung lag von der Tür bis zum Bett verstreut am Boden. Obwohl sie unmittelbar nach ihrem Eintreffen nichts mehr gewollt hatte, als aus dem Raum zu fliehen, hatte ihr dennoch plötzlich alles nicht schnell genug gehen können. Charlotte hob ihr Reitkleid vom Boden auf und fragte sich, was für ein Wahnsinn das war.

20

Madras, Februar 1758

Es war Elishas erste Reise zur Präsidentschaft Madras, dem ältesten und größten Handelszentrum der Kompanie, das vom vormaligen Königreich Golconda erworben worden war. Der Union Jack über Fort St. George hing schlaff in der Mittagssonne, als sie die weiße Stadt – den von Engländern besiedelten Teil von Madras – betraten. Von Säulen gesäumte Häuser standen gleißend im Sonnenlicht inmitten von bewässerten Rasenanlagen. Fort St. George war das erste von den Engländern errichtete Fort in Indien. Lag der erste Stützpunkt zunächst in Surat, so hatte man ihn später nach Madras verlegt, um der Straße von Malakka, der Hauptroute des Gewürzhandels, näher zu sein. Mit Hilfe des Forts wurde der englische Einfluss über die Region Karnatik gefestigt.

In der Empfangshalle aus schimmerndem weiß-grauem Marmor traf Elisha auf Damiens Familie. Seine Mutter gefiel ihr auf Anhieb. Sie trat auf Damien zu und schloss ihn fest in die Arme, ehe sie sich auf ihre Pflichten als Gastgeberin besann und die Legrants und Moidores – Richard war als Charlottes Ehemann ebenfalls eingeladen – begrüßte. Sie und Jack waren zwar entfernt verwandt – die Legrants waren weit verzweigt –, hatten sich jedoch seit ihrer Kindheit nicht mehr gesehen, so dass sie nicht sofort in den vertrauten Umgangston der Familie verfielen.

Im Gegensatz zu der herzlichen Art seiner Frau schüchterte

Calbraith Plant Elisha allein durch seine Präsenz ein. Sein aristokratisches Gesicht mit den hellen Augen und dem ernsten Mund vermittelte unmissverständlich, dass er als Familienoberhaupt jeden Respekt erwartete und Verstöße gegen seine Anordnungen streng ahnden würde. Elisha erschauerte bei dem Gedanken daran, wie er sie ansehen würde, wenn er wüsste, dass sie ihre Unschuld an Damien verloren hatte. Obwohl sie wusste, dass er ihr nichts anhaben konnte, hatte sie Angst vor der Verachtung, die er zum Ausdruck bringen und die vernichtend sein würde. Selbst als seine Schwiegertochter – Elisha überlief ein erneuter Schauer – würde er ihr niemals die Achtung entgegenbringen, die der Ehefrau eines Sohnes des Hauses zukam.

Jetzt jedoch war er freundlich zu ihr, hieß sie willkommen und stellte sie seinem Sohn Robert und seiner Tochter Maureen vor. Robert mit seinen braunen Augen und dem dunkelbraunen lockigen Haar, das er im Nacken zusammengebunden trug, war Elisha auf Anhieb sympathisch, ebenso wie seine Schwester. Maureen hatte große Ähnlichkeit mit ihrer Mutter und war begeistert darüber, der Mittelpunkt der allgemeinen Aufmerksamkeit zu sein, schließlich galt der Besuch allein ihr und dem bedeutsamsten Ereignis ihres Lebens.

Interessiert beobachtete Elisha Damien im Umgang mit seiner Familie. Die Begrüßung mit seiner Mutter war liebevoll, mit seinem Vater distanziert höflich, mit seinem Bruder kameradschaftlich, und mit seiner Schwester – Elisha überlegte, wie sie es nennen sollte – brüderlich. Er küsste sie, zog sie an einer Locke und fragte scherzhaft, ob ihr Bräutigam denn nicht täglich ungeduldig in ihrer Nähe weilte.

»Er kommt bestimmt noch«, mischte sich Robert ein. »Ein Tag ohne ihn wäre in der Tat ein wahres Wunder.« Ein tadelnder Blick seines Vaters brachte ihn zum Schweigen. Auch Maureen schoss einen giftigen Blick in seine Richtung, ehe sie sich an Damiens Arm hängte, triumphierend, weil sie Robert die Zuneigung des bewunderten Bruders abspenstig machte.

Die Familie war in dem Teil des Hauses untergebracht, der Angehörigen der Familie vorbehalten war. Das erste geräumige Zimmer auf dem Korridor war Jack und Claire zugedacht, dann folgte ein weiteres großes Zimmer für Richard und Charlotte, und daneben wiederum das Zimmer von Elisha. Ein Zimmer weiter wurde May untergebracht, und Elisha stellte fest, dass sie sich mit ihrer Schwester ein Ankleidezimmer teilte. Ihr Zimmer war in hellen Farben eingerichtet, und die Fenster führten zum Meer hinaus, wie Elisha bemerkte, als sie die Läden öffnete. Ein *Punkawallah* saß in einer Ecke des Zimmers und bewegte die *Punkah*. Der Gedanke daran, dass Damien nur wenige Schritte von ihr entfernt in einem anderen Teil des Korridors sein Zimmer hatte, ließ ihr Herz aufgeregt schlagen. Sie schloss die Läden wieder und sah zu ihrem Koffer, der unangetastet im Zimmer stand. Was sollte sie an diesem ersten Nachmittag bei Damiens Familie tragen? Sie wollte unbedingt einen guten Eindruck auf seine Eltern machen, andererseits aber nicht so wirken, als putze sie sich unnötig heraus. Seufzend ging sie zur Tür, um Maja zu rufen, die auf dem Korridor saß und auf Anweisungen wartete.

Mehr als vierzig Minuten später trat Elisha aus dem Zimmer, in ein cremeweißes Seidenkleid mit roter Stickerei gekleidet. Unschlüssig stand sie im Korridor, dann ging sie zum Zimmer ihrer Eltern und klopfte an. Als keine Antwort kam, trat sie ein, aber das Zimmer war leer, ebenso wie Mays. Auch Charlotte war schon gegangen. Hatte sie so herumgetrödelt? Bei dem Gedanken daran, dass vermutlich alle bereits auf sie warteten, schoss ihr das Blut ins Gesicht. Sie wusste nicht einmal, wo die Familie sich versammelt hatte. Ehe sie jedoch in ihr Zimmer zurückkehren und nach einem Dienstboten läuten konnte, kam ihr eines der Zimmermädchen entgegen, eine hübsche hellhäutige junge Frau mit blauschwarzem Haar und Mandelaugen. Als Elisha sie bat, sie zu ihrer Familie zu bringen, lächelte die Frau freundlich und ging vor ihr her die Treppe hinunter.

In der Halle stießen sie auf Maureen, die ein wenig außer Atem wirkte. »Oh, Miss Legrant, sind Sie auf dem Weg in den Salon?«, fragte sie. »Wie schön, dass ich diesmal nicht die Letzte bin.« Sie wandte sich an das Zimmermädchen und schickte es mit einer Handbewegung fort. »Du kannst gehen, Laata.« Dann drehte sie sich wieder zu Elisha. »Mein Verlobter kommt gleich.« Ihre Wangen glühten vor Freude.

Elisha wusste nicht recht, was für eine Antwort von ihr erwartet wurde, und so versicherte sie Maureen, dass sie ihr Kleid ganz entzückend fand. Offenbar war das die erhoffte Erwiderung, denn Maureens Lächeln wirkte zufrieden. Elisha war unendlich erleichtert, dass ihr ein peinlicher Auftritt als Letzte im Salon erspart blieb, auch wenn ihre Mutter ihr, als sie eintrat, einen tadelnden Blick nicht ersparen konnte.

Elisha setzte sich neben May und suchte Damiens Augen. Er sah sie kurz an und schenkte ihr ein warmes Lächeln, das jedoch den leichten Unwillen, die jeder Zoll seiner Haltung ausstrahlte, nicht zu überdecken vermochte. Besorgt fragte Elisha sich, was ihn bekümmerte. Hatte er am Ende schon mit seinem Vater gesprochen? Nicht in der kurzen Zeit, verwarf sie die Möglichkeit rasch.

Die Männer saßen ein wenig abseits und führten Gespräche über Politik, während Elizabeth Plant sich mit den Frauen unterhielt. Sie war freundlich und charmant, fragte Elisha nach ihrem Verlobten und Charlotte nach ihrer kleinen Tochter. Normalerweise mochte Elisha keine Salonkonversation, aber Elizabeths warmer Stimme konnte sie sich schwer entziehen. Sie hörte aufmerksam zu, konnte jedoch nicht verhindern, dass ihre Gedanken abschweiften, je weniger interessant die Erzählungen für sie wurden.
Sie sah zu Maureen hinüber und stellte sich Elizabeth Plant mit diesem Aussehen vor, wie sie von einem Freibeuter, der wie Damien aussah, entführt wurde. Es war ihr beinahe unmöglich, Damiens Bild mit einem frauenschändenden Piraten in Verbindung zu bringen, also wandelte sie es ein wenig ab. Vielleicht hatte er ja nicht ganz genau so ausgesehen, allerdings konnte sie nicht viel von Elizabeth in Damien erkennen. Ob sie große Angst gehabt hatte? Hatte sie gehofft, gerettet zu werden? Wer hatte ihre Schreie gehört?
»Elisha?«
Verwirrt wandte Elisha sich zu Elizabeth, die sie besorgt musterte. »Fühlen Sie sich nicht wohl?«
Elisha sah zu Maureen, die sie ebenfalls irritiert ansah, und erst jetzt wurde ihr bewusst, dass sie Damiens Schwester die ganze Zeit in unhöflichster Weise angestarrt hatte. Sie wurde rot und stammelte, sie habe sich Maureen im Brautkleid vorgestellt, woraufhin sich die Röte ihrer Wangen vertiefte. Lügen hatte sie schon immer gehasst, und sie konnte es auch nicht sonderlich gut. Maureen jedoch nahm ihr die Ausrede ab, zu oft war sie in den letzten Tagen nach ihrem Kleid gefragt worden. Sie lächelte strahlend und sagte, sie werde sich noch gedulden müssen.

Charlottes Mund verzog sich spöttisch. Brautkleid! Aber sicher doch! Das konnte nun wirklich nur jemand glauben, der Elisha nicht kannte, und ein kurzer Blick zu ihrer Mutter sagte ihr, dass diese wohl derselben Meinung war.
Die Ankunft weiterer Gäste erlöste Elisha aus der peinlichen Situation. Ihre Erleichterung währte jedoch nur bis zu dem Moment, als ihr die Besucher vorgestellt wurden.
»Ah, Oliver«, rief Calbraith und stand auf, um einen beleibten Mann mit einem gestutzten Vollbart zu begrüßen. »Meine liebe Jane.« Er umfasste die Hände der jungen Frau, die in Begleitung des Mannes war, dann drehte er sich zu Damien. »Ich nehme an, hier wartet bereits jemand sehnsüchtig auf dich.«
Damiens Blick war alles andere als sehnsuchtsvoll, aber er besaß die Geistesgegenwart, zu lächeln, ehe er Janes Hände nahm und mit seinen Lippen berührte. Starr beobachtete Elisha die Szene: Die wohlwollenden Blicke der Umstehenden, das Erröten der jungen Frau, die Vertrautheit, mit der Damien ihre Hände hielt. Wie hübsch sie war. Elisha schluckte und sah zu Damiens Eltern. Sein Vater betrachtete Jane mit einem Wohlwollen, das weit entfernt war von dem freundlich-höflichen Blick, den er Elisha bei deren Ankunft geschenkt hatte. Elizabeth lächelte zwar, wirkte aber dennoch etwas skeptisch.
Mit einem kurzen Räuspern besann sich Damien seiner Pflichten als Gastgeber und stellte Jane und ihren Vater reihum vor. Als er bei Elisha angelangt war, lag eine stumme Entschuldigung in seinen Augen, weil er sie einer solchen Situation aussetzen musste. Elisha war versöhnt – ein wenig zumindest.
Damien führte Jane zu einem Platz neben seiner Schwester

und wollte zu den Männern zurückkehren, als Oliver Marchand mit dröhnendem Lachen sagte: »Eine löbliche Zurückhaltung, Damien, aber unter uns doch sicher überflüssig. Ihr werdet euch eine Menge zu erzählen haben, und ihr dürft euch dazu gerne in den Garten zurückziehen.«

Damien nickte höflich und reichte Jane seinen Arm. Deren Gesichtsausdruck war von Bestürzung über seine anfängliche Zurückhaltung in vorsichtige Erwartung umgeschlagen, und anmutig erhob sie sich von ihrem Sessel. Auf dem Weg zur Tür warf Damien Elisha erneut einen unauffälligen Blick zu, bat stumm um Vergebung.

Natürlich wusste Elisha, dass er momentan nicht anders handeln konnte, nicht, wenn drei Familien anwesend waren, aber das änderte nichts an der Tatsache, dass es wehtat. Ihre Hände waren ineinander gekrallt, und mit Mühe konnte sie ein Zittern ihrer Lippen verhindern. Aber an der Kälte, die in ihr hochkroch, konnte sie nichts ändern, ebenso wenig daran, dass ihre Schultern steif und verkrampft waren. Glücklicherweise unterhielten sich alle wieder miteinander, wenn sich auch die Gespräche nun – selbst unter den drei Vätern – um das junge Glück von Verlobten drehte. Der Einzige, der ebenso wie sie nicht bei der Sache war, war Robert, aber nur deshalb, weil er so intensiv damit beschäftigt war, Charlotte anzustarren.

Als Elisha jedoch zu Damiens Mutter sah, bemerkte sie, dass diese sie überaus aufmerksam beobachtet hatte und auch nicht hastig wegsah, sondern ihr ein leises Lächeln schenkte, in dem Mitgefühl mitschwang. Verwirrt sah Elisha auf ihre Hände, löste sie aus der Verkrampfung und bemühte sich auch sonst nach Kräften, sich ihre Gefühle nicht allzu sehr anmerken zu lassen.

Charlotte war es ebenfalls langweilig, und so allmählich verlor es auch seinen Reiz, Elisha dabei zu beobachten, wie sie mit liebeskranken Augen Damien anschmachtete. Für die Art von Unterhaltung, die ihre Mutter mit Elizabeth Plant führte, war sie noch nicht alt genug – es interessierte sie nicht im Geringsten, wie schwer es war, passende Ehemänner für die Töchter zu finden. Maureen war zu sehr von ihren eigenen Angelegenheiten in Anspruch genommen und kannte kein anderes Thema als ihre Hochzeit und den großartigen Ernest, und Richard war natürlich bei den Gesprächen über die englische Wirtschaft vollkommen in seinem Element. Überhaupt schienen die Männer momentan kein anderes Thema zu kennen als den Krieg und die Auswirkungen auf den Handel. Was für eine weltgewandte Runde, dachte sie spöttisch, der Erfahrungsaustausch von Kalkutta, Madras und Bombay. Allein, wie sie voreinander herumbalzten.
Ihr Blick blieb an Robert hängen, der sie ebenfalls ansah und jetzt errötete und hastig die Augen senkte. Tat sich da unerwartet ein Weg auf, der illustren Runde zu entfliehen? Charlotte lächelte ihn an, als er es erneut wagte, zu ihnen herüberzusehen und bat ihn stumm, sich etwas einfallen zu lassen, um sie aus dieser entsetzlichen Langeweile zu erlösen. Dann wandte sie sich ab, nahm ein Stück dunkle Schokolade und biss, scheinbar desinteressiert am weiteren Verlauf der Geschehnisse, hinein.
Robert spürte, wie sein Hals trocken wurde. Er räusperte sich und trat zu seiner Mutter. »Mama, erlaubst du, dass ich den Damen unseren Garten zeige?« Seine Worte umfassten alle jungen Frauen, aber sein Blick galt nur einer Einzigen. Charlotte lächelte ihm ermutigend zu.
»Sicher hätten sie gerne ein wenig Abwechslung«, fuhr

Robert fort, »und wir könnten den Tee draußen servieren lassen. Außerdem«, fügte er hastig hinzu, um nicht in Verdacht zu geraten, sich mit anständigen jungen Damen umgeben zu wollen, »ist Damien mit Jane ja auch draußen.«
Damit hatte er vor allem Elishas Aufmerksamkeit, und ehe ihr bewusst wurde, was sie tat, sagte sie: »Bitte, Mutter, erlaub es. Ich würde so gerne ein wenig spazieren gehen.«
Elizabeth und Claire gaben ihre Einwilligung, und kurz darauf trat Robert mit Charlotte, Elisha, May und Maureen in den Garten. Zum Dank für sein beherztes Einschreiten schenkte Charlotte ihm ein Lächeln, das sein Herz einen Takt aussetzen und dann wie rasend schlagen ließ. Am liebsten hätte er sich nur mit ihr unterhalten, aber weil er die Erziehung eines Gentlemans genossen hatte, reichte er Charlotte einen Arm und den anderen Elisha. Maureen ging neben Charlotte her, die als verheiratete junge Frau für sie von einigem Interesse war, während May sich an Elishas Seite hielt.
»Oh, ich hoffe, Mutter sagt Ernest, dass ich im Garten bin«, meinte Maureen besorgt.
»Keine Sorge«, entgegnete Robert spöttisch, »nur, um nicht eine Minute mehr als nötig mit ihm verbringen zu müssen, wird sie es ihm sagen.«
»Du bist wirklich abscheulich«, schimpfte Maureen. Sie wandte sich an Charlotte, auf deren anderer Seite sie ging. »Seien Sie glücklich, dass Sie keinen älteren Bruder haben. Es kann eine echte Plage sein.«
Charlotte lächelte und streifte Robert mit einem kurzen Blick. »Wirklich? Damien machte auf mich nie diesen Eindruck.«
»Ach, Damien, der ist ja auch schon erwachsen«, erwiderte

Maureen, ein Seitenhieb auf Robert, der unweigerlich erstarrte. Er wollte eine scharfe Antwort geben, schwieg aber dann, weil er sich nicht über Charlotte hinweg einen albernen Streit mit seiner Schwester liefern wollte.
Damien kam ihnen mit Jane entgegen und musste lachen, als er seinen Bruder von den vier jungen Frauen umgeben sah. »Was für eine bezaubernde Gesellschaft bringst du da mit, Robert?«, scherzte er.
Maureen warf den Kopf zurück und hängte sich an seinen Arm. »Danke, Damien. Wie schön, dass wenigstens einer meiner Brüder sich wie ein Mann zu benehmen weiß.«
»Lass dich nicht ärgern«, sagte Jane, »Francis zieht mich doch auch ständig auf.«
Sie hat eine wunderbare Stimme, dachte Elisha. Wie gebannt sah sie auf die kleine weißbehandschuhte Hand auf Damiens Arm. Hatte Damien in der Zeit ihrer Verlobung nie das geringste Verlangen nach ihr gehabt? Was hatten sie in den letzten Minuten beredet? Sie sahen beide nicht unglücklich oder schlecht gelaunt aus. Hatte er sie umarmt und geküsst, um den Schein aufrechtzuerhalten?
Robert zuckte zusammen, als Elishas Hand, die auf seinem Arm lag, sich in diesen hineinkrallte. Entsetzt ließ sie ihn los, und als er sie erstaunt ansah, murmelte sie eine Entschuldigung. Ich führe mich unmöglich auf, dachte sie, absolut unmöglich.
Damien bemerkte den Aufruhr, der in ihr tobte, und zu gerne hätte er ihr gesagt, dass sie sich keine Sorgen machen musste. Wenn die ganze Sache doch nur schon hinter ihm läge. Er blickte zu Jane, aber auch das Gefühl, die erste Hürde gemeistert zu haben, machte es nicht leichter.
Sie setzten sich in die Laube, ließen sich Tee servieren, und

weil Charlotte und Maureen die Unterhaltung beherrschten – unterstützt von Robert –, kam keine unangenehme Schweigepause auf. Jane saß an Damiens Seite und steuerte gelegentlich einen Kommentar bei.
»Es ist schön, dass wir uns kennenlernen«, sagte sie, »denn ich kenne niemanden in Bombay.« Sie warf einen kurzen Seitenblick auf Damien und fuhr fort: »Ich war noch nie weit fort von Madras. Wie ist es in Bombay?«
»So sehr unterscheiden sich die Menschen nicht von hier«, antwortete Elisha.
Jane wirkte irritiert. »Ich meinte auch nicht die Menschen, sondern eher das Leben dort.«
»Das Leben dort?«, fragte Elisha, »Inwiefern sollte es denn anders sein als hier? Ich zumindest habe es immer als sehr beglückend empfunden.«
Charlotte sprang ein, um dem Gespräch die peinliche Wendung, die es unweigerlich nehmen musste, zu ersparen. Sie erzählte von dem gesellschaftlichen Leben in Bombay und von den Leuten, deren Bekanntschaft man um jeden Preis pflegen musste.
Sowohl Damien als auch Elisha schwiegen und warfen sich über den Tisch hinweg flüchtige Blicke zu. Es war ihnen unerträglich, in diesem Zustand längere Zeit auszuharren, so dass Damien aufstand und Robert aufforderte, mit ihm ins Haus zu gehen und die jungen Damen sich selbst zu überlassen. Gewiss wollten sie sich mit Maureen über ihre Hochzeit austauschen.
»Ah, Damien«, rief Robert, ehe sie das Haus betraten, »sie ist das Aufregendste, was ich je gesehen habe.«
»Wen meinst du?«, fragte Damien zerstreut.
Robert sah ihn an, als zweifle er an seinem Verstand. »Was

denkst du wohl? Charlotte Moidore natürlich. Warum hast du mir nie von ihr erzählt?«
»Warum hätte ich das tun sollen?«
»Na ja«, Robert räusperte sich. »War sie denn schon verheiratet, als du sie das erste Mal gesehen hast?«
»Nein. Ich weiß, was du sagen willst, aber mit dieser Hoffnung hättest du dich nur unglücklich gemacht. Sie ist drei Jahre älter als du, und zudem hatte sie ganz bestimmte Vorstellungen von dem Mann, den sie heiraten wollte.«
»Richard Moidore? Aber der kümmert sich doch gar nicht um sie, und besser als er sehe ich auch aus.«
Ein flüchtiges Lächeln blitzte in Damiens Gesicht auf. »In Bombay hat eine ganze Reihe gut aussehender Männer um sie geworben, Robert.«
»Aber ich …«
»Schlag sie dir aus dem Kopf. Selbst wenn sie deinem Charme erliegen sollte« – Damien legte gerade genug Spott in die Bemerkung, um sie absurd klingen zu lassen –, »ist sie absolut tabu für dich, mein Freund.«
Mit einem letzten aufmunternden Schulterklopfen betrat Damien den Salon, wohin Robert ihm, nach einem wehmütigen Blick zurück zu Charlotte, folgte.

»Ich muss mich über dich wundern, Damien«, sagte Calbraith, als er sich mit seinem Sohn zu einem abendlichen Gespräch in der Bibliothek einfand. »So viel Gefühlskälte deiner Verlobten gegenüber in Gegenwart der Gäste hätte ich nicht einmal dir zugetraut.«
Die Bemerkung seines Vaters erleichterte es Damien, ohne lange Vorreden auf sein Anliegen zu kommen. »Ich kann ihr nicht mehr Wärme entgegenbringen, Vater, so leid es mir

tut, und ich habe mich wirklich aufrichtig bemüht. Aber jetzt ist es mir unmöglicher als in den Monaten zuvor, denn ich bin zu der Entscheidung gekommen, sie nicht zu heiraten.«

Calbraith stellte seinen Becher so ruckartig ab, dass die Flüssigkeit auf den Tisch schwappte. »Ich habe beinahe mit einer solchen Ungeheuerlichkeit gerechnet – das Mädchen sitzen zu lassen, nachdem du sie beinahe fünf Jahre hingehalten hast. Sie ist fast vierundzwanzig, und es kommt überhaupt nicht in Frage, sie nach all der langen Zeit nicht zu heiraten, deshalb werde ich deinen Einwand als nicht gesagt betrachten.«

»Ich bedaure, Vater, aber ich bleibe bei meinem Entschluss. Es gibt ein anderes Mädchen, das ich liebe und heiraten werde. Bisher hat mich mein Versprechen an dich gebunden, aber nun« – er zögerte –, »nun binden mich Worte und Taten, die stärker wiegen.«

»Du hast ein Mädchen geschwängert?«, fragte Calbraith vorsichtig.

»Natürlich nicht«, widersprach Damien heftiger, als es ihm in Anbetracht der Umstände zustand. Viel hätte immerhin nicht gefehlt.

»Dann sehe ich keine weitere Veranlassung, das Gespräch fortzusetzen.«

»Ah, das heißt, hätte ich das Mädchen in Schwierigkeiten gebracht, dann würdest du einlenken?«

»Du wärst nicht mehr mein Sohn, wenn du es getan hättest.« Calbraith sah Damien eindringlich an. »Und nun wünsche ich keine weiteren Diskussionen mehr über das Thema. Wir werden die Hochzeit deiner Schwester nutzen, um einen Termin für deine Vermählung bekannt zu geben.«

»Ich würde Jane keine Minute ihres Lebens glücklich machen.«
»Mach ihr ein paar Kinder, dann ist sie beschäftigt. Versteh mich nicht falsch, Damien, du kannst dir neben Jane so viele Frauen halten, wie du möchtest, aber du wirst nicht hingehen und meine Pläne durchkreuzen.«
»Ich habe also deinen Segen, meine Ehefrau zu betrügen, nicht aber, mich offiziell von meiner Verlobten zu trennen und ihr somit zu ermöglichen, eine Verbindung einzugehen, in der sie glücklich werden kann?«
»Glücklich? Sie wird von den Männern als alte Jungfer angesehen werden.«
»Du weißt so gut wie ich, dass sie ein halbes Dutzend Verehrer hat.«
»Die wird sie wohl kaum halten können, wenn du sie sitzen lässt.«
»Ich werde sie nicht sitzen lassen, sondern es wird so aussehen, als habe sie sich von mir getrennt, weil ich sie zu lange hingehalten habe.«
Calbraith sah Damien lange Zeit wortlos an, dann verhärtete sich sein Blick, und er sagte: »Wenn du es wagen solltest, dich von Jane zu trennen und dein Wort an mich als nichtig abzutun, dann wirst du in diesem Haus nicht länger willkommen sein.«
»Du willst mir verbieten, meine Mutter und meine Geschwister zu sehen?« Damien hatte mit Zorn gerechnet, nicht jedoch damit.
»Wie Ernest es mit Maureen hält, wird nicht mehr meine Sache sein, aber zu deiner Mutter wirst du keinen Kontakt mehr haben, nicht einmal per Brief, ebenso wenig zu Robert, solange er nicht volljährig ist.«

»Ich werde mich von dir nicht erpressen lassen, Vater«, entgegnete Damien, der zwischen Erschütterung und Wut schwankte.
»Erpressung? Du hast immer nur genommen, alles, was ich dir gegeben habe, ohne jemals etwas dafür zurückzugeben.«
»Ich habe von dir nie mehr verlangt, als jeder Sohn von seinem Vater verlangen darf. Forderst du von Robert auch, dass er dir für alles, was du ihm als Vater gegeben hast, eine Gegenleistung erbringt?«
»Robert ist mein Sohn und Erbe«, entgegnete Calbraith langsam.
»Ich verstehe.« Damien war blass geworden. Er wartete darauf, dass sein Vater einen Kommentar abgab, sagte, dass er ihn missverstanden habe. Schließlich wandte er sich zum Gehen. »Bis zu Maureens Hochzeit werde ich die Verlobung aufrechterhalten, um nicht vorab die Stimmung zu verderben, aber danach werde ich mich von Jane trennen, und wenn du mich dafür aus dem Haus wirfst, dann tust du es eben.«
»Ich warne dich, Damien, ich nehme dich beim Wort.« Als ihm bewusst wurde, dass Damien keine Anstalten machte, einzulenken, fuhr Calbraith fort: »Ahnst du überhaupt im Entferntesten, was dein Verhalten für Konsequenzen haben könnte? Wie stehe ich vor Oliver da?«
»Er wird dir wohl kaum Vorwürfe machen können, weil ich Jane nicht heiraten will. Schließlich hast du von deiner Seite aus getan, was du konntest.«
Eine Ader trat auf Calbraith' Schläfe hervor. »Verlass diesen Raum, Damien, und ich rate dir gut, dieses Thema nicht wieder anzuschneiden, denn meinen Segen wirst du nicht bekommen.«

»Das bedaure ich zutiefst, Vater.«
Calbraith sah in Damiens Gesicht und suchte nach Anzeichen dafür, dass dieser sich über ihn lustig machen wollte, fand aber nichts anderes, als aufrichtiges Bedauern. »Verschwinde«, herrschte er ihn an.
Mit einem leichten Neigen des Kopfes verabschiedete Damien sich und verließ das Zimmer. Im Korridor lehnte er sich einen Moment lang mit geschlossenen Augen gegen die Wand. Es würde schlimmer werden, als er erwartet hatte.

Als Elisha am Frühstückstisch erschien, saßen dort nur ihr Vater, Calbraith Plant und Richard. Calbraith wollte seinen Besuchern die Handelsniederlassung zeigen, so dass sie zeitig aufgestanden waren und das Frühstück schon beinahe beendet hatten, als Elisha sich zu ihnen gesellte. Jack begrüßte sie liebevoll und wies ihr einen Platz an seiner Seite zu. »Du bist früh wach, mein Liebes. War der Tag gestern nicht anstrengend für dich?«
»Ach«, winkte Elisha ab, »ich war überhaupt nicht mehr müde.«
»Das ist vorbildlich«, sagte Calbraith. »Ich fürchte, die Tugend des frühen Aufstehens teilen Sie mit nur wenigen jungen Frauen.«
Weil Komplimente sie immer verlegen machten, dankte Elisha ihm mit einem Lächeln und wandte sich an ihren Vater. »Wie schade, dass ich dich heute nicht begleiten kann. Darf ich ein anderes Mal mitkommen?«
Calbraith sah sie über den Tisch hinweg mit hochgezogenen Brauen an.
»Mein liebes Kind, tagsüber dürfte es ein wenig eintönig für Sie in der Handelsniederlassung sein.«

»Ich begleite meinen Vater sehr oft, und bisher war mir nie langweilig dabei«, widersprach Elisha.
»Hört, hört«, antwortete Richard. »Jack, überleg dir, ob du ihrer Bitte nicht stattgeben willst. Ein solches Kompliment bekommst du von einer Dame ihres Alters so schnell vermutlich nicht wieder zu hören.«
Jack lachte, gab Elisha aber nicht die gewünschte Zusage. Er hatte aus Gesprächen mit Calbraith Plant bereits herausgehört, dass dieser die Begleitung einer jungen Frau als nicht passend empfinden würde, und er wollte Elisha nicht dem Unmut des Hausherrn aussetzen – selbst wenn dieser zu höflich war, es ihr offen zu zeigen. Immerhin waren sie hier nur zu Besuch.
»Ich bin sicher, du wirst dich gut unterhalten, mein Liebes«, gab er zur Antwort.
Calbraith mischte sich ein. »Meine Frau ist in ihrem Morgenzimmer, und ich bin mir sicher, sie hat ihre Korrespondenz bereits beendet. Wenn Sie gefrühstückt haben, wird Sie einer der Dienstboten zu ihr führen.«
»Das ist sehr aufmerksam«, antwortete Elisha höflich. »Ich würde auch gerne ein wenig lesen. Damien sagte mir, Sie besitzen eine umfangreiche Bibliothek.«
»Das ist richtig. Elizabeth wird sicher gern bereit sein, Ihnen ein passendes Buch herauszusuchen.«
Elisha unterdrückte ein Seufzen und bedankte sich. Welcher Art diese Literatur sein würde, ahnte sie bereits. Im Stillen dankte sie Gott dafür, nicht Calbraith Plant zum Vater zu haben. An diesem Morgen kam er ihr noch finsterer vor als am Vortag. Auch wenn er es gut zu kaschieren wusste, hatte sie den Eindruck, dass er sich über etwas geärgert hatte.
Nachdem die Männer gegangen waren, zerkrümelte Elisha

lustlos ihr Brot und sah immer wieder erwartungsvoll zur Tür, in der Hoffnung, dass Damien käme. Der Augenblick war so günstig.

Sie bekam wenige Minuten später Gesellschaft, allerdings war es Damiens Schwester. »Guten Morgen«, rief Maureen fröhlich. »Ich dachte schon, ich müsste allein frühstücken.«

»Leisten Ihre Brüder Ihnen morgens keine Gesellschaft?«, schnitt Elisha vorsichtig die Frage nach Damiens Verbleib an.

Maureen zuckte die Schultern. »Wo Robert ist, weiß ich nicht, aber Damien ist bei Mutter. Er hat bestimmt auch mit ihr zusammen gefrühstückt, das macht er eigentlich immer, wenn er hier ist.« Elishas bestürztes Gesicht ignorierend, neigte sie sich mit Verschwörermiene vor. »Sie kennen ihn doch auch. Wenn er schon am Morgen mit einem so düsteren Gesicht herumläuft, heißt das doch meist, dass er wütend ist.«

»Ich weiß es nicht«, wich Elisha aus, der das Ganze ein wenig indiskret vorkam.

»Mein Vater sah gestern Abend auch schon so aus. Bestimmt haben sie sich gestritten, das tun sie oft.«

Elisha gab keine Antwort und fragte sich mit wild klopfendem Herzen, ob Damien schon mit seinem Vater darüber gesprochen hatte, die Verlobung zu lösen.

»Oh, aber Sie sagen ja gar nichts mehr.« Maureen wirkte besorgt. »Sie müssen mich für sehr klatschsüchtig halten, aber ich würde nicht über Damien reden, wenn Sie nicht zur Familie gehörten.«

»Ich war nur in Gedanken, Verzeihung«, antwortete Elisha lapidar. Es hatte also einen Streit gegeben, aber damit hatte sie rechnen müssen. Sie interessierte jedoch nur, wie er ausgegangen war.

»Papa hat sicher gewonnen«, sagte Maureen. »Er gewinnt eigentlich immer. Damien hat nicht die geringste Möglichkeit, anderer Meinung zu sein.« Sie seufzte bedauernd, nicht ahnend, in welchen Gefühlsaufruhr sie Elisha stürzte.

Charlotte betrat das Frühstückszimmer, gekleidet in weißen Musselin und mit mürrischem Gesicht. »Hast du Richard gesehen?«, fragte sie ihre Schwester nach einem flüchtigen Morgengruß.

»Er ist mit Papa und Mr. Plant in die Niederlassung der Kompanie gefahren.«

»Ach, so ist das.« Charlotte fragte sich, ob sie von Richard wirklich etwas anderes erwartet hatte, ein wenig mehr Aufmerksamkeit auch bei Tag, nachdem sie die halbe Nacht in der Rolle seiner nächtlichen Gespielin brilliert hatte. Es war ihre erste gemeinsame Reise und das erste Mal, dass sie ein gemeinsames Schlaf- und Ankleidezimmer teilten. Eine aufregende Erfahrung und eine ungewohnte Intimität, zumindest empfand sie das so, denn Richards Verhalten sprach ja außerhalb des ehelichen Zimmers eine andere Sprache.

Maureen richtete ihre Aufmerksamkeit auf Charlotte. Schon am Tag ihrer Ankunft hatte sich unter den jungen Frauen eine Hierarchie gebildet, die von Charlotte als verheiratete und somit erfahrene Frau angeführt wurde. Danach folgte Maureen, deren Heirat unmittelbar bevorstand, Elisha und Jane waren gleichrangig, und May bildete den Abschluss, wurde sie doch kaum ernster genommen als ein Kind.

»Ernest wird später noch kommen«, sagte Maureen.

Charlotte besaß genug Geistesgegenwart, nicht die Augen zu verdrehen, und gab eine freundliche Antwort. Er war ihr am Tag zuvor unsäglich auf die Nerven gegangen, auch wenn er sich in Maureens Gegenwart genug Anstand auferlegte und sie – Charlotte – nicht allzu auffällig anstarrte. Gegen charmante Aufmerksamkeit und Bewunderung hatte sie nicht das Geringste einzuwenden, aber gutes Benehmen war unabkömmlich, und es gehörte sich einfach nicht, in Gegenwart seiner Verlobten einer anderen Frau zu auffällig den Hof zu machen, auch wenn die Verlobte in ihrer verliebten Verblendung nichts davon bemerkte.

»Heute Nachmittag erwarten wir Jane und Francis«, fuhr Maureen fort. »Francis Marchand ist Janes Bruder«, erklärte sie, »und Ernests Hauptmann. Wenn er nicht bereits mit Rachel Chatworth verlobt gewesen wäre, hätte ich ihn heiraten müssen und Damien wäre nicht mit Jane verlobt, aber Oliver Marchand wollte unbedingt, dass sein einziger Sohn in den Adel einheiratet. Also blieb nur noch Damien, um die Familien zu verbinden.«

»Das hört sich ein wenig so an, als bedauerten Sie es«, erwiderte Charlotte.

»Keineswegs.« Maureen schüttelte entschieden den Kopf. »Ich liebe Ernest.« Sie lächelte. »Aber es ist doch so, dass sich die Frage, ob ich ihn heirate, nicht gestellt hätte, hätte man Francis nicht mit der Chatworth-Tochter verheiratet. Also kann ich nicht sagen, dass mir in dem Fall etwas gefehlt hätte.«

Elisha hörte kaum hin. Zu sehr war sie in dem Gedanken gefangen, dass Damien frei wäre, hätte Janes verwünschter Bruder sich nicht gegen Maureen entscheiden müssen.

»Ein wenig seltsam ist es aber dennoch«, widersprach Charlotte, »etwas Derartiges von einer angehenden Braut zu hören.«

»Ernest ist ein wunderbarer Mann und eine gute Partie, aber er ist kein Francis Marchand.« Maureen zuckte die Schultern. »Aber das braucht er auch nicht zu sein.«

Ein Lächeln spielte um Charlottes Lippen. Dieses Mädchen war also gar nicht so hohlköpfig verliebt, wie es zunächst den Anschein hatte, sondern war durchaus imstande, vernünftig abzuwägen. »Was für ein Mensch ist Francis Marchand?« Das interessierte sie nun doch.

»Er ist meistens sehr ernst, fast schon ein wenig streng, aber das muss er auch sein, denn auf ihm lastet eine große Verantwortung. Weil er zudem aus einer guten Familie kommt, ist er bei den heiratsfähigen Mädchen sehr begehrt. Es gibt kaum einen Mann, der ihm gleicht.« Sie legte den Kopf schief. »Eigentlich kenne ich nur einen Mann, mit dem ich ihn gelegentlich vergleiche.«

»Und welcher Mann ist das?«, hakte Charlotte nach.

Maureen musste lachen. »Er ist ein wenig wie mein Vater.«

Allmächtiger Gott, dachte Elisha.

Damien verließ das Morgenzimmer seiner Mutter mit gemischten Gefühlen. Es hatte offenbar am Vorabend einen erbitterten Streit zwischen seinen Eltern gegeben, zu dem sich seine Mutter jedoch nicht näher äußern wollte. Aber Damien erkannte die Anzeichen, und ihre Bemerkung, er solle sich durch Drohungen seines Vaters nicht von dem abhalten lassen, was ihn glücklich machte, hatten dazu beigetragen, seine Vermutung bestätigt zu finden.

Elisha kam ihm in Begleitung eines Dienstboten entgegen, und sein Herz machte einen Sprung. Sie blieb abrupt stehen.

»Ich wollte zu deiner Mutter«, sagte sie, um das Schweigen zu brechen, und fragte sich, warum sie so befangen war. »Ich … dein Vater hat gesagt, ich solle mich an sie wenden, wenn ich ein Buch aus der Bibliothek haben möchte.«

Damien schickte den Dienstboten fort. »Sie ist in ihrem Morgenzimmer, ich bringe dich zu ihr.« Er berührte leicht ihren Arm. »Du hast also meinen Vater nach der Bibliothek gefragt?« Er bemühte sich um einen Plauderton, solange das Personal in der Nähe war. »Er hält sie unter Verschluss und für unverheiratete Frauen deines Alters absolut unzugänglich.«

»Das habe ich gemerkt.«

Sie bogen in einen leeren Korridor, und Damien schob Elisha in ein leeres Zimmer. Kaum hatte er die Tür hinter sich geschlossen, zog er sie schon an sich und küsste sie so hungrig, als habe er sie tagelang nicht gesehen.

»Ich habe mit meinem Vater gesprochen«, sagte er, als er sich von ihr gelöst hatte.

»Was hat er gesagt?«, fragte Elisha mit wild klopfendem Herzen.

»Er ist wütend, aber das wird mich nicht von meinem Entschluss abbringen.« Von den Drohungen würde er ihr vorerst nichts erzählen.

»Etwas anderes hatte ich auch nicht erwartet.« Elisha seufzte leise, als er sie wieder an sich zog und seine Lippen auf ihre presste. Ein warmes Gefühl breitete sich in ihr aus, und sie verspürte dieselbe Ungeduld wie an jenem Tag in seinem Gartenhaus.

Damien ließ sie los und zwang sich, einen Schritt zurückzutreten. Wenn er sie noch länger in der Abgeschiedenheit dieses Zimmers küsste, würde er für nichts mehr garantieren können. »Ich habe meinem Vater gesagt, dass ich die Verlobung noch bis zu Maureens Hochzeit aufrechterhalte.«

»Was ist mit deiner Verlobten?«

»Mach dir wegen Jane keine Sorgen.«

»Werden deine Eltern mich akzeptieren?«, fragte Elisha. Damien zog sich bei ihrem besorgten Blick das Herz zusammen. Er wusste nur zu gut, was sein Vater von ihr halten würde. »Meine Mutter wird dich lieben«, entgegnete er. »Und bei meinem Vater weiß man nie so genau, wie er reagiert«, wich er aus.

»Was ist, wenn er mich nicht mag und du ihm hier dann nicht mehr willkommen bist?«

Damien legte die Hände um ihr Gesicht. »Dich morgens beim Aufwachen als Erstes zu sehen, ist mir das Risiko, meinen Vater zu verstimmen, durchaus wert.« Er küsste sie noch einmal behutsam. »Ich bringe dich jetzt lieber zu meiner Mutter, ehe noch jemand auf die Idee kommt, dich zu suchen.«

»Schläfst du schon?« May stand mit einem Kerzenleuchter in der Hand in der Verbindungstür zwischen ihrem und Elishas Zimmer und leuchtete zum Bett ihrer Schwester hin. Elisha richtete sich auf. »Ist etwas passiert?«

»Nein, aber ich kann nicht schlafen und wollte mit dir reden.«

»Setz dich.« Elisha deutete auf ihr Bett. »Ich kann auch nicht schlafen.« Die letzten Tage waren nervenaufreibend gewesen. Mittlerweile konnte niemandem entgangen sein, dass Damien sich mit seinem Vater zerstritten hatte, und auch zwischen seinen Eltern herrschte eine spürbare Distanz. Elisha selbst hatte kaum ein Wort mit ihm wechseln können, denn seit die übrige Verwandtschaft eingetroffen war, ging es im Haus zu wie in einem Taubenschlag.

Sorgsam stellte May den Kerzenleuchter auf dem Tisch ab

und setzte sich ans Fußende des Bettes. »Ich freue mich schon darauf, wieder nach Hause zu fahren«, sagte sie.
»Gefällt es dir hier nicht?«
»Doch, aber …« May schien nach Worten zu ringen, dann sagte sie: »Elisha, ich glaube, ich möchte heiraten.«
Elisha starrte sie einen Moment lang sprachlos an. »Heiraten? Aber das kann nicht dein Ernst sein. Du bist noch so« – klein, hatte sie sagen wollen – »jung.«
»Mama war ein Jahr jünger als ich, als sie geheiratet hat.«
»Das waren doch ganz andere Zeiten«, widersprach Elisha. »Wen willst du überhaupt heiraten?«
»Jonah Fenmore«, antwortete May, ohne zu zögern, so als sei sie erleichtert, es endlich aussprechen zu dürfen.
»Hat er dir einen Antrag gemacht?«
»Nein, aber ich weiß, dass er das tun wird.«
»May, du stellst dir Heiraten etwas zu romantisch vor. Das ist nicht nur zusammensitzen und Geschichten lesen, so, wie ihr das jetzt tut. Du gehst gewisse … Verpflichtungen ein.«
»Das weiß ich, aber ich bin alt genug dazu, und ich möchte mit ihm zusammenleben und Kinder bekommen.«
Es war Elisha vollkommen unmöglich, sich ihre kleine Schwester schwanger vorzustellen. »Das kannst du doch auch in zwei oder drei Jahren.«
»So lange will ich nicht warten.«
»Lieber Himmel, May, warum hast du es denn so eilig?«, ereiferte sich Elisha.
»Ich habe das Gefühl, er braucht mich.«
»Das ist doch noch lange kein Grund.«
»Ich brauche ihn auch.«
Resigniert lehnte Elisha den Kopf zurück. Als wären ihre eigenen Probleme nicht genug.

Im Zimmer nebenan löste Charlotte ihr Haar und atmete erleichtert auf, als die lockige Fülle auf ihre Schultern fiel. Die schweren, hochgesteckten Haare hatten ihr an diesem Tag Kopfschmerzen bereitet, und sie war froh, ihr Haar endlich locker einflechten zu können. Ihre *Ayah* half ihr aus dem Kleid, brachte ihr Wasser zum Waschen und reichte ihr ein luftiges Seidennachthemd.
Richard würde sicher noch die halbe Nacht mit den Männern verbringen, und Charlotte war es irgendwann leid gewesen, noch länger auf ihn zu warten. Als verheiratete Frau brauchte sie sich nicht so früh zurückzuziehen wie ihre Schwestern und Maureen, aber die Gespräche zwischen ihrer Mutter und Elizabeth hatten sie zunehmend gelangweilt.
Sie zog ihren Morgenmantel über und verließ das Zimmer. Auf dem Weg durch den Korridor hatte sie unter Elishas Türspalt Licht schimmern sehen und war neugierig, was ihre Schwester am Schlafen hinderte. Ohne anzuklopfen öffnete sie die Tür und sah May auf Elishas Bett sitzen.
Ihre Schwestern unterbrachen die Unterhaltung und schauten zur Tür. Einen Moment lang fühlte Charlotte sich wie ein Eindringling, dazu kam das Gefühl, ausgeschlossen zu sein, weil ihre Schwestern Geheimnisse bei Nacht tauschten, an denen sie offenbar nicht teilhaben sollte. Anstatt jedoch wieder zu gehen, schloss sie die Tür hinter sich und setzte sich zu Elisha und May aufs Bett.
»Worüber habt ihr gesprochen?«, fragte sie.
Elisha dachte, dass sie nicht das Recht hatte, ihre Schwester über Mays Gefühle aufzuklären, und May fand offenbar nicht die richtigen Worte, so dass sie beide schwiegen. Pikiert warf Charlotte den Kopf zurück. »Ich verstehe schon, ein Schwesterngeheimnis also.«

May, die sich als kleine, nicht ernstzunehmende Schwester schon immer besser mit Charlotte verstanden hatte als Elisha, streckte die Hand nach ihr aus. »Nicht doch, Charlotte. Es ging darum, dass ich heiraten möchte.«
Charlotte war wie vor den Kopf gestoßen. »Heiraten?«
»Ich wusste auch von nichts«, räumte Elisha ein, als sie der vorwurfsvolle Blick ihrer älteren Schwester traf.
»Wen denn, wenn ich fragen darf?«, wollte Charlotte wissen.
Einen Moment lang zögerte May mit der Antwort. »Jonah Fenmore.«
»Den einbeinigen Angestellten?«, rief Charlotte fassungslos.
Ehe May antworten konnte, warf Elisha bissig ein: »Den dunkelhaarigen, schlanken Schreiber, ganz recht.«
»Aber« – Charlotte war zu entsetzt, als dass sie auf Elishas Einwand hätte eingehen können – »das wird Papa nie zulassen. Du musst ihn nicht heiraten, May, Anträge kann man ablehnen.«
»Er hat ja noch gar keinen gemacht.«
»Dann verstehe ich nicht, warum du ernsthaft daran denkst, ihn zu heiraten.«
»Ich denke, ich habe mich in ihn verliebt«, gestand May leise. Sie war selbst erstaunt, es auszusprechen. Die Liebe zu Jonah war nicht über sie hereingebrochen, wie sie es sich immer vorgestellt hatte, vielmehr hatte sie sich langsam in sie eingeschlichen.
»Du denkst also, du liebst ihn«, antwortete Charlotte. »Das wirst du dir vermutlich aus dem Kopf schlagen müssen. Mama hat andere Pläne mit dir.«
»Ich tue nichts, was ich nicht will«, sagte May mit einer für sie ungewöhnlichen Aufsässigkeit.

»Das hat Elisha auch gesagt.«

»Jetzt hör schon auf«, mischte sich Elisha ein, die bemerkte, dass May den Tränen nahe war. Der Gedanke daran, einfach verheiratet zu werden, hatte ihre kleine Schwester schon immer erschreckt.

May stand auf und griff nach dem Kerzenleuchter. »Ich gehe jetzt besser schlafen.« Sie entzündete mit einer Kerze die Kerzen in dem Wandhalter, damit ihre Schwestern nicht ohne Licht blieben.

»Schlaf gut«, sagte Elisha, »und mach dir keine Sorgen.« Kaum war May gegangen, wandte sie sich an Charlotte. »Du bist wohl von Sinnen. Wie kannst du so grob sein?«

Charlotte gab keine Antwort und machte auch keine Anstalten zu gehen. Sie hatte ohnehin mit Elisha sprechen wollen, und der Augenblick war günstig. »Sag mal, du gehst doch immer noch recht oft zu dieser indischen Fürstin. Ehe du heiratest, solltest du dir von ihr verraten lassen, was du tun musst, um Ambrose nicht merken zu lassen, dass er nicht der Erste ist.« Gespannt beobachtete sie ihre Schwester, der alle Farbe aus dem Gesicht wich. Volltreffer, dachte sie, Elisha war wirklich so töricht, wie sie geglaubt hatte.

»Was … aber woher …«, stammelte Elisha entsetzt.

»Ich habe es an den Blicken bemerkt, die du mit Damien getauscht hast. Versuch gar nicht erst, es zu leugnen, sondern nimm meinen Rat einfach an. Wenn Ambrose merkt, dass du nicht mehr unschuldig bist, wirst du in ernsthafte Schwierigkeiten geraten.«

»Ich heirate Ambrose nicht.«

Charlotte tat den Einwand mit einer Handbewegung ab. »Er wird sich entweder von dir scheiden lassen, was allerdings einen unglaublichen Skandal nach sich zöge, oder aber er würde dich bei sich wohnen lassen und dir das Leben zur Hölle machen. Annullieren lassen kann er die Ehe nicht, denn um herauszubekommen, dass du keine Jungfrau mehr bist, muss er sie ja vollzogen haben.«

»Hör sofort auf damit«, rief Elisha mit brennenden Wangen.

»Es liegt nicht gerade in deinem Interesse, mir in der Angelegenheit den Mund zu verbieten«, entgegnete Charlotte. Einen Moment lang überlegte sie, ob sie Elisha zu der gleichen Maßnahme raten sollte, die sie selbst ergriffen hatte, verwarf die Idee aber, weil sie damit ja zugeben würde, auch nicht unschuldig in die Ehe gegangen zu sein. Bei dem Gedanken an das Hühnerblut ekelte sie sich jetzt noch, und sie fragte sich, wie sie es fertig gebracht hatte, die Nacht auf dem befleckten Laken zu verbringen. Vermutlich, weil sie zu krank gewesen war, mehr als einen Gedanken daran zu verschwenden.

»Ich brauche mir keine Gedanken darum zu machen, was Ambrose sagen wird«, antwortete Elisha, »denn ich werde Damien heiraten und nicht ihn.«

»Oh, du lieber Himmel, Elisha, du kannst nicht wirklich so dumm sein.«

»Damien hat gesagt, er wird sich von seiner Verlobten trennen.«

»Also gut, nehmen wir einmal an, Damien handelt in der Tat so unüberlegt, was denkst du, wie euer Leben aussehen wird? Er wird sich mit seiner Familie zerstreiten, der Vater seiner Verlobten wird sich mit seinem Vater überwerfen, schließlich hat er Jane Marchand lange Zeit für nichts und wieder nichts warten lassen. Willst du vielleicht in solchen Verhältnissen leben?«

»Wir lieben uns«, entgegnete Elisha heftig.

»Liebe!«, rief Charlotte.
»Ja, Liebe, ganz richtig. Nur hast du davon nicht die geringste Ahnung.«
Charlotte biss sich auf die Lippen und wandte den Kopf ab. »Du solltest auf mich hören«, antwortete sie. »Heirate Ambrose, damit ersparst du dir eine Menge Ärger.«
»Ich werde keine Ehe eingehen, in der ich schon zu Beginn lügen muss, um für meinen Ehemann akzeptabel zu sein.«
»Du bist so himmelschreiend naiv, Elisha.«
»Warum interessiert dich das so? Sonst ist dir doch auch egal, was ich tue.«
Charlotte stand auf. »Ach, weißt du, eigentlich kann ich dir nicht genau sagen, warum ich mich überhaupt darum kümmere. Dann heirate deinen Damien und trete dabei auch gleich eine ganze Lawine an Skandalen und Problemen los. Und eines kann ich dir sagen, meine Liebe, sieh nur zu, dass nie ans Licht kommt, wie weit diese Sache zwischen dir und Damien bereits gediehen ist. Einer Frau verzeiht man solche Dinge nämlich nicht.«
Auf halbem Weg zur Tür blieb sie stehen, als sei ihr plötzlich etwas eingefallen. Sie drehte sich um und lächelte ein wenig spöttisch: »Sag mal, gefiel es dir wenigstens?«
»Das geht dich überhaupt nichts an«, erwiderte Elisha mit wütender Vehemenz. »Ich frage dich ja schließlich auch nicht nach dir und Richard.«
Charlottes Lächeln vertiefte sich. »Möchtest du es denn wissen?«
»Nein!«, rief Elisha schnell, ehe Charlotte weiterreden konnte. Immerhin wollte sie Richard auch weiterhin in die Augen sehen können.
Leise lachend ging Charlotte hinaus. Sie wusste, dass Elisha

nichts darüber hören wollte, ansonsten hätte sie nicht gefragt. Über die Erfahrungen mit Lamont hätte sie ohne weiteres reden können, aber nicht über Richard. Es waren die einzigen Momente, die nur ihnen gehörten, und sie würde sie mit niemandem teilen.

Richard hatte eben seinen Rock abgelegt, als Charlotte ihr Zimmer betrat. »Wo warst du?«, fragte er.

»Bei Elisha. Oder was denkst du, wo ich um diese Zeit in diesem Aufzug sein sollte?«

»In unserem Zimmer, so, wie sich das bei Nacht gehört.«

»Entschuldigung. Ich wusste nicht, dass du mein Fehlen bemerken würdest, immerhin ist die Decke ja so aufgebauscht, dass man denken könnte, es liege jemand darunter.«

Richard sah sie an, dann lachte er. »Ich bemerke also nicht, wenn du nicht neben mir liegst?«

»Das findest du lustig, ja?«, fuhr sie ihn an.

»So lange habe ich dich doch gar nicht warten lassen.« Er legte die Hände um ihre Taille und wollte sie küssen, aber Charlotte entwand sich ihm. »Wie du ja bereits bemerkt hast, habe ich nicht auf dich gewartet.«

»Warum bist du dann wütend auf mich?«

»Ich sehe überhaupt nicht ein, warum ich das Offensichtliche erklären sollte.« Erneut löste Charlotte sich aus seinem Griff. »Lass das, ich will jetzt nicht mehr.«

Richard seufzte und schwankte zwischen Belustigung und Ärger. »Was immer ich getan habe, ich bedaure es zutiefst.«

»Rede nur und mach dich ruhig weiter lustig. Du würdest doch für alles um Verzeihung bitten, um deinen Willen zu bekommen, was nicht bedeutet, dass du dich morgen noch daran zu erinnern gedenkst.«

»Charlotte, ich bin wirklich nicht in Stimmung für einen

abendlichen Streit. Sag mir einfach, was dich verärgert hat, damit wir das Thema beenden können.«
Merkte er es wirklich nicht, fragte sich Charlotte. Sollte sie ihm sagen, dass sie sich vernachlässigt fühlte, damit er sie in die Arme zog und Besserung gelobte, während er sich lachend mit seinen Freunden über die Nörgelei ihrer Ehefrauen lustig machte? Oder sollte sie ihm vorhalten, dass er so offensichtlich in ihre Schwester verliebt war, damit er dem Nörgeln auch noch Eifersuchtsausbrüche hinzufügen konnte? Schließlich wusste sie von Lamont, wie Männer untereinander redeten, und dass irgendwer erfuhr, dass sie um die Aufmerksamkeit ihres Ehemannes buhlen musste, kam überhaupt nicht in Frage. Sie sah ihn an und bemerkte die Ungeduld und das Verlangen in seinem Blick. Im Grunde genommen war er in diesem Moment an nichts anderem interessiert als an ihrem Körper. Für Richard war sie dasselbe wie für Lamont. Dann sollte er eben bekommen, was er wollte.
Mit einer heftigen Bewegung warf sie ihren Morgenmantel zu Boden, dann ging sie zu ihm, schlang die Arme um seinen Hals, stellte sich auf die Zehenspitzen und küsste ihn aggressiv. Mit einer Hand klammerte sie sich an seinen Nacken, während sie mit der anderen sein Hemd öffnete. Sie zerrte an seinem Kragen und presste sich an ihn, dann glitt auch ihre andere Hand an seine Hemdbrust, glitt darunter und strich wie im Fieber über seinen Bauch.
»Charlotte«, rief Richard, als sie einen Moment lang den Mund von ihm löste, dann drückte sie wieder die Lippen auf seine.
»Charlotte.« Richard rang mit ihr, bekam ihre Handgelenke zu fassen und schob sie ein Stück von sich. »Was ist denn in dich gefahren?«

»Gefiel es dir nicht?«
Richard bemerkte das leichte Zittern ihrer Stimme, ebenso wie er sah, dass ihre Augen glasig wurden. Er ließ sie los und schwieg mehrere Sekunden lang, dann sagte er: »Geh schlafen. Ich werde später wiederkommen.«
Als er den Salon betrat, saß dort niemand außer Jack, der erstaunt von seinem Buch aufsah und sagte: »Ich dachte, du wolltest schlafen gehen.«
»Ich hatte einen Streit mit Charlotte, und ich weiß beim besten Willen nicht, was ich mir habe zuschulden kommen lassen.«
»Sie war schon immer schwierig«, tat Jack die Angelegenheit ab. »Bis morgen wird sie sich beruhigt haben.«

21

Madras, März 1758

Maureens Hochzeit war die Krönung des einmonatigen Aufenthaltes der Legrants und Moidores in Madras. Sie würden nach der Hochzeit noch zwei Tage bleiben und dann abreisen. Die Tage waren von Vorbereitungen auf das große Ereignis geprägt, aber es war dennoch Zeit gewesen für Ausflüge. Elisha bedauerte, sich nicht mehr für die Stadt interessieren zu können, aber bei jedem Ausflug war Jane zugegen, die an Damiens Arm hing und so zufrieden wirkte, dass Elisha sie am liebsten geohrfeigt hätte.

Die Hochzeitszeremonie wurde im Garten des Plant-Hauses vollzogen, der spätere Empfang fand sowohl im Garten als auch im Tanzsaal des Hauses statt. Der Saal mit seinen weißen Marmorsäulen und den großen Fenstern, die mit fein ziselierten schwarzen Gittern versehen waren, war mit Blumen geschmückt, und Diener waren damit beschäftigt, *Punkahs* zu bewegen, um für Abkühlung der Gäste zu sorgen. Ein üppiges Büfett war aufgebaut worden, mit warmen und kalten Speisen sowie erfrischenden Getränken, hinter dem weiß gekleidete Diener Aufstellung nahmen. Andere Dienstboten waren dafür zuständig, auf Wunsch Kardamom- oder andere Arten von Gewürztees und arabischen Kaffee zu servieren. Schalen mit Süßigkeiten und kandierten Früchten standen auf kleinen Tischen verteilt.

Die Terrasse war aus hellem Marmor, rundum mit Kletter-

pflanzen bewachsen und mit einer breiten Treppe, die in den Garten führte. Am Fuß der Treppe hatte Calbraith Aufstellung genommen, um seine Tochter zu empfangen und zu ihrem Bräutigam zu führen. In der Luft lag der Duft von Gewürznelken.
Elisha stand mit ihren Eltern und Schwestern in der Nähe der Treppe, und ihr Blick ruhte auf Jane, die mit den anderen Brautjungfern beisammenstand und ebenso wie diese in zartrosa Seide gekleidet war. Damien sah blendend aus in dem dunkelbraunen Rock und den hellen Hosen. Sein schwarzes Haar war mit einem Samtband in der Farbe des Rockes zusammengefasst und glänzte in der Sonne. Er stand an Janes Seite, und in eben diesem Moment schob Jane ihre Hand in seine Armbeuge.
Für den Hochzeitstag von Damiens Schwester hatte Elisha sich ein cremegelbes Kleid anfertigen lassen, mit einem Rock, der aufwendig um ein sattgelbes Unterkleid gerafft war, dessen Farbe sich in den feinen Stickereien des Mieders wiederholte. Sie war gespannt darauf, wie es Damien gefallen würde. Elisha beobachtete Jane, die auffällig hübsch war im Vergleich zu den anderen Brautjungfern.
Gemurmel ertönte von der Terrasse und setzte sich in der Menge fort, eine Ankündigung, dass die Braut jeden Moment zu sehen sein würde. Die Brautjungfern nahmen Aufstellung und sahen gespannt zur Tür, durch die, in ein Aufsehen erregendes Gebilde aus weißer Seide und Perlen gekleidet, Maureen schritt. Ihr Gesicht war hinter einem weißen Schleier verborgen, und obwohl sie leichtfüßig über den hellen Marmor ging, konnte niemand übersehen, wie schwer sie an dem Kleid zu tragen hatte.
Calbraith Plant nahm seine Tochter in Empfang und führte

sie zu dem Bräutigam, der bereits am Pavillon, in dem die Trauung vollzogen werden sollte, bereitstand. Für Elisha war der aufregendste Teil an einer Hochzeit die Ankunft der Braut, die Trauung selbst ließ sie meist mit nur schwer zu verhehlender Langeweile über sich ergehen. Während die Gäste andächtig lauschten, wanderten ihre Blicke durch den Garten und zu dem Büfett. Sie war guter Laune, weil sie wusste, dass am nächsten Tag die Farce mit Damiens Verlobung beendet werden würde.

Eine Bewegung riss sie aus ihren Gedanken, und sie bemerkte, dass sich das Brautpaar den Gästen zugewandt hatte und Glückwünsche entgegennahm. Damien beugte sich zu seiner Schwester vor und gab ihr einen Kuss auf die Stirn, dann sah er über Jane hinweg zu Elisha und lächelte.

In dem Ansturm der Gäste auf die junge Braut gelang es Elisha, sich in Damiens Nähe zu schieben. Er berührte leicht ihren Arm und schaffte es, sich unbemerkt mit ihr an den Rand der Menge zu bewegen.

»Die nächste Trauung in der Familie wird unsere sein«, versprach er leise. »Ich bin froh, wenn ich morgen mit deinem Vater reden kann.«

Bei dem Gedanken daran durchlief Elisha ein freudiger Schauer. »Ich kann es kaum erwarten«, antwortete sie. »Oh, Damien, es wird wunderbar. Und dein Vater wird dir nicht lange böse sein, ich bin mir sicher.«

Tatsächlich war Calbraith Plant schon seit einigen Tagen wieder auffallend guter Stimmung und schien sich auch mit Damien wieder besser zu verstehen.

»Hoffen wir das Beste. Zumindest meine Mutter wird sich freuen.«

»Weiß sie denn schon von … von uns?«, fragte Elisha.

»Ich habe dir doch versprochen, es noch niemandem zu sagen. Sie weiß lediglich, dass es eine andere Frau gibt.«
»Wird deine Verlobte kein großes Geschrei veranstalten?«
Damien sah zu Jane, die sich aufgeregt mit einer Freundin unterhielt. »Nein«, sagte er.
Auf der Terrasse bot Robert Charlotte Süßigkeiten aus Pistazien und Rosenblättern an. Es war ihm vollkommen unbegreiflich, wie ihr Mann sich auch nur einen Moment lang von ihr trennen konnte. Fasziniert blickte er auf ihre Lippen, die sich um die Süßigkeit schlossen, und bei dem Gedanken daran, sie zu küssen, setzte beinahe sein Herzschlag aus. Was für ein ausgemachter Glückspilz ihr Ehemann war, Tag für Tag an ihrer Seite verbringen zu dürfen, und dann erst die Nächte. Robert war so verliebt wie noch nie zuvor in seinem Leben. Wenn er sie wenigstens ein Mal küssen dürfte, dachte er, dann hätte er etwas, wovon er den Rest seines Lebens träumen könnte. Ob es ihm gelänge, sie für einen kurzen Moment von den anderen wegzulocken? Seine charmante Aufmerksamkeit war ihr offenbar angenehm, dafür sprachen ihre lächelnden Augen.
»Kann ich dir noch etwas bringen?«, fragte er. Mittlerweile war der Umgang der Familien untereinander vertrauter geworden. »Vielleicht gefüllte Datteln?«
Auf ihr zustimmendes Nicken hin nahm er die Hand, die auf seinem Arm ruhte, presste seine Lippen auf die weiße Seide ihres Handschuhs und ging wie im Fieber in den Saal, um kurz darauf mit den Datteln zurückzukehren. Charlotte stand allein am Rand der Terrasse und sah in den Garten. Als sie sich zu ihm drehte, vermeinte er, einen Moment lang eine untergründige Traurigkeit zu sehen, die aber sofort wieder von ihrem strahlenden Lächeln verdrängt wurde.

»Vielen Dank, Robert.« Sie nahm die Datteln aus seiner Hand. »Du bist wirklich ein lieber Junge.«
Robert erstarrte, als habe ihn ein Schlag in den Rücken getroffen. *Lieber Junge?*
»Wie schade, dass ich keinen kleinen Bruder habe«, sagte Charlotte, ohne zu wissen, was sie angerichtet hatte. »Aber wenn, dann hätte ich mir gewünscht, dass er so ist wie du.«
Roberts fiebriger Herzschlag verlangsamte sich. Nicht als Mann wahrgenommen zu werden, konnte sogar die glühendste Leidenschaft abkühlen.
»Nun«, sagte er, um Distanz bemüht, »dann freut es mich natürlich, dir während deines Aufenthaltes hier den jüngeren Bruder ersetzen zu dürfen.« Er war so verzweifelt, dass er am liebsten in sein Zimmer gerannt und nicht wieder heruntergekommen wäre.
Seine Aufmerksamkeit wurde von seinem Kummer abgelenkt, als sein Vater zu ihm auf die Terrasse trat. »Robert, such bitte Damien und schicke ihn zu mir.«
Elizabeth folgte ihrem Mann. »Möchtest du eine öffentliche Ansprache halten?« Sie lächelte ihn das erste Mal seit Tagen wieder an. »Das magst du doch sonst nicht.«
»Es kommt ganz auf den Anlass an.« Calbraith sah zu Maureen. »Sie ist so wunderschön«, sagte er. »Du hast bei unserer Heirat ebenso ausgesehen.«
»Nur war ich zwei Jahre jünger.« Es war kurz nach ihrer Rückkehr gewesen, kaum dass ihre verletzte Seele Zeit gehabt hatte, zu heilen.
»Das habe ich nicht vergessen.« Calbraith neigte sich galant über die Hand seiner Frau und küsste sie, dann winkte er Oliver Marchand zu, der mit Francis und dessen schwangerer Frau an seiner Seite über den Rasen auf die Terrasse zukam.

Francis neigte leicht den Kopf, als Charlotte auf der Treppe an ihm vorbei in den Garten schritt.
»Was gibt es, Vater?«, fragte Damien, als er gemeinsam mit Robert auf die Terrasse trat.
»Ich möchte eine Ansprache halten und brauche dich dazu an meiner Seite.«
»Wenn es sein muss.« Damien fand nichts langweiliger als Ansprachen, aber das war die Hochzeit seiner Schwester, und so würde er es durchstehen müssen.
Calbraith verschaffte sich Gehör, dankte den Gästen für ihr Kommen, wünschte dem Brautpaar alles Gute und sprach scherzhafte Drohungen gegen Ernest aus, was ihm blühen würde, wenn er die bezaubernde Dame an seiner Seite nicht glücklich machen würde.
»So schön es ist, seine Tochter an der Seite eines anständigen Mannes zu sehen«, rief er, »so traurig ist es gleichzeitig, ein geliebtes Kind in die Welt entlassen zu müssen. Mir ist jedoch das Glück beschert, alsbald eine neue Tochter in meine Familie aufnehmen zu dürfen.«
Damien ahnte plötzlich, worauf die Rede abzielte. Das nicht, dachte er entsetzt, das würde sein Vater nicht wagen.
»Deshalb freue ich mich«, fuhr Calbraith fort, »die Hochzeit meines Sohnes Damien und seiner Verlobten Jane Marchand in genau fünf Wochen ankündigen zu dürfen.«
Die Anwesenden jubelten, und Damien sah sich nach Jane um, die ihn ebenfalls verstört ansah. Sein Blick flog zu Elisha, die aussah, als habe man ihr den Todesstoß versetzt. Damien dachte einen flüchtigen Moment lang, dass sie sich bei der Verkündung ihrer Verlobung ebenso gefühlt haben musste, wie er in diesem Moment. Nein, verbesserte er sich, was jetzt eben geschehen war, war schlimmer. Er war gerade in eine

Situation manövriert worden, aus der er nicht mehr so ohne weiteres herauskommen würde.
Oliver Marchand schob Jane an seine Seite, und er spürte, wie ihre Hand sich steif unter seinen Arm schob. Ohne sie anzusehen, starrte er weiter in den Garten, konnte Elisha aber nicht mehr sehen.

Unbemerkt von den anderen, war Elisha aus dem Garten gelaufen, hatte das Haus umrundet und war durch einen Nebeneingang eingetreten. Sie zitterte am ganzen Körper und war nur noch von dem Wunsch beseelt, so schnell wie möglich in ihr Zimmer zu kommen. Wie hatte Damien sie nur so verraten können? Nein, dachte sie, er selbst hatte von nichts gewusst, das war offensichtlich. Sein Vater hatte ihn überlistet, so wie ihr eigener Vater sie damals überlistet hatte. Aber ihre Situation war nicht so aussichtslos gewesen. Wie sollte er sich nun noch ohne Skandal von seiner Verlobten trennen?
Elisha schloss die Tür ihres Zimmers, riss sich die Blumen aus dem Haar und warf sich weinend auf das Bett. Lange konnte sie jedoch nicht liegen bleiben, zu unbequem war ihr Reifrock, zu eng ihr Korsett, dessen Fischbeinstäbe ihre Rippen zusammenpressten. Sie setzte sich auf, drückte ein Taschentuch an ihre Augen und ließ ihren Tränen freien Lauf. Vom Garten her waren Musik und die Stimmen der Gäste zu hören.
Elisha wusste nicht, wie lange sie gesessen und an die Wand gestarrt hatte, als sie hörte, dass die Stimmen draußen anschwollen, offenbar war das Brautpaar im Begriff, das Fest zu verlassen. Ausgelassene Rufe erschallten, gefolgt von Lachen. Elisha wünschte sich, sie könne ebenfalls dort stehen und

glücklich sein. Vermutlich war Jane außer sich vor Freude, an Damiens Seite und mit dem Gedanken daran, bald als seine Ehefrau mit ihm vereint zu sein.

Es ging bereits auf den Abend zu, als Damien endlich dazu kam, nach Elisha zu suchen. Er hatte sie bereits seit mehreren Stunden nicht gesehen, war aber immer von Gästen umringt gewesen, so dass er sich nicht auf die Suche nach ihr machen konnte. Jetzt hatte er es endlich geschafft, sich unbemerkt ins Haus zurückzuziehen. Bald würde es an der Zeit sein, die unverheirateten Mädchen schlafen zu schicken, damit der Rest der Gesellschaft unbeschwerter und auch ein wenig schamloser weiterfeiern konnte. Er würde also jetzt zusehen müssen, dass er mit Elisha sprach, ehe es im Haus nur so von Müttern und deren Töchtern wimmelte.

Weil ihr Zimmer der einzige Ort war, wo sei sich ungestört aufhalten konnte, kam es Damien nicht in den Sinn, sie woanders zu suchen. Er klopfte leise an die Tür und drückte, während er sich achtsam umsah, die Klinke hinunter. Alle Dienstboten waren unten beschäftigt, so dass er sich unbeobachtet wähnen konnte.

»Damien«, sagte Elisha atemlos. Ihre Augen waren glasig, und es war offensichtlich, dass sie geweint hatte.

»Ich wollte schon früher kommen.« Damien ging zu ihr und zog sie in die Arme. »Verzeih mir. Ich wusste von nichts.«

Elisha drückte ihr Gesicht an seinen Hals und brach erneut in Tränen aus.

»Morgen werde ich noch einmal mit meinem Vater reden, Liebes. Mir ist egal, was es für Konsequenzen hat.«

»Aber wenn sich deine Verlobte nun weigert, sich von dir zu trennen?«

»Das wird sie nicht tun.«

»Das kannst du doch gar nicht wissen«, schluchzte Elisha.
Damien zögerte, dann sagte er: »Ich hatte zwar versprochen, es für mich zu behalten, aber ich glaube, in deinem Fall kann ich eine Ausnahme machen. Jane weiß bereits über alles Bescheid. Ich habe am Tag unserer Ankunft mit ihr im Garten geredet. Sie selbst ist mit der Verlobung nicht glücklich, und es gibt einen anderen Mann, der sie heiraten möchte, einen Direktor der Kompanie.«
Elishas Kopf fuhr hoch, und sie starrte ihn aus tränennassen Augen fassungslos an. *»Sie ist einverstanden?«*
»Mehr als das, sie war sehr erleichtert. Der Mann wird sich mit ihr hier in Madras niederlassen, so dass sie weder ihre Familie noch ihre Freunde verlassen muss. Sie liebt ihn zwar nicht, aber mich ja auch nicht, und es wäre für sie die Alternative, bei der sie weniger zurückstecken muss. Er hat ihr seine Gefühle vor kurzem gestanden und ihren Vater gedrängt, die Verlobung zu lösen, was dieser aber strikt abgelehnt hat.«
»Warum hast du das deinem Vater nicht erzählt?«
»Niemand soll wissen, dass sie mir ihre Einwilligung bereits gegeben hat, du kannst dir denken, was ihr sonst wegen ihres Ungehorsams blühen würde. Egal, wie es am Ende ausgeht, Jane muss vor der Familie so dastehen, als träfe es sie vollkommen unerwartet, aber vor der Gesellschaft muss es so aussehen, als habe ihre Familie die Verlobung gelöst, weil ich sie zu lange hingehalten habe. Die Verlobungszeit dauert nun schon länger, als es sich gehört, von daher hätte jeder Verständnis dafür.«
»Aber wenn sie nun nicht einverstanden gewesen wäre, was hättest du dann getan? Sie hätte es ja auch ihrem Vater erzählen können?«

»So ist sie nicht, und selbst wenn, so hätte die Schuld allein mich getroffen. Deshalb habe ich ja auch erst sie und dann meinen Vater gefragt, damit er sagen kann, er habe von nichts gewusst, falls sie sich bei ihrem Vater beschwert.«
Elisha schob sich eine Haarsträhne aus dem Gesicht. »Wie auch immer, das ändert aber nichts an der momentanen Situation. Mit der Begründung, ihre Familie habe die Verlobung gelöst, weil du keine Anstalten machst, Miss Marchand zu heiraten, kannst du nun ja nicht mehr gut kommen.«
»Nein, vermutlich nicht.«
Elisha sah zur Tür. »Es war sehr leichtsinnig von dir, hierherzukommen.«
»Ich musste mit dir reden.«
»Damien, wenn du der festen Überzeugung bist, dass es trotz allem für dich eine Möglichkeit gibt, mit mir zusammen zu sein, dann glaube ich dir. Solltest du aber zweifeln, dann sag es mir bitte, damit ich nicht weiterhin hoffe.« Elisha mied seinen Blick. »Ich weiß zwar nicht, wie ich es ertragen soll, aber eines Tages zu erwachen und zu erfahren, dass du verheiratet bist, ist wohl schlimmer.«
Damien zog sie an sich. »Ich werde in zwei Tagen mit dir nach Bombay zurückkehren, und niemand wird uns je wieder trennen.« Er neigte den Kopf und berührte leicht mit den Lippen ihren Mund, dann küsste er sie.
Etwas atemlos löste Elisha sich von ihm und legte ihre Hand auf die Brust. Um in das Kleid zu passen, war sie enger geschnürt als üblich, und nun spürte sie, wie ihr der Atem knapp wurde. Damien griff um sie herum und löste die Haken ihres Kleides so weit, dass er ihr Korsett lockern konnte.
»Wenn es nach mir ginge, müsstest du etwas Derartiges nie wieder tragen«, sagte er.

»Wenn es nach mir ginge, erst recht nicht.« Was für eine bizarre Situation, dachte Elisha, dass sie angesichts der Umstände über das Mieder reden konnten.
Damien zog sie erneut an sich und küsste sie. Seine Hand strich über ihren Hals, und er erlaubte sich, das Kleid ein winziges Stück zur Seite zu schieben, um mit seinen Fingerspitzen darunterzugleiten und sie auf ihrer Schulter ruhen zu lassen.
Elisha wusste nicht, ob erst das erschrockene Keuchen ihrer Mutter oder einfach nur das Gefühl, nicht mehr allein zu sein, sie in die Wirklichkeit zurückholte. Im selben Moment, in dem ein Ruck durch ihren Körper ging, erstarrte auch Damien. Noch eng aneinandergeschmiegt wandten sie beide den Kopf zur Tür und sahen Claire Legrant in der Türöffnung stehen, hinter sich ein Mädchen, das sich neugierig umdrehte und einen schrillen Schrei ausstieß, woraufhin deren Mutter sie eilig mit sich riss. Das Schreien des Mädchens dauerte an, Stimmen schwollen an, Blicke fielen durch die noch immer geöffnete Tür auf das Paar, das unfähig war, sich voneinander zu lösen, um nicht den einzigen Beistand aufzugeben, den es noch hatte.
»Lieber Himmel«, rief eine Frau, »bringt die jungen Mädchen fort.«
Es war dieser Ausruf, der Claire endgültig aus ihrer Betäubung riss. Sie warf die Tür hinter sich ins Schloss und lief auf Elisha zu. »Steh auf«, fauchte sie und griff nach Elishas Arm, um sie hochzuzerren.
»Claire!«, rief Damien und ging dazwischen. »Lass sie los. Sie …«
»Schweig«, schnitt Claire ihm das Wort ab, dann trat sie hinter Elisha und zog sie unsanft aus seinen Armen. »Atme

langsamer, damit ich dein Kleid schließen kann. Wir müssen uns jetzt um Schadensbegrenzung bemühen. Damien, du gehst ins Ankleidezimmer, bis ich …«

Weiter kam sie nicht, denn im selben Moment riss Jack die Tür auf, starrte auf die Szene, die sich ihm bot und gegen deren Bedeutung er sich im ersten Moment sträubte. Die Schreie der Frauen hatten ihn alarmiert, und als er die Aufregung vor Elishas Zimmertür bemerkt hatte, war ihm erst der furchtbare Verdacht gekommen, seiner Tochter sei etwas passiert.

Nun stand er ebenso wie seine Frau zuvor in der offenen Tür, und hinter ihm drängten sich andere Männer aus der Hochzeitsgesellschaft, die ebenfalls einen Unfall vermutet hatten, sich aber konsterniert zurückzogen – außer Calbraith und Richard.

»Jack«, sagte Claire, »versuch bitte, nicht die Nerven zu verlieren.«

Diese Worte waren es, die Jack aus seiner Bewegungslosigkeit rissen und die Wahrheit über die Geschehnisse im Zimmer seiner geliebten Tochter mit aller Gewalt über ihn hereinbrechen ließen. Sein Blick fiel auf das Kleid, das Elisha, kaum dass ihre Mutter es losgelassen hatte, über ihre Schulter rutschte und von ihr mit einer raschen Handbewegung festgehalten wurde. Mit wenigen Schritten war er bei ihr und schlug ihr mit dem Handrücken ins Gesicht, dass sie taumelte und von Damien aufgefangen werden musste, um nicht zu fallen. Jack holte erneut aus, um Elisha zu schlagen, weil ihr Anblick in Damiens Armen ihn rasend machte, wurde aber sowohl von Damien, der Elisha hinter sich schob, als auch von Richard, der Jacks Arm festhielt, daran gehindert.

»Bitte, Jack«, sagte Richard ruhig, »du tust ihr weh.«

»Nimm deine Hände von meiner Tochter«, sagte Jack drohend leise zu Damien.
»Du solltest wenigstens Zeit für eine Erklärung geben, ehe du zuschlägst«, sagte Damien ebenso leise, die Stimme bebend vor Wut, weil er, selbst wenn er Jacks Zorn verstand, mitnichten zuzusehen bereit war, wie dieser auf Elisha losging. Elisha hingegen, unfähig, ein Wort zu sagen, starrte ihren Vater aus schreckgeweiteten Augen an, während ein Blutrinnsal über ihre aufgeplatzte Lippe rann.
»Was gibt es hier noch zu erklären?«, rief Jack. »Was gibt es zu erklären an der Tatsache, dass du meine Tochter geschändet hast?«
Damien zog Elisha fester an sich. »Geschändet, Jack, habe ich überhaupt niemanden. Aber selbst wenn ich es getan hätte, dann wäre wohl ich derjenige, der Prügel verdient, nicht Elisha.«
Jack sah Elisha mit einer Kälte an, die sie erschaudern ließ.
»Papa«, sagte sie leise.
»Sei still«, fuhr Jack sie an. »In der Sache hast du nichts mehr zu sagen.« Er wandte sich ab, unfähig, ihren Anblick in dem schamlos geöffneten Kleid zu ertragen, ebenso wenig wie den Anblick des Mannes, den er als Gast in sein Haus aufgenommen hatte und der es ihm damit vergalt, seine Tochter öffentlich zu entehren.
Richard ging zu der immer noch offen stehenden Tür, nahm Charlotte, die danebenstand, am Arm und verließ mit ihr zusammen den Raum. Was nun gesprochen wurde, war Sache ihres Vaters, nicht die seine.
»Ich denke, die Frage, was hier vorgefallen ist, erübrigt sich«, nahm Calbraith das Wort wieder auf. »Überlegen wir uns lieber, wie wir die Angelegenheit im Sinne des Familien-

friedens lösen werden.« Er sah Damien an. »Du wirst deine Sachen packen und schnellstmöglich mein Haus verlassen. Vielleicht kann auf diese Weise der größte Schaden von unserer Seite abgewendet werden.« Dann wandte er sich an Jack. »Ich kann leider nicht mehr tun, als mein aufrichtiges Bedauern auszusprechen, dafür, dass mein Stiefsohn Ihre Tochter missbraucht hat.«

»Einen Moment, Vater«, rief Damien, »die Frage, was hier heute Abend vorgefallen ist, erübrigt sich keinesfalls, denn es ist weitaus weniger passiert, als es den Anschein haben mag. Du hast unverfroren meine Hochzeit angekündigt, obwohl ich dir gesagt habe, dass ich Jane nicht heiraten werde. Ich bin Elisha in ihr Zimmer gefolgt, um ihr zu versichern, dass ich sie heiraten werde …«

»Wie diese Versicherung aussah«, unterbrach ihn Calbraith kalt, »wird wohl jedem in diesem Raum klar sein.«

»Es ist in den letzten Stunden nichts weiter passiert, als dass ich sie geküsst habe, und auch wenn es ein Fehler war, ihr auf ihr Zimmer zu folgen und somit ihren Ruf zu gefährden, so wäre das alles nicht passiert, wenn du meinen Wunsch respektiert hättest. Zudem habe ich sie nicht missbraucht«, presste Damien abschließend zwischen den Zähnen hervor. Er sah Jack an. »Ich entschuldige mich bei dir, wenn es so aussieht, als habe ich deine Gastfreundschaft ausgenutzt. Meine Absichten auf deine Tochter sind trotz allem Anschein ehrenhaft.«

Nach dem ersten Ausbruch war Jacks Zorn Fassungslosigkeit und einem eigentümlichen Gefühl der Leere gewichen, so als sei ihm etwas Wichtiges in seinem Leben entglitten. Er stand schweigend da und hörte sich das Gespräch zwischen Damien und dessen Vater an. Als Damien das Wort an ihn richtete,

blickte er auf und sagte: »Wenn du einen Eid leistest, dass du Elisha bislang unberührt gelassen hast, will ich dir glauben, dass deine Absichten ehrenhaft waren. Schwörst du es als Ehrenmann?«
Damien öffnete den Mund zu einer Erwiderung, spürte die erwartungsvollen Blicke ebenso, wie Elishas Steifheit an seiner Seite. Schweigend senkte er die Augen und gab Jack somit die Antwort, die dieser gefürchtet hatte.
Es war jedoch Calbraith, der das Wort ergriff und leise sagte: »Du verwünschter Bastard eines Mörders und Frauenschänders.«
Jacks Augen waren eingesunken, und er war nicht imstande, Damien ins Gesicht zu sehen. »Nimm deine Hände von meiner Tochter. Morgen reisen wir ab, bis dahin sprich nicht mehr mit ihr. Deine Habe werde ich dir aus dem Gartenhaus zuschicken lassen, denn ich verspüre nicht den Wunsch, dich jemals wiederzusehen, ebenso, wie Elisha dich niemals wiedersehen wird. Mehr habe ich dazu nicht zu sagen.«
»Aber Papa«, wagte Elisha zitternd das Wort zu ergreifen, »ich …«
»Schweig«, fiel ihr Vater ihr ins Wort, »so, wie ich es dir befohlen habe. Ein solches Verhalten hätte ich niemals von dir erwartet, du hast mich sehr enttäuscht, Elisha. Richte das Wort nicht eher wieder an mich, bis ich dich dazu auffordere.« Er drehte sich um und lief zur Tür hinaus, als sein Blick auf Charlotte fiel, die bleich neben Richard im Korridor stand. »Das gefällt dir, nehme ich an«, sagte er scharf.
Nun mischte Richard sich ein. »Elishas Vergehen ist nicht Charlottes Schuld, Jack.«
Ohne ein weiteres Wort ging Jack durch den Korridor, ihm folgte Richard, und als Damien ebenfalls gehen wollte, hielt

Elisha ihn fest. »Rede mit ihm«, bat sie. »Bitte rede mit ihm.« Sie ließ offen, wessen Vater sie meinte.
Claire versuchte, ihre Tochter von Damien zurückzureißen. »Geh«, sagte sie zu ihm, »ehe du alles noch schlimmer machst.«
Sanft löste Damien Elishas Finger, die sich an seinen Arm klammerten. »Vertrau mir«, sagte er leise, »egal, was passiert.«
»Damien!«, blaffte Calbraith von der Tür her. »Sprich nicht mit ihr. Wenigstens diesen Respekt wirst du Jack Legrant erweisen können.« Er drehte sich mit einem Ruck um und lief den leeren Korridor entlang – dem Öffnen der Zimmertür war eiliges Zuschlagen etlicher anderer Türen gefolgt –, um zu sehen, was von seiner Freundschaft mit Oliver noch zu retten war.
Claire wartete, bis Damien gegangen war, dann eilte sie ihrem Mann nach, um ihn zur Vernunft zu bringen. Nun bot sich der Mann, der den Skandal ausgelöst hatte, für eine Ehe an, und ihr von verletztem Stolz verblendeter Ehemann lehnte ab.
Charlotte betrat den Raum, schloss langsam die Tür und ging auf ihre Schwester zu. »Bist du nun zufrieden, du dumme Gans? Kannst du auch nur im Entferntesten ermessen, was du da gerade angerichtet hast?«
Elisha war außerstande, eine Antwort zu geben, sondern sie versuchte zu begreifen, was ihr eben widerfahren war. Wenn das ein Albtraum ist, dachte sie, dann ist jetzt der richtige Zeitpunkt, aufzuwachen. Noch immer hielt sie mit einer Hand ihr wunderschönes cremegelbes Festkleid, während ihre andere Hand sich zusammenballte, so als halte sie sich weiterhin an Damien fest.

»So viel Torheit hätte ich selbst von dir nicht erwartet«, schimpfte Charlotte.
»Was geht dich das an?«, fragte Elisha tonlos.
»Was mich das angeht? Hast du auch nur einen Moment an deine Familie gedacht? Papa hat ausgesehen, als hätte ihm jemand einen Todesstoß versetzt.«
Wenn der gesamte Vorfall Elisha in einen Zustand dumpfer Betäubung versetzt hatte, so war es der Gedanke an ihren Vater, der ihr die Tränen in die Augen trieb. Sie schluchzte auf und presste eine Hand auf die Lider.
»Kannst du dir vorstellen, was nun passiert? Papa ist öffentlich brüskiert worden, die Freundschaft zwischen Calbraith Plant und dem Vater von Damiens Verlobter ist ruiniert, unsere Familie ist entzweit, und du hast zudem jede Aussicht für May auf eine akzeptable Partie zunichte gemacht. In eine solche Familie will kein Mann mehr einheiraten.«
Elisha setzte sich aufs Bett, suchte erfolglos ein Taschentuch und wischte ihre immer wieder hervorquellenden Tränen mit ihren behandschuhten Händen ab.
»Zudem«, fuhr Charlotte fort, nachdem sie sich ihr gegenübergesetzt und leicht vorgeneigt hatte, um ihren Worten mehr Ausdruck zu verleihen, »zudem wird es sogar auf Richards Familie zurückfallen. Was denkst du, wie Oscar Moidore reagiert, wenn er erfährt, dass die Schwägerin seines Sohnes ein gefallenes Mädchen ist.«
»Hör doch endlich auf.« Elishas Stimme brach erstickt.
»Ich habe dich gewarnt, nicht wahr? Ich habe dir gesagt, dass man einer Frau so etwas nicht verzeiht. Auch wenn jeder auf Damien losgegangen ist, dann doch nur, weil er sich an *dir*, an der Tochter des Gastgebers, vergriffen hat. Niemanden interessiert es, ob er andere Frauen hat, und erst recht wäre

all das kein Grund gewesen, seine Verlobung zu lösen. Glaubst du, irgendjemand würde ihm einen Vorwurf machen, wäre er mit einem Dienstmädchen ins Bett gegangen? Richard hat es ja selbst gesagt: ›*Elishas* Vergehen‹, und nicht ›*Damiens* und Elishas Vergehen‹.«

Die Tür zum Ankleidezimmer wurde vorsichtig aufgeschoben, und May steckte schüchtern den Kopf herein. Sie hatte im Ankleidezimmer dem Schreien gelauscht und darauf gewartet, dass alle gingen. Noch immer trug sie ihr Abendkleid. Ihre Mutter hatte sie in ihr Zimmer geschickt und nach Elisha sehen wollen. Während der darauffolgenden Szene hatte May mit heftig klopfendem Herzen im Ankleidezimmer gestanden und gehofft, dass die Situation sich beruhigen würde. Zwar glaubte sie gehört zu haben, wie jemand geschlagen wurde, wünschte sich aber zutiefst, sich zu irren. Weder sie noch ihre Schwester hatten je Schläge bekommen, ebenso wie niemals jemand in ihrer Gegenwart geschlagen worden war.

»Ah, May«, rief Charlotte, »du solltest dich schon einmal mit dem Gedanken anfreunden, dass nun vermutlich nicht einmal dein Schreiber um dich anhalten wird, zumindest nicht, sofern er einer guten Familie entstammt.«

May wurde blass, gab aber keine Antwort, sondern blickte auf Elishas bebenden Rücken.

»Was dem Ganzen allerdings die Krone aufsetzt«, schloss Charlotte, »ist, dass sie ihren Leichtsinn mit Damien ausgerechnet am Hochzeitstag seiner Schwester auf die Spitze getrieben hat.«

Vorsichtig setzte May sich hinter Elisha aufs Bett und zog sie an sich. Elisha drehte sich zu ihrer kleinen Schwester, legte den Kopf auf deren Schulter und ließ zu, dass May tröstend

über ihr Haar strich. May war selbst den Tränen nah, als sie Elishas Weinen hörte, und zudem hatte sie das verschmierte Blut an ihrem Mundwinkel und Kinn gesehen und war zutiefst erschrocken. Über Elishas Kopf hinweg warf sie Charlotte einen vorwurfsvollen Blick zu.
Charlotte hingegen war weniger auf Elisha wütend, sondern verlieh vielmehr ihrer eigenen Angst und ihrem Erschrecken Ausdruck. Wie hätte ihr Vater reagiert, wenn er je von ihr und Lamont erfahren hätte, wenn er schon seine geliebte Elisha beinahe wegen ihrer Affäre mit Damien verstieß? Aber vor allem musste sie daran denken, wie Richard, der ruhig und gefasst ihren Vater zurückgehalten hatte, handeln würde, sollte er je von ihrem Betrug erfahren. Charlotte hob eine Hand an ihren Mund. Wenn das eine Warnung war, dann tat sie gut daran, sie zu beherzigen.

»Diese Schande!«, brüllte Calbraith. Die Gäste waren überstürzt gegangen, zweifellos neidisch auf die Besucher, die die Nacht über bleiben und alles aus nächster Nähe mitbekommen würden.
»Ich habe dir gesagt, ich möchte eine andere Frau heiraten«, antwortete Damien nicht weniger laut. »Meine Meinung hat sich nicht geändert.«
»Ebenso wie meine«, schrie Calbraith ihn an. »Du bist nicht länger mein Sohn und in diesem Haus nicht mehr willkommen.«
»Calbraith!« Elizabeth hatte während der Szene in Elishas Zimmer bei ihren Gästen geweilt und versucht, das schlimmste Gerede abzuwenden.
»Ich bedaure, dass es so gekommen ist«, antwortete Calbraith, »aber er wusste, was ihm blüht. Selbst wenn es nicht

die Sache mit Jane wäre, ist es an uns, den Schaden, den er der Familie zugefügt hat, in Grenzen zu halten. Ich muss beweisen, dass wir uns von seinem ehrlosen Verhalten distanzieren.«

»Er mag nicht mehr dein Sohn sein«, rief Elizabeth, »aber er ist immer noch meiner.«

»Du bist seine Mutter, richtig, aber in erster Linie bist du meine Ehefrau und mir Gehorsam schuldig.«

Elizabeth konnte sich nicht daran erinnern, dass er ihr gegenüber jemals einen solchen Ton angeschlagen hatte. »Calbraith«, sagte sie leise, »ich bitte dich, mir das nicht anzutun.«

Damien nahm die Hände seiner Mutter und neigte sich zu ihr. »Verzeih mir«, sagte er leise.

Elizabeth schüttelte den Kopf, konnte jedoch nicht antworten, weil ihr die Tränen kamen.

»Da siehst du, was du angerichtet hast«, fuhr Calbraith seinen Sohn an. »Komm mit mir, Elizabeth.«

Als seine Frau keine Anstalten machte, ihm zu folgen, legte er die Hand an ihre Schulter, um sie vorsichtig mit sich zu ziehen. »Lass sie los«, sagte er zu Damien, so wie Jack es nur eine halbe Stunde zuvor getan hatte.

Damien ließ die Hände seiner Mutter los, aber Elizabeth befreite sich aus dem Griff ihres Ehemannes und drehte sich zu ihm um. »Calbraith, zwinge mich nicht dazu, mich zwischen meinem Sohn und meinem Ehemann zu entscheiden.«

»Ich weise Damien aus dem Haus, und dein Platz ist hier, wo sowohl dein Mann als auch dein anderer Sohn leben. Es ist wohl keine Entscheidung zu fällen, die nicht schon vorgegeben ist.«

»Ich werde nicht mehr nach Bombay zurückkönnen«, erwiderte Damien, »auch nicht, wenn ich Elisha heirate. Wenn ich mich hier niederlasse …«

»Schlag dir das aus dem Kopf«, herrschte Calbraith ihn an. »Du wirst dich weder hier noch an sonst einem Stützpunkt der Handelsniederlassung als Arzt betätigen. Denkst du allen Ernstes, dieser Skandal spricht sich nicht herum?«

»Man wird mich als Arzt arbeiten lassen«, entgegnete Damien, »es sei denn, du machst deinen Einfluss geltend, und dann werde ich wohl in der Tat nirgendwo in Indien praktizieren können.« Als sein Vater keine Antwort gab, zog Damien die Brauen hoch. »Was für eine armselige Rache. Und wofür, frage ich dich? Dafür, dass ich Jane nicht heirate? Dafür, dass ich Elisha in Schwierigkeiten gebracht habe? Wen, denkst du, wirst du damit bestrafen? Männern verzeiht die Gesellschaft, wie du weißt. Einzig Elisha wird unter den Folgen zu leiden haben, und wenn es dir um sie geht und um ihren Ruf, dann würdest du nicht um jeden Preis versuchen, mich daran zu hindern, als Arzt tätig zu bleiben, sondern Jack Legrant aufsuchen und insistieren, einer Heirat zuzustimmen, so wie es jeder andere Vater tun würde.«

»Deiner endete nur bedauerlicherweise am Galgen.«

Damien zuckte zusammen, sein Blick flog zu seiner Mutter, die kreideweiß geworden war.

Calbraith hatte sich in Rage geredet. »Und denk nicht einmal im Traum daran, das Mädchen heimlich mitzunehmen, wo auch immer du hingehst. Ihr werdet ohnehin nicht weit kommen.« Calbraith wandte sich ab. »Geh bitte so bald wie möglich.«

»Du tust, als hätte ich ein Verbrechen begangen, nur weil ich eine andere Frau liebe als die, die du mir zugestehst.«

»Ich hätte dich nie aufnehmen dürfen«, antwortete Cal-

braith. »Was ist bei Blut wie deinem schon anderes zu erwarten als Verrat und Schändung von Frauen?«
»Schweig endlich!«, schrie Elizabeth ihn an. »*Mich* verletzt du damit, merkst du das nicht? Du verletzt mich schlimmer, als Damiens leiblicher Vater es je vermocht hat.«
Calbraith fuhr herum. »Elizabeth …«
Elizabeth erwiderte seinen Blick, schweigend, kalt, wobei ihre Lippen beinahe unmerklich zitterten. Sie fühlte sich, als sei etwas in ihr abgestorben, etwas, das ihr ältester Sohn mit dem Zeitpunkt seiner Geburt zum Leben erweckt hatte. Es war schon einmal in ihr gestorben, vor vielen Jahren, als sein Vater, Petrock Catrall, sie zum ersten Mal in sein Bett gezwungen hatte.

Die Nachricht von Ernest Latimer kam am Nachmittag des dritten Tages nach der Hochzeit. Elizabeth hatte sich auf ihr Zimmer zurückgezogen, Damien ließ sich ebenfalls nicht mehr bei der Familie blicken, und so saß Robert allein mit seinem Vater im Salon, als der Bote den Brief brachte. Robert hätte nie gedacht, dass ihm die Anwesenheit seiner kleinen Schwester fehlen würde, aber das Haus war tatsächlich leer ohne sie. Zudem litt er unter dem Zustand, der mit Damiens und Elisha Legrants Eskapade über sie hereingebrochen war. Dass er mit seinem von ihm so bewunderten Bruder keinerlei Kontakt mehr pflegen durfte, war etwas, das ihm zu schaffen machte.
Calbraith erbrach das Siegel, überflog die Nachricht und fuhr in die Höhe. »Das auch noch!«, schrie er. Die Nachricht zerknüllend, lief er aus dem Salon, gefolgt von Roberts

Blicken, der sich aber nichts weiter dabei dachte. Eine Nachricht von der Handelsgesellschaft, vermutete er. Neugierig hob er das Schreiben dennoch auf und strich es glatt. Er überflog es, schüttelte ungläubig den Kopf und las noch einmal, dass Ernest Latimer androhte, die Ehe mit Maureen annullieren zu lassen, wenn ihr Vater sie nicht zur Vernunft brachte.

Robert wusste natürlich, unter welchen Umständen eine Ehe annulliert werden konnte, jedoch vermochte sich kaum vorzustellen, dass ein Mann sich nach drei Tagen Ehe so weit erniedrigte, den Vater seiner Braut wegen eines Umstands anzuschreiben, den er leicht selbst beheben konnte. Aber er hatte Ernest von Anfang an nicht für voll genommen. Und all das nach der Affäre von Damien, von der Ernest ja auch gehört haben musste und aus der er folgern konnte, dass die Nerven seines Schwiegervaters bis zum Zerreißen gespannt waren. Arme Maureen, dachte Robert in echtem Bedauern, an ihrer Stelle wollte er jetzt nicht sein.

Maureen zitterte immer noch, selbst nachdem Ernest aufgehört hatte, schimpfend an der Tür zu rütteln. Sie schloss die Augen und betete, dass er wieder so werden würde wie vor ihrer Trauung. Ihre *Ayah*, in deren Kammer sie sich befand, sah sie mitleidsvoll an, tröstete sie, versuchte aber auch, ihr klarzumachen, dass ihr Mann nichts weiter von ihr forderte als sein gutes Recht. Maureen konnte das nicht glauben, aber natürlich hatten die einheimischen Frauen andere Pflichten in einer Ehe als ein anständiges englisches Mädchen.

Am liebsten wäre sie zu ihren Eltern gefahren, aber sie hatte Angst, die Kammer zu verlassen. Immer noch sah sie Ernest vor sich, als er in der Nacht nach ihrer Hochzeit ihr Zimmer betreten hatte. Sie war in ein langes weißes Nachthemd gekleidet und hatte auf ihn gewartet, weil man ihr gesagt hatte, eine Braut müsse in der Hochzeitsnacht auf ihren Ehemann warten. Er hatte das Zimmer betreten, in einen Morgenmantel gekleidet, und als er sie an sich gezogen und geküsst hatte, war nichts mehr von der Romantik zu spüren, die seine keuschen, verstohlenen Küsse in der Verlobungszeit gehabt hatten. Er hatte zu Maureens Entsetzen seinen Morgenmantel ausgezogen und nackt vor ihr gestanden, während er an ihrem Nachthemd zerrte. Nur weil er offensichtlich nicht mit ernsthafter Gegenwehr gerechnet hatte, war es ihr gelungen, sich von ihm zu befreien und in die Kammer ihrer *Ayah* zu fliehen, in der sie nun schon seit drei Tagen saß.

Ihre *Ayah* badete sie, kämmte sie, verwöhnte sie mit Süßigkeiten, gab ihr Kosenamen und sprach ihr gut zu, zu ihrem Mann zu gehen. Aber immer, wenn Ernest vor der Tür auftauchte und seinen Ärger herausschrie, an dem Türknauf rüttelte und damit drohte, die Tür aufzubrechen, verkroch sie sich in die hinterste Ecke der Kammer.

Nach seinem letzten Wutausbruch war es lange Zeit still, dann näherten sich nachmittags erneut Schritte, ruhiger und fester als die ihres Mannes. »Maureen!«, erklang die autoritäre Stimme ihres Vaters dumpf durch die massive Tür.

»Papa.« Maureens Erleichterung war so überwältigend, dass ihr Herz wie rasend schlug. Sie schob den schweren Riegel zurück und öffnete die Tür. »Oh, Papa, du bist hier. Du musst …« Der Rest des Satzes ging unter, als Calbraith seiner Tochter eine Ohrfeige verpasste, die sie zu Fall brachte. Entsetzt sah sie zu ihm hoch, die Augen weit aufgerissen.

»Reicht der Ärger nicht, den ich habe?«, fragte Calbraith. »Musst du mir auch noch Sorgen bereiten?«

»Ich verstehe nicht, was du meinst.« Maureen stand auf und sah ihren Vater verwirrt an.
»Dein Mann hat mir geschrieben und mich darum gebeten, dich zur Vernunft zu bringen.«
»Dann hat er dich belogen. Er ... er verlangt schreckliche Dinge von mir.«
»Er verlangt nichts weiter als das, was ihm zusteht. Geh zu ihm.«
Maureen wich zurück und schüttelte den Kopf.
»Maureen«, Calbraiths Stimme klang drohend leise, »entweder du gehst augenblicklich zu deinem Ehemann, oder aber du lernst mich von einer Seite kennen, von der du lieber nichts wissen möchtest. Ein Skandal in der Familie reicht mir vollkommen.«
»Kann ich nicht mit dir kommen und mit Mama reden?«, bat Maureen, den Tränen nahe. »Wenn ich ihr erkläre, was geschehen ist, wird auch sie sagen, dass ich ...«
Calbraith packte sie am Arm und versetzte ihr mehrere Ohrfeigen, dann griff er in ihr Haar und zerrte sie hinter sich her durch den Korridor, die Treppe hinauf. Maureen schrie und wand sich unter seinem Griff, aber ihm war, als sähe er alles durch einen roten Schleier, und ihre Schreie drangen kaum zu ihm durch. Vorbei an Ernest, der am oberen Treppenabsatz stand und ihn entgeistert anblickte, stieß er Maureen in das gemeinsame Zimmer und schloss die Tür.
»Hier ist sie«, fuhr er Ernest an. »In Zukunft ersparst du dir hoffentlich derart erniedrigende Szenen und hältst deine Ehefrau selbst unter Kontrolle.«

Einen Tag später erfuhr Robert durch ein Dienstmädchen von dem Vorfall, laut derer man Maureens Schreie durch das

ganze Haus gehört habe. Abends kamen Maureen und Ernest zum Essen. Maureen war bleich, ihre Augen lagen tief in den Höhlen, und ihre Mutter warf ihrem Vater einen Blick zu, der selbst Robert erschreckte. Maureen hingegen ließ sich von keinem der beiden zum Gruß umarmen, erlaubte seltsamerweise aber, dass Robert sie auf die Wange küsste.
Während des gesamten Essens stellte Robert sich vor, wie Ernests Kiefer unter seinen Fingern knackte. Dass er seiner Schwester Streiche spielte, sie ärgerte und gelegentlich zum Weinen brachte, mochte angehen, aber das gab keinem Mann das Recht, den Vollzug seiner Ehe in einer Art durchzuführen, dass die Frau im ganzen Haus hörbar schrie, und ihr zuvor die Demütigung anzutun, sie von ihrem Vater vor den Augen aller Diener in das Schlafzimmer zerren zu lassen, damit er sich endlich nehmen konnte, was ihm zustand.
Nach dem Essen fragte Maureen nach Damien.
»Er ist auf seinem Zimmer«, antwortete ihr Vater. »Möchtest du zu ihm?«
»Meine Liebe«, mischte sich Ernest ein, der sich während des Essens zutiefst unwohl gefühlt hatte, »mir wäre das nicht recht, nach allem, was passiert ist.«
Maureen, die sich bereits erhoben hatte, sah ihn mit einem solch abgrundtiefen Hass an, dass er ihrem Blick auswich und ihr erlaubte, zu gehen, um sich von ihrem Bruder zu verabschieden.
Damien saß an seinem Schreibtisch und setzte einen Brief an Jack auf. Er hoffte, dass Jack durch den Abstand von mehreren Tagen imstande war, sein Anliegen ruhiger zu überdenken. Es war nicht so, dass er erwartete, mit offenen Armen empfangen zu werden, aber er wünschte sich eine Einigung, die ihn und Elisha zusammenführte und Elisha weiterhin

Kontakt zu ihrer Familie erlaubte. Schwieriger war es hingegen, seinen Ruf in der Gesellschaft wiederherzustellen. Selbst wenn er Elisha heiratete, so hatte sein Renommee doch erheblich gelitten. Vielleicht sollte er nach England gehen, aber selbst dorthin konnte ihm sein Ruf folgen, und mit diesem Makel zu leben, wollte er Elisha nicht antun. Er wohnte in den paar Tagen, bis er wusste, wohin er gehen sollte, noch im Haus seines Vaters, was er zweifellos der Fürsprache seiner Mutter zu verdanken hatte. Am liebsten wäre er am selben Tag ausgezogen, an dem Elisha abgereist war, aber er hätte nirgendwohin gekonnt. Die Geschichte hatte sich wie ein Lauffeuer herumgesprochen, und niemand wollte Calbraith Plant brüskieren, indem er den in Ungnade gefallenen Sohn bei sich aufnahm. Es herrschte die stillschweigende Übereinkunft, dass Damien außer seinem Zimmer keinen anderen Raum zu betreten hatte.

Als Maureen in der Tür stand, wurde er aus seinen Überlegungen gerissen, doch seine Freude, ihre Stimme zu hören, wich Bestürzung, als er sah, wie verstört sie war.

»Ernest hat gesagt, ich darf mich von dir verabschieden.«

Damien bemühte sich um ein Lächeln. »Na, das ist immerhin mehr, als Vater Robert gewährt hat.«

Nachdem Maureen die Tür geschlossen hatte, blinzelte sie ein paarmal, dann sah sie sich in seinem Zimmer um, so als sei sie nie zuvor darin gewesen. Damien trat zu ihr und berührte ihre Wange. »Er hat dir sehr wehgetan, ja?«

Maureen nickte lediglich und biss sich auf die Lippe, als wolle sie sich daran hindern, zu weinen.

»Ich wünschte, ich könnte dir helfen«, sagte Damien.

»Das hätte nur Papa gekonnt.« Maureen hatte sich wieder gefangen. »Aber Papa hasst mich.«

»Er ist wütend auf mich, deshalb hat er so gehandelt.«

»Aber dafür kann ich doch nichts.« Maureens Stimme klang erstickt. »Ich dachte, er kommt, um mir zu helfen, weil Ernest …« Sie verstummte.

Damien schloss kurz die Augen. »Es tut mir so leid, Maureen.«

»Weißt du schon, wohin du gehen wirst?«

»Nein, bisher noch nicht.«

»Ernest geht vielleicht auch bald fort«, sagte Maureen, »falls sein Regiment gegen die Franzosen zieht. Du kannst bei mir wohnen, wenn er fort ist.«

Damien zog sie an sich. »Das ist lieb von dir, aber Ernest würde das nicht erlauben, und ich will dich nicht in noch größere Schwierigkeiten bringen, wenn er es erfährt.«

»Robert hatte Recht damit, ihn nicht zu mögen.« Sie brach in Tränen aus. »Kannst du nicht trotzdem zu mir ziehen und mich vor ihm beschützen?«

»Liebes, du weißt, dass das nicht gehen wird.« Damien hätte sich Ernest nur zu gern vorgenommen, aber er wusste, dass jegliches Eingreifen von ihm oder Robert die Situation für seine Schwester verschlimmert hätte. Allein ihr Vater hatte Einfluss genug, Ernest das Leben schwer zu machen. »Hör mir zu. Wenn es Probleme gibt und Ernest erneut gewalttätig wird, dann wende dich erst an Vater … nein, hör mir zu, und danach an Robert. Vater war meinetwegen wütend, und er hat vermutlich auf eine Art gehandelt, die er bereits bereut.«

Maureen schüttelte den Kopf, ohne eine Antwort zu geben.

22

Bombay, Mai 1758

Auch mehr als einen Monat später dachte Jack sehr ungern an das Gespräch mit Ambrose Mason zurück. Dieser hatte ihn noch am Tage seiner Rückkehr aufgesucht.

»Ich nehme an, die Gerüchte haben uns begleitet«, schloss Jack angesichts des Zorns, der in den Augen des Lords schwelte.

»Sie haben Sie sogar noch überholt, und Sie können sich sicher denken, dass ich entzückt war, zu hören, dass meine Verlobte halb nackt in den Armen des Mannes gefunden wurde, den Sie jahrelang als Gast beherbergt haben. Das wirft natürlich Fragen auf.«

»Dem ist zu meinem Bedauern nichts hinzuzufügen«, entgegnete Jack. Seine Erfahrung als Mitglied der Handelsgesellschaft hatte ihn gelehrt, seine persönlichen Gefühle hinter einem Ausdruck von Ruhe und Sachlichkeit zu verbergen. »Ich werde veranlassen, dass sämtlicher Schmuck, den Sie Elisha geschenkt haben, an Sie zurückgeführt wird.«

Ambrose winkte ab, als sei das nicht der Rede wert. »Ich wüsste dennoch gerne«, fuhr er fort, »ob Ihnen bekannt war, dass Ihre bezaubernde Tochter ihre Gunst bereits verschenkt hat, während ich so sehr darauf bedacht war, meine Rolle als Verlobter zur vollsten Zufriedenheit aller zu erfüllen und ihr so viel meiner Zeit gewidmet habe.«

»Selbstverständlich nicht«, erwiderte Jack erbost. »Ich sehe

ein, dass Ihr Stolz von meiner Tochter verletzt wurde, aber ich lasse mich nicht in meiner Ehre beleidigen.«
»Das lag nicht in meiner Absicht, verzeihen Sie. Aber verständlicherweise hat es mich nicht eben erfreut, zu erfahren, dass ich kurz davor stand, meinen Namen und meine Geburtsrechte an ein Mädchen zu geben, das kaum mehr wert sein kann als eine Hure.«
Jack schlug mit der Faust auf den Tisch. »Ich verbiete Ihnen, meine Tochter eine Hure zu nennen.«
»Dann eben als Mädchen von lockerer Moral.« Ambrose stand auf. »Es läuft dennoch auf dasselbe hinaus. Ich empfehle mich.« Mit einer geschmeidigen Bewegung drehte er sich um und verließ den Raum.
Jack brauchte nur an das Gespräch zu denken, um brennende Scham zu fühlen. Niemals zuvor hatte jemand gewagt, auf ihn herabzusehen, ihn als Vater einer Hure zu bezeichnen. Wenige Minuten später wich die Scham jedoch einem ebenso verzehrenden Zorn. Er sah auf Damiens dritten Brief, den er ebenso unbeantwortet zu lassen gedachte wie die vorherigen.
Claire lag ihm deshalb immer noch in den Ohren und war sogar so weit gegangen, ihm Vorwürfe zu machen, weil er Elishas einzige Möglichkeit auf eine Heirat ausgeschlagen hatte und weil er auf Elisha losgegangen war, ohne zu berücksichtigen, dass jeder ihn vom Korridor aus sehen oder zumindest hören konnte.
Bisher hatte er vermieden, mit Elisha zu sprechen, aber die Frage, wie lange sie ihn hintergangen hatte, nagte an ihm, und so befahl er einem Dienstmädchen, sie zu sich zu holen. Es war schon spät am Abend, und er wusste nicht, ob sie bereits schlief, aber in dem Moment war ihm das egal. Er saß

hinter seinem Schreibtisch und hoffte, das Gespräch ohne Gefühlsausbrüche hinter sich zu bringen.
Elisha stand nur wenige Minuten später vor seiner Tür. Sie war auffallend schmal geworden. Dunkle Ringe unter ihren Augen ließen auf durchwachte Nächte schließen, und auch auf ihren Wangen lagen Schatten. Ihr Atem ging schneller als normal, was auf ihre Anspannung zurückzuführen war, die dieses erste Gespräch mit ihrem Vater nach beinahe zwei Monaten mit sich brachte.
»Setz dich«, sagte Jack. Als Elisha vollständig ins Licht der Kerzen trat, bemerkte er, wie hoffnungsvoll sie ihn ansah. Für einen Moment hätte Jack sie am liebsten an sich gezogen, aber der kurze Moment der Nachgiebigkeit verflog, sobald er sie sich in Damiens sinnlicher Umarmung vorstellte.
»Ich will wissen, wie weit die Beziehung zwischen euch gediehen ist, und vor allem, wie lange es schon ging. Fang damit an, was während der Sturmnacht in Damiens Behandlungsräumen geschehen ist. Ihr wart die ganze Zeit allein.«
Elisha errötete und stammelte: »Wir … ich habe wirklich keinen Einlass gefunden. Ich wollte zu dir, aber …«
»Das war keine Antwort auf meine Frage.«
Niemals wäre Elisha dazu imstande gewesen, die Dinge, die in dieser Nacht geschehen waren, in Gegenwart ihres Vaters zu wiederholen, und im Lügen war sie nie überzeugend gewesen.
Sie senkte den Kopf und schwieg. Für Jack jedoch war es wie ein Eingeständnis.
»Während ich geglaubt habe, du seiest ins Meer gerissen worden«, brüllte er, »hast du es nur wenige Meter weiter mit diesem verwünschten Bastard getrieben.«
Elisha zuckte zusammen und versuchte erfolglos, die Tränen

zurückzudrängen. Ihre Scham überwindend sagte sie: »Das … das haben wir nicht getan.«

»Was habt ihr nicht getan, Elisha? Willst du mir sagen, ihr seid die ganze Nacht dort geblieben, und er hat dich nicht angerührt?«

»Er …« Elisha suchte verzweifelt nach den richtigen Worten, »er hat mich geküsst und umarmt. Später hatten wir beide ein so schlechtes Gewissen …« Ihre Stimme verlor sich.

»Wenn ich ehrlich sein soll, habe ich immer noch nicht verstanden, was genau dort vor sich gegangen ist. Wie auch immer.« Jack bemühte sich um Ruhe, er hatte sich nicht so gehen lassen wollen. »Damien hat mir geschrieben, mehrmals.«

Zögernd hob Elisha den Kopf, aber ihr Vater machte das erneute Aufflackern von Hoffnung zunichte, indem er fortfuhr: »Ich habe seine Briefe nicht beantwortet und werde es auch künftig nicht tun. Aber vorläufig ist nicht anzunehmen, dass er sich wieder meldet. Er hat eine Stelle als Regimentsarzt angenommen und wird in dem Krieg mit den Franzosen beschäftigt genug sein.«

Elishas Körper spannte sich an, als wolle sie aufspringen. »Hat er das geschrieben?«

»Sonst hätte ich wohl keine Kenntnis davon. Sein genauer Wortlaut war« – Jack hob den Brief – »*Ich habe mich als Regimentsarzt anwerben lassen und ein Offizierspatent erworben. Auf diesem Wege werde ich meine Ehre wiederherstellen und mich deiner Tochter als würdig erweisen*. Nun ja« – Jack legte den Brief wieder beiseite –, »seine Ehre mag er damit wiederherstellen, aber was alles andere betrifft, wird er von mir die gleiche Antwort bekommen, die ich ihm bereits in Madras gegeben habe. Du wirst nicht seine Frau, Elisha, eher werde ich dich mit dem ersten Mann, der dich jetzt noch will, verheiraten.«

Elisha war zu entsetzt bei dem Gedanken, dass Damien in der Armee diente, als dass sie der Drohung ihres Vaters hätte Beachtung schenken können. Ihre Hände krallten sich in die Armlehnen des Stuhls, und sie starrte auf den achtlos hingeworfenen Brief. Alle Farbe war ihr aus dem Gesicht gewichen.

»Geh auf dein Zimmer«, sagte Jack. »Ab morgen kannst du wieder mit der Familie die Mahlzeiten einnehmen.«

Elisha ließ nicht erkennen, ob sie Letzteres gehört hatte, und stand auf. Warum nur hatte ihr Vater Damien nicht erlaubt, sie zu heiraten? Was, wenn er nun verletzt wurde oder gar starb? Der Gedanke daran war so schrecklich, dass Elisha den Kopf schüttelte, um ihn zu vertreiben.

Auf der Treppe kam ihr ihre Mutter entgegen. »Hast du mit deinem Vater gesprochen?«

»Ja.«

»Ich nehme an, er hat dich nicht gerufen, um dir zu erlauben, Damien Catrall zu heiraten?«

»Nein. Damien hat sich als Regimentsarzt gemeldet.« Als sie die schreckliche Wahrheit aussprach, gelang es Elisha nicht mehr, das Zittern ihrer Stimme zurückzuhalten.

Claire schürzte die Lippen und sah die letzte Möglichkeit, den Ruf ihrer Tochter und somit des Hauses, wiederherzustellen, durch die Hand der Franzosen fallen. »Warum nur hast du nicht besser auf dich Acht geben können?«, fuhr sie ihre Tochter an.

Weil sie darauf keine Antwort zu geben wusste, schwieg Elisha. Ihre Sorge um Damien war Wut gewichen. Als genüge es nicht, dass sie wie eine Aussätzige behandelt wurde, musste er sie auch noch allein lassen und auf dem Kriegsfeld seiner Ehre nachlaufen. Dann aber rief sie sich ins Gedächtnis, dass er auch ihretwegen gegangen war. *Um mich deiner Tochter als würdig zu erweisen.* »Aber das bist du doch schon«, murmelte sie.

»Was sagtest du?«, fragte ihre Mutter.

»Nichts.«

Claire Legrant schickte ihre Tochter mit einer Handbewegung in ihr Zimmer. Dort setzte Elisha sich auf ihr Bett und zog ein Buch unter ihrem Bett hervor, das sie von Damien ausgeliehen hatte. Als seine Habe sowohl aus seinem Häuschen als auch seinem Behandlungszimmer zusammengeräumt worden war, um sie nach Madras zu schicken, hatte Elisha das Buch vergessen. Es war ein Buch über die Heilmethoden bei verschiedenen Verletzungen, und sie hatte es schon seit längerer Zeit in ihrem Zimmer versteckt, um heimlich darin lesen zu können.

Die Bücher, die Ambrose ihr geschenkt hatte, fielen ihr ein, und es war nicht das erste Mal, dass sie bei dem Gedanken an ihn ein unbehagliches Gefühl beschlich. Auch wenn sie gegen ihren Willen verlobt worden war, so war Ambrose alles andere als ein unerträglicher Verlobter gewesen, vielmehr hatte er sich durch ein ausgesprochen angenehmes Wesen hervorgetan. Auf diese Weise von seiner Verlobung entbunden zu werden, hatte er nicht verdient, gleichgültig wie oft sie ihm gegrollt hatte, weil er sie heiraten wollte, obwohl sie so offensichtlich kein Interesse daran hatte. Aber er hatte nicht anders gehandelt, als andere Männer es taten, indem sie Eheschließungen mit den Vätern der Mädchen vereinbarten, auch gegen deren Willen.

Elisha strich über den ledernen Einband von Damiens Buch

und fragte sich, wie es hatte geschehen können, innerhalb weniger Minuten von der geachteten Tochter eines angesehenen Mannes zu einem Mädchen zu werden, das den Leuten kaum mehr als eine Dirne galt. Aber sie konnte auch nicht sagen, in welchem Moment sie etwas anders hätte machen müssen, um diese Entwicklung zu verhindern.

Archibald Stonewall betrat mit gewichtiger Miene Jacks Arbeitszimmer im Handelskontor und setzte sich unaufgefordert auf einen Stuhl. Unwillig ließ Jack seine Schreibfeder sinken und sah auf.

»Was gibt es, Mr. Stonewall?«, fragte er knapp.

»Ich dachte mir, in der Angelegenheit ist es besser, wenn ich mich hier an Sie wende, Sir«, erwiderte Archibald, »denn es erscheint mir momentan etwas – ich möchte sagen – etwas unpassend, Sie daheim aufzusuchen, Sir.«

»Mir war nicht bekannt, dass mein Haus Gästen nicht mehr offen steht.«

»Oh, aber nein«, beteuerte Archibald hastig. »Ich dachte nur, dass Sie, nun ja, die Umstände …«

»Kommen Sie zu Ihrem Anliegen, Stonewall, ansonsten lassen Sie mich weiterarbeiten«, unterbrach Jack ihn unfreundlich.

»Es ist so, dass ich mich durch meinen Status und den Namen meiner Familie eines nicht unbeträchtlichen Ansehens erfreue.«

»Wenn Sie auf eine Beförderung aus sind, bin ich der falsche Ansprechpartner.«

»Ich möchte auf etwas anderes zu sprechen kommen, Sir«,

fuhr Archibald unbeirrt fort. »Die – ja, ich möchte sagen sehr unerfreuliche – Geschichte Ihrer Tochter Elisha ist, wie Sie sich denken können, nicht unbeachtet geblieben.«

In Jacks Gesicht wetterleuchtete es. »Nur weiter«, sagte er ruhig.

»Ebenso ist allgemein bekannt, dass Lord Mason die Verlobung gelöst hat. Nun ja, ein Mann von Stand« – Archibald gab einen Laut von sich, der als Lachen gelten konnte –, »da hatte er wohl keine andere Wahl. Immerhin erbt er den Titel und …«

»Mir sind sowohl Titel als auch Erbe des ehemaligen Verlobten meiner Tochter bekannt«, fiel Jack ihm erneut ins Wort. »Wären Sie nun so freundlich, mir zu sagen, was Sie wollen? Ich bin in keiner Weise gewillt, Ihre Neugier bezüglich meiner familiären Angelegenheiten zu stillen, noch werde ich irgendein Gerücht bestätigen.«

»Das erwarte ich auch gar nicht, Sir.« Archibald schien gekränkt. »Es geht viel mehr um eine sowohl finanzielle als auch gesellschaftliche Übereinkunft, deshalb erwähnte ich zu Beginn mein Ansehen, und ich darf hinzufügen, dass auch meine finanzielle Situation mir einen gewissen Lebensstandard erlaubt. Was mir allerdings noch fehlt, ist die passende Verbindung, die mir einen weiteren Aufstieg ermöglicht. Eine Verbindung mit dem Namen Ihrer Familie.«

Jack schüttelte den Kopf. »May ist viel zu jung für Sie. Ausgeschlossen, Mr. Stonewall, vollkommen ausgeschlossen. Es tut mir leid, aber Sie haben sich umsonst bemüht.«

»Aber es geht mir doch nicht um Ihre Tochter May, Sir, das halbe Kind.« Archibald plusterte sich empört auf, so als habe er die Hoffnung nicht erst aufgegeben, als Jonah auf der Bildfläche erschien. »Ich dachte an Ihre Tochter Elisha. Angesichts ihrer nun doch sehr misslichen Lage wäre ich dennoch bereit, sie zu ehelichen und somit in den Status einer ehrbaren Frau zu setzen.«

Jack räusperte sich. »So, dazu wären Sie also bereit?«

»Natürlich erwarte ich, dass bei der Mitgift berücksichtigt wird, dass sie nicht mehr – eh – unschuldig ist. Meine Familie wird sicher nichts einzuwenden haben, denn ich denke, wenn ein geschäftliches Fortkommen möglich ist und eine gute gesellschaftliche Verbindung damit einhergeht, dann wird man auch eine Braut akzeptieren, die gewisse Mängel hat.«

»Gewisse Mängel?«

»Nun ja« – Archibald lächelte –, »Sie wissen ja, was ich meine. Das wäre mein Angebot an Sie, Sir.«

»Sie möchten sofort eine Antwort, nehme ich an.«

»Wenn Sie das erst in Ruhe durchdenken wollen, dann habe ich dafür natürlich Verständnis. Allerdings nehme ich auch an, dass Ihnen nur daran gelegen sein kann, Ihr – eh – Problem aus der Welt zu schaffen, und eine solche Möglichkeit bietet sich vielleicht nicht so schnell wieder.«

Jack lehnte sich zurück. »Zunächst einmal, Mr. Stonewall, rate ich Ihnen gut, mir gegenüber diesen gönnerhaften Ton schnellstmöglich wieder abzulegen.«

»Aber …«

»Darüber hinaus werden Sie mir nicht ins Wort fallen, sondern warten, bis ich zu Ende geredet habe. Sie wollen eine schnelle Antwort? Hier ist sie: Nein.«

»Wie meinen Sie bitte, Sir?«

»War das schwer zu verstehen?«

Archibald war verwirrt. »Ja, aber warum?«

»Als Vater nehme ich mein Recht in Anspruch, Ihnen die

Ehe mit meiner Tochter zu verweigern, ohne Ihnen dafür Rechenschaft ablegen zu müssen. Das Thema ist hiermit beendet. Wenn Sie weiter nichts auf dem Herzen haben, dann lassen Sie mich bitte arbeiten.«

So ruhig Jack auch nach außen hin war, so sehr kochte er innerlich vor Wut. Es war an der Zeit, gegenüber Emporkömmlingen wie Archibald Stonewall möglichst schnell die Hierarchie wieder herzustellen. Offenbar waren Menschen wie er der Meinung, dass mit dem Verlust von Elishas Unschuld auch der Verlust von Jacks Renommee einherging. Die Forderung – denn nichts anderes war dieser angebliche Antrag – war auf eine herablassende Art vorgetragen worden, dass Jack an sich halten musste, den Mann nicht eigenhändig aus seinem Büro zu werfen.

»Sie werden gestehen müssen«, nahm Archibald das Gespräch wieder auf, »sowohl Ihre Tochter als auch Sie selbst befinden sich in einer äußerst prekären Lage.«

»Es befindet sich gleich noch jemand in einer prekären Lage, wenn Sie nicht augenblicklich aus meinem Arbeitszimmer verschwinden«, entgegnete Jack drohend leise.

Archibald stand ruckartig auf. »Hochmut kommt vor dem Fall, sage ich da nur.«

»Raus!«

Jonah Fenmore betrat in dem Moment den Raum, in dem Archibald ihn verlassen wollte. Weil er merkte, dass der Zeitpunkt ungünstig war, trat er auf den Korridor zurück, um darauf zu warten, dass Archibald Stonewall ging.

»Fenmore«, bellte Archibald, »ich brauche Sie in meinem Büro.«

»Zunächst benötige ich Mr. Fenmores Dienste«, berichtigte Jack, »danach können Sie ihn zu sich bestellen.«

Die häufigen Besuche Jonah Fenmores im Hause Legrant waren auch Archibald nicht verborgen geblieben, und er hatte sich des Öfteren über die offensichtliche Verliebtheit des jungen Mannes mokiert. Als er an ihm vorbeikam, machte er seinem Ärger Luft, indem er hörbar murmelte: »Die Kleine ist vermutlich ebenso verdorben wir ihre ältere Schwester.«
Weil das Gerede um Jack Legrants Tochter Elisha momentan kaum einzudämmen war und Jonah versteckten Spott wegen May schon oft genug hatte wegstecken müssen, erriet er sofort, wer gemeint war. Dass man ihn verspottete, mochte angehen, aber niemand beleidigte ungestraft seine May. Blitzschnell schoss sein künstliches Bein vor, und Archibald fiel der Länge nach hin. Einige vorbeikommende Söldner lachten, während Jonah in Jacks Büro humpelte. Dass der Vorfall Konsequenzen nach sich ziehen könnte, befürchtete er nicht, denn Archibald Stonewall hatte trotz seiner Großspurigkeit keinerlei Befugnisse, Entlassungen durchzuführen.
Jack hatte nur ein Poltern und das darauffolgende Lachen der Soldaten gehört. Sein ungnädiger Blick traf Jonah. »Sie sind spät, Fenmore.«
»Ich bitte um Entschuldigung, Sir.«
Während Jack Jonah einige Schriftstücke zum Kopieren vorlegte, verwünschte er innerlich Damiens und Elishas Leichtsinn und Schamlosigkeit, die ihn in diese Situation gebracht hatten. Zudem ließ das in letzter Zeit etwas nervöse Verhalten des jungen Fenmore nur den Schluss zu, dass dieser sich für May interessierte, aber offenbar nicht traute, um sie anzuhalten. Das war Jack nur recht, denn Jonah Fenmore entsprach nicht seinen Wünschen für May. Sollte er sich allerdings erklären und May ebenfalls einverstanden sein, würde er im Sinne seiner jüngsten Tochter einwilligen müssen. Das

schüchterne Kind an irgendeinen Mann zu verheiraten, den es nicht wollte, würde er nie übers Herz bringen. Seufzend stellte Jack fest, dass es ausgerechnet Charlotte war, um die man sich wirklich nicht sorgen musste.

Lamont lag auf der Seite und genoss das Gefühl von Charlottes Körper an seinem. Charlotte schaute an den Betthimmel und dachte an Richard. Seit ihrer Rückkehr schienen seine Gefühle für Elisha merklich abgekühlt zu sein, wenn sich das bedauerlicherweise auch nicht in mehr Aufmerksamkeit für sie – Charlotte – niederschlug. Aber immerhin bedachte er ihre Schwester nicht mehr mit diesen schmachtenden Blicken, wenn er sie in den letzten beiden Monaten überhaupt je zu Gesicht bekommen hatte.

»Deinem Lächeln zufolge«, brach Lamont das Schweigen, »scheinst du wirklich zufriedengestellt zu sein, auch wenn ich meine Zweifel hatte, dass mir das gelingen würde, so unersättlich, wie du warst. Hat dein Mann dich so darben lassen?«

Charlotte sah ihn kaum an. »Wenn du auf deine Vorstellung von vorhin anspielst, dann hätte ich in der Tat nur wenig Grund zu lächeln. Ich musste gerade an etwas Erfreuliches denken, auch wenn das in deiner Gegenwart etwas seltsam erscheint.«

Lamont lachte schallend. »Ah, Charlotte, wie sehr ich dich vermisst habe.«

»Das kann ich von dir leider nicht behaupten. Um ehrlich zu sein, war ich zu beschäftigt, um auch nur mehr als einen gelegentlichen Gedanken an dich zu verschwenden.«

»Aber du hast an mich gedacht?«

»Ebenso, wie man an ein Rauschmittel denkt. Man genießt es

und plagt sich später mit den unangenehmen Nachwirkungen, während man wünscht, nie davon gehört zu haben.«

Lamonts Lippen zuckten erneut in spöttischem Lachen. »Immerhin findest du den Weg immer wieder zu mir.«

»Ich wollte dem Ärger in der Familie ein wenig entgehen, und da bist du vermutlich ebenso gut wie jede andere Zerstreuung«, entgegnete Charlotte schulterzuckend.

»Arme kleine Elisha«, seufzte Lamont, wobei Charlotte nicht erkennen konnte, ob er wirklich Mitleid hatte oder sich nur lustig machte.

»Meine Schwester ist ein törichtes Schaf, so viel zu opfern, nur für ein sentimentales Gefühl von Liebe«, urteilte sie.

»Das wäre dir natürlich nie passiert«, spöttelte Lamont. »Etwas zu opfern wegen eines körperlichen Gefühls der Lust, das ist sicher weitaus respektabler.«

Charlotte drehte sich mit einem Ruck zu ihm. »*Geopfert*, mein lieber Freund, habe ich gar nichts. Ich habe dir etwas gewährt, das ist ein Unterschied.«

»Das mag sein, Liebste, aber was dich dazu getrieben hat, zu *gewähren*, war dasselbe.«

»Wie auch immer. Ich habe dich zumindest nicht auf meinem Zimmer empfangen, während eine ganze Hochzeitsgesellschaft im Haus war.«

»Ganz recht, du hast mich empfangen, während dein Ehemann fort war«, grinste Lamont.

»Du bist ungefragt in mein Zimmer eingedrungen, um genau zu sein. Außerdem weiß ich wirklich nicht, warum ich mich mit dir darüber unterhalten soll. Meine Familie geht dich überhaupt nichts an.«

»Ja, du warst schon immer sehr auf die Loyalität deinen Angehörigen gegenüber bedacht.«

Mit einem verärgerten Ausruf sprang Charlotte auf. »Ich denke, ich gehe jetzt besser.«
»Aber Charlotte, Liebste«, schmeichelte Lamont. Er zog sie zu sich und drückte ihre Schultern aufs Bett.
»Nimm deine Hände weg.«
»Nicht doch, mein Täubchen.« Lamont lachte und küsste sie, bis ihr Widerstand erlahmte. Als er aufsah, bemerkte er, dass ihr Blick zwar immer noch kämpferisch, aber auch ein wenig verschleiert war. »Lass uns eine Vereinbarung treffen. Du erweist mir noch ein wenig länger die Gunst deiner Anwesenheit, ich bemühe mich aufrichtig um eine bessere Vorstellung.« Seine Stimme bebte vor unterdrücktem Lachen. »Und dafür erzählst du mir später ein klein wenig davon, auf welchen Routen die Bombay-Marine den Schleichhändlern aufzulauern gedenkt.«
»Das weiß ich doch nicht auswendig. Außerdem …« Der Rest ihres Satzes wurde von Lamonts Kuss erstickt.

Von Charlotte zu hören, dass Sir Jeremy Walters Louisa jeglichen Kontakt zu ihr verboten hatte, traf Elisha mehr, als sie sich anmerken ließ. Es war, als sei ihre Liebe zu Damien eine ansteckende Krankheit, als verführe allein der Umgang mit ihr eine anständige Frau zu unmoralischer Zügellosigkeit. Elisha hatte nie viele Freundinnen unter den Engländern gehabt, und die wenigen zu verlieren tat weh.
Von Shalina hatte sie wenig gehört, die meisten Neuigkeiten wurden ihr durch Gerüchte zugetragen. Sie war mit Zwillingen niedergekommen – zwei Mädchen –, und nun war selbst der Fürst beunruhigt. Angeblich – und angesichts des

Temperaments ihrer Freundin bezweifelte Elisha das keinen Augenblick – hatte Shalina getobt und geschrien, kaum dass sie nach der Geburt wieder ausreichend bei Kräften war. Sie sei verflucht, habe sie gesagt, hieß es. Zwei Sklavinnen waren von einer langjährigen Dienerin der Fürstin denunziert worden, Zauberei zu betreiben und das Essen der Schwangeren mit Kräutern zu vermischen, die die Geburt eines Sohnes verhinderten. Ashok hatte umgehend reagiert und beide Sklavinnen töten lassen, denn es erschien auch ihm seltsam und unheilverkündend, dass eine Frau, die aus einer Familie mit vielen Söhnen stammte, plötzlich nur noch Töchter auf die Welt brachte.
Unter anderen Umständen hätte Elisha sich über die Nachrichten geärgert, denn die Feindseligkeit ihrer Freundin Töchtern gegenüber war ihr ein ständiges Ärgernis, und nicht selten gerieten sie deswegen in Streit.
Ihr Vater hatte erzählt, dass Archibald Stonewall sie hatte heiraten wollen. Zunächst war Elisha zu Tode erschrocken gewesen, klangen ihr doch die Worte ihres Vaters noch in den Ohren, dass er sie mit jedem außer Damien verheiraten würde. Sie war so entsetzt, dass sie erst nicht richtig mitbekam, dass ihr Vater abgelehnt hatte, und zu ihrem Erstaunen war auch ihre Mutter wütend darüber, dass Archibald Stonewall sich erdreistete, auf Jack Legrant hinabzusehen. Vielleicht, so dachte Elisha hoffnungsvoll, war sie doch noch nicht vollends von ihren Eltern aufgegeben worden.
Obwohl ihr Vater ihr nicht verboten hatte, seine Bibliothek weiterhin zu nutzen, zog Elisha sich meist in ihr Zimmer zurück, wo sie nicht ständig das Gefühl hatte, missbilligende Blicke auf sich zu ziehen. Ihr Lehrer für Kalligraphie war vor mehreren Monaten aus Bombay fortgezogen, aber wegen

Ambrose' Unterricht hatte sie ihn nicht vermisst. Nun wünschte sie, er wäre noch hier, denn nach einem neuen Lehrer zu fragen, wagte sie nicht.

Von ihrem Fenster aus konnte sie May und Jonah Fenmore durch den Garten spazieren sehen. Sie bekam ein schlechtes Gewissen, weil sie es nachdrücklich abgelehnt hatte, die beiden zu begleiten. Stattdessen hatte sie Maja geschickt, die im Gegensatz zu den anderen Dienstmädchen die beiden nicht ununterbrochen anstarren und belauschen würde. Sie ging mit einigem Abstand hinter ihnen her und unterhielt sich mit dem kleinen Sohn des *Mali*.

Nach wie vor fand Elisha es falsch, dass May schon so früh an Heirat dachte, aber wenn sie ehrlich war, hätte sie in Mays Alter auch Damien geheiratet, wenn sich die Frage gestellt hätte. Ohne ihrer Schwester ihr Glück zu missgönnen, verbitterte es sie, dass sie selbst mit Gewalt aus Madras und von Damiens Seite fortgerissen worden war, während May ohne schlechtes Gewissen bei Jonah sein durfte. Elisha zwang sich, solche Gedanken nicht weiter ausufern zu lassen, zu schnell verfiel man auf diese Weise dem Neid und der Missgunst.

Alles hatte sich grundlegend geändert, so als bewege sie sich in einer anderen Welt, in der niemand außer ihr selbst lebte. Vor einigen Tagen hatte sie Charlotte besuchen wollen. Ihr war langweilig gewesen, und ihre ältere Schwester gab sich seit ihrer Rückreise ungewöhnlich freundlich, zudem war sie die einzige Person, mit der sie derzeit außerhalb des Hauses verkehrte. Weil ihr Besuch jedoch unangekündigt erfolgte, traf sie Charlotte nicht daheim an. Stattdessen wurde sie von Oscar Moidore empfangen, der aus dem Salon trat, nachdem sie vom *Chuprassi* gemeldet worden war. Aus der offenen Salontür drangen Mrs. Moidores und Louisas Stimmen, hörbar erregt, aber zu leise, um etwas verstehen zu können. Oscar Moidore sagte ihr, dass Charlotte zu seinem Bedauern außer Haus sei, ob sie eine Nachricht hinterlassen wolle? Das war so deutlich, als habe er sie eigenhändig vor die Tür gesetzt.

Es war vor allem diese hilflose Untätigkeit, die an ihren Nerven zerrte. Sie hieß es nicht gut, was Damien tat, aber wenigstens tat er etwas. Das Einzige, was sie tun konnte, war, zu warten.

May betrat wenig später ihr Zimmer, die Wangen gerötet und ein strahlendes Lächeln auf den Lippen. »Jonah ist eben gegangen«, sagte sie. »Ich habe hier etwas für dich.« Sie hielt Elisha einen kleinen versiegelten Brief hin.

»Was …?«

»Von Damien.«

Elisha griff nach dem Brief, der ohne jede Beschriftung war. »Woher hast du ihn? Hat Vater …?«

»Nein, Jonah. Damien hat ihm geschrieben. Die beiden haben sich wohl ganz gut verstanden, zumindest sagte Jonah, Damien sei sein einziger wirklicher Freund hier gewesen. Er ist sehr traurig darüber, dass er nicht zurückgekommen ist, und freut sich, ihm auf diese Weise behilflich zu sein.«

»Das … ist sehr freundlich von ihm«, antwortete Elisha lahm. Sie wusste nicht, wie sie das, was sie in diesem Moment für Jonah empfand, in Worte hätte kleiden können. Zu wissen, dass er ihr und Damien half, tat so gut, dass sie ihn am liebsten umarmt hätte. Stattdessen legte sie die Arme um May und zog sie an sich.

Eine Zeit lang standen sie schweigend beisammen, dann löste May sich vorsichtig von ihrer Schwester. »Da ist noch etwas, das ich dir erzählen muss.« Ihre Wangen röteten sich, diesmal aber wegen eines inneren Strahlens, das reines Glück verhieß. Elisha ahnte, was nun kam.

»Jonah hat mir einen Antrag gemacht. Er war zuvor bei Papa, um seine Erlaubnis einzuholen, und nun sind wir verlobt.« Mays Stimme brach, so bewegt war sie. »Wir wollen es nächste Woche offiziell bekannt geben.«

»Das … das ist großartig«, sagte Elisha mit erzwungenem Enthusiasmus.

»Ich weiß, du denkst, es ist zu früh für mich, aber ich habe noch nie etwas so sehr gewollt. Mama scheint auch nicht glücklich zu sein. Weißt du, nachdem Charlotte in Madras gesagt hat, nach der Sache mit … mit dir und Damien würde Jonah mich nicht mehr wollen, habe ich Angst gehabt, sie könne Recht behalten, und nun … er ist so aufmerksam, Elisha, er liebt mich. Nie würde er mich verlassen.«

Elisha biss auf die Lippe. Wenn May heiratete, hatte sie niemanden mehr in ihrem Elternhaus, der zu ihr stand. Dann jedoch schalt sie sich egoistisch, selbstmitleidig und missgünstig. Sie, die immer so stark hatte sein wollen und behauptete, nichts auf die Meinung der Gesellschaft zu geben.

»Es freut mich für dich, May.«

Wenige Minuten später zog May sich in ihr Zimmer zurück, und Elisha öffnete mit zitternden Fingern das Siegel des Briefes.

Meine liebe Elisha,

wie Du sicher von Deinem Vater gehört hast, habe ich mich als Regimentsarzt bei den Madras European Fusiliers gemeldet, im 79. Regiment. Ich bitte Dich, mir zu verzeihen, denn ich weiß, dass es Dir vorkommen mag, als ließe ich Dich im Stich.

Meine Briefe an Deinen Vater blieben unbeantwortet, und obwohl ich verstehe, welch tiefen Groll er gegen mich hegen mag, hatte ich die Hoffnung gehabt, er stimme einer Verbindung zwischen uns dennoch zu, sei es auch nur aus dem Grund, Deinen Ruf wiederherzustellen. Es wird einige Zeit dauern, ehe meine Zeit als Regimentsarzt abgegolten ist, und bis dahin wird Dein Vater seine Meinung ändern, wie ich hoffe.

Elisha dachte an die Worte ihres Vaters, und ihre Brust zog sich dabei schmerzhaft zusammen. Sie las weiter, erfuhr von der Auseinandersetzung Damiens mit seinem Vater, davon, dass er des Hauses verwiesen und ihm jeder Kontakt mit der Familie verboten war und dass es ihm sogar unmöglich gemacht wurde, seine Tätigkeit als Arzt fortzuführen. Tränen traten ihr in die Augen, und sie wischte sie mit dem Handrücken ab.

Ich diene an der Seite meines Schwagers, Leutnant Latimer, der sich bedauerlicherweise nicht als der Mann herausgestellt hat, für den wir ihn hielten, worunter insbesondere meine arme Schwester zu leiden hat. Um das Maß voll zu machen, ist mein vorgesetzter Offizier Hauptmann Marchand, ja, Du liest ganz richtig, der Bruder meiner ehemaligen Verlobten. Aber vermutlich geschieht es mir ganz recht, denn ich habe Dir Schlimmes angetan, und ich fürchte, ich trage nicht ein Bruchteil von dem, was Du zu tragen hast.

Meine geliebte Elisha, ich bitte Dich inständig, mir zu verzeihen. Die Art, in der der Bruch von Deinem Verlobten vonstatten ging, wurde mir zugetragen, und ich kenne die

Gesellschaft gut genug, um zu ahnen, wie man mit Dir verfährt und was man Dir zufügt.
Ich weiß nicht, wann Du das nächste Mal von mir hören wirst. Es wird immer schwieriger, Briefe von hier aus zu versenden. Meine Gedanken sind bei Dir.
In Liebe,
Damien

Elisha ließ den Brief sinken und sah zum Fenster hinaus. Vermutlich würde Damien nach diesem Brief keine weiteren oder nur sehr wenige schreiben. Er hatte damals schon sehr selten an seine Familie geschrieben, er sagte immer, er könne sich in Briefen nicht ausdrücken. Elisha starrte auf das kleine Gartenhaus, bis es vor ihren Augen verschwamm.

23

Madras, Juni 1758

Damien verschafften die Siege der Engländer auf See nur wenig Befriedigung. Er war zwar kein Freund der Franzosen, aber aus der Politik hatte er sich immer herausgehalten. Auch die Empörung der Engländer, als Fort St. David, hundert Meilen südlich von Madras, den Franzosen in die Hände fiel und diese somit an eine kleine Reihe erfolgreicher Eroberungen anknüpften, hatte ihn kaum berührt. Es erfüllte ihn mit Unbehagen, ein Land zum Kriegsschauplatz zu machen, um Interessen von Ländern zu wahren, die als Gäste gekommen waren. Mittlerweile war es so, als wolle man sich das Land Stück für Stück aneignen. Die Herrscher wurden zu Spielfiguren der europäischen Taktiker. Hätte er eine andere Möglichkeit gesehen, Damien hätte sich nie in den Dienst der Armee gestellt.

Die Überlegenheit der britischen Marine den französischen Seestreitkräften gegenüber, insbesondere bei den Gefechten vor der Koromandelküste, waren den Fähigkeiten Admiral Pococks – Inhaber des Flottenkommandos – zu verdanken. Pocock kreuzte mit einem Geschwader vor Madras und schnitt jedem Schiff nach Pondicherry den Weg ab. Zudem verfügte England über bessere Marinebasen, und lag Bombay auch auf der anderen Seite des Landes, so begünstigte die gute Erreichbarkeit des Hafens die Erfolge während der Seegefechte. Am achtundzwanzigsten April war es zu einem

Seegefecht gekommen, bei dem es auf französischer Seite viermal so viele Opfer gegeben hatte wie auf englischer.
Die Absetzung von Dupleix musste den Franzosen im Nachhinein als großer Fehler erscheinen, und nun hatten sie mit der Entsendung des französischen Generals Thomas Arthur Comte de Lally anstelle von de Bussy, der ein erfahrener Orientalist und brillanter Offizier war, einen weiteren begangen. De Lally, hochfahrend und arrogant, zudem von beinahe krankhaftem Größenwahn getrieben, übte Vergeltung für die Seegefechte, indem er, kaum, dass seine Truppen verfügbar waren, die Besetzung von Fort St. David vorbereitete. Am ersten Mai wurden alle verfügbaren Truppen formiert, und am siebzehnten Mai begann der Angriff auf das Fort. Niemand rechnete auf englischer Seite zu dem Zeitpunkt mit einer Niederlage.
Damien trat aus der Kasematte, in der Gesellschaft einiger Offiziere und Ernest, der ihm meist aus dem Weg ging. Ernest war an diesem Morgen recht übel gelaunt zu ihnen gestoßen, was die Offiziere auch gleich als Anlass nahmen, ihn aufzuziehen. Die Vorfälle nach der Hochzeitsnacht von Ernest und Maureen hatten sich wie ein Lauffeuer herumgesprochen, und Ernest war seitdem nicht selten die Zielscheibe von Spott seitens seiner Kameraden.
»Na, Latimer, keine angenehme Nacht gehabt?«, frotzelte einer der Offiziere auch sogleich.
»Es ging so«, antwortete Ernest kurz angebunden.
»Vielleicht solltest du deinen Schwiegervater mal wieder zurate ziehen«, spöttelte Andrew Lancaster, ein junger Leutnant. Die Männer lachten, während Damien einen wütenden Blick auf den Leutnant warf.
»Die Rede ist hier von meiner Schwester«, sagte er kalt.

»Aber Sie müssen doch zugeben, dass der Gedanke daran, sich seine eigene Braut vom Schwiegervater an den Haaren ins Zimmer zerren zu lassen, etwas Komisches hat«, rief Andrew Lancaster. Die Offiziere lachten schallend.

Ernest war errötet, sagte aber nichts. Im Grunde genommen war es immer dasselbe Spiel, sobald den Soldaten langweilig war. Aber was hätte Ernest auch sagen sollen, dachte Damien aggressiv. Er gönnte es ihm zutiefst, sich so endgültig und gründlich zum Narren gemacht zu haben, aber es schmerzte ihn, dass alle diesbezüglichen Scherze auf Kosten seiner kleinen Schwester gingen.

»Ah, Damien«, sagte Francis, der hinzugekommen war, »es ist vielleicht recht heilsam, zu wissen, wie es sich anfühlt, die eigene Schwester als Mittelpunkt spöttischer Scherze zu sehen.«

»Ich verstehe nicht, worauf du hinauswillst«, antworte Damien kühl.

»Spricht es für einen Mann von Charakter, eine Frau der öffentlichen Demütigung preiszugeben und danach zu vergessen, was er getan hat?«

»Falls du von Elisha sprichst, so kann ich dir versichern, dass es nichts gibt, was mich mehr beschämt.«

»Nein, du Bastard« – nun war nichts mehr von Francis' Gelassenheit zu sehen, als sich sein Zorn Bahn brach –, »du weißt recht gut, dass ich von meiner Schwester spreche.«

Das Gelächter und die Gespräche um sie herum waren verstummt, und man beobachtete sie gespannt. Die Konstellation Damien, Francis und Ernest war die einzige Ablenkung in dem täglichen Einerlei.

»Ich habe Jane keinerlei öffentlicher Schande preisgegeben, wie du sehr wohl weißt«, antwortete Damien.

»Du wirst sicher Verständnis dafür haben, dass ich da gegensätzlicher Meinung bin«, sagte Francis mit trügerisch sanfter Stimme.
Damien zuckte die Schultern. »Sie heiratet doch, nicht wahr? So groß kann die öffentliche Schande, von der du sprichst, also nicht sein. Und auf keinen Fall ist es mit der Situation meiner Schwester zu vergleichen, die durch den da« – er nickte zu Ernest hin – »zum Gegenstand öffentlicher Belustigung gemacht wird.«
»Was sie sich ohne Zweifel selbst zuzuschreiben hat«, konterte Francis. »Ein Ehemann hat gewisse Rechte.«
»Keine, die er mit Anwendung von Gewalt fordern darf.«
»Damien, ich muss mich über dich wundern«, sagte Francis in gespieltem Erstaunen. »Du hast keinerlei Skrupel, dich mit der Tochter deines Gastgebers – der noch dazu zur Familie gehört – zu vergnügen, du hintergehst aufs Hinterhältigste deine Verlobte, die jahrelang auf dich wartet – beinahe bis über das heiratsfähige Alter hinaus –, und für all das findest du Rechtfertigungen. Aber wenn es um deine Schwester geht, von der nur gefordert wird, was eine jede Ehefrau zu tun hat, dann führst du dich auf, als habe man ihr Schreckliches zugefügt.«
»Was ich Elisha Legrant angetan habe, rechtfertige ich keinesfalls, ebenso wenig, dass ich deine Schwester so lange hingehalten habe«, antwortete Damien. »Allerdings denke ich, das Schicksal deiner und meiner Schwester ist kaum miteinander zu vergleichen. Siehst du Jane nicht lieber als verlassene Verlobte, denn als geprügelte Ehefrau?«
»Keineswegs«, widersprach Francis. »Für das, was du mit ihr gemacht hast, kann sie nichts, ihr wurde ganz einfach Unrecht getan, was ich keinesfalls gutheißen kann. Wenn sie

sich hingegen den Zorn ihres Ehemannes schon in der Hochzeitsnacht zuzieht, so dass dieser sich gezwungen sieht, sie zur Ordnung zu rufen, dann ist das ihre Sache und geht mich nichts an. Aber Jane wird sich ihrem Ehemann nicht verweigern, dazu ist sie zu gut erzogen. Nicht einmal dir hätte sie sich verweigert, obwohl mir der Gedanke widerlich ist, dass du sie angerührt hättest, mit denselben Händen, die auf dieser kleinen Dirne, bei deren Vater du gelebt hast, gelegen haben.«

Damien wäre auf Francis losgegangen, hätten ihn nicht drei Männer rechtzeitig festgehalten – unter ihnen Ernest. Außer sich vor Wut versuchte Damien erfolglos, sich zu befreien.

»Wollen Sie mich wirklich angreifen, Dr. Catrall?«, fragte Francis seidenweich. »Wissen Sie denn nicht, wie ein persönlicher Angriff auf einen Vorgesetzten geahndet wird? Wie ich selbst ihn ahnde?«

Damien verharrte bewegungslos in dem Griff der Männer, die es dennoch für nicht angeraten hielten, ihn loszulassen.

»Wenn du es noch einmal wagst, Elisha Legrant zu beleidigen …«

»Ja? Was dann?«

»Dann werde ich dich eigenhändig umbringen, Francis.«

Francis zog seine Steinschlosspistole, die immer geladen an seiner Seite hing, und hielt sie Damien an den Kopf. »Weißt du, wie ich bei einer offenen Morddrohung vor Zeugen vorgehen darf?«

»Hauptmann Marchand«, wandte Andrew Lancaster erschrocken ein, »er spricht doch nur in Wut.«

»Er spricht doch nur in Wut, *Sir*«, verbesserte Francis, ohne den Blick von Damien zu nehmen. »Leutnant Lancaster, wissen Sie, wozu Menschen in Wut fähig sind?«

»Allerdings ist mir das bekannt, *Sir*«, fuhr Andrew fort. »Um Recht auszuüben und ihn zu erschießen, muss er eine Bedrohung darstellen. Das tut er derzeit nicht, *Sir.*«
Francis lächelte eisig. »Sie halten ihn zu dritt fest, damit er nicht auf mich losgeht. Wie viel bedrohlicher muss die Situation sein?«
Schweigend wartete Damien darauf, was als Nächstes geschehen würde. Er war noch immer zornig, und er hätte für nichts garantieren können, wenn die Männer ihn nicht festgehalten hätten. Aber er war nicht nur auf Francis wütend, sondern auch auf sich selbst. Es war seine Schuld, dass Elisha von Männern wie Francis beschimpft wurde. Er wusste, Francis Marchand würde ihn nicht erschießen, ebenso wie er wusste, dass dieser die Infragestellung seiner Autorität nicht dulden würde. Allerdings war ihm noch nicht so recht klar, wie die Bestrafung aussehen würde. Die Antwort kam beinahe unmittelbar, als der Lauf der Mündung sich von seiner Stirn löste und im nächsten Moment der Kolben auf seine Schläfe krachte. Ein Lichtermeer explodierte vor seinen Augen. Er hörte sich selbst aufstöhnen, ehe er in Dunkelheit versank.

Als Damien zu sich kam, kitzelte Staub in seiner Nase und seinem Hals, und er musste husten. Er lag auf dem Boden, die Hände auf den Rücken gebunden, die Füße gefesselt. Blinzelnd versuchte er, den Nebel um sich herum zu vertreiben, bis die Umgebung ein Meer verschwommener Farben wurde, aus dem sich allmählich Formen herausbildeten. Eine steinerne Wand nahm die gesamte Breite seines Blickes ein, lediglich unterbrochen durch eine massive Holztür. Von irgendwoher fiel Licht in den Raum. Damien wollte sich drehen, um seine Umgebung genauer ansehen zu können, aber die plötzliche Bewegung löste einen hämmernden Schmerz in seinem Kopf aus, der ihn laut aufstöhnen ließ. Seine Schläfe pochte, und sein linkes Auge war halb zugeschwollen. Eine leise Verwünschung gegen Francis ausstoßend, lag Damien bewegungslos da, bis der Schmerz abebbte.

Vor der Tür wurden Schritte laut, dann wurde ein Schlüssel gedreht, und Ernest Latimer betrat mit einem Kerzenleuchter in der Hand die Zelle.

»Er hat dich unter Arrest gestellt«, sagte er überflüssigerweise bei seinem Eintreten.

»Was du nicht sagst.«

Ernest betrachtete ihn stirnrunzelnd. »Lieber Himmel, hat er dich zugerichtet. Sei froh, dass du dich nicht sehen musst.«

Damien schloss die Augen, weil ihn das helle Licht blendete, und antwortete nicht.

»Hauptmann Marchand hat mich beauftragt, nach dir zu sehen. Vermutlich hatte er Sorge, dass du nicht wieder zu dir kommst.«

Wahrscheinlich eher umgekehrt, dachte Damien. Was für eine Enttäuschung für Francis. »Kannst du mir Wasser bringen?«, fragte er.

»Tja ...« Ernest schien verunsichert. »Davon hat Hauptmann Marchand nichts gesagt.«

»Du könntest ihn danach fragen.« Noch immer sah Damien ihn nicht an, sondern konzentrierte sich auf die Dunkelheit hinter seinen geschlossenen Lidern, um die Schmerzen in seinem Kopf zu verdrängen.

»Ja, weißt du ... Ich habe ohnehin schon einen schweren Stand bei ihm, und ... Er wird dir sicher von sich aus Wasser

schicken lassen. Schließlich tut er das bei allen Gefangenen.« Er schien auf eine Antwort zu warten und sagte dann, als er merkte, dass Damien nicht vorhatte, sein Schweigen zu brechen: »Ich muss jetzt wieder gehen. Bis später, Damien.«
Damien blieb auf der Seite liegen und wartete darauf, dass Francis kam, um ihm zu sagen, was nun geschehen sollte. Stunde um Stunde verging, ohne dass jemand die Zelle betrat. Gelegentlich waren Schritte und Stimmen zu hören, wenn jemand daran vorbeiging, aber immer, wenn Damien die Augen öffnete und hoffnungsvoll auf den Eingang sah – mittlerweile erschien ihm sein Durst beinahe unerträglich –, entfernten sich die Schritte wieder, ohne innezuhalten.
Es war heiß in der Zelle, und auch die beginnende Dunkelheit brachte wenig Abkühlung. Durch die Fesseln an den Handgelenken wurden seine Hände taub, wohingegen die Stricke an den Fußgelenken wegen seiner Stiefel weniger stramm gezogen und erträglich waren.
Irgendwann fiel Damien in einen Dämmerschlaf, jenen unruhigen Schlaf, in dem man träumte und gleichzeitig wach zu sein schien. Elisha kniete neben ihm und legte ihre kühlen Hände um sein Gesicht. Sie war in ein Seidengewand, ähnlich einem Morgenmantel, gekleidet, und Damien wusste, dass sie darunter nackt war. Er wünschte, sie würde sich zu ihm herabbeugen und ihn küssen. Seine Versuche, sie zu umarmen und an sich zu ziehen, scheiterten daran, dass seine Arme bewegungslos waren. So sehr er sich auch bemühte, er konnte Elisha nicht berühren, sondern nur daliegen und sie ansehen, während sie neben ihm kniete. Verzweifelt versuchte er, seine Arme um sie zu legen, als plötzlich ein sengender Schmerz von seinen Handgelenken zu seinen Schultern schoss. Schlagartig war er wach. Seine Schultern brannten, und seine Hand-

gelenke fühlten sich wund an, so als habe er wie verrückt an den Fesseln gezerrt.
In dieser Nacht schlief er nicht mehr ein, sondern lag mit geschlossenen Augen da, ein wenig benommen von den immer wieder einsetzenden Kopfschmerzen und dem Durst, dermit jeder Stunde schlimmer wurde.
Verwünscht soll Francis sein, dachte er, ebenso Ernest, dieser Feigling, der sich nicht einmal traute, Wasser für seinen Schwager zu erbitten.

Im ersten Frühlicht des Tages betrat Francis Marchand die Zelle. Einen Schritt von ihm entfernt blieb er stehen und sah einige Minuten lang schweigend auf ihn hinab. Damien, der nichts Gutes ahnte und sich seiner wehrlosen Position nur zu deutlich bewusst war, sagte kein Wort, sondern wartete ab, was als Nächstes geschah.
»Es schmerzt, nicht wahr?«, fragte Francis, ein kaum sichtbares Lächeln auf den Lippen. »Und dabei ist noch nicht einmal ein voller Tag vergangen. Wie, denkst du, wirst du dich in einer Woche fühlen?«
Damien wusste, dass die Frage nicht in Erwartung einer Antwort gestellt worden war, und schwieg weiterhin.
»Du könntest mich natürlich auch darum bitten, dir die nächsten Tage zu erlassen«, fuhr Francis fort, »und vielleicht bin ich ja sogar in der Stimmung, dieser Bitte nachzukommen. Vorausgesetzt natürlich, du entschuldigst dich öffentlich für dein respektloses Benehmen.« Francis wartete auf eine Erwiderung Damiens, der jedoch keine Anstalten machte, zu antworten.
»Ein falscher Moment für Stolz«, fuhr Francis fort. »Es muss niemand beeindruckt werden. Du wirst durstig sein.«

Damien blinzelte kurz mit bleiernen Lidern. »In der Tat, Francis.«
»Dein Schwager war bei dir. Hast du ihn nicht darum gebeten?« Er deutete Damiens Schweigen – denn trotz allem wollte Damien Ernest nicht in den Rücken fallen – richtig. »Ich habe Leutnant Latimer gefragt, ob du mir etwas auszurichten hast, aber er verneinte es.« Francis' Lächeln nahm einen spöttischen Zug an. »Zweifellos hatte er Sorge, ich könne ihm unterstellen, sich mit dir zu verbünden. Ein illoyaler Feigling, der seine Stärke offenbar gerne gegenüber Männern, die bereits am Boden liegen, unter Beweis stellt. Ein wenig mehr Rückgrat hätte ich schon erwartet, selbst wenn ich seiner Bitte um Wasser nicht entsprochen hätte. Zumindest weiß ich nun, was von ihm zu halten ist.« Er neigte den Kopf leicht, um Damien besser ansehen zu können. »Aber ich weiche vom Thema ab. Wirst du mich um Nachsicht bitten?«
»Wirst du mir Wasser schicken? Das ist das Mindeste, was ich fordern kann, selbst wenn du mich weiterhin unter Arrest halten wirst, denn entschuldigen werde ich mich nicht bei dir.«
Francis schüttelte bedauernd den Kopf. »Das ist dein letztes Wort? Nun gut. Morgen wirst du sicher anders darüber denken, aber dann werde ich vielleicht nicht mehr gewillt sein, deine Entschuldigung anzunehmen.«
Damien gab keine Antwort, sondern schloss die Augen – ein Zeichen dafür, dass er das Gespräch als beendet ansah. Francis' Schritte entfernten sich.
Eine halbe Stunde später erschien Ernest mit einer metallenen Schüssel in den Händen. Sein Gesicht war finster, die Brauen grimmig zusammengezogen.

»Was hast du Hauptmann Marchand über mich erzählt?«, fragte er.

»Ich weiß nicht, wovon du sprichst.«

»Nein? Dann werde ich dir mal ein wenig auf die Sprünge helfen. Er hat mich auf einen Botengang geschickt, der mich über Wochen fernhält, so dass ich vermutlich nicht hier sein werde, wenn es zum Kampf kommt. Und all das, nachdem er bei dir war. Er sagte, wer imstande ist, seine Familie zu verraten, verrät als Nächstes sein Vaterland.«

»Was immer zwischen dir und Francis Marchand geschieht, ist nicht meine Sache, Ernest. Zudem bin ich momentan kaum in Stimmung, mir deine Sorgen anzuhören. Es mag dir nicht klar sein, aber mir ging es schon besser.«

»Du hast mich nie leiden können, ebenso wenig wie dein nichtsnutziger Bruder, der so gerne das wäre, was ich bin.«

»Ein Feigling? Ein Mann, der nicht einmal seine jungfräuliche Braut in sein Bett holen kann, ohne Hilfe anderer und ohne Gewalt anzuwenden? Wohl kaum.«

Ernests Gesicht verzog sich zornig, er streckte die Hand, in der er die Schüssel hielt, vor, drehte sie um, und ein Schwall Wasser ergoss sich einen halben Fuß entfernt von Damien auf den staubigen Boden. Ohne ein weiteres Wort drehte er sich um und verließ die Zelle.

Als der Arrest beendet war, trat Damien mit steifen Knien, wunden Handgelenken und schmerzenden Fußknöcheln ins Freie. Auch wenn ihm am Tag von Francis' Erscheinen die Fesseln abgenommen worden waren, waren die Bedingungen nicht eben geeignet, die roten Striemen an seinen Handgelenken heilen zu lassen. Seine Kleidung klebte an ihm, sein Haar hing ihm in unordentlichen Strähnen um das

Gesicht, dessen linke Hälfte sich wie ein unförmiger Klumpen anfühlte, obwohl die Schwellung von der Schläfe aus nur sein Auge erreichte. Müde schleppte Damien sich zu der Pension, in der er ein Zimmer gemietet hatte, und obgleich ihn sein Zustand anekelte und er nichts lieber getan hätte, als sich zu waschen, fiel er auf sein Bett und schlief beinahe sofort ein.

Es ging bereits auf den Abend zu, als er wach wurde, und er wunderte sich, dass Francis ihm eine so lange Ruhe erlaubt hatte, denn es wäre seine Aufgabe gewesen, sich umgehend wieder an die Arbeit zu machen. Damien stand auf, zündete Kerzen in einem Kerzenleuchter an, der nahe seinem Bett auf einem Tisch stand, und rieb sich seine roten Augen.

Die nächste Stunde verbrachte Damien damit, sich gründlich zu waschen. Nachdem er saubere Kleidung angezogen und sein Haar zurückgebunden hatte, fühlte er sich ein wenig besser. Seine schmutzige Kleidung rollte er zu einem Bündel und legte sie so hin, dass die Hauswirtin sie finden und in den Ofen stecken konnte. Wenig später verließ er die Pension und ging zur Kasematte, wo er auf Francis traf.

»Das wirst du dir wohl merken, nehme ich an«, sagte dieser.

»Du kannst mit mir verfahren, wie du möchtest«, antwortete Damien langsam, »aber ich werde immer wieder so reagieren, wie ich es getan habe, wenn du Elisha Legrant beleidigst.«

»Immer noch in Stimmung, Drohungen auszustoßen?«

»Es geht nicht um Drohungen, Francis, sondern darum, dass ich nicht schweigend zuhören werde, wenn jemand sie als Dirne bezeichnet. Es ist ohnehin alles schwer genug für sie. Wenn jemand gesellschaftliche Ächtung verdient hat für das, was geschehen ist, dann bin das ausschließlich ich.«

»Ein Mann sollte zu seinem Wort stehen. Hättest du das

getan, dann wäre nun alles in bester Ordnung – für jeden der Betroffenen.«
»Ganz so einfach ist es nicht immer.«
»Eine Ehe, Damien, ist eine rein funktionelle Angelegenheit. Sobald du anfängst, Gefühle einzubringen, hast du nichts als Schwierigkeiten, was dein Fall ja zur Genüge zeigt.«
»Du klingst ganz so wie ein Mann, der in seiner Ehe das große Glück gefunden hat«, spottete Damien.
Francis lächelte. »Meine Frau hat mir einen Sohn geschenkt, den ich zu einem würdigen Diener der Krone machen werde. Und ich denke, es wird nicht der einzige bleiben.«
Damien sah die Szene lebhaft vor sich: Die wartende junge Ehefrau in ihrem Bett, das Nachthemd züchtig bis zum Hals zugeknöpft, und Francis, der in Richtung England salutierte, ehe er seiner ehelichen Pflicht nachkam.
»Du scheinst amüsiert zu sein«, bemerkte Francis, dem das Zucken um Damiens Mundwinkel nicht entging.
»Ein kurzer Gedanke, sonst nichts«, erwiderte Damien.
»Ich erwarte dich morgen wieder wie gewohnt bei der Arbeit. Momentan scheint unter den Offizieren eine Art Fieber zu grassieren. Die Fußsoldaten hatten es auch schon, aber das ist Sache der Wundheiler.«
Damien nickte. »Wenn du erlaubst, würde ich heute gerne selbst einen Arzt aufsuchen.«
Misstrauisch beäugte Francis ihn – ein Arzt, der einen Arzt brauchte, schien ihm suspekt –, dann gab er seine Erlaubnis.

Damien hatte von einem muslimischen Gelehrten gehört, der als Arzt tätig war und in Persien und Agra studiert hatte. Wann immer er einen Arzt brauchte, hielt er sich an die Ein-

heimischen, und so machte er sich auf den Weg in die schwarze Stadt. Hier war das wahre Gesicht von Madras, hier und nicht in der weißen Stadt mit den Prachtbauten der Engländer.
Ein Junge, den er auf der Straße ansprach, brachte ihn zum Haus des Gelehrten und erhielt zum Dank eine Münze. Das Haus war klein und aus rohem Stein gebaut. Die Tür stand offen, und Damien trat ein. Anfangs konnte er in dem Halbdunkel kaum etwas erkennen, dann bemerkte er die an einer Wand aufgereihten Sitzkissen, die Regale mit unzähligen Tiegeln, die Kräuterbündel, die von der Decke hingen. Ein leichter Weihrauchgeruch mischte sich mit dem Duft der Kräuter.
»Womit kann ich helfen, Sahib?«, fragte eine sanfte Stimme auf Tamilisch.
Damien wandte sich um und sah einen alten Mann in der Tür zum Nebenzimmer stehen. Das weiße Gewandt hing unförmig an seinem schmächtigen Körper, war aber nichtsdestotrotz gepflegt, ebenso der buschige weiße Bart und das Haar, das sich über der Stirn lichtete.
Damien grüßte ehrerbietig, wie es üblich war, wenn ein jüngerer Mann einen älteren ansprach. »Ich suche einen Arzt. Leider kenne ich seinen Namen nicht.«
»Da bist du bei mir richtig, Sahib«, sagte der Mann und trat in den Raum. »Mein Name ist Ferouz Chaman.« Sein Blick fiel auf den Bluterguss an Damiens Schläfe. Er streckte die Hand aus und tastete vorsichtig daran herum. »Fehlt dir sonst noch etwas, Sahib?«
»Nein. Es ist nur die Schwellung. Sie will einfach nicht besser werden.«
Der Mann nickte, ging zu dem Regal an der Wand und griff

nach einem steinernen Gefäß, mit dem er zu Damien zurückkam. Er öffnete den Deckel und entnahm dem Gefäß Blutegel, die er auf der Schwellung verteilte. Nachdem die Egel sich vollgesogen hatten, fielen sie ab und wurden von dem Mann wieder in den Kasten gelegt.
Damien hob die Hand an seine Schläfe. Die Schwellung war weitgehend zurückgegangen. »Hab vielen Dank«, sagte er und zählte Geld in die Hand des alten Mannes. Interessiert sah er sich um. »Bereitest du alle Heilmittel selbst zu, *Hakim?*«, fragte er.
Der Mann lächelte. »In der Tat. Es gibt hier zwar Apotheker, aber ich traue meinen eigenen Fähigkeiten mehr. Vor einiger Zeit war einer auf der Durchreise hier, den ich bei mir habe arbeiten lassen – ein Portugiese –, aber er ist leider nicht lange geblieben.«
»Ich bin selbst Arzt«, sagte Damien. »Erlaubst du, dass ich mir deine Arzneien ansehe? Ich bin auf der Suche nach einigen Heilmitteln und werde nicht fündig.«
»Sieh dich nur um, Sahib«, lud der alte Mann ihn ein, mit einer Stimme, in der sowohl Gastfreundschaft als auch die Erwartung eines Geschäfts mitklang.
Ein Hindu-Junge von ungefähr zehn Jahren trat aus dem Nebenzimmer. Um den Kopf hatte er einen Turban gewickelt, und er trug eine weite Hose. Sein Oberkörper war nackt, und Damien stellte fest, dass der Junge trotz seines für sein Alter kleinen Wuchses gut genährt war.
»Vijay«, sagte der alte Mann mit einem Lächeln, »mein Schüler.«
Der Junge legte die Hände zusammen und grüßte ernst. Es erschien auch dann kein Lächeln auf seinem Gesicht, als Damien ihn zurückgrüßte.

Der alte Mann legte in einer väterlichen Geste die Hand auf den Kopf des Jungen. »Er wird einmal ein hervorragender Arzt. Ich hatte nie einen Schüler, der so gut gelernt hat.«
Nun huschte ein flüchtiges Lächeln über das Gesicht des Kindes und erhellte es für einen kurzen Moment. Damien kannte den Blick, der sich in den großen dunklen Augen offenbarte. Er hatte schon viele verwaiste Kinder auf den Straßen betteln sehen. Es interessierte ihn, wie der Junge dazu kam, sich zum Heiler ausbilden zu lassen, aber zu fragen wäre unhöflich gewesen, und so schwieg er.
Eine Flasche mit einem hellen Pulver zog seine Aufmerksamkeit auf sich. »Was ist das?«, fragte er.
»Ah, Sahib, das ist ein Mittel, mit dem Frauen verhindern, Kinder zu empfangen.«
Damien runzelte die Stirn. Ihm war bekannt, dass die Inder über Mittel verfügten, eine Empfängnis zu verhüten, aber in Form eines Pulvers sah er es zum ersten Mal. Einem plötzlichen Impuls folgend, erwarb er es. Außerdem kaufte er noch verschiedene Essenzen, die die Wundheilung fördern und Fieber senken sollten, sowie eine Flasche mit Mohnextrakt.
»Damit«, erklärte der alte Mann, »musst du sehr vorsichtig sein. Es kommt auf das richtige Maß an. Du kannst damit Schmerzen lindern, tiefen Schlaf auslösen oder auch töten.«
»Bei Operationen kann es gute Dienste leisten, wenn der Schlaf tief genug ist«, sagte Damien, der immer wieder auf der Suche nach wirkungsvollen Narkotika war.
Der alte Mann nickte. »Aber sieh zu, dass der Schlaf nicht zu tief wird, Sahib.«
Damien zahlte, dankte dem Mann für seine Hilfe und machte sich auf den Rückweg in die weiße Stadt.

24

Bombay, September 1758

»Mir ist klar, es wird unangenehm sein«, sagte Claire Legrant zu Elisha, »aber es ist an der Zeit, dass du dich wieder in der Öffentlichkeit sehen lässt.«

Elisha sträubte sich entschieden dagegen, ihre Eltern auf die abendliche Gesellschaft im Haus von Oberst Bellwood zu begleiten. »Man wird mich dort nicht sehen wollen«, sagte sie. »Die Einladung galt mir nicht, der Oberst ist lediglich zu höflich, es zu sagen.«

»Rede bitte keinen Unsinn«, antwortete Claire. »Du wirst uns begleiten, und nun möchte ich keine weitere Widerrede hören.«

Elisha drehte sich auf dem Absatz um und wollte aus dem Salon stürmen, lief an der Tür jedoch direkt ihrem Vater in die Arme.

»Was ist das für ein Benehmen?«, fragte dieser streng.

»Ich werde nicht mitkommen«, antwortete Elisha störrisch.

»O doch, meine Liebe, das wirst du. Wir gehen in einer Stunde, bis dahin bist du fertig.« Damit entließ er sie und trat in den Salon, um mit seiner Frau zu sprechen.

Weil sie wusste, dass jeder Widerstand sinnlos war, kleidete Elisha sich sorgfältig an, so als lege sie einen Schutzpanzer um sich. Durch die Blicke von Besuchern hatte sie bereits einen Vorgeschmack darauf bekommen, was sie zu erwarten hatte, wenn sie sich wieder in die Gesellschaft wagte.

Das Fest war in vollem Gange, als Elisha mit ihren Eltern und May den Saal betrat. Wenn auch nicht sämtliche Gäste schlagartig verstummten, womit Elisha fest gerechnet hatte, so trafen sie dennoch so viele ungnädige Blicke, dass sie am liebsten geflüchtet wäre. Die Leute setzten ihre Unterhaltungen fort, wurden jedoch leiser, wenn sie an ihnen vorbeikam, und erwiderten nur den Gruß ihrer Eltern. Elisha hätte in diesem Moment ein plötzliches Verstummen aller vorgezogen. Das wäre eindeutig gewesen, und dem hätte sie begegnen können. So jedoch war ihr, als steche man von allen Seiten verstohlen und schnell mit Nadeln auf sie ein.

In dem Wunsch, ihrem Auftauchen den Anstrich der Normalität zu geben, trennte sich die Familie wie gewohnt, damit jeder sich zu seinen Freunden und Bekannten gesellen konnte. May blieb eine Zeit lang an Elishas Seite, aber nachdem Jonah zu ihnen getreten war, kam Elisha sich überflüssig vor und ließ die beiden allein. Etwas ziellos wanderte sie durch den Saal, tat so, als hielte sie nach jemandem Ausschau, und gab vor, freiwillig ohne Gesellschaft zu sein. Am Büfett nahm sie sich Kardamom-Gebäck und fragte sich verzweifelt, wie sie den Abend durchstehen sollte.

»Warum haben sie dir das nicht erspart?«, fragte Richard Moidore, der unbemerkt zu ihr getreten war, leise. Die stumme Dankbarkeit in ihren Augen, weil er sie für einen Moment aus ihrer Isolation herausholte, versetzte ihm einen Stich.

»Meine Mutter ist der Meinung, ich müsse wieder unter die Leute«, antwortete Elisha. »Je länger ich mich zu Hause einschließe, umso mehr werden sie zu reden haben.«

»Vielleicht hat sie Recht«, entgegnete Richard zweifelnd. »Übrigens ist Lord Mason hier. Ich dachte, das solltest du wissen.«

Elisha wurde kreidebleich, und Richard tat es weh, ihr so zusetzen zu müssen.

»Irgendwann«, sagte Elisha, »müssen wir uns zwangsläufig wieder begegnen. Ich weiß ja, dass er Bombay nicht verlassen hat.«

Richard bemerkte die neugierigen Blicke der Umstehenden sowie das Schweigen derjenigen, die sich langsam am Büfett bedienten. Auch Elisha entging die Aufmerksamkeit nicht, und weil sie wusste, dass Richard sie hier nicht einfach stehen lassen würde und sie ihn andererseits nicht den ganzen Abend mit Beschlag belegen konnte, murmelte sie, sie wolle Charlotte suchen und verließ das Büfett.

Im Tanzsaal sah sie ihre Schwester zwar, jedoch von so vielen Leuten umgeben, dass es unmöglich war, zu ihr vorzudringen. Louisa war ebenfalls zugegen, aber auf Elishas anfängliche Freude folgte tiefe Enttäuschung, als ihre Freundin ihr nur einen bedauernden Blick zuwarf und dann wieder wegsah, sichtlich verlegen. Offenbar hatte ihr Mann seine Meinung nicht geändert.

Als Elisha in den nächsten Saal schlenderte, kam ihr Lamont Montaury entgegen. Anders als alle anderen sah er ihr ins Gesicht und schenkte ihr ein charmantes Lächeln, das jedoch einen diabolischen Zug bekam, als er sagte: »Meine liebe Miss Legrant, erweisen Sie mir die Ehre?«

Verwirrt sah Elisha auf seinen dargebotenen Arm und legte mehr instinktiv und aus Gewohnheit ihre Hand darauf, wie es sich gehörte, wenn ein Herr einer Dame den Arm reichte. Zu ihrem Entsetzen führte er sie in den Tanzsaal auf die Tanzfläche, und sie hatte keine Wahl, als mit ihm zu tanzen, wenn sie sich nicht vollends lächerlich machen wollte, indem sie vor ihm floh.

Jeder wusste, dass ihr Vater ihn nicht mochte, und dass sie nun nach der Affäre mit Damien auch noch öffentlich mit Lamont Montaury tanzte, musste ihnen wie ein Affront vorkommen. Als spüre er ihr Zögern, hielt Lamont ihre Hand fest, so dass sie sich nicht befreien konnte, und dann begann auch schon der Tanz.

»Entspannen Sie sich«, sagte Lamont nur für sie hörbar.

»Sie bringen mich in eine unmögliche Situation.«

Lamont lächelte. »Haben Sie dafür nicht schon selbst gesorgt?«

Der kurzzeitige Partnerwechsel – sie traf auf Ralph Bellwood, dessen Blicke distanziert und kalt waren – enthob Elisha einer Antwort. Sie reckte das Kinn vor und brachte den Tanz schweigend hinter sich. Lamont war überaus charmant und tat so, als bemerke er ihren Unwillen nicht. Kaum war die Musik verklungen, ließ Elisha ihn stehen und verließ, so ruhig es ihr möglich war, die Tanzfläche.

Ihr Vater stand etwas abseits der Gäste und schien nur auf sie gewartet zu haben. »Sag mir, Elisha« – es kostete ihn sichtlich Mühe leise zu sprechen –, »hast du vor, außer unmoralisch auch noch als frivol zu gelten?«

»Er hat … ich hatte keine Wahl«, verteidigte Elisha sich.

»Dass ein solches Vorkommnis auf deinem ersten Ball nach der Sache mit Damien passiert, soll mir also nicht seltsam vorkommen?«

»Ich glaube, Monsieur Montaury wollte mich bloßstellen.«

»Du bist ihm überaus willig gefolgt.«

Elisha senkte den Blick, weil sie nicht wusste, was sie darauf antworten sollte. Obwohl sie abseits der Menge standen, hatte sie das Gefühl, dass jeder sie hören würde.

»Benimm dich bitte anständig«, sagte ihr Vater. »Es wird

ohnehin lange genug dauern, die Leute zum Schweigen zu bringen.«

»Ich habe nichts Unanständiges getan«, begehrte Elisha leise auf. »Und erst recht habe ich nichts getan, um dich zu verärgern oder bloßzustellen.«

Jack wusste, wie sehr sie unter der Situation litt, aber weil er selbst immer und immer wieder an ihre Schande erinnert wurde, fiel es ihm schwer, sich damit abzufinden und ihr zu verzeihen. Jedoch war ihm klar, was für ein Schauspiel sie den Leuten lieferten, und das – so fand er – hatte sie nicht verdient. Er drückte ihren Arm und strich mit der Hand über ihre Wange. »Schon gut, meine Kleine. Wir reden später über alles.«

Erstaunt sah Elisha zu ihm hoch, aber er hatte sich bereits abgewandt und verließ den Saal.

»Wo willst du hin?«, fragte Charlotte, als sie Lamont durch den Garten folgte. »Ich muss verrückt gewesen sein, mit dir hierherzukommen.«

Lamonts Zähne blitzten auf, als er lächelte. »Erinnerst du dich an das Gartenhaus?«

Abrupt blieb Charlotte stehen. »Du hast wohl den Verstand verloren. Dahin gehe ich nicht mit dir.«

»Vor einigen Jahren bist du mir sehr willig dorthin gefolgt.« Lamont griff nach ihrem Arm, was er nur wagen konnte, weil sie in einem Teil des Gartens standen, der vom Licht der Fackeln nicht mehr erreicht wurde. »Du warst einfach zauberhaft. So unschuldig und …«

»Ich erinnere mich«, unterbrach Charlotte ihn knapp.

»Dann erinnerst du dich sicher daran, wie aufregend du es fandest, mit mir dort zu sein, während deine ganze Familie nur wenige Schritte entfernt weitergefeiert hat.« Lamont zog sie an sich und küsste sie, was sie ihm einen kurzen Moment lang erlaubte, ehe sie den Kopf wegdrehte.

»Das war damals.«

»Wir haben uns lange nicht gesehen.«

»Weil ich es nicht wollte.«

Sanft legte Lamont seine Arme um sie und küsste sie erneut. Einen Moment lang leistete sie Widerstand, dann erwiderte sie seinen Kuss. »Wenn uns einer sieht«, sagte sie matt, als er seinen Mund von ihrem löste.

»Wer kommt schon hierher?« Lamont wusste, dass er gewonnen hatte, und küsste ihren Hals mit dem Hochgefühl des Siegers. Bei Charlotte hatte er das Gefühl, sie jedes Mal erneut erobern zu müssen, und dass sie das Risiko einging, ihm in den Garten zu folgen, entschädigte ihn für die Monate, die er sie nicht hatte sehen können. »Na komm«, lockte er leise und zog sie hinter sich her zum Gartenhaus.

Als sie später an ihn geschmiegt auf dem Bett lag, beschlich Charlotte das Gefühl, einen großen Fehler gemacht zu haben. Ihr war, als wäre sie das Risiko ein Mal zu oft eingegangen. Unruhig setzte sie sich auf.

»Was ist los?«, fragte Lamont.

»Ich habe das Gefühl, dass mich jemand gesehen hat.«

»Das denkst du nur, weil du jetzt größere Angst vor den Konsequenzen hast als früher.«

»Ich hätte nicht mit dir gehen sollen.«

»Mach dir keine Sorgen.« Lamont zog sie an sich und strich durch ihr Haar. »Du hast es doch genossen. Später wirst du in den Saal zurückgehen, und alles ist, wie es war.«

»Wir müssen damit aufhören, Lamont. Ich werde das nie wieder tun.«

Lamont seufzte. »Liebes, so oft, wie du es sagst, wird es langsam langweilig. Ich weiß auch nicht, warum du dir solche Gedanken machst. Es wäre für mich eher nachvollziehbar, wenn du sie dir vor der Ehe gemacht hättest. Mädchen müssen unschuldig in die Ehe gehen, aber wenn ein Mann seine Frau danach nicht unter Kontrolle hat …« Er zuckte die Schultern.

»Dann wäre es dir bei deiner Schwester wohl auch egal?«, fragte Charlotte in dem Versuch einer Provokation.

»Sie ist verheiratet, und jetzt ist es Sache ihres Mannes. Wenn sie sich geschickt anstellt, kann sie tun, was sie will.«

»Und wenn es deine eigene Ehefrau wäre, was dann?«

»Ich würde den Mann, mit dem sie mich betrügt, im Duell töten.« Lamont strich leicht über ihre Schultern. »Denkst du, dein Mann würde sich mit mir duellieren, wenn er von uns wüsste?«

»Das weiß ich nicht. Vielleicht. Was würdest du dann tun?«

»Ich kann sehr gut mit dem Degen umgehen, er würde es kaum überleben.«

Charlotte fuhr hoch. »Sag so etwas nicht.«

»Denkst du, ich würde mich für dich von ihm töten lassen?« Er lachte. »Stell es dir nur vor. Du wärst frei, hättest deinen Status nicht verloren und könntest einen Mann heiraten, dem an dir liegt. Leider würde ich dir nicht zur Verfügung stehen, weil meine Familie keine englische Ehefrau duldet. Zudem wird sie darauf bestehen, dass meine Braut Jungfrau ist.«

»Wie abscheulich du bist, Lamont.« Charlotte stand auf. »Denkst du wirklich, ich hätte es jemals in Erwägung gezogen, jemanden wie dich zu heiraten? Einen *Franzosen?* Einen Mann, der neben mir unzählige Geliebte hat?«

»Dann ist es ja gut. Es hätte mich schwer getroffen, deine Hoffnungen enttäuschen zu müssen«, spöttelte Lamont.
Charlotte zog ihr Mieder an. »Was tue ich hier überhaupt?«, murmelte sie. Ihre Unruhe hatte sich wieder verstärkt.
»War dein Vater böse auf deine Schwester?«, fragte Lamont.
»Warum? Weil sie mit dir getanzt hat? Er konnte sich wahrscheinlich denken, dass du ihn nur provozieren wolltest.«
»Er behandelt mich derart von oben herab, dass ich der Versuchung einfach nicht widerstehen konnte.« Lamont stand auf und kleidete sich an, ehe er Charlotte zu Hilfe kam.
»Vermutlich tut er recht daran.«
»Tatsächlich?« Lamont stand hinter ihr und schnürte ihr Korsett. »Denkst du, er täte es auch, wenn er wüsste, wie bereitwillig mir seine Tochter ins Bett folgt?«
»Gefolgt ist. Ich werde es nie wieder tun.«
»Wenn es dich beruhigt, es immer wieder zu sagen, dann tu das nur. Wir wissen es schließlich beide besser, nicht?« Sorgfältig hakte er ihren Reifrock fest, half ihr in das schimmernde weiße Kleid und schloss es im Rücken. Jeder Handgriff erfolgte ruhig, beinahe zärtlich, und Charlotte entspannte sich wieder ein wenig. Wahrscheinlich gingen ihr einfach die Nerven durch, weil sie ein solches Risiko lange nicht mehr gewagt hatte.
Charlotte verließ das Häuschen als Erste, sah sich vorsichtig um und eilte in den erleuchteten Teil des Gartens zurück. Als sie eine Bewegung zu ihrer Linken wahrnahm, stieß sie einen leisen Schrei aus.
»Was ist denn mit dir los?«, fragte Elisha, die auf der Suche nach Ruhe in den Garten gegangen war.
»Du hast mich erschreckt«, fauchte Charlotte, eine Hand auf ihr wild schlagendes Herz pressend.

»Wo kommst du überhaupt her?«
»Ich bin ein wenig spazieren gegangen.«
Elisha runzelte die Stirn. »Du gehst im dunkelsten Teil des Gartens spazieren?«
»Das geht dich wohl überhaupt nichts an, denke ich. Und jetzt komm mit hinein.«
»Sicher nicht. Ich bin es leid, die ganze Zeit feindselig angestarrt zu werden.«
Charlotte griff nach Elishas Arm, aber diese riss sich von ihr los. »Was soll das?«, fuhr Elisha sie an.
»Ich glaube kaum, dass Papa möchte, dass du hier die ganze Zeit allein herumstehst. Oder sollen die Leute vielleicht denken, du hättest hier draußen ein Stelldichein mit irgendeinem Mann?«
Elisha errötete. »Das muss ich mir gerade von dir sagen lassen, nachdem du im hintersten Teil des Gartens herumgelaufen bist?«
»Ich habe auch nicht deinen Ruf.«
Elisha musste an sich halten, ihre Schwester nicht zu ohrfeigen. »Geh. Lass mich allein.« Sie wandte sich ab.
»Du kommst jetzt auf der Stelle mit mir.« Erneut griff Charlotte nach ihrem Arm.
»Warum lässt du mich nicht einfach in Ruhe?« Elisha verstand die Aufregung ihrer Schwester nicht. Sie wollte eben eine entsprechende Bemerkung machen, als sie einen Mann in einiger Entfernung bemerkte, der im selben Moment, in dem sie zu ihm sah, stehen blieb. Erst dachte sie sich nichts dabei, dann aber dämmerte ihr langsam, warum ihre Schwester so nervös war. Alle Farbe wich ihr aus dem Gesicht, als sie sich zu Charlotte umdrehte. Auch der letzte Zweifel schwand, als sie das Entsetzen in Charlottes Gesicht sah. Ihr Blick flog

zurück zu Lamont Montaury, der immer noch auf derselben Stelle stand. »Warum zögert er denn, näher zu kommen?«, fragte Elisha mit veränderter Stimme.

Als habe er sie gehört, ging Lamont weiter, nicht langsam, sondern so, als ginge er wirklich nur spazieren. Bei Elisha und Charlotte angelangt, lächelte er freundlich und ging ins Haus.

»Offenbar spielt dir deine Phantasie einen Streich«, sagte Charlotte, aber das leise Zittern in ihrer Stimme strafte ihre Ruhe Lügen.

Elisha war derart vor den Kopf gestoßen, dass sie nicht wusste, was sie antworten sollte. Sie sah ihre Schwester nur schweigend an.

»Was willst du tun?«, fragte Charlotte. »Es Papa erzählen? Oder Richard? Wer würde dir denn glauben?«

»Vielleicht niemand«, antwortete Elisha leise, »aber ich werde es nicht erzählen, sei unbesorgt. Wie … wie konntest du nur, Charlotte?«

»Das würdest du nicht verstehen.«

»Mich hast du beschimpft für das, was ich mit Damien getan habe, während du Richard betrügst.«

Charlotte spürte, wie ihre Anspannung sich löste, dennoch war sie einen Moment lang den Tränen nah. Wenn die Strafe für ihren Leichtsinn sein sollte, dass ihre Schwester nun Bescheid wusste, dann würde sie es hinnehmen und gewarnt sein. Nie wieder würde sie Lamont treffen, dachte sie, diesmal würde sie die Warnung ernstnehmen.

Ihr Gefühl hatte sie nicht getrogen, als sie mit Lamont in dem Gartenhaus gewesen war, aber es war auch nicht so schlimm gekommen, wie sie befürchtet hatte. Sie hob den Kopf. »Ich habe doch Recht mit dem gehabt, was ich dir gesagt habe. Du bist ruiniert, und das hättest du dir sicher ersparen können.«

Elisha sagte nichts mehr, und Charlotte ließ sie stehen, um in den Saal zurückzukehren. Sie würde nach Richard suchen, ihm sagen, dass sie sich unwohl fühlte, und dann heimfahren, um ein Bad zu nehmen und Lamonts Berührungen und Küsse von ihrer Haut schrubben.

»Charlotte«, sagte Claire Legrant überrascht. »Du bist noch hier?«

»Wo sollte ich sonst sein?«

»Mir war, als sei Richard schon vor einiger Zeit heimgeritten.«

Charlotte war verwirrt. »Er würde mich wohl kaum hier zurücklassen.«

»Vielleicht ging es ihm nicht gut?«, vermutete Claire. »Er sah nicht wohl aus, sehr blass um den Mund herum.«

»Wohl wieder sein Magen. Er hat schon den ganzen Tag darunter gelitten.« Aber auch dann hätte er nicht einfach ohne sie fahren dürfen, dachte Charlotte, und Wut stieg in ihr auf. Wie lange war sie im Garten gewesen? Eine Stunde? Länger? Vielleicht hatte er ja vergessen, dass sie bei ihm gewesen war, so wenig, wie er sich um sie kümmerte. »Ist gut, Mutter, danke.« Sie raffte ihr Kleid und rauschte in die Empfangshalle, um sich bei der Dienerschaft danach zu erkundigen, ob Richards Pferd noch im Stall stand.

»Ich hatte beinahe gehofft, dich noch einmal zu sehen«, sagte Ambrose, als er in den Garten trat.

Elisha war immer noch verstört von der Entdeckung, die sie gemacht hatte, so dass das Zusammentreffen mit ihrem ehemaligen Verlobten sie weniger erschütterte, als es andernfalls

der Fall gewesen wäre. »Warum denn?«, fragte sie. »Was du von mir hältst, hast du doch meinem Vater sehr deutlich zu verstehen gegeben.«
Er fixierte sie mehrere Sekunden lang aus halbgeschlossenen Augen. »Hatte ich denn Recht damit?«
»Mich als … leichtlebig zu bezeichnen? Nein, sicher nicht.«
»Welche Erklärung würdest du mir denn dann geben?«
Elisha atmete tief ein. »Warum ist das noch wichtig?«
»Begnüg dich mit der Begründung, dass ich es wissen möchte. Man könnte beinahe sagen, ich hätte ein gewisses Recht dazu.«
»Ich habe dich nicht verletzen wollen, Ambrose. Es tut mir leid.«
»Keine Sorge. Verletzt ist nur mein Stolz.«
Gegen ihren Willen musste Elisha lächeln. »Der wird sicher schneller heilen, als es dein Herz getan hätte.«
Ambrose zog die Brauen hoch. »Dann habe ich wohl Glück gehabt. Aber das beantwortet meine Frage nicht.«
Einen Moment lang rang Elisha mit sich. »Es ist … sieh mal, Ambrose, ich habe dich nicht heiraten wollen. Ich wollte nie einen anderen Mann als Damien Catrall.«
»Du denkst also, das ist die Ächtung wert, die du nun erfährst?«
»Ja.«
»Dann bist du dümmer, als ich gedacht habe.«
»Bist du hierhergekommen, um mich zu beleidigen?«, fragte Elisha kalt.
»Nein, aber nun, da ich schon einmal hier bin, denke ich, du könntest die Wahrheit über dich hören.«
Elisha presste die Lippen zusammen und starrte schweigend in den Garten.

»Denkst du wirklich, er hätte dich geheiratet?«, fuhr Ambrose fort.
»Er wird es tun.«
Ambrose seufzte mitleidig. »Meine Liebe, kein Mann heiratet die Sorte Frau, mit der er sich vor der Ehe vergnügt.«
Wütend fuhr Elisha zu ihm herum. »Ach ja? Wäre die ganze Sache anders weitergegangen und hätte mein Vater mich in die Ehe mit dir gezwungen, dann hättest du eine Frau, mit der sich zuvor ein anderer vergnügt hat. Was hättest du dann wohl getan?«
Ambrose zog die Brauen zusammen. »Du solltest Gott auf Knien dafür danken, dass dir das, was ich dann getan hätte, erspart bleibt.« Er neigte den Kopf. »Und nun, Miss Legrant, sollten wir unseren doch sehr persönlichen Umgang miteinander beenden und uns darauf beschränken, einander zu grüßen, wenn wir uns zufällig begegnen.«
»Ganz wie Sie wünschen, Mylord«, entgegnete Elisha. Sie wollte ihm noch einmal sagen, dass es ihr leidtat, dass sie ihn als Freund durchaus geschätzt hatte, aber sein ernstes Gesicht und seine abweisende Haltung ließen sie stumm bleiben.

Richard stand neben Gemmas Bett und betrachtete seine schlafende Tochter. Anderthalb Jahre war sie nun alt, und er liebte sie so sehr, dass es manchmal kaum zu ertragen war. Sie war das vollkommene Ebenbild von Charlotte mit ihren dunklen Locken und den Augen, die nur wenig heller waren als die ihrer Mutter. Auch das Gesicht mit den jetzt noch kindlich runden Wangen würde einmal dem Charlottes gleichen. Er war immer glücklich darüber gewesen, dass Gemma die Schönheit ihrer Mutter geerbt hatte und nicht nach ihm

schlug, aber nun wünschte er, sie hätte irgendetwas von ihm.
Sich vorbeugend, küsste er das Kind und verließ leise das Zimmer. Im Salon stand er eine Zeit lang vor einem Landschaftsgemälde und starrte darauf, ohne etwas zu sehen. Später goss er sich etwas zu trinken ein, stellte die Karaffe mit einem Ruck zurück und warf das edle Trinkglas gegen die Wand, so dass es mit einem lauten Klirren zersprang und einen nassen Fleck zurückließ. Sein Blick wanderte zur Uhr, dann zu den Scherben auf dem Marmorboden. Mehr als eine Stunde ging er im Salon auf und ab, starrte immer wieder auf die Uhr und blieb irgendwann abrupt stehen, als er Schritte im Korridor hörte.
»Du bist also wirklich daheim«, sagte Charlotte, als sie durch die Tür trat. Ihre Stimme zitterte kaum merklich, was ihrem Zorn einiges an Überzeugungskraft nahm. »Wie kommst du dazu, einfach ohne mich zu fahren?«
Richard stand mit dem Rücken zu ihr. »Hätte ich warten sollen?«
»Warten?«, fragte Charlotte irritiert. »Du hättest mir Bescheid geben können.«
Richard drehte sich mit einem Ruck zu ihr um. »Dir Bescheid geben? Ich war ernsthaft in Versuchung, es zu tun, Charlotte, aber das wäre ohne Skandal schlechterdings nicht möglich gewesen. Oder denkst du, es läge im Interesse meiner Familie, wenn die gesamte Gesellschaft erführe, dass meine Ehefrau nur wenige Schritte vom Haus entfernt Unzucht mit einem französischen Landesverräter treibt?« Verächtlich lauschte er dem heftigen Einatmen und dem darauf folgenden Schweigen, sah die weit aufgerissenen Augen, die wie schwarze Abgründe in dem weißen Gesicht wirkten.

Endlose Minuten lang herrschte Stille. Charlotte sammelte sich, atmete tief durch und zwang ihren Blick in sein Gesicht. »Darf ich fragen, wie du darauf kommst?«
»Ich habe dich gesehen ... mit ihm.« Richards Stimme klang mühsam beherrscht. »Jemand sagte mir, du seiest im Garten, ich hatte dich gesucht. Von weitem habe ich dich in den hinteren Teil des Gartens laufen sehen und bin dir gefolgt. In deinem Kleid konnte man dich ja nicht übersehen.« Richard wunderte sich über seine Ruhe. Seinen ersten Impuls, sie zu schütteln, bis ihr das Genick brach, hatte er überwunden, und zurück blieb nichts als Kälte.
Er hatte sie im Garten in Lamonts Armen gesehen, zu vertraut, als dass es das erste Mal sein konnte. Anstatt dazwischenzugehen, hatte er sie nur angestarrt, unfähig, sich zu bewegen. Dann war er ihnen gefolgt, hatte vor der verschlossenen Tür gestanden, Charlottes Lachen gehört, leise und sinnlich, wie er selbst es beim Liebesspiel sooft vernommen hatte. Nach der anfänglichen Starre war rasende Wut über ihn gekommen, aber er hatte dennoch die Folgen dessen, was sein Eingreifen ausgelöst hätte, abwägen können. Die Familie wäre ruiniert gewesen. Nach einigen Minuten des Wartens war er mit steifen Gliedmaßen durch den Garten in das Haus zurückgekehrt, hatte sein Pferd satteln lassen und war heimgeritten, nicht imstande, auch nur einen Moment länger auf dieser Feier zu bleiben, ohne sich etwas anmerken zu lassen.
»Ich habe dich gesehen«, wiederholte er, weil sie nichts sagte, »und später gehört.«
Charlottes bleiche Lippen bewegten sich kaum, als sie antwortete: »Dann weißt du es nun also.«
Kein Abstreiten, kein empörtes Zurückweisen. Ihre Stimme

war ausdruckslos. Erneut überkam Richard das Verlangen, auf sie loszugehen, aber er hielt sich zurück. Die Hände zu Fäusten geballt, blieb er stehen, wo er war, zwang seine Finger auseinander und atmete langsam aus.

»Wie lange geht das schon?«, fragte er.

Charlotte fuhr mit der Zunge über ihre Lippen. »Er ... er stand irgendwann plötzlich in meinem Zimmer, als du und Schwiegerpapa im Gouverneurspalast wart.«

»Du hast es hier, in diesem Haus, mit ihm getrieben?«, schrie er sie an.

»Er hat mich gezwungen«, widersprach Charlotte, nicht sehr glaubhaft, wie sie selbst hörte. Richard schnaubte verächtlich.

»Willst du dich über mich lustig machen?«

»Richard, ich ...«

»Liebst du ihn?«

Charlotte sah ihn an, verblüfft, so als sei ihr der Gedanke daran nie gekommen.

»Nicht einmal das«, sagte Richard eisig. »Weißt du eigentlich, mit wie vielen Frauen er derzeit Affären hat? Hast du überhaupt keinen Stolz?« Er fuhr sich mit den Händen über die Augen und stellte die Frage, die er am meisten fürchtete.

»Was ist mit Gemma?«

»Was soll mit ihr sein?«, fragte Charlotte, die in diesem Moment an alles dachte, aber nicht an ihre Tochter.

»Ist es mein Kind, das ich erziehen lasse und das meinen Namen trägt?«

Charlotte war wie vor den Kopf gestoßen. »Ob sie ... Natürlich ist sie das! Das mit Lamont ... Es fing erst nach ihrer Geburt an.«

»Sie hat rein gar nichts von mir.«

»Kannst du irgendetwas von Lamont an ihr entdecken?« Charlotte war verzweifelt, sie wusste, was ihr blühte, wenn zusätzlich zu allem anderen auch noch Gemmas Legitimität in Frage gestellt würde. Geschieden zu sein war schlimm genug, aber noch dazu ein Kind – einen Bastard – zu haben, war Grund genug, sich begraben zu lassen. Man würde Zeugen aufrufen, ihre Moral in einem öffentlichen Gerichtsverfahren in Frage stellen, und ohne Zweifel würde man sie schuldig sprechen.
»Sag mir die Wahrheit, Charlotte. Ich werde mich niemals von Gemma trennen, aber ich möchte die Wahrheit wissen.«
Bedeutete das, dass er sie – Charlotte – verstoßen würde, aber niemals Gemma? Oder dass er sie beide behielt? Charlotte schluckte. »Sie ist dein Kind«, sagte sie leise.
Richard fixierte sie, dann wandte er den Blick ab. »Geh auf dein Zimmer und bleib dort, bis ich weiß, was ich mit dir mache.«
Die Bitte, ihr sofort zu sagen, was er nun tun würde, und ihr somit die Ungewissheit zu ersparen, lag ihr auf der Zunge, aber sie wagte nicht, sie auszusprechen. Ihr kam das Gespräch mit Lamont in den Sinn, und flüchtig blitzte vor ihr das Bild auf, wie Richard im Duell von einem Degenstoß tödlich getroffen zu Boden sank. Sie hatte das Gefühl, ihr Herzschlag setze aus, um dann umso heftiger wieder einzusetzen, und trotz allem, was ihr bevorstehen mochte, wusste sie, dass sie etwas Derartiges nicht würde ertragen können. Ihr Atem ging schnell, und sie starrte Richard an, durcheinander, verstört.
»Charlotte, du bist dabei, einen schweren Fehler zu begehen, wenn du mir nun auch noch den Gehorsam verweigerst. Geh auf dein Zimmer!«

Wortlos drehte sie sich um und eilte aus dem Salon. Sie lief die Treppe hinauf, tastete sich wie blind zu ihrer Zimmertür. In ihrem Zimmer sank sie an der Wand zu Boden, kämpfte mit den Tränen, rang nach Luft, als ihr die Kehle eng wurde. Als sie das Gefühl hatte, ersticken zu müssen, löste sich die Enge, dafür überkam sie eine überwältigende Übelkeit, und sie schaffte es gerade noch rechtzeitig, den Nachttopf zu ergreifen, ehe sie sich übergab.
Die eine Hand am Nachttopf, die andere am Boden abgestützt, lag sie würdelos auf dem kalten Marmor, während ihr Körper von Krämpfen geschüttelt wurde. Sie war ruiniert.

25

Madras, Dezember 1758 bis Februar 1759

Fort St. David kapitulierte am zweiten Juni, zum größten Erstaunen der Engländer, die damit nicht gerechnet hatten. Berauscht von seinem Triumph, wollte General Thomas Arthur de Lally der Eroberung von Fort St. David die von Madras folgen lassen. Zunächst sah es so aus, als scheitere das Vorhaben, denn der Kommandant der französischen Flotte, Admiral d'Ache, verweigerte nach seiner Niederlage gegen Pocock seine Unterstützung. So richtete de Lally seine Bemühungen zunächst gegen Tanjore, um danach den günstigsten Zeitpunkt für die Belagerung abzuwarten. Der Monsun würde Pococks Flotte zu einem Rückzug nötigen, und General de Lally hoffte auf mehrere Monate, während derer er Madras belagern konnte. Es folgten weitere Seegefechte zwischen Pocock und den Franzosen, in deren Folge Frankreich mehr als doppelt so viele Opfer zu beklagen hatte wie die Engländer.

Damien stieß auf Francis, als dieser von einer Besprechung mit George Pigot, dem Gouverneur von Madras, zurückkam. Finster blickend durchschritt er die Kasematte, hatte für Damien ein knappes Nicken übrig und trat in den Regen hinaus. »Lally hat de Bussy und die Golconda-Armee zurückbeordert, vor einiger Zeit schon«, klärte Leutnant Lancaster Damien auf. »Offenbar ist er ihm in Haiderabad nicht mehr von Nutzen.« Er grinste schief.

»Warum ist Hauptmann Marchand dann so verärgert?«, fragte ein Offizier, der erst vor kurzem nach Madras gekommen war.

»Er hatte noch nie ein besonders gutes Verhältnis zu dem Gouverneur«, antwortete Leutnant Lancaster auskunftsfreudig.

»Wenn de Bussy Haiderabad wirklich verlassen hat, was hindert uns dann daran, das Tamilnad endgültig den Franzosen abzunehmen?«, fragte der Offizier. Er war ungeduldig und wollte sich bewähren.

»Nichts, schätze ich. Und deshalb dürfte Hauptmann Marchand auch so ungehalten sein. Er hatte gehofft, selbst dorthin geschickt zu werden.« Lancaster grinste. »Stattdessen muss er hier weiterhin die Stellung halten.«

»Verständlicher Zorn«, brummte der Offizier und ließ keinen Zweifel daran, dass er selbst gehofft hatte, eine ruhmreiche Schlacht zu schlagen.

Nachdem sie Bengalen verloren hatten, schwand nun auch die militärische Übermacht der Franzosen im Tamilnad. Zwar unternahm die französische Marine durchaus Versuche, durch Seeoperationen ihre Macht in Bengalen zurückzuerobern, aber sämtliche Vorstöße wurden durch die Präsenz der englischen Flotten vereitelt. De Lally hatte den Franzosen keinen Dienst erwiesen, als er de Bussy aus dem Dekkan abberufen und dessen Armee unter eine von ihm ausgewählte, inkompetente Führung gestellt hatte.

»Wenn sie ihre Stellungen in Südindien verlieren«, fuhr Leutnant Lancaster fort, »wie sollten sie sich dann weiterhin mit Vorräten versorgen?« Er grinste erneut. »Und dann ist da noch die Sache mit dem Geld. Kriege sind teuer. Dank Dupleix' Eroberungszügen und der Unfähigkeit von Lally dürfte es damit für die Franzosen schlecht bestellt sein.«

Gerüchte und Spekulationen trieben durcheinander, genährt von dem erwachten Eroberungshunger der Engländer. Obwohl Damien den Krieg sehr leidenschaftslos sah, konnte er nicht verhehlen, dass die Aussicht, aus Madras fortzukommen und dem Regiment zu folgen, für ihn einen gewissen Reiz hatte.

»Lallys Männer mögen uns zahlenmäßig überlegen sein, aber dafür sind sie im Kongress uneins, heißt es«, mischte sich ein weiterer Offizier ein. »Es heißt doch, Lally und die Mitglieder des Kongresses hassen sich mehr, als Lally die Engländer hasst.«

»George Pigot mag ein jähzorniger Mann sein«, fuhr Andrew fort, »aber er ist standhaft, und solche Männer sind es, die Kriege entscheiden.«

Damien war bekannt, dass George Pigot große Mengen an Nahrungsmitteln und Munition ansammeln ließ, seit er von de Lallys Eintreffen in Pondicherry gehört hatte. Die Franzosen waren bereits im Oktober ausgerückt, um verschiedene Posten zwischen Madras und Pondicherry in Besitz zu nehmen – mit bisher guten Erfolgen. Einzig Chingleput war noch in der Hand der Engländer. Abgesehen davon blieb der *East India Company* im Karnatik nur noch Madras und Trichinopoly. Ein besorgniserregender Zustand, befand Damien, der die Euphorie der Offiziere nicht teilen konnte. Wenn schon kein Weg um weitere kriegerische Auseinandersetzungen herumführte, so hoffte er, dass sie zugunsten Englands entschieden wurden. Die Franzosen würden Madras nicht noch einmal zurückgeben, selbst wenn es zu einem Friedensabkommen käme.

Zerstreuung gab es natürlich nach wie vor, und gelegentlich schloss Damien sich den Offizieren an. Er mochte Andrew

Lancaster, der ein brillanter Unterhalter war und in dessen Gesellschaft es nie langweilig wurde.

»Man kann die Zwickmühle der indischen Herrscher verstehen«, sagte Andrew, als er mit Damien zusammen in einem Etablissement Tänzerinnen zusah. »Wenn die Franzosen geschlagen werden, sind natürlich auch ihre Protegés schutzlos. Dass sie der Kriegskraft der Europäer nicht gewachsen sind, hat sich bereits bewiesen. Jetzt gilt es, sich mit der richtigen Macht zu verbünden.«

»Wir sind hierhergekommen, um Handel zu treiben«, antwortete Damien, »nicht, um uns als Königsmacher zu versuchen. Aber genau das tun wir. Wir wurden willkommen geheißen und danken es damit, dass wir Herrscher entmachten, Söhne gegen ihre Brüder und Väter aufhetzen und das Land zum Schauplatz eines europäischen Krieges machen.«

»Das nennt man Eroberung.« Leutnant Lancaster lachte. »Dieses Land ist voller Schätze. Warum das alles verkommen lassen?«

»Ich halte die Kultur der Inder für wesentlich fortschrittlicher als unsere eigene«, widersprach Damien. »Es kann also keine Rede davon sein, dass etwas verkommt.«

»In manchen Dingen mag das so sein, und deshalb ist es umso wichtiger, diese Kultur zu zivilisieren und dem englischen Volk zugänglich zu machen.«

»Die Inder verfügen über eine Zivilisation, die der unseren in nichts nachsteht. Sie leben nur auf eine Art, die wir nicht so ohne weiteres verstehen.«

Andrew zuckte die Schultern. Er deutete auf die Tänzerinnen, die ihre Körper sinnlich aufreizend bewegten, und grinste. »Das hier ist eine Art von Kultur, der ich durchaus ihre Vorteile abgewinnen kann. So etwas ist in England undenkbar. Selbst wenn man sie hinbrächte, wäre die Atmosphäre so vollkommen anders, dass man sie nicht so wahrnimmt, wie man das hier tut. Stellen Sie sich diese Tänzerinnen nur im trüben London vor.« Er seufzte schwärmerisch. »Ihr Tanz erzählt Geschichten«, klärte er Damien auf, wobei ihm offenbar entfallen war, dass dieser fast sein ganzes Leben in Indien verbracht hatte. »Jede einzelne Bewegung hat eine Bedeutung.«

Die einzige Bedeutung, die Damien in den Bewegungen der Tänzerinnen las, war die, dass er schon zu lange ohne Frau war. Die Sinnlichkeit der Tänzerinnen war ihm keineswegs ein Genuss, weil er sich nicht wie seine Begleiter überlegen konnte, mit welcher von ihnen er die Nacht verbrachte. Er drängte sein Verlangen zurück, aber es folterte ihn wie Nadelstiche. Hartnäckig bekämpfte er den Gedanken, dass es überhaupt nichts bedeutete, sich eine Nacht lang in der schwarzen Stadt mit einer Bajadere zu amüsieren. Es hätte nichts mit Elisha zu tun, sondern wäre nur ein körperlicher Akt, eine Vereinigung, die keinen weiteren Gedanken nach sich zog.

Unwillig schüttelte Damien den Kopf. Er würde Elisha nicht auch noch betrügen, nach allem, was er ihr angetan hatte, und verabschiedete sich recht bald unter spöttischem Lächeln und gutmütigen Sticheleien seitens seiner Begleiter.

Ehe er ging, sah er Ernest, der sich mit einer jungen Frau zurückzog. »Was bist du nur für ein Schwein«, murmelte Damien zwischen zusammengebissenen Zähnen.

Das Warten auf Kriegshandlungen zehrte an den Nerven der Soldaten, und Francis musste mehrmals hart durchgreifen, wenn die Moral seiner Männer nachließ. Er duldete keine Mädchen im Kindesalter im Bett der Soldaten und erst recht

keine Knaben. Mehr als einmal kam es zu Verstößen, die von ihm gnadenlos geahndet wurden.
Damien traf gelegentlich auf den Gelehrten, der mit seinem jungen Gehilfen auch in der weißen Stadt durchaus ein gefragter Arzt war. Mit der Zeit hatte sich eine Art Freundschaft zwischen ihnen entwickelt, und Damien lernte einige Behandlungsmethoden, die ihm effektiver erschienen als die, die ihm während seines Studiums vermittelt worden waren. Gelegentlich kaufte Damien Medikamente, die er benötigte, bei ihm, wobei er sich immer in die schwarze Stadt begeben musste. Der alte Mann weigerte sich, seinen Gehilfen zur Kasematte zu schicken. »Ein Kind kann man in den jetzigen Zeiten nicht allein herumlaufen lassen«, entschuldigte er die Umstände, die er Damien machte. »Erst recht nicht in Zeiten dieses gottlosen Treibens der Soldaten.«
Der Junge war in der Tat ausnehmend hübsch, und Damien hätte für das Verhalten einiger Soldaten nicht garantiert, würden sie ein solches Kind allein antreffen. Es war an der Zeit, dass endlich etwas geschah, das die Männer beschäftigte. Monatelange Untätigkeit musste zwangsläufig die schlimmsten Seiten zutage bringen.
Sein Wunsch sollte sich erfüllen. Das französische Heer, angetrieben von Lally, der von dem Wunsch beseelt war, die Engländer ein für alle Mal aus Indien zu vertreiben und der nur noch das Ende des Regens abgewartet hatte, stand am vierzehnten Dezember vor den Toren von Madras.

Es war kein Versuch gemacht worden, die schwarze Stadt zu schützen, die als Erstes von den Franzosen besetzt wurde.
»Man sagt, die Disziplin im französischen Heer lasse zu wünschen übrig«, bemerkte Francis Marchand, der mit Damien,

Andrew und einem weiteren Offizier namens Paul McGaren auf dem Balkon des Gouverneurspalastes stand. Damien war allein aus dem Grund mit ihnen dort, weil einer der Direktoren, der sich ebenfalls im Palast aufhielt, einen Arzt gebraucht hatte.

»Sie trinken, seit sie angekommen sind«, bemerkte Andrew.

»Das muss nichts heißen«, sagte Damien. »Die Kampftaktik der Franzosen ist berühmt und war bisher sehr erfolgreich.«

Francis sah ihn von der Seite an. »Vergiss nicht, dass du einer meiner Offiziere bist. Ich muss dich demnach auffordern, deine Lobreden über die Franzosen ein wenig zu zügeln.«

Damien wusste, dass es zwecklos war, zu widersprechen. »Natürlich, Sir. Ich bitte um Verzeihung«, antwortete er förmlich.

Nach einem argwöhnischen Blick wandte Francis sich wieder der Aussicht zu. Andrew grinste verstohlen.

»Wir müssen Madras halten«, sagte Francis, und ein Hauch von Besorgnis schwang in seiner Stimme mit. »Nicht auszudenken, wenn sie den Franzosen in die Hände fällt und diese mit ihrer lockeren Moral hier Einzug halten.«

Damien fiel auf, dass Andrews Grinsen breiter wurde, ehe dieser sich, nun wieder ernst, an Francis wandte. »Sind Truppen zu erwarten, Sir?«

»Ich hoffe es«, war Francis' knappe Antwort.

Wie sich in den nächsten Wochen herausstellte, war Lally unfähig, die Besetzung vernünftig zu koordinieren. Das sei zu erwarten gewesen, wurden Stimmen im Gouverneurspalast laut, schließlich habe sich der General von Anfang an als unfähig erwiesen. Der Transport der Vorräte, die von den Franzosen benötigt wurden, dauerte länger, als Lally geplant haben konnte. Häme machte sich breit unter den Offizieren.

Es war schwer, in derselben Stadt zu leben wie seine Familie und diese nicht sehen zu dürfen. Selbst Ernest hielt das Verbot aufrecht und verwehrte es Damien, Maureen zu sehen. Dabei hatte er mit den Vorfällen nun wirklich überhaupt nichts zu tun.
Damien hätte seine Mutter gern gesehen, wagte es aber nicht einmal, ihr zu schreiben, weil er keinen Streit zwischen ihr und seinem Vater heraufbeschwören wollte. Elisha zu schreiben hatte er ebenfalls nicht mehr gewagt – abgesehen davon, dass es die momentanen Verhältnisse nicht zuließen, Briefe aus Madras hinauszubekommen. Er hatte Sorge, dass seine Briefe an Jonah und somit auch an Elisha in falsche Hände gerieten, und dem, was dann geschehen konnte, wollte er sie nicht aussetzen. Niemand würde ihr glauben, sie hätte keine Kenntnis davon. Zudem geriete auch Jonah in ernsthafte Schwierigkeiten. Jack Legrant würde wahrscheinlich sogar so weit gehen, ihm eine Ehe mit May zu verbieten.
Am zweiten Januar traf Damien, als er aus der Kasematte trat, auf Jane, die ihrerseits ihren Bruder besuchen wollte. Beide blieben stehen, grüßten sich und wussten nicht, ob sie einfach weitergehen oder einige Worte wechseln sollten. Jane machte den Anfang.
»Wie geht es dir?«, fragte sie. »Wir … haben uns schon so lange nicht mehr gesehen.« Unmittelbar darauf biss sie sich auf die Lippe, offenbar in dem Bewusstsein, etwas Dummes gesagt zu haben. Damien half ihr aus der Verlegenheit.
»Man hört ja nur Gutes von dir«, sagte er mit einem gezwungenen Lächeln. »Dein Mann ist offenbar gerade dabei, sich einen großen Namen zu machen.«
Jane lächelte. »Er war in den letzten Monaten sehr erfolgreich«, bestätigte sie, dann wurde sie wieder ernst. »Was ist

mit dir? Ich habe gehört, Francis hat dich unter Arrest gestellt?«

»Für eine Woche, ja. Das war nicht so schlimm«, beruhigte er sie eilig, als er die Bestürzung in ihren Augen sah.

»Es ist für dich alles so traurig ausgegangen«, sagte Jane. »Das tut mir sehr leid. Deine Familie hat Unrecht getan, dich zu verstoßen.«

»Mein Vater war der Meinung, es sei das Einzige, was den Frieden zwischen unseren Familien wiederherstellt.«

»Sein Sohn sollte ihm wichtiger sein als die Freundschaft zu meinem Vater«, entgegnete Jane leise, aber heftig. Sie legte unwillkürlich die Hände auf ihren Bauch, dessen Umfang bereits zugenommen hatte. Vermutlich dachte sie an ihren eigenen Nachwuchs.

»Gelegentlich«, fuhr sie fort, »besuche ich deine Schwester und deine Mutter.«

Damien war überrascht. »Davon wusste ich nichts.«

»Es war auch nicht anzunehmen, dass Francis davon erzählt«, erwiderte Jane. »Er lehnt meine Versuche, die Familien wieder zu vereinen, ab. Das zeugt seiner Meinung nach von einem Mangel an Charakter.«

»Du bist deinem Bruder in Charakterstärke weit überlegen.«

Jane lachte leise. »Wie gut, dass er dich nicht hört. Ich hatte gehofft, dass meine Besuche bei deiner Familie deinen Vater dir gegenüber etwas gnädiger stimmen, aber das scheint nicht der Fall zu sein.« Ihre Feststellung hatte den Anklang einer Frage.

»Bedauerlicherweise nicht. Aber ich danke dir, Jane. Was sagt denn dein Mann dazu.«

»Er ist wohl der Einzige, der dir deine Trennung von mir überhaupt nicht übel nimmt.«

Diesmal stimmte Damien in ihr Lachen ein.
»Deinem Aufenthalt hier«, fuhr Jane fort, »entnehme ich, dass Mr. Legrant seine Meinung nicht geändert hat?«
»Er hat mir auf keinen meiner Briefe geantwortet.« Ohne dass er es wollte, war Damiens Stimme bitter geworden.
»Ich will …«
Damien erfuhr nicht mehr, was sie wollte, denn im selben Moment trat Francis aus der Kasematte und fasste seine Schwester so grob am Arm, dass diese leise aufstöhnte. »Was soll das hier werden?«, fragte er barsch.
»Lass sie los«, befahl Damien. »Du tust ihr weh.«
»Du hast mir nicht zu sagen, wie ich meine Schwester zu behandeln habe«, entgegnete Francis zornig. »Ebenso wenig bin ich gewillt, Befehle von dir anzunehmen.« An seine Schwester gewandt, sagte er zornig und bestimmt: »Geh nach Hause.«
»Ich wollte zu dir, um dir zu sagen …«
Erneut wurde ihr das Wort abgeschnitten, diesmal jedoch von dem Donnern einer Kanonenkugel. Die Bombardierung hatte begonnen.

Hatte Damien vor seiner Tätigkeit als Militärarzt keine Erfahrung mit Kriegsverletzungen gehabt, so entwickelte er nun eine gewisse Routine. Schon nach den Seeschlachten hatte es viel zu tun gegeben, und selbst wenn die Bombardierung der Stadt keinen nennenswerten Schaden zufügte, gab es genug Verletzte, um die Tage bis in die Nacht zu füllen. Nicht selten war Damien noch in den Morgenstunden damit beschäftigt, sich, über eine Schüssel gebeugt, Blut von Händen und Armen zu waschen, ehe er sich für wenige Stunden zur Ruhe legen konnte. Medizinische Finesse war nicht gefragt, dafür war meist zu wenig Zeit, wenn Leben auf dem Spiel standen. Damien tat genau das, was er nie hatte tun wollen, zudem fiel ihm oft zusätzlich die Arbeit der Chirurgen zu, die selbst überfordert waren. Es gelang ihm mit einiger Mühe, ein Mindestmaß an Sauberkeit im Krankenlager zu halten. Wäre es ihm möglich gewesen, hätte er den indischen Arzt, den er inzwischen sehr zu schätzen gelernt hatte, hinzugezogen, aber die schwarze Stadt war nicht zugänglich.

Francis Marchand war ein glänzender Kommandant, musste Damien sich eingestehen. Seine Befehle waren präzise und überlegt, niemals handelte er rein gefühlsmäßig.

»Ich frage mich, wo unsere Verstärkung bleibt«, beschwerte sich Andrew, als er Damien während einer kurzen Pause besuchte. Damien war erschöpft und hätte während der wenigen Minuten lieber seine Ruhe gehabt.

»Bisher sieht es nicht so aus, als hätten die Franzosen Erfolg mit ihrer Taktik«, antwortete er.

»Ja, momentan noch. Aber wer kann schon wissen, wozu sie in einigen Monaten imstande sind.«

»Ich habe gehört, so lange reichen ihre Vorräte und Waffen nicht.«

»Lally könnte nachrüsten.«

»Hat er dazu überhaupt noch das nötige Kapital?«

Andrew zuckte nur die Schultern und ging nach wenigen Minuten wieder.

Während die französischen Besatzer vor Madras lagen, formierte sich eine Abteilung englischer Soldaten und marschierte von Trichinopoly los, um auf die Garnison von Chingleput zu treffen. Sie postierten sich nahe St. Thomas Mount und hielten die Kolonnen auf, die die Franzosen mit

Nachschub versorgen sollten. Lally schickte ihnen seinerseits eine Abteilung von Soldaten entgegen.
Die Belagerer vor Madras waren vom Kampf gegen einen so schwer fassbaren Feind und vom Ausheben weiterer Schützengräben erschöpft. Die Engländer warteten und beobachteten.
»Ich weiß nicht, warum Lally noch zögert«, rief Francis Marchand und blickte über die Mauern des Forts. »Seine Männer sind am Ende. Ein guter General weiß, wann er aufzuhören hat.«
»Zumindest geht er nicht das Risiko ein, die Stadt zu stürmen«, antwortete Ernest.
»Es wäre besser, er täte es. Dann wäre die Sache überstanden«, schaltete sich Andrew ein.

Ein Monat stehenden Feuers schlug zwar eine Bresche, aber die Stadt war immer noch uneinnehmbar. Der einzige Weg, den die Franzosen geschlagen hatten, war so steil und wurde zudem von den englischen Geschützen unter Beschuss genommen, dass ein Angriff auf das Fort undurchführbar war. De Lally zögerte und wagte den Sturm auf den Feind nicht. Am sechzehnten Februar entschied das Auftauchen eines englischen Geschwaders vor der Küste von Madras die Schlacht zugunsten der Engländer. Lally hatte nichts Eiligeres zu tun, als bei diesem Anblick die Schützengräben zu verlassen.
»Was für ein Feigling«, schimpfte Francis. »Er soll sich wenigstens ergeben wie ein Mann. So etwas schickt der König nach Indien, um Frankreich zu vertreten.«
Das französische Heer war der Bombardierung der Engländer schutzlos ausgesetzt, und diese wiederum taten alles, um die-

sen Umstand zu ihrem Vorteil auszunutzen. Damien widerte das Töten von Menschen, die ohnehin ohne jede Verteidigung waren, an. Menschen im Schlaf zu töten war nicht etwas, auf das das Regiment stolz sein konnte. Insgeheim musste er den Franzosen Achtung zollen. Sie hielten sich mit bewundernswerter Entschlossenheit.

26

Bombay, April bis Mai 1759

Elisha hatte das Gartenhaus für sich entdeckt – den wirklich einzigen Ort, an dem sie allein sein konnte, ohne Besuchern ihrer Eltern oder diesen selbst über den Weg zu laufen. Sie hatte ihr Medizinbuch und noch einige andere Bücher aus der Bibliothek ihres Vaters in das Haus gebracht und den Raum hergerichtet, den Damien als Arbeitszimmer genutzt hatte.

Manchmal ging sie hinauf in das Schlafzimmer, legte sich auf das Bett und dachte daran, wie sie mit Damien hier gelegen hatte. Es verging kaum ein Moment, an dem sie nicht an ihn dachte, manchmal war es geradezu unerträglich, und die Leere in ihr schien schlimmer als zuvor. Nach allem, was sie bisher gehört hatte, ging es ihm gut, die Engländer waren dabei, den Krieg für sich zu entscheiden, und bald würde alles vorbei sein. Dann würde er kommen und sie holen – oder auch nicht, wenn ihr Vater bis dahin nicht eingelenkt hatte. Wollte ihr Vater sie wirklich bei sich behalten, bis sie zu alt war, um zu heiraten? Oder würde er sie dem ersten Mann, der ernsthaft in Frage kam, zur Frau geben? Elisha schüttelte den Kopf, wann immer ihr der Gedanke daran kam.

Auf dem Balkon des Gartenhauses stehend, beobachtete sie an einem schwülen Nachmittag die eintreffenden Gäste im Hof, ehe sie die Treppe zur Eingangstür hinaufstiegen. Der Himmel war verhangen und die Luft unerträglich schwer.

Obwohl sie sich so gut wie nicht bewegt hatte, hatte Elisha das Gefühl, ihr Unterkleid klebe an ihrem Körper. Mit einem Taschentuch tupfte sie sich die Stirn ab.
Charlotte und Richard waren unter den Gästen, eben wurde Charlottes *Palankin* in den Hof getragen, Richard folgte zu Pferd. Er weiß es, dachte Elisha, er weiß von Lamont und Charlotte. Lamont war von einem Tag auf den anderen spurlos verschwunden, und dass es mit der Ehe zwischen ihrer Schwester und ihrem Schwager nicht zum Besten stand, wusste in Bombay mittlerweile jeder. Richard hatte sich nur insofern verändert, als dass er ernster war als sonst, aber weil er nie als besonders gesprächig gegolten hatte, fiel seine Schweigsamkeit nicht weiter auf.
Mit Charlotte hingegen hatte sich ein beinahe erschreckender Wandel vollzogen. Sie hatte abgenommen, war totenbleich, machte so gut wie keine Besuche mehr und hielt sich auf Gesellschaften so sehr zurück, dass ihr Mangel an Konversation beinahe als unhöflich gelten konnte. Anstatt jedoch verhärmt zu wirken, verlieh ihr Zustand Charlottes Schönheit eine neue und beinahe dramatische Intensität. Durch ihre Blässe wurden die dunklen Augen betont, ebenso die geschwungenen Bögen ihrer Brauen und ihr beinahe schwarzes Haar. Ihr Gesicht war gerade schmal genug, um die hohen Wangenknochen stärker zur Geltung zu bringen, und ihr Körper wirkte so zart und zerbrechlich, dass es in jedem Mann – allen voran in dem noch immer von Liebe verblendeten Jamie Truitt – einen nicht zu übersehenden Beschützerdrang auslöste. Und die Aura von Traurigkeit, die sie umgab, trug das ihre dazu bei.
Wäre sich Elisha nicht so sicher gewesen, dass Charlotte wirklich litt, hätte sie vermutet, der Wandel entspränge einer

neuen Art von Koketterie, denn es gab jetzt schon mehrere junge Frauen, die bestrebt waren, es ihr gleichzutun – mitnichten mit dem gleichen Effekt. Was, so fragte Elisha sich, war geschehen? Wusste Richard von dem Betrug und verfuhr entsprechend mit Charlotte? Ob er sie schlug? Nein, verbesserte sie sich rasch, nicht Richard. Aber was konnte er tun, sie derart leiden zu lassen? Oder war es vielleicht gerade, weil er nichts tat? Ob Charlotte ihn liebte? Der Gedanke war flüchtig, und Elisha wollte ihn abtun, hielt aber dennoch daran fest. Konnte jemand wie Charlotte einen Richard Moidore lieben? Eine Frau, die scheinbar nicht einmal ihr eigenes Kind liebte? Aber das hatte doch nichts miteinander zu tun, verbesserte sich Elisha. Richard Moidore sah zwar nicht besonders gut aus, aber er war intelligent, sehr männlich und konnte überaus charmant sein. Es gab etliche Frauen, die in ihn verliebt waren, warum also nicht auch Charlotte? Aber sie hatte ihn betrogen, und wie hätte sie dazu imstande sein können, wenn sie ihn liebte? Oder hatte sie es gerade deswegen getan? Aus Verzweiflung, weil Richard sie so offensichtlich nicht liebte?

Elisha ging zurück in das Zimmer und strich über die Möbel. Was immer auch geschehen war, Charlotte litt für sich allein, niemand ignorierte sie, im Gegenteil, alle waren auf das Rührendste um sie besorgt. Aber wenn Richard das mit Lamont wirklich wusste und sie das, was er tat – was immer das sein mochte –, so sehr schmerzte, dann war das ein Zustand, den Elisha ihrem eigenen Leben nie vorziehen würde. Sie selbst hatte immer noch die Hoffnung, dass Damien zu ihr kommen und sich dann alles zum Besseren ändern würde. Worin konnte Charlottes Hoffnung bestehen?

Die Männer hatten sich nach dem Essen in die Bibliothek zurückgezogen, um die neuesten politischen Entwicklungen zu besprechen. Jack sah flüchtig in den Garten hinaus und erinnerte sich daran, seiner Frau versprochen zu haben, Elisha ernsthaft ins Gewissen zu reden, weil diese weder die Gäste begrüßt hatte noch zum Tee erschienen war. Die Sache mit Damien lag über ein Jahr zurück, dachte Jack, und seit mehr als einem Jahr saß Elisha hier fest, durfte nicht einmal Shalina besuchen und hatte sich nun sogar aus dem Haus zurückgezogen. War es nicht endlich an der Zeit, sie zur Ruhe kommen zu lassen? Aber dann dachte er an die Anspielungen, die er sich noch immer anhören musste, und seine Nachgiebigkeit schwand.

»Niemand hätte je glauben können, dass der Mann Franzose ist«, sagte Lord Melrose.

Die Rede war von Alastair Dark, der sich in den sechs Jahren seines Aufenthaltes überzeugend als Engländer ausgegeben hatte und – eher zufällig – als französischer Spion enttarnt worden war. Ihm war die Freundschaft, die er zu den Offizieren Bombays, allen voran Oberst Bellwood, gepflegt hatte, zum Verhängnis geworden. Ausgerechnet Ralph Bellwood hatte ihn enttarnt, und das auch nur, weil er gerade derselben Frau den Hof machte und in seiner beinahe krankhaften Eifersucht die privaten Unterlagen seines Widersachers in dessen Abwesenheit nach Beweisen für eine Liebesaffäre mit dem Mädchen durchsucht hatte. Ihm waren einige Briefe aufgefallen, mit denen er zwar nichts hatte anfangen können – politische Strategie zählte nicht zu seinen Stärken –, aber die Botschaften waren ihm, obgleich verschlüsselt, seltsam vorgekommen. Er hatte daraufhin sämtliche Briefe mitgenommen, in der Hoffnung, seinem Widersacher daraus einen

Strick drehen und ihn illegaler Aktivitäten, wie Schleichhandel, überführen zu können. Mit dem wahren Ausmaß seines Fundes konnte er nur schwerlich gerechnet haben. Jack dachte mit Grauen daran, dass auch Alastair Dark zu den Männern gehört hatte, die in seine Familie hatten einheiraten wollen. »Hat man ihn denn mittlerweile nicht fassen können?«, fragte er. Dark hatte den Diebstahl in dem Moment entdeckt, in dem Hauptmann Munroe und zwei Offiziere in sein Haus gestürmt kamen, um ihn festzunehmen. Er hatte sich erbittert zur Wehr gesetzt und war geflohen. Hauptmann Munroe – und das war ein taktischer Fehler – hatte nicht mit ernstzunehmender Gegenwehr gerechnet, immerhin waren sie zu dritt und kampferprobte Offiziere. Wobei seine Vorgesetzten zu seiner Verteidigung anführten, dass niemand hätte ahnen können, was für ein brillanter Fechter Mr. Dark war.

»Er kann nicht weit sein, er ist verletzt«, antwortete Hauptmann Munroe. »Ich habe ihm eine Stichverletzung im Bauch zugefügt.«

»Aber wohin kann er mit einer solchen Verletzung geflohen sein, Sir?«, fragte Richard Moidore. »Vielleicht war sie weniger ernsthaft, als es den Anschein hatte, denn er würde unter anderen Umständen dringend ärztliche Hilfe benötigen und kaum imstande sein, sich versteckt zu halten.«

»Kein englischer Arzt«, sagte Hauptmann Munroe, »würde ihn behandeln, und die wenigen einheimischen Ärzte, die ihre Kunst verstehen, sind ebenfalls nicht aufgesucht worden. Wir werden ihn bald finden.«

»Vielleicht versucht er es in den Außenbezirken«, gab Lord Melrose zu bedenken.

»In dem Fall ist er so gut wie tot. Jeder weiß, wie diese Quack-

salber heilen«, antwortete Ralph Bellwood. »In jedem Fall sind wir ihn los.«
»Es geht nicht darum, ihn los zu sein, sondern ihn seiner gerechten Strafe zuzuführen.« Hauptmann Munroes Ton war, obwohl ruhig und höflich, gerade scharf genug, um seinen Unwillen gegenüber Ralph auszudrücken. Er hielt den jungen Mann für unfähig und hatte ihn nie leiden können.
Oberst Bellwood wechselte das Thema. Ihm gefiel es überhaupt nicht, wenn sein Sohn sich durch inkompetentes Gerede lächerlich machte. Wo kam man denn hin, wenn man darauf vertraute, dass ein Spion ohnehin bald starb und sich somit der Gerichtsbarkeit der Krone entzog? »Jack, wie ich gehört habe, darf man bald gratulieren? Wann ist es denn so weit?«
»Die Hochzeit ist im Mai«, antwortete Jack.
»Ein angenehmer Bursche, der junge Fenmore«, sagte Lord Melrose, »gute Familie.« Wenn auch sonst nichts, hing unausgesprochen in der Luft.
»Er war ein sehr vielversprechender Offizier«, ergänzte Hauptmann Munroe elegant und vermied auf diese Weise eine peinliche Schweigepause.
»Nun, Jack, dann solltest du dich schon einmal gut stellen mit den Seidenhändlern, den Schneidern und den Goldschmieden«, sagte Oscar Moidore lachend. »Ich hatte nur Louisa, und ich sage dir, mein Trost war, das alles nur ein Mal mitmachen zu müssen.«
Die Männer lachten, die Stimmung entspannte sich. »Ist etwas Wahres an der Geschichte mit der Rückkehr der Angria-Piraten?«, lenkte Lord Melrose das Gespräch auf einen Vorfall, der sich kürzlich nicht weit entfernt vom Hafen von

Bombay ereignet hatte. Ein Schiff war überfallen, die Besatzung getötet worden.
»Die Dynastie existiert nicht mehr«, antwortete Oscar Moidore.
»Wenn Sie mich fragen, Gentlemen«, sagte Lord Melrose, »dann steckt hinter den erst kürzlich erfolgten Angriffen dieser französische Bastard, der sich jahrelang hier aufgehalten hat und dann plötzlich aus unbekannten Gründen verschwunden ist. Ich habe ihm von Anfang an nicht getraut. Er konnte nur ein Spion oder Landesverräter sein, niemand, mit dem man verkehren sollte.«
Jack bemerkte Richards Erstarren. Natürlich, dachte er, es waren die Moidores, die Lamont Montaury in Bombay eingeführt hatten, so etwas rächte sich irgendwann. Aber es war nicht nur die Sache mit Lamont, die Jack bekümmerte – die Folgen hatte er schließlich vorausgeahnt –, sondern der Kummer, den Richard so offensichtlich Charlotte verursachte. Aber aus keinem der beiden war etwas herauszubekommen, nicht einmal Claire, die immer Charlottes Vertrauen genossen hatte, konnte in Erfahrung bringen, was mit ihrer Tochter los war. Jack war versucht, sich Richard vorzunehmen und ihm in aller Deutlichkeit zu sagen, was er davon hielt, sein Kind so unglücklich zu sehen. Allein die Befürchtung, Charlotte würde es ausbaden müssen, hielt ihn zurück.

Elisha saß bei Kerzenlicht am Schreibtisch und las in einem Buch, als Jack das Arbeitszimmer des Gartenhauses betrat. Sie hatte ihn nicht kommen hören und stieß einen Schrei aus, als sie ihn in der Tür stehen sah. »Papa, hast du mich erschreckt.«
»Angesichts der Tatsache, dass du hier um diese Uhrzeit

schwerlich etwas zu suchen hast, ist es nicht weiter verwunderlich, dass du dich erschreckst, wenn du hier überrascht wirst.« Er sah sich um und entdeckte ungefähr fünfzehn Bücher, die er als seine eigenen erkannte, in dem Regal an der Wand.

Er hatte bereits bemerkt, dass Elisha nach und nach Bücher aus seiner Bibliothek nahm, wenn sie die Lücken auch unkenntlich machte, indem sie die Bücher ein wenig verschob. Das eine oder andere tauchte später wieder auf, dafür verschwand ein weiteres. Weil Jack ihr erlaubt hatte, sich in seiner Bibliothek nach Belieben zu bedienen, sagte er nichts weiter dazu. Sein Blick fiel auf das Buch auf dem Tisch. »Was liest du da?«

»Ein … ein geliehenes Buch«, antwortete Elisha rasch.

Stirnrunzelnd hob Jack es hoch und sah auf den Einband. »War mein Verbot, medizinische Bücher zu lesen, nicht deutlich genug?«

»Du hast mir nicht …«

»O doch, Elisha, ich habe. Meine Worte waren: Kein Buch über die menschliche Anatomie.«

»Es ist kein Anatomie-Buch, sondern eines über Heilkunde. Und außerdem« – Elisha errötete – »bin ich schließlich kein Kind mehr.«

»Das hast du hinreichend bewiesen, Elisha, aber dennoch wirst du nichts lesen, was sich für eine unverheiratete Frau nicht gehört, hast du verstanden? Offenbar hat sich Damien nicht an sein Wort mir gegenüber gebunden gefühlt, aber das wundert mich im Nachhinein auch nicht mehr.«

»Du bist ungerecht. Das Buch redet von Heilkunde und von nichts sonst«, widersprach Elisha.

»Sprich nicht in diesem Ton mit mir«, warnte Jack. »Ich

wollte aber auch nicht mit dir über Bücher sprechen, sondern über dein Benehmen heute.«

»Ich habe nichts getan.«

»Genau darum geht es. Zukünftig wirst du dich, wie es sich gehört, zu der Familie gesellen, wenn Gäste geladen sind.«

»Ich bin es leid, angestarrt zu werden.«

»Daran hättest du denken sollen, ehe du dich mit Damien eingelassen hast.«

»Warum kann das denn nie aufhören?«, rief Elisha, den Tränen nahe.

»Das fragst du ausgerechnet mich?«, antwortete Jack nicht weniger laut. »Ich muss mir von vorlauten Bengeln wie Ralph Bellwood unverschämte Anspielungen anhören, während du dich aus allem heraushältst und dich einfach versteckst.«

»Ich will mich nicht unter die Leute mischen«, sagte Elisha, »und ich werde es auch nicht mehr länger tun.«

»Doch, das wirst du. Andernfalls lasse ich das Gartenhaus zusperren.«

Elisha biss sich auf die Unterlippe und starrte mit verschwommenem Blick auf die Tischplatte.

»Ich warte auf eine Antwort, Elisha.«

»Mir bleibt wohl keine Wahl, als zu tun, was du wünschst.«

»Dann sind wir uns ja einig.« Jack wandte sich zum Gehen. »Komm bitte gleich ins Haus. Mir ist es nicht recht, wenn du dich so spät noch im Garten herumtreibst.«

»Sicher.« Sie sah ihren Vater an. »Kann ich mein Buch zurückhaben?«

»Nein.«

»Darf ich in den nächsten Tagen zu Shalina?«

»Nein.«

»Darf ich mich umbringen?«
Jack fuhr zu ihr herum. »Noch ein Wort in der Art, Elisha, und ich schwöre dir, ich schließe dich in dein Zimmer ein, bis du zur Vernunft kommst.«
Elisha sah auf das Buch in der Hand ihres Vaters, und eine tiefe Traurigkeit überkam sie. Ihr blieb überhaupt nichts.

Mays Hochzeitsvorbereitungen erwiesen sich als weit weniger aufreibend als die von Charlotte. Zwar freute May sich auf ihr Kleid, aber sie schien vielmehr dem Eheleben an sich als ihrem Hochzeitstag entgegenzufiebern. Elishas Gefühle waren immer noch gemischt. Sie mochte Jonah und war ihm zutiefst dankbar für seine Hilfe – wenn auch dem ersten Brief kein zweiter gefolgt war –, aber sie hielt May nach wie vor für nicht reif genug zum Heiraten.
Aus Madras kamen gute Nachrichten, was den Verlauf des Krieges betraf. Den Franzosen schien nach ihren Siegen bis Mitte 1758 kein weiterer Erfolg beschieden zu sein. Elisha interessierte der Kriegsverlauf jedoch nur insofern, als dass sie Damien außer Gefahr wissen wollte. Manchmal fragte sie sich, ob sie überhaupt benachrichtig würde, wenn ihm etwas zustieß, ein Gedanke, den sie nie weiterverfolgen wollte. Wenn sie nur etwas zu tun hätte, dann würde sie nicht die Tage damit verbringen, endlos nachzudenken und sich die schlimmsten Dinge auszumalen.
Wie an beinahe jedem Nachmittag zog Elisha sich in das Gartenhaus zurück. Besuche standen nicht an, demzufolge war ihr erlaubt, sich bis in die Abendstunden dort aufzuhalten. Sie hatte ihr Buch über arabische Kalligraphie mit-

genommen und übte sich in den Schriftzeichen. Gelegentlich wiederholte sie ihre Persisch-Lektionen, vermisste dabei jedoch Ambrose' Unterweisungen.

Beleuchtet vom Licht zweier Kerzenleuchter, saß Elisha über ihren Kalligraphien, während es draußen bereits dunkel war. Es herrschte eine so vollkommene Stille, dass das plötzliche leise schleifende Geräusch Elisha sofort aus ihrer Arbeit riss. Stirnrunzelnd sah sie zur Decke, dann senkte sie ihren Blick wieder und tauchte den feinen Pinsel in das Tintenfass. Als das Geräusch erneut ertönte, verharrte ihre Hand in der Bewegung, und ein Tropfen Tinte fiel mit einem leisen Klatschen auf das Pergament. Dann wieder ein Laut, diesmal deutlicher.

Behutsam legte Elisha den Pinsel nieder und stand auf. Wenn ein Tier in das Haus eingedrungen war, dann musste es groß sein, eine Maus oder gar Ratte war nicht ein Stockwerk tiefer zu hören. Einen flüchtigen Moment lang überlegte sie, ob es ein Einbrecher sein könnte, aber in dem Haus gab es nichts zu stehlen, und wenn jemand sie hätte überfallen wollen, hätte er Gelegenheit genug dazu gehabt. Sie trat in den Flur hinaus, zog kurz in Erwägung, einen Dienstboten zu rufen, beschloss dann jedoch, selbst nachzusehen, was dort oben war. Vor großen Tieren hatte sie keine Angst, schlimmer waren in ihren Augen Insekten oder Mäuse und Ratten. Ausnahmen machte sie zwar für Raubtiere, aber es war wohl nicht damit zu rechnen, dass ihr ein Tiger entgegensprang.

Mit einem Kerzenleuchter in der Hand ging sie die Treppe hinauf und sah erst in das große Schlafzimmer, das Damien bewohnt hatte. Sie leuchtete den Raum aus, konnte aber nichts entdecken. Als sie wieder im Flur stand und die Tür zu dem kleineren Zimmer öffnete, drangen ein leises Schaben und ein kaum hörbares Stöhnen an ihr Ohr. Erschrocken erstarrte Elisha, dann hielt sie den Kerzenleuchter in den Raum, blieb jedoch mit wild klopfendem Herzen in der Tür stehen. In der Dunkelheit bewegte sich ein Schatten. Elisha leuchtete instinktiv in die Richtung und sah eine Gestalt der Länge nach auf dem Boden liegen. Sie stieß einen gellenden Entsetzensschrei aus und blieb schreckensstarr stehen, unfähig, auch nur einen Schritt zu tun.

»Miss«, sagte der Mann am Boden heiser, kaum hörbar. »Bitte … ich tue Ihnen nichts.«

Elisha presste eine Hand auf ihr wild schlagendes Herz und leuchtete erneut zu dem Mann, der sie aus feuchtglänzenden Augen ansah.

Jetzt erst bemerkte sie, dass er zusammengekrümmt auf dem Boden lag, die Hände auf die Seite gedrückt. Sein Gesicht war dreck- und blutverschmiert, und weil sie sich sicher war, dass ihr von ihm keine Gefahr drohte, ging sie langsam näher.

»Ah, Miss Legrant«, drang die leise Stimme erneut zu ihr, »ich habe Sie nicht erkannt.«

Elisha runzelte die Stirn und sank vorsichtig auf die Knie. Als sie die Kerze vor sein Gesicht hielt, blinzelte er geblendet. Elisha stockte der Atem. »Mr. Dark«, sagte sie entsetzt.

»Bitte«, sagte er, als sie im Begriff war, aufzuspringen. »Verraten Sie mich nicht. Ich …« Er stöhnte auf und krümmte sich vor Schmerzen.

Elishas Entsetzen wich plötzlicher Besorgnis. »Hauptmann Munroe hat Ihnen eine Stichwunde im Bauch zugefügt.« In dem Fall war er so gut wie tot.

Der Mann gestattete sich ein Lächeln, das zu einer gequälten Grimasse wurde. »Behauptet er, ja?«

Elisha stellte den Kerzenständer ab und beugte sich über den Mann. Vorsichtig wollte sie ihn auf den Rücken drehen, aber er keuchte so schmerzvoll, dass sie zurückwich. »Sie brauchen einen Arzt.«

»Danke für den Rat, Miss, aber der wird mich auch nur so weit herrichten, dass ich für das englische Schafott präsentabel bin.«

Elisha war vollkommen ratlos. Sie überlegte, was sie über Wundheilung gelesen hatte, aber ihr fiel nichts ein. Das Einzige, woran sie sich erinnerte, war, dass Blutungen aus dem Mund in der Regel tödlich waren. »Haben Sie Blut gespuckt?«

Der Mann zögerte, so als wisse er nicht, was er von der Frage halten sollte. »Nein.«

Was noch? Blut urinieren war schlimm, hatte sie gelesen, aber das konnte sie ihn unmöglich fragen. Ihr Gesicht brannte, als sie überlegte, wie sie es am besten formulierte. »Und … bluten Sie sonst noch aus … unüblichen Stellen?«

Er lachte heiser, was in einen Hustenanfall überging. »Wenn Bluten aus einer offenen Wunde nicht unüblich ist, dann muss ich die Frage mit nein beantworten.«

Wenn die Situation nicht so ernst gewesen wäre und der Mann nicht so offensichtlich Schmerzen gehabt hätte, wäre sie sicher gewesen, dass er sich über sie lustig machte. »Ich muss mir die Wunde ansehen, damit ich weiß, was ich tun kann.«

»Miss Legrant, das ist kein Anblick für eine Dame. Hätte ich gewusst, dass Sie das Gartenhaus nutzen, wäre ich nicht gekommen. Ich wollte nur ein wenig ausruhen, ehe ich fortgehe.«

»Jemand muss Sie verarzten, und ich kann versuchen, Ihnen

zu helfen. Mein Verlobter ist Arzt, und er hat mir einiges gezeigt.«

»Ah, Damien Catrall«, sagte der Mann kaum hörbar.

Der Mann war wohl schwerlich in der Position, auf sie herabzusehen, dachte Elisha und fragte sich, wie seine Antwort gemeint war. »Ich werde Ihnen helfen, ob es Ihnen gefällt oder nicht, schließlich bin ich täglich hier, und ich glaube nicht, dass ich Sie eines Tages hier oben tot vorfinden möchte – gestorben, während ich unten gelernt habe.«

Der Mann schloss die Augen, offenbar zu entkräftet, um zu antworten. Elisha wollte noch etwas sagen, als sie ihren Vater von unten ihren Namen rufen hörte. Erschrocken riss der Mann die Augen auf, und Elisha sprang auf die Füße, nahm den Kerzenständer und eilte in den Flur hinaus.

»Hier oben, Papa.«

»Was habe ich dir vor zwei Tagen gesagt? Weißt du, wie spät es ist?«

»Entschuldigung«, sagte Elisha und lief die Treppe hinunter. »Ich habe die Zeit vollkommen vergessen.«

»Ich bin es langsam leid, dir ständig nachlaufen zu müssen.«

Elisha ging in das Arbeitszimmer und löschte die Kerzen, dann ging sie vor ihrem Vater nach draußen. Ihre Gedanken waren gefangen von Mr. Dark, und sie überlegte fieberhaft, wie sie ihm helfen konnte. Ein schlechtes Gewissen hatte sie deswegen nicht, er hatte schließlich nichts gestohlen und auch keinen Mord begangen. Was seine politischen Aktivitäten anging, so war das nicht ihre Sache. Die Soldaten hatten ihre Gelegenheit gehabt, und sie würde keinen Mann ausliefern, der so schwer verletzt war und sich nicht wehren konnte. Zudem hatte sie Mr. Dark immer recht gut leiden können, auch wenn er selbst kaum Notiz von ihr genommen hatte.

Im Haus wünschte sie ihrem Vater eine gute Nacht und zog sich in ihr Zimmer zurück. Aufgeregt lief sie zum Fenster und sah hinaus. Sobald alle schliefen, würde sie durch den Hinterausgang zum Haus laufen und sich um den Verletzten kümmern.

Die Familie begab sich erst gegen Mitternacht zur Ruhe, und Elisha machte das Warten nervös. Was, wenn der Mann in der Zwischenzeit starb? Die letzten Tage mussten sehr an seinen Kräften gezerrt haben. Sie verbrachte die Zeit damit, sich zu überlegen, was sie tun konnte. Zunächst brauchte sie Laken, eines fürs Bett, das andere, um Verbände daraus zu machen. Dann würde sie Wasser brauchen. Damien hatte immer betont, dass Sauberkeit beim Behandeln von Wunden wichtig war, und hatte gesagt, die Araber und Asiaten kochten das Wasser vorher ab – eine Gewohnheit, die auch er übernommen hatte.

In England, so seine Worte, wurde diese Methode nicht angewendet, und er war sich sicher gewesen, dass man viele Fälle von Wundbrand damit hätte verhindern können. Elisha selbst erschloss sich die Logik ebenfalls nicht so recht, warum heißes Wasser sauberer sein sollte als kaltes, aber sie wollte alles richtig machen, deshalb würde sie es so machen, wie Damien es getan hatte.

Nachts, als das Haus endlich im Dunkeln lag, ergab sich allerdings ein Problem: Sie hatte in dem Gartenhaus keine Küche, und selbst wenn, hätte sie nicht gewusst, wie man einen Ofen anheizte, um Wasser zu kochen. Nach kurzem Abwägen der Folgen läutete sie nach Maja, die kurz darauf schlaftrunken erschien.

»Hör zu Maja, ich brauche deine Hilfe. Du darfst aber niemandem etwas erzählen.«

Maja war mit einem Schlag hellwach. Sie liebte Geheimnisse.
»Ich muss ins Gartenhaus und jemandem helfen. Wenn irgendwer davon erfährt, wird der verletzte Mann sterben, und mich wird man sicher auch hinrichten, weil ich ihm geholfen habe.« Jetzt, wo sie es aussprach, wurde Elisha erst bewusst, in welche Lage sie sich brachte, und für einen Moment zögerte sie, ob sie das Richtige tat. Dann jedoch fing sie sich wieder.
Maja starrte sie so entsetzt an, dass es schon beinahe komisch aussah. Aber Elisha wusste, sie konnte sich auf sie verlassen, schließlich hatte sie auch die Sache mit Damien nie weitererzählt.
»Du musst Wasser für mich kochen«, sagte Elisha. »Nimm die Kanne, in der du normalerweise Wasser für mein Bad erhitzt.«
»Ja, Missee Sahib.«
»Außerdem brauche ich Tee, am besten welchen, der Schmerzen lindert.« Essen, dachte Elisha, konnte der Mann essen? »Weich etwas Brot in Milch ein.«
Nachdem sie Maja fortgeschickt hatte, ging sie leise in die Wäschekammer und kramte unter den weniger guten Laken zwei hervor, die ihre Mutter hoffentlich nicht vermissen würde. Einen Moment lang hatte sie Sorge, dass man den *Dhobi*, der für das Waschen und Bügeln der Wäsche verantwortlich war, verdächtigen würde, wenn etwas fehlte. Aber dann sagte sie sich, ihre Mutter könne bei der Fülle an Laken unmöglich wissen, wie viele es waren. Elisha fühlte sich so lebendig, wie seit Monaten nicht mehr, als sie zurück in ihr Zimmer lief und auf Maja wartete.
Es war unheimlich im nächtlichen Garten, und Elisha war

froh, Maja an ihrer Seite zu haben. Jetzt musste sie nur vorsichtig sein, damit der *Chowkidar*, der Nachtwächter, sie nicht bemerkte. Dieser hielt sich jedoch häufig vor dem Haus auf dem Weg, der zum Tor führte, auf. Sie öffnete die Tür zum Gartenhaus und wies Maja leise an, alles in der kleinen Eingangshalle auf einen Tisch zu stellen und dann zum Haus zurückzukehren. Mit zitternden Fingern schaffte sie es, eine Kerze zu entzünden, dann stieg sie mit den Laken und dem heißen Wasser die Treppe hoch. Vor der Tür hielt sie inne. Es war kein Laut zu hören. Was sollte sie tun, wenn der Mann tot war? Sie schluckte und stieß die Tür vorsichtig auf. Der Mann lag immer noch an derselben Stelle und wandte den Kopf zu ihr, blinzelnd, die Augen mit einer Hand vor dem Licht abschirmend.

»Sie sind gekommen?« Seine Stimme war kaum lauter als das Rascheln eines Blattes.

»Ich habe doch gesagt, ich helfe Ihnen.« Elisha stellte die Kerze und den Krug ab, dann breitete sie ein Laken über das Bett. Das andere Laken legte sie ans Fußende des Bettes, in der Absicht, es später zu zerreißen.

»Schaffen Sie es, sich ins Bett zu legen?«

»Ich werde es versuchen.«

Elisha hockte sich neben ihn, um ihm zu helfen. Der Mann stöhnte vor Schmerzen und stützte sich schwer auf sie, als sie mit ihm zusammen aufstand. »Nur das kleine Stück noch.« Elisha keuchte und schleppte ihn die letzten Schritte zum Bett. Als er endlich darauf lag, ging sein Atem stoßweise.

»Geht es Ihnen gut?«, fragte sie besorgt.

»Ich …«, röchelte der Mann, »ich glaube, es geht wieder.«

»Lassen Sie mich die Wunde jetzt ansehen.« Elisha stellte die Kerze auf den Nachttisch und setzte sich neben den

Mann aufs Bett. Behutsam knöpfte sie sein Hemd auf und zog es zur Seite, dann löste sie das schmutzige Tuch, das der Mann um die Verletzung gebunden hatte. Mit einem schmatzenden Geräusch löste der Stoff sich von der Wunde, und Elisha wurde für einen Moment übel. Ein Würgen unterdrückend, wandte sie sich ab und atmete konzentriert ein und aus.

»Ich sagte doch ... es ist kein Anblick für eine Dame.« Der Mann klang beinahe belustigt.

»Ich ... brauche mehr Licht.« Elisha griff nach der Kerze und lief aus dem Raum. In der Halle würgte sie ein paarmal, dann ging sie in den angrenzenden Raum und holte einen Kerzenleuchter.

»Sie brauchen das nicht zu tun«, sagte der Mann, als sie in das Zimmer zurückkehrte.

»Mir geht es gut.« Sie wandte sich erneut seiner Wunde zu, dann griff sie nach dem Laken und riss mit einiger Mühe einen Streifen davon ab. Sie tauchte den Stoff in das heiße Wasser und tupfte vorsichtig die Haut um die Wunde herum ab. Der Mann stieß einen unterdrückten Schrei aus, und ein Ruck ging durch seinen Körper.

»Es ... brennt«, keuchte er.

»Das muss so sein, sonst wird die Wunde brandig.« Elisha tauchte das Tuch erneut in das Wasser, und diesmal hielt er still, als sie fortfuhr, die Wunde zu säubern, knirschte jedoch mit den Zähnen, und seine Kiefermuskeln traten wie Stränge hervor. Es dauerte beinahe zwanzig Minuten, ehe Elisha zufrieden war mit dem Ergebnis. Das Wasser wäre ohnehin nicht mehr zu gebrauchen gewesen, das nächste Mal würde sie eine Schüssel nehmen und frisches Wasser nachgießen. Zumindest konnte sie nun sehen, wie schlimm die Verletzung war, und sie übertraf ihre Befürchtungen. Zwar war es kein Bauchstich, aber gefährlich sah es dennoch aus. Niemals hätte sie gedacht, dass eine Stichwunde so groß sein konnte. Ratlos sah sie darauf und fragte sich, wie sie eine solche Wunde dazu bringen konnte, zu heilen.

»Sie muss genäht werden«, sagte Mr. Dark leise.

Natürlich, fuhr es Elisha durch den Kopf, warum hatte sie nicht daran gedacht? Sie hatte darüber gelesen, und gelegentlich hatte auch Damien davon gesprochen, eine Wunde genäht zu haben – etwas, das nicht ohne Risiko war. »Aber womit …«

»Haben Sie kein Nähzeug, Sticknadeln oder was Damen sonst so nehmen, um sich die Zeit zu vertreiben?«

»Doch, ich …« Elisha zweifelte plötzlich, ob sie fähig sein würde, eine Nadel durch seine Haut zu treiben. Davon zu lesen und es zu tun, das waren zwei grundverschiedene Dinge.

»Lassen Sie nur, Miss. Ich kann es selbst tun, wenn Sie mir Nadel und Faden geben.«

Elisha straffte die Schultern. »Auf keinen Fall. Ich werde es aber erst morgen tun können, weil ich mehr Licht brauche.« Zudem wagte sie nicht, erneut ins Haus zu gehen, das Nötige zusammenzusuchen und das Haus dann wieder zu verlassen. Es war besser, das Risiko so gering wie möglich zu halten. Sie riss einen weiteren Streifen von dem Laken ab, um die Wunde zu verbinden.

»Es wäre vielleicht besser, wenn Sie das Hemd ausziehen«, sagte sie zögernd, weil sie wusste, wie ungehörig sich das anhörte. Nicht einmal ihr eigener Vater würde in ihrer Gegenwart sein Hemd ausziehen.

»Wenn Sie mir helfen«, antwortete Mr. Dark.

Gemeinsam schafften sie es, sein Hemd auszuziehen, aber es

war eine schweißtreibende Arbeit, und Mr. Dark lag einige Minuten lang schwer atmend da, ehe er wieder genug Kraft hatte, seinen Körper so weit anzuheben, dass sie den Verband unter seinem Rücken durchziehen konnte. Als die Wunde endlich verbunden war, erinnerte sich Elisha an den Tee und den Brei.

»Haben Sie Hunger?«, fragte sie. »Ich habe etwas mitgebracht.«

Mr. Dark brachte ein mühsames Lächeln zustande. »Darauf habe ich kaum zu hoffen gewagt.«

Elisha eilte die Treppe hinunter und kam mit dem Tee und dem Brei wieder zurück. »Es ist kalt geworden.« Sie stellte die Schale ab und setzte sich mit der Teetasse auf das Bett. Vorsichtig hob sie seinen Körper an und bedauerte, keine Kissen mitgebracht zu haben, also musste sie sich so hinsetzen, dass er sich gegen sie lehnen konnte. Mr. Dark trank den Tee in kleinen Schlucken, dann stellte Elisha die Tasse ab und griff nach der Schale mit dem Brei.

Mr. Darks Blick wurde zwar misstrauisch, als er die Milch mit den Klumpen darin sah, aber er öffnete gehorsam den Mund, als Elisha ihm den ersten Löffel davon reichte.

»Großer Gott«, keuchte er, als er das in Milch gelöste Brot hinuntergeschluckt hatte.

»Ihr Körper verträgt keine andere Nahrung.«

»Mein Körper verträgt *das* nicht.«

»Dann müssen Sie eben verhungern, etwas anderes kriegen Sie nicht.«

»Es ist perfide, einem Mann zu sagen, man wolle ihn retten, um ihn dann qualvoll töten zu wollen«, machte Mr. Dark mit matter Stimme den Versuch eines Scherzes.

Elisha musste lachen, das erste Mal seit langem lachte sie

spontan und herzlich, und es wunderte sie, wie gut es tat. Mitleidlos zwang sie ihn, zu essen, bis die Schüssel leer war, dann ließ sie seinen Oberkörper vorsichtig auf das Bett zurücksinken, was er zwar schweigend, aber mit schmerzvoll verzerrtem Gesicht ertrug, und stand auf.

»Morgen komme ich wieder«, versprach sie.

Er lächelte matt. »Ich freue mich darauf.«

Es war leichter, als sie dachte, wieder ins Haus zurückzukehren. In ihrem Zimmer erwartete Maja sie.

»Wie war es?«, fragte sie aufgeregt.

»Anstrengend.« Elisha war müde, aber es war eine angenehme Müdigkeit, eine von der Art, wie sie einem ausgefüllten Tag folgt. Den Gedanken an Hochverrat schob sie beiseite. Das erste Mal seit Monaten legte sie sich schlafen und freute sich auf den kommenden Morgen.

Charlotte erwachte vom Schließen ihrer Zimmertür. Schlaftrunken richtete sie sich auf und sah Richard mit einem Leuchter, auf dem eine einzelne Kerze steckte, in ihr Zimmer treten. Er war vollständig bekleidet und demzufolge also eben erst heimgekommen. Manchmal überlegte Charlotte, ob er eine Geliebte hatte.

Seit jener Nacht, in der die Sache mit Lamont geschehen war, hatte er sie nicht mehr angerührt, und auch, wenn er in Gegenwart seiner und ihrer Eltern normal mit ihr umging, verhehlte er ihr seine Verachtung nicht. In solchen Augenblicken fragte sich Charlotte, ob ihr Hass nicht lieber gewesen wäre, als die kalte Ablehnung, die er ihr entgegenbrachte. Mit starken Gefühlen konnte sie umgehen, nicht jedoch damit.

Eine Trennung war nicht in Frage gekommen, das hatte er

damals gesagt, als er sich dazu durchgerungen hatte, wieder mit ihr zu sprechen. Er war sehr ruhig gewesen, beinahe unheimlich. Die Schande wäre zu groß, hatte er seine Entscheidung begründet, die Familie – und das betraf auch Louisa – wäre gesellschaftlich ruiniert. Nicht nur, dass seine Frau Ehebruch begangen hatte, sie hatte es auch noch mit einem Gast der Familie getan, und die Parallele, die zu dem Verhalten ihrer Schwester gezogen worden wäre, hätte dem Ganzen zusätzlich noch einen Anstrich ins Lächerliche gegeben. Zudem war selbstverständlich nicht nur die Familie Moidore betroffen, sondern – und vor allem – die Familie Legrant, und das hätte Richard Jack niemals antun wollen. Jack Legrant hätte sein Ansehen diesmal endgültig eingebüßt, und für May wäre vermutlich jede Möglichkeit auf eine Heirat verloren gewesen.

»Bist du eben erst gekommen?«, fragte Charlotte, obwohl sie die Antwort kannte, einfach nur, um etwas zu sagen.

»Ja.« Richard stellte den Kerzenleuchter ab. Seine Stimme klang belegt, und Charlotte fragte sich, ob er getrunken hatte. Das war jedoch nicht seine Art, und so vermutete sie, dass er einfach müde war oder Opium geraucht hatte, was gelegentlich vorkam.

Er zog seinen Rock aus und warf ihn achtlos zu Boden, sein Hemd folgte. Charlotte setzte sich im Bett auf und sah ihn mit schmerzhaft klopfendem Herzen an. Dass er zu ihr kam, war ihr willkommen, aber sein Blick gefiel ihr nicht, und sie hatte Angst, er würde gewalttätig werden. Aber das war doch Richard, beruhigte sie sich. Er war nicht einmal gewalttätig geworden, als er von Lamont erfahren hatte.

»Was« – sie schluckte –, »was hast du vor?«

»Ist das schwer zu erkennen, meine Liebe?«, antwortete

Richard. »Als ich heute Abend den Tänzerinnen zugesehen habe, sind mir gewisse Dinge in den Sinn gekommen, die du mir schuldest, die ich jedoch nicht in Anspruch nehme. Um es deutlich und für dich verständlich zu sagen: Ich habe mir gedacht, warum soll ich für ein Vergnügen bezahlen, wenn ich es daheim umsonst haben kann.«

Er kam zu ihr, und das Bett gab unter seinem Gewicht nach. Charlotte wollte zurückweichen, aber er griff nach ihr und zog sie an sich. »Keine Sorge, mein Herz, es wird nichts geschehen, was seit unserer Eheschließung nicht schon hundertfach geschehen ist.« Er presste seinen Mund auf ihren und vergrub die Hände in ihrem Haar.

Richard schlief mit ihr auf eine Art, die sie bei ihm noch nie erlebt hatte. Er war fordernd, beinahe grob, dann, als besinne er sich plötzlich, wieder sanft, und er trieb sie zu einer Intensität von Gefühlen, die sie lange nicht mehr empfunden hatte. Als der Morgen herandämmerte und er von ihr abließ, zitterte sie am ganzen Körper. Sie war aufgewühlt und verwirrt, und als sich ihr Atem langsam wieder beruhigte, bemerkte sie, dass Richard eingeschlafen war.

Seine Wange ruhte auf ihrem Arm, und sie strich ihm vorsichtig eine blonde Strähne aus dem Gesicht, während sie sich fragte, was diese Nacht zu bedeuten hatte. Sie hatte in den letzten Monaten so sehr gelitten, dass ihr Herz sich in der Hoffnung, dass sich nun alles ändern würde, schmerzhaft zusammenzog.

Ihre Hand glitt über seine Schulter und fühlte Muskelstränge, die im Schlaf entspannt waren.

Irgendwann musste sie ebenfalls eingeschlafen sein, denn als sie die Augen wieder aufschlug, war Richard fort. Sie läutete nach ihrer *Ayah*, nahm ein Bad und kleidete sich sorgfältig

an. Ihr Haar hatte sie aufgesteckt, und nur einige Locken hingen ihr auf den Rücken.
Im Frühstückszimmer war niemand, offenbar hatten alle schon gefrühstückt, aber das konnte ihr nur Recht sein. Sie aß in Ruhe und mit mehr Appetit als gewöhnlich und war eben dabei, ihren Tee zu trinken, als Richard zur Tür hereinkam. In seinem Gesicht war nicht die geringste Gefühlsregung zu erkennen.
»Guten Morgen«, begrüßte er sie und bediente sich an dem Tee. Eine Weile stand er schweigend an das Büfett gelehnt und nippte an seinem Tee, dann sah er Charlotte an.
»Das mit letzter Nacht tut mir leid«, sagte er. »Ich fürchte, ich war sehr unbeherrscht und habe meine Rechte an dir in einer Weise ausgeübt, die man keiner Frau zumuten sollte.«
Charlotte sah ihn irritiert an und antwortete nicht.
»Ich hoffe, ich habe dir nicht allzu wehgetan?«
»Nein«, sagte sie leise.
»Dann ist es ja gut.« Er fixierte sie einige Sekunden lang, ehe er fortfuhr; »Nachdem ja nun kein Weg darum herumführt, unsere Ehe aufrechtzuerhalten, werden wir wieder ein normales Eheleben führen. Ich brauche einen Erben, und du bist die einzige Frau, die ihn mir schenken kann.«
Weil sie nicht wusste, was sie darauf sagen sollte, griff Charlotte nach ihrer Teetasse, um ihre Hände zu beschäftigen und nicht nur dazusitzen und ihn anzustarren.
»Ist das für dich ein Problem?«, fragte Richard.
Charlotte schüttelte den Kopf, und eine Locke rutschte dabei nach vorn auf ihre Schulter. Sie wusste nicht, was sie erwartet hatte, aber sie fühlte sich plötzlich wieder leer, so als sei jede Empfindung in ihr abgestorben. Der absurde Wunsch, einfach in Tränen auszubrechen, stieg in ihr auf, aber sie

beherrschte sich. Er hatte sich *entschuldigt*. Wie hätte sie ihm sagen sollen, dass dazu nicht die geringste Veranlassung bestanden hatte und dass sie die Sache in der letzten Nacht ebenso forciert hatte wie er? Dass sie ihn liebte und dass sie verloren war, weil sie mit Liebe nicht umzugehen wusste.

Elisha stand morgens voller Tatendrang auf, konnte sich zu ihrem Kummer aber erst am frühen Nachmittag auf den Weg zum Gartenhaus machen. Es fiel ihr schwer, ihre Ungeduld zu verbergen, und selbst ihre Mutter musterte sie kritisch. Am Morgen hatte sich ein weiteres Problem ergeben. Ihr war aufgefallen, dass ihr Kleid Blutflecke aufwies. Sie hatte Maja gesagt, sie müsse diese unbedingt auswaschen, gleichgültig, wie ihr das gelang. Der *Dhobi* durfte sie nicht sehen, denn bei der Schwatzhaftigkeit der Dienstboten war es nur eine Frage von Stunden, ehe ihre Mutter davon erfuhr. Das Kleid verschwinden lassen konnte sie nicht, weil ihre Mutter über die unheimliche Fähigkeit verfügte, die Kleiderbestände ihrer Töchter zu jeder Zeit zu kennen.
Es war nicht weiter schwierig, Maja mit einer Kanne heißen Wassers in den Garten zu schicken, da niemand ihr Beachtung schenkte. Sie stellte die Kanne im Haus ab und ging wieder. Elisha folgte kurze Zeit später und hoffte, dass keiner ihre plötzlich aufkommende Nervosität bemerkt hatte. Obwohl sie vorsichtig war, hatte sie große Angst, jemand könne etwas bemerken. Allerdings war es bei Nacht weitaus gefährlicher, denn wenn der *Chowkidar* sie entdeckte, würde ihr Vater umgehend davon erfahren. Über die Konsequenzen machte sie sich keinerlei Illusion, und mit heftig schlagendem Herzen fragte sie sich, ob es das Risiko wert war. Dann dachte sie an Mr. Darks flehende Bitte um Hilfe, und

sie bereute den – wenn auch flüchtigen – Gedanken daran, ihm ihren Beistand zu verweigern. Damien hätte nie gezögert, einem verletzten Menschen zu helfen.

Als sie das Sommerhaus betrat, war sie von neuem Tatendrang erfüllt. Sie nahm die Kanne an sich und ging hinauf in das kleine Schlafzimmer. Bereits beim Eintreten bemerkte sie, dass sich der Zustand des Mannes nicht gebessert hatte, eher schien er noch elender auszusehen. Seine Brust hob und senkte sich in kurzen Atemzügen, ein dunkler Fleck hatte sich auf dem weißen Verband ausgebreitet, und sein Gesicht glänzte vor Schweiß. Elisha zündete die Kerzen in den Wandhaltern an, und Mr. Dark kniff die Augen zusammen.

»Geht es Ihnen schlechter?«, fragte Elisha, die die wächserne Blässe und die roten Flecken auf den Wangen des Mannes erschreckten.

»Nein«, antwortete Mr. Dark leise. »Ich habe sogar ein wenig schlafen können. Haben Sie vielen Dank.«

»Ich habe Nadel und Faden mitgebracht«, antwortete Elisha. Sie wischte sich die Hände an ihrem Rock ab und griff in eine kleine Nähtasche, um die Nadel zum Vorschein zu bringen. Ihre Hand zitterte leicht, als sie den Faden einfädelte und die Nadel dann ablegte.

Ehe sie damit begann, die Wunde zu vernähen, trat sie in den Ankleideraum, um nach Waschgeschirr zu suchen. Die Möbel waren nach Damiens Auszug mit Laken abgedeckt worden. Elisha nahm die Schüssel vom Waschtisch, wischte sie – obwohl sie durch die Abdeckung sauber war – mit einem Taschentuch aus und trug sie in das Schlafzimmer. Um eine Abstellfläche neben dem Bett zu bekommen, zog sie das staubige Laken vorsichtig vom Nachttisch. Sie goss heißes Wasser in die Schüssel, riss noch einige Streifen von dem Laken

ab, das sie in der Nacht zuvor mitgebracht hatte, und legte sich ein großes Stück des Stoffes über ihr Kleid, um es vor Blut zu schützen.
»Miss, Sie brauchen das nicht zu tun«, wiederholte Mr. Dark.
Elisha schüttelte den Kopf und fuhr stumm mit ihren Vorbereitungen fort. Mittlerweile war ihre Angst vor dem Moment, in dem sie die Nadel in die Haut stechen musste, größer geworden. Sie war dankbar für den Aufschub, den ihr die Vorbereitungen gewährten. Behutsam löste sie den blutigen Verband und fand, dass die Wunde im Tageslicht weitaus schlimmer aussah als in der letzten Nacht. Die Haut war entzündet, trockenes Blut klebte an den Wundrändern, und die Wunde selbst war dunkel und nässte. Elisha überwand ihre Abscheu und beugte sich vor, um zu sehen, ob die Verletzung eiterte, konnte aber nichts erkennen. Plötzlich verließ sie der Mut. Wie hatte sie sich einbilden können, einen Menschen heilen zu können? Sie wusste ja nicht einmal, wie sie erkennen konnte, ob die Wunde schon brandig war oder ob es Anzeichen dafür gab. Vielleicht war der Mann schon so gut wie tot, und sie verschlimmerte sein Leiden nur noch.
»Miss Legrant«, sagte Mr. Dark, und seine Hand schloss sich beruhigend um ihr Handgelenk. »Bitte, lassen Sie mich das selbst tun.«
»Wie soll das denn gehen?«, fragte Elisha. »Sie können kaum den Kopf heben. Ich kann das schaffen, Sie müssen nur stillhalten.«
Mr. Dark ließ ihren Arm los, und sie goss heißes Wasser in die Schüssel und wusch die Wunde erneut aus. Als es so weit war, mit dem Nähen zu beginnen, zitterten ihre Hände. Um den Seidenfaden weicher und geschmeidiger zu machen,

tauchte sie ihn in die Kanne mit dem Wasser. Dann holte sie tief Luft und begann.

Der erste Stich in die Haut war am schlimmsten, und sie atmete tief durch, um ihren Abscheu zu überwinden. Es war schwierig, die klaffenden Ränder der Wunde zusammenzuführen, aber nachdem der Faden verknotet und die ersten Stiche getan waren, ging es leichter. Es kostete sie dennoch jedes Mal eine große Überwindung, in die entzündete Haut zu stechen. Aus den Augenwinkeln bekam sie mit, dass der Mann beide Hände in das Laken krallte, und in der Stille war das Knirschen seiner Zähne überlaut zu hören.

Als sie fertig war, verknotete sie den Faden. Ihr Magen rebellierte. Es dauerte einige Sekunden, ehe Mr. Darks Stimme zu ihr drang.

»Miss Legrant, lieber Himmel, gehen Sie an die Luft, Sie sind ganz grün im Gesicht.«

Im selben Moment sprang Elisha auf, stolperte über die Waschschüssel und lief aus dem Raum. Sie schaffte es gerade bis nach draußen, als sie würgend auf die Knie sank. Sie atmete tief durch und kämpfte gegen die Übelkeit an. Dennoch hatte sie einen säuerlichen Geschmack im Mund, so als hätte sie sich übergeben. Langsam stand sie auf und ging in das Haus zurück. Sie hatte vergessen, sich Wasser zum Trinken mitzubringen, also griff sie nach der Karaffe mit dem Wasser vom Vortag und goss sich einen Becher voll ein. Das Wasser schmeckte warm und abgestanden, aber es spülte den unangenehmen Geschmack aus ihrem Mund, und sie fühlte sich besser.

Als sie in den Raum zurückkehrte, lag Mr. Dark mit geschlossenen Augen da und atmete flach. Seine Blässe hatte sich vertieft. Er musste starke Schmerzen haben. Elisha fühlte

sich auf einmal mutlos und war sich sicher, dass ihre Mühen umsonst gewesen waren. Wahrscheinlich würde er durch die Gerichtsbarkeit gnädiger sterben als durch ihre Bemühungen, ihn am Leben zu erhalten.
Ohne weiter darüber nachzudenken, nahm sie das Laken, mit dem der Nachttisch abgedeckt gewesen war und wischte damit den Boden auf. Das von Blut und Schmutz dunkle Wasser war bis in die hintersten Ecken des Raumes geflossen. Als sie fertig war, fühlte Elisha sich wieder imstande, sich erneut der Wunde zuzuwenden. Sie wusch sie mit dem Rest Wasser aus der Kanne aus und wollte sie verbinden, als ihr Damiens Worte in den Sinn kamen, wie wichtig das Vermeiden von Wundbrand war. Asche, hatte er gesagt, oder besser noch Essig. An Essig kam sie nicht so ohne weiteres heran, also würde sie Asche nehmen müssen, eine Methode, von der sie mittlerweile auch in einem von Damiens Büchern gelesen hatte. Sie stand auf, ging in das Arbeitszimmer und verbrannte schweren Herzens einen Bogen Pergament in einer bronzenen Zierschale.
Wieder im Zimmer, rollte sie ein kleines Stück Stoff zusammen, wendete es in der Asche und legte es auf die Wunde, ehe sie diese mit einem breiten Streifen Stoff verband. Außer dass er den Rücken leicht anhob, wenn sie den Verband unter ihm durchschob, ließ Alastair Dark nicht erkennen, ob er ihre Anstrengungen bemerkte oder nicht.
Elisha räumte alles weg, was sie benutzt hatte, zog ein weiteres Laken von den Möbeln, rollte es zusammen und stopfte es wie ein Kissen unter den Kopf des Mannes. Ein richtiges Kissen zu holen, wagte sie nicht. Zwar hatte sie noch in der letzten Nacht daran gedacht, aber mittlerweile war sie zu dem Entschluss gekommen, dass der Verlust eines Kissens im

Gegensatz zu dem alter Laken auf jeden Fall bemerkt werden würde. Ihre Mutter war über die Bestände der Wäschekammer bestens informiert, im schlimmsten Fall würde man einen Dienstboten des Diebstahls verdächtigen.
»Ich werde Ihnen heute Nacht etwas zu essen bringen«, sagte Elisha. »Früher wird es mir nicht möglich sein.«
»Vielen Dank«, kam die kaum hörbare Antwort vom Bett her.
Die folgenden Tage waren angefüllt mit der Sorge um den Mann im Gartenhaus und darum, ihn vor ihren Eltern und den Dienstboten verborgen zu halten. Die Wunde entzündete sich, und hohes Fieber setzte ein. Weil Elisha keinerlei Kenntnis darüber hatte, wie eine Wundheilung beschleunigt werden konnte, blieb ihr nicht viel mehr, als die Wunde zu säubern und abzuwarten. Sie hätte unter einem Vorwand einen Arzt aufsuchen und um ein Medikament bitten können, aber dann hätte ihre Mutter davon erfahren. Vielleicht hätte Shalina ihr helfen können, wenn es ihr erlaubt gewesen wäre, in den Palast zu fahren. Es gab zwar auch Heiler in den Vororten, aber Elisha wusste nicht, ob deren Fähigkeiten und Medizin zu trauen war. Die ihr bekannten guten indischen Ärzte waren wiederum auch der Gesellschaft bekannt, und selbst wenn sie Maja hingeschickt hätte, wäre das bald ihren Eltern zu Ohren gekommen. Elisha rief sich die Heilpflanzen ins Gedächtnis, ließ Maja einige davon auf dem Basar besorgen und nachts auskochen, um Alastair Dark den Sud zu trinken zu geben – ohne nennenswerten Erfolg.
»Gibt es einen Grund dafür, warum du ständig mit diesem bekümmerten Gesicht herumläufst?«, fragte ihr Vater sie eines Abends bei Tisch ungeduldig. »Ich dachte, diese Phase hätten wir endlich hinter uns.«

Elisha schlug die Augen nieder und zuckte lediglich die Schultern, während ihr Herz sich zu überschlagen schien. Sie wusste nicht, wie lange es nötig sein würde, Mr. Dark zu verstecken, und sie malte sich aus, was geschähe, wenn ihr Vater dahinterkäme. Eine entehrte Tochter, die noch dazu einen französischen Spion versteckt hielt. Über die Folgen wollte sie lieber nicht nachdenken.

Mays Hochzeit schien – obwohl ebenso viele Gäste anwesend waren, wie bei Charlottes – mit weniger Aufwand über die Bühne zu gehen, vielleicht deshalb, weil May selbst eine weitaus zurückhaltendere Braut war als Charlotte. Sie strahlte in ihrem Glück jedoch eine Schönheit aus, die an diesem Tag von niemandem, nicht einmal von ihrer ältesten Schwester, überboten werden konnte. Mays Kleid war aus cremefarbenem Brokat mit rosafarbener Stickerei auf dem Oberteil, in seiner Schlichtheit beinahe aufsehenerregend.
Jonah konnte sich nicht sattsehen an – endlich durfte er sie so nennen – seiner Frau. Er musste es immer und immer wieder leise für sich selbst wiederholen, um es glauben zu können. Die Trauung hatte im Garten von Jack Legrant stattgefunden, und Jonah hatte May das erste Mal richtig küssen dürfen. Seither befand er sich in einem Zustand von Euphorie, die ihm in ihrer Intensität beinahe Angst machte. Er hatte für die Pracht des geschmückten Gartens keinen Blick übrig, für ihn war nur May schön. Weil es ihm unmöglich war, zu tanzen, Jonah sie aber nicht daran hindern wollte, sich zu amüsieren, hatte Richard seinen Part als Tanzpartner übernommen.

Ein Anflug Sorge überkam Jonah, wenn er an den Moment dachte, an dem er mit May das erste Mal allein wäre. Nicht, dass er den Augenblick nicht herbeisehnte, aber er hatte Angst davor, wie sie reagieren würde, wenn sie seinen Beinstumpf zu Gesicht bekam. Würde sie abgestoßen sein? Er wusste, dass es kein schöner Anblick war, ausgebrannt und vernarbt, und bisher hatte er den Gedanken daran, was sie dabei empfinden würde, verdrängt, aber nun stand diese Nacht kurz bevor. Natürlich wusste er, dass Frauen im Allgemeinen Angst vor der Hochzeitsnacht hatten, und May würde dabei sicher keine Ausnahme bilden, aber ihre Angst war wenigstens unbegründet. Er würde sanft und rücksichtsvoll mit ihr umgehen, und zudem war sie so vollkommen, dass es nichts gab, wofür sie sich würde schämen müssen. Was hingegen konnte ihm seine Sorge nehmen?

Es war eine fröhliche Feier, und zum ersten Mal seit langem war das Haus Legrant wieder der Mittelpunkt eines erfreulichen Ereignisses. Allein Elisha fiel es schwer, sich zu amüsieren. Zum einen nagte in ihr die Angst, dass man Alastair Dark entdecken könnte, zum anderen wurde sie kaum merklich von der Fröhlichkeit ausgeschlossen. Es war kein bewusster Vorgang, man forderte sie zum Tanzen auf und unterhielt sich auch mit ihr, aber es waren eher Gesten, die sich aus dem Pflichtbewusstsein dem Gastgeber und der Braut gegenüber ergaben. Einmal jedoch wurde Elisha dies in aller Deutlichkeit vorgeführt, und zwar als sie einige Worte mit Louisa wechselte. Sie hatte sich gescheut, die Nähe ihrer ehemaligen Freundin zu suchen, aber dann trafen sie doch aufeinander. Louisa war sichtlich verlegen.
»Wie geht es dir?«, stellte sie die erste Frage, die ihr einfiel.

Elisha zuckte die Schultern. »Recht gut, so weit die Umstände es erlauben.«
»Du … bist viel daheim«, setzte Louisa ihre Bemühung um Konversation fort.
»Wundert dich das?«
Louisa schüttelte den Kopf. »Nimm es mir bitte nicht übel, Elisha«, fuhr sie leiser fort, »aber ich konnte nichts tun. Jeremy will nicht, dass ich dich treffe.«
»Ich nehme dir nichts übel.«
»Wirklich nicht?« Louisa wirkte zwar etwas erleichtert, aber die Sorge stand ihr immer noch ins Gesicht geschrieben.
»Mach dir keine Gedanken.«
Louisa bemerkte ihren Mann, der sie zu sich herüberwinkte. Sie zögerte. »Ich muss gehen.« Entschuldigend drückte sie Elishas Hand, dann eilte sie zu ihrem Mann.
Ab diesem Moment wurde die Feier für Elisha anstrengend. Sie mied das Büfett, tanzte seltener, ihr Lächeln wurde immer starrer und gezwungener. May und Jonah verabschiedeten sich bald, und im Gegensatz zu der allgemeinen Gewohnheit, fielen weder anzügliche Witze noch sonstwie geartete Kommentare, die May in Verlegenheit bringen konnten. Es war offensichtlich, wie sehr jeder der Anwesenden Jack Legrants jüngste Tochter mochte, die bisher immer im Hintergrund gestanden hatte.
»Da ging es bei mir damals aber anders zu«, bemerkte Charlotte, die zu Elisha getreten war. Elisha zuckte nur die Schultern. Seit sie von Lamont und Charlotte wusste, redete sie nicht mehr als unbedingt nötig mit ihrer Schwester.
»Sicher haben sie Mitleid mit ihr«, fuhr Charlotte fort. »Welche Frau möchte mit einem solchen Mann schon eine Liebesnacht verbringen, noch dazu die erste?«

»Du bist manchmal wirklich scheußlich«, antwortete Elisha.
»Ich spreche nur aus, was die meisten hier denken.«
Elisha schürzte verächtlich die Lippen und sah der Kutsche nach. Sie wartete darauf, dass ihre Schwester sich wieder zu den übrigen Gästen gesellte, aber Charlotte blieb neben ihr stehen.
»Er weiß es«, sagte diese plötzlich übergangslos.
»Wie bitte? Wovon redest du?«
»Von Richard und … Lamont.« Charlotte atmete tief ein, so als müsse sie sich sammeln, ehe sie wiederholte: »Er weiß es.«
»Ich habe es geahnt«, war das Erste, was Elisha darauf einfiel.
»Nun verachtet er mich«, fuhr Charlotte leise fort.
»Na ja, nachdem du ihm ja auch nicht gerade die innigsten Gefühle entgegenbringst, kann dir das doch egal sein«, antwortete Elisha. »Immerhin bist du ja gesellschaftlich nach wie vor geachtet, und nur darauf kam es dir doch an.«
Nach einer kurzen Schweigepause, sagte Charlotte: »Er möchte ein weiteres Kind.«
»Erzählst du mir das, um mir vor Augen zu führen, dass du tun kannst, was du willst, und dennoch immer Glück hast?«
»Was ich an Richards Seite derzeit durchmache, ist wohl kaum als Glück zu bezeichnen«, entgegnete Charlotte heftig.
»Wenn du bemitleidet werden möchtest«, sagte Elisha, »dann bin ich leider die falsche Person dafür. Du hast doch wirklich nichts verloren, woran dir früher gelegen hat. Außer vielleicht deinen Liebhaber, der ist ja plötzlich verschwunden.«
»Wie kommst du auf den absurden Gedanken, mir könnte an Lamont Montaury gelegen haben?«
»Wenn nicht, dann umso besser für dich.« Elisha taxierte

ihre Schwester forschend, abwartend, ob sich ihre heimliche Vermutung hinsichtlich Charlottes Gefühle für Richard bestätigte. In Charlottes Gesicht hingegen war keine Antwort auf diese Frage zu lesen.

»Warum erzählst du mir das alles eigentlich?«, wollte Elisha wissen.

»Du bist die Einzige, die von Lamont weiß. Mit wem sonst sollte ich reden? Diesmal kann ich es nicht einmal Mama erzählen, und sie verzeiht mir normalerweise wirklich alles.« Charlotte blinzelte, so als müsse sie Tränen zurückdrängen. »Und nun will er ein Kind.«

»Wie kannst du gerade das so schlimm finden?«

»Ich habe nicht deine Vorliebe für Kinder, Elisha. Zudem ist es doch so, dass er, wenn er mich jetzt schon verabscheut, es erst recht tun wird, wenn ich durch das Kind unförmig und abstoßend aussehe. Wenn es ein Sohn wird, habe ich meine Pflicht ihm gegenüber erfüllt, und wer weiß, was dann aus mir wird.«

»Wenn er sich scheiden lassen wollte …«

»Das sicher nicht«, unterbrach Charlotte sie, »aber er kann mich dann endgültig aus seinem Leben verbannen. Tag für Tag würde ich ihn sehen, und er …« Ihre Stimme verklang, und sie schien unfähig, weiterzusprechen.

Gegen ihren Willen verspürte Elisha Mitleid. »Ich weiß leider auch nicht, wie ich dir da helfen kann.«

Charlottes schwieg und sah zu Richard, der in einer Gruppe von Männern stand und sich unterhielt. Ihr Blick wurde ungewöhnlich weich, so wie Elisha es bisher noch nie an ihr wahrgenommen hatte. »Was soll ich tun?«, fragte Charlotte leise. »Lieber Himmel, ich weiß einfach nicht, was ich tun soll.«

»Die Frage habe ich mir schon so oft gestellt, dass ich es mittlerweile aufgegeben habe, eine Antwort darauf finden zu wollen«, antwortete Elisha.
»Du!« Charlotte fuhr zu ihr herum. »Zu dir kehrt Damien doch zurück.« Ohne ein weiteres Wort ging sie, beinahe fluchtartig. Bestürzt sah Elisha ihr nach, blickte dann, einem Impuls folgend, zu Richard, der seinerseits Charlotte stirnrunzelnd beobachtete. Allerdings unternahm er keinerlei Anstalten, ihr zu folgen. Auch wenn Elisha wusste, dass er allen Grund hatte, seiner Frau zu grollen, nahm sie ihm diese Geste übel.

Niemand war glücklicher als Elisha, als es an der Zeit wurde, sich zurückzuziehen. Müde, und auch noch mit Kopfschmerzen, schleppte sie sich die Treppe hinauf zu ihrem Zimmer, wo sie zuerst kontrollierte, ob der Schlüssel zum Gartenhaus noch dort lag, wo sie ihn hingelegt hatte. Dennoch wusste sie, dass sie in der Nacht keine Ruhe haben würde, ehe nicht alle Gäste den Garten verlassen hatten. Sie hatte gehört, was später in der Nacht auf Festen vor sich ging, und ein Gartenhaus würde manch einem für ein kurzes Rendezvous sehr verlockend erscheinen. Elisha hoffte zutiefst, niemand der Anwesenden würde sich dazu hinreißen lassen, durch das Fenster einzusteigen. Sie wusste nicht, inwieweit die Läden einem ernsthaften Versuch, sie von außen zu öffnen, standhalten würden.
Elisha ließ sich auf einem Stuhl am Fenster nieder und lehnte sich an den breiten Fenstersims. Das Licht hatte sie vorsorglich gelöscht, um nicht von draußen gesehen zu werden und um Ungeziefer aus ihrem Zimmer fernzuhalten. Das gesamte Unterfangen, Alastair Dark zu verstecken, kam ihr mit

einem Mal sinnlos und unnötig gefährlich vor. Wenn er gefunden wurde, war sein Leben nichts mehr wert und ihres ebenso. Ihr Vater würde ihr niemals verzeihen, es vielleicht sogar für richtig halten, dass sie als Landesverräterin hingerichtet würde. Und Damien? Wie würde man es vor ihm darstellen, dass sie über Wochen hinweg einen Mann versteckt gehalten hatte? Würde man ihr Motive andichten, die jeder Grundlage entbehrten?

Als Elisha die Augen wieder aufschlug, dämmerte es bereits.

»Elisha?«

Jetzt wusste sie, was sie geweckt hatte. »Ja, Mama?«, antwortete sie schlaftrunken und richtete sich auf. Ihre Glieder waren steif, und ihre Rippen schmerzten dort wo die die Korsettstangen dagegengedrückt hatten. Sie schloss die Fensterläden.

»Warum bist du nicht umgezogen und im Bett?«

»Ich …« Elisha rieb sich die Augen. »Ich wollte gar nicht hier einschlafen.« Sie stand auf und stöhnte leise.

Ihre Mutter trat hinter sie und hakte erst das Kleid auf, dann löste sie die Verschnürungen.

»Wie lange sind die Gäste schon fort?«, fragte Elisha.

»Die Letzten sind eben gegangen.« Trotz ihrer Müdigkeit klang Claire Legrants Stimme zufrieden. Schon zu lange hatte es keine ausgelassene Feier mehr in ihrem Haus gegeben. Sie half Elisha aus Kleid, Unterkleid, Korsett und Krinoline. Dann drückte sie sie auf den Hocker vor dem Frisiertisch und zog die Nadeln aus ihrem Haar.

»Mama, die Mühe brauchst du dir nicht zu machen«, sagte Elisha. »Ich kann Maja rufen.«

»Ehe die hier ist, vergeht sicher wieder eine Viertelstunde, und ich dulde nicht, dass du um diese Zeit noch wach bist.«

Nachdem Elishas Haar eingeflochten war, zog sie ihr Nachthemd über und legte sich ins Bett. »Wünsch Papa eine Gute Nacht von mir«, murmelte sie. Sie hörte das Schließen der Zimmertür, und wohlige Dunkelheit umfing sie.

»Ich muss Sie für Ihre Nervenstärke wirklich bewundern«, begrüßte Alastair Dark Elisha am Nachmittag. Sie hatte sich förmlich dazu zwingen müssen, nicht früher hinzugehen und sich zu vergewissern, dass alles in Ordnung war. Eine vollkommen unsinnige Sorge, dachte sie, denn hätte sich irgendjemand Zutritt verschafft, hätte das zweifellos unmittelbare Folgen nach sich gezogen.

»Ich war nicht nervenstark«, widersprach sie. »In Wahrheit hatte ich schreckliche Angst.«

»Es wäre das Beste für Sie, wenn ich hier schnellstmöglich verschwinde.«

Mit Blick auf sein noch immer von Fieber gerötetes Gesicht, antwortete Elisha zweifelnd: »Aber wie weit würden Sie denn kommen? Nach all der bisherigen Mühe …« Es wäre alles umsonst gewesen, wenn er nun gefasst würde. Vor allem war Elisha klar, dass er in seinem Zustand keine Befragungen durchstehen würde, und befragen würde man ihn – auch dazu, wer ihn versorgt hatte und bei wem er untergekommen war. Schließlich wollte man ausschließen, dass er Helfer in Bombay hatte.

»Mir geht es besser als in den letzten Tagen. Die Schmerzen haben nachgelassen, und die Wunde sieht auch gut aus.«

»Woher wissen Sie das? Haben Sie den Verband abgenommen?«, fragte Elisha alarmiert.

»Sonst hätte ich wohl keine Kenntnis davon. Keine Sorge, ich habe die Wunde umgehend wieder verbunden.«

Elisha runzelte die Stirn. War es bei einer verheilenden Wunde immer noch wichtig, die Hände zu waschen, um eine Erkrankung des Blutes zu vermeiden? Sie selbst tat es unmittelbar, bevor sie die Wunde versorgte, aber weniger, weil sie einen Sinn darin sah, sondern weil sie es Damien immer hatte sagen hören. In den nächsten Tagen würde sie, wenn die Wunde gut verheilte, die Fäden herausziehen. Im Vergleich zum Nähen erschien ihr das weitaus weniger schlimm.

»Bleiben Sie ein wenig und unterhalten sich mit mir?«, fragte Mr. Dark. »Ich finde es grauenvoll langweilig hier.«

»Sind Sie an gesellschaftlichen Themen interessiert?«, fragte Elisha.

»Gütiger Himmel, nein«, antwortete Mr. Dark lachend, was ihn sichtlich anstrengte. »In der englischen Gesellschaft habe ich lange genug gelebt.«

Elisha setzte sich auf einen Stuhl und betrachtete ihn neugierig. »Hatte Lamont Montaury auch mit Ihnen zu tun?«

»Mit Sicherheit nicht«, erwiderte Mr. Dark nachdrücklich. »Ich weiß bis heute nicht, auf welcher Seite er eigentlich stand. Vermutlich auf französischer, so plötzlich, wie er verschwunden ist.«

»Dann wissen Sie nicht, wo er ist?«

»Nein.« Er zog die Brauen ein wenig zusammen. »Warum interessiert Sie das?«

»Ach, nur so.« Elisha winkte ab und errötete. Sie dachte an Charlotte und Richard.

»Hatten Sie … Interesse an ihm?«, fragte Mr. Dark zögernd, offensichtlich nicht ganz sicher, was er davon halten sollte.

»Aber nein«, rief Elisha hastig. »Ich fand es nur seltsam und dachte, Sie wüssten vielleicht, was es mit ihm auf sich hat. Mein Vater hat ihm nie getraut.«

»Ich denke, daran hat er recht getan. In dem Fall war er ein guter Menschenkenner.« Ein leichtes Lächeln lag auf seinen Lippen, und Elisha vermutete, er dachte daran, dass ihr Vater seinem Interesse an Charlotte durchaus positiv gegenübergestanden hatte.

»Wie lange wären Sie noch hier geblieben?«

»Nicht mehr allzu lange, ich hatte meine Abreise bereits vorbereitet. Eine ärgerliche Entwicklung, nur weil ich diesem nichtsnutzigen Bellwood in die Quere gekommen bin.«

»Hätten Sie das Mädchen wirklich geheiratet?«

»Wohl nicht so kurz vor meiner Abreise. Ich wollte meinem Aufenthalt nur mehr Glaubhaftigkeit verleihen. Irgendwie hatte ich manchmal die Befürchtung, die Leute würden misstrauisch. Es ist eine Ironie des Schicksals, dass gerade das mich verraten hat.«

»Sie haben auch um meine Schwester Charlotte geworben. Hätten Sie sie jahrelang nur als Verlobte hingehalten?« Elisha war sich sicher, dass Charlotte das niemals geduldet hätte.

»Hm, nein, ich denke, sie hätte ich geheiratet.« Wieder spielte um seine Lippen ein kurzes Lächeln. »Damals standen mir hier noch mehrere Jahre bevor, und eine Ehe war durchaus denkbar, wäre in meinem Fall sogar wünschenswert gewesen. Ich hätte Dinge erfahren, die ich auf diese Weise weitaus schwieriger in Erfahrung gebracht habe.«

»Und wenn sie hätten fliehen müssen, hätten Sie sie einfach hier zurückgelassen?«, fragte Elisha ungläubig.

»Vermutlich nicht. Ich hätte sie mit auf eine Reise genommen, und dass wir auf dem Weg nach Frankreich sind, hätte sie erst auf dem Schiff erfahren. Mir ist klar, was einer Frau hier blüht, wenn ihr Mann als Spion entlarvt wird. Wer würde ihr schon glauben, dass sie nichts davon gewusst hat?«

Es bestürzte Elisha ein wenig, ihn so leidenschaftslos von Dingen sprechen zu hören, die ihrer Schwester – oder einem anderen Mädchen aus ihrer Bekanntschaft – großen Kummer bereitet hätten. Ganz allein auf einem französischen Schiff, an der Seite eines Mannes, der vorgab, etwas zu sein, das er nicht war. Wie hätte Charlotte reagiert, hätte sie erfahren, dass sie einem Mann dazu verhalf, ihren eigenen Vater auszuspionieren, um die Informationen dann für Frankreich zu nutzen?

»Haben Sie die Hochzeit Ihrer Schwester genossen?«, wechselte Mr. Dark das Thema.

Elisha schüttelte den Kopf. »Nicht so sehr.« Sie dachte an Louisa, und Traurigkeit überkam sie.

»Verzeihen Sie die Frage«, sagte Mr. Dark. »Ich hätte wissen müssen, dass es grob und ungeschickt ist, sie zu stellen.«

»Es ist nicht schlimm, dass Sie gefragt haben.« Elisha biss sich auf die Lippe und sagte mit plötzlich aufwallender Bitterkeit: »Sie waren früher ja schließlich auch nicht freundlicher zu mir als der Rest der Gesellschaft.«

Alastair Dark erinnerte sich nur zu gut an sein leicht herablassendes Gehabe, das er ihr gegenüber an den Tag gelegt hatte. »Ich will nicht so anmaßend sein, Sie um Verzeihung zu bitten. Es würde klingen, als entspränge es meiner momentanen Situation.«

»Ist es denn nicht so? Unter anderen Umständen hätten wir wohl kaum mehr Worte miteinander gewechselt, als die Höflichkeit vorschreibt.«

»Sie müssen mir zugute halten, dass ich Sie nicht wirklich gut kannte und nur gehört habe, was man mir erzählt hat. Es sind nicht gerade freundliche Worte gefallen – erst recht nicht von Ihrem ehemaligen Verlobten.«

Elisha wandte sich ab, um zu verbergen, wie sehr seine letzten Worte sie trafen. Sicher, sie wusste, dass Ambrose in seinem Stolz zutiefst verletzt war, aber sie hatte gedacht, er stünde so weit über den Dingen, nicht in Gegenwart anderer Männer schlecht über sie zu sprechen.

»Sie lieben ihn?«

Elishas Kopf wandte sich ruckartig wieder zu Mr. Dark. »Lord Mason? Ganz sicher nicht.«

»Ich meinte Damien Catrall.«

Was geht ihn das überhaupt an, fragte sich Elisha. Aber vielleicht war es ja so, dass es in der Situation, in der sie beide waren, zwangsläufig zu Vertrautheit kam. »Ja«, sagte sie fest, »ich liebe ihn, und ich werde ihn heiraten, sobald er zurückkommt.«

Mr. Dark senkte eilig den Blick, aber nicht schnell genug, als dass Elisha den Funken Mitleid nicht bemerkt hätte. Aber wie hatte sie auch glauben können, dass sein Denken sich von dem der anderen Männer unterschied? Er hörte ihr zu, weil ihm langweilig war, und er war ihr dankbar genug, nicht unhöflich zu werden und sie offen zu verurteilen. Mehr konnte sie von ihm nicht erwarten. Sie wollte aufspringen und den Raum verlassen, blieb aber sitzen. Jede Gesellschaft erschien ihr im Moment besser, als immer nur allein zu sein.

27

Bombay, August 1759

Charlotte stand in einem seidenen Nachthemd vor dem Spiegel und drehte sich, so dass sie sich von der Seite betrachten konnte. Prüfend strich sie über ihren Bauch. Man sah noch nichts, stellte sie erleichtert fest, auch wenn sie wusste, dass es nicht mehr lange so bleiben würde. Es war dieselbe Prozedur, der sie sich jeden Morgen unterzog, seit sie Gewissheit hatte, wieder schwanger zu sein. Sie wusste nicht, ob ihr ein Sohn oder eine Tochter lieber wäre. Ein Sohn würde bedeuten, einen Erben zu haben, konnte aber dazu führen, dass sie in Richards Augen ihren Zweck erfüllt hatte und er sich in Zukunft von ihr fernhielt. Eine Tochter hingegen bedeutete, den ihr unerträglichen Zustand einer Schwangerschaft erneut ertragen zu müssen, und damit konnte sie sich ebenfalls nicht anfreunden.

Ihr stand Richards Gesichtsausdruck noch vor Augen, als sie ihm mitgeteilt hatte, wieder guter Hoffnung zu sein. Er hatte genickt, gesagt, dass ihn das freue, und sich nicht weiter um sie gekümmert. Allein die Erinnerung daran ließ hilflosen Zorn in Charlotte aufsteigen.

Zudem zerrte das Verhalten von Richards Familie Elisha gegenüber allmählich an ihren Nerven. Sie selbst hatte nie ein besonders enges Verhältnis zu ihr gehabt, aber sie waren Schwestern, und wie sie – Charlotte – sich Elisha gegenüber benahm, war eine Sache, aber das gab Richards Familie nicht das Recht, sie immer stärker spüren zu lassen, dass sie nicht erwünscht war.

Vor einigen Tagen hatte Elisha mit Gemma im Garten gesessen und mit ihr gespielt, als Louisas Mann Oscar Moidore gefragt hatte, ob er sich keine Gedanken darum mache, *wem* er seine Enkelin anvertraue. Es sei doch bekannt, dass gerade eine Tante, die ihr vertraut sei, großen Einfluss auf sie ausüben könne … Er hatte zwar leise gesprochen, aber dennoch laut genug, um von Elisha gehört zu werden, und Charlotte hatte den verletzten Gesichtsausdruck ihrer Schwester noch deutlich in Erinnerung. Ebenso, wie sie gewusst hatte, dass es Elisha sämtliche Beherrschung gekostet hatte, bei ihrem Abschied nicht in Tränen auszubrechen.

Charlotte war wütend auf Louisa, auf deren Ehemann und auf Oscar Moidore. Gemma war *ihre* Tochter, und wenn sie entschied, dass die Kleine mit Elisha spielen durfte, dann ging das weder ihren Schwiegervater noch den Mann ihrer Schwägerin etwas an. Sie hatte Jeremy Walters nie leiden können, diesen klobigen Wichtigtuer. Und was Louisa betraf, so hätte sie sich zumindest dazu äußern können, selbst wenn keiner auf sie hörte. Immerhin war sie sehr vertraut mit Elisha gewesen und litt, wenn man ihr glauben durfte, darunter, nicht mit ihr verkehren zu dürfen.

Den ganzen Tag über war es Charlotte übel gewesen, schlimmer, als das bei ihrer Schwangerschaft mit Gemma der Fall gewesen war. Sie hatte ausgehen wollen, war aber auf halbem Weg wieder umgekehrt, weil die Übelkeit unerträglich geworden war. Nachmittags hatte sie sich hingelegt und war erst am frühen Abend aufgewacht. Weil es ihr jedoch auch danach nicht besser ging, war sie in ihrem Zimmer geblieben, und nun, wo es dunkel war, hatte sie mehrere Kerzen anzün-

den lassen und wartete – worauf genau, das konnte sie selbst nicht sagen.
Seufzend wandte sie sich vom Spiegel ab und setzte sich auf ihr Bett, die Hände zusammengepresst, die Augen geschlossen und den Kopf leicht nach vorn geneigt. Wenn sie sich bemühte, an etwas Angenehmes zu denken, würde vielleicht auch die Übelkeit nachlassen, und sie könnte sich schlafen legen.
In dieser Haltung sah Richard sie, als er die Zimmertür öffnete. Sie bewegte sich nicht und wirkte auch nicht so, als habe sie ihn gehört. Richard schloss die Tür hinter sich, und erst jetzt hob sie den Kopf und sah ihn an, die Augen geweitet und glasig.
»Mutter sagte, du fühlst dich nicht wohl«, begrüßte er sie. »Was fehlt dir?«
»Mir ist übel.«
»Das ist in einer Schwangerschaft doch normal.«
»Du musst ja wissen, wovon du sprichst«, antwortete Charlotte verärgert. »Ich möchte dich sehen, wenn du tagelang nichts essen kannst und Ausfahrten abbrechen musst.«
Richard trat zu ihr ans Bett und legte ihr seine kühle Hand auf die Stirn. »Ich habe schon gehört, dass du dein Essen immer zurückgehen lässt. Es ist sicher nicht gesund, wenn du gar nichts zu dir nimmst.«
»Hörst du mir überhaupt zu? Ich *kann* nicht. Ich ertrage nicht einmal den Gedanken an Essen.«
»Versuch zu schlafen. Morgen geht es dir sicher wieder besser.«
Charlotte legte sich hin, sah aber so elend aus, dass Richard es nicht über sich brachte, einfach zu gehen. Darüber hinaus fand er ihre Fügsamkeit alarmierend, denn das konnte nur

bedeuten, dass es ihr wirklich schlecht ging. Er setzte sich zu ihr aufs Bett und ließ zu, dass sie seine Hand ergriff. Das weiße langärmelige Nachthemd war aus Seide, die so zart war, dass sie durchscheinend wirkte. Richard spürte, wie sein Verlangen sich regte, und richtete seinen Blick auf ihr Gesicht.
»Soll ich dir Kräutertee kommen lassen?«
Matt schüttelte Charlotte den Kopf. »Nein, aber kannst du ein wenig bleiben?«
»Sicher.« Mit seiner freien Hand berührte Richard ihr Haar, ließ eine Strähne durch seine Finger gleiten und legte die Hand auf ihre Schulter.
Als er glaubte, sie sei bereits eingeschlafen, sagte sie: »Kann dein Vater mir verbieten, Gemma mit zu meinen Eltern zu nehmen?«
»Verbieten?«, fragte Richard erstaunt. »Nein. Warum sollte er das tun?«
»Er hat Jeremy Walters zugestimmt, als dieser meinte, Elisha sei ein falscher Umgang für Gemma. Elisha war an dem Tag da, sie hat es gehört.«
Richards Hand erstarrte, und obwohl Charlotte ihm die Geschichte deshalb erzählt hatte, um dem Mann ihrer Schwägerin eins auszuwischen, bereute sie es plötzlich. Offenbar hegte Richard immer noch eine Schwäche für Elisha.
»Niemand wird dir verbieten, Gemma mit zu deinen Eltern zu nehmen«, sagte Richard und fügte hinzu: »Wenn sie trotz deinem Vorbild anständig wird, dann kann Elisha sie wohl kaum noch verderben.« Er wusste selbst nicht, warum er das gesagt hatte, und daran wie Charlotte ihre Augen aufriss, erkannte er, wie tief er sie immer noch treffen konnte – auch wenn das nicht seine Absicht gewesen war. Er hatte das Thema nicht mehr anschneiden wollen, aber es war die Unge-

rechtigkeit der Situation, die ihn hatte so sprechen lassen. Als er jedoch die Wirkung seiner Worte auf Charlotte sah, bereute er, etwas gesagt zu haben.

»Das habe ich nicht sagen wollen.«

Charlotte antwortete nicht, sondern ließ seine Hand los und zog das Laken über sich, verbarg ihren Körper vor seinen Blicken. Eine Träne schimmerte in ihrem Augenwinkel und verfing sich in ihren Wimpern.

Das Gespräch mit Lamont Montaury stand Richard plötzlich wieder deutlich vor Augen. Er hatte ihn am Tag nach jenem verhängnisvollen Fest aufgesucht, und Lamont hatte ihn mit der üblichen Freundlichkeit empfangen. Diesmal jedoch glaubte Richard eine Art von Triumph hinter dem Lächeln zu erkennen, der ihm vorher nie aufgefallen war.

»Ich dachte, unsere Verabredung sei erst heute Nachmittag«, sagte Lamont nach der Begrüßung.

»Mir ist etwas dazwischengekommen, das es zwingend notwendig macht, unser Treffen vorzuverlegen.« Richard räusperte sich. »Haben Sie die gestrige Feier genossen?«

Lamonts Lächeln vertiefte sich. »Aber ja.«

»Die ganze Feier, oder nur den Teil, während dem Sie es mit meiner Frau getrieben haben?«

Das Lächeln schwand. »Sir?«

»Ich habe Sie gesehen.«

Lamont nickte langsam. »Und nun wollen Sie mich fordern?«

»Ich denke nicht, dass ich wegen der Sittenlosigkeit meiner Frau einen Menschen töten oder mich töten lassen möchte. Sie verschwinden von hier, so einfach ist das.«

»Sie erwarten von mir, dass ich ein lukratives Geschäft

aufgebe, nur weil Sie Ihre Frau nicht unter Kontrolle haben?«

»Ich erwarte es nicht, sondern ich fordere es von Ihnen.«

»Wie wollen Sie das tun?«

»Indem ich nachweise, dass Sie für die Franzosen spionieren.«

»Das können Sie nicht, denn ich bin kein Spion.«

Richard zuckte die Schultern. »Mein Einfluss hier ist größer als Ihrer.«

Nach einer längeren Schweigepause sagte Lamont: »Beim Spielen muss man damit rechnen, zu verlieren, und alles in allem war ich öfter der Gewinner, als jeder von Ihnen das ahnen kann.«

Er lächelte wieder. »Vielleicht ist es wirklich an der Zeit, nach Frankreich zurückzukehren und der verantwortungsvolle Sohn zu werden, den meine Eltern sich wünschen.«

»Wohin Sie gehen, ist mir gleich. Nur sehen Sie zu, dass Sie so schnell wie möglich die Stadt verlassen.«

»Was werden Sie mit ihr tun?«

»Das geht Sie nichts an.«

Lamont wurde ernst. »Seien Sie nachsichtig mit ihr. Sie hat sich in eine prekäre Situation gebracht und wusste nicht, wie sie wieder herauskommen sollte.«

»Eine rührende Geschichte, Montaury. Ich habe von meiner Seite aus nichts mehr dazu zu sagen.« Damit wandte Richard sich zum Gehen.

Wenige Tage nach Lamont Montaurys Verschwinden war die Sache mit Mr. Dark ans Licht gekommen. Günstiger hätte es sich kaum fügen können.

Richard sah auf Charlotte hinunter, die gleichmäßig atmete.

Entweder sie schlief, oder aber sie tat so als ob, um ihn zum Gehen zu veranlassen. Er stand vorsichtig auf und verließ das Zimmer.

Sein Vater saß in der Bibliothek und las ein Buch – ein allabendliches Ritual, ehe er sich zur Ruhe begab.

»Guten Abend, Vater«, grüßte Richard bei seinem Eintritt. Er setzte sich in einen der lederbespannten Sessel und streckte die Beine aus. »Charlotte war der Meinung, du würdest es nicht gern sehen, wenn sie Gemma mit zu ihren Eltern nimmt«, sagte er übergangslos.

»Das habe ich so zwar nicht gesagt, aber es stimmt. Das soll natürlich nicht heißen, dass Jack und Claire die Kleine nicht sehen dürfen«, fügte Oscar Moidore schnell hinzu, »aber ich halte es für besser, sie von ihrer Tante fernzuhalten.«

»Ich hingegen habe nichts dagegen, dass meine Tochter mit der gesamten Familie ihrer Mutter Kontakt hat.«

Oscar klappte sein Buch zu. »Das halte ich für äußerst bedenklich, Richard. Elisha Legrant ist verkommen, sittenlos und unmoralisch. Keine Eigenschaften, die man bei seiner eigenen Tochter wiederfinden möchte.«

»Du denkst also, sie nimmt Gemma zur Seite und sagt ihr, sie solle mit Männern verkehren?«

»Zieh es nur ins Lächerliche, Richard. Meine Meinung bleibt unumstößlich.«

»Meine ebenso, Vater, und weil sie meine Tochter ist, habe ich wohl das letzte Wort.«

»Dich treibt immer noch die Schwäche für die Schwester deiner Frau um«, sagte Oscar verächtlich.

»Das hat damit nichts zu tun.«

Oscar taxierte seinen Sohn. »Sag mir, nun, wo sie nicht mehr unschuldig ist, hast du deinem Verlangen nach ihr endlich nachgeben können und willst ihren Wünschen entgegenkommen? Gewährt sie dir ihre Gunst im Gegenzug dafür, wieder ein wenig mehr gesellschaftlichen Umgang pflegen zu können?«

»Verzeih mir, Vater, aber auf eine derartige Geschmacklosigkeit antworte ich nicht.«

»Sie hat Damien Catrall – einen anständigen und vielversprechenden Arzt, der zudem verlobt war – verführt und die Beziehungen zwischen seiner und ihrer sowie zwischen seiner und der Familie seiner Braut ruiniert.«

»Damien Catrall hat gewusst, was er tut. Zudem halte ich die Möglichkeit, dass er sie verführt hat, für wahrscheinlicher.«

Oscar lächelte mit milder Herablassung. »Er war *verlobt*, und ich wüsste nicht, was eine Elisha Legrant hat, das der Schwester von Francis Marchand fehlt.«

Richard erhob sich von seinem Sessel. »Ich diskutiere nicht länger darüber, und ich bin auch nicht gekommen, um mit dir zu streiten. Was Gemma betrifft, kennst du meinen Standpunkt, und er wird sich auch nicht ändern.«

Oscar Moidore schlug sein Buch wieder auf, als Zeichen dafür, dass das Gespräch von seiner Seite aus beendet war. Weder erwiderte er den Gruß seines Sohnes, noch sah er auf, als dieser die Tür hinter sich schloss.

So genau wusste Jack nicht, was ihn dazu getrieben hatte, das Buch über Heilpflanzen für Elisha zu erwerben. Vielleicht deshalb, weil ihm – als er zufällig auf dem Basar auf das Buch stieß – ihr unglückliches Gesicht vor Augen stand, als er ihr das medizinische Buch weggenommen hatte. Zudem konnte er den Wunsch nicht verhehlen, sie endlich wieder lächeln zu sehen. Er wusste, dass er zu einem großen Teil daran Schuld

hatte, dass sie so ernst und still geworden war. Vielleicht wäre die gesellschaftliche Ächtung geringer gewesen, hätte er stärker gezeigt, dass er sie nicht beinahe verstoßen hatte.
Elisha hatte sich in das Gartenhaus zurückgezogen und saß im Zimmer von Mr. Dark, als sie ihren Vater kommen hörte. Eilig stand sie auf und lief die Treppe hinunter.
»Habe ich etwas vergessen?«, fragte sie, noch ehe sie am Fuß der Treppe angelangt war.
»Aber nein. Ich habe dir etwas mitgebracht und wollte es dir bringen.«
Elisha nahm das Buch entgegen, sagte jedoch nichts, während ihr Mund zu einem stummen O geformt war. Ihr Vater räusperte sich. »Ich dachte mir, vielleicht ersetzt es dir das, was du vorher hattest.«
»Das … ist sehr lieb von dir. Vielen Dank«, erwiderte Elisha leise.
»Möchtest du Shalina mal wieder besuchen?«, fragte Jack.
Elisha hob den Kopf ruckartig an. »Ja … aber …«
»Du warst hier lange genug eingesperrt«, fuhr ihr Vater fort. »Es wird dir guttun, ein wenig herauszukommen.«
Für einen Moment lang argwöhnte Elisha, ihr Vater wolle sie einwickeln, um ihr einen möglichen Ehemann zu präsentieren. Aber weshalb hätte er das tun sollen, da er ihre Einwilligung dazu nicht brauchte und auch schon lange nicht mehr den Eindruck gemacht hatte, als sei ihm daran gelegen. Sie dankte ihm erneut, und nach einer verlegenen Schweigepause verabschiedete Jack sich und ging.
»Ein Zeichen des Friedens?«, fragte Mr. Dark lächelnd, als Elisha ihm das Buch zeigte.
»Vielleicht will mein Vater mir damit sagen, dass er mich wieder liebt«, meinte Elisha hoffnungsvoll.

»Sicher hat er Sie während der ganzen Zeit geliebt. Man hört nicht einfach so auf damit, nur weil man von jemandem enttäuscht ist. Die Situation war auch für ihn nicht leicht.«

»Sie wäre aber vielleicht leichter gewesen, hätte er Damien Catrall nicht verboten, mich zu heiraten.«

»Sind Sie wirklich sicher, dass Dr. Catrall das getan hätte? Kann es nicht sein, dass Ihr Vater Ihnen nur den Kummer ersparen wollte, zu merken, dass Sie auf jemanden hereingefallen sind?«

Elisha blickte ihn wütend an. »Sie kennen Dr. Catrall doch gar nicht.«

»Nein, aber ich bin ein Mann und weiß, wie Männer denken.«

»Und Sie denken zweifellos, dass ich es nicht mehr wert gewesen wäre, geheiratet zu werden.«

Mr. Dark war sichtlich verlegen. »So meinte ich das nicht. Aber es gibt nun einmal eine Sorte von Frauen, die man heiratet und eine ...«

Elisha war aufgesprungen, noch ehe er zu Ende geredet hatte. »Ah, ich verstehe schon, zu welcher Sorte ich Ihrer Meinung nach gehöre.« Sie wirbelte herum und lief aus dem Raum.

»Miss Legrant!«, rief Mr. Dark ihr nach, aber sie lief die Treppe hinunter, ohne sich umzudrehen. Unten angekommen bemerkte sie, dass sie ihr Buch oben hatte liegen lassen, aber ihr Stolz verbot ihr, wieder zurückzugehen.

Elisha sank auf den Stuhl an ihrem Schreibtisch, und vor Wut war sie den Tränen nahe. Sie griff nach dem Tintenfass und warf es mit aller Kraft gegen die Wand. Schreibfedern und leeres Pergament folgten. Die bereits beschriebenen Seiten, die am Rande des Schreibtisches lagen, fegte sie mit einer Handbewegung vom Tisch, dann stand sie ruckartig auf, ohne zu beachten, dass ihr Stuhl umkippte, und lief in den Garten hinaus. Ihr Vater hatte ihr gesagt, sie dürfe Shalina besuchen. Sie wünschte sich plötzlich so sehr, ihre Freundin zu sehen, dass sie keinen Moment länger warten wollte.

Eine Stunde später war Elisha auf dem Weg zum Palast. Ihr Vater hatte ihr drei berittene Dienstboten zum Schutz mitgegeben und eine Nachricht an den Palast geschickt, damit Ashok ihr auf halbem Weg Rajputenkrieger seiner Palastwache entgegenschickte.

Die Säulengänge, die Mosaikwände, die verspiegelten Gänge, die beinahe wie Labyrinthe in einer anderen Welt wirkten, all das war Elisha so vertraut, dass sie nicht wusste, wie sie darauf hatte verzichten können. Sie atmete den Duft von Rosen und Sandelholz ein, als sie den *Zenana* betrat. Überglücklich grüßte sie Shalina, die im Garten inmitten von Lotosblüten saß.

Shalinas Töchter Tara und Menakshi standen schüchtern im Hintergrund und sahen sie aus großen Augen an. Sie kennen mich nicht mehr, dachte Elisha bestürzt.

»Wo sind deine Zwillinge?«

Der freudige Glanz wich aus Shalinas Augen. »Sie schlafen. Du kannst sie später sehen.« Mit einer knappen Bewegung ihrer schmalen Hand wies sie eine Dienerin an, Süßigkeiten und Erfrischungen zu servieren.

»Ich habe gehört, wie es dir ergangen ist«, sagte Shalina. »Dein Vater muss sehr gedemütigt sein.«

Obwohl Elisha das Thema nicht mehr hören konnte, war es für sie etwas anderes, wenn Shalina es ansprach. »Er hat Damien verboten, mich zu heiraten.«

Shalina sah sie ungläubig an und schüttelte den Kopf. Sie

hatte davon gehört, es aber nicht glauben wollen. Die Beweggründe eines *Angrezi*-Mannes – sie würden ihr immer ein Rätsel bleiben. »Hat er dich nicht aus der Schande erlösen wollen?«

»Er war zu wütend auf Damien, um mit sich reden zu lassen. Meine Mutter hat es immer wieder versucht.«

Shalina nickte. Zumindest die Frauen der *Firanghis* schienen in einer Art zu denken, die ihr vertraut war. »Aber deine Mutter hat keinen Einfluss auf deinen Vater?« Das war nur zu verständlich, da sie keine Söhne geboren hatte.

Elisha musste lächeln. Sie konnte ihrer Freundin die Gedanken förmlich vom Gesicht ablesen. »In der Sache hat mein Vater nicht mit sich reden lassen.« Sie beugte sich vor, um die beiden Kinder anzulocken, aber nur Tara kam zu ihr, Menakshi versteckte sich hinter ihrer Mutter.

»Wie kannst du nur betrübt darüber sein, Töchter zu haben?«, fragte Elisha, als sie Tara auf den Schoß zog.

»Es sind nicht die Töchter selbst«, antwortete Shalina zögernd, »aber wenn ich keine Söhne bekomme, wird Ashok eine andere Frau heiraten, und dann ist Vikram in Gefahr.«

»Denkst du, eine andere Frau würde ihm etwas antun?«

»Er ist bei seinem Vater nur dann sicher, solange die andere Frau keinen Sohn bekommt. Bekommt sie jedoch einen, wird sie alles dafür tun, damit er der Erbe wird. Sie wird sogar so weit gehen, einen Mörder auf Vikram anzusetzen, und vermuten, dass ich dasselbe bei ihrem Sohn tue. Wir beide werden uns misstrauisch ansehen, nichts essen, was nicht unsere eigenen Dienerinnen zubereitet haben, und dafür sorgen, dass unsere Söhne von zuverlässigen Beschützern umgeben sind.«

»Hat Ashok gesagt, er wird eine andere Frau nehmen?«

»Er hat es angedeutet.« Shalina senkte den Blick auf Menakshi und strich ihr gedankenverloren durch das Haar. »Was ist eine Tochter schon wert? Sie wird erwachsen und von ihrem Vater aus dem Haus gegeben, um irgendwo verheiratet zu werden. Wenn der Ehemann weit weg wohnt, dann kann es sein, dass ich sie nie wiedersehe, sie ist dann nicht mehr Teil meines Lebens. Zudem weiß man bei einer Tochter bereits bei der Geburt, dass sie ihrem Mann bis in den Tod folgen wird, selbst wenn sie erst vierzehn Jahre alt ist. Dafür all die Qualen durchzustehen ...« Sie verstummte.

Elisha kannte natürlich die Sitte der Witwenverbrennung. Sie sah Tara und Menakshi an und erschauerte. Aber sie wusste auch, dass es müßig war, darüber zu reden, denn ändern ließ sich daran nichts. Sie griff nach einem mit Rosencreme gefüllten Gebäckstück und bot es Tara an.

»Vielleicht würde eine weitere Ehefrau auch keine Kinder bekommen, genauso wie die Sklavinnen«, sagte sie.

»Das wird nicht der Fall sein, denn sie wird sich ihr Essen nur von ihren Dienerinnen zubereiten lassen.«

»Was meinst du?«

Shalina sah sie verwundert an. »Denkst du, die Sklavinnen sind alle zufällig kinderlos? Es gibt genug Mittel, die verhindern, dass ein Kind sich im Körper einer Frau festsetzt.«

»Oh.« Mehr sagte Elisha nicht, doch ihr gleichermaßen verwirrter wie peinlich berührter Gesichtsausdruck verriet, das sie keine Ahnung hatte, was genau im Körper geschah, wenn eine Frau schwanger wurde.

Shalina sah sie an, dann brach sie in unbändiges Gelächter aus. »Oh, Elisha«, sagte sie, als sie langsam wieder zu Atem kam, »ich hatte vergessen, wie lustig du in deiner Unwissenheit sein kannst.«

Elisha biss sich auf die Lippe und war ein wenig beleidigt.

Um ihre Verlegenheit zu überspielen, knabberte sie an einem Zimtkuchen.
»Es ist so«, erklärte Shalina, »dass sie es gar nicht merken. Die Frau empfängt überhaupt kein Kind, so einfach ist das.«
Elisha verstand es immer noch nicht, wollte aber nicht nachfragen. Gemeinsam mit Shalina ging sie ins Badehaus und machte sich gegen Abend auf den Weg nach Hause. Sie war so glücklich und entspannt wie schon lange nicht mehr. Erst als sie daheim ankam, verlor sie ihre gute Laune.
Obwohl es schon dunkel war, ging Elisha durch den Garten in das Gartenhäuschen, heimlich, damit ihre Eltern nichts merkten. Ihr war eingefallen, dass sie vergessen hatte, abzusperren. Zudem erinnerte sie sich an die Verwüstung, die sie hinterlassen hatte, und um ihre Kalligraphien tat es ihr in der Seele weh. Zu einer solchen Zerstörungswut hatte sie bisher nicht geneigt.
Als sie in das Arbeitszimmer trat, lagen ihre Federn und das Pergament wieder auf dem Tisch. Nur das leere Tintenfass lag immer noch dort, wo es hingerollt war. Der Stuhl stand ordentlich hinter dem Schreibtisch. Elisha betrachtete die Bescherung auf ihren Kalligraphien. Sie hatte sie alle in die Tintenlache geworfen, da war nichts mehr zu retten.
Von einer plötzlichen Müdigkeit ergriffen, ging sie die Treppe hoch in das Zimmer von Mr. Dark.
»Sie sollen doch nicht hinuntergehen«, sagte sie anstelle einer Begrüßung. »Jemand hätte Sie sehen können.«
Mr. Dark saß mit einem Buch in der Hand auf dem Bett und zuckte die Schultern. »Ich habe den Lärm gehört und wollte nachsehen, als Sie fort waren.« Er legte das Buch zur Seite und stand auf. Obwohl seine Wunde mittlerweile weitgehend verheilt war, ging er immer noch leicht gekrümmt, als

habe er Schmerzen. In den letzten Wochen hatte er immer wieder Fieber bekommen.

»Ich habe sehr hässliche Dinge gesagt, aber ich habe es wirklich nicht so gemeint«, erklärte er. »Vielleicht ist es meine Unruhe, die mich so reden lässt. Ich weiß, wie viel ich Ihnen verdanke, Miss Legrant, und ich halte Sie nicht für sittenlos. Es ging mir allein darum, Ihnen zu sagen, wie die meisten Männer – und vielleicht auch Ihr Geliebter – es sehen.«

»Er ist nicht so.«

Mr. Dark nahm sie am Arm und führte sie zu seinem Bett, wo er ihr bedeutete, sich hinzusetzen, dann setzte er sich neben sie. »Von allen Mädchen und Frauen, die ich hier kennen gelernt habe, sind Sie die Tapferste und Warmherzigste. Wenn Sie nicht auf Damien Catrall warten würden, würde ich Sie bitten, mit mir zu kommen.« Er lächelte, als er ihren ungläubigen Blick sah. »Glauben Sie mir, es ist mein voller Ernst.«

»Das sagen Sie nur, weil Sie von mir abhängig sind.«

»Warum sollte ich das tun? Verraten können Sie mich nicht, ohne sich selbst in Schwierigkeiten zu bringen.«

Das stimmte natürlich. Elisha sah Alastair Dark an. Sie hatte ihn früher nie so richtig zur Kenntnis genommen. Er sah nicht schlecht aus, wenn er auch momentan sehr schmal war. Er hatte volles hellbraunes Haar, blaue Augen und eine sympathische Stimme, zudem war er intelligent und ein angenehmer Gesprächspartner. Ihr hatte seit ihrer Rückkehr aus Madras ein Mensch wie er gefehlt. Vielleicht – wenn Damien nicht wäre – hätte sie sich in Alastair Dark verlieben können. Natürlich nicht, wenn sie ihm weiterhin nur bei gesellschaftlichen Anlässen begegnet wäre, aber die Umstände waren nun ja auch andere.

»Sie sehen mich an, als sähen Sie mich zum ersten Mal«, durchbrach Mr. Darks amüsierte Stimme ihre Gedanken.
»Ich …« Elisha fühlte sich ertappt, »ich musste eben an etwas denken. Es tut mir leid, wenn ich Sie angestarrt habe. Das war wohl sehr unhöflich.«
»Keineswegs.« Mr. Dark lehnte sich wieder in die Kissen zurück. »Haben Sie noch ein wenig Zeit? Dann erzählen Sie mir doch davon, was Sie heute gemacht haben.«

May betrat das Hauptgebäude der *East India Company* und blieb kurz stehen, um sich zu orientieren. Es war schon lange her, dass sie ihren Vater hierher begleitet hatte, und sie wusste nicht so recht, wo sie hingehen sollte. Sie wollte Jonah überraschen, hatte aber keine Ahnung, wo sein Büro war.
Ein Angestellter kam ihr entgegen und grüßte sie freundlich.
»Miss Legrant – Verzeihung – Mrs. Fenmore. Möchten Sie zu Ihrem Mann oder Ihrem Vater?«
»Zu beiden«, antwortete May spontan. Ihr Vater wäre sicher enttäuscht, wenn er hörte, dass sie hier gewesen war, ohne ihn zu besuchen. »Können Sie mir sagen, wo das Büro meines Vaters ist?«
»Gerne. Ich bringe Sie hin.«
May folgte dem Mann die Treppe hinauf und einen Korridor entlang. Sie dankte ihm und betrat das Büro ihres Vaters.
»May«, rief Jack erfreut. »Wie schön, dich zu sehen.« Er zog sie an sich und küsste sie auf die Wange.
»Mir war heute Nachmittag langweilig. Zu Hause habe ich momentan nicht so viel zu tun, und da wollte ich Jonah besuchen.«

»Ich bringe dich zu ihm«, sagte Jack und spürte einen Anflug von Eifersucht. *Ihn* hatte sie nie besucht.
An der Tür zu dem Zimmer der Schreiber gab Jack ihr einen Kuss und ließ sie allein. Ein wenig schüchtern war May dennoch, als sie den Raum betrat und alle sich zu ihr umwandten. Sie entdeckte Jonah sofort, der sich, strahlend lächelnd, aus der Runde der fünf weiteren Schreiber erhob.
»Was für eine reizende Überraschung«, begrüßte er sie. Um den neugierigen, amüsierten Blicken zu entkommen, führte er May auf den Korridor und schloss die Tür hinter sich. Nachdem er sich überzeugt hatte, dass niemand in der Nähe war, beugte er sich zu ihr vor und küsste sie. Das Glücksgefühl, das ihn dabei durchfloss, war unbeschreiblich.
»Es ist doch kein Problem, wenn ich dich unangemeldet besuche?«, fragte May ein wenig besorgt. Auch nach drei Monaten hatte sie sich noch nicht so richtig an den Status einer Ehefrau gewöhnen können, und vieles war ihr noch fremd.
»Wann immer du möchtest«, versicherte Jonah ihr. Er legte ihre Hand in seine Armbeuge und ging mit ihr zur Treppe. An diesem Tag benutzte er einen Stock, der ihm das Gehen erleichterte. Wenn es draußen feucht war, schmerzte sein Beinstumpf bei starker Belastung.
»Fenmore!«, bellte Archibald Stonewall durch den Gang.
May spürte Jonah erstarren und die Steifheit seiner Bewegungen, als er sich langsam umdrehte. »Was gibt es?«, fragte er ungehalten.
»Sie müssen einige Briefe für mich schreiben.«
»Das mache ich, wenn ich wiederkomme«, antwortete Jonah.
»Haben Sie mich um eine Pause ersucht?«
»Dazu besteht wohl keine Notwendigkeit.«

»O doch, Fenmore, die besteht sehr wohl.«
Jonah errötete, als Archibald ihn in Mays Gegenwart wie einen Dienstboten anredete. »Ich werde mit meiner Frau spazieren gehen und später kommen.«
Archibald lächelte May jovial an. »Unsere kleine May als Ehefrau. Was für ein ungewohnter Anblick. Sie entschuldigen Ihren Mann doch sicher?«
»Was ist hier los?« Richard Moidores tiefe Stimme war zu hören, als Jonah eben zu einer wütenden Erwiderung ansetzte.
Archibald drehte sich um. »Ich benötige Mr. Fenmores Dienste, aber er weigert sich, meinem Wunsch nachzukommen.«
»Sind keine anderen Schreiber da?«, fragte Richard.
»Doch, aber …«
»Dann sehe ich die Notwendigkeit nicht, Mr. Fenmore noch länger aufzuhalten.«
»Aber Sir!«, rief Archibald entrüstet, wütend darüber, dass er in Gegenwart von Jonah und May derart abgefertigt wurde. Zu spät fiel ihm ein, dass Jonah durch seine Heirat mit Richard Moidore verschwägert war. Man musste nur in die richtigen Kreise heiraten, dachte er verärgert, und zum wiederholten Mal wurde ihm bewusst, wie bitter es für ihn war, dass er selbst nie ernsthaft von Jack Legrant als Schwiegersohn in Erwägung gezogen wurde. Nicht einmal dann, als er sich erboten hatte, diese kleine Dirne zu heiraten und wieder ehrbar zu machen. Mit einer knappen Entschuldigung ließ er Richard, Jonah und May stehen und ging in das Zimmer der Schreiber.
Richard verließ mit Jonah und May zusammen das Gebäude. Er war über die Situation nicht glücklich. Sein Schwager und Jack Legrants Schwiegersohn war in einer Position, in der er von Männern wie Archibald Stonewall in Gegenwart

seiner Ehefrau gedemütigt werden konnte. Gesellschaftlich war das auf Dauer nicht haltbar.

»Kommst du bitte später auf ein kurzes Gespräch zu mir?«, verabschiedete er sich freundlich von Jonah.

»Aber natürlich …« Jonah hatte »Sir« anfügen wollen und hielt sich gerade noch rechtzeitig zurück. Ein wenig besorgt sah er Richard nach. Erwartete ihn nun doch ein Tadel wegen der Sache mit Archibald Stonewall? Die Situation war ihm vor May zutiefst unangenehm. Als Jacks Tochter kannte sie so etwas sicher nicht.

Sie spazierten im Schatten der Bäume durch das Bombay Green. May legte ihre Hand auf Jonahs Arm und schmiegte sich an ihn. »Du darfst dich nicht darüber ärgern«, brach sie das Schweigen. »Mr. Stonewall war schon immer so.«

Jonah nickte nur und drückte ihre Hand.

»Wenn dich mein Besuch in eine unangenehme Situation gebracht hat, dann werde ich besser nicht mehr kommen«, sagte May bekümmert.

»Aber nein«, erwiderte Jonah rasch. »Mit dir hat das nichts zu tun. Archibald Stonewall konnte mich noch nie leiden.«

»Ihn kann auch niemand leiden. Sicher ist er deshalb so unfreundlich.«

Jonah strich ihr mit einer sanften Berührung über die Wange. »Versprich mir, immer hierherzukommen, wenn dir danach ist«, bat er. »Es ist viel schöner, wenn ich nicht erst bis zum Abend warten muss, um dich zu sehen.«

Mays Herz schlug schneller, und sie lächelte strahlend. »Sag, Jonah, können wir nicht mal verreisen? Ich war erst ein Mal aus Bombay fort.«

»Ein Mal erst?«, fragte Jonah amüsiert. »Wo möchtest du denn hin?«

»Nach Europa? Ich würde so gerne England sehen.«

Jonah zögerte. Natürlich würde sie dann auch seine Familie kennenlernen. »Wir müssen damit warten, bis der Krieg vorbei ist. Es ist eine sehr anstrengende Reise. Bist du sicher, dass du sie auf dich nehmen möchtest?«

»Es ist sicher aufregend.«

Jonah wollte eben anfangen, ihr von den Strapazen zu erzählen, konnte dann aber ihrer Begeisterung nicht widerstehen. Was, dachte er, sprach schon dagegen? Seine Familie würde May ins Herz schließen, und auch, wenn die Legrants in England keine bedeutende Stellung innehatten, würden Nachforschungen von Jonahs Vater – dass er dies tun würde, daran hegte Jonah keinen Zweifel – schnell Aufschluss über die Bedeutung der Familie in Indien geben.

»Wir müssten«, sagte er, »ungefähr zwei Jahre einplanen. Achtzehn Monate für die Reise, und mehrere Monate Aufenthalt. So genau kann man die Reisezeit vorher nicht abschätzen. Zudem geht es nur, wenn du in der Zeit kein Kind erwartest, ansonsten wird die Reise zu anstrengend und gefährlich für dich.«

Leichte Röte überzog Mays Gesicht. Seit Jonah sie in ihrer Hochzeitsnacht in dieses unaussprechliche, wunderbare Geheimnis eingeweiht hatte, das alle Eheleute teilten, wartete May insgeheim auf ein Zeichen, dass sie guter Hoffnung war.

»Warten wir es ab«, sagte sie ausweichend.

Jonah, der ihre Verlegenheit bemerkte, lächelte in sich hinein und wechselte das Thema. Sie standen noch eine halbe Stunde plaudernd beisammen, dann verabschiedete May sich und ließ sich in ihrem *Palankin* heimtragen.

Jonah ging mit gemischten Gefühlen in Richards Arbeitszimmer. Er wusste nicht, was dieser mit ihm besprechen wollte, und zudem war ihm das vertraute Verhältnis, das sie seit seiner Hochzeit pflegten, noch ungewohnt.

Richard stand über seinen Globus gebeugt, als Jonah den Raum betrat.

»Warum so finster, Jonah?«, begrüßte er ihn.

»Wenn es um die Sache mit Mr. Stonewall geht …«

»Nur indirekt«, fiel Richard ihm ins Wort, um jede derartige Vermutung im Keim zu ersticken. Er wollte gar nicht erst eine Stimmung aufkommen lassen, in der Jonah sich in der Situation des Untergebenen befand.

»Worum geht es dann?«, fragte Jonah und ließ sich auf einem Stuhl nieder. Er fühlte sich in Richards Gegenwart meist ein wenig unbehaglich, obwohl dieser – im Gegensatz zu seiner Frau Charlotte – immer freundlich zu ihm war.

»Es geht um deine zukünftige Position in der Kompanie.«

»Ich bin mit meiner Tätigkeit zufrieden.«

»Hm, zufrieden, ja?«, fragte Richard gedehnt. »Du hast mittlerweile einen gewissen gesellschaftlichen Status, willst du dich weiterhin von Männern wie Archibald Stonewall herumkommandieren lassen?«

»Damit kann ich umgehen.«

»Sicher.« Richard bot Jonah eine Prise Schnupftabak an. »Aber was ist mit May?«, spielte er geschickt das einzige Argument aus, das bei Jonah zog. Er hatte sie zwar nicht ins Spiel bringen wollen, aber offenbar ging es nicht anders.

»Hat sie …« Jonah schluckte, »hat sie sich bei ihrem Vater beschwert?« Er wollte aufspringen, als ihm ein Gedanke kam. »War sie am Ende hier, um …«

»Nein«, rief Richard beruhigend, als Jonah sich schon halb erhoben hatte, »sie hat nichts gesagt. Denkst du allen Ernstes, sie fällt dir in den Rücken?«

Jonah wurde blass, dann traten rote Flecken auf seine Wangen, und er antwortete verärgert: »Natürlich denke ich das nicht. Es hätte ja sein können, dass sie es ganz beiläufig erwähnt hat.«

»Wenn du May fragst, dann ist sicher alles in bester Ordnung. Sie hat auf derartige Dinge nie Wert gelegt. Ich kenne sie schließlich lange genug.«

Jonah nickte und kämpfte einen Anflug von Eifersucht nieder. Natürlich wusste er, dass Richard Moidore May seit ihrer Geburt kannte, aber musste dieser das betonen?

»Um auf den Punkt zu kommen«, fuhr Richard fort, »ich möchte dir einen Posten als leitender Angestellter anbieten.«

»Das geht doch nicht so ohne weiteres«, widersprach Jonah. »Alle Leute werden denken, ich sei nur wegen meiner Ehe so weit gekommen.«

»Nun, ganz Unrecht haben sie damit wohl nicht«, antwortete Richard. »Aber weil wir alle so vorteilhaft wie möglich heiraten und dabei sämtliche Vergünstigungen in Anspruch nehmen, die eine solche Ehe mit sich bringt, ist dein Fall wohl nicht besonders aufsehenerregend.«

»Die Leute werden denken, ich hätte nur deswegen geheiratet.«

Richard lachte. »Ehrlich gesagt hast du auf mich nie den Eindruck gemacht, als kümmere es dich, was die Leute sagen.«

»Wegen May kümmert es mich aber.«

»Anstatt an das Gerede der Leute zu denken, solltest du dir lieber Mays gesellschaftlichen Status vor Augen halten. Möchtest du vielleicht, dass sich Szenen wie die vorhin wiederholen?«

Jonah antwortete nicht, aber sein Blick war beredt.

»Dann ist die Sache wohl geklärt«, sagte Richard. »Du

kannst für heute gehen. Morgen wird dir ein Büro zur Verfügung gestellt, und ich schicke dir jemanden, der dich einarbeitet.«

»Vielen Dank«, antwortete Jonah etwas steif. Er fühlte sich ausmanövriert. Mit einem knappen Abschiedsgruß verließ er Richards Büro.

Erst als er fast daheim war, fiel sein Ärger von ihm ab, und er begann sich die Vorteile vor Augen zu führen. Leitender Angestellter bedeutete, Archibald Stonewall vorgesetzt oder zumindest gleichgestellt zu sein, und das war wirklich ein Gefühl der Genugtuung. Und hatte er nicht schon selbst überlegt, wie May sich fühlen musste, wenn sie Zeugin davon wurde, wie ihr Ehemann herumkommandiert wurde? Hatte er selbst sich nicht oft genug gesagt, dass es endlich Zeit wurde, sich aufzuraffen und eine andere Position anzustreben? Nun war er zwar überrumpelt worden, aber vielleicht war es besser so. Als sein Haus in Sichtweite kam, überfiel ihn ein beinahe schmerzhaftes Glücksgefühl bei dem Gedanken an May, und für einen Moment ärgerte er sich darüber, sich nicht selbst um eine andere Position innerhalb der Kompanie bemüht zu haben. Wie oft hatte er sich vor der Eheschließung Vorwürfe gemacht, dass sie mehr verdiente als das, was er zu bieten hatte.

Elisha schob ein Pergament mit noch feuchter Tinte an den Rand des Schreibtisches, tupfte sich mit einem Taschentuch Stirn und Schläfen ab und blickte zu der *Punkah* hinauf, die bewegungslos über ihr hing. Natürlich hätte sie einen Dienstboten holen und anweisen können, sie zu bewegen, aber das

Risiko war zu groß. Sie fragte sich, wann Mr. Dark so weit war, abreisen zu können. Er war unruhig und oft schlecht gelaunt, wenn er sich auch bemühte, diesen Umstand zu überspielen. Es war ihm offensichtlich unangenehm, dass sie sich nach wie vor um ihn kümmern musste, indem sie ihm Essen brachte, das Nachtgeschirr leerte und nachts Wasser heranschleppte, damit er sich waschen konnte. Selbst ein Rasiermesser hatte sie von Maja kaufen lassen. Es war überaus riskant, aber anders als zu Beginn war Elisha dabei nicht mehr nervös. Sie wusste, wann der *Chowkidar* seine Runden drehte und wie lange er den Garten unbewacht ließ. Ihre Eltern ahnten nicht das Geringste, und die Dienstboten, die sonst alles mitbekamen, was sich bei Tag abspielte, waren bei Nacht keine Gefahr für sie.

Ein wenig egoistisch wünschte Elisha sich, Alastair Dark bliebe noch länger. Sie würde sich wieder sehr allein fühlen, wenn er erst fort war. Nach allem, was sie gehört hatte, rechnete man mittlerweile nicht mehr damit, dass er sich in der Nähe aufhielt, seine Flucht würde demnach wesentlich leichter möglich sein, als es zunächst der Fall gewesen wäre. Entdeckte man ihn allerdings, würde man mit größter Härte gegen ihn vorgehen. Alle waren aufgebracht, und die Dreistigkeit von General de Lally, Madras zu belagern, hatte nicht gerade dazu beigetragen, milder Stimmung gegenüber den Franzosen zu sein. Zudem schwelgte man in einer regelrechten Eroberungseuphorie. Mit Gnade hatte Alastair Dark nicht zu rechnen.

Seufzend stützte Elisha ihren Kopf in die Hände und starrte in den Raum. So überzeugt sie davon war, dass Damien sie holen würde, so hoffnungslos war sie in letzter Zeit, dass es ihm gelingen würde, ihren Vater zu überzeugen. Sie würde ihm heimlich folgen müssen, und ihr Vater würde ihr nie verzeihen und sie bis an ihr Lebensende hassen. Elisha war sich sicher, dass es darauf hinauslaufen würde. Konnte sie unter diesen Umständen jemals glücklich werden?

Ihre Eltern hatten Besuch. Oberst Bellwood mit seiner Familie, Richard und Charlotte sowie Jonah und May waren gekommen. Charlotte und Alicia Bellwood gingen im Garten spazieren, während die Männer sich unterhielten und May bei ihrer Mutter und Mrs. Bellwood saß. Elisha war ihrer Schwester und Alicia in den Garten gefolgt und hatte sich dann in das Gartenhaus zurückgezogen. Mit Alicia hatte sie sich nie verstanden. Nachdem die Verlobung mit Ambrose in die Brüche gegangen war, hatte Alicia die Hoffnung gehegt, ihn für sich gewinnen zu können, aber Ambrose hatte keine Anstalten gemacht, um sie zu werben.

Das Klicken der Tür riss Elisha aus ihren Gedanken. Vermutlich Vater, dachte sie resigniert. Wie hatte sie auch hoffen können, dem geselligen Nachmittag zu entgehen? Umso erschrockener war sie, als Ralph Bellwood plötzlich in der Tür zum Arbeitszimmer stand.

»Ralph«, keuchte sie erschrocken und sprang auf. »Was tun Sie hier?«

»Ich fand das Gartenhaus schon immer entzückend und dachte mir, ich sehe es mir mal genauer an.« Seine Stimme klang etwas schleppend, was darauf schließen ließ, dass er getrunken hatte.

»Sie müssen gehen«, sagte Elisha aufgebracht. Wenn er so dreist war, einfach hier zu erscheinen, dann war es möglich, dass er auch nach oben ging. Warum nur war sie nicht bei den anderen geblieben und hatte die Tür verschlossen gelassen.

»Aber weshalb denn?«, fragte Ralph. »So wie es aussieht,

werde ich wohl bald das Recht haben, mir hier alles nach Herzenslust anzusehen.«

»Wovon reden Sie?«

»Von gewissen Plänen, die unsere Väter offenbar für uns hegen.«

»Ich verstehe nicht, was Sie meinen.«

»Mein Vater«, erklärte Ralph, »ist der Meinung, ich sei auf dem besten Weg, nicht mehr – nun ja – gesellschaftsfähig zu sein. Sie sind es ja seit einiger Zeit auch nicht mehr, und da kam mein Vater auf die Idee, eine Heirat würde mich zur Ruhe bringen.« Er lächelte über diesen absurden Einfall. »Und wer eignet sich eher für mich als eine Frau, deren Ruf Schaden genommen hat und die ihrerseits einen Ehemann braucht, um wieder ehrbar zu sein?«

Ein kalter Klumpen ballte sich in Elishas Magen zusammen. »Das kann nicht Ihr Ernst sein«, krächzte sie.

Ralph sah sie wütend an. »Meine Idee war es sicher nicht«, sagte er, die Stimme diesmal klar und schneidend. »Aber mein Vater ließ sich bedauerlicherweise nicht davon abbringen. Selbst meine Mutter hat versucht, es ihm auszureden – *eine entehrte Braut, ich bitte dich«*, ahmte er die Stimme seiner Mutter nach, »aber …« Er hob die Hände.

Elisha schüttelte den Kopf. »Mein Vater wird das nicht erlauben.«

»Ihr Vater, meine Teure, schien keineswegs abgeneigt zu sein. Gerade jetzt unterhalten sie sich, während ich gegangen bin, unter dem Vorwand, einen Spaziergang zu machen und über alles nachzudenken.«

Für einen Moment befürchtete Elisha, ihre Beine würden nachgeben, aber sie fing sich sofort wieder. »Das kommt überhaupt nicht in Frage. Ich werde Sie nicht heiraten.«

»Sie werden nicht? Wer fragt Sie denn? Seien Sie froh, wenn Sie überhaupt einer nimmt.«
»Gehen Sie!«, rief Elisha aufgebracht.
»Mein Vater droht mir, mich zu enterben, wenn ich seinem Wunsch nicht Folge leiste. Was also bleibt mir übrig?« Glühender Zorn sprach aus seiner Stimme, und das Blut stieg ihm ins Gesicht.
Elisha hatte für einen Moment Angst vor ihm, schalt sich aber dann. Das war doch Ralph. Sie kannte ihn ihr ganzes Leben lang.
»Ich bin ausgesprochen verärgert«, fuhr Ralph fort, »und so richtig in der Stimmung, meinem Ärger Luft zu machen.«
»Raus«, sagte Elisha mit erzwungener Ruhe. »Jetzt sofort.«
Ralph griff nach ihr und drückte sie gegen die Wand. »Ich kann Ihnen jetzt schon sagen, dass Sie an mir als Ehemann nicht viel Freude haben. Weder bin ich treu noch besonders zimperlich, was Frauen angeht.«
Mit einem Ruck riss Elisha sich los und versetzte ihm einen Stoß zur Tür hin. »Fassen Sie mich nie wieder an«, fauchte sie.
»Warum denn dieses Zieren?«, fragte er, machte aber keinen weiteren Versuch, sie anzurühren.
Elisha ging an ihm vorbei zur Tür. »Gehen Sie!«
Mit aufreizender Nonchalance lehnte Ralph sich an den Schreibtisch und griff nach einem Pergament. »Sehr nett, auch wenn ich Ihnen etwas Derartiges nicht erlauben würde.«
»Legen Sie es hin.«
»Falls unsere Väter sich einig werden, gewöhnen Sie sich lieber schon einmal an den Gedanken, dass mit derartigen Spielereien Schluss ist.« Er warf das Blatt beiseite und ging

zu den Büchern. »Man schaue sich das an. Wofür braucht eine Frau so viele Bücher?« Das erste Buch, das er hervorzog, war das Heilpflanzenbuch, das Jack gekauft hatte. »Ah, ein kleines Andenken an den ersten Liebhaber?« Er warf es achtlos zu Boden.

Nun war Elishas Geduld erschöpft. »Was unterstehen Sie sich? Rühren Sie die Bücher nicht an, sie gehören meinem Vater.«

»Ach ja?« Das nächste Buch flog zu Boden, und als Elisha sich an seinen Arm hängte, schüttelte er sie grob ab. Sie stolperte und wäre beinahe gefallen.

Ralph trat die Bücher zur Seite, hatte bald das letzte aus dem Regal gerissen und wandte sich Elishas Schreibtisch zu. Die Bücher lagen teilweise aufgeschlagen auf dem Boden, vereinzelt hatten sich Seiten gelöst, und bei einem war der Buchrücken gebrochen. Elisha kamen beinahe die Tränen, als sie die Bücher aufsammelte.

»Und was soll das hier?« Ralph hielt ein Blatt mit arabischer Kalligraphie hoch, riss es in der Mitte durch und ließ es fallen.

»Hören Sie endlich auf!«, schrie Elisha ihn an. »Sie sind wütend auf Ihren Vater, aber dafür kann ich nichts.«

»Ob Sie dafür können oder nicht, ist mir herzlich egal«, schnappte Ralph. »Ich lasse mir keine Dirne ans Bein binden, und Ihr Vater kann ruhig wissen, wen er sich da ins Haus holt, ehe er einwilligt.« Mit einer Armbewegung fegte er Blätter, Pinsel und Schreibfedern zu Boden.

Elisha lief zu ihm, zerrte an seinem Arm, um ihn vom Schreibtisch fortzuziehen, ehe er ihre gesamte Arbeit der letzten Monate zerstörte. Als er wütende Versuche machte, sie abzuschütteln, klammerte sie sich an seinen Arm, er riss

sie herum und drückte sie mit dem Rücken auf den Tisch.
»Sie überschätzen sich, meine Liebe.«
Im selben Augenblick stolperte er plötzlich zurück und zog sie mit sich zu Boden. Elisha rappelte sich auf, während Ralph seinerseits versuchte, wieder auf die Beine zu kommen und mit einem Tritt zu Boden befördert wurde.
Mr. Dark zog Elisha zur Seite, und im selben Moment war Ralph bereits wieder aufgesprungen. »Sie!«, schrie er, starrte erst Mr. Dark und dann Elisha an, ehe ein maliziöses Lächeln auf sein Gesicht trat.
Es wurde Elisha und Mr. Dark im selben Moment klar, in welche Situation sein Auftauchen sie gebracht hatte. Mr. Dark holte aus und versetzte Ralph einen Fausthieb, wobei ihn eher seine Verzweiflung leitete als seine Geschicklichkeit. Er war zu lange ohne Bewegung gewesen und litt offensichtlich immer noch unter Schmerzen. Ralph wich ihm problemlos aus, so dass Mr. Darks Schlag nur seine Wange streifte. Dann holte er seinerseits aus und versetzte Mr. Dark einen gezielten Schlag, dem ein weiterer folgte, der ihn zu Boden gehen ließ. Schlag um Schlag ging auf ihn nieder, ehe Ralph seinen Degen zog und ausholte.
Elisha, die wie erstarrt dagestanden und zugesehen hatte, griff nach dem ersten schweren Gegenstand, der in Reichweite stand, und schlug ihn auf Ralphs Kopf. Mit einem lauten Klirren ging die Vase in ihrer Hand zu Bruch, und Ralph sank vornüber, dem Degen Schwert immer noch in der Hand.
Mühsam kroch Mr. Dark unter Ralph hervor und stand mit schmerzverzerrtem Gesicht auf. Er ging zu Elisha, die mit weit aufgerissenen Augen auf Ralph blickte.
»Habe ich ihn getötet?«, keuchte sie. »Bitte, sehen Sie nach, ob ich ihn getötet habe.«

Mr. Dark, dem ebenfalls alles Blut aus dem Gesicht gewichen war, ließ sich auf die Knie nieder. »Er atmet noch«, beruhigte er Elisha. Langsam stand er auf und ging zu ihr. »Miss Legrant«, sagte er eindringlich, als er bemerkte, dass ihr Blick durch ihn hindurchzugehen schien. »Miss Legrant?« Er nahm ihr Gesicht zwischen die Hände und zwang sie, ihn anzusehen. »Hat er ... ich habe Sie schreien hören. Bin ich noch rechtzeitig gekommen?«

Elisha nickte nur, zu mehr war sie nicht imstande. »Er hat ... Sie hätten nicht kommen dürfen.«

»Er wollte Ihnen Gewalt antun.«

»Das wollte er nicht.« Elisha deutete zitternd auf das Chaos um sich herum. »Ich habe versucht, ihn daran zu hindern.« Ein Missverständnis, und es würde sie in Teufels Küche bringen. Plötzliches Verstehen und Entsetzen malte sich in Alastair Darks Blick.

»Ich werde sagen«, fuhr Mr. Dark fort, »dass ich mich in der Nähe aufgehalten und erst seit gestern Nacht hier versteckt habe. Sie wird keine Schuld treffen, das schwöre ich Ihnen.«

»Nein«, sagte Elisha heiser. »Nein.« Sie sah auf Ralph hinab, dann flog ihr Blick zu Mr. Dark. Ihre Hand berührte ihr Kleid, Haarsträhnen hingen ihr ins Gesicht. »Nein«, wiederholte sie ein drittes Mal.

Sie befreite sich aus Mr. Darks sanftem Griff und trat einen Schritt zurück. »Gehen Sie nach oben und verstecken Sie sich, am besten an einem Platz, der so absurd ist, dass niemand nachsehen würde. Vielleicht unter dem Bett ...« Sie verstummte und sah Ralph an. Hatte er sich geregt? Hastig sprach sie weiter. »Es gibt keine Spuren für Ihren Aufenthalt, außer dem Bett. Ziehen Sie das Laken darüber. Ich gehe hinaus und will versuchen, dafür zu sorgen, dass niemand Ralph Glauben schenken wird.«

»Miss Legrant«, sagte Mr. Dark nachdrücklich. »Es ist vorbei. Gehen Sie, ehe er wieder zu sich kommt. Ich laufe zur Hintertür hinaus. Schreien Sie, sagen Sie, dass ich plötzlich vor Ihnen stand und Ihnen Gewalt antun wollte. Er« – sein Blick streifte Ralph – »wird versuchen, dem zu widersprechen, daher müssen Sie in der Rolle des Opfers überzeugend sein. Wenn man Ihnen glaubt, dass Sie Angst vor mir hatten …«

»Dafür habe ich Sie nicht drei Monate versteckt.« Der Schrecken der letzten Minuten brachen sich Bahn, und Elisha war den Tränen nahe. »Gehen Sie nach oben. Gehen Sie, denn ich werde Sie ganz bestimmt nicht verraten.«

Ehe er widersprechen konnte, wirbelte sie herum und lief durch die Halle zur Haustür, riss sie auf und rannte schreiend über den Rasen. Ihr Vater, Richard und Oberst Bellwood kamen gleichzeitig aus dem Haus gelaufen, ihnen folgte Jonah.

»Papa!«, schrie Elisha. Kaum dass sie bei ihrem Vater angelangt war, warf sie sich in seine Arme und klammerte sich zitternd an ihn.

»Großer Gott«, rief Jack fassungslos.

»Ralph war bei mir.« Sie brach in Tränen aus. »Er hat deine Bücher zerstört, und als ich ihn daran hindern wollte, ist er auf mich losgegangen.«

Claire kam über den Rasen gelaufen, gefolgt von ihren Töchtern und Alicia. »Was ist passiert?« Angst lag in ihrer Stimme, und der Anblick Elishas bestätigte offenbar augenblicklich ihre schlimmste Vermutung.

»Bring die Frauen weg, vor allem Alicia«, sagte Richard zu Jonah, der der Anweisung augenblicklich Folge leistete. Es war offensichtlich, dass die Männer Schlimmeres vermuteten, ebenso wie Alastair Dark es getan hatte, was diesem zum Verhängnis werden würde, wenn Elisha ihre Rolle nicht gut spielte.

Im selben Augenblick ging die Tür vom Gartenhaus auf, und Ralph kam herausgetaumelt. Er hielt sich den Kopf und konnte sich kaum auf den Beinen halten. »Diese Hure!«, schrie er den Männern zu. »Sie versteckt einen Spion in dem Haus.«

Jetzt konnte Jack nicht mehr an sich halten. Er ließ Elisha los und lief auf Ralph zu, ehe ihn jemand zurückhalten konnte. Seine Faust krachte auf Ralphs Gesicht, und der Schlag schickte ihn zu Boden. »Ich bringe dich um«, rief Jack und holte zu einem erneuten Schlag aus.

»Jack«, sagte Richard und war bei ihm, als der zweite Schlag auf Ralph niederging. »Jack«, wiederholte er und hielt ihn fest. »Wir müssen jetzt einen klaren Kopf bewahren.«

Oberst Bellwood stand immer noch mit kreideweißem Gesicht bei Claire und Elisha und starrte auf die Szene, als könne er nicht glauben, was geschehen war. Dann ging er mit steifen Schritten zu seinem Sohn.

»Warte, Jack. Wir müssen das in Ruhe klären. Vielleicht trifft Ralph keine Schuld.«

»Keine Schuld?«, brülle Jack. »Hast du gesehen, was er mit meiner Tochter gemacht hat?«

»Das habe ich. Ebenso, wie ich weiß, dass er nicht der Erste ist, der es bei ihr mit Erfolg versucht hat. Ich will nicht sagen, dass er unschuldig ist, aber ihren Anteil der Schuld will ich ebenfalls nicht in Abrede stellen. Was hat sie allein mit ihm im Gartenhaus zu suchen? Hast du Beweise dafür, dass sie nicht versucht hat, ihn zu verführen?«

»Sieht das da nach Verführung aus?«, schrie Jack und deutete auf Elisha.
Ralph rappelte sich auf. »Nicht ich war es, der sie angerührt hat, sondern Alastair Dark.« Trotz seiner Blessuren breitete sich nun Zufriedenheit über seinen Zügen aus. »Um ihn zu schützen, hat sie mich niedergeschlagen, und nicht um ihrer selbst willen.«
»Bitte, Papa.« Elisha sammelte sich und bemühte sich um Ruhe. »Ralph hat mich nicht angerührt, es war so, wie ich es dir erzählt habe. Es stimmt, ich habe ihn niedergeschlagen, weil ich nicht wusste, wie ich ihm Einhalt gebieten kann und er mir Angst gemacht hat.« Das entsprach sogar der Wahrheit. Sie sah Oberst Bellwood an. »Sie haben gefragt, was ich mit ihm allein im Gartenhaus getan habe. Warum fragen Sie ihn nicht, warum er dorthin gekommen ist, obwohl er mich allein wusste. Er hat getrunken und jede Erziehung vergessen.«
»Sie war mit diesem Mann dort allein, wer weiß wie lange«, beharrte Ralph. »Vater, du musst doch nur hineingehen und ihn herausholen. Dann wirst du sehen, dass ich Recht habe.«
»Wir müssen dem nachgehen, was er sagt«, erwiderte Oberst Bellwood. »Ich wüsste nicht, warum er sich so etwas ausdenken sollte.«
»Vielleicht, um von seinem Benehmen meiner Tochter gegenüber abzulenken«, entgegnete Jack kalt.
»Jack, ich verstehe deinen Zorn, und wenn Ralph uns angelogen hat, werde ich mit größter Härte gegen ihn vorgehen. Aber wir müssen die Sache überprüfen.« Er sah Elisha an und fuhr fort: »Sollte er die Wahrheit sagen, muss ich nicht betonen, was das für Konsequenzen nach sich ziehen wird.«
Richards Blick war ebenfalls auf Elisha gerichtet. Sie war so

weiß, dass zu befürchten stand, sie würde in Ohnmacht fallen. Er wandte sich wieder an Jack. »Tun wir, was er sagt.«

»Papa«, sagte Elisha mit leiser, flehender Stimme. Sie war verloren.

Jack drehte sich zu ihr um. »Claire«, sagte er, »bitte bring sie ins Haus.«

Ohne weitere Widerrede ließ Elisha sich von ihrer Mutter am Arm ins Haus führen. Ihre Mutter selbst wirkte schockiert und schien nicht zu wissen, was sie sagen sollte. Elisha bekam noch mit, dass Richard sich erbot, Oberst Bellwood zu begleiten. Sie begann heftig zu zittern. Alles verlief völlig anders, als sie es erwartet hatte. Niemand sprach davon, wie Ralph sich aufgeführt hatte, stattdessen schien jeder anzunehmen, es ginge tatsächlich um Übergriffe auf sie, von welchem der Männer auch immer.

Im Haus trafen sie auf Charlotte, Alicia und May. Jonah kam ihnen entgegen, um sich wieder zu den Männern zu gesellen. Er wusste, dass bei dem, was jetzt wahrscheinlich folgte, kein Mann erwünscht war.

»Charlotte, sag Maja Bescheid, dass ein Bad bereitet wird«, befahl Claire. »May, lass Kräutertee kochen.«

»Das war mein Bruder?«, fragte Alicia fassungslos und den Tränen nahe. »Er macht mir gesellschaftlich alles kaputt. Es war klar, dass es darauf irgendwann hinauslaufen würde, aber Papa wollte das ja nie einsehen.«

»Um dich geht es jetzt nicht, Alicia«, entgegnete Claire hart. Sie führte Elisha zu einem Sessel und drückte sie sanft darauf.

»Er ist gelegentlich bei Mädchen zudringlich geworden, wenn er getrunken hat, aber so weit ist er noch nie gegangen«, sagte Alicia.

Claire antwortete ihr nicht, sondern strich Elisha das Haar aus dem Gesicht. Als Charlotte und May zurückkamen, bat sie die beiden, sich mit Alicia zurückzuziehen. Was sie fragen wollte, war nicht für die Ohren eines unverheirateten Mädchens bestimmt.
Elisha wusste, was die größte Sorge ihrer Mutter war, und wäre nicht ihre Angst vor Alastair Darks Entdeckung gewesen, wäre sie zutiefst dankbar für die Fürsorge. Ihr Herz schlug so schnell, dass es schmerzte und ihr das Atmen erschwerte.
»Hat er dir Gewalt angetan?«, fragte Claire. »Oder konntest du ihm rechtzeitig entkommen.«
Elisha atmete zitternd ein. »Mama, er hat es nicht einmal versucht.« Sie hob die Hand an ihren Mund und wartete darauf, dass die Männer mit ihrem Gefangenen kamen und ihr Todesurteil sprachen.
»Er hat sich also nicht mit dir vereinigt?«, fragte Claire noch einmal zur Sicherheit. Immerhin musste man den Faktor einer möglichen Schwangerschaft in Betracht ziehen.
»Nein. Nein, das hat er nicht.«
Erleichterung zeigte sich auf Claires Gesicht. Diese Sorge würde nicht bestehen. »Dein Vater wird die Angelegenheit mit Oberst Bellwood klären, Elisha. Er wird dafür sorgen, dass nichts von der Geschichte bekannt werden wird.«
Elisha fühlte sich außerstande, zu antworten. Ihr Blick flog immer wieder zur Tür. Gleich würden sie kommen.
»Elisha?«
Claire musste ihren Namen viermal wiederholen, ehe Elisha bemerkte, dass sie angesprochen wurde. »Ich bringe dich in dein Zimmer«, erklärte Claire resolut. »Sobald Maja dein Bad bereitet hat, wirst du baden und dich dann hinlegen. Ich

kläre alles andere, deine Anwesenheit wird nicht erforderlich sein.«

In einem plötzlichen Impuls wandte Elisha sich an ihre Mutter: »Du wirst mir verzeihen, ja?«

»Aber Elisha«, sagte Claire erschüttert, »in dem Fall gibt es nichts, was ich dir verzeihen müsste. Vielleicht sehen es die Männer anders – oh, ganz bestimmt sehen sie es anders, aber ich bin deine Mutter und eine Frau. Ich ahne, was Ralph dir antun wollte.«

Elisha biss sich auf die Lippen, um sich am Weinen zu hindern, und nickte nur. Sie widersprach nicht mehr, denn angesichts dessen, was auf sie zukam, wenn Alastair Dark entdeckt wurde, war es unwichtig, was sich zwischen ihr und Ralph abgespielt hatte.

Nachdem Elisha gebadet und sich gehorsam ins Bett gelegt hatte, überfiel sie eine immer größere Unruhe. Warum kam niemand? War Alastair Dark am Ende doch durch die Hintertür geflohen, und man folgte ihm jetzt? Sie wollte keinen Aufschub. Wenn es geschah, dann sollte es jetzt geschehen.

Maja hatte tiefes Mitgefühl bekundet. Derartiges kannte sie selbst nur zu gut. Nachdem Claire ihre Tochter in die Obhut der *Ayah* gegeben hatte, hatte diese sich ausgiebig um sie gekümmert. Nun hatte Elisha sie fortgeschickt und wartete.

Schritte näherten sich der Tür, dann wurde die Klinke herabgedrückt, und Charlotte betrat das Zimmer.

»Mama ist noch bei Papa und redet mit ihm über alles«, sagte sie. »Oberst Bellwood ist fort, ich glaube, die ganze Geschichte wird zu einem ernsthaften Familienkonflikt führen. Offenbar hat Ralph ihnen irgendeine Lügengeschichte über einen weiteren Mann in dem Haus erzählt.«

Elisha richtete sich mit einem Ruck auf. »Haben sie das erzählt?«, fragte sie heiser.
»Ich habe es eben von Richard erfahren. Er hat mit Oberst Bellwood zusammen das Haus durchsucht und niemanden gefunden. Was für eine absurde Idee. Du sollst Alastair Dark hier versteckt gehalten haben. Wir alle wissen doch, dass du mit ihm nicht das Geringste zu tun gehabt hast. Ich glaube, er mochte dich nicht einmal besonders.«
Elisha musste an sich halten, nicht ihre Hand auf ihr wild klopfendes Herz zu drücken. »Und was wird nun?«
»Scheinbar hatte Oberst Bellwood trotz allem noch den Vorschlag gemacht, dass du und Ralph heiraten könntet, damit die Sache aus der Welt ist, aber davon wollte Papa nichts wissen. Ralph muss schlimm im Gartenhaus gewütet haben. Er hat mehrmals betont, dass außer ihm jemand dort war, und als er gemerkt hat, dass niemand ihm glaubte und er offensichtlich in ernstem Verdacht steht, dir Gewalt angetan zu haben, hat er geleugnet und die gleiche Geschichte erzählt wie du zuvor.«
Tiefe Erleichterung erfasste Elisha. Erst jetzt wurde ihr wirklich bewusst, was Charlotte gesagt hatte. Man hatte Alastair Dark nicht gefunden. Sie war gerettet.
»Wie hast du dich verteidigt? Was hat ihn zurückgehalten?«, fragte Charlotte. Ihr stand Lamont vor Augen, und ihr Blick verdunkelte sich. »Du sagst, er sei auf dich losgegangen, und sie sind immer die Stärkeren.«
»Ich habe ihm eine Vase auf den Kopf geschlagen«, antwortete Elisha.
Charlotte brach in silberhelles Gelächter aus, und nachdem Elisha sie einen Moment lang fassungslos angesehen hatte, war die Erlösung, die sie verspürte, so wunderbar, dass sie in

das Lachen ihrer Schwester einstimmte und gleichzeitig weinen musste.

Es war schon spät, als Jack Elishas Zimmer betrat.

»Ich wusste nicht, ob du schon schläfst«, sagte er, während er die Tür hinter sich schloss. »Aber dann habe ich unter deinem Türspalt Licht gesehen.« Er zog einen Stuhl heran und setzte sich neben ihr Bett.

Elisha richtete sich auf. »Ich bin nicht müde«, antwortete sie.

»Ich nehme an, Charlotte hat dir erzählt, dass Richard und Oberst Bellwood das Gartenhaus durchsucht haben?« Er räusperte sich. »Allerdings hatte ich auch nicht angenommen, dass sie wirklich auf jemanden stoßen würden.«

Jack griff nach ihrer Hand und drückte sie. »Ich weiß nicht, was in Ralph gefahren ist.«

»Er war wütend auf seinen Vater, und er hatte getrunken.«

»Ja, aber warum hat er es an dir ausgelassen.«

»Vielleicht, weil sein Vater mit dir darüber gesprochen hat, ihn mit mir zu verheiraten, und du nicht abgeneigt warst«, antwortete Elisha leise.

Jack war erschüttert. »Aber das stimmt doch nicht. Oberst Bellwood hat mir davon erzählt, ja, und im Interesse unserer Freundschaft habe ich mir angehört, was er zu sagen hat. Das heißt jedoch nicht, dass ich dich in die Hände eines Mannes wie Ralph geben würde.«

»Du hast mir einmal gesagt, du würdest mich mit jedem verheiraten, ehe du zulässt, dass ich Damien heirate.«

»Das … habe ich so nicht gemeint.«

Elisha entzog ihm ihre Hand und schlang schützend die Arme um ihren Körper. »Wenn Damien zurückkehrt, werde ich mit ihm fortgehen. Am liebsten würde ich jetzt schon gehen, weil ich es hier nicht mehr ertrage. Immer das viele Alleinsein. Ich habe früher gedacht, du würdest mich genug lieben, um mir immer beizustehen, aber das hast du nicht getan.«

»Großer Gott, Elisha, ich habe doch nicht aufgehört, dich zu lieben«, sagte Jack bestürzt.

»Die ganze Zeit habe ich darauf gewartet, dass du wieder mit mir redest und mir beistehst.« Tränen traten Elisha in die Augen. »Du aber hast auch nach außen immer wieder gezeigt, dass ich dir nichts mehr bedeute. Und es war dir völlig egal, wie allein ich die ganze Zeit über war. Wenn wenigstens du mir in der Öffentlichkeit beigestanden hättest, hätten auch die Leute irgendwann aufgehört, mich wie eine Aussätzige zu behandeln, und jemand wie Ralph hätte es sich sicher zehnmal überlegt, sich so aufzuführen, wie er es getan hat, ohne jeden Respekt vor mir und vor deinem Haus.«

»Du bist ungerecht, Elisha, wenn du mir die Schuld an der Sache mit Ralph gibst«, widersprach Jack heftig.

»Hätte Oberst Bellwood mich als Ehefrau für seinen verdorbenen Sohn ausgesucht, wenn er nicht wenigstens in Betracht gezogen hätte, bei dir damit auf Zustimmung zu stoßen? Endlich jemand, der dich von deiner ungeliebten Tochter befreit.«

»Offenbar vergisst du, dass auch mein Ruf gelitten hat.«

»Du kannst doch überallhin gehen, wohin du möchtest, und dir bringen die Leute Mitleid entgegen. Mit mir hat überhaupt niemand Mitleid. Damien hätte mich geheiratet, sofort, wenn du es ihm erlaubt hättest. Es hätte gar nicht so weit kommen müssen.«

»Ich …« Jack stockte. »Er hat … So wie ich hätte jeder reagiert, wenn sich ein langjähriger Gast des Hauses an seiner Tochter vergeht.«

»Er hat sich nicht an mir vergangen«, rief Elisha. »Es ist ein Mal, nur ein einziges Mal passiert, und danach haben wir beide uns mit einem schlechten Gewissen herumgequält. Wir haben uns so sehr gewünscht, zu heiraten, und in Madras wollte er mit dir sprechen, nur hat sein Vater ihn mit der Ankündigung seiner Hochzeit überrumpelt. Sogar Jane Marchand wusste, dass Damien mit ihr brechen wollte, er hat es ihr gesagt, und sie war glücklich darüber. Nach außen hin wollte Damien es so aussehen lassen, als habe sie sich von ihm getrennt, weil er sie zu lange hingehalten hat. Es ist ja auch vollkommen unwichtig, um Jane Marchand ging es dir ja gar nicht.«

»Es ging mir nur um dich, das ist richtig.«

»Die Sorge wirst du nun nicht mehr lange haben. Würde Madras nicht belagert, würde ich mich morgen auf den Weg dorthin machen und nie mehr hierher zurückkehren. So werde ich darauf warten müssen, dass Damien kommt, um mich zu holen.«

Jack stand schwerfällig auf. Es war offensichtlich, wie sehr ihn ihre Worte getroffen hatten, und weil Elisha es trotz allem nicht ertrug, ihn so zu sehen, wandte sie ihr Gesicht ab. Für Jack hingegen war damit der Bruch zwischen ihnen besiegelt. Ohne ein weiteres Wort ging er und zog die Tür leise hinter sich ins Schloss.

Es hätte alles viel schlimmer kommen können, sagte sich Elisha am folgenden Morgen. Zwar war ihr der Schrecken bei Ralphs Auftauchen in alle Glieder gefahren, aber Alastair Dark war gerade noch rechtzeitig entkommen, und ihr Geheimnis war nicht entdeckt worden. Für Albträume, so dachte Elisha, bestand keine Veranlassung. Sicher, noch vor zwei

Jahren wäre ihre Welt zusammengebrochen, aber mittlerweile wusste sie um mehr menschliche Abgründe als je zuvor.
Vormittags ging sie ins Gartenhaus hinüber, zögernd, weil sie ahnte, dass Alastair Dark nicht mehr da war. Sie hatte gehofft, sich verabschieden zu können.
Ihr erster Weg führte sie die Treppe hinauf in das kleine Schlafzimmer. Das Laken war ordentlich über das Bett gebreitet, die Kleidung, die sie Mr. Dark gegeben hatte – abgelegte Kleidung ihres Vaters –, war nicht mehr da. Auch seine eigene Kleidung musste er mitgenommen haben, so dass nichts mehr an ihn erinnerte.
Langsam ging Elisha wieder hinunter und sah in das Arbeitszimmer, ohne sich dort aufhalten zu wollen. Alles war noch wie am Vortag. Pergament lag am Boden, Federn und Pinsel waren über den Schreibtisch verstreut, die Bücher verteilten sich immer noch auf dem Fußboden. Sie wollte eben wieder gehen, als ihr Blick an einem Blatt mit Kalligraphien hängen blieb. Es lag mitten auf dem Schreibtisch, als einziges, während alle anderen am Boden lagen. Aber sie erinnerte sich noch daran, das letzte beschriebene Pergament an den Rand des Tisches gelegt zu haben, ehe Ralph kam.
Beim Näherkommen sah sie die Feder, die neben dem Tintenfass lag, so als habe sie selbst sie dort abgelegt. Sie zog das Pergament zu sich heran und las auf Persisch, in schnellem Federstrich, versteckt zwischen den Kalligraphie-Zeichen: *Auf immer in Ihrer Schuld. Alain du Plessis.*

28

Madras, Dezember 1759

Damien hatte das Gefühl, ein Geisterhaus zu betreten, als er Ernest in dessen Haus folgte. Ein Dienstbote hatte sie beide mit unheilverkündender Miene empfangen, ansonsten war in der Eingangshalle niemand zu sehen. Dennoch waren die heimlichen Blicke zu spüren, ebenso wie man das Flüstern hinter den Vorhängen zu hören glaubte.

Ernest hastete die Treppe hinauf und stürzte in Maureens Zimmer. »Wie geht es ihr?«, fragte er.

Elizabeth Plant, die am Bett ihrer Tochter gesessen hatte, stand auf und legte den Finger an die Lippen. Eine ältere Frau – vermutlich die Hebamme – stand am Fußende des Bettes, die Hände auf Maureens Bauch.

»Verlass das Zimmer«, sagte Elizabeth zu ihrem Schwiegersohn. »Du kannst jetzt nichts tun.« Ihr Blick fiel auf Damien, der hinter Ernest durch die Tür trat. Sie sog scharf die Luft ein.

»Ich will meine Frau sehen«, beharrte Ernest.

Damien griff nach seiner Schulter. »Meine Mutter hat Recht. Das ist nicht der richtige Zeitpunkt für Diskussionen. Geh einfach, ich sage dir Bescheid, wenn ich Genaueres weiß.«

Ernest zögerte, dann nickte er und verließ den Raum. Kaum war die Tür geschlossen, griff Elizabeth nach Damiens Händen.

»Du hier«, sagte sie. »Mir hat niemand gesagt, dass du kommen würdest. Ich habe nicht zu hoffen gewagt, dass Ernest vernünftig genug wäre, dich mitzubringen.«

Damien küsste seine Mutter und drückte sie kurz an sich, dann fiel sein Blick auf Maureen. Ihr Nachthemd war bis zur Taille hochgeschoben, und ihre Beine schimmerten bleich im Halbdunkel des Zimmers. Er löste sich von seiner Mutter und trat zu der Hebamme, die rasch eine Decke über Maureens Unterleib breitete.

»Sie hat viel Blut verloren, Sahib«, sagte die Hebamme. »Die Geburt war sehr schwer.«

Damien nickte und gab der Hebamme zu verstehen, ihm ihren Platz zu überlassen. Sein Blick fiel auf den Gebärstuhl, wo Maureen das Kind zur Welt gebracht haben musste. Solange kein Arzt zugegen war, neigten die Hebammen dazu, Frauen in sitzender Stellung gebären zu lassen. Als Arzt jedoch bevorzugte er es, wenn die Frau lag, um einen leichteren Zugang zu ihr zu haben. In den letzten Jahren griffen Ärzte mehr und mehr in die Tätigkeiten der Frauenheilkunde ein, sehr zum Missfallen der Hebammen, die an ihren Praktiken und den Gebärstühlen festzuhalten gedachten.

Behutsam tastete Damien Maureens Bauch durch das Laken hindurch ab. Sie stöhnte leise.

»Maureen«, sagte Damien und stand auf. Er ging zum Kopfende des Bettes und neigte sich über seine Schwester. Ihr Gesicht war beinahe weiß, selbst ihre Lippen wirkten durchscheinend hell. Es war, als habe die Geburt alle Farbe aus ihr herausgesogen. Sanft nahm er ihre Hand und sagte erneut ihren Namen. Maureen schlug ihre geröteten Augen auf.

»Damien«, murmelte sie.

Damien strich ihr die feuchten Haarsträhnen aus dem Gesicht und legte seine Hand auf ihre Stirn. Sie hatte Fieber, aber noch nicht besorgniserregend hoch. Als Damien bemerkte, dass sie den Mund öffnete und offenbar nach Worten rang, griff er nach ihrer Hand und drückte sie beruhigend.

»Sprich jetzt nicht«, sagte er mit einer Stimme, die warm war und sanft. »Ich helfe dir, Liebes, bleib ganz ruhig. Sprich nicht.«

Damien wusch sich die Hände, ging zurück ans Fußende und untersuchte Maureen erneut, wobei er das Laken auf ihrem Körper beließ. Vorsichtig tastete er sie ab.

»Die giftigen Reste sind erst spät herausgekommen«, sagte die Hebamme.

»Hast du sie weggeworfen?«

Auf das Nicken der Hebamme hin fluchte Damien unterdrückt. Wie alle Ärzte traute er seinem Urteil mehr als dem einer Hebamme, und er wusste nicht, ob wirklich alles herausgekommen war, oder die Hebamme lediglich glaubte, dass dem so war.

»Bleib bei ihr, Mutter«, sagte er zu Elizabeth. »Ich will sehen, was mir an Medikamenten zur Verfügung steht.« Er wandte sich an die Hebamme. »Bleib ebenfalls, vielleicht werde ich deine Hilfe benötigen.«

Ein Dienstbote führte Damien zu dem Zimmer, in das sein Koffer gebracht worden war. Eilig entnahm Damien dem Koffer verschiedene Substanzen und sein medizinisches Werkzeug, dann lief er zurück in das Zimmer seiner Schwester.

Er untersuchte Maureen erneut, tastete nach der Gebärmutter und gab ihr stärkende Kräuter. Dennoch hatte er das Gefühl, machtlos zu sein. Es war nicht selten, dass Frauen im Kindbett starben, und brach das Fieber erst einmal richtig aus, würde er nichts mehr tun können, um seiner Schwester zu helfen.

Ein Dienstmädchen entfernte blutgetränkte Laken und Tücher, und Elizabeth zog mit Hilfe von Maureens *Ayah* ihrer Tochter ein sauberes Nachthemd an. Damien wusch sich die Hände und trat zu seiner Mutter, die blass war und dunkel umschattete Augen hatte.

»Du solltest dich ausruhen«, sagte er leise. »Ich werde bei ihr bleiben.«

Elizabeth stand auf und umarmte ihn. »Ich bin so froh, dass du da bist«, flüsterte sie.

»So lange es mir möglich ist, werde ich bleiben«, versprach Damien. Als seine Mutter ihn losließ, sah er sie prüfend an. »Ruh dich aus«, wiederholte er.

Elizabeth schüttelte den Kopf. »Ich muss bei ihr bleiben.« Sie fuhr sich müde über die Augen. »Es ist sicher gut, wenn du dir das Kind mal ansiehst.«

Das Kind. Damien hatte das Baby vollkommen vergessen. »Ich werde mich später darum kümmern.«

»Nein, Damien, tu es jetzt. Ich glaube« – Elizabeth zögerte – »ich glaube, mit dem Kleinen stimmt etwas nicht.«

»Inwiefern?«, fragte Damien stirnrunzelnd.

»Sein einer Arm erscheint mir verkrüppelt.«

Damien sah zu der Hebamme, die bestätigend nickte. Auch das noch, dachte er. »Ich sehe es mir an«, versprach er und verließ das Zimmer.

Im Korridor kam ihm Ernest entgegen. Ehe Damien ihn über Maureens Zustand aufklären konnte, rief Ernest verbittert: »Ein verdammter Krüppel! Das ist alles. Der ganze Ärger wegen eines verkrüppelten Babys.«

Damien musste an sich halten, ihn nicht zu schlagen. »Ich

bin momentan in Sorge um das Leben meiner Schwester«, sagte er gepresst. »Ich kann deinen Kummer also bedauerlicherweise nicht teilen. Wenn du mir sagst, wo das Kind ist, werde ich es mir ansehen.«

Ernest führte ihn zu dem Kinderzimmer, wo sein Sohn in einer Wiege lag und schlief. Vorsichtig hob Damien das Kind hoch und schlug die Tücher, in die es gewickelt war, auseinander. Auf den ersten Blick wirkte es gesund, bis auf den linken Arm, der verkümmert und kraftlos war. Das Baby kniff die Augen zusammen und bewegte seinen rechten Arm und die Beine.

»Er ist vollkommen gesund«, urteilte Damien nach wenigen Minuten. »Lediglich sein linker Arm ist nicht so gut ausgebildet.«

»Kann man da nichts machen?«, fragte Ernest.

»Ich wüsste nicht, was.«

»Wunderbar. Und das gleich beim ersten Kind. Was denkst du, was sie im Regiment sagen werden?«

Damien legte unter den wachsamen Blicken der Amme das Baby zurück und stieß Ernest unsanft aus dem Zimmer. Kaum hatte er die Tür hinter sich geschlossen, versetzte er seinem Schwager einen erneuten Stoß, der ihn rückwärts gegen das Treppengeländer warf.

»Meine Schwester stirbt vielleicht, und deine einzige Sorge ist das Gerede deiner Kameraden?«

»Ich mache mir ja auch Sorgen um Maureen«, antwortete Ernest, »aber was soll ich tun, wenn ich wirklich allein mit dem Kind bleibe? Welche andere Frau heiratet einen Mann, der ein verkrüppeltes Kind hat?«

»Meine Eltern« – Roberts klare Stimme war aus dem Halbdunkel der Treppe zu hören – »werden sicher nur allzu bereit sein, es zu sich zu nehmen. Und wenn sie es nicht täten, dann würde ich es tun. Bei seinem Onkel ist das Kind sicher besser aufgehoben als bei einem solchen Vater.«

Ernest fuhr herum, sah sich zwischen den beiden Brüdern, die ihn feindselig ansahen, und schwieg.

»Ich habe gehört, dass du hier bist«, sagte Robert zu Damien, während er die restlichen Stufen heraufkam und an Ernest vorbeiging, ohne ihn weiter zu beachten. »Was ist mit Maureen? Steht es wirklich so schlimm um sie?«

»Ich fürchte ja, Robert.«

»Vater kommt jeden Moment. Er wird verrückt, wenn er davon hört. Kann ich sie sehen?«

»Nein«, antwortete Damien entschieden.

»Und es ist alles die Schuld von dem da«, brach es wütend aus Robert heraus.

»Ernest kann für den Geburtsverlauf nichts.«

»Hätte er sie vor der Geburt besser behandelt …«

»Das hat damit nichts zu tun. Was Maureen widerfährt, ist nicht ungewöhnlich.«

Robert nickte, und sein Gesicht verdunkelte sich kummervoll. »Ich warte dann unten im Salon. Sagst du mir Bescheid, wenn … wenn sich etwas ändert?«

Damien versprach es und ging in Maureens Zimmer zurück. Weil er die Hebamme nicht mehr brauchte, schickte er sie fort und setzte sich neben seine Mutter, die schweigend auf das blasse Gesicht ihrer Tochter sah. Damien griff nach Elizabeths Hand und hielt sie fest. Er wusste nicht, wie er seine Mutter trösten sollte, und so sagte er nichts, sondern blieb einfach bei ihr und beobachtete seine Schwester.

Maureen fiel in den nächsten Stunden immer wieder in einen unruhigen Schlummer, wimmerte leise und warf den

Kopf kraftlos von einer Seite auf die andere. Sie würde sich nie erholen, wenn sie nicht wenigstens schlafen konnte. Damien konnte nur ahnen, was sie für Schmerzen haben musste, und wünschte, er hätte ein Medikament, das ihr helfen würde. Wieder war er an die Grenzen seiner Fähigkeiten gelangt, wieder musste er hilflos zur Kenntnis nehmen, dass er nicht helfen, nicht einmal die Schmerzen lindern konnte.

Seine Mutter war eingeschlafen, ihr Kopf lehnte an seiner Schulter. Sanft weckte er sie. »Leg dich hin, Mutter«, sagte er leise. »Ich kümmere mich um Maureen.«

Elizabeth wollte widersprechen, aber sie war am Ende ihrer Kräfte. Seit zwei Tagen wachte sie am Bett ihrer Tochter und hatte nur wenige Stunden geschlafen. »Ich bin so froh, dass du da bist«, sagte sie erneut zu Damien, ehe sie ging.

Damien wandte seine Aufmerksamkeit wieder seiner Schwester zu. Sie musste schlafen. Wenn sie wenigsten schlafen würde, könnte ihr Körper sich vielleicht erholen. Wie sollte sie gesund werden, wenn sie sich nur unruhig herumwarf?

Es dämmerte bereits, als Damien sich von seinem Platz an Maureens Bett erhob und zu der Kiste ging, die seine Medikamente enthielt. Er nahm das Fläschchen mit dem Mohnextrakt heraus und drehte es in der Hand. Wenige Tropfen brachten einen tiefen Schlaf, zu viele töteten. Damien warf einen Blick auf seine Schwester. Wann waren wenige Tropfen genug, wenn die Person schon geschwächt war? Würde nicht vielleicht sogar eine kleine Menge sie töten?

Aber sie würde nicht gesund werden, wenn sie nicht schlafen konnte, sagte er sich wieder und wieder. Tod im Kindbett trat meist innerhalb kürzester Zeit ein, und Maureen war sehr geschwächt. Damien hockte immer noch vor der Kiste und sah die kleine Flasche an. Würde er ihr helfen oder sie töten?

Wenn das Einzige, was er für sie tun konnte, war, ihr einen ruhigen Schlaf zu ermöglichen, sollte er nicht wenigstens das tun?
Er stand auf und ging zurück zu seiner Schwester. Wenn er es tun wollte, musste er sich entscheiden, ehe seine Mutter zurückkam. Er öffnete die Flasche und hob Maureens Oberkörper an. *Aber sieh zu, dass der Schlaf nicht zu tief wird, Sahib.*
Damien verdrängte die Stimme. Wann wusste man schon, ob man das Richtige tat?
Vorsichtig schob Damien einen Finger zwischen Maureens Lippen, um sie zu öffnen, dann zählte er die Tropfen. Er stellte die Flasche zur Seite, nachdem er Maureens fast unmerkliche Schluckbewegung gesehen hatte. Behutsam ließ er seine Schwester zurück in die Kissen sinken. Noch während Damien die Flasche verschloss, hatte er das Gefühl, einen nicht wiedergutzumachenden Fehler begangen zu haben.

»Damien.« Elizabeths Stimme drang wie durch Baumwolle gedämpft zu ihm durch. Damien schlug die Augen auf. Etwas in der Stimme seiner Mutter alarmierte ihn.
»Was ist mit Maureen?«, fragte Elizabeth.
Damien neigte sich über Maureen und sah keinerlei Atembewegung ihrer Brust unter dem Laken. Mit wild klopfendem Herzen zog er das Laken zurück und brachte sein Ohr nahe an ihren halb geöffnete Mund. Im selben Moment, in dem er die Wärme ihres Atems spürte, durchfloss ihn grenzenlose Erleichterung.
Er richtete sich auf und wies seine Mutter an, die Fensterläden zu öffnen, damit er besseres Licht hatte.
Jetzt sah er die leichte Bewegung, mit der ihre Brust sich hob und senkte. Ihr Atem war flach und regelmäßig. Dennoch

blieb die Angst, dass sie einfach aufhören könnte zu atmen. Was, wenn ihr Schlaf zu tief, ihr Atem zu flach war?
»Es ist alles in Ordnung«, beruhigte er seine Mutter mit mehr Zuversicht, als er empfand. Wenn Maureen starb, würde er seiner Mutter nie wieder in die Augen sehen können. Was für eine Entschuldigung gäbe es dafür, selbst wenn seine Absicht gut gewesen war? Ihm waren die Konsequenzen bekannt, und er war bereit gewesen, sie zu tragen. Forscherdrang hatte sein Vater es immer genannt, und so würde er es auch diesmal nennen.
»Dein Vater ist gekommen«, sagte Elizabeth wie auf ein Stichwort. »Er möchte dich sehen.« In ihrer Stimme schwang leise Hoffnung mit, Hoffnung, ihren Sohn nicht wieder zu verlieren.

Calbraith Plant stand vor einem Gemälde, das Maureen kurz nach ihrer Eheschließung zeigte. Das Lächeln, das jedem Betrachter heiter vorkommen musste, barg die Anzeichen erster Erbitterung über zerborstene Träume.
Als Damien die Tür öffnete, drehte Calbraith sich um. »Wie geht es ihr?«
»Es sieht nicht gut aus. Ehrlich gesagt, weiß ich nicht, ob sie den heutigen Tag überleben wird. Ich kann nichts mehr für sie tun.«
»Hast du es deiner Mutter gesagt?«
»Nein.«
Calbraith nickte knapp und wandte sich wieder dem Gemälde zu.
»Hast du das Kind gesehen?«
»Gestern Abend schon. So weit ich sehen konnte, ein gesundes und kräftiges Baby.«

»Ernest hat sich in sein Zimmer verzogen und will niemanden sehen. Er will auch das Kind nicht haben.«

»Das sagte er mir bereits.«

Damiens Stimme war deutlich anzuhören, was er davon hielt.

»Du darfst ihn nicht vorschnell verurteilen. Ihm geht das, was mit Maureen geschieht, sehr nahe, nur findet er vielleicht nicht immer die richtige Worte.«

»Ich verstehe.«

»Nein« – Calbraith sah ihn wieder an –, »das tust du nicht. Aber wie dem auch sei, ich habe dich nicht zu mir gebeten, um zu streiten. Wir haben uns lange nicht gesehen.«

»An mir lag es nicht.«

»Jane hat geheiratet«, fuhr Calbraith nach kurzem Zögern fort. »Recht schnell sogar.«

»Da kann man sich natürlich fragen, ob das den ganzen Ärger wert war. Wie sieht es mit dir und Oliver aus?«

»Wir reden wieder miteinander. Von dir und Francis hört man allerdings recht unerfreuliche Dinge.«

Damien zuckte die Schultern.

»Dass es so weit kommt, habe ich nicht gewollt«, sagte Calbraith in Damiens Schweigen hinein. »Vielleicht war es ein Fehler, dass du dich als Regimentsarzt gemeldet hast. Du hast nie in die Armee gepasst.«

»Bitte, Vater, sprich nicht weiter davon. Das ist der blanke Hohn. Wohin hätte ich denn gehen sollen? Zurück nach England? In diesen Zeiten? Mit diesem Ruf?«

»Von dem Legrant-Mädchen hast du nichts gehört?«

Damien schüttelte beinahe unmerklich den Kopf.

»Denkst du, ihr Vater hat sie verheiratet?«

»Möglich wäre es, aber daran will ich nicht denken.«

»Mir … mir war nicht bewusst, dass du sie so sehr liebst.«

»Es hat dich ja auch nie interessiert.«
Calbraith räusperte sich. »Deine Mutter hat es mir sehr übel genommen, dich des Hauses verwiesen zu haben.«
»Hast du allen Ernstes etwas anderes erwartet?«
»Wenn sie nun auch noch Maureen verliert …« Calbraith' Stimme brach, dann fing er sich wieder. »Du musst da sein, um sie zu trösten.«
Damien schwieg und starrte an seinem Vater vorbei an die Wand.
»Damien?«, rief Calbraith eindringlich, »Damien? Hörst du mir zu? Du darfst nicht wieder fortgehen.«
»Ich bedaure, Vater, aber ich kann mich nicht einfach so aus dem Armeedienst befreien.«
»Mit den richtigen Beziehungen …«
»Lass es gut sein. Mein Ruf ist ohnehin angeschlagen. Soll ich nun auch noch das Stigma eines Feiglings tragen, der genau dann seinen Abschied erwirkt, wenn es ernst wird?«
Sein Vater schien darauf antworten zu wollen, ließ es aber dann. Bekümmert sah er das Porträt seiner Tochter an, die Hände hinter dem Rücken verschränkt. Trotz allem, was vorgefallen war, tat er Damien leid, aber er wusste nichts weiter dazu zu sagen und nutzte das Schweigen, um sich zurückzuziehen.

Es ging auf den Abend zu, als Maureen blinzelte und den Kopf leicht drehte. Damien neigte sich zu ihr und beobachtete sie aufmerksam. Er war allein mit ihr. Seine Mutter schien beruhigt zu sein, weil ihre Tochter so ruhig schlief und sie das als Zeichen der Heilung ansah.
»Maureen«, sagte Damien gerade laut genug, damit sie ihn hörte.

Vorsichtig blinzelte Maureen ins Licht und stöhnte leise.
»Wie fühlst du dich?«, fragte Damien und legte die Hand auf ihre Stirn. Sie war kühl.
»Mir tut der Kopf weh«, klagte Maureen matt, »und ich habe schrecklichen Durst.«
Damien stand auf und griff nach der Karaffe mit dem Kräuteraufguss, den er schon vor Stunden hatte zubereiten lassen. Er goss das kalt gewordenen Getränk in einen Becher und stützte Maureens Oberkörper, so dass sie trinken konnte. Ihr ein Medikament gegen Kopfschmerzen zu geben, wagte er nicht, weil er nicht wusste, ob sie es vertrug, nachdem sie aufgrund des Mohnextraktes so lange geschlafen hatte. Er fühlte sich immer noch schwach vor Erleichterung darüber, dass sie wieder zu sich gekommen war, und wollte kein Risiko eingehen.
»Hast du sonst noch Schmerzen?«, fragte Damien, als er seine Schwester sanft wieder in ihre Kissen legte.
»Nur wenn ich mich bewege.«
»Wo genau?«
Statt einer Antwort wurde Maureen flammend rot, was Damien wiederum Aufschluss gab. »Schon gut«, sagte er. »Ich verstehe.« Er würde seine Mutter hinzuziehen, wenn es daran ging, Maureen zu untersuchen.
»Was ist mit meinem Baby?«, fragte Maureen. In ihrer Stimme schwang ein ängstlicher Unterton mit.
»Es geht ihm gut«, sagte Damien lächelnd. »Möchtest du es sehen?« Auf Maureens Bejahen hin läutete er nach einem Dienstboten und ließ die Amme mit dem Baby kommen. Er richtete Maureen halb auf und legte mehrere Kissen in ihren Rücken.
Die Amme betrat mit dem Kind im Arm das Zimmer. Damien nahm ihr das Baby ab und schickte sie fort. Er wollte

nicht, dass ein Dienstbote anwesend war, wenn Maureen feststellte, dass ihr Sohn einen verkrüppelten Arm hatte. Es würde auch so schon schwer genug sein.
»Fühlst du dich kräftig genug, ihn zu halten«, fragte Damien.
»Ja. Gib ihn mir bitte.« Maureen streckte die Arme aus.
Vorsichtig gab Damien ihr das Baby, wobei er darauf achtete, dass das Kind so in die Decke gewickelt war, dass der verkümmerte Arm zunächst verborgen blieb.
Maureen küsste das Baby auf den Kopf, strich über die Wange und lächelte glücklich. Es dauerte mehrere Minuten, ehe sie die Behinderung erkannte. Ihr Lächeln schwand, und ihr Blick flog zu Damien, irritiert, hilfesuchend.
»Hör mir zu, Maureen. Sein einer Arm ist nicht ganz so gut entwickelt, wie er sein sollte. Aber ansonsten ist dein Sohn vollkommen gesund.«
»Gesund?« Maureens Stimme war heiser. »Er ist verkrüppelt.«
»Das ist er nicht.« Damien neigte sich vor und befreite das Kind von der Decke. »Seine Glieder sind kräftig, er ist durch und durch gesund. Nur den einen Arm wird er nicht so gut benutzen können wie den anderen. Aber er wird nichts vermissen, weil er es nicht anders kennt.«
»Wie kannst du etwas so Herzloses sagen?« Maureens Lippen zitterten, und sie war den Tränen nahe. »Er wird nie sein wie andere Kinder.«
»Er wird sich anders behelfen müssen, ja, aber er wird damit aufwachsen. Es ist nicht so, wie wenn ein Arm durch einen Unfall unbrauchbar wird.«
Maureen biss sich auf die Lippen, und Tränen rannen über ihre Wangen. »Du kannst nicht mal erahnen, wie er sich fühlen wird. Natürlich wird er den Arm vermissen.«

Im selben Augenblick kam Elizabeth zur Tür herein. »Ich habe gehört, du bist wach geworden.« Mit einem Blick erfasste sie die Situation. »Oh, Maureen.« Sie setzte sich zu ihrer Tochter auf das Bett und legte den Arm um ihre Schulter. »Nicht doch, mein Herz.«

»Mama«, schluchzte Maureen. »Es ist so schrecklich. Mein armes Baby. Und Damien sagt fürchterliche Dinge zu mir.«

Elizabeth sah über Maureens Kopf hinweg ihren Sohn an, der entschuldigend die Schultern zuckte. Sie wies ihn aus dem Raum und wandte sich dann ihrer Tochter zu.

Nur zu gern kam Damien der Aufforderung seiner Mutter nach. Vermutlich hätte er daran denken sollen, nach ihr zu schicken, ehe er das Kind bringen ließ. In einer solchen Situation war die Empfindsamkeit einer Mutter sicher hilfreicher als medizinische Erklärungen.

Im Salon traf er auf Ernest, der abwesend in einem Buch blätterte. »Wie geht es ihr?«

»Besser. Allerdings wird sie viel Ruhe benötigen.«

Ernest zuckte die Schultern. »An mir soll es nicht liegen. Ich sehe sie derzeit kaum. Hat sie das Baby mittlerweile gesehen?«

Damien nickte.

»Was sagt sie?«

»Sie weint. Meine Mutter ist bei ihr.«

Ernests Rücken versteifte sich. »Es tut mir leid«, sagte er. »So viel Kummer … hat sie nicht verdient.« Er stellte das Buch ins Regal zurück und ließ abwesend seine Hand über das Leder gleiten. »Wenn ich ihr helfen könnte …«

Ein wenig ungläubig zog Damien die Brauen hoch.

»Himmel, ich weiß, dass mein Verhalten ihr gegenüber nicht … nicht immer richtig war«, verteidigte sich Ernest. »Aber sie ist so schwierig, und dann die Sache mit dem Kind.«

»Ich dachte, du wolltest dich ändern? Ehrlich gesagt höre ich keinen Unterschied zu deinem sonstigen Reden.«

»Du glaubst nicht, dass ich zu tieferen Gefühlen imstande bin?«

»Ich glaube nicht, dass du sie zu äußern weißt. Aber sei es, wie es will, ich denke, vorläufig sollte Maureen kein weiteres Kind bekommen.«

Ernest warf ihm einen wütenden Blick zu. »Was redest du da? Soll ich mich vielleicht auf Jahre von ihr fernhalten?«

»Man kann eine Empfängnis verhindern.«

»Das ist widernatürlich und verwerflich«, antwortete Ernest aufgebracht. »Was, bitte, ist dann der Zweck einer Ehe? Die Aufgabe einer Frau ist es, Kinder zu bekommen. Was sonst soll sie den ganzen Tag tun, während der Mann für ihren Unterhalt aufkommt?«

Damien rang mühsam um Beherrschung. »Wir reden hier davon, dass eine erneute Niederkunft das Leben meiner Schwester in Gefahr bringen würde.«

»Das Risiko besteht immer, auch in mehreren Jahren.«

»Aber sie …«

»Ich werde nicht auf Kinder verzichten«, fiel Ernest ihm ins Wort.

»Nun gut«, antwortete Damien, »wie du wünschst.« Er drehte sich um und verließ den Raum. In seinem Zimmer durchsuchte er die Kiste mit den Medikamenten, bis er das Gesuchte gefunden hatte. Hatte die Sache mit Francis und seinem Arrest letzten Endes doch noch ihr Gutes? Andernfalls hätte Damien den Gelehrten nicht kennen gelernt und von dem Pulver, das die Empfängnis von Kindern verhinderte, nicht erfahren. Er wusste, dass er mit Bedacht vorgehen musste. Zunächst würde er seine Mutter einweihen.

29

Bombay, April 1760

Charlotte saß mit Richard und den Kindern auf der Dachterrasse. Zwei Monate zuvor war sie von einem Sohn entbunden worden, der nun in einer Wiege neben ihr lag. Zwar wusste sie nicht so recht, was sie mit ihm hier draußen anfangen sollte, aber gelegentlich war es ganz gut, sich in ihrer Rolle als Mutter ein wenig zur Schau zu stellen. Offenbar erwartete man das von ihr.

Gemma rannte mal hierhin, mal dorthin und tat alles, außer stillzusitzen. Gerade jetzt beugte sie sich neugierig über die Wiege, und einen Moment lang befürchtete Charlotte, dass sie sie umwerfen würde.

»Gemma!«, sagte sie scharf.

Erschrocken fuhr das Kind zurück, und Richard hob es auf seinen Schoß. »Es ist ja nichts passiert.«

»Du solltest sie für so ein Verhalten nicht auch noch belohnen.«

»Sie ist eifersüchtig, weil sie denkt, dass sie nicht mehr der Mittelpunkt ist«, verteidigte Richard seine Tochter und stellte sie auf seinem Schoß auf die Füße. »Dabei solltest du doch wissen«, sagte er zu Gemma, »wer der Liebling deines Vaters ist.«

Charlotte seufzte leise und widmete sich ihrem Tee. Der Kuchen stand auf dem Tisch, und so gerne sie etwas davon genommen hätte, so deutlich stand ihr ihr Spiegelbild vom

selben Morgen vor Augen. Selbst zwei Monate nach der Niederkunft war ihre Taille immer noch nicht wieder so schmal wie vorher. Um die Hüften herum war sie ebenfalls noch etwas rundlicher als gewöhnlich, und ihre Brüste waren voller. Wie sollte sie sich jemals wieder grazil bewegen, wenn sie so rund war wie ein Fass? Ihre Schwiegermutter hatte ihr gesagt, damit müsse sie sich abfinden. Nach zwei Schwangerschaften konnte eine Frau nicht mehr ihre Jungmädchenfigur haben.
Frustriert stellte Charlotte ihre Tasse mit einem Klirren auf den Tisch zurück. Richard sah kurz zu ihr hinüber und widmete sich dann wieder Gemma, die er mit Kuchen fütterte.
Der *Chuprassi* trat auf die Terrasse heraus und meldete Elisha. Unwirsch wies Charlotte ihn zurecht, dass Familienmitglieder nicht angemeldet werden mussten.
»Das hat dein Vater veranlasst«, sagte sie zu Richard, »um meine Schwester abweisen zu können.«
»Der Dienstbote ist neu und kennt die Hausgebräuche noch nicht.«
Ehe Charlotte darauf antworten konnte, betrat Elisha die Terrasse. Sie neigte sich zu Charlotte und küsste sie auf die Wange, begrüßte Richard und Gemma, ehe sie – Charlotte hätte es voraussagen können – den kleinen Charles William aus der Wiege hob, um ihn zu herzen und zu küssen.
»Du wirst ihn noch aufwecken«, bemerkte Charlotte, als Elisha sich mit dem Kleinen auf einen Stuhl setzte.
»Oh, Charlotte, er ist einfach entzückend«, rief Elisha. »Und ich bin schon gespannt darauf, wie Mays Baby aussehen wird.«
»Bei dem Vater versprich dir lieber nicht zu viel davon«, antwortete Charlotte schnippisch. Richard warf ihr einen strafenden Blick zu.

Elisha strich über den dunklen Flaum auf dem Kopf des Babys. May war noch ganz am Anfang der Schwangerschaft und glühte vor Vorfreude.
Gemma kletterte vom Schoß ihres Vaters, lief zu Elisha und streckte die Arme nach dem Baby aus.
»Du willst ihr doch wohl nicht das Kind geben«, sagte Charlotte, als Elisha sich mit dem Kleinen vorbeugte.
»Ich halte ihn fest.« Vorsichtig legte Elisha das Baby in Gemmas Arme, ließ es aber nicht los.
»Elisha!«, rief Charlotte. Gemma zuckte erschrocken zusammen, was ihren Bruder aufweckte, der anfing zu weinen.
»Oh, großartig«, schimpfte Charlotte, »jetzt hast du es also geschafft.«
»Es reicht«, mischte sich Richard ein. Er rief nach der Amme, die das Baby nahm, und schickte Gemma mit ihrer *Ayah* ins Haus. »Du hättest Elisha nicht so anschreien sollen«, sagte er, »dann wäre auch das Kind nicht aufgewacht.«
»Sie hat das Baby einer Dreijährigen gegeben«, entrüstete sich Charlotte.
»Lieber Himmel, sie hat für Gemma doch nur so getan als ob.«
Elisha war der Streit zutiefst unangenehm, weil sie sich fühlte, als habe sie ihn heraufbeschworen. »Bitte, beruhigt euch. Es tut mir leid.«
»Es ist nicht deine Schuld«, sagte Richard.
Mit einer abrupten Bewegung stand Charlotte auf. »Ich nehme an, du willst damit sagen, ich sei schuld.«
»Charlotte, setz dich hin und fang bitte nicht an, dich kindisch zu benehmen.«
Mit einem letzten zornsprühenden Blick wirbelte Charlotte herum und lief in das Haus zurück.

Verlegen presste Elisha ihre Hände zusammen. »Du hättest sie nicht kindisch nennen dürfen«, sagte sie leise.
»Danke, Elisha, aber wenn ich von dir Ratschläge zur Führung meiner Ehe brauche, werde ich es dich wissen lassen«, antwortete Richard barsch.
Elisha fühlte sich wie eine Unruhestifterin, die in eine Familienidylle geplatzt war. Zudem befremdete sie Richards Verhalten in den letzten Monaten.
Nach kurzem Zögern beschloss sie, es anzusprechen. Eine derartige Gelegenheit bot sich vielleicht nicht wieder so schnell.
»Sag mir, Richard«, begann sie und holte tief Luft, »nimmst du mir die Sache mit Ralph Bellwood übel?«
Richard, der nachdenklich in seinem Tee gerührt hatte, eine tiefe Unmutsfalte zwischen den Brauen, sah Elisha kaum an. »Nein. Wie kommst du darauf?«
»Du bist so« – Elisha suchte nach dem richtigen Wort – »seltsam zu mir. So kurz angebunden.«
»Ralph hat damit nichts zu tun.«
Elisha wartete schweigend darauf, dass er fortfuhr, was er erst nach einer längeren Pause tat. Es war so, als müsse er sich seine nächsten Worte überlegen.
»Wie war das mit Alastair Dark?«, fragte er langsam.
Alles Blut wich Elisha aus dem Gesicht. »Was …«
»Untersteh dich, mich zu fragen, was ich meine«, unterbrach Richard sie. »Gib mir einfach eine klare Antwort, denn ich weiß, dass er da war.«
»Er …« Elisha schluckte. »Er war verletzt, und ich …« Sie verstummte.
»Großer Gott. Du hast mehrere Monate mit ihm zusammen in diesem Gartenhaus gelebt. Wie konntest du, Elisha? Mit

diesem Spion, diesem Verräter? Und das, obwohl du behauptest, Damien zu lieben.«

»Was hat Damien damit zu tun?«, fragte Elisha. »Ach so, ich verstehe. Du denkst, ich und er …«

»War es nicht so?«

»Nein«, antwortete Elisha heftig, »so war es ganz und gar nicht. Er war verletzt, eine Stichwunde. Immer und immer wieder hatte er Fieber. Ich habe ihm geholfen, sonst nichts. Warum musst du sofort etwas Schmutziges hineindeuten?«

»Warum, fragst du? Welchen Anlass hast du, einen Mann zu verstecken, der als Spion gesucht wird?«

»Er lag plötzlich verletzt in dem Zimmer, und ich … ich konnte einfach nicht anders. Damien hat mir beigebracht, zu heilen, er hätte dasselbe getan.«

»Wegen Menschen wie ihm kann es sein, dass er nicht lebend zurückkehrt«, antwortete Richard kalt.

Elisha wurde kreidebleich. »Wir selbst schicken doch Spione aus«, sagte sie bemüht. »Es gibt immer einen Ausgleich.«

Als Richard keine Antwort gab, fragte sie: »Woher hast du es gewusst?«

»Man musste dich im Garten doch nur ansehen, um zu wissen, dass Ralph die Wahrheit sagt.«

»Du bist also mitgegangen und hast dann nicht gesagt, dass du ihn gesehen hast?«

»Gelogen habe ich nicht, wenn du das meinst. Ich habe Oberst Bellwood gesagt, ich würde oben nachsehen, also hat er unten gesucht. Es erschien mir wahrscheinlicher, dass du den Mann oben versteckst. Natürlich war es ein Risiko, und hätte ich mich geirrt, hätte selbst der Gouverneur dich nicht mehr retten können, du weißt, was auf Landesverrat steht. Alastair Dark hat sich irgendwo oben in dem kleinen Zimmer versteckt. Ich war dort und habe gespürt, dass ich nicht allein in dem Raum war. Auf jeden Fall habe ich nur in die Zimmer hineingesehen und nicht in möglichen Verstecken gesucht, um im Notfall einen Eid darauf schwören zu können, ihn nicht gesehen zu haben. Als Oberst Bellwood seine Suche beendet hat – und er war überaus gründlich –, bin ich ebenfalls wieder heruntergekommen, und die Sache war ausgestanden.«

Elisha senkte den Kopf, und ihre Stimme zitterte leicht, als sie sagte: »Du kannst darüber denken, was du willst, aber es ist immer ein Geben und Nehmen.«

»Oh, natürlich.«

»Was hättest du an meiner Stelle getan?«, fragte Elisha.

Richard sah sie an, als zweifle er an ihrem Verstand. »Was ist das für eine dumme Frage?«

»Nein, Richard, keineswegs. Ich sagte, an meiner Stelle. Ich bin seit zwei Jahren allein, ohne Freunde. Shalina darf ich seit einigen Monaten wieder besuchen, aber zuvor hatte ich überhaupt niemanden. Und plötzlich war jemand da, der mich gebraucht hat, der mit mir geredet hat und der froh darüber war, mich zu sehen, der mich nicht mit jedem Blick verurteilt hat. Ich bin keine sechzig Jahre alt, Richard, mir reicht es nicht, mich jeden Tag mit Handarbeiten in mein Zimmer zurückzuziehen. Was hättest du gesagt, wenn man dir mit dreiundzwanzig Jahren plötzlich jeden Kontakt zu anderen Menschen untersagt hätte? Wenn deine Freunde dich schneiden müssten, weil es ihnen verboten wurde, von Vätern, Ehegatten oder wem auch immer?« Elisha hatte sich in Rage geredet. »Sogar meine eigene Familie erträgt es nicht, mich um sich zu haben.«

»Du tust deinen Eltern Unrecht.«

»Mein Vater hat mir verboten, Damien zu heiraten.«

»Ich weiß nicht, was ich tun würde, wenn ein Gast von mir Gemma verführte. Sicher wäre es das Beste gewesen, euch heiraten zu lassen. Es hätte dir vieles erspart. Aber wenn man jemanden liebt, dann handelt man nicht immer klug und durchdacht. Du solltest dich wieder mit ihm versöhnen«, sagte Richard.

»Ich mich mit ihm? Die ganze Zeit habe ich darauf gewartet, dass er wieder mit mir spricht.«

»Er hat dir erlaubt, wieder in den Palast zu fahren, und nach der Sache mit Ralph ist er zu dir gekommen, um sich mit dir auszusprechen, aber dazu hast du es ja nicht kommen lassen.«

»Hat er dir davon erzählt?«

»Ich wüsste nicht, wie ich sonst Kenntnis davon haben sollte.«

Elisha zerkrümelte ein Stück Kuchen auf ihrem Teller, um ihre Finger zu beschäftigen. Seit dem Gespräch in ihrem Zimmer hatte sie mit ihrem Vater kaum mehr gesprochen, als notwendig war, und sie litt unter dem Zustand nicht weniger als er.

»Du solltest mit ihm reden«, sagte Richard. »Egal, was vorher war, er ist dein Vater.«

»Er wird nicht mit mir reden wollen.«

»Glaub mir, Elisha, er wird.«

Sie saßen noch mehrere Minuten in unbehaglichem Schweigen zusammen, dann verabschiedete Elisha sich. Richard stand ebenfalls auf, um das Gespräch mit Charlotte, das ihm nicht erspart bleiben würde, hinter sich zu bringen.

»Ich wäre dir dankbar, wenn du dich in Zukunft in Gegenwart anderer mit deinen Zurechtweisungen zurückhieltest«, sagte Charlotte, kaum dass Richard die Tür zu ihrem Zimmer geschlossen hatte.

»Und ich wäre dir dankbar, wenn du derartige Auftritte zukünftig unterlassen würdest. Ach ja, und wo wir gerade dabei sind: Ich untersage dir ausdrücklich, dich noch einmal abwertend über den Mann deiner Schwester zu äußern.«

»Ich kann Jonah Fenmore nicht leiden.«

»Das ist niemandem ein Geheimnis geblieben, ihm selbst auch nicht. Aber ab jetzt wirst du ihn in aller Stille nicht leiden können, hast du das verstanden?«

Charlotte warf den Kopf zurück und sah ihn herausfordernd an. »Weißt du, Richard, ich würde es wirklich begrüßen, wenn du zumindest gelegentlich ein freundliches Wort für mich übrig hättest.«

»Nun ja, bedauerlicherweise gibst du mir nicht viel Gelegenheit dazu.«

»Es ist unglaublich, wie ungerecht du sein kannst.«

»Willst du dich selbst vielleicht als besonders liebenswert bezeichnen?«

In Charlottes Gesicht zuckte es, das einzige Zeichen dafür, wie tief Richard sie verletzt hatte. Sie sah an ihm vorbei und fixierte die Wand, während sie nach einer Erwiderung suchte, die der Kränkung ebenbürtig war. Charlottes Blick löste sich von der Wand und glitt zu Richards Gesicht, in dem nicht der Schatten von Zuneigung zu sehen war. »Ich« – sie schluckte –, »ich habe dir Charles und Gemma geschenkt. Das bedeutet doch etwas.«

»Du hast deine Pflicht getan, so wie es jede Ehefrau tut. Zudem hattest du doch wohl kaum die Wahl, oder irre ich mich da?«

»Warum bist du so, Richard? So kalt und so herablassend.«

Richard hatte bereits eine sarkastische Antwort auf der Zunge, aber er schwieg, weil etwas in Charlottes Stimme lag, das es ihm schwer machte, ihr weiter zuzusetzen. Was genau es war, konnte er nicht benennen. Etwas, das nicht typisch für Charlotte war.

In der Erwartung einer Antwort verharrte Charlotte, zog die Schultern hoch, so als wolle sie sich schützen. Richards Blick ruhte auf ihr, nachdenklich und ein wenig ratlos.

»Du siehst mich an«, unterbrach Charlotte das unbehagliche Schweigen, »als wüsstest du nicht, wer ich bin.«

»Gerade eben«, bekannte Richard, »kommt es mir vor, als sei es in der Tat so.« Richard wusste nicht, was er sonst antworten sollte. Er hatte gehört, dass Frauen nach Geburten dazu neigten, schwermütig zu werden, aber Charlotte hatte das Wochenbett doch bereits hinter sich.

»Du verstehst überhaupt nichts, habe ich Recht?«, fragte Charlotte.

»Wenn das ein längeres Gespräch werden soll …«

»Keineswegs«, unterbrach Charlotte ihren Mann brüsk. »Ich weiß ja, dass dir nicht der Sinn danach steht, mit mir zu reden. So war es bisher immer.«

»Worüber sollte ich auch mit dir reden? Sämtliche Dinge, die mich interessieren, möchtest du doch gar nicht wissen.«

»Du hast es doch noch nicht einmal versucht.«

»Wahrscheinlich, weil ich weiß, dass es müßig ist. Du warst in unserer Verlobungszeit schon so, und das wird sich mittlerweile wohl nicht geändert haben.«

»Es ist ein großer Unterschied, ob du bei Tisch über politische Themen sprichst oder aber mit mir allein über alles, was dir Kummer bereitet. Das, Richard, hast du nie getan.«

»Was persönlichen Kummer betrifft, jammerst du ohnehin

schon genug für uns beide. Täte ich dasselbe, würden wir wohl den ganzen Tag zu nichts anderem kommen.« Noch während er sprach, wusste Richard, dass er Charlotte Unrecht tat. Außer in ihren Schwangerschaften – wo sie wirklich wehleidig gewesen war – hielt sie sich meist zurück, was Äußerungen von Unwohlsein anging. Es sei denn, es ging ihr wirklich schlecht.
Charlotte war kreideweiß geworden. »Das …« Sie schluckte und suchte nach den richtigen Worten. »Du wusstest, wer ich bin, noch ehe wir geheiratet haben. Selbst bei einer reinen Vernunftehe muss es mehr geben als das, was wir haben.«
Sie sah Richard an, dass er Lamont erwähnen wollte, und ihre Schultern verkrampften sich, während sie ihn stumm bat, es nicht zu tun.
»Ich habe von dir Loyalität und Treue erwartet, so wie ich sie auch dir entgegengebracht habe.«
»Du warst in Elisha verliebt, nicht in mich«, widersprach Charlotte heftig.
»Du hast dich nie bemüht, für mich mehr zu sein als ein schönes Gesicht und ein schöner Körper«, sagte Richard. »Sicher bist du eine zauberhafte Geliebte, aber ich erwarte von meiner Ehefrau mehr als das. In blinder Ergebenheit und Bewunderung, Charlotte, habe ich noch nie einer Frau nachgehangen, gleichgültig, wie schön sie ist. Deine Gehässigkeit geht meist weit über das erträgliche Maß hinaus, selbst deiner eigenen Familie gegenüber. Lassen wir Elisha und May außen vor, aber was ist mit Jonah? Was hat er dir getan, um bei jedem Besuch von oben herab behandelt zu werden?«
Charlotte konnte darauf nicht antworten, und ihr war klar, dass er das wusste.

»Hast du noch etwas dazu zu sagen?«, fragte er. »Ansonsten würde ich das unerfreuliche Thema gern beenden.«
Eine plötzliche Hilflosigkeit stieg in Charlotte auf. Sie schüttelte den Kopf, um ihm zu bedeuten, dass sie in der Angelegenheit nichts mehr zu sagen hatte. Sie sah Richard nicht an, als dieser sich umdrehte und ging. Charlotte atmete tief ein, ließ die Welle von Verzweiflung über sich hinwegrollen und schloss die Augen, bis sie abebbte. Einen wahnwitzigen Moment lang hatte sie mit dem Gedanken gespielt, Richard zu sagen, was sie für ihn empfand, aber die Worte wären ihr ungelenk über die Lippen gekommen. Sie war es nicht gewohnt, von Liebe zu reden. Vermutlich hätte er sie ausgelacht.
Ein dumpfer Kopfschmerz breitete sich hinter ihrer Stirn aus. Sie würde sich hinlegen und später, wenn sie wieder einen klaren Kopf hatte, überlegen, was zu tun war. Mit den Fingerspitzen berührte Charlotte ihr Gesicht, strich über die Konturen von Wangen, Lippen, Kinn. Eine Nacht im Garten stand ihr vor Augen, jene erste Nacht mit Lamont. Nur einmal eine Nacht zurückbekommen können, und in dieser einen Nacht anders entscheiden. Sie hatte geglaubt, mit Lamont zu spielen, und dabei nicht bedacht, dass einem Geschäft mit dem Teufel immer die Rechnung folgen würde. Charlotte schloss die Augen, und zum ersten Mal in ihrem Leben weinte sie um das, was sie verloren hatte.

Es war ungewohnt, wieder die vertrauten Wege durch die Handelsgebäude der *East India Company* zu nehmen. Früher hatte sie ihr erster Weg immer ins Warenlager geführt, doch nach den beinahe zwei Jahren Zurückgezogenheit war Elisha sich sicher, Aufsehen zu erregen, wenn sie plötzlich im Lager auftauchte. Von weitem sah sie Charles Crommelin, den seit dem achtundzwanzigsten Februar 1760 amtierenden Gouverneur. Ein Handelsschiff war angekommen, und in das Aroma von Pfeffer aus Sumatra und den Gewürzen des Malaiischen Archipels mischte sich der Geruch des Meeres. Seeleute brachten in Booten Fässer und Kisten zum Hafen, Befehle wurden gerufen. Früher hatte Elisha gerne beim Abtakeln der Schiffe zugesehen, selbst wenn ihr das nur aus der Ferne möglich war. Es hatte für sie etwas unvorstellbar Romantisches gehabt. Jetzt jedoch hatte sie kaum einen Blick für das Meer, das unter dem gleißend blauen Himmel schimmerte.

An der Tür zum Arbeitszimmer ihres Vaters schluckte sie und legte die Hand auf den Türknauf. Sie zögerte. Was, wenn er ungehalten reagierte und schimpfte? Wenn es laut genug wäre, um von anderen gehört zu werden? Aber kam es nach allem, was bisher passiert war, auf eine weitere Demütigung an?

Nach dem Gespräch mit Richard hatte sie tagelang gegrübelt und sich immer wieder vorgenommen, ihren Vater anzusprechen, aber wann immer sie es tun wollte, verließ sie der Mut. Zu groß war die Angst, zurückgewiesen zu werden. Ihn aufzusuchen, während er arbeitete, war ein spontaner Entschluss gewesen. Die Tage, die sie hier an seiner Seite verbracht hatte, waren immer glücklich gewesen. Würde er nicht zuerst daran denken, wenn er sie hier sah, nach so langer Zeit?

Tief Luft holend, drehte Elisha den Knauf und stieß die Tür auf. Ihr Vater war allein und blickte von seiner Arbeit auf.

»Elisha.« Erstaunen, Frage und Besorgnis huschten nacheinander über seine Züge. »Ist etwas passiert?«

»Nein«, sagte sie und schloss die Tür hinter sich. »Ich war nur so lange nicht mehr hier, und da …« Ihre Stimme versagte.

Jack sah, wie sie vergeblich um Worte rang. »Du kommst, um mich zu besuchen?«, half er ihr weiter.
»Ja. Wenn ich dich nicht störe. Es ist … Ich wollte mich mit dir …« Sie hatte sich die Worte daheim zurechtgelegt, und nun fiel ihr kein einziges mehr ein.
Jack stand auf, kam um seinen Schreibtisch herum und berührte ihren Arm. Gemeinsam traten sie an das Fenster, so wie sie es in all den Jahren zuvor getan hatten, wenn sie sich unterhielten.
Schweigend sahen sie auf das Meer hinaus, beobachteten das Spiel der Sonnenstrahlen auf den Wellen, das Schaukeln der Boote, die die Waren vom Handelsschiff zum Hafen transportierten.
»Es sieht so aus, als würden die Franzosen Karikal aufgeben«, sagte Jack übergangslos, so als sei es eine jener Unterhaltungen, die sie immer gepflegt hatten.
»Ich weiß nicht allzu viel über die derzeitige politische Lage«, gestand Elisha, ihre Verwirrung verbergend, weil ihr Vater plötzlich anfing, von Politik zu reden. »In der letzten Zeit habe ich davon nicht … allzu viel mitbekommen.« Es hatte keine Gelegenheit gegeben, dieser Satz hing unausgesprochen in der Luft. Natürlich wusste sie von der Eroberung Masulipatams am achten April 1759, die gemeinsam mit der niedergeschlagenen Belagerung von Madras den Punkt bildete, an dem der Krieg zugunsten der Engländer umschlug. Aber sie wusste kaum etwas Genaueres, wenn es um Schlachten und Taktiken ging.
»Admiral d'Ache hat einen erneuten Vorstoß auf die Koromandelküste gewagt«, fuhr Jack fort. »Er kam direkt vom Kap. Die Franzosen verfügen nicht über unseren Vorteil, einen Hafen wie Bombay zu besitzen, und weder Mauritius

noch La Réunion waren imstande, die französische Flotte mit dem Notwendigsten auszustatten.«

Elisha hörte ihrem Vater zu, während er von Seegefechten sprach, von Admiral Pococks Sieg über das französische Geschwader, von fünfhundert Engländern, die gefallen oder verwundet wurden, ehe Admiral d'Ache verwundet wurde und die Linien der französischen Flotte zusammenbrachen. Es war um so vieles leichter, einfach nur zuzuhören, sich nicht entschuldigen und nicht über Dinge sprechen zu müssen, von denen man nicht wusste, welche Worte man finden musste. So lauschte Elisha weiter der Erklärung ihres Vaters, als dieser schilderte, wie die Franzosen in den Hafen von Pondicherry zurückkehrten, den Verlust von neunhundert Männern beklagten, aber noch eine intakte Flotte hatten. Dennoch war ein erneuter Vorstoß gegen die Engländer ausgeschlossen.

»Ende Oktober 1759«, fuhr Jack fort, wobei seine Stimme gepresst klang, »kam Eyre Coote mit seinem Regiment in den Karnatik. Sein Ziel war es, Lally zum weiteren Handeln zu zwingen. Dies gipfelte letzten Endes in der Schlacht von Wandiwash am zweiundzwanzigsten Januar, in der die Franzosen erneut geschlagen wurden. Ich denke, dass damit der Krieg zu unseren Gunsten entschieden ist. De Bussy ist in Gefangenschaft geraten, und die einzigen Posten der Franzosen sind derzeit Pondicherry und Jinji … ja und natürlich Karikal … noch.« Er räusperte sich. »Damien war dabei … zuletzt in Wandiwash, wie ich hörte.«

Ein Ruck ging durch Elishas Körper, und sie starrte ihren Vater an. »Du weißt, wo er ist? Du hast von ihm gehört und mir nichts gesagt?«

»Ja«, war Jacks knappe Antwort.

»Warum?«, fragte Elisha heiser. »Warum? Ich wollte die gan-

ze Zeit wissen, wo er ist. Ich wollte …« Was genau, fragte sie sich. Zu ihm? In diesen Zeiten? Aber das taten auch andere Frauen. Und sie hätten heiraten können, es hätte eine Möglichkeit gegeben.
»Aus eben diesem Grund«, antwortete Jack leise, so als habe er ihre Gedanken vom Gesicht abgelesen. »Du wolltest fort, und ich … ich konnte dich nicht gehen lassen. Ich wollte nicht eines Morgens wach werden und entdecken, dass du fort bist.«
»Das hättest du mir zugetraut?«
»Liege ich damit denn falsch?«
Elisha zögerte, dann schüttelte sie langsam den Kopf. Sie war blass, und ihre Schultern waren so angespannt, dass sie es am ganzen Rücken spüren konnte. »Und nun«, begann sie, »nun hast du diese Angst nicht mehr?«
»Damien muss Wandiwash mittlerweile verlassen haben. Er war im Januar dort, und wir haben April.«
Elisha nickte kaum sichtbar. Sanft zog Jack sie an sich, und strich über ihr Haar, während ihr Kopf an seiner Schulter lag. Er wusste nicht, was er sagen sollte. Sie war so lange allein gewesen, und er hatte gewusst, wie einsam sie war. Immer wieder hatte er in ihrem Gesicht die Hoffnung gesehen, dass er sie wieder aufnahm und mit ihr sprach, aber er hatte es noch nicht einmal dann getan, als sie sich in das Gartenhaus zurückgezogen hatte. Nur um sie zurechtzuweisen, hatte er sie aufgesucht, um zu schimpfen, weil es spät wurde, weil sie die Gäste mied und aus unzähligen anderen Gründen. Gleichgültig wie oft er sich seine Gründe dafür ins Gedächtnis rief, Jack machte sich bitterste Vorwürfe.
Es war Elisha nicht bewusst gewesen, wie sehr sie es vermisst hatte, in die Arme genommen zu werden. Kleine, beiläufige

Zärtlichkeiten der Eltern, die sie als selbstverständlich hingenommen hatte. Sie verharrte mit geschlossenen Augen in der Umarmung ihres Vaters. Zu schnell würde sie sich wieder ihrer Situation stellen müssen, da wollte sie das Gefühl auskosten, für wenige Momente wieder die geliebte Tochter zu sein. Als ihr Vater sich von ihr löste, war sie beinahe ein wenig enttäuscht.

»Hör mir zu, Elisha«, sagte Jack. »Ich mag dir zu hart vorgekommen sein, ganz sicher war ich es sogar. Aber du darfst nie, hörst du, niemals daran zweifeln, dass ich dich liebe. Ich war wütend auf Damien, auf dich und auf die Folgen, die euer Handeln hatte – auch für mich. Diese Herablassung, das hämische Lächeln und das unausgesprochene ›*Gut, dass es nicht meine Tochter ist*‹. Hinzu kam, was über dich geredet wurde, natürlich nicht in meiner Gegenwart, aber dennoch so, dass ich es mitbekommen musste. Vielleicht hätte mir das weniger ausgemacht, wenn du mir nicht so viel bedeuten würdest. Ich … ich weiß nicht mehr dazu zu sagen.«

»Das brauchst du auch nicht«, sagte Elisha sanft. »Ich selbst habe sehr hässliche Dinge gesagt, als du abends bei mir warst. Verzeih mir bitte, wenn ich dich verletzt habe.« Es war erstaunlich, wie leicht ihr die Worte plötzlich über die Lippen kamen.

»Es gibt nichts, das ich dir verzeihen müsste«, sagte Jack. »Ich bin froh darüber, dass wir nicht im Bösen auseinander gehen.«

»Ich« – Elisha schluckte und war wieder den Tränen nahe –, »ich habe dich so vermisst, Papa.«

Jack zog sie erneut an sich. Er war zu aufgewühlt, als dass er ihr hätte antworten können. Er wartete, bis er sicher war, seiner Stimme wieder trauen zu können.

»Du musst nicht hier bleiben, wenn du nicht bleiben möchtest«, sagte er kaum hörbar. Es war offensichtlich, was es ihn kostete, es auszusprechen.
Elisha löste sich behutsam von ihm. »Mich hält hier nichts mehr.« Als sie die Bestürzung in den Augen ihres Vaters sah, fügte sie hastig hinzu: »Ich meinte nicht dich damit. Von dir bin ich niemals getrennt, gleichgültig, wo ich sein werde. Aber ich habe hier keine Freunde mehr. Keiner glaubt, dass Damien kommt und mich holt, und so behandeln sie mich auch. Vermutlich wird sich das ändern, wenn er kommt, aber dann lege ich keinen Wert mehr darauf.«
»Ich werde sehen, was sich machen lässt. Vielleicht kannst du zu Verwandten reisen, wenn sich die Zeiten wieder etwas beruhigt haben. Mehr kann ich dir im Augenblick nicht versprechen.«
Elisha nickte nur.
»Wenn du noch ein wenig bleiben möchtest«, sagte Jack, »dann können wir später einen Spaziergang am Hafen machen und dann gemeinsam heimfahren.«
»Das wäre schön.« Elisha lächelte. »Hast du noch viel zu tun? Denkst du, ich könnte mal wieder ins Warenlager gehen?«
»Geh nur«, sagte ihr Vater. »Mr. Shreve ist immer noch der Leiter des Warenlagers.«
»Wie wird er mir begegnen?« Es war wieder die Unsicherheit, die in Elisha aufstieg. Sie hatte mehr als zwei Jahre damit gelebt, und manchmal fürchtete sie, sie nie mehr ablegen zu können.
Jack wurde ernst. »Vielleicht wird er nicht anders mit dir reden, als es die anderen tun, aber das wirst du erst feststellen, wenn du hingehst. Sag ihm, du wartest auf mich, es ist sicher gut, wenn er das weiß.«

Elisha wollte keine bitteren Gefühle aufkommen lassen, nicht jetzt. Das war ein Besuch im Warenlager nicht wert. Sie würde hingehen, weil sie förmlich danach hungerte, Dinge zu sehen, die aus anderen Ländern kamen, Stoffe zu berühren, Gerüche einzuatmen.

»Ich warte auf dich«, sagte sie zum Abschied und verließ das Arbeitszimmer.

Im Korridor traf sie auf Jonah, dessen mürrische Miene sich bei ihrem Anblick aufhellte. »Warst du bei deinem Vater?«, begrüßte er sie.

»Wir haben uns ausgesprochen.«

In Jonahs Gesicht lag so viel ehrliche Freude, dass Elisha eine tiefe Zuneigung zu ihm verspürte. Sie konnte gut verstehen, warum May ihn geheiratet hatte.

Richard, der Elishas Stimme gehört hatte, trat ebenfalls auf den Korridor. »Du warst bei ihm?«, fragte er und fuhr fort, ohne eine Antwort abzuwarten: »Das war das Beste, was du tun konntest.«

»Ich bin froh, dass du mir dazu geraten hast«, erwiderte Elisha. Zwischen ihnen herrschte immer noch eine gewisse kühle Distanz, die auch Jonah nicht verborgen blieb. Er räusperte sich ein paarmal, während sich unangenehmes Schweigen ausbreitete. Elisha verabschiedete sich und ging hinunter zum Hafen.

Früher hatte sie den Parsen gerne beim Schiffbau zugesehen. Es hatte sie fasziniert, wie aus mehreren tausend Kubikfuß Holz ein Schiff gebaut wurde, das seetüchtig war und über den Ozean geschickt wurde, um fremde Länder zu bereisen.

Elisha hielt auf ihrem Weg zum Warenlager inne, um aufs Meer zu sehen. Sie sehnte sich nach der schieren Freude, die sie einst dabei empfunden hatte. Wenn sie Damien damals nur hätte heiraten dürfen, dachte sie, dann wäre alles anders gekommen. Ein kurzer Skandal, mehr nicht. Nun arbeitete hier ein anderer Arzt an Damiens Stelle, und sie konnte ihr einstmals geliebtes Bombay nicht mehr ertragen. Elisha verdrängte den Gedanken. Sie wollte die Versöhnung mit ihrem Vater nicht mit Groll vergiften.

Ihr Blick wanderte über den Hafen, fing alles auf, was ihr vertraut und gleichzeitig fremd geworden war und von dem sie sich – das wusste sie sicher – schon bald trennen würde. Einmal noch wollte sie alles mit den Augen sehen, mit denen sie es damals gesehen hatte. Aber noch während sie der Stadt lautlos Lebewohl wünschte, wusste sie, sie konnte das Bild früherer Vertrautheit und Freude nicht mehr entstehen lassen.

30

Bombay, Februar 1761

Pondicherry ergab sich am sechzehnten Januar 1761, nachdem es seit dem zwanzigsten September belagert gewesen war. Elisha erfuhr von ihrem Vater die Details, in einem ihrer Gespräche, die sie führten, als hätten nicht zwei Jahre des Schweigens dazwischengelegen und als seien sie nicht – selbst nach beinahe zehn Monaten – immer noch dabei, wieder zu lernen, miteinander zu sprechen.
In einen Sessel gekuschelt lauschte Elisha ihrem Vater, während sie an einem Mango-Julep nippte und ihren Blick über eine wunderschön gezeichnete Karte Indiens wandern ließ, die an der Wand hinter Jacks Schreibtisch angebracht war.
Mehrere Monate war Pondicherry von jeglicher Versorgung abgeschnitten gewesen, bis den Franzosen nichts anderes übrig blieb, als sich zu ergeben. Es gab kein Geld mehr, und Hilfe kam ebenfalls nicht. Durch die Seeblockade war es auch auf dem Seeweg nicht möglich, Nahrungsmittel zu beschaffen. Elisha konnte die tiefe Hoffnungslosigkeit der Menschen nachempfinden, und anstatt Triumph zu fühlen, überkam sie Traurigkeit. Sie musste an Alastair Dark – Alain du Plessis – denken, der vielleicht voller Hoffnung und glücklich über seine Rettung in eine französische Niederlassung – am wahrscheinlichsten Pondicherry – geflohen war, und nun mit seinen Landsleuten ausgehungert und der Verzweiflung preisgegeben wurde.

War Damien bei der Belagerung dabei gewesen? Hatte er Triumph verspürt, als die Stadt sich ergab, oder war es Erleichterung gewesen, es nun endlich hinter sich zu haben? Sie durfte nicht vergessen, ihn danach zu fragen.

»Wenn Jinji und Mahé sich ergeben«, fuhr Jack mit seinem Bericht fort, »dann haben die Franzosen keinen Fuß mehr auf indischem Boden.«

»Wohin werden sie dann gehen?«

Jack zuckte die Schultern. »Vielleicht in eine Niederlassung der Dänen oder Holländer.«

»Du warst immer gegen die Eroberungspolitik.«

»Das ist richtig, aber ich bin erst recht dagegen, uns von den Franzosen vertreiben zu lassen.« Er sah die Besorgnis in ihrem Gesicht und lächelte. »Was ist los mit dir? Bekümmert dich das?«

»Keine Heimat mehr zu haben« – Elisha schluckte –, »ja, das bekümmert mich.«

»Nun, deine Sorge soll es nicht sein.«

Aber es war ihre Sorge. Sie selbst trieb ebenso heimatlos durch die Tage wie die Franzosen. Nur waren diese nicht allein und konnten sich gemeinsam einen neuen Platz zum Leben suchen und gemeinsam wieder erstarken. Elisha wusste nicht, wohin sie gehen sollte. Nach England vielleicht? Sie versuchte, sich an die Dinge zu erinnern, die Damien ihr über England erzählt hatte. Kalt, regnerisch, grau.

»Woran denkst du?«, fragte Jack.

Elisha schüttelte leicht den Kopf, um die düsteren Gedanken zu vertreiben. »Muss ich euch heute Abend begleiten?«, fragte sie.

»Es wäre wünschenswert. Immerhin ist es der Geburtstag von Richards Mutter.«

Seufzend fügte sich Elisha. Seit ihr Vater in der Öffentlichkeit wieder an ihrer Seite stand, hatte sich das Verhalten der Leute gewandelt. Anstatt Abneigung brachte man ihr nun Mitleid entgegen. Armes verlassenes Mädchen. Auch ihre Mutter wurde mit Mitleid betrachtet, wenn dieses auch anders geartet war. Immerhin hatte sie es nicht geschafft, ihre drei Töchter gut zu verheiraten – und allein das hatte das Ziel einer Mutter zu sein. Charlottes Heirat war ohne jeden Zweifel hervorragend, und auch Jonah wurde allmählich als vollwertiges Mitglied der Gesellschaft akzeptiert, wofür Richard jedoch einen guten Teil Verantwortung trug.
Was jedoch Elisha betraf, so zweifelte kein Mensch daran, dass Damien nicht mehr zu ihr zurückkehrte. Er würde sich ein neues Mädchen suchen, hatte es vielleicht längst getan. In manchen Nächten, wenn sie nicht schlafen konnte, folterten Elisha diese Gedanken. In solchen Momenten wälzte sie sich herum, richtete sich irgendwann auf und presste die Hände auf ihr wild schlagendes Herz. Hätte sie Ambrose heiraten oder mit Alastair Dark auf und davon laufen sollen? Hing sie vielleicht einfach einer romantischen Illusion von Liebe an, die über Jahre der Trennung hinweg währte? Drei lange Jahre hatte sie nichts von Damien gehört, und obwohl sie wusste, dass es nicht seine Schuld war, konnte sie einen gelegentlichen Groll nicht unterdrücken. Vielleicht war das, was sie beide für Liebe hielten, bei ihm nur Leidenschaft gewesen, und diese – das wusste sie mittlerweile – erkaltete nur zu schnell.
»Elisha?«, sagte Jack sanft. »Was ist mit dir? Du wirkst so verstört.«
Elisha riss sich zusammen. »Es ist nichts, Papa. Ich bin lediglich etwas müde.«

»Du solltest dich noch ein wenig hinlegen, ehe wir gehen.« Elisha erhob sich und strich ihren Rock glatt. Nachdem sie das Zimmer verlassen hatte, ging sie in den Salon, wo May bei ihrer Mutter saß. Sie wollte ihre Schwester kurz begrüßen und einen Blick auf deren Sohn werfen. Aber selbst der Anblick des kleinen Duncan konnte sie nicht aufheitern. Sie strich dem Baby über die Wange, wechselte einige belanglose Worte mit May und zog sich in ihr Zimmer zurück.

Für den Abend hatte Maja bereits ein Kleid bereitgelegt. Elisha strich gedankenverloren über die üppige Seide und fragte sich, woher ihre Unruhe der letzten Tage rührte. Zweifelte sie plötzlich an Damien? Obwohl sie den Gedanken abzuschütteln suchte, setzte er sich fest und marterte sie. Sie würde noch melancholisch und schwermütig werden, gerade so wie jene Frauen, die sie immer verachtet hatte.

»Jonah, so geht das nicht«, rief Jack und deutete auf zwei Dokumente, die sein Schwiegersohn ihm vorgelegt hatte. »Wenn du dich weiterhin weigerst, Aufgaben zu delegieren, dann wirst du nie mit deiner Arbeit fertig.«

»Ich kann es selbst schreiben«, entgegnete Jonah stur. »Dokumente zu kopieren …«

»Das ist nicht deine Aufgabe.«

»Es waren nur zwei Dokumente. Ich habe sie abends geschrieben, und da war niemand mehr da. Was ist so schlimm daran?«

»Du bist kein Schreiber mehr.«

»Das kann aber nicht bedeuten, dass ich keine Feder mehr in die Hand nehmen darf.«

Entnervt schob Jack die Unterlagen von sich. »Bitte, dann tu, was du willst. Was sagt May dazu, dass du dir lieber hier die Nächte um die Ohren schlägst, als bei ihr zu sein?«
Jonah errötete. »Ich habe nie gehört, dass Richard sich bei dir wegen seiner Arbeit rechtfertigen muss.«
»Wenn Richard hier noch spätabends sitzt, dann aus gutem Grund, und nicht, um Dinge zu erledigen, die ein anderer am nächsten Tag tun kann.«
»Ich wollte lediglich eine begonnene Aufgabe beenden«, verteidigte Jonah sich.
»Ist denn in deiner Ehe alles in Ordnung?«
Jonah schluckte. »Wie kommst du darauf, dass dem nicht so ist?«
»Frauen werden manchmal etwas … hm … eigen, wenn sie Kinder haben.«
»Ich liebe Duncan und empfinde es als sehr beglückend, ihn zu haben.«
Jack lachte. »Lieber Himmel, Jonah, das muss nicht heißen, dass du dir nicht gelegentlich wünschst, immer noch der einzige Mensch an Mays Seite zu sein.« Er sah Jonah an, dass er Recht hatte.
»Es kommt mir so schäbig vor«, sagte Jonah verzweifelt. »So, als sei ich nicht dankbar dafür, dass es ihn gibt.«
»Bei dem ersten Kind ist es eine große Umstellung. Ich kenne das von Charlotte.« Jack lächelte bei der Erinnerung daran. »Du wirst dich daran gewöhnen müssen, nun den Platz nach deinen Kindern einzunehmen. Duncan braucht May mehr als du.«
»Ich komme mir so überflüssig vor.«
»Jonah, das müssen alle Ehemänner ertragen. Ich hoffe nur, du machst May keine Vorwürfe.«

»Natürlich nicht«, empörte sich Jonah.
»Sieh dir Richard an. Gemma und er lieben sich über alles.«
Jack wollt noch etwas hinzufügen, erstarrte jedoch, als die Tür hinter Jonah geöffnet wurde, so dass dieser sich alarmiert umdrehte.
»Dr. Catrall«, sagte Jonah und stand auf.
»Was tust du hier?« Jack hatte sich wieder gefangen.
»Wonach sieht es aus?«, fragte Damien. »Ich bin hier, um zu holen, was zu mir gehört.«
»Ich habe gehört, du seiest in Pondicherry. Was ist los? Bist du desertiert?«
Damien runzelte die Stirn. »Mein Dienst war beendet, als die letzte große Bastion Frankreichs gefallen ist. Der Krieg ist für uns quasi vorbei, und nun bin ich hier.«
»Wir haben uns nichts zu sagen«, antwortete Jack barsch. »Elisha scheint dich endlich vergessen zu haben.« Befriedigt bemerkte er das leichte Zucken in Damiens Gesicht.
»Wenn dem so ist, dann möchte ich es von ihr selbst hören.«
»Einen Teufel wirst du. Ich erlaube nicht …«
Jonah schaltete sich ein. »Wir sollten die alten Geschichten vergessen.«
»Dazu hast du nichts zu sagen«, wies Jack ihn zurecht. »Es war nicht deine Tochter, die geschändet, und nicht dein Haus, das verraten wurde.«
»Wir alle hatten daran zu tragen«, widersprach Jonah, »oder denkst du, für May war es leicht?«
Damien sah Jonah irritiert an. Zwar hatte er von der Eheschließung erfahren, aber ein so energisches Auftreten war er von ihm nicht gewöhnt. »Ich danke Ihnen, Jonah«, sagte er. »Jack, ich denke, wie viel Schuld mich auch immer treffen mag, ich habe meine Strafe abgebüßt.«

»Das denke ich auch«, antwortete Jonah.
Jack sah ihn verärgert an. »Lass uns bitte allein.«
Jonah zögerte, verließ dann aber mit einem kurzen Blick auf Damien den Raum.
»Hör mir zu, Jack«, begann Damien erneut, eindringlicher diesmal, »ich will die Fehler, die ich begangen habe, nicht in Abrede stellen. Aber ich liebe Elisha, und was immer ich getan habe, geschah nur aus diesem Grund. Drei Jahre lang habe ich in der Armee gedient und die Soldaten medizinisch versorgt, die für England gegen die Franzosen gekämpft haben. Irgendwann muss ich meine Schuld abbezahlt haben.«
»Elisha hat endlich aufgehört, von dir zu reden«, antwortete Jack, »und ich habe die Hoffnung, sie kommt zur Ruhe. Also sei so gut, und vergiss sie. Nimm das nächste Schiff zurück nach Madras und komm nie wieder hierher.«
»Wenn das Elishas Wunsch ist«, antwortete Damien langsam, »so werde ich dem nichts entgegensetzen. Aber ich gehe nicht, nur weil du es mir sagst.«
»Nach allem, was du getan hast, denkst du wirklich, du könntest noch Forderungen stellen?«
Damien sah Jack schweigend an, dann sagte er: »Du weißt, dass ich dein Einverständnis nicht brauche.«
Mit einer ruckartigen Bewegung sprang Jack auf. »Nach allem, was passiert ist, erdreistest du dich, in dem Ton mit mir zu sprechen?«
»Um Elishas willen – ja.« Damien setzte sich auf den Stuhl, auf dem Jonah zuvor gesessen hatte, und machte damit deutlich, dass er nicht zu gehen gedachte, ehe die Sache ausgestanden war. Es blieb Jack nichts anderes übrig, als sich ebenfalls zu setzen.
»Warum hast du Nachforschungen über mich angestellt?«,

fragte Damien. Auf Jacks verblüfften Blick hin fügte er hinzu: »Wenn der Vater einer entehrten Tochter Nachforschungen über den Verbleib des Mannes, der die Entehrung zu verantworten hat, anstellt, dann bleibt das in den seltensten Fällen geheim. Dafür hat sich die Geschichte zu weit herumgesprochen.« Damien zögerte kurz, ehe er weitersprach. »Ich hatte gehofft, du hättest es getan, weil dir nach der langen Zeit nun doch daran gelegen war, dass ich zurückkehre. Offensichtlich war das nicht der Grund. Warum sonst, Jack? Hattest du gehofft, ich überlebe den Krieg nicht?«

»Rede keinen Unsinn«, widersprach Jack heftig. »Ich war wütend – ich bin es noch –, aber deshalb forsche ich nicht nach dir, in der Hoffnung, du seiest tot. Allein der Gedanke daran ist absurd.«

Damien zog fragend die Brauen hoch und schwieg.

»Es ging um Elisha«, erklärte Jack.

»Die mich laut dem, was du gesagt hast, nicht mehr sehen möchte.«

Jack vergrub das Gesicht in den Händen und rieb sich mit den Fingerspitzen über die Augen.

»Weißt du, Jack«, fuhr Damien fort, »ohne in Abrede zu stellen, dass ich dich hintergangen habe und dass du jedes Recht hattest, mir böse zu sein – hast du dir überlegt, was aus Elisha wird, wenn du ihr verbietest, mich zu heiraten? Weder du noch mein Vater habt auch nur einen Gedanken an sie verschwendet, sondern immer nur euren verletzten Stolz vor Augen gehabt. Stell dir vor, ich hätte sie wirklich verlassen oder wäre getötet worden. Was wäre dann aus ihr geworden? Soll sie bis zum Ende deines Lebens bei dir im Haus wohnen? Hast du dir das so vorgestellt?«

Jack sah auf. »Nein«, sagte er ruhig, »sicher nicht.«

»Bei ihrer Verlobung hast du auch Weitsicht bewiesen, oder warum hast du ihr Ambrose Mason aufgedrängt? Dahinter stand doch wohl dein Wunsch, sie nicht allein alt werden zu lassen.«

»Himmel, Damien, im Zorn tut man Dinge, die nicht logisch sind«, fuhr Jack auf. »Natürlich wollte ich nicht, dass sie in meinem Haus alt wird, aber ich habe damals in Madras einfach nicht so weit gedacht.«

»Jetzt offenbar auch nicht, oder warum willst du mich fortschicken?«, rief Damien nicht weniger heftig.

»Was tust du, wenn sie erfährt, dass ich hier war und du mich weggeschickt hast? Und sie wird es erfahren, du kennst das Gerede.«

Jack stand abrupt auf und drehte Damien den Rücken zu. Den Blick aus dem Fenster gerichtet, fragte er: »Wie lange ging das mit dir und Elisha? Sie möchte ich nicht noch einmal danach fragen, aber von dir will ich es wissen. Hast du dich nachts in ihr Zimmer geschlichen? Hast du sie in der Nacht in deinem Behandlungszimmer zu deiner Geliebten gemacht und mich belogen?«

»Nichts davon.« Als Jack schwieg, fügte Damien hinzu: »Es war nicht lange vor der Reise nach Madras, obwohl sich auch vorher Gelegenheiten genug geboten hätten. Mehr möchte ich dazu nicht sagen.«

Jack nickte beinahe unmerklich, dann wandte er sich langsam um. »Elisha hat sich verändert«, sagte er mit rauer Stimme. »Sie ist still und in sich gekehrt. Bis vor wenigen Monaten habe ich mich geweigert, ihr zu verzeihen. Sie hat keine Freundin mehr außer der Fürstin, und auch sie durfte sie über zwei Jahre nicht besuchen. Auf Feiern musste sie uns begleiten und wurde behandelt wie eine Aussätzige. Mit der Zeit hat sie sich aus unserem Haus zurückgezogen und den ganzen Tag im Gartenhaus verbracht.«

Damiens Gesicht verdüsterte sich. »Das war grausam.«

»Du hast Recht, das war es. Ich denke, dir ist es besser ergangen als ihr, dabei hättest du es eher verdient, bestraft zu werden. Aber letzten Endes sind es immer die Frauen, an denen wir es auslassen, nicht wahr? Ich selbst bilde da wohl keine Ausnahme, wie ich gemerkt habe. Mein gesamter Zorn hat sich über Elisha entladen.«

»Und dennoch wolltest du mich im ersten Moment fortschicken.«

»Mein Zorn auf dich ist nicht geringer geworden, Damien. Ganz im Gegenteil, je mehr ich daran denke, was Elisha deinetwegen zu tragen hatte, umso wütender werde ich. Aber in einem hast du Recht: Es ist egoistisch, dich weiterhin von ihr fernzuhalten.«

»Warum hast du damals nach meinem Verbleib geforscht«, fragte Damien erneut.

Jack zögerte. »Weil Elisha fort wollte. Zu dir. Ich kann dir nicht genau sagen, warum ich daraufhin nach dir gesucht habe, vielleicht habe ich mich sicherer gefühlt, zu wissen, wo sie ist, falls sie ihr Vorhaben in die Tat umsetzt. Auf diese Weise war ich ihr einen Schritt voraus.« Mit einer müden Bewegung fuhr Jack sich über die Augen. »Wenn du irgendwann Kinder hast, Damien, wirst du mich verstehen. Du wirst wissen, wie es ist, wenn man immer versucht, das Beste für sie zu wollen, und wie man in ohnmächtiger Wut danebensteht, wenn man sieht, dass es einem nicht gelingt.«

»Mein Vater sagte einmal etwas Ähnliches.«

»Ihr habt euch versöhnt?«

Damien zuckte die Schultern. »Für seinen Frieden braucht es

mehr, als die Versöhnung mit mir.« Er dachte an seine Mutter und Maureen. Seine Mutter hatte ihm in der Nacht vor seiner letzten Abreise erzählt, dass sie in Maureen sich selbst gesehen hatte, als ihr erzählt wurde, wie diese von ihrem Vater an den Haaren die Treppe hinaufgeschleift worden war. Nur war es in ihrem Fall nicht ihr Vater gewesen, sondern jener Mann, dem sie ihr erstes Kind verdankte und den sie so sehr gehasst hatte.

Für sie war in jener Zeit der Gedanke an eine Rettung durch ihren Vater das gewesen, an das sie sich geklammert hatte. Was sie bei dem Gedanken daran empfunden hatte, dass es bei Maureen der eigene Vater war, der sie auf diese Art ihrem ersten Mann zuführte, konnte Damien nicht einmal erahnen.

»Wirst du nach Madras zurückkehren?«

»Nein, ich werde nach Bengalen gehen, vermutlich nach Kalkutta.« Kalkutta, jene Stadt, von der Robert Clive einmal gesagt hatte, sie sei der schlimmste Ort der Welt, und dennoch war es eine Stadt, die in ihrer Blüte stand, neu und verheißungsvoll. Clive, der große Held der *East India Company*, hatte Indien Anfang 1760 verlassen und war nach England gereist, und am siebenundzwanzigsten Juli desselben Jahres war mit Henry Vansittart, einem seit vierzehn Jahren in Madras lebenden Angestellten, ein neuer Gouverneur in das Gebiet versetzt worden.

»Bengalen«, sagte Jack gedankenverloren und fügte hinzu, langsam, so als ob jedes Wort schmerze: »Elisha ist daheim. Du solltest mit ihr reden, ehe du Pläne für die Zukunft schmiedest.«

Banyanbäume und Zedern säumten das Ufer des Sees. Elisha pflückte eine Wasserlilie mit blauen Blüten und drehte sie nachdenklich zwischen den Fingern. Sie war am Tag zuvor bei Shalina gewesen, hatte stundenlang mit ihr geplaudert, dabei hatten sie klebrige Süßigkeiten gegessen und gelacht – es war beinahe wie in der Anfangszeit ihrer Freundschaft gewesen, als noch keine Sorgen ihrer beider Leben überschattet hatten. Bei dem Gedanken daran, ihre Freundin für lange Zeit nicht mehr wiederzusehen, sollte sie wirklich länger verreisen, wurde Elisha wehmütig zumute. Aber sie musste fort, auch wenn ihr noch nicht klar war, wohin.

Erst vor kurzem hatte Charlotte ihr vorgeworfen, sich nur noch vom Leben treiben zu lassen. Warten, so Charlotte, sei ja gut und schön, aber warten könne man auch, indem man währenddessen etwas anderes tat, als fatalistisch sein Schicksal hinzunehmen, und ihr Vater habe ihr ja schließlich angeboten zu verreisen.

Bei dem Gedanken an Charlotte runzelte Elisha die Stirn. Ihre ältere Schwester und Richard schienen in ein Spiel verstrickt zu sein, dessen Regeln sie beide nicht kannten, das sie irritierte und aus dem sie sich nicht zu lösen vermochten. Weder fanden sie zusammen, noch konnten sie sich trennen, und Elisha fand das verstörend und unendlich traurig.

Ihr Blick fiel auf das Gartenhaus, von dem ihr Vater, als er es hatte erbauen lassen, nicht geahnt haben konnte, welche Rolle es einmal spielen würde. Sie wusste bis heute nicht, warum er es hatte errichten lassen, denn er und ihre Mutter hatten es nie benutzt, so lange sie sich erinnern konnte. Den meisten Leuten, die das Legrant-Haus kannten, musste es überflüssig vorkommen, aber für Elisha barg es ein Meer an Erinnerungen: Hier hatte Damien gelebt, hier hatte sie ihre Unschuld verloren, und hier hatte sich ein französischer Spion einige Monate lang aufgehalten.

Der See lag ruhig in der Nachmittagssonne, beschattet von dunklem Laub, glatt wie ein Spiegel. Elisha streckte die Hand aus, tauchte ihre Fingerspitzen in das warme Wasser, dann bog sie den Kopf zurück und ließ die Tropfen über ihren Hals laufen.

Sie wandte sich eher zufällig zur Veranda um, sah kurz hoch, dann blinzelte sie in die gleißende Sonne. Elisha ließ die Hand sinken, warf die Wasserlilie, die sie in der anderen Hand hielt, achtlos zu Boden und stand auf. Den Rock gerafft, machte sie einige Schritte, weg vom Ufer des Sees, und in den Garten, auf das Haus ihres Vaters zu.

Damien kam die Stufen der Veranda herunter, während Elisha nur dastand. Es war kein Freudentaumel, wie sie ihn erwartet hatte, kein Jubel und kein Drang, auf ihn zuzulaufen. Lediglich ihr Herz schlug in einem harten, schnellen Rhythmus, dröhnte in ihren Ohren und ließ das Licht vor ihren Augen flimmern. Auch als Damien vor ihr stand, sagte sie nichts, sondern sah ihn nur an, die Augen halb zugekniffen, weil sie in die Sonne blickte. Es war Damien, der das Schweigen brach, ihre Hand nahm, die feuchten Fingerspitzen an seine Lippen führte, trotz allen Ernstes ein belustigtes Zucken um die Mundwinkel, und sagte: »Wo sonst sollte man dich finden, wenn nicht am Wasser?«

Glossar

Angrezi Engländer

Bajadere Indische Tempeltänzerin

Boxwallah Händler

Chowkidar Nachtwächter

Chuprassi Bote, Hausdiener

Dekkan Hochland, das einen großen Teil von Zentral- und Südindien umfasst.

Dhobi Hausdiener, der für die Wäsche zuständig ist.

Firanghi Europäer

Golconda Festungs- und Ruinenstadt im heutigen Bundesstaat Andhra Pradesh, ehemaliges Dekkan-Sultanat in der Nähe des auf der Dekkan-Hochebene gelegenen früheren Fürstentums Haiderabad.

Haiderabad Ehemaliges auf der Dekkan-Hochebene gelegenes Fürstentum, heutiges Hyderabad, Hauptstadt von Andhra Pradesh.

Karnatik Heutiges Karnataka, ein Bundesstaat Südindiens, umfasst u. a. Hyderabad, Madras und Bombay.

Khansana Ranghoher indischer Dienstbote, der dem Haushalt vorsteht.

Lakh Die Zahl 100 000

Mahut Elefantentreiber

Mali Gärtner

Marathen Aus dem heutigen Maharashtra stammendes

Klanbündnis, gründete ein Marathenreich in Zentralindien, das 1674–1818 bestand.

Mogulreich Von dem Mongolen Babur gegründetes Reich, das 1526–1857 bestand. Die Herrscher wurden als Moguln oder Großmoguln bezeichnet.

Nawab/Nabob Vizekönig oder Provinzgouverneur im Mogulreich

Palankin Indische Sänfte

Punkah An der Decke befestigter Fächer

Punkahwallah Dienstbote, der die *Punkah* bewegt.

Rajputen Aus Rajputana (heute Rajasthan) stammende Volksgruppe, die der Kriegerkaste angehört.

Tamilnad Heutiges Tamil Nadu, südlichster Bundesstaat von Indien

Trichinopoly Auf einem Felsen gelegene Festung, heutiges Tiruchirapalli im Bundesstaat Tamil Nadu.

Zenana Frauenbereich

Europäer in Indien

Zeitlicher Abriss

1497–1498 Vasco da Gama entdeckt den Seeweg nach Indien und landet in Calicut.

1505 Gründung der ersten portugiesischen Kolonie in Indien.

1583 Die ersten englischen Kaufleute erreichen die indische Westküste. Beginn des Indienhandels.

1600 Gründung der *Company of Merchants of London Trading into the East Indies*.

1602 Gründung der holländischen Ostindien-Kompanie.

1612 Gründung der dänischen Ostindien-Kompanie.

1639 Die englische Handelsgesellschaft erwirbt Madras und errichtet Fort St. George.

1651 Errichtung der ersten englischen Faktoreien am Hugli.

1661 Die Portugiesen treten Bombay an die Engländer ab.

1664 Jean-Baptiste Colbert gründet die *Compagnie des Indes Orientales*.

1690 Gründung Kalkuttas als britische Handelsstation.

1698 Gründung der *English East India Company*.

1700 Britisches Kaliko-Gesetz, das die Einfuhr bedruckter indischer Baumwolle verbietet.

1702 Verschmelzung der *English East India Company* und *Company of Merchants of London Trading into the East Indies* zu einer Kompanie, der *East India Company*.

1719 Nach dem Spanischen Erbfolgekrieg Neugründung der französischen *Compagnie des Indes*.

1742 Joseph François Dupleix wird Gouverneur von Pondicherry.

1744 Beginn der britisch-französischen Auseinandersetzungen in Südindien.

1746 Frankreich erobert Madras.

1748 Frieden von Aachen und Ende des ersten Karnatik-Krieges.

1751 Robert Clive erobert Arcot.

1754 Joseph François Dupleix wird seines Postens enthoben und nach Frankreich zurückbeordert. An seine Stelle tritt Georges Duval de Leyrit. Ende des Zweiten Karnatik-Krieges

1756 Ausbruch des Siebenjähriger Krieges. Eroberung von Kalkutta durch den Nabob von Bengalen, eines Protegés Frankreichs.

1757 Befreiung Kalkuttas durch Robert Clive, Eroberung Chandernagores, Sieg bei Plassey.

1758 Eroberung von Fort St. David durch die Franzosen, Charles de Bussy wird aus dem Dekkan abberufen.

1759 England erobert Masulipatam.

1760 Krieg bei Wandiwash, Sieg der Engländer, die damit den Krieg in Indien endgültig zu ihren Gunsten entscheiden.

1761 Kapitulation von Pondicherry.

1763 Frieden von Paris und damit Ende des Siebenjährigen Krieges.

Die ersten portugiesischen Niederlassungen

Die Portugiesen entdeckten in der Wende vom 15. zum 16. Jahrhundert einen Seeweg um das Kap der Guten Hoffnung herum. Zum ersten Mal gelang es damit einem Schiff, die afrikanische Küste zu umsegeln und so das etablierte ägyptisch-venezianische Orienthandelsmonopol zu umgehen. Vasco da Gama führte 1498 eine portugiesische Expedition nach Calicut in Indien. Die portugiesische Präsenz blieb für die indischen Landmächte politisch unbedeutend. Es gab kaum Interventionen der Seemacht und nur geringe Auseinandersetzungen mit indischen Herrschern. Von Goa aus, das sie 1510 eroberten, kontrollierten die Portugiesen die gesamte Malabarküste und die Westküste. Den Herrschern waren die Portugiesen willkommen, weil man andere europäische Seemächte gegen sie ausspielen konnte. Die Portugiesen weiteten ihre Interessen bis nach Ostindien aus, intensivierten ihre Bemühungen in den Gewürzhandel und errichteten Handelsstationen für Baumwolle.

Die englische *East India Company*

Der Erfolg der Portugiesen bei der Etablierung des lukrativen Indienhandels lockte auch andere Europäer auf den Plan, somit richtete sich auch Englands Augenmerk verstärkt auf die Erschließung des Handels mit Indien. Einflussreiche englische Händler gründeten die *Company of Merchants of London Trading into the East Indies* und legten ihr Handelsmonopol für den Ostindienhandel für fünfzehn Jahre fest, jedoch anfangs ohne festen Stützpunkt. Das Monopol umfasste die Strecke zwischen dem Kap und der Magellan-Straße. Die

Kapitäne der Schiffe waren zu jener Zeit die bestbezahlten leitenden Angestellten und hatten das Privileg, selbst Teile der Warenladungen zu erwerben und damit zu handeln. Mit Unterstützung des Mogulkaisers Jahangir errichteten die Engländer 1612 in Surat die erste Handelsniederlassung, es folgten Madras (Fort St. George), Bombay (Bombay Kastell) und Kalkutta (Fort William). 1634 wurde das Handelsrecht der Engländer auf Bengalen erweitert. Gegenleistungen waren Zollabgaben an Jahangir. Die Gesellschaft verfügte zwar über ein festes Grundkapital, konnte jedoch keinen Anspruch auf das Handelsmonopol erheben. 1698 wurde parallel die *English East India Company* gegründet, 1702 verschmolzen die alte und die neue Handelsgesellschaft zu einer Gesellschaft, der *East India Company*, und im selben Jahr erhielten sie vom Parlament eine Charta und das Handelsmonopol, das bis 1773 immer wieder verlängert wurde. 1717 waren sie von den Zollabgaben befreit worden. Durch den Sieg im Siebenjährigen Krieg, der die Franzosen dazu verpflichtete, nur noch in kleineren Enklaven zu handeln, war die Kompanie ihren hartnäckigsten Wettbewerber los.
Der *Regulating Act for India* zwang die Kompanie 1773 dazu, sich Kontrollen durch die britische Regierung zu unterwerfen und Land, das formal unter Kontrolle der Krone stand, von dieser zu pachten. 1813 verlor die *East India Company* ihr Handelsmonopol und wurde zu einer reinen Verwaltungsgesellschaft. 1858 wurde die Kompanie infolge des Sepoy-Aufstandes aufgelöst, und die Verwaltung des Landes fiel an die Krone.

Die holländische und die dänische Ostindien-Gesellschaft
1602 wurde die holländische *Vereenigde Oost-Indische Compagnie* als Aktiengesellschaft mit übertragbaren, an der Börse gehandelten Kapitalanteilen gegründet und wurde die wohl größte Handelsgesellschaft Europas im 17. und 18. Jahrhundert. Die Hauptniederlassung der Handelsschifffahrt in Indien war Batavia, ihr Sitz in Amsterdam. Die Strukturen der Kompanie und ihre Gliederung in Kammern machten aus ihr den ersten multinationalen Konzern, der Niederlassungen in jeder größeren Stadt hatte und nahezu konkurrenzlos war. Die holländische Osthandelskompanie überstand drei Seekriege mit dem Britischen Empire und entwickelte sich zum größten Handelsunternehmen der Welt. Im 18. Jahrhundert entstanden der Kompanie durch außenpolitische Ereignisse Verluste, die anfangs noch mit finanziellen Rücklagen gedeckt werden konnten, bis der vierte englisch-holländische Seekrieg zu einer hohen Verschuldung führte, in deren Folge die Kompanie 1798 aufgelöst wurde.
Die *Dansk Ostindisk Kompagni* wurde 1616 gegründet und hatte ihren Hauptstützpunkt in Tranquebar. Sie blieb zeit ihres Bestehens ein kleines Unternehmen mit wenig Kapital. Der einzig einträgliche Geschäftszweig war der Handel mit Tee, der sogar deutlich über dem Volumen der *East India Company* lag und in großen Mengen nach England geschmuggelt wurde. Im Verlauf der napoleonischen Kriege brachte England die Kolonien der dänischen Ostindien-Kompanie, die durch den Verlust der dänischen Flotten nicht mehr gehalten werden konnten, in den Besitz der englischen Krone.

Die französische *Compagnie des Indes*

1664 rief Colbert die *Compagnie des Indes Orientales* ins Leben, die sich trotz Unterstützung von Seiten der Krone in den ersten Jahren nicht so recht zu etablieren vermochte. Die Franzosen zeigten kein großes Interesse an der Handelsgesellschaft, es flossen nur wenige Gelder, und die Finanzlage blieb anfangs prekär. Durch die Kapitalgebung der Regierung nahm diese einen großen Einfluss auf die Geschicke der Kompanie, was auch das Ausführen wirtschaftsfremder Zwecke einschloss. Zudem hatte Frankreich sich in den Kriegen mit Holland, England und zum Schluss im Spanischen Erbfolgekrieg finanziell verausgabt. 1720 machte die Gesellschaft bankrott und wurde 1723 als *Compagnie des Indes* neu gegründet, Hauptsitz war Pondicherry an der Koromandelküste. Erst Mitte der dreißiger Jahre des 18. Jahrhunderts gelang es der Kompanie, zu einer ernst zu nehmenden Konkurrenz für den englischen und holländischen Ostindienhandel zu werden. Dupleix, Gouverneur in Pondicherry, verschaffte ihr zudem eine bedeutende politische Macht in Indien, die bis zum Verlust der französischen Niederlassungen im Siebenjährigen Krieg an die Engländer andauerte. Zwar erhielt Frankreich im Rahmen des *Friedens von Paris* die Niederlassungen zurück, schaffte es aber nicht, an seine alte Blütezeit anzuknüpfen. 1770 wurde die Kompanie aufgelöst.

Erster Karnatik-Krieg (1744–1748)

1744 wurde der Ausbruch des Österreichischen Erbfolgekrieges in Indien bekannt, in dessen Folge es auch zu Konflikten zwischen den Kolonialmächten England und Frankreich kam, die unter anderem in Indien ausgetragen wurden und deren Folge der erste Karnatik-Krieg war. Dupleix, der anfangs keinerlei kriegerische Absichten hegte, bot den Engländern zunächst an, den Krieg in gegenseitigem Einvernehmen aus Indien herauszuhalten – ein Vorschlag, dem die Engländer nicht abgeneigt waren, bei dem sie aber dennoch betonten, dass sie für zu erwartende Schiffe der Krone nicht bürgen könnten. Somit erwies sich ein Übergreifen des Krieges als nicht vermeidbar, denn das englische Geschwader bemächtigte sich umgehend eines Teils der französischen Schiffe, kaum dass es die Gewässer erreicht hatte. Später gewannen die Franzosen die Oberhand, stellten eine eigene Seemacht unter dem Kommando des französischen Admirals La Bourdonnais zusammen und eroberten 1746 Madras. La Bourdonnais wollte den Engländern die Stadt gegen ein hohes Lösegeld zurückgeben, scheiterte aber an Dupleix, der die Stadt behalten wollte. England versuchte erfolglos, Pondicherry zu belagern, schaffte es aber nicht, die Stadt einzunehmen. Im Rahmen des am 18. Oktober 1748 unterzeichneten Friedensvertrags von Aachen wurde in einer generellen Rückgängigmachung der Eroberungen Madras den Engländern zurückgegeben – gegen den Willen von Dupleix.

Zweiter Karnatik-Krieg (1751–1754)

Dupleix' Versuche, den Herrschaftsanspruch der Franzosen

in Indien zu vergrößern, führten zu Bündnissen mit indischen Herrschern und Thronanwärtern, denen er seine Hilfe zusagte, um sie als Bundesgenossen auf seine Seite zu ziehen und gegen die Engländer einzunehmen. Es kam zur Schlacht von Arcot 1751, in der Clive die Festung erfolgreich verteidigte. In Frankreich beobachtete man die zunehmenden politischen Aktivitäten und die Verausgabung von Kapital mit Skepsis und ging schließlich so weit, Dupleix 1754 zurückzubeordern und La Bourdonnais ins Gefängnis zu sperren. Man entsandte einen Direktor nach Indien, der mit den Engländern eine neue Übereinkunft traf, die in hohem Maß zu deren Gunsten ausfiel und die den Krieg beendete.

Der Siebenjährige Krieg (dritter Karnatik-Krieg)

Der zunächst in Europa begonnene Siebenjährige Krieg schwappte über die Grenzen Europas hinaus, um zu einer weltweiten Konfrontation zwischen England und Frankreich zu werden. Aus dem in Indien noch inoffiziell schwelenden Krieg wurde 1757 ein erklärter Krieg. Kleineren Eroberungen der Franzosen folgten schon bald vernichtende Niederlagen durch die britische Armee. Die französische Belagerung von Madras blieb erfolglos, und General de Lally, dem man das Kommando übertragen hatte, erhielt so gut wie keine Unterstützung durch die französische Kriegsmarine. 1760 wurde er bei Wandiwash von den Briten vernichtend geschlagen, was den Krieg endgültig zu Gunsten Englands entschied. Es folgte die Belagerung von Pondicherry und die Schleifung der Stadt nach deren Einnahme durch die Briten. 1761 war der Krieg in Indien beendet. De Lally, dem die Schuld an dem Misserfolg gegeben wurde, machte man in Frankreich den Prozess, kurze Zeit später wurde er hingerichtet.

Robert Clive, Baron von Plassey (1725–1774)
1751 nahm eine kleine britische Truppeneinheit unter der Führung eines jungen Schreibers der *East India Company* Arcot ein und verteidigte es gegen einen zahlenmäßig weit überlegenen Gegner. Robert Clive, der junge Schreiber, wurde schlagartig berühmt und machte eine Karriere, die in der Geschichte der *East India Company* einzigartig blieb.
Robert Clive, erster Baron von Plassey, wurde am 29. September 1725 geboren, als Nachfahre einer der ältesten Familien der Grafschaft Shropshire. Schon in jungen Jahren war er ein Abenteurer und ein schlechter Schüler, der sich der schulischen Disziplin nicht beugen wollte und demzufolge oft die Schule wechselte.
1744 trat er als Schreiber in den zivilen Dienst der *East India Company* ein. Im Verlauf des ersten Karnatik-Krieges trat Clive in die Armee ein und wurde als Fähnrich 1748 nach Pondicherry und 1749 nach Devicottah geschickt. Im Mai 1751 gelang ihm der überwältigende Sieg von Arcot mit einer Armee, die aus 320 Soldaten bestand gegen eine Übermacht von 4000 Soldaten des Chanda Sahib.
1754 verließ Clive Indien, um in England in die Politik einzusteigen. Nachdem er kurzzeitig einen Sitz im Parlament innehatte, den er aber bald wieder verlor, besorgte er sich ein Offizierspatent und kehrte nach Indien zurück.
1756, nach dem Einfall Siraj ud-Daulas, des Nawabs von Bengalen, in Kalkutta, verließ Clive Madras, zog mit einem Heer, bestehend aus 900 Soldaten, gegen den bengalischen Herrscher und eroberte Kalkutta zurück. Es folgte nach einem erneuten Kriegsausbruch durch Angriffe Siraj ud-Daulas die

legendäre Schlacht von Plassey 1757, die den Beginn der britischen Herrschaft in Indien einläutete und die Clive den Titel »Baron von Plassey« einbrachte. Er wurde zum ersten Gouverneur von Bengalen und dehnte nach und nach die englische Vorherrschaft in Bengalen, Behar und Orissa aus. Von 1760 bis 1765 verließ er Indien, kehrte dann für kurze Zeit zurück, ehe er 1767 endgültig das Land verließ, um sich in England niederzulassen. Bei seiner Ankunft in England wurde er zunächst in allen Ehren empfangen. 1772 kamen erste kritische Stimmen auf, da der in Bengalen angehäufte Reichtum verdächtig erschien, bis es schließlich vor dem Parlament zur Anklage wegen des Verdachts der Unterschlagung kam und sein Renommee ernsthaften Schaden nahm. Der zeit seines Lebens zu Depressionen neigende Clive setzte seinem Leben am 22. November 1774 ein Ende.

Joseph François Dupleix (1697–1763)

Dupleix wurde am 1. Januar 1697 in Landrecies, Frankreich, als Sohn eines Bauern geboren, machte in Indien Karriere als Generalgouverneur und war der größte Rivale von Robert Clive. 1715 brach er auf eine Reise nach Indien auf, wo er 1720 Mitglied des obersten Rates von Pondicherry wurde. In den kommenden Jahren häufte er ein Vermögen an und verschaffte sich eine hervorragende Reputation, die ihm 1742 die Ernennung zum Generalgouverneur der französischen Niederlassungen ermöglichte. Er schloss Bündnisse mit indischen Herrschern und verschaffte Frankreich ein enormes politisches Gewicht in Indien. 1746 eroberte er im ersten Karnatik-Krieg Madras, musste die Stadt jedoch 1748 den Briten zurückgeben. Auch nach dem Friedensschluss gingen die Konflikte weiter, Dupleix verausgabte erst das Vermögen der Kompanie, dann sein Privatvermögen zugunsten der französischen Politik in Indien, und wurde 1754 aus Pondicherry nach Frankreich zurückbeordert. In Frankreich forderte Dupleix sein Privatvermögen vom Parlament zurück, was jedoch abgelehnt wurde. Er starb vollkommen verarmt am 10. November 1767. Kurz vor seinem Tod schrieb er in seinen Memoiren: »Ich habe meine Jugend, meine Zukunft, mein Leben geopfert für den Reichtum meines Landes in Asien.«

Charles Joseph Patissier de Bussy-Castelnau (1718–1785)
Französischer General, wichtigster Taktiker unter Dupleix und dessen bester Offizier, war mit seiner Armee im Fürstentum Golconda stationiert, von wo aus er den Dekkan kontrollierte.

Thomas-Arthur de Lally-Tollendal (1702–1766)
Französischer General, wurde anstelle von Bussy an die Spitze der französischen Armee gestellt und scheiterte im Siebenjährigen Krieg an England. Während des Krieges geriet er in die Gefangenschaft der Engländer, errang seine Freiheit durch die Kunde, er sei in Frankreich der Feigheit und des Verrats beschuldigt, begab sich nach Frankreich zurück, wo er verhaftet und zwei Jahre später hingerichtet wurde.

Siraj ud-Daula (1729–1757)
Letzter unabhängiger Nawab von Bengalen, Bihar und Orissa. Das Ende seiner Regentschaft markiert den Beginn der Herrschaft der *East India Company*.

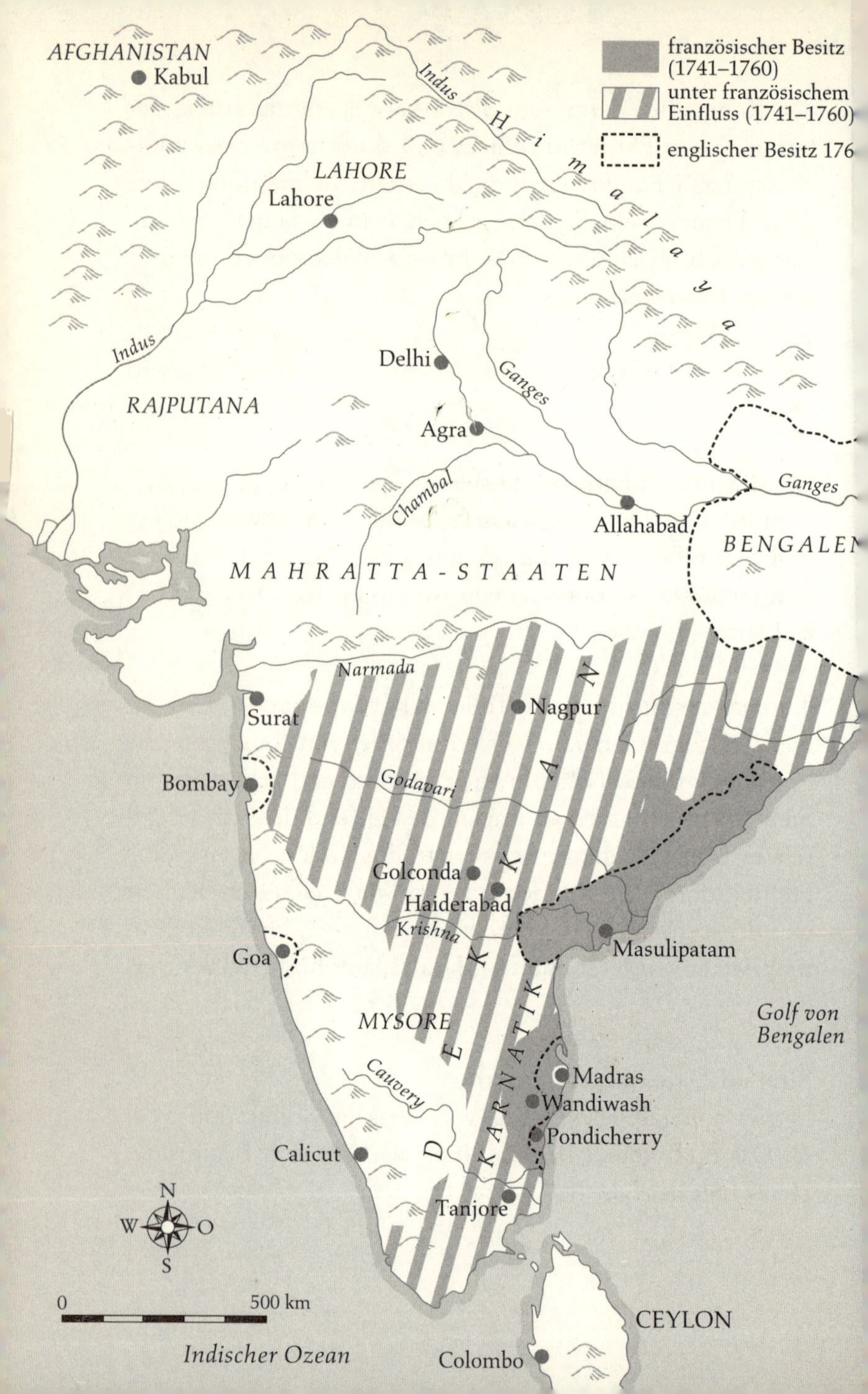

französischer Besitz (1741–1760)
unter französischem Einfluss (1741–1760)
englischer Besitz 176
AFGHANISTAN
Kabul
Indus
Himalaya
LAHORE
Lahore
Indus
Delhi
Ganges
RAJPUTANA
Agra
Chambal
Allahabad
Ganges
BENGALEN
MAHRATTA-STAATEN
Narmada
Surat
Nagpur
Bombay
Godavari
Golconda
Haiderabad
Krishna
Masulipatam
Goa
DEKKAN
MYSORE
KARNATIK
Golf von Bengalen
Cauvery
Madras
Wandiwash
Pondicherry
Calicut
Tanjore
N
W
O
S
0
500 km
CEYLON
Indischer Ozean
Colombo